王度庐作品大系　武侠卷　拾

王度庐·著／王芹·点校

洛阳豪客

舞剑飞花录

山西出版传媒集团

北岳文艺出版社
BEIYUE LITERATURE & ART PUBLISHING HOUSE

王度庐著

上

图书在版编目（CIP）数据

洛阳豪客：舞剑飞花录 / 王度庐著 . — 太原：北岳文艺出版社，2016.7
（王度庐作品大系）
ISBN 978-7-5378-4835-0

Ⅰ．①洛… Ⅱ．①王… Ⅲ．①侠义小说－中国－当代 Ⅳ．① I247.5

中国版本图书馆 CIP 数据核字（2016）第 149904 号

书名：洛阳豪客： 　　　舞剑飞花录 著者：王度庐	点校：王 芹 策划：续小强 刘文飞	责任编辑：刘文飞 书籍设计：张永文 印装监制：巩 璠

出版发行：山西出版传媒集团·北岳文艺出版社
地址：山西省太原市并州南路 57 号
邮编：030012
电话：0351-5628696（发行部）　0351-5628688（总编办）
传真：0351-5628680
网址：http://www.bywy.com　E-mail：bywycbs@163.com
经销商：新华书店　印刷装订：山西人民印刷有限责任公司

开本：890mm×1240mm　1/32　总字数：400 千字　印数：1-5000
总印张：13.875　版次：2016 年 7 月第 1 版　印次：2016 年 7 月山西第 1 次印刷
书号：ISBN　978-7-5378-4835-0
总定价：52.00 元（全二册）

出版前言

　　王度庐（1909—1977），原名葆祥（后改葆翔），字霄羽，出生于北京下层旗人家庭。"度庐"是1938年启用的笔名。他是中国现代文学史上著名的武侠言情小说家，独创"悲剧侠情"一派，成为民国北方武侠巨擘之一，与还珠楼主、白羽（宫竹心）、郑证因、朱贞木并称为"北派五大家"。

　　20世纪20年代，王度庐开始在北京小报上发表连载小说，包括侦探、实事、惨情、社会、武侠等各种类型，并发表杂文多篇。20世纪30年代后期，因在青岛报纸上连载长篇武侠小说《宝剑金钗》《剑气珠光》《鹤惊昆仑》《卧虎藏龙》《铁骑银瓶》（合称"鹤－铁五部"）而蜚声全国；至1948年，他还创作了《风雨双龙剑》《洛阳豪客》《绣带银镖》《雍正与年羹尧》等十几部中篇武侠小说和《落絮飘香》《古城新月》《虞美人》等社会言情小说。

　　王度庐熟悉新文学和西方现代文化思潮，他的侠情小说多以性格、心理为重心，并在叙述时投入主观情绪，着重于"情""义""理"的演绎。"鹤－铁五部"既互有联系又相对独立，达到了通俗武侠文学抒写悲情的现代水平和相当的人性深度，具有"社会悲剧、命运悲剧、性格心理悲剧的综合美感"。他的社会言情小说的艺术感染力也很强，注重营造诗意的氛围，写婚姻恋爱问题，将金钱、地位与爱情构成冲突模式，表现普通人对个性解放、爱情自由和婚姻平等的追求与呼唤。这些作品注重写人，写人性，与"五四"以来"人的文学"思潮是互相呼应的。因此，王度庐也成为通俗文学史乃至整个中国现代文学史研究中绕不过去的作家，被写入不同类型的文学史。许多学者和专家将他及其作品列为重点研究对象。

王度庐所创造的"悲剧侠情"美学风格影响了港台"新派"武侠小说的创作，台湾著名学者叶洪生批校出版的《近代中国武侠小说名著大系》即收录了王度庐的七部作品，并称"他打破了既往'江湖传奇'（如不肖生）、'奇幻仙侠'（如还珠楼主）乃至'武打综艺'（如白羽）各派武侠外在茧衣，而潜入英雄儿女的灵魂深处活动；以近乎白描的'新文艺'笔法来描写侠骨、柔肠、英雄泪，乃自成'悲剧侠情'一大家数。爱恨交织，扣人心弦！"台湾著名武侠小说作家古龙曾说，"到了我生命中某一个阶段中，我忽然发现我最喜爱的武侠小说作家竟然是王度庐"。大陆学者张赣生、徐斯年对王度庐的作品进行了大量的整理、发掘和研究工作，并给予了很高的评价。徐斯年称其为"言情圣手，武侠大家"，张赣生则在《王度庐武侠言情小说集》的序言中说："从中国文学史的全局来看，他的武侠言情小说大大超过了前人所达到的水平"，"他创造了武侠言情小说的完善形态，在这方面，他是开山立派的一代宗师。"

此次出版的《王度庐作品大系》收录了王度庐在不同时期的代表作和有影响力的作品，还收录至今尚未出版过的新发掘出的作品，包括他早期创作的杂文和小说。此外，为了满足不同领域的读者的需求，此版还附有张赣生先生的序言、已知王度庐小说目录和王度庐年表，以供研究者参考。这次出版得到了王度庐子女的大力支持和密切配合，王度庐之女王芹女士亲自对作品进行了点校。可以说，他们的支持使得《王度庐作品大系》成为王度庐作品最完善、最全面的一次呈现。在此，我们表达最诚挚的谢意。

在编辑过程中，我们依据上海励力出版社，参考报纸连载文本及其他出版社的原始版本，对作品中出现的语病和标点进行了订正；遵循《第一批异形词整理表》（GF1001-2001），对文中的字、词进行了统一校对；并参照《现代汉语大词典》《汉语方言大词典》《北京方言词典》《北京土语辞典》等工具书小心求证，力求保持作品语言的原汁原味。由于编辑水平和时间有限，难免有疏漏之处，敬请广大读者批评指正！

北岳文艺出版社

二〇一五年六月三十日

总 序

　　王度庐是位曾被遗忘的作家。许多人重新想起他或刚知道他的名字，都可归因于影片《卧虎藏龙》荣获奥斯卡奖的影响。但是，观赏影片替代不了阅读原著，不读小说《卧虎藏龙》（而且必须先看《宝剑金钗》），你就不会知道王度庐与李安的差别。而你若想了解王度庐的"全人"，那又必须尽可能多地阅读他的其他著作。北岳文艺出版社继《宫白羽武侠小说全集》《还珠楼主小说全集》之后推出这套《王度庐作品大系》（以下简称《大系》），对于通俗文学史的研究，可谓功德无量！

　　王度庐，原名王葆祥，字霄羽，1909年生于北京一个下层旗人家庭。幼年丧父，旧制高小毕业即步入社会，一边谋生，一边自学。十七岁始向《小小日报》投寄侦探小说，随即扩及社会小说、武侠小说。1930年在该报开辟个人专栏《谈天》，日发散文一篇；次年就任该报编辑。八年间，已知发表小说近三十部（篇）。1934年往西安与李丹荃结婚，曾任陕西省教育厅编审室办事员和西安《民意报》编辑。1936年返回北平，继续以卖稿为生，次年赴青岛。青岛沦陷后始用笔名"度庐"，在《青岛新民报》及南京《京报》发表武侠言情小说（同时继续撰写社会小说，署名则用"霄羽"）。十余年间，发表的武侠小说、社会小说达三十余部。1949年赴大连，任大连师范专科学校教员。1953年调到沈阳，任东北实验中学语文教员。"文革"时期，以退休人员身份随夫人"下放"昌图县农村。1977年卒于辽宁铁岭。

早在青年时代,王度庐就接受并阐释过"平民文学"的主张。他的文学思想虽与周作人不尽相同,但在"为人生"这一要点上,二者的观念是基本一致的。

从撰写《红绫枕》(1926年)开始,王度庐的社会小说(当时或又标为"惨情小说""社会言情小说")就把笔力集中于揭示社会的不公、人生的惨淡,以及受侮辱、受损害者命运的悲苦。

恋爱和婚姻是"五四"新文学的一大主题。那时新小说里追求婚恋自由的男女主人公面对的阻力主要来自封建家庭和封建礼教,作品多反映"父与子"的冲突——包括对男权的反抗,所以,易卜生笔下的娜拉尤被觉醒的女青年们视为楷模。到了王度庐的笔下,上述冲突转化成了"金钱与爱情"的矛盾。

正如鲁迅所说:娜拉冲出家庭之后,倘若不能自立,摆在面前的出路只有两条——或者堕落,或者"回家"。王度庐则在《虞美人》中写道:"人生""青春"和"金钱","三者之间是相互联系着的",而在当时的中国社会里,金钱又对一切起着主导性的作用。他所撰写的社会言情小说,深刻淋漓地描绘了"金钱"如何成为社会流行的最高价值观念和唯一价值标准,如何与传统的父权、男权结合而使它们更加无耻,如何导致社会的险恶和人性的异化。

王度庐特别关注女性的命运。他笔下的女主人公多曾追求自立,但是这条道路充满凶险。范菊英(《落絮飘香》)和田二玉(《晚香玉》)付出了生命的代价;虞婉兰(《虞美人》)终于发疯,生不如死。唯有白月梅(《古城新月》)初步实现了自立,但她的前途仍难预料;至于最具"娜拉性格",而且也更加具备自立条件的祁丽雪,最终选择的出路却是"回家"。

这些故事,可用王度庐自己的两句话加以概括:"财色相欺,优柔自误"(《〈宝剑金钗〉序》)。金钱腐蚀、摧毁了爱情,也使人性发生扭曲。人是"社会关系的总和",他的社会小说正是通过写人,而使社会的弊端暴露无遗。

在社会小说里,王度庐经常写及具有侠义精神的人物,他们扶弱抗强，甚至不惜舍生以取义。这些人物有的写得很好，如《风尘四杰》里的天桥四杰和《粉墨婵娟》里的方梦渔；有些粗豪角色则写得并不成功，流于概念化，如《红绫枕》里的熊屠户和《虞美人》里的秃头小三。

上述侠义角色与爱情故事里的男女主人公一样，也是现代社会中的弱者。作者不止一次地提示读者，这些侠义人物"应该"生活于古代。这种提示背后隐含着一个问题：现代爱情悲剧里的那些痴男怨女，如果变成身负绝顶武功的侠士和侠女，生活在快意恩仇的古代江湖，他们的故事和命运将会怎样？这个问题化为创作动机，便催生出了王度庐的侠情小说，这里也昭示着它们与作者所撰社会小说的内在联系。

《宝剑金钗》标志着王度庐开始自觉地把撰写社会言情小说的经验融入侠情小说的写作之中，也标志着他自觉创造"现代武侠悲情小说"这一全新样式的开端。此书属于厚积薄发的精品，所以一鸣惊人，奠定了作者成为中国现代武侠悲情小说开山宗师的地位。继而推出的《剑气珠光》《鹤惊昆仑》《卧虎藏龙》《铁骑银瓶》①（与《宝剑金钗》合称"鹤-铁五部"）以及《风雨双龙剑》《彩凤银蛇传》《洛阳豪客》《燕市侠伶》等，都可视为王氏现代武侠悲情小说的代表作或佳作。

作为这些爱情故事主人公的侠士、侠女，他们虽然武艺超群，却都是"人"，而不是"超人"。作者没有赋予他们保国救民那样的大任，只让他们为捍卫"爱的权利"而战；但是，"爱的责任"又令他们惶恐、纠结。他们驰骋江湖，所向无敌，必要时也敢以武犯禁，但是面对"庙堂"法制，他们又不得不有所顾忌；他们最终发现，最难战胜的"敌人"竟是"自己"。如果说王度庐的社会小说属于弱者的社会悲剧，那么他的武侠悲情小说则是强者的心灵悲剧。

王度庐是位悲剧意识极为强烈的作家。他说："美与缺陷原是一个东西。""向来'大团圆'的玩意儿总没有'缺陷美'令人留恋，而且人生本来是一杯苦酒，哪里来的那么些'完美'的事情？"（《关于鲁海娥之

---

①这里叙述的是发表次序。按故事时序，则《鹤惊昆仑》为第一部，以下依次为《宝剑金钗》《剑气珠光》《卧虎藏龙》《铁骑银瓶》。

死》)《鹤惊昆仑》和《彩凤银蛇传》里的"缺陷"是女主人公的死亡和男主人公的悲凉；《宝剑金钗》《卧虎藏龙》《铁骑银瓶》里的"缺陷"都不是男女主角的死亡，而是他们内心深处永难平复的创伤；《风雨双龙剑》和《洛阳豪客》则用一抹喜剧性的亮色，来反衬这种悲怆和内心伤痕。

王度庐把侠情小说提升到心理悲剧的境界，为中国武侠小说史做出了一大贡献。正如弗洛伊德所说："这里，造成痛苦的斗争是在主角的心灵中进行着，这是一个不同冲动之间的斗争，这个斗争的结束绝不是主角的消逝，而是他的一个冲动的消逝。"[①]这个"冲动"虽因主角的"自我克制"而消逝了，但他（她）内心深处的波涛却在继续涌动，以致成为终身遗恨。

李慕白，是王度庐写得最为成功的一个男人。

有人说，李慕白是位集儒、释、道三家人格于一身的大侠；这是该评论者观赏电影《卧虎藏龙》的个人感受。至于小说《宝剑金钗》里的李慕白，他的头上绝无如此"高大上"的绚丽光环——古龙说得好：王度庐笔下的李慕白，无非是个"失意的男人"。

在《宝剑金钗》里，李慕白始终纠结于"情"和"义"的矛盾冲突之中，他最终选择了舍情取义，但所选的"义"中却又渗透着难以言说的"情"。手刃巨奸如囊中取物，李慕白做得非常轻易；但是他却主动伏法，付出的代价极其沉重。他做这些都是自愿的，又都是不自愿的。出发除奸之前，作者让他在安定门城墙下的草地上做了一番内心自剖，这段自剖深刻地展示着他的"失意"，这种心态可以概括为三个字——"不甘心"。

在本《大系》所收"早期小说与杂文"卷中，读者可以见到王度庐用笔名"柳今"所写的一篇杂文《憔悴》，其中有段文字，所写心态与上述李慕白的自剖如出一辙。读者还可见到，《红绫枕》里男主角戚雪桥为爱

①弗洛伊德：《戏剧中的精神变态人物》，张唤民译，载《二十世纪西方美学名著选》（上），复旦大学出版社，1987，第410页。

人营墓、祭扫时的一段内心独白，其心态又与柳今极其相似。于是，我们看到了王度庐、柳今、戚雪桥（还有一些其他角色，因相关作品残缺而未收入《大系》）与李慕白之间的联系——李慕白的故事，是戚雪桥们的白日梦；戚雪桥、李慕白们的故事，则是柳今、王度庐的白日梦。

不把李慕白这个大侠写成一位"高大上"的"完人"，而把他写成一个"失意的男人"，这是王度庐颠覆传统"侠义叙事"，为中国武侠小说史做出的又一贡献。

玉娇龙，是王度庐写得最为成功的一个女人。

玉娇龙的性格与《古城新月》里的祁丽雪有相似之处，但是她的叛逆精神更加决绝、更加彻底。为了自由的爱情，她舍弃了骨肉的亲情。同时，她也舍弃了贵胄生活，选择了荆棘江湖；舍弃了城市文明，选择了草莽蛮荒。

对玉娇龙来说，最难割舍的是亲情；最难获得的，是理想的婚姻。她发现自己选择罗小虎未免有点莽撞，所以又离开了他。她获得了自由的爱情，却在事实上拒绝了自由的婚姻。这与其说反映着"礼教观念残余""贵族阶级局限"，不如说是对文化差异的正视。尽管如此，这位"古代娜拉"并未"回家"，而是毅然决然地踏上一条不归路。这条路是悲凉的，同时又是壮美的。

玉娇龙和李慕白都是"跨卷人物"。《剑气珠光》里的李慕白写得不好，因为背离了《宝剑金钗》中业已形成的性格逻辑。《铁骑银瓶》里的玉娇龙则写得很好，她青年时代的浪漫爱情，此时已经升华为伟大的、无私的母爱。她青年时代的梦想，终于在爱子和养女的身上得以成真，但是他们携手归隐时的心态，也与母亲一样充满遗憾。

王度庐的上述成就，都是源于对传统武侠叙事的扬弃，这也使他的武侠悲情小说拥有了现代精神。

王度庐又是一位京旗作家。

清朝定都北京之后，即将内城所居汉人一律迁出，由八旗分驻内城八区。王度庐家住地安门内的"后门里"，属于镶黄旗驻区，其父供职于内务府的上驷院。内务府是一个由满洲上三旗（镶黄、正黄、正白旗）内"从龙包衣"①组成的机构，专门管理皇家事务。由此可知，王氏当属编入满洲镶黄旗的"汉姓人"，这一族群不同于"汉人""汉军"，满人把他们视为同族②。

满人崛起于白山黑水之间，性格刚毅尚武，自立自强，粗犷豪放。入关定鼎之后，宴安日久，八旗制度的内在弊端开始呈现，"八旗生计"问题日益突出，以致最终导致严重的存亡危机。王度庐出生时，恰逢取消"铁杆庄稼"（即旗人原本享受的"俸禄"），父亲又早逝，全家陷于接近赤贫的境地。他的早期杂文经常写到"经济的压迫"，"身世的漂泊，学业的荒芜"，疾病的"缠身"，始终无法摆脱"整天奔窝头"的境况。他的许多社会小说及其主人公的经历、心境，也都寄托着同样的身世之感和颓丧情绪。这种刻骨铭心的痛楚，蕴含着当时旗人不可避免的噩运，汉族读者是难以体会这种特殊的苦痛的。

同时，王度庐又十分景仰旗族优秀的民族精神。他的作品，明确书写旗人生活的有十多部；他所塑造的许多旗籍人物身上，都寄托着他对民族精神的追忆和期许。

从这个角度考察玉娇龙，首先令人想到满族的"尊女"传统。满族文史专家关纪新认为，这一传统的形成，至少有四点原因：一、对母系氏族社会的清晰记忆；二、以采集、渔猎为主的传统经济，决定了男女社会分工趋于平等；三、入关之前未经历很多封建化过程；四、旗族少女在理论上都有"选秀入宫"机会，所以家族内部皆以"小姑为大"。③玉娇龙那昂扬的生命力，正是满族少女普遍性格的文学升华。《宝刀飞》可能是第一部把入宫前的慈禧，作为一位纯真、浪漫而又不无"野心"的旗族姑娘加以描绘的小说。作者以"正笔"书写入宫前的她，用"侧笔"续写成为"西宫娘娘"之后的她，沉重的历史

---

①"包衣"，满语，意为"家里人"，在一定语境下也指"世仆""仆役"；"从龙"，指从其祖先开始就归皇帝亲领。王度庐在一份手写的简历里说：父亲在清宫一个"管理车马的机构"任小职员，这个机构当即内务府所属之上驷院。

②按："满人"专指满族；"旗人"这一概念则涵括满洲、蒙古、汉军三个八旗的所有成员，其内涵大于"满人"。

③参阅关纪新：《多元背景下的一种阅读——满族文学与文化论稿》，辽宁民族出版社，2013，第219页。

感里蕴含几分惋惜，情感上极具"旗族特色"。

在《宝剑金钗》和《卧虎藏龙》里，德啸峰虽非主人公，却可视为旗籍"贵胄之侠"的典型。他沉稳、老练，善于谋划，善于掌控全局，比李慕白更加"拿得起、放得下"。他的身上比较完整地体现着金启琮所说京城旗人游侠的三个特征：一、凌强而不欺下，一般人对他们没有什么恶感。二、多在八旗人居住的内城活动，没什么民族矛盾的辫子可抓。三、偶或触犯权势，但不具备"大逆不道"的证据，故多默默无闻。①铁贝勒、邱广超和《彩凤银蛇传》里的谢慰臣都属此类人物。

进入民国之后，由于政治、经济原因，京中旗人的精神状态呈现更趋萎靡甚至堕落之势（《晚香玉》里的田迂子即为典型），但是王度庐从闾巷之中找到了民族精神的正面传承。《风尘四杰》实际写了五个"闾巷之侠"——那位"有学有品而穷光蛋"②的"我"，也算一个"不武之侠"。作者清楚地认识到：虽然早非"侠的时代"，但是天桥"四杰"③身上那种捍卫正义，向善疾恶，刚健、豁达、坚韧、仗义、乐观的民族精神，却是值得弘扬光大的。这已不仅仅是对旗族的期许，更是对重振中华民族传统美德的期许。

凡是旗人，都无法回避对于清王朝的评价。王度庐在杂文里认为，"大清国歇业，溥掌柜回老家"④乃是历史的必然，人民期盼的是真正实现"五族共和"。他更在两部算不上杰作的小说中，以传奇笔法描绘了两位清朝"盛世圣君"的形象。《雍正与年羹尧》里的胤禛既胸怀雄才大略，又善施阴谋诡计。他利用"江南八侠"的"复明"活动实现自己夺嫡、登基的计划，又在目的达到之后断然剪除"八侠"势力。但是，他对汉族的"复明"意志及其能量日夜心怀惕惧，以至"留下密旨，劝他的儿子登基以后，要相机行事，而使全国

---

① 参阅关纪新：《老舍与满族文化》，辽宁民族出版社，2008，第80页。
② 语见王度庐早期杂文《中等人》，原载于北平《小小日报》1930年4月5日"谈天"栏，署名"柳今"。
③ 民国初年，"天坛附近的天桥大多数的女艺人、说书人、算命打卦者都是满人"。转引自关纪新：《老舍与满族文化》，辽宁民族出版社，2008，第122页。
④ 语见王度庐早期杂文《小算盘》，原载《小小日报》1930年5月20日"谈天"栏，署名"柳今"。

恢复汉家的衣冠"。书中还有一位不起眼的小角色——跟着胤祯闯荡江湖的"小常随",他与八侠相交甚密,又很忠于胤祯。"两边都要报恩"的尖锐矛盾,导致他最终撞墙而殉。作者展示的绝不限于"义气",这里更加突出表现的是对汉族的负疚感和对民族杀伐史的深沉痛楚。王度庐对历史的反思已经出离于本民族的"兴亡得失",上升为一种"超民族"的普世人文关怀。《金刚玉宝剑》中的乾隆,则被写成一个孤独落寞的衰朽老人,这一形象同样透露着作者的上述历史观。

满族入关后吸收汉族文化,"尚武"精神转向"重文",涌现出了纳兰性德、曹雪芹、文康等杰出满族作家,其中对王度庐影响最大的是纳兰性德。"摇落后,清吹那堪听。淅沥暗飘金井叶,乍闻风定又钟声。"①纳兰词的凄美色调,融入北京城的扑面柳絮和戈壁滩的漫天风沙,形成了王度庐小说特有的悲怆风格。

旗人的生活文化是"雅""俗"相融的,王度庐继承着旗族的两大爱好:鼓词(又称"子弟书""落子")和京剧。他十七岁时写的小说《红绫枕》,叙述的就是鼓姬命运,其中还插有自创的几首凄美鼓词。至于京剧,据不完全统计,仅在《落絮飘香》《古城新月》《晚香玉》《虞美人》《粉墨婵娟》《风尘四杰》《寒梅曲》七部小说中,写及的剧目已达九十六折②之多!作为小说叙事的有机内涵,王度庐写及昆曲、秦腔、梆子与京剧的关系,"京朝派"(即京派)与"外江派"(即海派)的异同,"京、海之争"和"京、海互补",票社活动及其排场,非科班出身的伶人、票友如何学戏,戏班师傅和剧评家如何为新演员策划"打炮戏",各色人等观剧时的移情心理和审美思维……他笔下的伶人、票友对京剧的热爱是超功利的,而她(他)们的社会角色和物质生活则是极功利的——唯美的精神追求与惨淡的现实生活构成鲜明反差,映射着

---

①纳兰性德:《忆江南》——当年王度庐与李丹荃相爱,曾赠以《纳兰词》一册,李丹荃女士七十余岁时犹能背诵这首词。

②由于现存《虞美人》和《寒梅曲》文本均不完整,所以这一数字是不完整的。而未列入统计对象的《宝剑金钗》《燕市侠伶》等作品中,也常含有京剧演出、观赏等情节,涉及剧目亦复不少。

人性的本真、复杂和异化。他又善于利用剧情渲染故事情节和人物情感,例如《粉墨婵娟》中,凭借《薛礼叹月》和《太真外传》两段唱词,抒发女主人公不同情境下的不同心绪,展示着"戏如人生、人生如戏"的微妙契合,极大地增强了小说的诗意。

入关以后,旗人皆认"京师"为故乡,京旗文学自以"京味儿"为特色。王度庐的小说描绘北京地理风貌极其准确,所述地名——包括城门、街衢、胡同、集市、苑囿、交通路线等等,几乎均可在相应时期的地图上得到印证。《宝剑金钗》《卧虎藏龙》主人公的活动空间广阔,书中展示清代中期北京的地理风貌相当宏观,又非常精细。玉娇龙之父为九门提督,府邸位置有据可查,作者由此设计出铁贝勒、德啸峰、邱广超府第位置,决定了以内城正黄旗、镶黄旗(兼及正红旗、正白旗)驻区为"贵胄之侠"的主要活动区域。李慕白等为江湖人,则决定了以"外城"即南城为其主要活动区域。两类侠者的行动则把上述区域连接起来,并且扩及全城和郊县。《落絮飘香》《古城新月》《晚香玉》《虞美人》等社会小说中,主人公的活动空间相对狭小,所以每部作品侧重展示的是民国时期北平城的某一局部区域:或以海淀—东单—宣内为主,或以西城丰盛地区—东单王府井地区为主,等等。拼合起来,也是一幅接近完整的"北平地图"。上述小说之间所写地域又常出现重合,而以鼓楼大街、地安门一带的重合率为最高。作者故居所在地"后门里"恰在这一区域,在不同的作品里,它被分别设置为丐头、暗娼等的住地。这里反映着作者内心深处存在一个"后门里情结",他把此地写成天子脚下、富贵乡边的一个小小"贫困点",既体现着平民主义的观念,又是一种带有幽默意味的自嘲。

王度庐小说里的"北京文化地图",是"地景"与"时景"的融合,所以是立体的、动态的。这里的"时景",指一定地域中人们的生活形态,包括节俗、风习。无论是妙峰山的香市、白云观的庙会、旗族的婚礼仪仗、富贵人家的大出丧、"残灯末庙"时的祭祖和年夜饭、北海中元节的"烧法船",乃至京旗人家的衣食住行,王度庐都描写得有声有色、细致生动。这些"时景"与故事情节融为一体,成为展示人物性格、心理的重要手段;同时也颇具独立的民俗学价值。王度庐在小说里常将富贵繁华区的灯红酒绿与平民集市里的杂乱喧闹加以对比,而对后者的描绘和评论尤具特色。例如,《风尘四杰》里是这样介绍天桥的："天桥，的确景物很多，让你百看不厌。人乱而事杂，技艺丛集，藏龙卧虎，新旧并列。是时代的渣滓与生计的艰辛交织成了这个地方，在无情的大风里，秽土的弥漫中，令你啼笑皆非。"他笔下的天桥图景，喷发着故都世俗社会沸沸扬扬的活力和生机，嘈杂喧嚣而又暗藏同一的内在律动；它与内城里的"皇气""官气"保持着疏离，却又沾染着前者的几分闲散和慵懒。这又是一种十分浓厚、相当典型的"京味儿"！

"京味儿"当然离不开"京腔"。王度庐的语言大致是由两部分组成的：叙事以及文化程度较高角色的口语，用的是"标准变体"，即经过"标准化处理"的北京话，近似如今的"普通话"；底层人物的语言，则多用地道的北京土语，词汇、语法都有浓厚的地域特色，比一般的"京片儿"还要"土"。故在"拙""朴"方面，他比一些京派作家显得更加突出。

由于众所周知的原因，王度庐的作品散佚严重，这部《大系》编入了至今保存完整或相对完整的小说二十余种，另有一卷专收早期小说和杂文。

笔者认为，1949年前促使王度庐奋力写作的动力当有三种：一曰"舒愤懑"；二曰"为人生"；三曰"奔窝头"。三者结合得好，或前二者起主要作用时，写出来的作品质量都高或较高；而当"第三动力"起主要作用时，写出来的作品往往难免粗糙、随意。当然，写熟悉的题材时，质量一般也高或较高，否则，虽欲"舒愤懑""为人生"，也难以得到理想的效果。是否如此，还请读者评判、指正。

徐斯年
二〇一四年十一月于姑苏香滨水岸

凡　例

1.《风雨双龙剑》

本书初稿共十七回，连载于 1940 年 8 月 16 日至 1941 年 5 月 9 日南京《京报》。载毕即由报社刊行单行本，列为"京报丛书"之一。1948 年又由上海育才书局印行单行本，改为十八回；回目与《京报》本略有差异，内文稍有删改。本版采用十八回，内文据连载本印行。

2.《彩凤银蛇传》

本书最初连载于 1941 年 5 月 10 日至 1942 年 3 月 1 日南京《京报》。未见单行本。本版即据连载本印行。

3.《纤纤剑》

本书初载于 1942 年 3 月 1 日至 10 月 31 日南京《京报》。未见单行本。本版即据连载本印行。

4.《洛阳豪客》

本书初稿连载于 1943 年 1 月 23 日至 1944 年 1 月 8 日南京《京报》，原题《舞剑飞花录》。1949 年 2 月上海励力出版社印行单行本，改题《洛阳豪客》，章次、章题均与连载本不同，内文差异亦大。

本版以连载本为底本,书名仍用励力版名,附励力版目录如下:

5.《大漠双鸳谱》

本书最初连载于 1943 年 1 月 23 日至 1944 年 7 月 3 日南京《京报》(1944 年 2 月 1 日改名《京报晚刊》)。未见单行本。本版即据连载本印行。

6.《紫电青霜》

本书初稿 1944 年至 1945 年连载于《青岛大新民报》,原题《紫电青霜录》。1948 年 7 月由上海励力出版社印行单行本,改题《紫电青霜》。本版以励力版为底本。

7.《紫凤镖》

本书初稿连载于 1946 年 12 月至 1947 年 7 月《青岛时报》,署名鲁云。1949 年由重庆千秋书局印行单行本。本版以千秋书局版为底本。

8.《绣带银镖》

本书初稿连载于 1947 年 5 月至 1948 年 9 月青岛《大中报》,原题《清末侠客传》,署名鲁云。1948 年上海励力出版社印行单行本时分为二册,书名分别改题《绣带银镖》《冷剑凄芳》。本版以励力版为底本,合为一册印行。

9.《雍正与年羹尧》

本书初稿连载于 1947 年 7 月至 1948 年 4 月《青岛时报》,署名鲁云。1949 年上海励力出版社印行单行本,更名《新血滴子》。本版以励力版为底本,书名恢复原名。

10.《宝刀飞》

本书初稿连载于 1948 年 4 月至 1948 年 9 月《青岛时报》,署名鲁云。同年 11 月由上海励力出版社印行单行本。本版以励力版为底本。

11.《金刚玉宝剑》

本书初稿始载于 1948 年 9 月《青岛公报》,1949 年 2 月改载《联青晚报》。1949 年由上海励力出版社印行单行本。本版以励力版为底本。

按"金刚玉"当作"金刚王"。参见丁福保主编之《佛学大辞典》:

【金刚王宝剑】(譬喻) 临济四喝之一,谓临济有时一喝,为切断一切情解葛藤之利剑也。《临济录》曰:"师问僧:有时一喝如金刚王宝剑,有时一喝如踞地金毛狮子,有时一喝如探竿影草,有时一喝不作一喝用,汝作么生会? 僧拟议,师便喝。"《人天眼目》曰:"金刚王宝剑者,一刀挥断一切情解。"

又:【金刚】(术语) Vajra 梵语曰缚罗。……译言金刚,金中之精者,世所言之金刚石是也。……又(天名)持金刚杵之力士,谓之金刚。……

【金刚王】(杂语)金刚中之最胜者,犹言牛中之最胜者为牛王也。……

目录

第一回　花开对剑显娇娥

　　河南府洛阳县是一个有名的地方，周平王东迁之后即以此作为国都。三国时的大文豪陈思王曹子建，据说就曾于洛水之畔梦见过洛神，洛神是一位"翩若惊鸿，婉若游龙"的具有绝世姿容的多情的女神，他醒来便作了一篇《洛神赋》，辞藻富丽，冠绝今古。洛阳并以牡丹著名，每当春季，奇葩似锦，可称为"花之城市"。

　　不过黄河可就在城市北不远，每年要泛溢出来万顷的黄水，变成了黄沙，变成了黄土的高山。狂风一起，天地混沌，连洛神的艳装，恐怕也被搅得黯然无色；牡丹片片，也尽委于埃尘。所以这个地方是一个既柔媚又粗暴的地方。不对，可以说是既秀丽又雄壮的地方。这里的民风也是风流文采、慷慨豪侠到处皆有，香艳侠烈之事历代不绝。我们现在所要说的却是出在清朝中叶这里的一件武侠的旖旎的故事。

　　在洛水的西岸隐凤村内有一位苏老太爷，苏家原是世代书香，遵守孔门礼教，他们家里的大门上悬有贞节牌，祖茔里且有节烈坊，那就是苏老太爷的先妣、洛阳城老人们至今犹赞不绝口的苏太夫人挣来的。但是苏老太爷半辈子也没认识了几个字，而且到了他晚年，如今他七十二岁了，又笃信佛教，不但他自己终年茹素，还使全家都不准吃荤。他，这位身高七尺有奇，白胡子长有二尺，紫红脸，扫帚眉，豹子眼睛，虎背熊腰，五六个壮年大汉都休想是他对手的老太爷，最近且为偿他的宿愿，朝南海普陀拜观世音菩萨去了。他走后不到十日，洛阳下过了一场春雨，朵朵的牡丹已在含苞待放。

苏老太爷虽生在洛阳，但他向来不喜欢牡丹花，可以说一切的花他都不喜欢。早先他喜欢的是抡拳、使剑、舞大刀、打架、角力，晚年他就喜欢念佛烧香做好事了。他家财富有，长子苏振雄是有名的粮行富商，次子苏振忠是举人出身，现任山西知县，三子苏振杰在家当"苏三少爷"。老伴儿虽早已病故了，但他永远是精神矍铄，面上永无愁容。

只是这次走的时候，他先到祖茔去拜辞，手扶着那石头的节烈坊而放声大哭，临出门上马时，又回首望着门前的红地金字"节烈可风"的贞节牌而长叹。这种表现不足为异，大家都知道的，苏老太爷的先严景清公病逝之后，那时苏老太爷才五岁；因为族人争产业，妄造事端，以致苏太夫人才悬梁殉夫，抛下苏老太爷由老仆苏顺照料。

苏老太爷长至八九岁时，又不成材，偷苏顺二两银子跑了，一去十多年，河南地面就出了一位少年的镖师单剑小霸王苏黑虎，那就是四十年前的苏老太爷。他的事迹遍传南北，至今虽然他早已脱离了江湖，以保镖发财，把家业也复兴了，供给次子读书，做了官，把家声也重振了；然而江湖人明着称他为"苏老太爷"，背地里仍旧叫他为"苏黑虎"。他的英名仍叫得响，江湖上谈起他来，还都凛然起敬。四方的镖头路过洛阳还都要登门来拜访，他可是向来不接见的。他曾嘱咐过家人，说："江湖上，除了池州府的李国良、铜山县的秦铁棍，那是我的老朋友、生死弟兄；除了他们那里来的人，别管是谁，我是一概不见……"

老太爷这次赴普陀，一个随从也没带着，连他的宝贝"青蛟剑"也没有携去。所以三少爷乐了，四小姐也高兴了，两人争着要摘下来练一练，舞一舞。

这位四小姐名叫苏小琴，今年才十八，老太爷五十四岁时才得的她。得她的那一年，她的二哥中的举，是一件喜事；然而次一年，老太爷的夫人就得病去世，好像小姐的命也不大佳。她自幼就由乳娘抚养，乳娘何妈妈把她放纵得跟个男孩子一般。若不是老太爷想着儿子都已做了官，家风还得说是个诗理之家，有了女儿，便不该当作江湖卖解的那般女儿一样养活。真的，若不是老太爷严父而兼尽慈母之责，她一定不会有现在这么温柔端秀的体态，满村妇女全都夸赞的一双金莲。她的模样是有她母亲年轻时的那双灵活的眼睛，两道铁眉，浓黑的长睫毛，而又有一个大概只有画儿上才会有的不高不低适中的鼻梁，一个不小不大总是爱笑的美丽的口；并有老太爷的高身材，可是细而窈窕；站立时亭亭如玉树，走动时飘飘若仙娥。她还有个特点是腮边常露着两颗醉人的笑涡。她好像是集千年洛阳牡丹之芳魂而生，她又许是那"翩若惊鸿，婉若游龙"的洛水仙姑来转世。她的心是玲珑聪敏的，无论什么事，她一学就会，做出来准比别人都好。她的手儿虽然那么纤秀，但是很能干的，会抚琴，会写字，还会舞剑打拳。

因为老太爷最钟爱三儿子，所以自幼延请文武老师，教授诗文及武艺，也令女儿附读、陪练。他虽不想望女儿成什么才女、侠女，但无意中竟使小姐文武皆通。这位小姐还有一样儿巧，就是最爱花，尤其最爱牡丹，现在苏家大院内的几个庞大的院落，处处是牡丹的花畦，就都是这位小琴小姐亲手莳种的。

春风拂来，牡丹将绽，严父已去，无人管束了。这一日，小琴就悄悄出了闺阁，走到父亲的屋中，悄悄地摘下了青蛟宝剑，然后姗姗步至了庭中。

庭中很是宽敞，地下是方砖铺成，四角砌成四座花畦。牡丹这时正在绿叶纷披，打着拳头大的花苞，并有红的、粉的那淘气的花瓣都绽出来了，它们好像是探出头来带着笑问这位小姐："一年没有见啦！今年您倒好呀？喝！您可比去年出落得更标致了！"

往日庭中常铺着一层沙土，老太爷在家中的时候常于此教给儿子女儿打拳，有时因为传授"地趟刀""地仙剑"，父子还都能滚一身黄沙土。小琴小姐总在旁边格格笑，她可不练那些满地滚的本领，而是专待夜深人静之后，自己练习高来高去的功夫。今天，地下的沙土倒是早就叫风给刮飞了，仆人给打扫净了，可是西房的房檐下还有一片碎瓦在地。西房现在空闲着，她跟何妈妈同住在北屋。

当下，她将剑锵然一声抽了出来，铁匣放置于地。她将剑在纤手中颠了一颠，就觉得分量很重，想起父亲说过："女孩子家是不能使这个的！"然而剑作深青色，双锋完整无缺，寒光夺目，剑柄虽已叫老太爷握得有了一层油泥，但确实比她的那口有玫瑰紫色穗子的"女剑"强得多。

她先拿定了架势，假作对方是有一个人也使用着宝剑，猛然自上方袭来，她立时就反舞以迎。对方忽然又抽剑避锋，那么她又乘势下撩，嗖的一剑。这时她的娇躯疾转如飞鸟，素手斜掠若盘雕，剑光上下飞舞，她穿的银钱织成的紫缎帮儿的小鞋左右跳跃。她想象着对方真是有一个人，这人的剑法还不弱，忽然剑又来了，她就疾忙挽背花一剑斫去，高击对方的右上部。不过，她心里忽吃了一惊，暗自哎哟了一声，觉得这一剑斫得太狠，对方不得立时就受伤吗？尤其是她理想中的对方，是个可爱的对方，那么受了伤可怎么好呢？

原来她每次练剑总有一个理想中的对手，老太爷告诉过他们："你们练剑时必须想着面前是有一个武艺高强的人，真在跟你们打，那才能临阵不慌，到时有用；不然，那叫花剑，那是小孩子耍的玩意儿，那叫白练！白学！"不但每次练剑真有个假想中的对手，而且是个二十上下、翩翩丰姿的少年对手，所以，当时她就收住了剑，脸绯红了。

乳娘何妈妈隔着窗户说："别练啦！咳！练这个有什么用呀？累一头汗！头发也散啦，姑娘家练这个干吗？"

小琴回头向北屋的玻璃窗里投了一眼，她就沉下来小脸儿，故作娇嗔地说："偏练偏练！你管不着！"于是又拿起来宝剑直飞急舞，但，却又真没有一点意思，对方不过是个幻想的影子，其实眼前只是那四扇垂花门。

　　她收住了剑，发了一会儿呆，就拾起剑匣，匆匆走到屋里来，气哼哼的。看见何妈妈坐在屋里的炕上，手里拿着小鞋底正纳着，还笑着对她说："今儿天气又好，趁着老太爷不在家，等我纳完了这双鞋底子，你梳洗梳洗，打扮打扮，咱们到白马寺去逛逛好不好？烧一股香，我倒不想求什么，给你求一求，求神佛保佑老太爷一路平安，到了南海准能遇到观音老母，求保佑你平平安安的，再求……真的，姑娘我对你说！你也，你也，十八岁啦！……"小琴说："不听！不听！"她把宝剑放在红木桌上。

　　何妈妈却又叹息着说："我说的是实话呀！东村的张大姑娘上月也叫人娶走啦，北边的赵二姐到月底就出阁，七丫头也有了婆家了！连麻姐儿都放了订，独有……"小琴顿着脚正色说："您！您是怎么啦？疯了吧！"何妈妈又叹着气。

　　小琴生气地转过身，蓦然看见了壁上挂的她母亲的遗容，她却又不禁芳心有点滋痛："母亲！天地间没有了母亲，母亲早已抛下我而长逝了！女儿纵有心事，能向谁去说呢？"她用温热的微微出汗的双手抚摸着那冰冷的剑匣，手心上的胭脂都染在那铁上。她觉着眼泪要往下流，怕冲坏了颊上的脂粉，便极力忍住了那泪。她愤然地又回身，想再出屋去，不想屋外忽发生沉重的脚步声，并叫着："妹妹在屋吗？"门吧的一声开了，也不知给带上。

　　撞进屋来的是她的三胞兄，这苏振杰穿着青绸的单褂单裤，腰间系着大红绣花的汗巾，脚下穿着一双"抓地虎"的靴子，大长辫子搭在胸前，手里揉着一对发亮的铁球。小琴说："你又这样土匪的打扮！爸爸在家里你敢？"

　　苏振杰微笑，他长得可真像他的父亲，不过没有那么威风。他先说："喂！耿四他们给我起的那个绰号，连东关的银勾孟广全都知道了！刚才在东关见着他，他就称呼我粉金刚三少爷！他说：'怎么老没见你呀？老太爷朝普陀山去啦，你倒不出门儿啦，在家里干吗啦？净服侍媳妇抱孩子了吧？'哈哈！你瞧我那个外号儿倒叫开啦！真他妈的！"

小琴撇了撇嘴，躲开了她的哥哥，自己索性也不出屋子了。

何妈妈又问："三少奶奶早起来了吧？宝哥儿昨天晚上睡得安静吗？"

苏振杰仿佛没听见，他又兴奋地说："金钩孟广这次恐怕也要栽跟头，他得罪了登封县的鲁家五虎，一半天内怕他就有祸事临头。可是今天我见了他，他还是毫不在乎的样子，我可看他的双钩没有多大的把握，他那几个徒弟到时也不能帮什么忙，非吃亏不可！鲁家五虎不是好斗的！只要一来，就绝不能善罢甘休。他不求我，我也犯不上多管闲事！"小琴也渐渐注意这事起来。

苏振杰又说："其实，只要银钩孟广别端他那大镖头的架子，肯来求我，我就准保他占上风！鲁家五虎虽然厉害，可是在我眼里，他们真比五个蚂蚁还不如！去年的事，要不是爸爸情愿忍事，压着我，我也就早提着宝剑到登封县找他们斗去啦！妈的！"

小琴由此却又想起去年秋天发生的一件可气的事。鲁家五虎中最小的那个腾云虎，曾硬托人来这儿求亲，被苏老太爷婉言拒绝了，他们便羞愧成怒，在外边，并到了洛阳城内向着人大骂，说："苏家的姑娘早就坏了，所以年十八了，苏老头子还不敢给他女儿说婆家。"那时三少爷苏振杰确实真气极了，真要立时就提剑到鲁家去找他们拼命。可是苏老太爷不愿与鲁家结仇，把儿子骂了一顿，硬把一场将起的纠纷给压下去，把一口从来也不受的恶气隐忍了下去。

半年以来，两家倒是没有摩擦，如今小琴姑娘却因听了哥哥的话，又勾起了旧日的怒气，并想趁着父亲不在家，她要跟哥哥共同去帮银钩孟广打打鲁家的五虎，以消去岁他们对自己恶言辱骂之宿恨。于是她就愤愤的，刚要向他哥哥去说，却听苏振杰又说："现在，要是先拿鲁家五虎试试手段，打服了他们，立下名声，然后再到江湖上行走半载，包管出名，包管成为一个头顶头的好汉！因为现在江湖上缺少能人啦，名震南北的大英雄万里飞侠高炯，已遇着了对头，丧了他的命！"

小琴吓了一跳，因为自己虽未闯过江湖，但是万里飞侠的大名，自己在十年前就早就听说了。那人是天下无二、南北唯一的好汉，无人不知，无人不畏，各省会武艺的人都奉他为王，尊他为圣。他的门徒满天下，无论多么自负的人，闻听了他的名声也得变色，见了他的面更得叩头，连自己的父亲苏老太爷也常说："像我们这样的人，即使八千、一万，也敌不过他一个。"如今那样的人怎么也会死啦？于是她就惊诧着问说："你听来的这话是真的吗？"

苏振杰说："这还有假？刚才在东关孟广的镖店里，我们谈了半天。他那里有昨天才由安庆府来到的人，那人亲口说的，在上半个月，万里飞侠在他家里丢了脑袋……"

小琴就又问："为什么事呢？"

苏振杰说："事情可是乱极了！你是个姑娘家，我也不能够跟你细说。反正是万里飞侠自夸三十多年来未遇对手，他又有钱，就无所不为了；不想强中自有强中手，他竟因此丧了性命！"

小琴又赶紧问："是谁杀的他？"

苏振杰说："据说是一位少年侠士，孟广镖店里住的那人只说知道此人很年轻，却不知他的名姓。我想一定是那人不敢说，因为这不是一件小事。万里飞侠一死，布满了南北的他那些门徒，还不都得急得冒火，不抓住那少年侠士杀了，报了仇，他们那些人能够甘心？现在，走路的人对这事谁也不敢多说一句话，不然被那些人一耳听见就立时不得了！其实咱们也过问不着，我只是说，万里飞侠已死，江湖已无人，咱们应该出去闯一闯！又趁着爸爸不在家。"

小琴笑着说："可是现在又出了比万里飞侠本事还大的一位少年侠士呢！"

苏振杰说："咳！那还行？一人难敌众手，无论那人的武艺多么高，本领多么大，早晚也是得死于万里飞侠那些徒众的手下！"

小琴摇了摇头，口中虽不语，但心中却有些不服。固然，万里飞侠平日与她家并无恩怨，而且是她所最崇拜的一位英雄，假定别人杀死的万里飞侠，她一定要觉得惋惜，觉得那个人太可恨；可是如今听哥哥说那人是一位少年侠士，她就不禁把同情心移在那人的身上，且认为万里飞侠必是该死。

当下她就默默地倚着椅子，只是驰思，她的脑中忽然又印上了一个绝世的少年奇侠的影子，并且这个人就好像是天天与她对剑的那个假想中的人似的，她有一些心醉了。忽然苏振杰又走近桌来说："喝！爸爸的青蛟剑，原来叫你给拿来了！"小琴一转身，到旁边的太师椅去坐着，依然不语。

苏振杰笑着说："爸爸的宝剑你一个人霸占着，可不叫我摸一摸?"他伸手要将剑拿起，可是他右手中这时还揉着叮当乱响的一双铁球，他得先把铁球放下才能去拿剑。球是圆的，红木的桌面子又光又滑，咕噜噜……铛……铛……两只铁球全掉在地下，滚出了很远。苏振杰赶紧去追，弯着腰去拾，何妈妈在那边看着只是发笑。

等到苏振杰拾起了球，站起来身，小琴早把那口宝剑藏在她背后了。苏振杰站着，面上露出不悦的神色，说："快给我！我要试试爸爸的这口剑能合我的手不合?"

小琴说："爸爸走后，叫我给他看着剑，说是谁也不准用。"

苏振杰摇头说："我不信，你快给我！"小琴仍然摇着头不给，也不语。

苏振杰有点急了，顿着脚，大声说："快给我练一练！哪能爸爸才走你就把他的东西霸占起来呢? 快给我用用！快给我！我还预备拿它闯江湖去呢！做第一等、头一名的好汉去呢！"

小琴瞪起眼来说："冲你这句话，我更不能够给你啦！将来爸爸回来，我还要给你告诉呢。我说你逼着我要给你这口剑，你要出去闯祸！"

苏振杰一笑，说了声："妈的！"无意中在妹妹的跟前说出了这句口头话，他立时就后悔，小琴早就跳起来，厉声问："你说什么啦?"惭愧得他剑也不再要了，抹身就跑出去了。

这里小琴倒是没有认真生气，因为她的三哥即使说着好话，也能喷出来"妈的"这句村言，没法子改了，兄妹二人也时常打架。

不过，刚才这么一会儿，她三哥给了她许多扰乱她脑子的东西，使得她心里十分不痛快，在屋里是只说一句话，就要跟何妈妈吵；到院中去，也懒得灌溉那些牡丹，精神恍惚，茶饭无味。

不觉天已晚了，满天上暮鸦飞鸣。忽然她的三哥振杰从外面跑进来，叫着说："妹妹，快把青蛟剑让我用一用吧！明天我就要拿着去斩鲁家五虎！"原来那银钩孟广，刚才真个前来拜访苏振杰，求他届时帮助，并说了许多奉承的话，所以现在苏振杰高兴极了。

小琴倒是说："我怕你到时敌不过鲁家五虎！"

苏振杰就说："不要紧，我比你聪明，到时我绝不会傻干！我先在旁边观风，如若鲁家五虎的势派来得真凶，他们弟兄的武艺真好，那我绝不上手；如果他们不行呀，孟广这边的风势硬呀，那我可就要大展身手了！"

小琴娇嗔说："你这话多丢人！"

苏振杰说："本来英雄豪杰的大名都是这样造成的，江湖哪有真好汉？不过我也不能不预备预备，来！你把青蛟剑给我用，你去另拿一口来，你就假作是鲁家五虎，到院里去，咱们假装儿砍一砍。你的剑法不必客气，手下可得留心别伤着我！来！到院里去！"说着，他就自己跑过去，由长凳上抄起了青蛟剑，锵的一声抽了出来，得意极了。

小琴这回也不再拦他，并且自己也跑到里间取了剑，兄妹两人就一同出了屋。但是小琴却皱了皱眉，说："天都这么黑了，谁要把谁伤了，可怎么好呀？"

苏振杰也看着四下已经黄昏，天际飘着几片余霞，晚风甚紧，他也觉得不大妙，就提着剑呆立着无语，小琴就说："明天早晨再练好不好？难道鲁家五虎明天一早就能够来吗？"

苏振杰摇头吸气地说："嘿！那可说不定！碰巧今天晚上他们就来到了！我既应得给人家助拳，不先练练还行？到时候等着栽跟头吗？"想了一想，又说："不要紧，我一个人先练一会儿吧，你在旁边看着一点就行啦！"

于是他挽挽袖子，走至庭中，猿臂平抡，寒光抖起，正要走一套"纵步追凤伏地剑"，忽然听得一阵咚咚咚的急骤脚步声，自前院跑了来两个仆人，高声说："有人来啦！"把苏振杰吓得赶紧放下了剑，心里惊惊慌慌的，心说：怎么这样快鲁家五虎就来了？他们不去找银钩孟广，为什么来找我呀？

此时小琴的态度倒是十分镇静，她手提宝剑走下了台阶，问说："来的是什么人？他们没说明白是要见谁吗？"

站在垂花门外的仆人苏禄、苏德一齐答说："是找咱家老太爷的！"苏振杰一听，才放了心，就向着那两个仆人模糊的身影，呵斥着说："话还没说明白你们就嚷嚷！真没规矩！"

苏禄还尽自大声说："人就快进来了！不让我们通报，当时就在门前卸车，要进来！"

苏振杰说："岂有此理！你们不会说老太爷没在家吗？即使在家，也是一概不见！"

小琴却抢上前问说："来的这人没有通姓名吗？"

苏禄说："池州府来的，姓李，是个老头子，车里头还有女眷呢！大概是要到咱们庄上常住，他自称是咱们老太爷的好朋友！"

小琴却笑着，转脸向她的哥哥说："别是李国良李伯父来了吧？他是爸爸的生死弟兄。"

苏振杰发着呆，小琴就说："你快给请进来吧！"又喜欢着，悄声说："李伯父若来了，更好了，明天咱们把鲁家五虎打了，叫他看一看咱们，也给爸爸争争光。"说着，她就把她哥哥的剑拿到了屋里，又急忙地取了火，把挂在院中墙上的一只不常点的玻璃灯点上，又跑回屋里了。

何妈妈问说："外面有什么事？"

小琴说："有客来了。"

何妈妈问说："哪来的客？这么晚还到咱们家里来？"

小琴扒着她乳娘的耳边说了，并说："还有女客呢！"

何妈妈就蓦然想起来，说："哦！那位李老太爷在十几年前到咱们这儿来过，人倒是很好。他有个小姐，那时就要给你三哥说，可是因为她有病，就没有说，要不然这时候早就成了你的嫂嫂啦！现在，他莫非带着他的女儿来此？那位小姐至今还没出阁吗？"

她站起身来又说："我可得迎接迎接！"说着，就要先点屋里的灯。

小琴却一手拦住，说："妈妈你先别点灯！院里有灯就行啦，屋里的灯先别点！"

何妈妈问说："为什么呀？人家要是进屋来见你，难道也不点灯吗？"

小琴生气似的说："我也没梳洗打扮，身上又穿着短衣裳，连鞋都没有换！叫人家看见了，不得笑话死我？"她顿顿脚又说："您快到院子里迎接去吧！就让到西屋里去就得了，反正看不见。我不见，今天我绝不见，明天……我或者才能够见人家呢！"

何妈妈没有法子，只得自己将衣襟揪平展了，摸着黑，出了屋子，就见院中墙上的那盏灯也是暗暗的，没有什么光亮。

这时，东院里也得了信，小琴的长嫂大奶奶、三嫂三奶奶都迎了出来，还有两个仆妇，打着两只油纸糊的灯笼往外去迎。此时苏振杰早已跑回自己的屋里穿上一件大褂，就急匆匆地迎出去了。到了门外，就被一个老头子抓住，说："你是三侄子吗？哈！你都长得这样高啦？十几年前我到你家里来的时候，你还是个小孩子呢！"又笑着说："哈哈！你绝想不到我来吧？"

苏振杰发着怔，旁边虽已有仆人点上了灯，可是他仰看着这个身材比他爸爸还许高，留着很长的惨白胡子的老头儿，实在不认识，模样实在觉得生疏；十几年前是否来过，他真不大记得了，只得深深作揖，称呼伯父。

旁边有一辆骡子拉的车，有黑布的棚儿，帘子也遮得很严，李老英雄李国良就又向他说："你的大妹子也来了，这次，我就是为送她才来的，路上我们直走了半个多月呀！"

两个拿着灯笼的仆妇已从里面出来，都喜喜欢欢地说："是李大小姐来了吗？"苏振杰就吩咐她们到车旁去搀，他却两眼发直，借着那摇摇晃晃的灯光，果见由车里搀扶出来一位年轻的女眷。人家的模样他可没法看得清楚，因为人家是走长路来的，所以发上罩着黑纱的首帕，并且低着头，不过乌黑的辫子垂在背后。穿的似乎是绛紫的女衣，身材不太高，可十分的娉婷婀娜；长裙拖地，也没看清下面的脚，就被一个仆妇搀着，一个仆妇两手举着灯笼，在前面领路，走过去了。门外一阵小小的骚乱渐渐宁静了，听仆人们彼此低声谈着话，似乎都觉着这父女二人来得太突兀，太可疑。

苏振杰随李老英雄往里走去，本要先让至客厅里，李老英雄却说："三侄子，你别跟我客气，你看我还是外人吗？当年，我跟你爸爸，我们俩的年岁都跟你现在差不多，我们一同走江湖，吃苦，受饿，还有你的那个秦铁棍秦五叔，我们三个人……咳，回想起早先的事来，是又可笑，又可叹！"说着，就迈着大步往里院走，又说："我先叫你大妹子见见这里的嫂子跟姊姊，然后咱们爷儿俩再说话。"

那位女眷已被搀到里院，两位少奶奶都上前迎接，笑声儿寒暄着。西屋中早已点上了两支明亮的蜡烛，但北屋里还是漆黑的。原来小琴正扒着窗往外偷瞧，想看看来的这位女眷模样比她自己如何。可是，真恼人！这个女眷到了人家里还不摘首帕，太不懂得礼节，而且又那么羞涩，连头也不敢抬，行礼仿佛都不大会，真是个没见过世面的姑娘！穿的衣服颜色既不漂亮，样式又肥，裙子长得拖到地，这是多难看的打扮呀！小琴不禁哼了一声，转身就点上了灯，可是仍然不出屋。

院中一阵说话的声音已经逝过，女眷被让进西屋去了，两个少奶奶随进去招待。那位李老英雄眼看着将女儿安顿好了，他才又往前院，找苏振杰去细谈。苏振杰本来最怕应酬客人，如今来的又是找他爸爸的客人，更是使他头疼，可是没有法子。

李老英雄找住了他，就不放手，拉着他进了客厅。这客厅是三间屋子，两明一暗，书画满壁，陈设得极为雅洁。李老英雄就像是来到了旧地方似的，站在屋里，把头向左右扭，看了半天。苏振杰这才借着烛光看清楚了这位老英雄的面貌，原来他的胡子虽没有自己的父亲那么白，可是脸上的皱纹实在多，已显出有点老态龙钟来了；双目可炯炯有光，依然带有豪气。他眉毛微皱，发生了感慨，说："十多年前，我来看你爸爸，就在这屋子住了一个多月，我就走了。那时候，我很有钱，你爸爸他都嫌我太奢华了。我走的时候，只胯下骑着的马，就是八百两银子买来的；一件火狐腿的皮袄，那时候，走在江湖上都扎眼，别人都以为我是一位大官。现在，说不得啦！咳！真说不得了！"说着，撩了撩他的青布裌袍子，并现出腿上穿着露出棉花来的破套裤，脚下是沾着黄土的粗布袜子跟破鞋。他叹息着说："你爸爸养了好儿子，我，没养着好儿子！"他在紫檀的太师椅上一屁股坐下，就从怀里掏出个没有烟嘴的烟袋，装上了烟狂吸着。

苏振杰心里有点明白了，暗道："这位老太爷的来历，不说自明，他一定是老运不佳，实在没饭吃了，这才带着女儿来告帮。看这样子，十天半月他们是不能走的；只不知这老家伙还能打架不能，若是能，明天呼他帮助我打打鲁家五虎倒是不错。"于是就坐在对面的一个小凳子上，说："李伯父是南方有名的老英雄了！小侄虽有多年没见您老人家了，可是常听家父提说，说您……"

李老英雄却立时摆手说："别提啦，好汉不提当年勇，早先，我不是吹，武艺真在你爸爸以上，可是现在……唉！真令人愧死！"蓦然又一拍桌子，说："想不到我竟受一般江湖小辈之气！"

苏振杰陪着叹息了一声，就发着怔，扬着头看着这位老英雄。李老英雄却又笑了，说："实在说，也并不是别人欺我，是我人老世故深，把当年的雄心都消磨尽了。我不愿与人再争强斗胜，更不愿与人生隙结仇，因此才……"说到这里，他把话又咽了回去。

苏振杰蓦然问说："现在江南的江湖之间，英雄豪杰还多不多？"老英雄又抽了两口烟，就淡淡地说："若说呢，后生的小辈之中也颇有拳脚不错的、刀法精熟的，可是若说起英雄豪杰的名头，他们可还差点！"说完又抽烟。

苏振杰就又问说："近日我听人说，万里飞侠高炯已死于安庆府，这事可是真的吗？又听说杀死他的那个人，是一位少年侠士。"

李老英雄听到这里，蓦然现出来惊异的神情，睁起发光的双眼来，盯住了苏振杰的脸，急问说："这话你是听谁说的？谁告诉你的？"苏振杰说："我是听一个朋友说的。"李老英雄又问："你那个朋友姓什么？叫什么？他在哪里住？他也是在江湖上混饭的吗？"苏振杰被问得倒是有点吃惊了，只得说："我这朋友就是本地最有名镖头，银钩孟广。这话也不是他说的，是他的镖店内新近由安庆府来了一个人，是个商人，他向人谈说了这件事。"

李老英雄哈哈大笑，说："这人真能够瞎说！哪里有这件事？池州与安庆只隔一道大江，万里飞侠若是真个被人杀死了，我们还能够不知？再说，万里飞侠的武艺、名声，不说别人，我就先得低头让他三分！什么少年侠士，敢动他的一根寒毛？"他摆摆手说："千万不要听这些瞎说乱道！"连抽完了三袋烟之后，他才又说："今天，我带着你大妹子，是因为我要送她到她的婆家去。她已许配给平阳府刘家，只因她在半路生了病，我才把她带到这里来，等她病好了再带着她走。"

苏振杰只好说几句客气的话了，他便说："伯父来到此地，我们也非常喜欢，因为以后可以时时跟伯父讨教。只是我大哥做着粮行，现到开封办货去了；二哥又在山西做着官；家父又朝普陀去了。"

李老英雄笑着说："你爸爸真是胡闹，闯了一辈子江湖，宝剑下喝过多少人的鲜血？如今，偏偏又信起佛来了。"

苏振杰接着他自己的话说："现在只我一人在家，我怕对老伯难免有招待不周之处！"

李老英雄面上忽现出不悦之色，说："三侄子你怎么竟说这样的话？千万别跟你大哥学，满口的生意话，他只认得算盘、天平，不认得别的；你二哥我看也只会念书、写字，做个县官也就了不得啦。你却不应当跟他们学，你应当学你爸爸，小霸王苏黑虎！虽然不必在江湖之间闯祸，可是武功夫不要扔下，性情不可拘谨，说话办事都要畅畅快快的。我在路上就听人说你爸爸去南海去了，我可还要带着女儿来，就是因为我不会客气，不懂得那些虚文。我来到这里，就跟来到我家里一样。你大妹妹就住在里院，你媳妇她们也不必太跟她客气；我呢，就住在这个屋里，这里间不是有一张床吗？"说着，他就站起身来，迈着大步到里间去看，看见那张床还在，他就点头说："好，好！我就还在这儿睡吧，你叫人给我拿一份铺盖来就行了。我们自家出来时，也忘了带铺盖了，洛阳这地方又比我们南方冷，晚间睡觉时，没有被褥可不行！"

苏振杰心里斟酌着：好！这屋里的东西值多少钱呀？晚间你要卷起来东西，带着你女儿跳墙一跑，可怎么办呀？

这时忽有仆妇开门进来，带笑说："李大老爷！您的小姐请您到里院去，说是有点话！"

这位李老英雄李国良听了这话，就笑着说："这个孩子，一时也离我不开，沿路上就也够麻烦了！"又装了一袋烟点着，就往屋外去走。

苏振杰也随在后面走出去，就说："里院干净，只有舍妹跟她的奶娘住着。我那位李大妹妹，正应该跟我妹妹住在一间屋，她们俩的年龄差不多，一定能够相投，只不知道那位李大妹妹也会武艺不会？若是会，那就更好了！"

李老英雄在前面走着，听了这话却笑，说："我养儿是要叫他长志气，练武功夫；养女可不，我不能像一般江湖人，把女儿养成母夜叉似的。"苏振杰也不禁笑了。

李老英雄在前走着，忽然将脚步停住，回身又握住苏振杰的胳膊，将嘴附在耳边，就似是嘱咐小孩子一般，说："还有一件事，我得嘱咐你，十多年前我在北方颇有名声，得罪的人也不算少，现在别人若是晓得我住在你家，大的麻烦虽不至于有，零碎的麻烦总是免不掉的。因此，你现在就须嘱咐家人们，都把嘴闭严了些，千万不要向别人说池州府的追魂刀李国良现在来到你的家！"苏振杰一听，不由打了个冷战，两腿都有点发抖，只好连连点头笑应。

李老英雄迈着大步进里院去了。苏振杰却赶忙跑到前院召集了家中所有的男仆和壮丁们。这些人本来正在纷纷谈论，因为有几个十多年前就在这里的人，晓得那位李大爷最难伺候。早先在此住了不过一个多月，就天天闹脾气，不是在外面打人，就是在这家里殴仆人。这次来了，住得若是长了，不知更要出什么事。苏振杰倒是向众人慰解说："没有法子，谁叫他是咱这里老太爷的好朋友呢！他既来了，大家只好耐些性儿伺候着他就是了。不过，有一样，就是刚才他嘱咐我，不许说他住在这里，我倒很疑心，所以才来嘱咐你们，并望你们众人对这老家伙的行为倒得都留点意！"

当下众仆人听了，也都不禁发怔，因此更都悄悄交谈起来。苏振杰大声呵斥着说："都不要说话了，该干什么就干什么去吧！没事干的，快去睡觉好了，可也别一齐都睡，到夜里勤着点打更，防备着点！这两天不但家里有事，因为来了客，外头还有鲁家五虎呢！"仆人们都一齐望着他笑，他三少爷的威风一点也服不住这些仆人，他也不禁笑了。

他就又回到了里院，只见西屋北屋都通明，西屋的窗里挂着窗帷，连人影他都没有看着。他进了北屋，却见他的媳妇，一脸雀斑的三少奶奶卢氏和他的大嫂吴氏，三四个仆妇，金妈、赵妈、何妈妈等人全都在屋里；他的妹妹小琴坐在桌旁，拿着一块红绸手帕擦拭那口青蛟剑，剑光映着灯光，闪烁如银。卢氏正说着："长得是不错的，细眉毛，大眼睛，可是，简直是一个哑巴；我在西屋待了半天，跟她说了半天话，她只是点头，别说客气的话，就连句不客气的也没说啊！大概她是南方人，新到北方来，听不懂咱们的口音。"

大嫂吴氏就说："也是因为有病，你没看见吗？她一上炕就打开她带来的那条羊毛毯子，盖上脚，盖上两条腿，仿佛怕是受了风似的。"说到这里，又回头望着苏振杰，说："幸亏早先没给三兄弟订下，要不然，三兄弟能像现在这么整天高兴？不定多么恼烦了！"说得卢氏倒有点脸红。

苏振杰笑了笑，并没说话。等到他的大嫂和他的媳妇都回东院去的时候，他才悄声把刚才所见的李国良的神情及李国良所说的那些可疑的话都告诉了妹妹小琴，并且惊惊慌慌地说："咱们可得防备着点！我看他不是在外省闯了大祸才投到咱们这里来隐藏，就是想要偷咱们家里的财物。"

小琴却瞪了她哥哥一下，说："你真是看不起人，李国良也是江南河北有名的英雄，人家纵使在外惹了事，也不至于来到咱们家里藏躲呀！人家就是穷吧，也不至于偷盗咱家呀！你正经应当防备的倒是鲁家五虎！明天，我倒要看你怎么向他们对付？"

提起鲁家五虎来，苏振杰又骄傲地笑了，他紧握着一双拳头说："那倒不怕！我怕的只是鲁家五虎知道有我帮助孟广，明天他们不敢来了。明天一清早我就起来，妹妹你可得陪着我在院里把剑练一练，到时候我好不至于把剑法弄乱。"小琴笑着，表示对她哥哥瞧不起。

少时，她哥哥出屋回院里睡觉去了，她这里也把剑插进鞘中，独对着明灯，却觉得心绪很乱。第一，是听说今天来的这位李大姑娘，虽然有病，虽然不懂礼节，可是长得很美，但不知比自己如何？第二，是父亲没在家，三哥冒冒失失就应得帮助银钩孟广去斗鲁家五虎，固然可以借此出一出名，可是凭三哥的那几套剑法，他能抵得过人家吗？又想明天非得去帮助他不可，只是自己也得把剑法练习练习。第三，她又想起三哥说的那位"少年侠士"来了，就仿佛那个人是自己曾见过，会认识似的，真深深地在自己的心里印上了一个挖不去的影子了！遐思了半天，她就决定要借着鲁家五虎，在洛阳显露显露自己的武艺，尤其要给李伯父看一看。然后，自己不等到爸爸朝普陀回来，就走，就走往天涯去会会那个少年侠士。

这时更声真切，已敲了两下，何妈妈已睡了，屋中再没有别人。她先闭好了门，然后将灯吹灭，扒窗向外去看，见西屋也是黑乎乎的，打了个呵欠，便也去就寝。

一夜春风吹着窗户，不觉又到天明。她起来，点上了屋中的灯，对镜加意地修饰打扮，换上了白色绣红花的一件缎袄、蓝绸的长裤、粉红色的扎花小鞋，在乌发上罩了一块白纱的绣花首帕，腰间又系了一条素绸的长汗巾，对镜端详了半天，才手提青蛟剑，姗姗地出了屋。只闻得晨风送来一阵清香，原来是庭中的牡丹已开放了数朵。

西屋玻璃窗里的绛色帷子仍在默默地垂着，东方的天空铺着美丽的朝霞，隔院的雄鸡还在高唱，她就舞起青蛟剑。剑划破了晨风，腾起了光芒，引来了花香。她的纤手急掠，细腰慢动，莲足轻进，往来变化，伶伶的秀目直视着左手紧掐的"剑诀"，然而在眼前却又幻出来了那个飘渺虚无的对手，那个人现在有了名字了，叫作"少年侠士"。

她走了一趟"撩云引月剑"，才收住了剑势，又走过去看牡丹。她数了数，是开了一朵紫的，两朵粉红的，一朵白的还没有大开，娇葩半吐，就如闺阁女儿那么害羞的样子；然而她有点担忧，想着待一会儿那讨厌的蜜蜂一定要飞来采花蕊。

正在出神，就听脚步急响之声，有人说："喝！你真起得早呀！"她回身一看，正是她的三哥苏振杰，已经扎束利便，精神奋发，过来就说："你把爸爸的这口剑给我使吧！你另拿一口去，咱们对对！"

小琴哼了一声说："武艺稀松，你光有好剑也是不行！"遂将剑交给了她的三哥。她跑回北房，又取了自己的那口剑柄上系有红丝穗子的轻便合手的宝剑，跳出来，抱定了剑势，便由她三哥先上手，她以剑还击，于是一往一来，兄妹二人就在庭下花间对起剑来。只见寒光相映，身躯并转，小琴此时的对手已不是理想中的那个"少年侠士"了，而是个可恨的鲁家五虎中之一，所以她的剑法越来越猛，愈逼愈急。

振杰虽然也拿他的妹妹就当作鲁家五虎，可是觉着这个虎也太凶啦，只见寒光一道紧接着一道逼向了他的身，又觉着剑风是不断嗖嗖地响，似乎要削去了他的耳朵。他就不由得缩头站住，说声："哎哟！歇会儿吧！你怎么真砍呀？"小琴把剑向她哥哥的后腰平拍了一下，苏振杰就吧嚓一声，屁股坐在地下了。小琴格格的一笑，蓦然一转脸，吃了一惊，却见西屋的窗里，有人撩起了那绛色的窗帷。

第二回　娉婷单身斗五虎

　　窗帷里，隔着玻璃现出来一个面庞，是乌黑的鬓发，一个红中透着白的不圆也不长的极好看的脸腔，颊上脂粉不多，可是极为可爱；黑白分明的眸子，光芒都似射到院里来。鼻梁儿生得很匀称，嘴不小却也不大，还微微地带着点笑意，眉毛长而秀，更显得这人可爱。

　　小琴不禁也笑了，点点头娇声叫说："李大姐！你也起来了？我跟我哥哥练练玩，你可别笑话！我知道你跟李伯父必是也学过武艺剑法，一定比我们好！"而窗里的人也只摇了摇头，嘴唇还是没有动，窗帷也随之就放下了。小琴昨天虽然听说那姑娘长得美，自己的心里有点妒嫉；但今天这么一见面，美是证实了，美可跟自己的美又不同，她的英爽，美得可爱，自己的心里倒不怎么妒了。

　　这时苏振杰由地下爬起来，满面通红，瞪大了眼睛嚷嚷着说："你怎么把剑胡抢呀！几乎伤着我了！我没见过你这套剑法！"

　　小琴说："我的剑法一点也没错，那不是师父，咱们第一个师父王起鲲教给咱们的那乾隆剑吗？"苏振杰喘着气，恼羞成怒的样子，站了半天。小琴笑说："干脆一句话，你不行，你快别去与鲁家五虎争斗了！"

　　苏振杰紧皱着双眉，振臂抢剑又说："什么我不行？我是怕伤了你，我让着你，才，才……"

下面的话还没有说出来，忽见苏禄又从外面跑进来嚷嚷着说："银钩孟广来了！他说是有急事，要见粉金刚三少爷！"苏振杰当时怔得更说不出话来了。

小琴却振奋地说："一定是那鲁家五虎已从登封县来了！不要紧，三哥你自管出去，你就说我也要帮他的忙。今天，你们全都不要上手，只看我一人，单剑，要斗斗那鲁家五虎。你快去，快出去跟孟广说！"又向苏禄说："快去把那匹红马给我备好！"

苏振杰掸了掸屁股上的土，就提着宝剑走往前院；还没看见了银钩孟广，他就早已挺起腰板来，手捧宝剑，雄纠纠地迈着大步。

到了前院，见银钩孟广正在大门洞站着，见了他，就拱手带笑，说声："三少爷！"苏振杰说："请进来坐！"孟广摇头说："不啦！"拍拍他身上穿的黑绸小裌袄，说："我穿着短衣裳，不好意思进宅，再说我的马还在门外，我得赶快回去。因为怕别人来说不清楚，我才自己来，三少爷……"

苏振杰很从容不迫地问说："怎么样？鲁家来了几条虎？现在都已来到了吗？"

孟广说："一共来了不多，只是四条，是吞山虎、踏岭虎、穿林虎、出洞虎。"

苏振杰一听，不由腿有点发颤，然而瞪大了眼睛，微微一撇嘴，说："哈！想不到最小的没有出来，最大的倒先出头。"

孟广说："这是三少爷的威名所致，听说鲁大本是不想出头的，他以为我虽手下有几个徒弟，也有朋友帮忙，但他们有一两个人就准能把我打败。可是昨天三少爷应得帮我的忙，他们的耳风也快，当天这个话就传到登封县去啦；鲁大才不敢轻敌，怕他的弟兄们有闪失，他才亲自出马。他家老五腾云虎是走开封去啦，不然今天也得来到。总而言之，三少爷你平日虽没在江湖上出过头，可是这里老太爷的威名远震，俗语说：'将门出虎子'，所以他们才担心，他们不知道你的本事有多大。如今我已经得了信啦，他们已走到龙家庄啦，离这里还有十来里地，一眨眼的工夫可就来了。这回他们的气都很盛，一共二十多匹马，他们弟兄四个：大爷拿着金背刀，二爷拿着双宝剑，三爷拿着劈山斧，老四还带着飞镖，带有年轻力壮的打手无数，现在就要到了！我来请三少爷，请三少爷赶紧跟着我走吧！他们这回来的苗头也变了，他们在路上口口声声言说是：'孟广老小子不值得一打，苏黑虎的儿子粉金刚，我们倒是要看看他是如何的人物！'"

苏振杰听了，胸头装满了气，脸都白了，脑门子上却不禁涔涔地出汗，他真说不出一句话来了。孟广的两撇小黑胡子向下垂着，稀稀的两道眉也都皱在一块。旁边有那油头滑脑的仆人耿四，却不住地笑着说："这正好！三少爷！粉金刚三少爷！你老人家趁着这时候，就赶紧迎上他们去，斗一斗他们吧！也显一显苏家人的本领！三少爷，你的白龙马我早替你备好了！"

孟广立时回身要走，说："那么我就先走啦！我想他们一定是先到东关找我去。我去，胜了他们我就再在洛阳出一出名；败了，顶多把我这条命给他们，也没有什么大不了的。三少爷，你去不去倒是不要紧啦！只请你把大庄门闭严了点就是了！"

耿四向苏振杰直使眼色，苏振杰这时却把心一横，奋然跃起说："孟广，你说的这话简直是骂我，我难道还怕他们吗？粉金刚也是堂堂汉子，是小霸王的儿子，妈的！我能够给我爹爹丢人？孟广，你先别走，咱们一同去！耿四，快给我牵出马来！"当时，孟广就停止住脚步儿，耿四飞似的跑往马圈去了。

这里苏振杰又向孟广问："你现在预备着多少人？"

孟广说："六个伙计、两位朋友，连三少爷带我，整整的十名。别人都怕得罪了鲁家五虎，谁能像三少爷这样好打不平呢？"

苏振杰吸吸气说："别忙！别忙！他们的人多，咱们这边还没有他们的一半，这不是咱们的胆怯，是得，是得先斟酌斟酌！"

孟广说："也没有什么可斟酌的了，拼上命就完了！"

苏振杰摆手说："那不过是匹夫之勇，咱不能那么硬干！"孟广又有点变色，将又要走。

此时耿四已从偏门将马牵到门外，大声喊着说："三少爷快出来吧！"苏振杰勉强鼓着勇气，随孟广出了门，就见有七八个仆人扬着首，惊讶地向西去望。苏振杰也赶紧扭头，却见一骑胭脂色的小川马上，驮着个绣帕素衣、天蓝色的长绸裤的娉婷俏丽的背影，早已出村，飞驰了前去。

粉金刚苏振杰一看妹妹已先走了，就勇气骤增，下了高台阶就认镫上马，把鞭子一抡，高声喊叫说："走！妈的今天不宰了那四只老虎请客，我就不姓苏！"孟广也将马由槐树上解下，他鞍下的双钩闪闪，上了马挥鞭在前，还没出村子，苏振杰的马就已把他超过去了。身后，耿四也骑着马，还有的骑着驴，更有的在地下跑，都跟随着。此时眼前的那马上俏影，倏忽之间便已不见了。

由这里往东关去，本是个土坡的路，马走着很费力，风又大，连上了马蹄荡起的尘土，对面都看不见人。走了半天，方才到了东关，苏振杰喘得可都接不上气了。他向两边一望，喝！街上的人今天也特别多，有的铺户却闭上了门。孟广的镖店门前，站着好几个伙计，还有个戴着红缨帽的官人。孟广就先下了马，去和官人打招呼。苏振杰却被耿四给搀下了马，他这时候就像是戏台上的主角，无数的人都把眼光盯在他的身上。他却又向人群里去看，心想：真怪，嘿嘿！人群里怎么没有个女人？也没看见那匹红马呀？

旁边有人迎过来了，拱手说："三少爷！先请到柜上喝杯茶，歇一会儿吧！"他点点头，直眉瞪眼的，喘着气说："好！好！"但这时，忽然由东边跑来了一个骑着马的人，马极快，离着很远，那人就举手大喊说："来啦！来啦！来啦！"

耿四昂起小头来说："三少爷不必进去歇着啦！快预备着吧！如今就瞧您粉金刚的啦！"

苏振杰两腿发颤，身子直打哆嗦，宝剑却高高举起来，用手拍着胸脯说："好！咱们等着！"

此时，孟广已把官人支吾走了，他先向两旁作揖，大声说：

"诸位乡亲！因为登封县的鲁家五虎看不起咱洛阳人，我才背地里将他们大骂，他们气了，今天要来找我拼命。我特请来苏三少爷粉金刚来助拳，大家也都认得他，请诸位来看看，我们要给咱洛阳人争口气。诸位！刀枪无眼，请退后些！"

苏振杰也想要称道几句，但这时东边烟尘滚滚，马蹄声如怒涛一般涌来。马来了可真不少！数都数不过来，苏振杰就觉得眼乱。马上的人也是不少，更乱。长脸的，圆脸的，连鬓胡子的，大麻子的，苏振杰更觉着分辨不清，可是那边每一个人都瞪着老虎似的那么凶的一对大眼睛。他们在三十步之外就将马勒住了，一群烈性的马还往起扬首，往起高跳，烟尘还在飞扬；人都甩鞍下马，鞭子一大堆，都交给另一个人去抱着。他们个个都亮出来兵刃，真的耀眼增光，闪闪迫人，什么刀哩，斧哩，双宝剑哩，好像搬来了演武厅上的兵器架子。苏振杰的脑子都昏啦，心中只是说："别不争气！壮起点胆子来！头一回，千万别塌台！"大概是耿四那小子，他直在旁边怪声叫好。只见银钩孟广手提兵刃迎了过去，苏振杰心说：好！你们先打一打，叫我看看对方的声势如何，随后我再……

就见孟广跟那边的一个大胡子的人对话，气象真凶，真是瘟神遇见了太岁，恶鬼遇见了魔王。眼看就要刀剑双钩一齐飞腾，血水脑浆同时迸出，也不知他们双方说了一些什么话，忽然又见孟广拿起钩，向着苏振杰一指。那个大胡子，身材比苏老太爷还高，手拿着背厚刃薄的一口刀——大概就是"金背刀"，这家伙大概就是鲁家的头一条老虎吞山虎，就走过来了。

他迈着大步，三步两步就到了苏振杰的眼前，可是苏振杰又三步两步退到那一边。吞山虎微微地笑，这笑真像是要把人吃了，提刀抱拳说道："三公子！我们并没有得罪你呀？可是你偏要给孟广保镖，竟发下了大话，说要跟我们斗一斗！还说要拆了我们鲁家的虎窝？杀绝了我们家的大虎、小虎、公虎、母虎、母老虎、老母虎？"苏振杰直着眼睛，心说：这是哪儿来的事呀？但此时，哪还容他辩解？吞山虎突然把大刀一抢，面浮凶煞，厉声喊叫如虎吼，说：

"你既这样说，那就没客气了！粉金刚，你滚过来！"

这时千百只眼睛都动也不动地向他们两人来看，吞山虎举刀直往前逼，苏振杰却拽剑直往后退。旁边的人刚要笑，耿四急得刚要喊，忽然那边有人又高喊："大哥！可要留心！这小子有诈！苏家的剑法向来是专讲暗地伤人！"吞山虎听了，也惊吓了一跳，止住了脚步不敢去追了。

苏振杰都快要退到镖店的门里去了，可是真不好意思进去！他无奈，只得奋然抢剑反迫向前，怒骂声："杂种忘八蛋你就来吧！"铛的一声，大刀击在他的剑上，震得他的手腕儿发酸。他跺脚刚要说"这是我爸爸的青蛟剑，你敢给碰坏了！"他心痛这口剑，就勇气倍增，剑起身进，嗖嗖嗖连环剑，又嗖嗖嗖剑连环。吞山虎的大刀有法，劈、拦、削、挫，一丝不紊，蓦然又一刀，盖顶砸下；苏振杰缩头向旁一跑，吞山虎笑了，反换刀背逼了上来。苏振杰手慌脚乱，神昏眼花，把剑胡乱舞了起来，只见光芒闪烁，也不知什么是自己的剑，什么是吞山虎的大刀了。

吞山虎看出苏振杰的剑法新奇，便也不敢轻视，刀法越发谨慎，脚步越发稳，然而刀仍连砍，步仍紧迫，迫得苏振杰又无路可退了。忽然，苏振杰疯了似的，乱抢着剑迎过来，他的两眼瞪得真直、真大、真圆，并且也真乱了；耳边呼呼地风响，眼前闪闪地刀腾，他更加乱抢，真拼命，越杀越紧。蓦不防听得四周围的人高声喊了一声："啊呀！"他也心里说：啊呀！他吓了一大跳，手真酸了，而且哆嗦了；可是略定了一定神，就见那吞山虎已提刀跑到了一边，脸上被划了一剑，满是血，鼻子都许掉下来了。苏振杰倒有点莫名其妙，忽然听得耿四的喊声："三少爷！好剑法！"孟广也在旁伸大拇指头，他就恍然大悟了，勇气复增，微微冷笑。此时对面又有一条大汉手抡双斧奔来。

苏振杰这时可真不怕了，一口沉重的气完全喘了过来，眼睛也不花了，剑也轻便地掠起。可是对面这个像李逵似的人，来势更凶，猛扑了来，他急忙又往后一退。突然旁边一人赶向前来，正是那满脸血的吞山虎，把他的三弟拦住，大胡子里淌着血沫，急急地说："住手！住手！我都不行，何况你们！三十来年我没吃过这样的亏，我佩服了！苏家的剑法毒！我知道刚才他还算是顾面子，手下留情，不肯要我的命。我败了，就算你们也都败了！"那边苏振杰说："对！他败了，也就是你们都败了！"

穿林虎却双斧高抡，暴躁地大喊说："我不服！"推开他的大哥，又奔向苏振杰，咔咔咔咔一连四斧。苏振杰却只回了一剑，又跑开了。那边踏岭虎舞着双剑，出洞虎一手挺刀一手掏镖，相继也奔了过来，苏振杰一边喊着："倚多为众不是人！苏三太爷不跟你们斗啦！反正你们败啦！"一边抹头曳剑向西去跑。

后边的三条虎，跟那二十多个庄丁却都齐抢兵刃急追了过来，脚步杂乱，骂声喧搅，越追越离得近。穿林虎的双斧都要砍到苏振杰的后脑上了，苏振杰又急回身，胡抢了一剑；穿林虎就一停步，要招架，他却又跑了。后面的人大喊着说："丢人！把你苏家的贞节牌都丢了！"嗖的一声，大概是一镖，从苏振杰的左耳边擦过去了。他又狂奔，想要逃进铺户里，铺户却又都关上了门；他真喘不过气儿来了，腿也真迈不开了，就只得回身抢剑，急喊了一声，连他自己也没听明白喊出的是什么。

这时纷纷的人众，纷纷的刀斧，已一齐将他围住了。踏岭虎高喝道："下手！管他什么苏三少爷，剁死了他！"苏振杰的眼又乱了，并且要闭上眼等死。但这时，不！是同时，却忽由旁边的一条小巷中飞出来一只俏影，纤手单剑杀入了人丛之中。

乌云上罩着白色绣花的纱帕，微露出黑亮的鬓发，衬托着高挑起的两道秀眉，她双眸瞪起，那长眼毛都直了起来，森厉之中显露着明丽，如秋空上的一颗寒星；她的小嘴唇紧咬着不发一句话。伸皓腕，递宝剑，青光绕着那绣着细碎红花的素缎袄，锵！锵！猛磕开了刀跟斧，只听哎哟一声，那使双剑的踏岭虎就倒下了。

穿林虎怒声喝道："哪里来的毛丫头！"双斧并抢，却见剑光逼向前来，才两合，他就觉得右臂一疼，一只板斧掉地。众人刀枪齐

上，然而禁不住那口宝剑使得比绣花针还轻巧、灵活。出洞虎乘隙
飞来一支镖，不料姑娘的眼快，疾抬左手，像捉蝴蝶似的就给捏住
了。寒光又抖，众人纷退，并有人受伤栽倒。那早就跑到一边的苏
振杰又乘人不备，把一个庄丁的大腿砍了一剑。姑娘却一连杀伤了
六七个，地下淌的血染得她粉红小鞋更显得红。姑娘的长处是手疾
眼快，身躯灵敏，剑法高超熟娴，她如同一朵娇美富丽的牡丹花，
舞动着风，急急地飘荡，驱得那众人像蚂蚁苍蝇一般纷逃。

忽然，出洞虎又打来一支镖，铛的一声，被姑娘以剑磕落在地。
出洞虎才要打第三支，姑娘一面挺剑驱众人，一面扬纤手，将来的
那支镖反打了回去。真准！出洞虎没有闪开，镖中肩头，刀也落地。
姑娘也不看他，又追上了一个，一齐砍倒了，挪腾娇躯，跳过了这
卧地如死狗一样的人，又向东追去。

此时只剩了几个人向东惊奔，没命地逃奔，苏振杰在这边大喊
着："追！追呀！杀尽了他们！妹妹你别饶他们！"耿四在那边骑在
马上也叫着："好！好！"孟广舞着双钩欢呼，看得人都眼直，都跳
起，喊："啊！好姑娘！真厉害！真高呀！"

姑娘苏小琴身如风，剑似电，身随剑进，正追杀着，忽有一人
空着两只手，以胸迎剑而来。小琴这才敛住了剑，收住了脚步，这
个姿势比孔雀开屏、白鹤亮翅更为美丽，更为飘忽。对面这人正是
脸上的血还没有擦净的吞山虎，他抱拳说："请苏姑娘手下留情，
如若不然，就请杀死我吧！我们与贵府上原有交情，后来虽也有点
小小不合，可也并未相扰过。今天的事是怨你家三兄不该开口伤人，
也怨我们来得太鲁莽，我们不知粉金刚的剑法那样狠毒，更没想到
小霸王苏老太爷家中还有一位盖世的女侠。我们认输了，这次算是
败了，但两年以后再见面！"

小琴微微地冷笑，说："你既认输，我们也不便逼你过甚，但
是地下伤的这些人……"

吞山虎又抱拳说："这事情姑娘放心！我们鲁家兄弟也不是不
在江湖交朋友的人，还知道自作自受。伤了的我们抬回去自己治，

死了的也抬回去自己埋，官人若是出头，我们自己去打点，绝不能把半点官司拖到贵府上。只是，两年？"

小琴又冷笑着说："两年也罢！两个月也罢！二十年也罢！我们苏家不怕你，我更不怕你们！"

吞山虎又抱拳说："好！那么就请姑娘保重！"

小琴又发怒地扬起剑来，说："别说这废话！你真要惹得我杀死你吗？"吞山虎的那张带着血的大胡子脸上也现出来冷笑，他抱抱拳就走开了。

这里姑娘持剑生着气，眼睛也不去瞧身边的人，忽然有苏家的一个仆人，把她遗在那小巷里的胭脂马牵了来，并递给她鞭子。她就收剑上了马，耳边还听得人语纷纷，并听她三哥苏振杰高声叫着说："妹妹！等着我，咱们俩一块回去！哈哈！今天我也胜了！你也胜了！"她就连声也不应，头也不转，就吧地抽了一下鞭子，催马向街外走去。

少时出了东关，踏向了风沙滚滚、野草萋萋的旷野，又少时已经望见了他们的隐凤村。忽见道旁走着一人，手提一个纸包儿，似才由城里买了东西回来，正是家中新来的客人李老英雄李国良。

昨天晚间，小琴不过在李老英雄进里院的时候，偷偷看了一眼，并未正式见面，所以现在她倒有点作难，心说：招呼不招呼呢？但这么一斟酌之间，马已掠过去而进了隐凤村了。

村中有几个没有跟着去的仆人，还不知东关那边的事，不过看着小姐的神情有点另样，都不禁发呆。小琴的马却由偏门直驰进了里院，甩了马，就笑颠颠的，挟着宝剑往院里去跑。她心中高兴极了，真从来也没有这样高兴过。

走进来里院，就见那一朵朵的牡丹花都像带笑迎她，她也要过去对着每一朵牡丹花诉说她刚才的英雄事迹。但是突然间一抬头，她看见西屋的那绛色窗帷又撩起来了，又现出来那双明亮的大眼睛，带着笑的可爱的脸儿。她也笑着，止住步，点点头说："大姐！你没出门呀？我今天可真……"又想：她一点武艺也不会，我跟她说了，她也是听不懂，倒还许吓坏了，于是就不说了，又笑笑说："大姐！待会儿请过我这屋里说话儿来呀！"窗里也笑着答应了一声，声音真娇嫩。

小琴跑进了屋里，叫着："妈妈！"何妈妈这时却没在屋里。她把宝剑放在桌上，又跑过去揭窗帘，却见西屋的窗帘也还没放下，那隐隐的可爱的身影儿似乎还在向自己的屋里看，心里就说：她也是羡慕我吧。

放下了窗帘，她就转身倚着窗遐思，想着刚才的情景；高兴了一会儿，可又渐渐觉着索然无味了，顿顿脚说："这算什么？"真的，这就值得夸耀吗？鲁家五虎不过是江湖小辈，又不是名镇南北的万里飞侠！那还值得矜夸，这，这算什么？……

她在屋中走来走去，仿佛太兴奋了，有点站不安，坐不住，就想：我看看李大姐去吧！于是她先摘下头上的纱罩，又抽了抽身上的土，更换了一双花鞋，对镜又擦擦脸，重敷了脂粉，再点了红嘴唇。开门出屋，见西屋的绛色窗帷依然高挂，那可爱的李大姐正笑着向她点手。

向来也没有人对她这样亲近过，所以她心中欣悦，脸也立刻就红了。她含着笑，摇动着两只胳臂，姗姗地过去拉开了门，就走进了西屋。屋中原来只是李大姐一个人，下半身盖着毯子，坐在炕上。

小琴就说："哟！这屋里怎么没有别人？用的人她们都哪儿去啦？"

李大姐细声细气地说："赵妈是刚出屋去的，我也没有什么事，不必叫她啦！"

小琴生着气说："这些个家人里，有客来住，不知应酬着客，可去干她们那些杂事！"

李大姐笑着说："不要紧，我又不是外人，客气什么？妹妹请坐吧！可惜我不能够下地，真，真不恭得很！"

小琴又笑笑，她见李大姐的面上虽不像有什么病的样子，可是两条腿真真地连动转也不能，用那条羊毛毯子包得很严，连脚都不露出来。她就不由得将眉皱了皱，问说："大姐！你得的什么病呀？腿不好吗？可是我昨天晚晌见你进来的时候，也不是不能够走路呀？"

李大姐点点头，又微微叹息地说："腿倒是能够迈得开，只是走不了太远。"

小琴说："您的脚一定是裹得端正，又小。"说时是笑着，但心里可又觉着不大对：人家用毯子把脚遮得这么严，也许就是因为脚不周正，太大太难看，怕人笑话才这样做，如今我这不是故意揭人家的短处吗？于是赧颜地看着李大姐的脸，见那脸上倒没有羞愧和不悦的神情。而且因为小琴坐在炕沿，离李大姐所坐的地方不过二尺，谁的脸上有个小红痣都看得清，她就愈觉得李大姐的皮肤虽不娇润，也不白，但是很可爱，尤其可爱的是那大眼睛，怎么这么好看呢？挖下来给那"少年侠士"嵌上去才好呢！

李大姐的眼睛真摄去了她的魂灵，她心里又发妒，就也在炕上盘了腿，故意把亲自绣的窄小端正的小花鞋显示在李大姐的眼前，李大姐果然羡慕地说："妹妹，你长得有多么好看呀！"

室中，擦着蜡的乌木器具都发着光，能照得见俩人的影子，座钟嗒嗒地响着。李大姐的语声儿真比这钟摆的声儿大不了许多，所以小琴得注意地去听，就听她细声宛转地说："我，比妹妹差得多了！你知道的，自从前年我母亲去世，我妹妹又……"小琴赶紧问说："大姐是还有一位妹妹吗？那么，我李伯父是有两位姑娘啦？"李大姐显出来愁容，说："因为妹妹得病死了，我母亲才也忧急而终。我父亲他老人家经此变故就突然改了性情，什么生意也不做了，成天抽烟喝酒；家里本来就没有钱，因此就更穷啦。我又因为去年秋天，受了江上寒风所吹，得了腿病，不能伺候他老人家，这才想到，到你这儿来。好在你这里的大叔跟我父亲当年是生死之交……"

听到这里，小琴不单十分悯恤李大姐的遭遇，而且颇为惊讶，就又赶紧问："不是因为……"自己的脸不知为什么先红了，就难为情地笑着说："我可是听说您来此不是长住，不过只是路经此地，是李伯父要送您到平阳府去。大姐！我应当给你道喜啦！"她拍着手笑着，又看李大姐，奇怪的是人家的脸并没红，只微微叹了口气，这使得她更惊讶了。就见李大姐摆摆手——这手可很粗，好像常在家里劈柴、烧火，洗衣裳似的——低着头表现出忧郁。

小琴就把身子凑近了一点，低声问说："莫非你不喜欢李伯父给你找的那个姐夫？你觉着不好？"

李大姐的脸仍然没红，只皱眉说："我是不愿意离开江南！"

听到了江南，苏小琴的眼前就好像飘动起来无边的滔滔江水，那边有比洛阳更多更好的牡丹花，更有一位手持宝剑的英俊少年侠士。她神驰了一会儿，便也忧闷地点头说："可也是！我虽没到过江南，也想着那地方一定比北方好，那里又不是没有出众的人才，李伯父他何苦要把你嫁到北方呢？"由此，她就专心地问说："大姐，你可听说江南安庆府最近出了一件事？"

李大姐又笑问说："什么事呀？安庆府可是在江的北边，并不是江南，我们这次由那儿过的时候，还歇了两天呢。"

小琴却脸红了半天，才说："我是听说那里出了一位少年侠士，杀死了江湖间最有名的好汉万里飞侠高……"

李大姐听了这话，面上却突现惊讶之色，急忙把头摇了摇，说："我不知道，也许有，但我没有听人说！"

小琴觉得无限的失望，沉默地发了一会儿呆。这时就听院中脚步声咚咚，有人高兴地叫道："妹妹，你回来了吗？"是她三哥的声音。小琴就赶紧下了炕，又向李大姐嫣然地笑着说："大姐！待会儿再说话！"李大姐也笑着说："妹妹有工夫可就来呀！恕我不送啦！"小琴说："不客气！"

出了屋，她就带着气叫赵妈，她的三哥兴高采烈地说："嘿！妹妹，咱们两人今天真给爸爸争够了光啦！有这一回，我粉金刚的名头，在江湖是能叫得叮当响了，你可也够瞧的，耿四也给你起了个外号儿，叫你'美剑侠'！"小琴却叫着说了声："呸！"

这时赵妈由东院里急急忙忙地来了，小琴就说："为什么派了你伺候李大姑娘，你不伺候，你可满处儿去？"

赵妈手里拿着个半大不小的瓦盆，说："您瞧呀！因为李大姑娘下不了炕，上不了茅房，我才找了半天找着这么个，当尿盆儿。"小琴不由噗哧一声，几乎笑出来。

苏振杰又走过来说："你想，刚才你我两人大闹东关，两口宝剑杀得鲁家五虎二十余众，个个伤胳臂坏腿，屁滚尿流；别说洛阳城，就是江湖上也没有这么热闹的事情。孟广也说啦，凭你的武艺，无论走到江南河北，准没有一个对手，这真不是我捧你。可是我自觉得我也不错，你虽伤了踏岭虎、穿山虎、出洞虎，可是他们的大爷吞山虎，却是我给杀伤了的。我觉着猛勇虽不及你，可是要论剑法，嘿！还得数俺粉金刚！"他用力一拍胸脯，他妹妹却不住撇嘴，瞪他。

苏振杰又说："事情可都算完啦！鲁家的人虽都受了伤，可是没有一个致死的，他们都雇了车拉走了。这件事，孟广镖店里的那些人跟别的人都佩服咱们，说咱们都手稳剑稳，杀人不杀绝，是侠义本色；伤人不至死，免得官司，又是咱们聪明之处。现在洛阳城的好汉子没有一个不对咱们伸大拇指的，都说咱们——你跟我，这才叫好本事、真武艺，绝顶聪明。他妈的什么江南的少年侠士，杀了个高炯，就惹了蚂蜂窝，弄得他现在都不敢出头，将来还一定丧命，那家伙才是笨蛋，是傻瓜！"

小琴瞪起眼睛来说："你别才得了点意，就瞧不起人，今天，是你的能耐吗？"

苏振杰又拍着胸脯说："怎么不是？大家都眼看着的。"小琴又哼了一声，就往北屋去走。

苏振杰又说："喂！"他追着说："事情虽说是完啦，其实没完，吞山虎表明白啦，他说两年之后再见！"

小琴故意说："我不管！"

苏振杰着急说："喂！你别不管呀？我的武艺我也知道，明杀明砍我不怕，高来高去我可真……不客气地说，差点！孟广刚才说，他们说是两年，说不定两天就许又找咱们来！今天只出头了四只虎，最小的那个、武艺最高的那个叫腾云虎，那小子若由开封回来，一

定还要找咱们来拼。那小子双手会打镖，会接镖，手中一口单刀很
难惹，飞檐走壁的功夫更……"小琴没等她三哥把话说完，就姗姗
地走进屋去了。

苏振杰倒也没跟到屋里去，他想这件事得去跟李老头子吹一
吹，遂先回到自己屋里取了那两个铁球，叮当乱响地在手里揉着，
一走一摆，扬眉吐气，就走到了客厅。

见了李老英雄就叫了声："老伯!"他骄傲地笑着，还没有说
话。李老英雄刚把从城里买来的关东烟装在荷包里，见他来了，却
一点也不惊异，只拿烟袋指着他说："三侄子! 我看你的脸色很
好，大概今天你准遇见了一件连你都想不到的走运的事?"

苏振杰听了这话，大不高兴，把眼一瞪，要急的样子，说:
"什么? 你老人家说我是走运? 侥幸成功? 嘿! 老伯呀! 你真看不起
我，我爸爸从我们小时候，就给我们请老师，他老人家并且亲自教
给我跟我妹妹学武!"

李老英雄点头说："令妹武艺确实不错!"

苏振杰说："她? 她今天使的那几套剑法，多半还是跟我学的
呢!"说了这话，就赶紧回头看看。

李老英雄装上了一袋烟，点着了抽着，抽了两口，又点头赞叹，
说："你的妹妹，武艺确实不错! 慢说今日江湖上无此侠女，就是
男子中也少见! 少见!"苏振杰就像听人夸了他自己似的，因之更是
得意。可是忽然间，见李老英雄长叹了口气，又说："可惜! 咳!
可惜!"低着头不再发话了。

苏振杰纳着闷地发笑说："老伯你是怎么啦? 你可惜什么? 难道
你可惜我妹妹不是个男子吗? 空有本领，将来出了阁，便没处去使?"

李老英雄却摇头说："不然! 江湖上还分什么男女? 武艺好的
就是英雄，你妹妹如果是我——是十多年前的我的女儿，那我就放
她去闯江湖，包管她成一个名震天下、盖世无双的女侠! 如今可惜
她生长在你家，她姓苏!"

苏振杰冷笑说："姓苏的门风也不低呀?"

李老英雄点头说："正因为不低，你家有贞节牌、节烈坊，你的二哥又做了知县，你的爹爹能放他女儿出去闯江湖吗？"

苏振杰又笑了，摇手说："老伯您别不放心，我们家也不指着走江湖吃饭。不过无论他是谁，要是欺负到我们隐凤村来，那可叫作找死！今天的事您老人家既看见了，那我就要拜托您一件事，说不定哪天，鲁家五虎们一定要来此报仇。那时，不必说啦，只我一人就准把他们打走，可是您老既住在这儿，就似乎不应袖手旁观。到时，或者您老人家助个拳，助个威，或者……这可不是我给家父得罪老朋友，是怕鲁家五虎黑夜前来跟我们一打，惊坏了您老人家的千金，那我们可担不起，所以我主张您要是不愿助拳，那就……老伯您别恼我，您千万快点带着小姐离开这儿！"

李老英雄听了这话，不住地哈哈大笑，连说："好侄子！好侄子！"

苏振杰说："这话我是不能够不说，好歹请老伯自己斟酌着。"

李老英雄说："我也不必斟酌，你这小子更别激我，我呀！我绝不走！等你爸爸回来我才能走呢！可是呀！无论他五虎八虎，黑夜白天来，我都不管！"苏振杰脸都白了，心说：这老家伙真可气！

李老英雄蓦然站起了身，拿他的烟袋杆做剑势，大声说："我没说嘛！倒退十年，像你刚才在我的眼前吹，目无老辈，狂傲无知，我一个指头就把你戳出去！若往三十年前说，你问问你爸爸，我一天不跟人争斗一二百合，一个月不杀伤几条人命，就吃不下饭去。武当山上我打过莽金熊、七臂猴、金眼虎，黄河岸我杀死过恶瘟神苗三。你爸爸被困于寡妇寨，云二寡妇黑魔王要摘你爸爸的心，都凭我单剑把他救出来！这些事江湖上何人不知，哪个不晓？像你刚才在东关上的那几手儿，哈哈，真笑掉了我的大牙！"

苏振杰看着又害怕，可又生气，真想要给他一铁球，却又听咚的一声，李老英雄一跺脚，地下的一块很结实的厚方砖都四分八裂。

李老英雄又低头叹息，说："现在我可不行了！功夫虽没扔下，可胆子已变得很小，连江湖上的一个小毛贼我都怕，怕伤了我的老命，断了我李家的根，不然我也不至于到你们这儿来！我来到这儿，只求你别声张，住些日，等你爸爸由普陀回来，那时我们叙叙故旧，他或留我们，或不留我们，我们再做计划。只是现在你别在外惹了气，往我的身上甩，我可不管；五虎八虎，黑天白昼来我都不管，我在此只吃你们两顿饭，我女儿腿有病下不炕，也不至于给你家招事生非，别的话都别跟我说！"他又坐下了，又装烟抽。

苏振杰怒目瞪了他半天，可也不敢再说一句话，就生着气一转身，把门一撺出去了，背后的李老英雄又哈哈大笑。

他咚咚地迈着大步又进到院里，刚要再叫"妹妹"，却听那西屋里笑语喳喳，原来他的妹妹小琴又跑到那瘫子李大姑娘的屋里闲谈去了，他心里说：跟那么一个残废的人，可有什么话可说的！他自然不能再找他的妹妹了，只好回到东院他自己的屋内。他又高兴了，叮当叮当地揉着铁球，并把刚才在东关的得意事情说给他的媳妇听。

此时，小琴在那屋里跟李大姑娘两人越谈越相投，坐得也越来越近。小琴猜着李大姐不愿下嫁平阳府刘家，是因为她不满意她父亲所给许配的那个人，李大姐就也因此更表露出来忧愁。她虽没有流眼泪，可是不住连声微叹，说："我听说那刘家倒是很有钱，可是那个人不念书不习武，也不务正业，婆婆也顶厉害，我知道我过去，一定要受很大的苦！"

小琴听了，就对她十分同情，然而又无法帮助她，只得温言劝慰，说："大姐你也不必因这事太烦恼了！本来你就有病，如若愁坏了身体，那更可怜了！别人的话也未见得尽靠得住，我那姐夫现在虽不务正业，可是你嫁过之后，你可以慢慢地劝他；他只要跟你好，他一定能够改过自新的。至于婆母厉害，你可以不必招她生气，处处谨慎，时时孝顺她；我想除了铁石的人，没有一个感化不过来的。本来我们女孩子家，将来怎样，是能够遇着什么人，真不敢预料；咱们若都有妈妈在世还好说，妈妈总会能够体谅女儿的！如今，咱们都只有一个年老的爸爸……"

李大姐说："你总比我好呀，你倒还有兄嫂呀！"

小琴说："唉！兄嫂哪都知道我的心事？"

李大姐就问说:"你有了人家没有?"小琴低垂着娇脸儿,摇摇头。

李大姐说:"我不信!你长得这么好看,能文又能武,难道没有人说你?"小琴又摇头。

李大姐就笑着说:"也许是你已订了婆家,他们瞒着你,没让你知道吧?"

小琴脸红着说:"真不是!没有。若有,我不能够不知道,我三哥早就能够告诉我了。"

李大姐徐徐地伸出手来,拉住了小琴的纤柔的手指,又低声说:"那么,难道你不想吗?你不想早些有个好女婿吗?"

小琴的脸愈红,红得好似一朵牡丹花,夺过手来就轻轻打了李大姐一下,娇嗔着说:"你别胡说!"

李大姐又把小琴的手握住,低头笑着说:"问问这话也不算什么呀!你看,我就不像你这么腼腆!"

小琴拿左手的小指头,划着娇红的脸儿,说:"那是因为你不识羞!"

李大姐说:"终身大事,没有什么可羞的。我一见了你,就爱你,可惜我不是个男人,不然我就一定要娶你。我一路上很受了些风霜之苦,但一来到了这儿,我就很开心,大概我的腿病不久也就能因此好了。"

小琴又夺过了手去吧吧地拍着,笑着说:"对啦!对啦!腿快些好了吧!好叫李伯父快些把你送到平阳府去!"

李大姐笑着说:"腿好了我也不想走啦!第一我舍不得你,第二我舍不得离开院里种的这些牡丹。"

小琴就说:"你还提牡丹呢?提起来真叫我心痛!去年冬天特别冷,大概就把花根儿给冻坏了,今年春天风又大,雨水又缺乏,我今年又特别懒,没有督促着她们常浇,所以直到现在,才开了几朵。若是往年你这时候来,你看吧!红的粉的一齐开了,咱在这儿说话,都能闻得见隔窗的花香。"

李大姐摆手笑着说:"你别尽管谈说牡丹花,我还是愿意听一听你的心事。"小琴又低下头去脸儿发红。

李大姐又低声说:"这是据我猜想,苏大叔去朝普陀山,大概在沿路上还有事。"

小琴就略略抬起头来问说:"有什么事?"

李大姐说:"我想他老人家也是觉得你已长大了,——女大不可留,他老人家出去给你物色好女婿去哩!"

小琴笑着说:"瞎说!从前年起,我爸爸就想去朝南海观音,只因为家中的事多,我们还年岁小,没有去成,今年才完遂了他老人家的心愿。"

李大姐又说:"可是我父亲这次来,等着见苏大叔,真是还有一件别的事,——与你有关的事。"

小琴惊讶着,问说:"真的吗?你可别冤我?"

李大姐说:"我真不冤你!我父亲有一位好友,那人也是苏大叔的生死之交。"

小琴就问说:"是铜山县的秦铁棍?"

李大姐点头说:"对啦!他家有一个儿子,与妹妹你的年岁差不多……"

小琴听到这里,立时就急了,连连摇头说:"我不!我不!……我将来是要往江南……"

李大姐又问说:"你要往江南去做什么?莫非你在那里有认识的人?有一个你合意的人?"

小琴急摆手说:"别跟人去说!"她又低下了头去。她的小脸上绯红之色渐褪,显出一种淡淡的清愁。桌上的钟摆声嗒嗒的,一下一下地敲着她的相思慕爱的芳心,她的眼前又幻出来那江水滔滔之间有一位少年侠士。李大姐听了她这话,很觉得诧异,又连次地问她,她却忧郁地摇着头,不肯说出来。

待了会儿,那赵妈又进屋来了,妨碍得两个人更不得再谈心。小琴就下了炕,又笑着说了声:"大姐再见!"就款款地走出了屋去。天阴了,引得她心中更愁,她徘徊在院中,看看这边的牡丹花,又看看那边的牡丹花，觉着朵朵的芳葩却似向她表示着同情。

她的心里辗转地想：李大姐刚才说的那话是真的吗？恐怕靠不住吧？但虽然靠不住，而早晚是要有那一天的，我的爸爸一定要不待跟我商量，就给我择配的！他自上了年纪以来，很灰心江湖，更看不起少年任侠的人，而偏注重于资产和家世名声，将来他一定也要给我配个……恐怕比李大姐的夫婿还不如的夫婿。那时，我也不能够不依从，但我学这身武艺何用呢？今天在东关那样施展身手又何用呢？唉！我心里的痛苦能向谁去说呢？天涯即使有个明白我的人，爱我的人，他也不会知晓吧？想到这里，不觉得泪珠落下。

此时正有个仆妇由外院进来，她急忙转脸，眼睛还带着泪，生气地叫说："金妈！今天怎么也没有浇花？你们是盼着这些花快干死了，你们好省事？"

金妈跑来说："哟！我还没忙过来呢！从早晨起来手脚都没闲着，您知道我们有多少事呀！"

小琴说："我的事情比你们还多，可是我不像你们这样懒！你们少嚼一点舌根子也就行啦！"

金妈赶紧带笑说："得啦！四小姐您别生气！我这就给您浇花，我就拿喷壶去。"

小琴瞪了她一眼，金妈又笑着说："四小姐！我还忘了给您道喜啦！"小琴突然又吃了一惊。

金妈走过来真给小琴道喜，说："我刚才听外边的人说，四小姐，您的名可真大了！二十多个大汉子都打不过您，您怎么学的呀？明儿也教给教给我好不好？省得我将来回到家，连一个偷鸡的贼都打不过。"金妈的右眼有点毛病，是早先叫偷鸡贼给打的。

小琴不理她，只急躁地说："快去吧！快拿水浇浇这花儿吧！"

金妈答应着，笑着，大小脚儿一扭一扭地跑去拿水去了。

这里小琴的心真不舒展，她弯身以手指轻轻捏去了一朵花上的一个小虫，那不知为什么流的眼泪，竟吧嗒一声落在花瓣上，像是露珠儿似的。趁着无人，她急忙由衣襟下摘手绢擦眼睛，但蓦然一抬头，见西屋的窗帷又揭起来了。她觉着李大姐那个人不好，爱胡说，不端重，自己就连看也不看。待金妈拿了水桶跟喷壶出来浇灌牡丹，她也就回到北屋里去了。

她的乳娘何妈妈正在又惊恐又发愁，见了她，就悄声地说："姑娘！你刚才在东关……"

小琴皱眉说："妈妈你别管我。"

何妈妈着急说："我不能够不管你，你在东关惹的那是多大的事呀！鲁家五虎是好惹的吗？再说，老太爷回来也一定不愿意，一定埋怨，他才一走，你就给他惹事。二少爷那边要是知道了，也得说这于咱家的名声不好听。姑娘！咱们是贞节牌的苏家呀！十七八岁的姑娘拿着宝剑在街上跟一群大汉子打架，弄得洛阳城的人都知道了，——这，多不好听呀！"

小琴踩脚嚷嚷说："妈妈！你别再在我的耳旁边啰唆！你再啰唆，我可真要拿上我的宝剑骑上马走啦！我一走可就走得很远，永不回来了！"何妈妈听了这话，才吓得不敢再说。

但是小琴的心中仍是烦闷，今天东关的那事竟振奋不起来她的精神，而李大姐的那一席话却沉沉地压着她的心，她连茶饭都懒得吃，后半日就没有出屋。天又黑了，灯又点上了，她就想去睡觉，自思睡了觉之后，才可以免去心中的烦闷，而或者可以梦见江南的滔滔江水与一位少年侠士。她背着银灯，才脱去了身上的小袄，这时忽然外面有人来了。

第三回　古寺万人争窥艳

　　屋门微微作响开了，小琴急忙回头，见外面来了一个身着紫色缎子的女袄、青色长裤的云鬓蓬松的人，病态地手扶着门，由淡淡的灯光中传给她一种亲切的微笑。这正是李大姐，原来她的两条腿竟能下地走路，而且来到这屋。

　　小琴急忙又将白缎子小袄儿披上，笑一声说："我都快睡了，大姐，你怎么起来啦？"说着话，同时留心着对方的脚底下。见李大姐的裤管又长又肥，直拖到地，只微微露出一点红缎的鞋尖。鞋尖是尖得很，但可不小，恐怕后跟是又肥又大。李大姐忸忸怩怩，很不自然，很慢地走进屋来，门随之带上。

　　何妈妈就近过去笑说："大姑娘的病好点啦吗？"李大姐微微地笑说："倒是好了点儿啦。"她的那明亮的双眸不断地盯住小琴。小琴里面穿的是贴身的粉红罗衣，赶紧扣纽扣。

　　李大姐半天才走进来，就细声细气地说："我因为一个人在屋里觉得发闷，才来找妹妹说说闲话儿。"

　　何妈妈说："可不是，天还太早，我们姑娘今儿也是太累着啦，为一件闲事，我又说了一句话，把她气得连晚饭都没怎么吃，这么早就要睡，我也不敢拦她。——大姑娘来得很好，您小姐俩儿谈谈吧！"

　　李大姐又轻轻地伸手拉住了小琴的皓腕，说："别睡！穿上衣裳！小心冻着，来，我给你扣纽子。"

何妈妈过去把灯挑得亮些，说："李大姑娘这边坐吧！"

李大姐含笑答应了一声，扭头去看，见灯旁桌上，一口装饰灿烂、丝穗低垂的宝剑还没有收起，她看了一眼可并未说什么。

小琴这时的心里又渐渐有些舒展，她扣好了衣裳，笑了笑，又皱眉说："一到春天，我就觉得身子发懒，又因为做点什么事都有人拦着，都有人不断在耳旁边啰唆，——我觉着这样活着，真没有一点意思！"

李大姐拍着她的柔肩笑说："妹妹，你小小的年纪怎么说这话？"又向何妈妈说："妈妈给我们沏点茶去吧？我跟我妹妹玩会儿，谈会儿，我给她宽一宽心。"

何妈妈出屋之后，李大姐就低声问着小琴说："今天后半天，我见你很是不高兴，莫非因为在我那屋里你听我说到那话？"

小琴摇头说："不是！"遂打了个呵欠，揉了揉眼睛说："我也实在是困倦了！所以我才要睡。"

李大姐忽然把眼睛更睁大一些，声音却更压小了一些，说："今天你怎么可以早睡呢？白天时，这里的三哥不是在院说，你在东关打伤了鲁家五虎？那些人是什么事情都能做得出来的，你家里的人又单，你三哥的本事又不行，只仗着你一人，你要是睡了那还了得？"

小琴听了这话，突然吃了一惊，真把倦意齐都驱散，而且更加惊讶注意地看着李大姐。

李大姐却一点儿也不慌不忙地说："我虽然不会武艺，也没跟江湖人结过仇，可是我经过的。我父亲有时与人争斗，纵使得了胜，可是也得有好几天不得安睡，单刀永远不离身旁，有两次——至今回想起来我还害怕呢！半夜真有人到了我们家里，幸亏我父亲没睡着，才上了房跟他们打了半天，把他们打走了。"

小琴怔了一会儿，心里想：这李大姐别的事情不如我，江湖的经验阅历倒比我多得多，也是因为她的父亲总还在外面混，而我的父亲早已在家享福、念佛，不问外事的缘故。当下她就点了点头，可是又笑着说："我才不怕那些人来呢！别看我睡着，可是也说起就起，打了那么几个恶汉，要累得自己几天不敢好睡可也合不着。"

虽如此说着，她却又把衣服整了一整，把额前散乱的头发掠了一掠，说："大姐在这儿等着我，我到前院告诉他们，今夜勤着点打更倒是真的！"说着就要往外走去。

李大姐却又说："你带上这个！"她一回身，李大姐就把桌上的宝剑锵的一声抽了出来递给她，她觉得李大姐的心倒真细，遂又笑笑，就提剑走出了屋。

外面天黑星密，那朵朵的牡丹花都隐在墙角的黑雾里，连影子都不见了。她急移莲步，才走出了垂花门，却忽然又惊愕地止住了步。她分明看见门的旁边黑兀兀地站着一个高大的人。她略停脚步，接着把宝剑一举，嗖的一声追了过去，并厉声问说："你是谁？"可是那条黑影已经很疾快地走进了靠右手的一条小过道。

她剑光闪闪，身子随着剑光也紧追到那里，一看，什么也没有。她腾身上房，四下去望，也只能看见几处院中屋内的几片灯光，何妈妈跟另一个仆妇提着水壶正回到自己屋里去，此外就再无别物。她可真惊讶了，心说：莫非真是那个腾云虎来了吗？

她赶紧跳下房去，急急走往前院，本想要大声嚷嚷一下，却又赶紧将自己拦住，望见了仆人住的那屋中灯光灼灼，话语嚣杂，大概连苏禄带打更的耿四全都在这里谈天了。她来到门前先轻轻将宝剑放在墙旁立着，然后，蓦地一开门，向屋里说："别净说闲话了！"

屋里的杂乱之声当时就都停止了，十几对惊讶的眼睛看见了立在门外的四小姐，就都慌了。有的赶紧光着脚丫向炕下去找鞋，耿四先问说："小姐，有什么事吗？"

小琴却淡淡地说："没有什么事，只是，今晚你们全不许睡觉！勤打更，有刀的预备在身畔，听见了没有？"

屋里的人一听了这话，吓得脸全白了，有的点头，有的发着怔答应。耿四却说："小姐您就收心吧！有我值夜，他贼，贼的屁也来不了！"

小琴把门关上，拿起来剑，两眼又不住地东瞧西望，又飞身上了房，就如狸猫似的，踏着屋瓦，很快地就来到了那东跨院，轻轻地落地，脚下无声。一看，东屋的大嫂已经睡了，屋中一点灯亮也没有，西屋里三哥的那对铁球还不住地叮当乱响。她将剑藏于身后，蹑着脚步往那窗前去走，就听苏振杰正跟他妻子说："你知道吗？咱妹妹这回的武艺出了名，以后的麻烦少不了，不定有多少江湖的少年侠士来求亲呢！我倒愁得慌，她也不是小孩啦，我瞧她早就想着找女婿……"

小琴在外一听了这话，反倒脚步更轻，脸发烧，心里气，可是不能说话。她又嗖的一声上了房，同时故意抡起宝剑向屋瓦上蓦然一剁，喀的一声，下面屋里的苏振杰啊呀了一声，连问："谁呀？谁呀？"又大喊着："来人哟！"三嫂也尖声地嚷叫。小琴却已越过屋脊，又飘然跳下了正院之中。

开门进了北屋，却又不禁一阵惊愕，只见李大姐、何妈妈，还有一个吴妈都在屋里，那高身材、穿着旧袷袄、花白胡子的李伯父不知什么时候也来到屋里了。

小琴搁下了宝剑，自己倒觉得有点不好意思，先笑着叫声："李伯父！"然后又过去拉了拉李大姐的手，又笑着说："我已嘱咐他们，不让他们睡觉了，今夜里大概不至于有什么事，——即或有事，你也不必惊恐。有我，有我三哥，还有李老伯呢！无论他什么样的强盗来了，咱们也不怕！"李老英雄在那里盯着她们，沉着一张不高兴的脸。

这时院里就乱了起来，脚步声，说话声，苏振杰拿着宝剑惊慌慌地进来，说："妹妹！你刚才没听见吗？房上有人！一定是那腾云虎来了！"说着话，还不住喘息。

外面搬梯子声，纷纷谈话声，大声骂贼声，更是乱，灯光照得窗子也闪烁惊人，吓得何妈妈跟吴妈都面如土色，身子直抖。小琴却一点也不惊慌，笑了笑说："什么事情值得这样大惊小怪呢？吓坏了人不要紧，叫李伯父看着有多笑话呢！"

这时李老英雄只站在那里不说话，李大姐却不住翻眼偷瞧她的父亲，态度好像带着点羞悔。小琴就向她三哥说："你出屋告诉他们，搜查可以，巡守也可以，别瞎喊叫！别人还得睡觉呢！这算怎么回事呀！"又向李老英雄笑笑说："伯父您请坐吧！您别不放心！"

　　李老英雄只点了点头，却又瞪了他的女儿一眼，说："你回西屋里去吧。"

　　李大姐深深地低着头，又一步迈不了三寸地慢慢走出屋去了；小琴笑着往外送，并叫吴妈赶上去搀扶。此时，院中那些仆人虽未散去，可是纷乱之声已经停止。

　　小琴一回身，李老英雄就又向她点了点首，赞叹着说："行！我的单剑小霸王苏老兄弟总算有了一位好闺女，比我强！"

　　小琴笑了一笑，被夸奖得心里十分得意，说："伯父您为什么不教我大姐练武呢？"

　　李老英雄摆着手说："不要提她，她不行！我今天来到你的屋中就是为跟你说这个，你那大姐，唉！自幼便跟着我浪迹江湖，没有受过家教。"

　　小琴笑着说："伯父客气什么？这样正可见我大姐好，她有经验，多阅历，不似我连家门都不常出，外面的什么事情我也不懂。"

　　李老英雄说："唉！她是个野丫头，如何能够跟你并比？姑娘，你以后千万不要再跟她接近！"

　　何妈妈这时的脸色也渐渐缓过来了，听了这话，就插言说："也别不叫她们姐儿俩接近呀？李大小姐是那样温柔，跟我们姑娘的年岁又相差不多，她来了正省得我们姑娘闷得慌。两人常在一块儿谈谈笑笑，以后或者跟我在一块儿做做活计，算什么的？您怎么反倒拦住呀！"

　　李老英雄却像是很着急的样子，嘴里磕磕绊绊的，说不出话来，把头不住地摇，说："不好！不好！你们是不知道！我那个女儿实在叫我没有一点办法。她太野，脾气坏，若非被事所迫，万般无奈，我也绝不带她到这里来。她在那西屋住着，只要有个上年纪的妈妈伺候她，也就行了，也就够了，只当她是个病人，是个残废，旁人千万不要理她，否则令我对不起我那苏老兄弟！"

何妈妈说："唉！您怎么这样说呀？李大小姐多么好的人呀！"

小琴却抢过去一步问说："到底为什么呢？是伯父不喜欢我大姐吗？"

李老英雄却沉着脸急躁地说："并非是我不喜欢她，我只是……不能叫别人跟她亲密，姑娘！话我已嘱咐了你，你可千万记住。"说着就又点点头，说："姑娘你睡觉吧！我看你们也不必瞎惊慌，今夜绝不至就有什么贼人前来。"说毕，他高大的身子一转，推开了屋门，就迈步走出，小琴却不禁地发怔。

何妈妈都有点生气了，说："这个李老头子是怎么回事呀？他的女儿——那么好的一个姑娘，跟着这么个爸爸，才算受了罪了呢！"

小琴却惊讶地想着：这事情必有个原因，不然李老伯不至于那么急。她向外听了一听，觉着李老英雄逝去的脚步儿极轻，声音小得几乎听不见，便把门微微推开了一道缝儿向外去看，只见李老英雄的身形是走往西屋找他的女儿去了。

何妈妈还在那边说话，小琴却摆手不叫再说，她的眼光由门缝透出去，直投到西屋那浮着淡淡的灯光的窗上，见绛色的窗帘上隐隐有李大姐的影子；而李老英雄走进屋去半天，仿佛父女并没有说一句话。小琴就更疑惑了，于是蹑着脚步儿走出了屋，刚要往西屋的窗前去窃听，就听李老英雄在那屋里咳嗽了一声，带着气似的走出来了。

小琴急忙将身向下一伏，觉得李老英雄倒是没有注意到她，就走出垂花门去了。小琴飞身上了北屋，由北屋转到西屋，轻轻地踏着瓦追往前院；却见李老英雄在院中一边走，一边愤愤地自言自语。他说："咳！养下这么个女儿，真不叫人省心！一个病女子，野丫头，如何可以跟她们小姐常来往？把人家若教坏了，叫我能对得起谁？"一路叹息着，就回客厅里去了。

小琴在房上站着又发怔了一会儿，觉得李老英雄之所以不愿让我跟他女儿接近，也许真是这番意思，不为别的。她又张目向别院去看，见那里灯光晃晃，许多家人还在乱纷纷地瞎找贼人呢，小琴不由得又要笑，就又轻踏屋瓦，回到了里院，就看见那赵妈拿着尿盆正进西屋里去。她等了一会儿，才下了房，又走到西屋窗前窃听，就听屋里的李大姐病恹恹的声音，正在吩咐赵妈，说："尿盆拿来啦？关上屋门吧，天不早啦！我要睡啦！"

小琴脚踏着连珠步，又轻又快，霎时就回到了北屋，何妈妈跟吴妈齐都说："姑娘也睡吧？"小琴却仍摇着头，心中的疑丝缕缕，总是不断。

又待了会儿，她的三哥又在窗外嘱咐她说："妹妹你睡吧！大概刚才是我听岔了，没闹贼，许是闹猫。"又说："即便有贼也不要紧，腾云虎不能来得这么快，小贼也用不着咱们两人，有我一个人就行了，准能把他拴住！"苏振杰这时候的胆气像是又壮起来了。

小琴就答应了一声，先把那吴妈打发出去，又劝何妈妈先去睡，她却又靠桌立着发了半天怔，这才去关上了屋门，上好了插关，又把宝剑放在自己的床上——她的床是在她乳娘睡觉的木榻的对面。为桌上的那盏灯她又斟酌了几番，结果是噗的一声吹灭了。她又走近了窗，向外听了听，没有动静，她这才到床上躺下，可是连鞋都不脱，只拉过来一条锦缎的丝绵被盖在身上。虽然困倦，但心里有事，——既惊讶刚才垂花门外瞥见的那条黑影，又猜疑那怪异的李老英雄，并且怎么也不明白李大姐到底有什么不好之处：她的不好大概不是什么病，说她野，也许是她的品性有过什么不端之处吗？可也不像！脑里翻来覆去地想着，身子也辗转反侧，总是睡不着。

外面的更声敲近这院里来，梆梆梆敲得不仅勤，而且比往日夜里特别响亮，就使她的精神更加兴奋。她翻身坐了起来，等候打更的人离了这个院子，更声越敲越远了，就抄了剑站起身来，轻轻走到屋门前，又将屋门开了，略停了一会儿，才身随剑出。她先到了西屋的窗前又去窃听，见那里一点声音也没有；李大姐睡觉大概连呼都不打，听那赵妈可在梦里直咬牙。她原想去推推门，可又觉着不必，就又上了房，往外院走去。

原想是到那厅房前去听一听李老英雄的动静，不料见第二重的院落中兀然地站立着一条黑影。她当时就在房上止住了步，向下看了半天，看不出这人是谁，只觉得鬼鬼祟祟的很像是个贼，而且是个笨贼。她就嗖的一声跳下房来，宝剑未抬，莲钩先起，就将那人踹倒在地；只听咕咚！当啷！哎哟！……并有一对铁球在地下不住地乱滚。原来这个人正是她的三哥，幸亏她的剑没有落下。她也吓了一跳，笑问说："深更半夜的，你在这儿干吗啦？你也不言语一声！"

苏振杰气得半天也没说出话来，他爬起来，又摸了半天，才拾起他的宝剑，可是两个铁球不知滚到哪里去啦。他一面喊人拿灯来找球，一面向着他妹妹跺着脚嚷嚷，说："我不言语？你也不看清了？"

小琴说："我看见你在下面影影绰绰的，像是个贼。"

苏振杰说："贼？贼有这么大胆的，连人都不避，就敢在院里走？你是拿贼的，拿贼还有贼没来，自己先上房的？"

小琴本也气往上撞，想跟她哥哥吵嘴，但又不愿半夜里这样嚷嚷，不愿叫那李老英雄知道了笑话。她遂就也跺脚，并抢起剑来，说："三哥你还嚷什么！没伤着你也就完啦！"

苏振杰说："哼！要等到真伤着，那可也就晚啦！"

这时前院那些防夜的人，闻了声音，又都打着灯笼谈着话，乱纷纷地来了。小琴就急忙跑进里院，回到屋里。这时何妈妈依然沉睡未觉，她又关好了门，心里却非常不痛快。

她躺在床上略睡了一会儿，不觉就天明鸡唱了，宝剑仍在她的身畔。她起来草草地梳洗毕，就开了门到院中去练剑，因为她想着昨夜虽未真出事，可是今夜、明夜尚不知怎样，功夫非加紧练不可！这时太阳已高升了起来，但这庄宅里除了女仆，男仆们都像还未睡起。宝剑掠着晨风，晨风挟来花叶的香气，她练过一趟剑，站住微歇了一会儿，就见西屋窗帷又被掀起；李大姐隔着玻璃向她一笑，可是待她要以笑回答之时，那窗帷又急放下了。

她又沉思了一会儿，一跺脚要抢剑再练，此时前院却又来了急促的脚步之声。来的是男仆耿四，他见了小姐，话就滚出来一串，说：“小姐小姐您不知道吧？昨夜东关孟广的店里出了人命案了！是他的朋友，前天才从安庆府来的，不知是被什么人所杀！”

小琴表面上虽是冷冷地说：“管他呢！”但心里却不胜惊异，死者并非什么有名的人，但是由安庆府才来便死在这里，这可就奇了！而且洛阳城虽时有豪雄争斗，但这类的事还不常出现。她又向西屋看了一眼，那窗帷仍低垂。

耿四慌慌张张地又跑往东院报告三少爷去了，待了会儿，苏振杰也出来跟小琴大谈此事，说：“这一定是鲁家五虎干的！碰巧就是腾云虎干的！那小子昨夜必是先来到咱们家里，可是没有得手，他才去找孟广；孟广多半是没在柜上，那个由安庆府来的人才倒了霉。那人很规矩的，早先也干过镖行，现在做生意。他姓于，前天在孟广镖店里跟我谈说了半天。他要不说，我还不知道少年侠士杀死万里飞侠高炯的那件事呢！唉，可惜！今天夜里咱们可更不能睡觉了！”小琴也不练了，提剑又走回屋去，苏振杰却跟着耿四出去打听去了。

一天就为此事弄得大家纷纷谈论，晚间前后院又是乱腾腾的灯光，人语、更声散布在各院里，彻夜不断。到了第三天、第四天，仍然是如此，可是并无丝毫的事情发生。只有一样，李大姐没再到北屋里来，小琴也没有到西屋去，可是心里有点想念、不痛快似的。

庭中的几朵牡丹都已大放了，蜂蝶也成双作对地飞来，但小琴不似往年那么专心，花儿已不大能引起她的兴奋。李老英雄自来了就没再换一件衣裳，烟袋总不离嘴，一天准到他女儿住的屋里去三四次。据小琴观察，他是极为喜爱他的女儿，对他的女儿却也极为管束。这老头子无故地来到我家里住，总是可疑的！小琴的心里就时常这样想。

这一天，夜已三更，银灯已灭，窗外落着簌簌的雨，何妈妈在榻上发着鼾声。房门紧闭，宝剑置于枕旁，床上的小琴才合上眼，被那一幅轻纱似梦给遮盖住。忽然她惊醒了，就觉得似乎有人蹲在床前，轻轻地以手摸着她的头发。

小琴虽然惊讶，却不立时就动弹，只觉得这个人似无恶意，可是这种轻薄不能够忍受！她便一伸手先抄起来剑，倏然向床下砍去。那个人一钻，就钻到床下去了。她挺身坐起，跳下了床，以剑向床下猛刺，但床底下什么也没有，她的剑都扎空了。她倒十分感觉惊异，急忙就到外屋的桌旁摸着了引火之物，才要点灯，不料又觉出桌子下边有人。她赶紧往后去跑，转过腕子来，又拧剑向桌下去扎；那人却已由桌下钻出，手携短刃一口，寒光一闪，随之轻快的身子就撞出门去了。

小琴赶紧追去，却听风雨潇潇，花叶乱响，人影已经不见，四下也无灯火，更无别的什么动静。她飞身上房，向旁向下细细巡视，也没有个人。她一直走向前院，然后飘然下地，直奔客厅。客厅中却灯光灼灼，玻璃窗里也没有遮挡。她悄悄地走到近前，就隔着那沾挂着点点水珠的玻璃，往里偷看。只见那位李老英雄正在磕烟袋，磕完了，又装上一袋继续抽，一边吸，一边在屋中来回地走；看他心里很似不安，走几步还要站住发怔半天，那张挂着惨白胡子的脸，在灯光下也特别显出来忧郁。门也关得很严，不像是有人刚出去又回来的样子，而且最足以证明的是，李老英雄的衣服并没湿。

外面小琴的身上可都快淋透了，她便失望了，提剑又急回到里院，悄悄走到李大姐的窗前，觉得怪！那一夜，李大姐是连一点鼾声也没有，而今日今时，窗里却呼噜呼噜地直响，不知她为什么又这样沉睡？她过去推了推门，也没有推开。小琴只得仍回到屋里，放下剑，点上灯，向四下去寻找，竟亦毫无痕迹。她心里真觉堵得慌，仿佛是损失了什么似的，眼泪不禁向下掉，又怕窗外有人偷看见，就赶紧转脸向着墙。她气得要嚷嚷，要大骂，而也怕被人在暗地里笑，她觉出"这样的日子长了是不行的！爸爸走了，家中却来了坏人！"这一夜潇潇的雨滋生了她心上的新愁，新愁上更紧地缠上了疑丝。

次日，她只换了一件干衣服，连头也不梳，开了门就到院中。牡丹花红粉纷披，绿叶低垂，在濛濛的朝烟细雨之中，更显得娇艳，而落在地下的几片花瓣，尤似受了人家轻薄的女子，是十分的羞怯可怜。

她急跑到西屋前，就推门，门已经开了，李大姐盖着毯子，坐在炕上，旁边放着小炕桌，桌上有镜子，她正在梳拢头发。小琴一句话也不说，就蓦然过去把她的毯子一掀，毯子到了小琴的手里了。

李大姐并不变色，只是用娇细的声音说："哎哟！我的腿痛！"她扔了木梳，用双手抚摸着盘坐着的腿，她的整个的脚虽仍为大肥裤管所遮，没有完全露出。可是那么小而尖的鞋尖又使小琴不禁发怔，赶紧笑着把毯子扔还给她。李大姐就仍然盖上，皱着眉，表现出一种痛苦可怜、急又不能急、恼又不能恼的样子。

小琴却又着手儿站在炕前，咬着嘴唇儿，向她瞪了半天，遂后就笑中含着恨意，说："你既来到我们家里，就得受我的欺负！要想反过来欺负我呀？哼！那你是做梦！"

李大姐哎哟一声说："妹妹你怎么说这话呀？我不明白，咱们好几天没在一块了，我几时会欺负过你呀？"说着，脸上现出悲容，就由旁边拿手绢捂上了脸，似是哭了。

小琴又瞪了她一眼，说："别装哭！你不明白？我可明白！别当谁是傻子！昨夜……"

这时赵妈拿着盆儿又进屋来了，小琴就赶紧改口说："昨晚上你睡得那么晚，今天可起得这么早？"

赵妈接着话说："李大姑娘可一黑就躺下了，睡得不算晚。"

小琴还不变态度，但是，忽然一看，李大姐的手绢离开了脸，原来不是假哭，大眼睛上真挂着汪然的泪珠，并且顺着颊边不住地滚下。小琴又愕然了，暗想：莫非是我太聪明了？太多疑了？因此又自己愧悔，赶紧用温言向李大姐去安慰。

由是，小琴就相信李大姐真是一个柔顺可怜的女子。尤其，李大姐的漂泊身世、恶劣的婚姻，叫她发生无限的同情。她天天要到李大姐的屋里来玩，谈话，渐渐的，二人十分亲昵，真是非得到天晚，小琴连气儿打着呵欠，困倦得实在支持不住了，她是绝不回自己的屋里去的。她梦中也时常见着李大姐。她并曾愤慨地对李大姐说过：“你不要发愁，你那夫婿不务正业，婆母严厉，你就暂且在我的家里住着好了。你索性装得厉害一点，好叫李伯父不送你到平阳府。等我办完了那件事——腾云虎到来时，我把他打走。——然后我也就离家了，我想先到平阳府，把你那夫婿先管教一顿，叫他以后务正；我再儆戒你那婆母，你过门之后，不许她虐待你。不然无论什么时候，我听见了信，就能去杀她。我想他们一定永远不敢，你再到他家做媳妇，管保一点委屈也不至于受！”李大姐笑着，欢喜着，先谢了她。

不觉着过了七八天，家中无事。庭前的各色牡丹，益发灿烂如锦，招来的那些蜜蜂、蝴蝶，使得人心乱。春风愈为温和，小琴觉得身上懒洋洋的，有时她跟李大姐谈着谈着，两人就都躺在炕上，胳臂压着胳臂地睡着了，谁先醒来谁就捉弄谁，不是李大姐在她的辫发上系一块布条，就是她拿胭脂给李大姐的脸上涂一大块，两人打打闹闹，笑声常传到外院去。

这一天上午，小琴拿了自己才做成的一双绣花睡鞋，去给李大姐看，她还笑着说：“李大姐你一定是好活计，不然你为什么连针线都总不拿呢？你一定是怕我偷学了去？”李大姐娇笑着说：“什么呀？我真不会！”小琴也笑着说：“我才不信呢？你一定是留着你的好活计，等着给姐夫做呢！”正说着，忽然隔窗望见她的三哥苏振杰自外惊慌慌地跑来，怔把这屋的门拉开，探进一个脑袋来，说：“腾云虎可来啦！”

小琴不由得一惊，看见李大姐拉了拉腿上盖着的毯子，已躲到了炕角，瞪着眼睛不住向苏振杰去看，苏振杰也有点眼睛发直。

小琴就怒声说：“三哥！你怎么怔进李大姐的屋？”

苏振杰又说：“腾云虎来啦！”

小琴急忙把一双睡鞋揣在她粉红绸衣的怀里，急急跟着她三哥出了屋，就问说：“腾云虎在哪儿呀？”

苏振杰却指着屋里，悄声说：“怎么这么热的天，身上还盖着毯子呢!"

小琴发躁地说: "三哥你管人家呢? 人家是寒腿!"说出来又觉着声音太大了, 就向她三哥使眼色, 不叫他再问, 又故意大声说: "腾云虎就在外院了吗? 我去见他!"说着就要先往北屋去取宝剑。

苏振杰连忙把她拦住, 并摆手说: "别忙别忙! 腾云虎还没来呢! 是待一会儿准来! 孟广刚才给我送的信, 他说腾云虎已于昨晚到了东关, 同来的是他的两个朋友, 开封府的大镖头陈文悌, 跟一个小白脸儿, 好像是有钱人家的少爷, 名叫楚江涯, 三个人住在福升店里很是悠闲自在。那天东关的事, 他们是一概不提, 就像是不知道, 没听说似的。他们对人讲, 此次来是为赶今天白马寺的庙会烧香, 玩玩, 可是他们都随身带着家伙呢! 所以把银钩孟广吓得不得了! 据他看, 腾云虎这次来, 越是不慌不忙, 就越是来意不善, 吓得他天一亮就跑出来, 午饭也不敢回镖店去吃啦! 大概腾云虎那三个人逛完了庙会, 一定就到这里。我可……我不是怕他, 我是知道那陈文悌, 特别厉害难敌。这两天我肚子又不好, 到时候我可绝不出去见!"

小琴听了这些话倒不禁笑, 说: "哎呀! 原来今天白马寺里有会呀?"回身又往屋里跑, 说: "李大姐咱们逛庙看会去呀! 一定热闹极啦!"

苏振杰却在窗外着急地说: "喂! 喂! 你今天可不能出门! 他们也许先来打架报仇, 后去逛庙。我可真肚子不好! 我这就要上茅房!"

小琴在屋里, 拉着李大姐的手, 说: "你也去吧! 你跟着我玩玩吧! 那儿有成千上万的人呢! 好玩极了!"

李大姐却笑着说: "我怕去了, 看你跟人打架。"

小琴瞪起眼睛来说: "你一点也不要怕! 即使我跟人打起来, 也绝伤不着你。你可以躲得远远的, 还可以瞧着我们打, 看热闹呢!"

李大姐说: "可是你看我这两条腿哪能够走路?"

小琴说: "白马寺也不远, 离着这儿比东关还近呢。你跟我去吧! 我这就叫人套车, 你坐着车我骑马。"

李大姐笑着点头说："好吧！可是我得连衣服带鞋都换了。"

小琴说："唉！你真是闺门小姐，还换什么衣裳？到了那儿，人挤人，谁还顾着你！我就这个样子，我连件花衣裳也不穿。"又抬抬手说："快着！别磨烦！"

她又赶紧跑出屋去，见她的三哥已然走了。她兴奋地跑到了前院，叫着："苏禄！快备马！快套车！"

苏禄由屋里出来，发着怔问说："干吗又要备马又要套车呢？"

小琴瞪着眼说："你就别问啦！"忽然一扭头，看见李老英雄衔着烟袋由厅房里走出来，她就笑着叫声："伯父。"并说："伯父您不知道今天白马寺有会吗？热闹极啦，我要带着我李大姐去，您也去好不好？"

李老英雄却突然一变色，说："我知道！今天是佛祖的生日，白马寺开庙，可是咱们又不烧香许愿，那地方人又乱杂，正经的姑娘媳妇谁肯去？……"

小琴显出点不高兴的样子，说："我就每年必去一次，我爸爸在家的时候也不拦阻我。伯父你放心，我大姐跟我出去玩一趟，绝不能有舛错，如若出了半点舛错，你找我！"

李老英雄却不住摇头，沉着脸说："不行！你可以随便出去乱闯，你不是我家的人，我管你不着。可是你大姐，我绝不叫她出门，她不能比你！我们家里的姑娘不会跟人打架。"说着，抢着烟袋就急急走向了里院，大声喊说："你不能去逛庙！你就好好在炕上躺着吧！如若敢下来，我打断了你的腿！混蛋！"

小琴却气得脸全白了，心里骂着：这个怪老头子真该死！

苏禄又问说："到底还套车不套啦？备马不备啦？"

小琴愤愤地说："只备马吧！不用套车啦。快！真可气！"

她回身走进了里院，就见李老英雄进西屋去数说他的女儿，小琴也想隔着窗说几句气话，但又想：无论如何他也是我爸爸的老朋友，我不可以得罪了他。

进到北屋，何妈妈就说："昨天我就跟你说，白马寺开庙，可你那时不知心里想着什么，竟像没听见似的。本来我也要给菩萨去烧香。"

小琴说："唉！妈妈你这大年纪了！去了也得被挤坏了。"

何妈妈说："我不去啦！我也知道去了准得叫人挤死，你就去替我烧一股香，我在家里念佛就是了。"小琴没再言语，就拿上宝剑又出了屋。

她的三哥此时正在院里等她，就愁眉苦脸地向她说："妹妹呀！你别真走呀！你一走，腾云虎他们要来了，你说我是见不见？"说时又现出肚子痛的样子。

小琴说："我去了，正是为寻腾云虎，与其等他们来到咱们口搅闹，不如我先到庙上，叫他们丢个人！"

苏振杰挺起腰来又说："嘿！这好！你就去吧！可是你若见着了他们，千万要跟上回一样办，只叫他们伤，别叫他们死。死了就得打官司，不伤他们，晚上可又许深入咱的家宅来闹事，夜里我又常上茅房，那不大好！所以，就是得叫他们个个都受伤爬不动才对！"

小琴说："你就别管啦！"

她挟着宝剑，往外去走，先到圈中，见马已备好，她就挂剑提鞭，上马出了马圈，转向西驰，就出了村子。行走不远，忽见迎面跑来了一个人，这人喘吁吁地喊着说："小姐！上哪儿去呀？"——这原是她家的仆人耿四。

她遂也高声说："我到白马寺去！"

耿四说："我也随后就去，刚才我看见腾云虎那三个小子已经去啦！腾云虎骑的是黑马白鼻梁儿！"小琴听了这话，就越发紧紧挥鞭，一直往西去了。

她此时气顶满了胸，因为李国良李老英雄刚才真给她的面上难堪。多么怪呀，那个混账老头子！他不定是个什么人啦？他住在我家不定是怀着什么心啦？等我打完了腾云虎，我再——虽然不跟他斗，我也得侦查出他的来意。她更恨腾云虎，因为那个人早先曾跟她家求过亲，她认为那是一种永难忘的侮辱，而且那夜在她院中发

现的黑影，及在孟广镳店中杀人的人，如果不是李国良，就必定是
他；他早已来了，只是还有所顾虑，现在他来了朋友、帮手，他才
敢出头。一路上，马蹄嘚嘚，荡起来飞尘。

越走，见路上的人越多，渐渐见眼前黑压压、乱纷纷的，车马、
行人、男妇老幼一大片，简直数不出有多少人。她将马渐收得缓了，
道旁的人都给她避路，都争着看她。

她身穿粉红的绸衣，腰系着白汗巾，油亮乌黑的长辫子飘在背
后；雪白的长绸裤衬着红马，极为显眼，小红鞋蹬着发光的铜马镫，
更是新奇。现在她就带的是"青蛟宝剑"，更叫人注目害怕。

两旁的人都带着惊恐好奇之色，男的是都彼此警戒着说："躲
开！躲开！"女的更是争着仰首说："哟！这就是隐凤村苏家的小姐
呀？"小孩子却高嚷嚷着说："看哪！大闺女骑马！"有的急忙把孩
子拉开，说："小心马撞着你！人家能杀死你！"车辆也都赶紧停
止，让她的马先过去。

她倒是很和蔼，微微发着笑声说："诸位劳驾！借光借光！"马
就走进了人丛。就见四周围都是人挤着人，并有无数的香炉摊子、
卖吃食的摊子都高声吆喝，极为嚣杂。右侧却有临时搭的席棚，安
设着座位卖茶卖酒。

里边的人看见了这么个高出众人之上的艳妆的女子，也都站起
伸脖子直眼，并听有人大声说："这就是大闹东关独斗四虎的美剑
侠！"又不知是谁更高声喊着说："腾云虎已进庙里去啦！"很多人
又齐嚷嚷："哦！哄！快看打架的呀！"立刻声如鼎沸，人头滚滚，
像黑色的海水起了无数的波浪，并怒吼了起来。人更是胡挤乱挤，
孩子哭大人喊，有的掉了帽子丢了鞋，香摊的桌子被挤翻了，卖糯
米粥的担子也倒在地下。

庙中的高杆上猎猎地飘荡着"万古长春"的杏黄旗，磬声嗡嗡地
搅入人声里，香烟如同云雾一般，一团团地冲入天空。成千成万的人
都一边仰首看她，一边向旁急避，眼前居然给她让开了一条直通到庙
门的路。她倒觉着很不好意思，就赶紧下了马。莲足落到平地，她的

身子愈显得亭亭。她却露出双双的酒窝，微微地笑着，娇声说："你们是来烧香，我也是来烧香，别客气！各自走各自的吧！"

人丛里有许多男子又喊："腾云虎一共三个人，刚进的庙，马还在茶棚那边呢！姑娘快去找他们吧！给咱们洛阳人再争口气！"小琴就立时沉下了脸。

这时那庙中也已经轰动了，许多人都往外挤着来看。有一人特别，从人丛中出现，远远地站住，瞪眼向这边看了一看，便昂然走来。当时两旁的人又像雷一般喊说："腾云虎来了啊！哦！哄！看打架的吧！看比武的吧！哦！哄！"

小琴也瞪起了两双秀目，就见来的这人，年纪二十三四，中等身材，微黑的脸膛，眼睛虽然不大，可是显出来很厉害的样子。他穿着青绸长衫、青缎马褂，纽扣上露着金丝链，头上也没戴帽子，大踏步地抬起了足下的一双青缎薄底快靴，就走过来了。随在他身后，还有一个三十多岁的人，旁边就有人说："这就是陈文悌！开封府有名的镖头。"更有一个人年有二十六七岁，高身材，穿着一件古铜色的绸袍，只在远处望着，并没有近前来，那人大概就是那什么"楚江涯"。

小琴傍马而立，手中紧紧地握着皮鞭，专等候腾云虎到面前来，她就要打。可是对面来的这三个人手中都空着，没拿兵刃，小琴就也不便先拔出来宝剑。此时，两旁那些人却全都一点声音也不作了，只都直了眼。

腾云虎脸带着凶煞，黑中透紫，真是难看。来到距离着小琴还有十多步远，他就哈哈大笑说："没想到洛阳城竟出了个女霸王！"又向两旁的人看了看，就左右拱手，说："诸位！你们别嚷嚷！今天对不起，你们想要看热闹的，看不着了，因为我们弟兄此次来是专为烧香。我们都不是车辙里滚、泥塘里爬的地痞流氓，我们是堂堂的男子汉大丈夫，要斗，也不能跟一个无知的妇女去斗！"

小琴听了他这话，蓦然过去抢皮鞭就抽。腾云虎赶紧以胳臂去挡，就听吧的一声响，皮鞭虽只打在他的臂上，可是鞭梢已掠在他的脸上。他那张紫黑的脸当时就现了一条白纹，转眼之间，就变成了一条更紫的颜色，两旁的人都齐声叫道："啊！"发出一种惊讶而痛快的声音，有的妇人就尖叫起来，孩子们也都哭了。

腾云虎跳了起来，就要夺鞭子，骂着说："给你脸，不要脸！"

小琴又怒抖起来皮鞭，要抽第二下。那陈文悌却举起手来遮挡着头部，脚踏连枝，斜身奔了过来，先赶紧推开了滕云虎，再摆手向小琴说："别打！别打！"

小琴高举着皮鞭，怒目又来看陈文悌，这个开封府有名的镖头，却向她抱拳，说："苏姑娘你先息怒！听我来说几句话！"

小琴沉着脸就说："你快说吧！快说完了，好快点决个雌雄！"她这句话，旁边的人倒都像没有听懂，可是那边站立的楚江涯忽然笑了。

陈文悌又抱拳，说："这里是佛门净地，今天又是佛祖的圣诞之日，咱们有多大仇也不该在这里打！"

小琴说："那么在哪里打？你们快指地方吧！我绝不怕！"

陈文悌淡然一笑，又拱手说："姑娘，你听我说，哪里咱们也不必打。我们同着鲁五弟这次来到洛阳城，不错，是为着前次那桩事，可是我们要在此等候你家老太爷回来，绝对问不着姑娘你！"

小琴怒骂了声："呸！"皮鞭又嗖地落下来，陈文悌却立时就敏捷地躲开了，又拱手说："姑娘你听我说！苏家跟鲁家本无大仇，我们平素也都跟你家老太爷相识，我这次来，也是为给你两家调解。你家三兄虽也当家立业，但我们都不找他；你，千金小姐尊贵的人，我们更不敢冒犯你。算了！小姐请回，我们忍多大的屈都不要紧，凭你打骂，绝不还手，还了手，就难免江湖朋友们耻笑！"

小琴又说："呸！"赶过来又狠抽一鞭，陈文悌又躲开了，他依旧冷笑说："我们绝不还手。可是苏姑娘，你家老太爷虽是江湖出身，但你家二兄却做着知县，你家坟上有节烈坊，门口有贞节牌，你得为那些东西顾全点体面！"

小琴听了这话，略微地迟疑了一下，但更愤怒起来，尖声骂着说："我知道你们都是没怀着好心，白天不敢斗，晚间你们才去搅闹我们的家宅！"

陈文悌笑着说："这更是没有的话！"

小琴说："倒不如要斗现在就斗！要杀立刻就杀！你们也不必说什么等候我爸爸，我爸爸是念佛的人，他早已不认识你们这些江湖的猪狗了！"她急跑到马旁，唰的一声抽出了青蛟剑，纤手高举，莲足直跃，又扑奔过来。

此时腾云虎已从那边牵过了马来，身后跟随着的一个穷汉，还牵着两匹。腾云虎已脱去了他的马褂，掖起了长袍，蓦然掣出了钢刀，骂声："狗丫头！"抢刀向小琴就砍。小琴以剑相迎，只听锵的一声，刀剑交磕，迸起了火花。两旁的人更惊得乱挤，四匹马也都掀起蹄子来，惊得要狂奔。

此时陈文悌已经闪开，而那个楚江涯却忽又赶奔过来，先把腾云虎的手腕按住，推到一旁，然后他向小琴说："苏小姐！这地方人多，实在不是争斗之地！"

小琴高高举着剑说："你们快说地方！咱们当时就走！"她的青蛟剑闪闪发着寒光，同时她皓腕上还戴着一只玲珑的金镯，灼灼与剑光相映。她的怒颜如经霜的粉菊花，森严而美丽。

楚江涯不由得也一笑。此时陈文悌已推着腾云虎上了马，又向楚江涯说："走吧！走吧！"人群中忽发出一声大喊："要是走，可就泄了气啦！"楚江涯含笑不语，也上了马。

腾云虎的钢刀尚未入鞘，仍向小琴怒目而视，陈文悌却上了马催着他在前先走，并向两旁的人说："你们也不必哄！冲你们，今天我们这个架也不打了！"

人丛中就有人又高声说："你们不敢打，就是丢人！"

小琴也不禁扭头看了看，见原是耿四，骑在一头小毛驴上。此时，腾云虎在最前，楚江涯在中间，陈文悌在最后，三匹马已蹄声嘚嘚往西去了。

陈文悌并大声喊叫说："苏小琴！我们还是那句话，等你的爸爸回来时再说！跟你一个黄毛丫头斗不着！"

小琴又大怒，收了宝剑就又跳上了马，挥鞭嚷着说："休走！"她的马也飞追了下去，那三匹马在前不停，她后面的马也紧追不止，人声又沸腾起来了，都嚷嚷着："哦！哦！哦！噢！"并吧吧地鼓掌如雷。

小琴追着那三匹马，一霎时就进了东关。那三个人到了福升店的门首，就一齐甩镫下马，马交给了店门前的小孩，小琴就已经追到。腾云虎跟陈文悌齐发怒地亮出了钢刀，楚江涯却急急地向他们摆手。他转向小琴，抱拳正色地说："苏小姐再听我说！今天在这里实在不能够打。因为听说上次，城中衙里的人就要查办，又加有那江南客人在孟广的镖店中失首之事，我们虽都是有来历的人，可也得免去那个嫌疑。小姐你如若必欲今天打，那今天晚间一定有月光，我们可以择个地方。"

小琴勒缰按剑，怒声说："哪个地方？你们说吧！"

那边的腾云虎就高声说："今夜二更在洛河边伏牛岗。你敢去你就是苏家的女儿，你不去你就是我腾云虎小老婆！"

小琴抽剑跳下马来就要杀斗，楚江涯却又把她拦住，说："既已定了地点，那就到时候再分雌雄，不必立时就徒逞意气！"

小琴怒瞪着他们说："到时候，我杀尽了你们！"

那三人不语，一齐进了店，这时身后却又有人叫着："苏姑娘！"

第四回　月光刀影见奇人

　　小琴回首一看，见是那银钩孟广，向她说："请姑娘到敝店里去，我有点事要跟姑娘商谈。"

　　小琴却说："有什么事？孟镖头你就在这里谈吧！我不能到你店里去，因为我还得在这儿看着那三个人呢！我要看看他们还有什么办法？还能请来什么高人？我还怕他们胆小跑了，骗我到晚间白往洛河边去一趟！"

　　孟广说："这容易！我那镖店门前有很多伙计，可以叫他们站在街头张望，如果腾云虎等三个人有什么事，当时就可叫姑娘得知。现在务请姑娘到敝店里去歇一歇，因为我有几句话，须要到店内才能向姑娘说！"

　　小琴一听，很觉得诧异。这时候那耿四也骑着小毛驴来到她的跟前，说："姑娘！您不是跟他们那三个忘八蛋定的晚上才到洛河畔打架吗？那么现在天色还早呢！吃完了晚饭，养够了精神，再去也不迟。"

　　此时，孟广仍在旁坚请，小琴心里就斟酌了一下，遂说："耿四！你先回去吧！告诉三少爷，不必叫他也出来，晚上叫家中人小心门户，我到二更天后才能回去呢！不打狠了那三个小辈我绝不回家！"耿四听了，吐了一下舌头。

小琴已将马交给了孟广手下的伙计，她就摘下了宝剑，随同孟广走进了镖店之内。镖店的后院即住着孟广的家眷，孟广就把小琴请到他的家里，叫他的女人跟他的儿媳妇全都来见小琴。屋中没有外人，孟广便悄声对小琴说："姑娘放心，那腾云虎等三个人不能逃走，也不能再有别的人帮助他们了，他们也不会再有别的办法。因为那三个人都很自负，现在也并非他们惧你，他们实在不愿在人群中跟你争斗，大概那样，他们的武艺施展不开。他们三人之中，腾云虎的武艺平平，陈文悌也只能与你打个平平，只是那个楚江涯，此人外号叫凌霄剑客，却实在本事高强，剑法精妙，极为难惹！姑娘你对他千万千万要仔细些！"

小琴一听，当时便将俊脸儿一沉，冷笑着说："我知道你是因为镖店里死了一个人，把你吓怕了，你就怕了那些人！据我想，这些事情都是由你而起。你的武艺又不好，在这儿住着，早晚你也得死，不如你快带着家眷走别处去吧！"

孟广摇头说："不是！不是！姑娘你不明白！"

小琴把眼睛一瞪，说："为什么我不明白？"

孟广说："现在已经没有人再跟我斗气了，我跟腾云虎现在就住在斜对过。将来难说，现在他绝不打我。"

小琴又冷笑说："可是，那夜，住在你这里的人，忽然被人杀死了！"

孟广说："那件事与腾云虎等人无关，与我也无关。本来，我也不明白腾云虎等人的来意，我也很慌张。但刚才在白马寺，你还没去的时候，他就已向我认识的一位朋友表明，他说他们此番来，一不找姓孟的，二不找苏振杰与苏小琴，只找的是苏老太爷。"

小琴愤然说："他们也配找我的爸爸！我非得叫他们找我，我要把他们都杀伤！"

孟广说："那是一定的啦！可是姑娘千万要提防那凌霄剑客楚江涯。此人是中牟县中的一位富家公子，他家中曾请名师多名传给他武艺，他还到武当山去拜师学过剑法。他的武艺，嘿……"

小琴说："哼！他还能够比得过江南的少年侠士吗？"

孟广发着怔问说："哪个少年侠士？"

小琴沉思了一会儿，摇摇头说："你不认识！"

孟广说："不过我知道楚江涯的剑法，在河南找不出第二个来！"

小琴又冷笑说："你不必拿话激我！"

孟广说："这是真话！我的武艺虽平常，可是我最能看得出别人的武艺。姑娘，美剑侠的剑法，我不是奉承，我敢说是第一，可是楚江涯的剑法必定超过你！"

小琴说："这是什么话？"

孟广说："姑娘别生气！我说的这话也是好意，今晚你要想占上风，非得再请一个比楚江涯武艺更高强的人。"

小琴说："我觉着我就比他强！"

孟广笑了一笑，又即刻改为严肃的态度，悄声儿说："现在有一个人，比楚江涯的武艺强十倍，若有他帮助，姑娘你今晚必能得胜！"

小琴淡然地问："这人现在哪儿？"

孟广低声说："就住在你的家中。"

小琴一听这话，不禁蓦然一惊，脑袋转了一转，就问说："这个人叫什么名字？"

孟广摆手说："我可不敢说出来！"

小琴又哼了一声，说："你就是不说，我也晓得，这人叫李国良，是个老头子，前些日子由池州府来到我家的。他还带着一个有寒腿病儿的女儿，是不是？"

孟广吓得脸上有些变色，又连连摆手，说："是不是我可也不敢说！倘若我说出来，姑娘回家去一找那个人，那人必要问是谁说的，姑娘必说是我吐露出来的，那我可就要跟我那位姓于的朋友一样了，今天夜里就得没命！"

小琴说："我也不问了，我早就知道他，只是，我为顾全他女儿的脸面，我才不揭穿他的老底。我知道他们来到我家，一定是有事，你们这里死的那个姓于的，必是他的仇人。"

孟广说："其实也没有什么仇，不过那人嘴不严就是了！"

小琴说："我也不管！那是他李国良的事！"

孟广又摆手说："不是！"

小琴扬目问说："不是？那是什么？"

孟广连连点头说："也许是！也许是！得啦，多一句话我也不敢说啦！不过，姑娘你只要请上那位李老英雄帮忙，大概也就能敌得过楚江涯了，可是还不如他的……"

小琴却说："我值得请他帮助？他的武艺未必胜得过我！今晚我就要一个人去！"

孟广说："得啦！得啦！我不该多说话，现在我很后悔，唉！"一跺脚，又说："姑娘可千万回去别告诉李家那爷儿俩，不然我一定得丧命！他们现在住在你家，也是时时担心，就是怕有人认识他们！"

小琴听了，不禁又是一怔，就站起来说："你得告诉我详情，我绝不告诉李国良，给你惹祸。"孟广却仍然害怕不敢说，并叫他的儿媳妇给做饭烧茶，不再提此事。

小琴的心中却有些藐视，觉得李国良也不会是什么了不得的人物。我今天把腾云虎、楚江涯等人打服了之后，便想法查查他的行动，如果他住在我家是心怀巨测，那我也得把他打走！不过……她又想起李大姐来，心说：那么好的人，我可怎能离得开呢？

孟家的儿媳妇才十七岁，长得虽不太好看，可是手儿极为勤敏，把茶沏来，双手托着茶杯送到小琴的眼前，立时就又去做菜做饭。小琴才喝过茶不大会儿，菜饭也端上来了，弄得小琴倒有点不好意思。

孟广说："苏姑娘索性也在这吃晚饭吧，不必回去了。到晚间，我们几个朋友同着您一同到洛河边伏牛岗，我们也不是去助拳，我们只是必得开开这个眼，看看姑娘如何独战腾云虎、凌霄剑客与陈文悌那个开封有名的镖头！"说着，他出去了。

耿四牵着小毛驴正在门首跟好些个人大谈特谈，吐沫飞溅，眉飞色舞，说："我们家的小姐，美剑侠，今天晚上在洛河边一定要大展威风，单人匹马，手使双锋，杀退了三雄，名震洛阳城，气死刘金定，不让赵子龙，天下第一名！"

孟广出来说："得啦！得啦！耿老四你就别在这儿神说啦！我托你给办一件事。你快回苏家庄，一进门你就嚷嚷，你家姑娘今晚在洛河边伏牛岗与楚江涯、陈文悌、腾云虎比武，你到各院里都嚷嚷。"

耿四发着怔说："为什么？"

孟广说："为叫你庄里连男带女都知道，到时好有人给你家姑娘去助威。"

耿四笑了笑说："好！连茅房我都得去嚷嚷几声，因为我们家的三少爷这几天闹肚子，粉金刚成了屎金刚啦！"

孟广笑着说："快去！"

耿四当时就跨上小毛驴，一挥小鞭子，嘚嘚地就走了。

这时小琴吃过了饭，就看着那个儿媳妇做针黹。这个小媳妇连大气儿也不敢出，好像很怕她的那个厉害的婆母，因此小琴又不禁感慨李大姐未来的命运。这儿媳妇的手也很巧，给她自己绣鞋，绣的是大朵牡丹花，跟真的一样鲜艳。小琴摸了摸自己的怀里，才知道还揣藏着那双自己绣的睡鞋哪！——今天曾给李大姐看过，现在又想拿出来，在这小媳妇的面前夸耀夸耀，可又一想：这小媳妇多可怜呀！我何必拿出来自己做的针黹压过她，叫她心里难过，叫她的婆母又说她拙笨？

傍晚，耿四骑着小驴又来了，带来了菜饭盒子，请他家姑娘就在这里用饭，并说："果然我一嚷嚷到茅房，就被咱家三少爷听见了，三少爷说他实在是肚子作祟，不能出马，并非畏缩，只请姑娘到时小心，不必按着剑法使剑，不得已时，胡抢一气，倒许杀得他们三个人丧胆惊魂、尿流屁滚！"小琴的胭脂马也叫镖店里给喂足，并紧紧备好了鞍鞯。

时已黄昏，有人跑进来大声报告说："福升店里的三匹马已经出去啦！往东去啦！"小琴当时拿着宝剑匆匆跑到了前院，耿四接过剑给在鞍旁挂好，孟广双手递给她皮鞭。镖店的门大敞，镖头伙计都紧张地在两旁观看，小琴上了马就挥鞭走出了大门。孟广等六七个人都驱马在前，说："我们领着姑娘去往伏牛岗！"当时前后的蹄声交响乱鸣，嗒嗒嗒嗒如同急雨，冲出了东边，直奔大道。耿四还在后面远远地嚷说："等等我呀！……"他的小毛驴跟不上马。

斯时，天空如淡墨之色，星星蹦来蹦去，越蹦越多，像是争着看热闹的无数的眼睛；半轮淡淡的月，泻下来如水一般的光华；地下马影乱飞，烟尘滚起，月亮也跟着马向前跑。

走有十余里，前面的孟广等人便都收住了马匹，说："到了！到了！"尘土渐渐地散去，月色显得更淡，苏小琴也将马勒住，向前去看，只见孟广用鞭向东指着一抹模糊的柳烟，说："那边就是洛河！"又指着南首不远之处的一道土坡，说："那就是伏牛岗！"说出了这话，大家可都不下马，也不敢往那边去。

小琴却拨转了马首，吧吧挥了两鞭，奋勇地往南。东风已将她的鬓发吹乱，她刚拿手掠掠，马就已跑到岗下，抬头一看，见岗上有森森夺目的三条刀剑之光，三条长大的影子都在坡上站着，一齐向下发着哈哈大笑之声。

小琴赶紧就由马上跳下来，顺手锵然一声就抽出了青蛟剑，同时将马一推。胭脂马抹头向北去跑，踏踏踏跑出有五六十步就停住。她这里将剑一抖，剑光映着月光，真如一条飞舞的青蛟，她点手向坡上高声地叫，说："下来！都滚下来！"

上面的笑声还没有断，腾云虎却发出暴怒的声音说："你上来！"

小琴还尖声儿说："你们下来！"

上面的腾云虎泼口大骂说："小骚丫头，还是你来吧……"骂得极为难听。

小琴自有生以来也没有听见过，她不由气红了脸，手挺宝剑，向这斜陡的土坡怒奔而上。只见三个人的手中都有兵刃，那陈文悌还在狂笑；腾云虎手举钢刀，口中胡喷；楚江涯却正在拦他劝他，直说："不该骂，老五！你要骂人家，可就不对了！"

小琴已飞似的到了坡上，一句话也不说，她就将宝剑向着腾云虎的前胸刺去。腾云虎以刀相迎，又骂声："狗丫头！"就听一声巨响，两件兵刃撞在一块儿了。小琴觉得对方的力大，自己的腕酸，赶紧向后撤退了两步，收剑护身，同时扬目去看，见抵住自己的那个人，原来不是腾云虎，却是那所谓"少爷出身"在武当山学过武艺的凌霄剑客楚江涯，小琴就嘿嘿地冷笑说："好！你要先来跟我斗？我倒要先看看你楚江涯会用什么特别的剑法，来！混账东西！"

楚江涯却从容带笑，一手提剑，一手摇摆，说："姑娘你可也不要骂人！你既知晓我的名字，我就无妨跟你说话了，我们实在都是规矩人。"

小琴说："呸！你们还规矩哩？腾云虎头一个坏，陈文悌第二个坏，你第三个坏，你们都是坏狗！"

那边的陈文悌笑得连刀都扔了，楚江涯却又正色说："我们实在敬重姑娘！登封县鲁家虽与你们结下冤仇，但我们都主张和你家老太爷讲论。"

小琴说："别说啦！谁信你们这假斯文？我来，就是为和你们拼！"说时，一剑扎来，幸亏楚江涯避得快，但小琴的青锋更进，腾云虎此时却冲上来了，以刃迎剑，当时杀起。

楚江涯躲在一旁大声说："可要讲公道！一个斗完了一个斗！姑娘你要认清了人！我们三个人绝不同时上手。"小琴却咬着牙一句话也不说，只管抢剑斫、削、撩、刺，寒光乱飞，娇躯直迫。

腾云虎招架了还不到十合就哎哟了一声，声音虽不大，但是叫得很惨。陈文悌一看他受了伤了，当时就抢刀扑过来抵住了小琴，二人又杀起。他却不敢有一丝疏忽，奋力迎挡，并且毫不客气地展开了他通身的刀法想要取胜，刀如连环，步步紧迫。但苏小琴的宝剑也如火焰，腾起来便越来越高，越紧，越迫近，越令他防不胜防，似是非烧到他的身子不可。

陈文悌招架了约二十合，便觉得太吃力了，这个女子比江湖上一切的凶暴的男子汉可难对付得多！他急忙转身向东去跑，刚要变换刀法，不料苏小琴当时就赶到了，一剑又劈来，他真危险，一缩头，刀向上横迎，幸亏架住。而那楚江涯也见势不好，急抢剑过来，小琴向旁一闪，转身又以剑向楚江涯的胸前去扎。楚江涯用剑抵剑，陈文悌又缓过了力量来再抡刀来削，楚江涯喝一声："二哥歇歇吧！"

他的话才说出，小琴又撤身避刀，反以剑向陈文悌去撩，陈文悌又反腕招架，却也没明白怎么回事，就觉得肚子一疼，大概是被金莲端了一下，咕咚坐在地下，剑光同时又从头上落下来了，他就急忙将身一滚，骨碌碌如一个球似的滚下了斜坡，幸免受伤。

楚江涯飞腾起来宝剑与小琴斗了起来，双蛇相斗，两剑交鸣，各人都展开剑法，运用真正的功夫，杀势反倒显得缓了，而一往一来，慢里透着急，客气之中却又都带着狠，二人的目光都注视着对方的剑锋，心中精细视察着对手的剑法，怎样来，怎样抵，时如探爪金龙，时如剑翅采凤、撩云苍鹰、穿花小鸟。此时月光也渐渐移近了来，星星都瞪直了眼，楚江涯英姿奕奕，苏小琴是俏影儿翩翩。

双剑相持多时之后，楚江涯就深深钦佩小琴姑娘的武艺，觉得错非是他，恐怕谁也抵她不过；同时于月光之下，看见小琴身穿着半长不短的粉红绸衣，很是紧瘦，显得更是伶俐苗条，下身是白绸的长裤，更下面的小鞋是如两个尖小的红点，转移耸越，轻快无比，而她腰间系的白绸汗巾，先是掖得很紧，这时有点松散了，随着她的身躯，宝剑撩起来的风，飘飘地吹起，越发如仙女所曳的巾带。她本来穿是白昼所着的那身衣饰，但于此星月光辉之下，更显得娇美。因此楚江涯不由得神驰意动，而剑法也显得缓弛了，反让小琴姑娘一剑一剑地进逼，他只是往后退着招架。

这时在那边受了伤的腾云虎，他不过只被剑削掉了两个手指头——是左手，右手还能拿得动刀。他甩了甩血，忍了半天痛，想：陈文悌不说，楚江涯准能够不费力就替他报了仇，可是看了半天，只见楚江涯虚为招架，一点也不使力，简直不是比武打架，是他娘的吊膀子，调情了。

腾云虎就不由得更是大怒，把刀放在左腋下夹着，右手探向镖囊中掏出了一支镖，向前奔了几步，相离着二人约十步之远，他就大骂道："姓楚的！你别吊膀子啦！闪后点吧！"说时，嗖的一镖向着小琴打去，倒没打着小琴，楚江涯却几乎受了伤。楚江涯就大声说："不可用暗器！"小琴说："你们随便用什么，我都不怕！"她的剑又倏然从楚江涯的头上击下。楚江涯振奋起精神来，以剑反舞去迎，小琴急抽剑避锋。但楚江涯这时真不客气了，突又以剑下撩，其时极快，其力极猛，小琴不由有点慌张，剑法也乱了。

刚才滚下山坡的陈文悌这时又爬了上来舞刀助杀，腾云虎也单臂挥刀，过来拼命，于是三雄将一个孤弱的小琴围困在垓中，刀劈剑戳。小琴虽奋力前遮后挡，但究竟力微了，心既紊乱，剑法也便不能随手使用。此时月隐云中，星含愁态，风更吹得猛烈，小琴不由哎呀惊呼起来。

她真急了，所以不禁喊了出来，并骂着说："你们算什么人呢？仗着人多！"

楚江涯也向他的朋友说："你们闪开！"但这时话说出来也没人顾得听，各人手中的兵刃都一点也不敢缓，白刃交击，越杀相离越近。小琴虽愈力弱，可是更不服气，将剑挥得更紧。

忽然有一身着黑衣的人跳上了土坡，此人用白手巾罩着头，手持一柄尺许长的短刀，行走极快，来势极猛，扑上来就把腾云虎给戮倒。楚江涯大惊，赶紧问："你是谁？"这人一句话也不答，短刀如飞，直取楚江涯。

楚江涯赶紧舍了小琴，去抵这人，长剑短刀相拼在一起，恶战了十余合，楚江涯就觉出这人虽然使用的是短刀，而施展的却是精熟的剑法，自己实在敌不过，于是就往坡下跑了去了，这黑衣人便向下紧追。

在一闪之间，小琴一面与陈文悌交锋，一面向此人注目看了一下，月光虽微，但这个人的脸儿她尚能模糊地识出，她不由又哎呀了一声。这倒不是急的，而是她真真惊讶了。她无心再与陈文悌争斗，就将剑虚晃一下，身如轻燕，飞跃下坡，向着那两条人影去追。

那两条人影还抖动着长短不齐的两道寒光，是且杀且走，并且那黑衣奇人武艺高强，楚江涯反显得难于驾驭，只是不住向东奔去。

黑衣人往前去追，苏小琴也往前紧追，直追到洛水的河滨。只见柳烟迷漫，月光惨黯，东风习习，河水低吟，小琴来到了这里，却已什么都看不见了，不知那两人是打到哪里去了，还是已一同滚到河里去了。

小琴就提剑伫立在河边柳下，惊疑了一会儿，惆怅了一会儿，又喘息了一会儿，脑中回忆刚才看见的那人的脸膛儿，不由又哎呀了一声，心里当时就全都明白了，可是立时就堵在胸头一口气，这真比什么都气。她忍受不住，一咬牙，回身就急急地走，走了许多时，连那土坡都找不着了，却遇见了孟广等人那几匹马，她那匹胭脂马也被这几个人牵住了。这几个人，尤其是耿四，大声喊问着说："姑娘！怎么样啦？"小琴却一句话也不答，抢过马来，就跨上去，收剑挥鞭，如飞地驰去。

小琴的胭脂马如一支离了弦的箭似的向西北飞去，她的头发都已散乱，腰间所系的白绸汗巾，也不知在什么时候丢了，怀中的绣鞋当然也已遗失，她却都不顾，就一直回到了隐凤村中。

只听庄里连一声更声都没有，许多庄丁可都聚集在村口张望着，看见马来到就都说："姑娘回来了！姑娘回来了！小姐！您把他们都结果了吧？"

小琴仍然是一句话也顾不得说，马也不停，一直闯进了那大栅栏门。

到马圈中，她即甩鞍下马，锵的一声抽出了宝剑，莲步疾移，向里院就走；路过客厅看见厅内有明亮的灯光，并听见有李老英雄发出的一声长叹。她却一点也不注意，只一直跑进了里院，就见西屋窗上也有微微的灯光。

她却走近前去就推门，一下，屋门就被推开了，她嘿嘿发着冷笑，挺剑进了屋中，却不由又发了一下怔。原来屋里什么人也没有，只见绛色窗帘下垂着，而炕上空留着一条羊毛毯。她心说：赵妈又往哪儿去啦？莫非赵妈也跟坏人串通着？或是她先被杀了？就惊疑着，又提剑出屋高声叫着："赵妈！赵妈！赵妈！死啦？"没人答应，唯见明月又自云中透出，照得牡丹的花影乱动。

她跑到通东院的那个门儿，向里面顿着脚叫说："赵妈呀，死人！浑蛋！你哪儿去啦？"蓦然回首一看，见西屋窗上的灯光没有了，她愤怒地回身，又跑回去推门，门也推不开了，竟从里面闭得很严；她抬脚咚咚地踹，也踹不开。

她抡起宝剑，喀的一声向门劈去，并怒声说："开了门吧！你还想瞒人吗？骗子！贼！坏人！"里面却悄声说："不要嚷！不要嚷！"她说："你开了门便没有事！"

她又过去用身子去用力挤门，里面又悄声说："妹妹！不要太无情！"她说："呸！谁是妹妹？"里面又说："小琴小姐！我是无法才来到你家！我实在是，是……"

小琴听了屋里的话，就不言语了，也不生气了，她只是感到一种惊喜，夹杂着一点悲哀。月光如发浑的水似的，浸着她的全身，她的人，剑的影子都印在地面，而阵阵的花香，随着风吹来，使得她沉醉，声声的细语自门缝里透出，更使她心软。

待了一会儿，门就轻轻地开了，有人伸手把她拉进到屋内，灯光艳艳，在绛色的窗帷上隐隐动着二人的影子，又发出把宝剑轻放在桌上之声、小琴的顿足声和二人喁喁的私语声。

这时候那个赵妈一边扣着衣裳的纽子，一边问说："刚才谁叫我啦？是小姐？还是李大姑娘？有什么事呀？"

她就要往西屋里来，小琴却隔着窗子说："没有什么事儿！我只是问你，为什么你不在这屋里跟李大姑娘做伴儿了？"

赵妈在院里怔得站住了，说："哎哟！原来小姐回来啦！你在这屋里啦？今天吃晚饭的时候，我也没明白我说了什么错话，把李大姑娘给招恼啦，就把我赶出屋去，说是用不着我服侍啦！"

她已来到了屋门外，屋里的小琴却说："你去吧！大概你总有不是！你睡觉去吧！明天不用你啦！改叫金妈服侍。"

门外的赵妈心里却庆幸说，这才好呢！谁愿成天服侍这个坏腿的人呢！又问说："没事儿了不是？"

小琴带着点气说："没事儿啦！你去吧！"她遂就又回东院睡觉去了。

这后半夜也就悄悄地度过，次日太阳已升得很高，小琴在北屋可还没有起床。她的乳母何妈妈被东院住的大少奶奶跟三少奶奶叫了过去，因为都知道这些日，尤其是昨天，四小姐苏小琴在外面出了大名，杀伤的都是江湖有名的人物。她们相商着，要劝劝小琴别再出门，别再惹事，同时还要想法子，用宛转的话儿叫那李家的父女离开这里。因为老太爷现在没在家，来了那么两个人在家长住，究竟不像事，两位奶奶都不敢担当这个沉重。

但是正在商量着，三少爷苏振杰就走过来了，他连连地摆手说："不要紧！爸爸若是回来，他知道咱妹妹出了大名，他老人家倒许更喜欢呢！至于那李老头子确实讨厌，他那个女儿可倒、可倒怪可怜的！"说到这儿，他的太太不由得斜瞪了他一眼。

苏振杰并没有看出他太太的妒意来，还只管说："一个腿有病的十八九岁的大姑娘，她住在咱们这儿也不算什么的！"

何妈妈就说："腿可也不算太有病，那天晚上还到我们屋里去呢！她的病大概是装的，白天不下炕，到天黑时照旧能够扶着墙儿走路。"

苏振杰摇头说："哪能够没有病？这么热的天，叫你们腿上永远盖着羊毛毯子，你们受得了吗？咱们别胡疑人家，得可怜人家！"他的太太又恶狠狠瞪了他一眼，他还是没大看出来。

他的长嫂吴氏就说："也许是，那父女俩在外面实在是混得没有饭吃啦，才来到咱们家里，装着病不走，来混饭了吧！"

苏振杰就说："那更不要紧啦！爸爸成天行好事，难道咱们家里还缺少两碗饭给人吃吗？何况李老头子人虽讨厌，终究也是爸爸的老相好，他女儿又是安安稳稳的一个大姑娘。"

他的太太卢氏听到这里，可真忍不住了，脸上的雀斑都气得更紫，就拿手使劲推了他一下，说："怪不得，自从李大姑娘一来，你就成天魂不守舍的！"

苏振杰说："那是因为我心里有事。"

卢氏说："哦！你才说明白原来你心里有事！"

苏振杰说："我心里的事是为腾云虎！"

卢氏一撇嘴说："谁信！天天闹着腾云虎，我们始终也没见着虎，倒是听说那位安安稳稳的李大姑娘一到天黑，就能自己下炕，你又常常半夜里起来……"

苏振杰说："那是我上茅房去啦，我的肚子不好。"

卢氏说："哼！肚子不好？昨儿那不要脸的痴丫头把赵妈都给支出来啦，不叫跟她在一个房里住，大概你的肚子也就好啦？茅房可更得上得勤啦？"

苏振杰急说："哪儿的话！哪儿的话！他妈的，哪儿的话！"

他的太太跟他越吵越凶，何妈妈跟他的长嫂全都劝阻不住，他就赶紧溜走，心里觉得十分冤屈。可是来到正院，一看见西屋窗上的绛色窗帘，他又有点心魂摇摇荡荡的，盼望坐在炕上的那位姑娘把帘儿掀起，最好是向着他笑一笑，心里却说：他妈的！怪不得我媳妇跟我吃醋，原来那个李大姑娘真把我给迷住啦！

由此日起，苏振杰的心更是惦记上了李大姐，脑中常发生着非非之想，在屋中时常跟他的太太吵嘴。他的太太卢氏，早先是只在屋里看孩子，不大管外间的事情，如今也常到正院里指桑骂槐地发脾气。

小琴听了乳母何妈妈的劝，不再出外惹事，在家里却有点改了脾气。她天天起得很晚，起来总要修饰打扮多半天，衣服首饰更讲究，在李大姐屋内的时候多，在她自己屋内的时候倒少了，而且一个人在屋中的时候常常发怔，又有时皱眉伤心，好像是有了什么心事。剑倒是更练得勤，练的时候，那李大姐必要隔窗观看；可是有时李老英雄一闯进院来，李大姐便又赶紧放下了窗帘。看那样子，李老英雄是最恨小琴跟他的女儿接近，他可又无法时时看着，因为他的心中也像是有要紧的事。他整天在屋中坐立不安，夜间在客厅里点着很亮的灯，常直到天明也不吹灭；他一天要抽无数袋的旱烟，可是不向人说一句话。

过了些日，他就忽然又到他的女儿住的房中，谆谆地嘱咐了一番，也没跟苏振杰说一声，他就走了。别人也不知道他是干什么去了，只是李大姐对人说，她父亲是到徐州找朋友去啦，非得一个月才能够回来呢。

斯时，天气已更暖，庭中的牡丹都已谢了，片片的花瓣都落在地下。有时天边星月溟濛，二更以后，李大姐挣扎着她那双病腿，又与小琴姑娘在庭中密语，似共同惋惜那可怜的落花，外面也再没有人找来。孟广把镖店关了门，带着家眷走北京去了。听说腾云虎受伤也没有死，被陈文悌拿车把他送回到登封县，鲁家五虎的名头是从此塌了地。而那凌霄剑客楚江涯却于那日伏牛岗争斗之后，在那店里，并在城中他的一个朋友的家中，又住了许多天，于最近才走。他那么有名的一位少年英雄，也是乘兴而来，败兴而返，惹得洛阳城的人莫不讥笑。相反，美剑侠的芳名传遍了遐迩，自洛阳往东去，一路之上竟无人不知了。

楚江涯自洛阳东返，匹马孤剑，兴致颇为颓然。他先到登封县鲁家去看了看，见鲁家兄弟个个受伤，家中的女眷都天天哭泣。而鲁大爷吞山虎有一个儿子，名叫鲁雄，年十七岁，很是健壮，跟嵩山上少林寺的和尚学武已经四年，他也要往洛阳去给他的父亲、叔父们报仇，家中人不放心，对他百般地劝阻。楚江涯来了，为劝这个孩子，就费了很多的话。他在此居住了三天才走，再向东走，一路上看着春残夏至，处处落花，处处茂林丰树，燕语莺啼，他就更是惆怅。

那夜他与那黑衣少年争斗不敌，杀至洛河边他逃走了。俟至清晨，他又往伏牛岗去救那受伤的腾云虎，就由地下拾着了一双绣花的红缎子睡鞋，并且在一棵树底下拾着了一条被风吹得飘飘的汗巾。他知道这两件东西都是苏小琴所失的，凭他的心，原是想送回苏家，可是又怕苏家人不能谅解，一番好意倒许变成轻薄之名；而那个手持短刀的黑衣少年——他想那一定就是苏振杰——倘被此事又激怒了，找他来拼斗，他实在感觉得武艺不如，所以他只好将这两件东西暗暗藏在自己的行李内。

这晚间他住在客店里，偶于灯畔打开他的行李，取出里面的白绸汗巾和红睡鞋观玩，又不禁立时生出一种爱慕惆怅之情，常常独自感叹，并自加奋勉，决定回到家中再练半年武艺，然后再往洛阳去会苏小琴。

楚江涯耳边听人谈说的也都是苏小琴之名，脑中更时时不忘苏小琴矫健的芳姿。风尘滚滚，约十日他就回到了家乡中牟县。来到他的村里，邻舍、族人和仆人庄丁全都欢迎他，说："少当家的回来啦！"他带着笑含首，在门前下了马走进院内，却又感觉一阵愁烦，因为听见他的妻子柏秀卿又在屋中打骂婢女。

他走进屋内，才见他的妻子放下藤子棍，推走了炕前跪着的婢女春梅，来向他说："你回来啦！在外边倒没叫人给揍了啊？也没叫什么野狐狸精咬住腿呀？"

楚江涯不由得皱眉："你看！我才回来，你就说这样的话，早知道如此，我还是不回来为是！"

柏秀卿把两只三角眼睛一瞪，说："喝！这次你回来，可长了脾气啦！也许是在外面做了高官啦？发了大财啦？"楚江涯坐在椅子上歇息，不言语。

柏秀卿却逼过来，又冷笑着说："我是瞎担心，绝没有那事！这辈子，官？哼！就等着死了睡棺材吧！人家二大娘家里的三兄弟，你走后的第四天，人家就把媳妇接走了，上任去了。虽然只是个典史，官儿不大，可是人家毕竟是个老爷，他的媳妇，别看长得那么蠢，人家可比我有福气，人家是官太太啦！柳大妈呢，儿子前天回来的，买卖听说很发财，还要买东村的那块三角地。咱们呢？唉！一年不如一年，你是成年由家里拿钱往外花，不见挣回家来一个大钱，带着一口宝剑满处胡撞，又不保镖，交一些个狐朋狗友，没事儿去找对头，说不定哪时候还就没了命，我在家连知道都许不知道！"

楚江涯听了他妻子的前段话，虽然很是生气，可是听到后来，却也觉着自己有些愧对。本来,这样终年流浪,结交江湖,虽然是自己的生性使然,但也无怪妻子是要埋怨的,便低着头不言语。

这时有仆人把他马上的宝剑跟行李都送进屋来了,柏秀卿突然又有点喜欢,就说:"我看看!你从外边给我买回来什么好东西啦?"过去就要打开那行李包儿,楚江涯赶紧上前拦阻,柏秀卿又瞪起眼睛来了,说:"怎么回事呀?难道里边真有什么金元宝、银元宝,怕看花了我的眼睛吗?可是我觉着你这个包儿很轻,有点不大配!"

楚江涯却严厉地说:"不要动!这里边有朋友送给我的要紧东西,你们妇人家不能看!"

柏秀卿更诧异了,说:"哎哟!可了不得!这回你到外边去,真不定是……"忽然翻了脸说:"我偏要打开看!"楚江涯用力夺过来包裹,向屋外愤愤地就走。

楚江涯向外院走去,听见身后他的太太还在喊嚷着,他心中真是烦恼。回到书房中,把包裹放在书柜里,锁上,他就往木榻上一躺,长长叹息了两声。他生到如今二十余岁,向来是自命不凡,他的太太柏秀卿虽然性情与他不能调和,但他也没像今天这样觉着讨厌。可是他的太太刚才说的那番话,他倒认为相当有理,自己真真是不中用,没出息!

本来他的祖上都是做过官的,"翰林楚家"在当地无人不知,他的太太柏秀卿也真是一位孝廉公的女儿,道地的千金小姐。他呢,坏就坏在他父亲的身上了,他父亲做过一任知州,因为得罪了一位权贵,竟被仇人几乎害死,幸遇侠士"镇三峡"仗义援救,得以重生。因此他父亲才灰心仕途,景慕侠义,叫一个素有"神童"之誉、七岁即能诗文的独生子弃文学武,并且花了很多的银两,特雇专人,把他送到湖北武当山上投拜名师,学了三年"内家剑法",因是才造就出来一个楚江涯。然而,如今老头儿也死了,儿子成了一半少爷,一半江湖侠客,成年遨游江湖,挥金结客,不事生产,敝屣功名,家道遂一年一年衰落,小夫妇的龃龉也一天一天增多。

不过往日楚江涯的心里还有个安慰，相信自己的"凌霄剑客"之名到处被人敬仰，内家剑法也举世无双。可是没想到这次归来，他竟感觉十分沮丧，因为在洛阳洛水畔、伏牛岗前，简直就算是栽了个跟头。那手执短刀的青衣人实在比自己高强十倍，而美剑侠苏小琴以一妙龄女子，力战三人，那精而熟的技艺，也使他回想起来，不能不深深地惭愧而自感弗如。

　　当日他就恍恍然，总没有精神，又怕他的太太再向他耳边叨唠，他就一天也没敢再到里院去。至夜二更以后，仍睡不着觉，于书房中，就挑亮了银灯，又开了柜子，取出那条白绸汗巾、一双绣鞋，挨近灯来把玩，更觉着不禁情思倍生。

　　正在看着，忽听窗棂外发出哼哼哼的一阵冷笑。他吃了一惊，急忙将汗巾跟绣鞋往身后去藏。可是窗上糊着的纸就嗤的一声撕开了一个大洞，露着一只三角形的眼睛，还冷笑着说："你还藏什么呢？我早看了多半天啦！快开门吧！"用拳头咚咚直捶门，又说："难道愿意叫我在院里大声嚷嚷，叫仆人们都听见，给你丢脸吗？门开不开吧？"

　　楚江涯先赶紧把汗巾绣鞋放在柜子里，锁好了柜门，藏起来钥匙，这才去把屋门的插关拉开。柏秀卿闯进来，就先去用力拉柜门，拉不开，她又哗啦哗啦地砸那个锁，并转头说："快把钥匙拿来！拿出来叫我看看！不是你从外面给我买来的吗？也许是你想先收着，到我生日那天再给我，可是我的生日离着现在还远呢！腊月初十，我也许活不到那一天。你快拿出来给我看看，那条汗巾是罗的还是纱的？系在我的腰上一定很俏皮，那双小鞋不知是湘绣还是顾绣？要穿在我的脚上，不是更能给你露脸吗？快！拿出来！给我就完了！别让我真说破了，杵你的心窝子！这回，怪不得你一到家里来就丧魄游魂的，我要看你的包裹，你死也不让，抄起来就走，一天也不见我。原来你在外面结识了野女人啦！还带回来那些个东西气我！好！好！"她的眼泪直流，把头向着楚江涯就撞。

　　楚江涯却说："你不要急！先听我说！"

柏秀卿顿脚说："我不听你说，我就要你拿出来给我看！"

楚江涯说："你也得先容我把话说明，那两件东西实在并非是什么女子给我的表记，实在是我从外面拾来的。"

柏秀卿啐着说："谁信你这屁话！"

楚江涯说："真的！实因为我这次外出，遇见一个女子。"

柏秀卿说："你就迷上她了？是不是？"

楚江涯说："胡说！她持剑与我比武。"

柏秀卿狠狠地说："她为什么不杀下来你的头！"

楚江涯说："她的武艺真比我高，我们交手之后，我竟输了。可是她，不知为什么就遗下了那两件东西，被我拾着了。"

柏秀卿啐了他满脸的吐沫，说："你去骗傻子，傻子也不能信你这话！"

楚江涯并不十分生气，只是慨然叹息，拿袖子擦了擦脸就说："你跟我这样闹，是应当的，我也实在对不起你！我自从跟那女子比武，得到了那两件东西之后，我就时时想念着那个人。如今一细想起来，真不对！我从今立志，不再练武，也不再出门，在家里念念书，或是在城里经营个生意。至于那条汗巾跟那双鞋，想是因为那女子与我争斗之时，腾身纵步，一不小心，就把汗巾松了，绣鞋也……"

柏秀卿似乎稍稍息了点怒，但还是冷笑着，就说："你既这样说了，我也不能太逼你，只要你还有良心，你就自己想去好了，可是你得把开这柜子的钥匙给我！"

楚江涯摇头说："这可不行！我拾了人家的东西，我将来得还给人家！"

柏秀卿说："你当时为什么不还给人家，偏要拿回来呢？"

楚江涯说："这个就算是我的错吧！但我现在决定要还人家。"

柏秀卿说："你告诉我！那位本事高强的大姑娘，是住在哪一府哪一县？东西交给我，我将来要是能够出门呢，就给送了去，顺便还要拜访拜访她呢，跟她交一交呢！我要是有个会武艺的朋友，也可以不致受别人的欺负！"

楚江涯却笑着，说："我不能够信你这话，你就放心好了，我除非将来遇着可靠的人往那里去，我就托人送去那两件东西，没事时我绝不再打开这书柜，连书我也不看了！"

柏秀卿的眼泪已经干了，又撇撇嘴说："你看书？这辈子也休想中半个举！既然你锁上了柜子，我可也要锁上这个书房！不跟我商量好了，就不许你进这间屋！"楚江涯点头答应，于是柏秀卿就吹灭了灯，拉着她的丈夫同往里院房内。

次日，她果然就把书房中的几卷经书、古文、诗集之类全搬到卧房里，自己找了一把大铜锁将书房的门锁上。由是夫妻两个，每人都秘密收藏着一把钥匙，谁也不能够动谁的，夫妻的情爱也因此渐渐恢复。可是那汗巾与绣鞋，虽已经被重重深锁，却在楚江涯的遐思之中仍不时地出现。

楚江涯在家中住着，无所事事，跟太太谈闲话，是全无意思，看书又看不下去，懒得他真难受。过了不到十天，他就忍耐不住了，趁着太太没看见的时候，他就偷偷到后院中去打拳，有时且弄个竹竿当作剑耍。这样可也解不开心中的烦闷。柏秀卿是想着丈夫既不能中举做官了，那么趁着家中还有闲钱做资本，叫丈夫做个买卖也不错。可是既做买卖，就得做又稳当又发财的买卖。

城里有一家钱庄，本来就有他家的资本，今年的生意虽好，但东伙之间颇有些不合，很需人整顿，所以柏秀卿就劝着，叫丈夫没事时常到那柜上去坐一坐，一半看着买卖，一半学学行情，将来好再拿出些本钱，就把买卖整个拿到手里，那么就算是弃武经商了，倒许因此而成为百万之富。

楚江涯也就听了太太的话，他倒是不想真去当大掌柜，不过是可以常到城中去消闲解闷就是了。由此，差不多隔一两天他就要进一趟城，总是骑着马去，到钱庄里也只是跟人闲谈，他根本不留心那些放账、收账、开庄票、平银子等等的事。并且他认识的人极多，不是南街的铺子邀他去吃酒，就是西街的镖店请他给调停事。一般穷拳师、镖头和困在店房里的异乡人都来找他求资助，他是三十两五十两毫无吝啬；街上的乞丐成群也都等着"楚少当家的"进城来放饭舍钱；打架斗殴的人是非得等他来，谁劝也不算。固是，不过一个来月，钱庄的账本上已记上他支去很多的银子。柏秀卿在家中全不晓得，倒觉着丈夫真是守分务本，慢慢地就要往家里赚钱了，她也整天喜欢、高兴，仆人们也少挨了骂，丫头也少挨了打。

这时已经是六月中旬，天气很热，楚江涯到城中去，穿着白夏布大褂、白纺绸的短衣裤，手中总拿着上有名人书画的折扇，在那清静的钱庄柜房之中总要午睡一次。这日他才午睡醒来，却听院中的天棚下有人高声谈说："魁元店来了一群卖艺的，其中还有一个小娘儿们，真真是美貌非凡！"楚江涯不由就站起身来，摇着折扇走出了屋。

院中的竹榻上坐着写账的先生，一见了他就赶紧让座。旁边还有本钱庄的两个伙计，西街镖店里的一个镖头，都向他笑着，那镖头说："少当家的，不去看看吗？咱城里今天来了七八个人，都携带着刀枪剑戟，我们还以为是镖行中的人，他们住在魁元店，我们就去打听。他们都是南方人，据称是由安庆府来的，不是保镖的，却是卖艺练把戏的。我们要请他在这城里练练，他们却又说，河南省里的老师傅多，他们胆小不敢在此献丑。"

楚江涯问说："那么他们为什么要到中牟县来呢？"

这镖头说："他们是由此路过，歇一两天，就往西去，大概是要走山西去。那地方的财主既多，会武艺的人也少，他们才敢去练，才能挣些个钱。"楚江涯心说，这不像是真话。

镖头又笑眯眯地说："我可看见了，他们那些人之中有一个小娘儿们，穿着一身红，简直跟一朵红花儿似的，长得那个俊呀！脚儿那个小呀！身子那个苗条呀！样子那个风流呀！我活了这么大，走了那些地方，看见过无数的娘儿们，简直没有，没有！"旁边的人都笑了，楚江涯也不由得笑了。

那写账先生就说："少当家的为什么不去看看，冲您的面子，他们兴许答应在城里练几天。"

楚江涯却依旧摇着扇子说："人家不在这儿练，一定是嫌咱们这个地方小，挣不了多少钱。"

那镖头又在旁边插嘴说："冲着少当家的也得叫他们在这儿练，少当家的，你出五两，我再去找些个人凑上些钱，五六两银子叫他们在本地练三天，把他们那些玩意儿都拿出给咱们看看，还不行吗？他们要是再不答应，那以后就叫他们别再到这里来！"

楚江涯笑着说："何必欺负人家？"

镖头说："您是不知道，那个小娘儿们，简直……您若看了也得迷！"

楚江涯说："胡说！"但心里却不禁有些意动，就笑一笑说："好！为你这话我倒得前去看看。"楚江涯说出了这话，旁边的人却都在暗笑，伙计赶忙到柜房里取了白夏布大褂，给他穿上，他也不叫人带领，就摇着折扇走出了钱庄。

第五回　风尘单骑追众盗

　　此时约下午四点多钟，太阳还正晒着，他用折扇遮着头顶，顺着街往北走，不远就是魁元店。一进了门，他就注意到那槽间拴着几匹健马，大概就是那些卖艺的人骑来的。他进了正院，见大凉棚下的地下铺着几张席，有七八个人全坐在那里谈话喝茶，都光着健壮如石头似的膀背，一见他进来，全都扭着脸看。

　　先有这店里的掌柜的过来招呼他，说："楚少当家的，今天怎么这样闲在？请柜房里来喝茶吧？"

　　楚江涯摇摇头，含笑问说："听说你们店里来了几位练把戏的？"

　　店掌柜就指着那席上坐的几个人，说："这不就是吗？"

　　楚江涯转身就向那几个人拱拱手，当时就有几个黑大汉站起来抱拳还礼，店掌柜就给介绍说："这是我们中牟县有名的楚少当家的，是大财东，又有好武艺。"

　　黑大汉又抱拳说："久仰久仰！"

　　楚江涯含笑说："不敢当！"

　　此时席上坐着的一共是七个人，全都已站起身来了，有的还慌忙地披衣裳，但是却没见一个女的。楚江涯就说："各位请坐，不要客气，兄弟因为刚才听人谈说，各位都是久走江湖，都有一身好功夫，会练好玩意儿，所以兄弟才特来拜访，敢问各位是从哪里来？

都贵姓大名?"

这些人都环围着他,用眼不住打量他,黑大汉却答复说:"我姓姜,没有名字,别人都叫我姜大。我们都是凤阳府人,都是师兄弟,在家学过点土玩意儿,因为去年地里收成不好,才落得出来讨饭吃;到过安庆,到过襄阳,如今是要往西去,路过宝地,得求多多关照!"

楚江涯说:"岂敢!岂敢!兄弟现在来,一来就是与诸位认识认识,交交朋友;二来就是诸位既然各怀奇能,路过敝处,那么我不敢说是邀请,只愿诸位择个时间,随便显露几手,也叫敝处的人饱一饱眼福,不知可否?"

黑大汉听了这话,面上就现出一种作难的样子,他先把眉皱了皱,又带笑抱拳说:"这个可对不起啦!我们不能在宝地练。本来我们这些个艺人,也都是懒人,若不是等那下顿饭,我们谁也不练那费力的玩意儿,出一身臭汗。这次我们从襄阳府已挣了些钱,足够我们九个人吃俩月的,又加着病了一个,天这样热,人都是想找舒服,我们真不想挣宝地的钱。改日吧!多则半年,少就两三个月,我们一定还回到这里。那时我们来几个,要拿出全身的功夫来,请少当家的指教。那时天凉快了,我们练的人不至于中暑,看的人也不至于挤一身汗。"

楚江涯又笑笑,说:"我来请你们,也不是我一人的意思,是本城各买卖家求的我,叫我来跟诸位说。无论是一个人或两个人,耍一套枪,走一趟刀,舞一段剑,或是踏一回软绳,都可以,只要你们练练,就算是看得起我们这个地方。"

旁边有个年纪不过二十的小伙子瞪起了圆眼,抢着棍棒似的胳臂,怒声说:"老子们不爱练,凭你给多少钱我们也不要,就完了!妈的,这件事情还有逼的!"

楚江涯沉下脸说:"喂!你怎么骂人!"

另一个年纪较长的、微微有点胡子、身穿暑凉绸裤褂的人,赶紧就把那小伙子推到一边,向楚江涯拱手道歉说:"我这个师侄不对，骂人的话是他的口头语，楚少当家的不要怪他！"又一抱拳正色说："高扳一下，楚兄！我们没走到河南就听说了你的大名，我们原没打算来冒犯你，走在贵处也原想是悄悄走过去，要不是有个师侄病了，我们绝不在此歇着。要不是你们贵处的镖头看见了我们的刀枪，来问我们，我们还不说是卖艺的呢！你我平时虽不相识，谈起来就是朋友，咱们谁也别故意为难谁。我们一共是九个人九匹马，从此过去也不沾走你贵处地下的多少土！话说完了，你老兄的公事一定很忙，还是请便吧！"其余的人都向楚江涯怒目而视。

楚江涯却哈哈一笑，但他的脸色已经变了。当着店里的人，这些人给他难堪，他实在不能够接受；又因为看这些人分明不像是以卖艺吃饭的，而且他们说话也不是一处的口音，却师叔师侄的相呼得这么亲近，更是可疑。他就把这些个人都一一仔细打量了一番，见除了黑大汉、短胡子跟那圆眼睛的小伙子之外，并还有一个秃头、一个噘嘴、一个淡黄脸、一个倒是长得还威武的少年，这些个人大概连镖头拳师都不如，他们一定是绿林响马、江湖的强徒。

楚江涯就从容地摇着折扇，又问说："你们诸位到底在什么地方才练呢？"

圆眼小伙子跳起来回答说："山西！他妈的！你还能跟着吗？"

楚江涯仍是笑着，摇扇又问说："山西何处？"

秃头的跟噘嘴的都一齐抢拳要打，却都被那短胡子的人伸臂拦住。黑大汉也暴怒着说："平阳府！山西平阳府！你问这干啥？"

楚江涯笑着点头说："平阳府！好！到了那个地方你们只要能练，我就一定去看！"

那些人除了那留着短胡子的，都一齐握拳，骂着："他妈的！"楚江涯也不由将眼一瞪。

旁边的店掌柜跟伙计全都惊慌地过来劝解，连说："楚少当家的，看我们的面子吧！别打！"他们就一边劝，一边推，直推到了二门，楚江涯还回身冷笑着说："后会有期吧！"

圆眼小伙子怒拍着胸膛说："老子们在平阳府等着你！"

楚江涯怒声回答说："好！"一转身迈步去走，不料几乎与一个人撞了满怀。这人哟了一声，骂说："瞎眼！"

楚江涯一看，这原来正是那个"卖艺的小娘儿们"，果然是一身红绸子的衣裳。裤子肥，腰儿瘦，袖口可极短，露着两只擦着很厚的粉的白胳臂，模样是个小圆脸；眼睛很含着媚气，虽非什么"美貌非凡"，但是七八分的姿色是有的，尤其是向着他这一瞪眼，颇有几分泼辣而妖媚的样子；梳着一条又松又长的油黑辫子，年纪也就二十来岁。楚江涯却又一声冷笑，就大踏步走出了店门，愤愤地回到钱庄。

他进了柜房，那个镖头也随着他进来了，愤愤地说："少当家的！那群小子是给脸不兜着，咱们得对付对付他们。我想出您的名，请咱城里的四家镖店，所有的朋友们齐动手，先扣住他们的家伙，他们若不服，咱们就揍！"

楚江涯却冷笑着摇头，说："不是这么回事！他们本来就不是卖艺的。"

这时屋里拥挤了好多的人，原来刚才楚江涯在魁元店里，跟那些人怎样说的话，那些人怎样骂的他，大家都知道，都一齐不平。楚江涯却摆手劝着，说："你们都暂且沉着点气！听我说！刚才他们虽是人多，但我并不畏惧他们。只是这是在咱们的家门口，打了起来，我若是死了伤了，必有朋友们出头帮助，把他们打走，那就算咱这县里的人与他们结下了仇，以后的麻烦还不知有多少。我若是打了他们呢？那显见是我欺压外乡人！"

旁边的人将要说话，楚江涯却又愤愤地说："如今我已跟他们夸下了海口，他们只要不在咱们这里练，就休打算再到别的地方去练。他们走在哪里，我要跟在哪里，只要他们练把戏，我就踢他们的场子！"

旁边那个镖头说："少当家的！您刚才不是说过，他们本来就不是卖艺的吗？那么他们永远不练，您永远跟着，究竟跟到什么地方为止呢？"

楚江涯向旁边看了看，就拱手客气地请一些闲人都出去，屋中只留下了这镖头、钱庄的掌柜和写账先生，他就小声一些说："那些人，据我看，他们若不是响马，便是江湖人要到什么地方去跟人比武争胜，尤其是那个小娘儿们，不定是个什么东西呢！所以我要跟随着他们，看他们到底是去做何事，如果做的是伤天害理之事，欺负的是良善无辜之人，那我就要下手！"

镖头却说："少当家的您可是孤掌难鸣呀！不如我请上几位朋友帮助？"

楚江涯摆手说："那样一来，反倒麻烦了！我不怕，我有一口宝剑，他们人再多些，我也不放在眼里，只是我看他们倒未必不怕我，他们也都知道我是个如何人物。"众人听了，都默默地点头，楚江涯心里却又想起来：家里的那位太太可怎能让我走呢？

他可真有点着急了，坐在椅子上，摇着扇子想了一会儿，就说："倒是有一件事不好办，也叫你们笑话。我这次由洛阳回来，原因为家中无人，不想再出门了，所以我才常来这里学学买卖，我家里……"笑一笑说："可不是我惧内，她是真不愿我再在江湖闯荡。"

写账的先生就说："这是应当的，您府上人口又少，家务全仗少当家的做主，您要是走了，少奶奶自然是不乐意，何况夫妇都年轻，平日又和睦。"

楚江涯就说："只好你们三位替我圆个谎，就说这柜上放在外面一笔账，两千两银子，使这银子的是一个权势之家，早已逾期，尚未归还，派去过几个伙计索要，全都无结果。那个人是倚仗着势力赖债不还，咱们的买卖又急用这笔款。因此，就得说是你们请的我了，非我去一趟才成，不然这笔账就永无讨回之日。若是这样一说，我家里的人也就放了心，她知道我是为你们去讨债，并不是去跟人拼命，她就一定愿意我走了。因为她倒不怕什么权势之家，她知道我们也不是低微的门户，权势奈何不得我，只怕的是江湖强徒与我拼斗！"

他说出了这话，写账先生就说："好吧！这个谈话您交给我吧！明天一早，我就到您家里去，准把这假话说成真话，假事像一件真事。"

掌柜的却赶紧跑过来拦，说："可有一节，少当家的！你跟着那些人走，不定走到哪儿才算一站，你要是半年一年也不回来，你家奶奶来柜上跟我要人，我可说什么呀？人替我们去讨债，还能够一去不回头吗？"

楚江涯又笑着说："你们无妨把那地方说得远一些，反正是假的，谁也不能去打听，我至多随他们到平阳府，或者再走一趟洛阳，少则一个月，多也不过五六十天，我的马快，回来得也快。"

当下就算商议定了。楚江涯又嘱咐那镖头随时注意魁元店里住的那些人的行动，他就骑着马出城。回到自己家中，他心中十分不宁，但在他太太柏秀卿的面前却不露一句话，只是时时留心着他太太永远挂在衣钮上的那把铜钥匙。

晚间，夫妻在灯前，柏秀卿绣着小花鞋，楚江涯却坐着发怔，对于魁元店里那些卖艺的人，倒不放在心上，那不过是无意之中赌了一口气，在路上看着他们；若也是侠义好汉，自己还真许跟他们交一交呢。倘若打起来不是小看他们，连男带女都算上也绝抵不过一个苏小琴。毕竟是小琴真真牵住了他的心。他想这次是最后的一次出远门，以后真得在家里做买卖了。但这次，可是无论怎样，也得去到洛阳，设法将那白绸汗巾及睡鞋返归原主，以了却一件心事，并且还要与那美剑侠苏小琴见上一面。

他怕太太看出他发怔的样子，赶紧又拿闲话儿遮饰，说："城里的买卖到年底真得清算一下，或是做，或是收，因为外边的债太多，有一笔就是两千两。柜上的伙计去了不知多少趟，盘缠也不知费了多少，可是，到现在还没有要进来！"他希望太太说："你为什么不帮着给要去呀？"可是柏秀卿却摇摇头说："柜上的事倒不要紧，就是全赔了，东家也不是咱们一家。"楚江涯便无法往下面说了。

忽见太太的俏影儿一动，戴着金簪子跟茉莉花的乌云鬓突然低下去了，她脸儿是特别的一阵红，显出来一娇美——美得真有点像美剑侠了。她发出带笑的柔媚声音，说："有一件事，你大概做梦也想不到!"楚江涯赶紧笑着问："什么事？快向我说!"柏秀卿瞪了他一眼，说："非得我向你说，你才知道吗？难道你眼睛瞎了吗？"

楚江涯觉着今日白天也像有谁这样骂过他一句似的，他怔了一怔，又笑着说："我真莫名其妙，你快告诉我吧!"柏秀卿哼了一声，接着又含羞地说了一两句话，他这才恍然大悟，说："哦！哈哈!"

柏秀卿忽从衣纽上摘下来铜钥匙，吧地往桌上一拍，说："给你吧！省得你老是贼似的盯着这个东西，你爱去开书房开书柜，拿那汗巾、绣鞋，爱怎么样都随你，你到外头去姘野女人也随你，只要你扪着良心想一想，再过几个月，你就当爸爸了!"

楚江涯羞愧得不禁满面通红，并且垂下眼泪来，说："我娶你到家十年，平时只见你打婢骂仆，性情暴躁，我常生气，如今我才知你是一个贤慧妻子!"

柏秀卿着急地说："说这话干吗？"也擦了擦眼泪。

楚江涯又说："今天你要不说这话，明天我就与人编好了谎，必骗你一场，如今我对你实说了吧!"

柏秀卿便惊讶地看着他，听他说。他就把今天城里遇到的事，除了没说"卖艺"的人之中还有一个小娘儿们，其余的话都详述了一番。并说自己想于归途之中，顺便到洛阳去一趟，又把苏小琴的家庭和上次比武的原因也全都说了，最后又说："只这一次，叫我去不叫我去，都听你的一句话！我是想，今天我既在那些人的跟前夸下了海口，我若不跟他们走这一趟，把这几年在江湖上所闯的名头都扔了倒不足惜，可是城里的人必定从此看不起我了！至于洛阳的苏小琴，汗巾、睡鞋都在我的手中，永远不还，别人可也不知道，但究非英雄所当为！假定你允许我走这一趟，那我敢应你两件事：第一，我绝不伤人；第二，宁可我向人服输，也不能叫人伤了我。此次出外回来之后，我决定不再出门了，打折了我自己的胳臂也不再使宝剑了!"

那边的柏秀卿哭了，身子在灯光中不住地抽搐，半天没有还言。楚江涯就劝慰她说："好了！好了！不要再提了！我刚才是想错了！

你也别伤心，我绝不离开你就是了！"但是柏秀卿的鞋也做不下去了，钥匙放在桌上没有人拿，夫妻就熄灯睡去。楚江涯心中十分烦恼，并非是怨恨妻子，却是后悔自己当初何必学武艺呢？睡了一觉之后，睁眼看了看，窗纸才发灰色，他却又合上眼睡去了。

这第二个觉直睡到太阳高升，翻身看看，他的太太早就起来了，正在床旁打点包袱，银两、零钱，预备换的衣裤、痧药，另外还有那条白绸汗巾跟红绣鞋。

他惊讶地坐起来问说："你这是干什么？"

柏秀卿却温和地笑着说："我替你收拾好了行李，你好走呀！"

楚江涯遂下了床，说："你既这样度量宽大，我倒无话可说了！我只有早日回来就是！"

柏秀卿皱着眉说："得啦！还说什么呢！别的都不要紧，我只盼着你一路平安，别再出什么事情就得了！"言下有悲惨之意。

楚江涯发誓似的说："你就放心，绝不能再有什么事！我说句叫江湖笑话的话，我心里已经改变主意了，跟着那些个卖艺的人只走一两程，我就绝不再跟了。到了洛阳，我是绝不去亲见那苏小琴。"

柏秀卿说："见不见随你，我才不管呢！"

楚江涯笑着说："我想见人家也见不着，自从那夜伏牛岗比剑，她早把我看成仇人了。我也许不到洛阳，在路上若遇见往那边去的靠得住的人，我就把汗巾、绣鞋都包好，托人给带了去，也不露出我的真名姓！"

柏秀卿笑着说："我料你自己也是不敢把那东西给人送到家门！不过你托谁送去，谁也准得挨打，因为，这不是羞辱人家的姑娘吗？"

楚江涯也怔了一怔，又笑着说："到时再说吧！"

柏秀卿说："我因为怕你弄成个痰迷心，我才不敢再拦阻你啦！得啦！就由着你去吧！就由着你的命闯吧！唉！"

楚江涯此时却又有一点犹疑了，忽听窗外有仆人嚷着说："柜上的先生来了！"楚江涯说："请他进屋来吧。"自己先出外屋去迎。柏秀卿在里间下了床，放下了绸门帘。

那钱庄里的写账先生一进来就气恼地说："少当家的，你说这事有多气人！柜上的人到归德府去了三四趟，都没见着他，敢则又跑到北京城去了，这不但是赖账，简直是逃账，想要不认了。两千银子不算少数，咱们柜上一共才多少本钱？凭着势力他就把咱们坑了？不行！少当家的！只有你去辛苦一趟吧！那人就怕你！你快走一趟北京吧！"

楚江涯说："得啦！得啦！你就说实话吧！魁元店里住的那几个卖艺的人到底走了没有？"写账的先生一听，倒呆住了，答不出来一句话。

楚江涯就把话说明了，说："我已跟家中的人商量好了，只要那几个人一走，我就随后去追。"

写账先生说："他们已经走了，天刚亮，城门才开的时候，就都骑着马带着刀枪走了。"

楚江涯一听，不由得惊讶地说："啊……"

写账先生又说："我听魁元店的掌柜说，他们也不像是卖艺的，大概是往远方办案的官人，可也不像。四通镖店的千里腿陈润，昨日也去看了一看他们，他只认出其中的一个人。"

楚江涯赶紧问说："他认识哪一个？"

写账先生说："他叫你小心，他认得那个小娘儿们，那可不是好惹的！那小娘儿们武艺高强，她是三十年前黄风山寡妇寨云二寡妇黑魔女的女儿，她名叫云媚儿，外号叫小魔女。"

楚江涯冷笑着说："好名字！既有这个贼女在其中，可见那些人都是强盗了。"

写账先生摇头说："也不一定！不过，少当家的你可要提防点那小娘儿们！听说她也直跟魁元店的掌柜的打听你的姓名。"

这时，楚江涯看见他太太正扒着帘缝往外偷听，他就赶紧催着说："你就快回去吧！我就去追赶他们。不过，若看出他们是江湖上的小贼，不值得一斗，那我也许只追二三十里地，我就回来。"

他把这个写账的先生送出屋去，顺便就叫仆人给他备马。他又回到屋里，柏秀卿却又惊疑地向他问道："到底是怎么回事呀？怎么又出来了些黑魔、小魔、二寡妇跟小娘儿们呀？"楚江涯笑着说："那都是卖艺的人的外号，其实都是些男子，没有女的。"柏秀卿又哼了一声，楚江涯却匆匆地洗脸，穿衣裳，到书房拿宝剑，提包袱。

走出了门，他的马已在门前备好，柏秀卿带着一个丫鬟两个仆妇送他出来，眼泪盈盈地望着他，他就上了马，说："我回来得一定快！"挥鞭就走了，出了村口，他还回首望了望，然后就决心催马走去。

蹄声嘚嘚，尘烟滚滚，找着了大路，一直往北，他一直跑出了二十多里地，来到了一个市镇，这才驻了马向人询问，那些人是何时从此处过去的。原来那些个人确实是早晨由此处过去的，转往西面去了，大约这时候已经走出很远了。楚江涯于是离了这市镇，也寻着了往西去的大道，又一直走去，他当日就赶到了郑州，在南关外找了店住下。

次日天才黎明，他就备了马，付了店钱，骑着马到大道旁去等着。他心里想：昨晚那些个人必定也住在郑州，他们无论是住在西关或南关，今天也得由这里经过。我得叫他们看看，我到底追赶来了，看他们把我如何！于是他就在此等候着，时时向城那边去望。由那边来的人、马、车辆，陆续不绝，倒真不少，他在马上等了半天，又下了马等了半天，更因为口渴了，往西边去找了一家野茶馆，坐在凉棚下，喝了茶，吃了饭，又等了半天。太阳已由东方转到正南，十分炎热，路上往来的人越来越少了，可是仍不见那些人由这地方过。他不免急躁，就想：莫非他们是往北去啦？或者是在这里住下了，要在此卖艺吗？当下他就付了茶饭钱，离了这里，策马又回到南关。打听了半天，各店里都没住着那帮人。他又骑着马到了西关。

郑州的西关也很繁盛，店房也很不少，他才来到了这里，刚下马要去向人询问，却见路上的人都站住了，都惊讶地向西去望。楚江涯也赶紧躲避到道旁，就听踏踏踏的一阵马蹄声，由西边来了两匹马，都是黑色的。头一匹马上坐的是那小魔女云媚儿，这个小娘儿们还穿着一身红，鬓边插着一朵石榴花，双手勒着缰绳，身子几乎趴在马背上飞驰，并且回首望着后边马上的一个三十来岁的黄脸大汉，发出格格的笑声。楚江涯就大声喊说："好呀！"街上的人都一齐用眼来注意他。

此时黄脸大汉的马已到临近，此人就扭脸看了看楚江涯，当时将马收住，眼睛一瞪，问说："你叫什么好？"楚江涯指着说："我说的是才过去的那位堂客，马骑得真好！"黄脸大汉又问："你是干什么的？"楚江涯笑一笑，说："我就是专跟着他们，为看把戏的。"这黄脸汉子听了这话却一笑，就鞭着马往前面去了，倒使得楚江涯有点失望。他拉着马也往东走去，却见东边就有一家店房，那云媚儿早已在那时下了马，等着黄脸汉子也下了马，他们还笑着，又向楚江涯这边指了一指，表示出不屑于理的样子。他们把马交给了店门前的一个闲汉，就一同进去了。

楚江涯却微微地笑，也走到那店门前，一看字号是"兴远"，里边的房间颇为不少，楚江涯就牵着马怔走进去，大声叫着："店家！"有个伙计由柜房中出来，楚江涯就说："你给我找个单间的房子！"就自己去解鞍旁的包袱，摘宝剑。伙计说："外院可没有房子啦，里院倒还有两间，只是窄一点。"楚江涯就说："什么房子都行，我只是要在你们这里住。"伙计听了这话，不由得有点发怔，接过了马去。

这时外院的北房里却有很多人说话，并且听见娘儿们的声，大声地嚷嚷并笑着，可也没有人来理楚江涯。那伙计先将马拴在棚下，然后接过那只包袱来，才领着楚江涯往里院去。楚江涯如今是振起来胆气，他想，虽然在家中向妻子答应的是能不斗便不斗，以免出舛错，但这既是我走江湖的末一回了，若不轰轰烈烈地干一场，我就枉在武当山学过武！于是他就意气激昂，向店伙问说："你们外院住的那个小娘儿们，是个干什么的？"

伙计却望着他只笑，说："那是个江湖卖艺的，他们来了一大帮呢，外院的那几间北房都叫他们给占满了，他们是昨天来到这里的。据说是要在此等朋友，得住三四天才走呢！怎么，大爷你把她看上啦？"

楚江涯也不笑，又问说："那黄脸汉子是谁？"

伙计听了，却面含点惧意说："那个人可是我们这里的一位了不起的人物！由此往西五里之外，有个巩家庄，巩家的人在京里做高官，那个人就是他们庄上护院的，姓童，叫童如虎，我们背地叫他黄老虎，当面叫他童八爷。今天是那娘儿们找的他，大概他们是素日就有点儿交情。"

楚江涯听了这话，倒不由有点发愁，就想：他们那些个人就够多的了，再加上个童如虎，在四天之内还不定要来什么人，诚恐自己孤掌难鸣，就要吃亏。细想了想，就决定暂时不惹他们，还是得不斗就不斗，可是也得探查出来他们到底是干什么的。当时他在屋中仿佛倒不敢出门了，但是前院的那些人也没到里院来。

到了晚饭后，天已黑了，他叫来店伙，说："屋里先不必点灯，你们这两扇屋门能锁上不能？"

店伙说："门上有窟窿，穿过去铁链，就能够锁上了。"

楚江涯就说："烦你把锁头给我找来，我要出去看看朋友，不定什么时候才能回来，所以得把这屋门锁上。"伙计依着他的话办了。

他就锁好了屋门，也不带着宝剑，就往前院走去。因为天很炎热，店里的人都在院中或坐或卧着纳凉，但是院中并没有灯，楚江涯虽从许多人的面前经过，却似乎没有人注意他。

他一出了店门，就见斜对过有一家店铺，里边灯火辉煌，乱纷纷的，有很多人，原来是一家酒店。楚江涯心里说：好！我到酒店里去坐坐，听有没有人谈说关于他们的话。遂过了街，刚要进那酒店的门，不料身后就有一个人使劲向他一撞。可是他的脚步站得很稳，身子一点也没动，回头看了看，原来就是曾在中牟县的店房里见过面的那个圆眼睛的小伙子。他冷笑了一声，并没还手，那小伙子就由他的身旁先进去了。

楚江涯看见他的裤腰带插着一口短刀，又知道这个人性情极为粗暴，就想自己要是走进去，就难免要大闹酒楼；可是时至现在，自己又如何能够畏缩呢？遂一迈大步走了进去。只觉得热气烘烘，酒味刺人，汗臭横溢，人语喧杂，灯光耀耀。就见那才进去的小伙子瞪起了两只圆眼，左手的拳头向桌上一砸，咚的一声，右手拔出来闪闪的短刀向桌上一插，跳起来大骂道："妈的！老虎不伤人，人倒要骑老虎！大爷今天跟他拼了！"楚江涯却微微地笑，找了一个离着他很近的座位坐下。四面的人都发着呆，但不晓得那圆眼睛的小伙子是要跟谁拼命。

楚江涯从容镇定，一点也不像人家是为他才拔出来刀的样子，他点手把酒保叫过来，轻声说着："来一壶白干，有什么好吃的酒菜，给我拿几样来。"他也不往那边的桌上去看。

那边便有人将那小伙子拦住了，分明听他们在说："干吗？干吗？理他干吗？咱们的正事还都没办呢！怄这些闲气，合不着！"

楚江涯这才斜着眼睛向那边望了望，只见那边一共坐的是五个人，圆眼睛的小伙子以外，还有那个秃头、那个噘嘴和那个黄脸的——这个人可没有今天所遇的黄老虎的脸黄，也可以说是一张苍白的脸，最熟识的是那个姓姜的黑大汉，此人站起来望了望楚江涯，却又坐下了。

此时酒跟酒菜都已送了来，楚江涯就慢慢地往杯里斟酒，慢慢地往嘴里夹菜。半天，那边的五个人交头接耳地谈着，越谈仿佛情绪越见紧张。那小伙子的两只圆眼睛瞪得更大，由桌上拔起刀来，就在手中紧握着，并扭头瞪了楚江涯一眼，楚江涯却预备着身旁一条没人坐的破板凳。这时，旁边的人有的还谈着闲话，有的却暗暗地走了。

有的刚要走，忽然看见外边又来了一人，就又怔住了，又不想走啦。外边进来的这个人，正是小魔女云媚儿。她另换了一身衣裳，下穿白纺绸的裤子，上身是红罗小衣，因为天热，衣纽儿简直多半没扣，风流袅娜地走进来，一眼就望见那边的五个人。她眯着眼睛一笑，发着尖声儿说："喝！我说遍处都找不着你们，原来你们这五个小子在这儿灌上烧刀子啦……倒真得意呀！有什么好吃的？请请姑姑我吧！"

那五个人都笑了，连那小伙子的眼睛也不圆了，也眯眯地直笑。他让了座，云媚儿过来把身子一扭就坐在他的凳上儿。秃头的就要斟酒，云媚儿却摆手说："你那手刚抓完你头上的秃疮，我嫌你脏，别给我斟！"噘嘴的却接过酒壶来说："我来吧！"他斟了半天，原来壶里已连一滴也没有了。云媚儿就笑着说："他妈的！干壶，你们还他妈的请客呢！"

说着话，她忽然一扭头，看见了楚江涯，就哈哈地一笑，说："真行呀！咱们这把子玩意儿准能够发财，真有捧场的么，走在哪儿有人跟在哪儿，这才叫作主顾呢！"

那姓姜的黑大汉却向她直摆手说："咱们且喝咱们的，管他鸟主顾！"又大喊着："伙计！再来两壶酒！妈的快一点！"

云媚儿却一拍桌子站起了身说："你们都怕凌霄剑客，姑奶奶我可不怕！"拍着她鼓鼓的胸脯，走了几步，一只手叉在腰间，风流地一站，说："我不单是卖艺的，还是卖脸的，走江湖做买卖，遇着小白脸跟有钱的大少爷，我什么都能够卖，价钱还不贵，可是他妈的得站起来明说，那才叫真主顾。要是他妈的吞头缩脑、王八脖子兔子胆，还想要吃天鹅肉，那可就是他妈的瞎了眼啦！我认得他，我听说他是什么凌霄剑客，武当山传下来的泄气的门人，他可也得打听打听姑奶奶我是谁！"

说到这里，忽见那边的楚江涯昂然站起身来。她也神色骤变，瞪直了眼睛，预备好了拳势，就要厮打。那姓姜的黑大汉却急忙跑了过来，拉着她说："干吗？你是没喝酒就醉了吗？合不着！咱们还得干咱们的正事呢！来，酒来了，喝酒来吧！"他硬挽着云媚儿回到位子上，楚江涯却仰面哈哈一阵大笑。

云媚儿突也跳起，厉声说："你笑什么？"泼辣地向前就扑，那四个人也都握拳站起。

楚江涯挽挽袖子，冷笑着说："来吧！你们当时就要练吗？那算是我没有白来，我奉陪！小子们跟云媚儿，就怕你们有点怯阵！"

那黑大汉是又气恼又惊慌，赶紧将云媚儿抱住，说："别打！别打！"一面又向楚江涯说："朋友！咱们既是谁都知道谁，何必要伤了和气，我们也知道你的名头高大，过中牟县时，我们忘了去拜访，可是你竟不能海涵一些吗？往日我们对你没有得罪过，你何苦这样？"

云媚儿却蓦然脱开了身子，先把黑大汉一推，说："你们真叫他凌霄剑客吓怕了吗？至于说软话，来央求他？你们都躲开！让我看看他到底有什么踢山捣海了不得的本领，敢来云姑奶奶的眼前发威！"她又跳起来，黑大汉也拦她不住。

旁边坐的酒客一见此情状，都惊得纷乱逃藏，那四个汉子都亮出来明晃晃的短刀。云媚儿向前一奔，抢着粉团儿似的拳头，向着楚江涯的胸前就打；楚江涯吧地握住了她的腕子，五个手指跟铁箍似的，拧得云媚儿哎哟的一声尖叫。她疾忙伸左手要去抠楚江涯的脸，楚江涯却用力一推，同时撒手，原想叫这个小娘儿们摔倒在地，却不料她只退了一步，便立定了身子，同时莲钩飞起，要踹楚江涯的小腹。楚江涯早已抄起来板凳一挡，又不料这小娘儿身轻如燕，一耸，就上了那张桌子，拿脚要向楚江涯的脸上踢去。楚江涯疾往旁躲，可是那边的酒壶跟瓷碟子全都吧嚓吧嚓地飞来，虽都被楚江涯躲开，旁边受了误伤的人全都哎哟哎哟直叫。酒保吓得往外跑，掌柜钻在桌底下。

那站在桌上的云媚儿嗖地跳下来，由那嘬嘴的人手中要过了刀，狠狠地扑过去，向着楚江涯就攮。楚江涯的板凳又叫黑大汉给揪住了，正在用力争夺。刀一来了，他就抬脚一踢，云媚儿又哎哟一声，摸着肚子向后退去，可依然没有倒下，依然一挺身握刀重上前来拼命。那圆眼的小伙子，短刀也自楚江涯的背后扎来，楚江涯闪身，推凳，一脚又向小伙子踹去，一手又抄住了云媚儿的右腕。

这时，那个秃头的家伙由墙上摘下盏灌满了豆油的大灯，站在桌上向着楚江涯一砸，只听嚓的一声，砸得说准可也不准，却砸在那姓姜的黑大汉头上了。他啊的一声大叫，脖子里灌进了油，头发起了火，火光熊熊，摇晃着头乱跑。那嚼嘴的急中生智，忙抄起一盆洗家伙的水，就往他的头上泼去，不料又正泼在云媚儿的白裤子和红衣裳上，云媚儿怒骂了一声："瞎眼啦！"楚江涯夺过了一把刀，并抡动了板凳腿，打得那秃头的人也整个由桌上摔下。云媚儿却妖怪一般地喊叫说："拼！豁出来啦！哪个小子要是跑，就是姑奶奶我屁崩出来的儿子！"

　　正乱之间，忽有人闯门而入，外面进来的这个人，就是那身着黑色暑凉绸裤褂，微有髭须，年龄较长，曾与楚江涯在中牟县魁元店会过面的那人，似是这些人的长辈。他手持一口寒光闪闪的厚背扑刀，大声喊叫："不要动手！楚少当家的请你息息气！抬抬手，我于铁雕今天先在你的眼前，替他们认输了！"

　　他一喊出来，一般人都住了手向旁去躲，只有云媚儿还不服气，顿脚大骂："姓于的！你愿意丢这人，姑奶奶我可不能丢这个人！不拼就不是好小子！"这于铁雕却过去伸大手就把她揪到了一边。

　　此时楚江涯反倒愕然了，尤其是听于铁雕悄悄地说："这是小事！大事现在毛家店，你的事……冤家路狭……"

　　云媚儿一听，忽然惊问说："真的？……好！"又回身指着楚江涯，狠狠地说："凌霄剑客狗杂种！你等着姑奶奶，明天叫你另投胎，今天先叫你多活一晚！"她身上全是脏水，鬓发蓬松，蹿出酒店就走了。旁边那几个人虽都样子十分狼狈，可还都站着，向楚江涯怒目而视。

　　楚江涯是冷笑着，心里又气又疑惑。只见于铁雕提着刀向他拱了拱手，说："都是自家人，不必因斗气伤了和气。这几个都是我的师侄。"指着圆眼睛的小伙子说："他叫豹子李承。"又指着那黑大汉说："他叫黑牛姜勇。"第三指那秃头，说："他叫没顶儿塔冯七。"再指那嚼嘴唇的，说："这人是吹倒了山洪二。"第五指的是那淡黄脸儿的人，说："他叫病太岁吕信。"又喊着说："来！都跟凌霄剑客楚老师见个礼儿吧！"这些人都负着气，可又不敢不听话，就除了那个头发都烧得剩了不多的姜勇之外，全都向楚江涯来抱拳。楚江涯也扔下了板凳腿，拱手还礼。

于铁雕又说："他们都是万里飞侠的徒弟，我却跟高炯一门从师。我们在中牟县听人说，你也是武当派，这么一说咱们还能不算是一家人吗？"楚江涯听了，不由得倒是一惊，因为晓得"万里飞侠"是江湖无双的好汉，今年才在安庆被人害死。那于铁雕此时又向五个师侄使眼色，说："都快去！先去拦住媚儿，叫她等着我回去再办，那事情万不能急！"那五个人都又向楚江涯怒瞪了一下，就一齐走了。

于铁雕又向旁边受误伤的人拱手道歉，向着由桌底下才出来的酒店掌柜说："别怕！摔毁了什么东西，都由我赔。"随后，才又满脸带笑地向着楚江涯说："我们都把事办错了，早就应该跟你老兄拉个近，请你指教指教。现在，想你老兄是度量宽宏，不见小辈们之怪。我们既住在一家店里，那么就请你老兄跟我一同回去，到我们的房里细谈谈。你老兄也就明白我们到底是怎么回事了。还，还有一点小事，要请你老兄看重了江湖义气，来帮我们一个小忙。"

楚江涯点点头说："好！帮什么忙我倒不敢。可是我愿听听你们来到河南，到底是为着什么事？"于铁雕在前面叹气，楚江涯在后面跟随，一同出了这酒店，就进了斜对门的兴远店之内。

此时他们住的那北屋，已经都点上了灯，于铁雕将楚江涯让进一间屋内。这里有那个相貌很威武的少年，正在服侍躺在床上的一个病人。于铁雕又给引见，说："这也是我的师侄，白面瘟神洪锦。躺着的那个是万里飞侠的长子，小飞侠高彪。只因他孝心过重，急于要杀死仇人为父报仇，心中忧烦，又加中了暑，所以我们才在中牟县你宝地上歇歇，不料言语之间又得罪了你老兄，我们避免争殴，才又来到这里。一半天，我的师弟金鞭岳大雄来到，我们也就走了。"

楚江涯被让得落了座，他将夺过来的刀也放在桌上了，只是不胜惊讶，就问说："你们既全是万里飞侠高前辈的人，那算我今天冒失了！我这样跟随你们，也非想争殴拼斗，只因在中牟县，你们给我一个大没面子，我才不得不如此。今天，话既说开了，都是一家人。可是我还要打听打听，万里飞侠高前辈乃是江湖无敌的英雄，他为何竟遭人残害？那害他的人又凭仗什么超人的本领，包天的胆？你们可知道他是谁吗？"于铁雕却又长叹了一口气，面现悲哀愤怒之色。

此时床上的病人就放声哭了，白面瘟神洪锦赶紧转身说："楚兄你要问，你可得仗义，帮我们这个忙！此人名叫李……"

于铁雕又把他拦住，就又拱手，说："我求你老兄，也不必细问了。那人是一个江湖小辈，武艺自然不错。他姓李，他的爸爸倒略略有名，可是与你老兄一定素无往来。我们为师兄、为师父、为父都是心肝痛碎，由安庆到湖广，遍地寻访仇人，真是不容易！如今才算稍稍有了一点头绪。"

楚江涯说："那人现在什么地方？"

于铁雕说："多半是在山西平阳府，反正我们，连一半天就从铜山县来到的金鞭岳大雄，一共是九个人。我们若不访着仇人，不剜出仇人的心、肝、肺、肠子、五脏，我们是绝不甘休！"

床上躺着的病人又放声大哭，并破口大骂："李剑豪！狗贼子！你还我爸爸的头吧！"

楚江涯被刺激得不由打了个冷战，心中暗叹着：李剑豪！李剑豪！你这个人很不错，英雄胆大，身手高超，堪称得起是一位少年侠士，但你如今结下的若干仇人，可也够你一人应付的呀！他怔了一会儿，就又问说："奇怪，你们现在已经是九个人了，连那黄老虎童八算上，已经是十个人了，再来一个岳大雄，你们是十一位了！李剑豪又有什么不好惹的？"

于铁雕摇头说："那云媚儿不是我们一块的，她是在襄阳才与我们相遇。因她，我们才晓得那李剑豪有三个隐藏之处。"

楚江涯又赶紧问："都是哪里？"

于铁雕说："告诉你兄也不要紧，一是铜山县，一是平阳府，一就是洛阳。"

楚江涯不由惊讶地脱口说："洛阳？"于铁雕摇头说："我们料

到此人必不能往洛阳去，山西平阳府是他的老师家里，他必定是到那里托求保护去了。"

楚江涯又问说："他的老师是谁呢？"

于铁雕的面上立时露出来不悦之色，就说："楚兄，我们跟你说得这么详细，也就足够交情了，你也不必再问了，我们如今只拜求你一件事，就是你别管！"

楚江涯笑了笑，忽然一转脸，见那小魔女云媚儿又走进了屋，而且双手都持着光闪闪的宝剑。楚江涯噌地立起，准备要徒手迎敌，但是云媚儿却一笑。她已经换了衣裳，是一身青，青丝发也在头顶挽了个髻儿，倒像是一个古装的美人。她笑得很妖媚，说："算啦！算啦！刚才咱们打起来，都是我的错儿！我骂的话也就算都骂了我的哥哥，我的亲哥哥，我的汉子男人啦！你说是什么都行。"

楚江涯真觉得奇怪，自己都替她害羞。云媚儿把双剑归于一手，腾出一只手来拍着她的鼓胸脯，又扭动着身子，她满脸是笑，可一点也不红，也不害臊。

她又扯开了母鸡似的嗓子，说："我说什么都不在乎！"吧地又拍了那白面瘟神一下，说："跟我们这个小侄子，我更是什么也不在乎。死的那个万里飞侠，我本是叫他干爹，可是后来，我又叫他老干哥哥。我妈妈就是这么传授我的，占山为王，走江湖卖艺，盗马劫镖，我们娘儿们全都干过，大概这些事，也都瞒不了你凌霄剑客楚少当家的。现在你既肯到这屋里坐，我们就是一家子了。刚才于铁雕把事情大概也都给你说了。那件事倒不必你给帮忙，只是今夜，我就有一件很为难的事，既然遇着你么，就放不了你。讲交情，卖面子，你也得帮一帮我……"说着扭扭地走过来，双剑都放在桌上。她按着楚江涯坐下，说："非你呀！简直的……"她比狐狸还会迷人，又笑着说："简直的，怕不行！"

楚江涯不由倒满面通红，赶紧推开她说："坐下！坐下！什么事？什么事？你说明白了，我好能够答应你！"

云媚儿一顿脚说："好啦！你可已经答应了，就不准再变心！

我告诉你吧，这次我到河南来，第二才是为帮他们的忙，第一却是要办我的事，报我的仇！我的妈妈黑魔王云二寡妇，生前有一个大仇人，此人，恰巧……"指着于铁雕说："刚才他告诉我的便是这件事，我那个仇人原来现就住在西边毛家店。他是一个老头子，好佛，可是心肠毒狠，当年我妈妈……唉！不是为他还不能够死呢！冤家路狭，他就在眼前，可是他的武艺高，我们这些人都有点胆怯。这，只有……少当家的，我的亲人哪！你帮个忙儿吧！"

楚江涯说："我明白你的意思了，你是要叫我帮助你们去暗算那老人。你们真想错了！我与那人无冤无仇，我如何能去帮你们办这事？"

云媚儿把脸儿微微沉下，说："走江湖交朋友么！"

楚江涯却笑着说："我走江湖做的都是侠义之事，绝不欺老凌弱，我交的也都是重道义、推肝胆的朋友，却非同你们……"

云媚儿又伸手抄起了双剑，瞪起眼睛来说："可不许你骂！你不帮就不帮好了，也不许你管！"

楚江涯说："这倒行！说实话，我此次随你们前来，也非为同你们争斗，不过是为赌一口气，要知道你们到底是干什么的，如今已经知道了，明天我就要归家了。"

云媚儿把嘴一撇说："你趁早儿回家，看着你媳归去吧！"这句话倒正戳中了楚江涯的心，他不由冷冷地一笑。

云媚儿又哼了一声说："谅你也大概是不敢去！"

楚江涯愤然问说："你说，那人叫什么名字，是哪一路的英雄？"

云媚儿拿剑指着说："你可要坐稳了些！你要打听这个人，他是三十年前赫赫有名的人物，他的名字叫单剑小霸王苏黑虎。"楚江涯听到这里，就立时惊讶地变色。

云媚儿又说："这些年，他在家乡洛阳住着，他的儿子做了知县，他也竟成了苏老太爷。今天我听本地的一位朋友说，他有一个女儿美剑侠苏小琴，打败了鲁家五虎，名头真了不得！"楚江涯又皱起了双眉。

　　云媚儿又傲然地说："我原想到洛阳去斗一斗那个丫头，顺便杀了苏老头子，给我妈妈报仇。不想神差鬼使，刚才苏老头子就从普陀山那么远回来，恰巧住在这儿。我今天就要下手，你要是帮助，我给你好处；你要是不帮，可就别在里边搅。如若你敢多管一点闲事，那，你也明白，你也看见啦，我手中现在两口宝剑，一剑割了那老东西的脑袋，另一剑就……你小心点你的脖子吧！"楚江涯又哈哈大笑，笑完了，却沉着脸发了半天呆。云媚儿逼问着说："管不管？帮不帮？你就快说一声吧！"楚江涯却不回答，仍然哈哈大笑。

第六回　侠义只手救衰翁

当下楚江涯摇了摇头，敛住了笑声，就一句话也不说了。那于铁雕说："楚兄为人慷慨，谅你也不能搅我们的事。"

楚江涯说："本来都与我不相干！"

云媚儿说："好！有你这句话就行啦！说实话吧！我们本来就没想叫你帮忙。不过，我们走在哪儿你就跟在哪儿，真是讨人嫌！"急忙又改口笑说："也许是你为我才这么不辞辛苦。那么这样办吧！我们怕的就是你在中间打搅，一半天金鞭岳大雄他来到，你就是再搅我们也不怕了。现在就请你千万讲点交情，我记住了你就是，将来……"

这时，那"没顶儿塔"冯七忽然站在门外说："媚儿，童如虎来找你。"云媚儿又笑向楚江涯说："后会有期吧！"她转身，手提着双剑，扭出屋去会她的朋友，相商害人的密计去了。

这里楚江涯发了半天的呆，于铁雕、洪锦二人跟他又很客气地说了许多句话，那小飞侠卧在床上又呻吟了半天，他全似乎没有听见，只是发着呆，心中本想劝解他们一番，不要如此做，但看着这帮人与那李剑豪的深仇，云媚儿与苏老太爷的大恨，全是不能解的了，劝也是白费唇舌。他就坐了一会儿，便告辞回往里院，开锁进了屋，抽出了自己的宝剑，决心要往毛家店去救那位老人，以尽义侠之心，兼替那行李包中汗巾、绣鞋的主人做一件事。他不禁义愤勃勃而又慨然生欢。

此时街上已交过了二鼓，夜风已经吹起，倒比白昼觉着凉爽一些。那外院北屋已灯光全灭，不知那些人是在屋里，还是都出去了。院中躺着的人都已呼噜呼噜地睡熟了。西边不远之处的毛家店与这里是一样，里外院都有不少的人露宿着，只在一间小屋之内，尚有灯光，并且梆梆梆、梆梆梆发出一阵木鱼之声，还有一种苍老的声音在哑着嗓子哇啦哇啦念经，如同黄河的水似的滚涌着。

月亮在天边如同一把尖刀，天色黑沉沉如恶人的脸，那一颗颗的星光又似许多只凶眼睛，都偷窥着这屋内。屋中只有一张桌子、一盏油灯，在桌旁坐着一位身材高大、紫红脸、扫帚眉、豹子眼、虎背熊腰、白髯长约二尺的老人，却正在合着眼念经。

这位老人家现在是一边默诵着经咒，一边感觉心里边十分难过。此次到了南海普陀山，他看见了那深碧色无际的海水，巨螺一般伏在海中的群岛。潮音洞的庄严、紫竹林的清幽，南海观世音菩萨的种种灵迹更感召了他；而那些不远千里、徒步跋涉、毫无倦意的僧人道士，更是令他佩服，令他自愧弗如。

他恨自己没有宿慧，虽然早先是不识字的，好容易后来学了些个字，可是经仍然念得不能熟；又恨自己没有"仙根"，不然这次朝南海，为什么竟没见着菩萨呢？听说有许多心虔的人全都分明地见着了。又后悔自己这次不该骑着马去，骑马就是不虔心，更恨自己对于红尘总是恋恋。第一，这次离开家，非仅为朝山，既是为躲开鲁家五虎的麻烦，并听说早先自己结下的仇人要报仇，同时还因闻说江南出了一位少年侠士，颇有英名，跟自己年轻的时候差不多，所以想去看看——其实这都不对，都是尘心、孽障。第二，老是想着家里的贞节牌、节烈坊。第三，老是惦念着女儿小琴，仿佛唯恐家中出了什么事，家中有什么坏人进去似的。虽然女儿是个明白人，家中且垂有节烈的教训，她绝不至于做出什么不才之事，但自己总是有些不放心。

尤其是今日，来到了郑州地面，他耳边似乎听见了黄河浊水的嘶流，那水里仿佛都染着血色，那水声又似是冤鬼的呼号。他想起来自己三十年前名字叫"单剑小霸王"的时候，就曾在这里为争镖，为赌气，有多少次跟人拼过命，青蛟剑下染过多少人的鲜血！如今那些冤魂必都还没得超生，他们又来围绕着我了。所以他梆梆梆、梆梆梆，嘴里且念着"往生咒"，偶尔微张开眼睛，见灯光惨黯，竟恍惚看见了桌前有幢幢的鬼影，他又梆梆梆、梆梆梆将木鱼急敲起来。

但忽然看见屋门一开，他就大吃了一惊，真的，竟有一个女鬼闯入了。他越发惊恐，而此女鬼手持双剑进来就抡起向他砍来，他还以为真是鬼呢，又想急敲木鱼，但不想桌子底下，他的腿旁早已藏着一个人了。此人就用手将他一推，他当时坐不住，连凳子都向后仰去，咕咚一声摔倒在地。可是因此倒避开了那双剑，而那手使双剑的"女鬼"也没有提防得到，腿上被人用脚一勾，她的莲足也站不稳，咕咚……当啷！人坐在地下了，双剑也撒了手。而此刻那桌底下的人哗啦的一声，将桌推翻，现出了全身，却是一位少年，手持宝剑，挺身起来就怒喝一声："云媚儿！你快些滚开！"

那把腰摔在炕上、疼得十分难受的苏老太爷，这时才明白，这两个人原来都不是鬼，都是人。他不由得发了三十年前的性情，暴躁地爬了起来就要抄起凳子来打这两个人。而这时云媚儿已经将压在她腿上的桌子踹开了，她又抄了双剑，滚身而起，大骂一声："楚江涯！忘八蛋！你说了你不管，却又来这里护着这老匹夫！"双剑抖起了寒光，齐向楚江涯砍去，楚江涯就以剑铛铛地给磕开。

此时油灯倒在地下已摔得粉碎，但是油仍在呼呼地燃烧着，照得屋中更亮。苏老太爷一挪脚，就听咔嚓一声，正把他由南海买来的小木鱼踏碎了，他真心痛。又见这个少年楚江涯与那云媚儿单剑敌双剑，恶斗了起来，在这小屋里虽都展不开剑法，但也可以看得出二人的剑法都极精熟，而且斗得极为狠辣。苏老太爷更明白了这二人，一个是想杀他的，一个却是救他的。

他便大喝一声："都住手吧！搅人家的店房干什么？"推了楚江

涯一下，说："你躲开！我问问她，究竟与我这老头子有何冤何仇？"他这时才看出来要杀他的人，原来真是一个女的。

此时云媚儿又已鬓发蓬松，真像个女鬼了，她用一支剑指着楚江涯说："姓楚的！你这小子今天休想活命！"楚江涯是横剑冷笑，云媚儿另一支剑又指着苏老太爷，说："老忘八蛋！你不认识姑奶奶吧？姑奶奶就是黄风山寡妇云二太太的小姐，我的妈妈当初若不是因你在她的背上砍了一刀，她能够成残废？后来她能够死？"

苏老太爷一听这话，不由就把面色吓得苍白，声音都抖颤了，他就问说："那么，你今天打算要怎么样呢？"云媚儿抢起双剑来又向他猛砍，说："我今天就要你的老狗命！"她的剑来到了，楚江涯却又急探剑去挡。不料苏老太爷一弯他那巨大的身子，抄起了凳子也向云媚儿猛力击去。云媚儿虽想以剑拦住，但却也不禁哎哟了一声。

这时就见院中刀剑如林，人影环列，一齐向屋中大喊道："媚儿出来吧！何必要给这地方的地面上招事呢？今天咱们认识了他楚江涯，记清了他苏黑虎，也就是了，改日再说，急什么？忙什么？媚儿，快走吧！"

云媚儿一边怒骂着，一边走出了屋去。外面的人七言八语，并有一个人高声喊说："楚江涯，没信义的小辈！你敢出来跟我童如虎斗一斗吗？"楚江涯挺剑外出，拍着胸说："哪个敢来？"有人说："我！姓童的！你的童祖宗！"嗖地一人奔来了，单刀劈下，楚江涯以剑相迎。那云媚儿又手舞双剑奔来，楚江涯舞开了剑势，毫无惧色，一面前遮后让，一面冷笑说："来！顶好你们众人一齐来上手！"旁边的人都怒骂着，真要一齐抢刀舞剑。那于铁雕却又用高声将众人喝住，他说："干吗？这是店房，不是咱们拼命的所在！"楚江涯说："可是，许你们来此趁着人家念经，就要将人家杀害。再说，一个年老的人，即使他与你们有怨，又何至于必要忍心将他杀害呢？"于铁雕翻了脸说："楚江涯你不要再说了！我拿你当作朋友，跟你说出了实话，并求你不要多管这件闲事，岂料到你竟言而无信。"楚江涯说："我本来就没答应你们，楚大爷生平就爱行侠仗义，如今的事我是一定要管！"才说到这里，他便感觉得有暗器来了，急忙将身向旁一蹿，蹿出有三步多远，那边的一支飞镖就打空了。云媚儿却又舞双剑追上他来，他又翻身回剑，巧妙地迎杀。那于铁雕又大喊说："媚儿！走吧！走吧！今天的事算完了！咱们跟他楚江涯后会有期吧！"说着，那些人嘴里都乱骂着，蜂拥着，一齐往前院的门外走去了。云媚儿手举着双剑，也往外退去，嘴里却狠狠地骂着说："姓楚的！反正你也跑不了！多则三日，少则明天，小子……"

楚江涯又哈哈大笑说："由你们去吧！"

他护住了那间屋子的房门，看着那些人都走出了店去，听不见乱骂乱说的声音了，才转身又进到屋中，却见灯光已灭，室中昏黑，也不知那苏老太爷是坐着还是站着呢，他就赶紧喊："伙计！快拿灯来！"连叫了好几声，才有一个店伙打着个纸灯笼慌慌张张地走入。

楚江涯借着灯光一看，只见苏老太爷坐在炕上，垂着两条腿，瞪着两只大眼，面如紫肝，带着一种煞气，可是木然地一点也不动，简直像是一尊泥塑的阎王爷。

楚江涯叫店伙将灯笼留下，去另取油灯，店伙声音带着颤地答应着，就又出屋去了。这里楚江涯向苏老太爷拱手，说："老前辈也不必再担忧了，那些个贼人已经去了！"

苏老太爷却囔地站起身来，双手握着拳头，大声说："我担什么忧？我洗手已经三十年，我念佛，吃斋，做好事。这次我朝南海，还在菩萨的面前许下了愿，我说我单剑小霸王苏黑虎，自幼不幸，流落江湖，因为不认得字，不明孔圣人的道理，又悔不早皈佛门，所以颇做过些错事，杀过些生灵，但是我现已后悔，只求我家门风不堕，我再活几年能得善终，我就在临死之时，必嘱咐我那三个儿子，将家资的一半，在洛阳城盖一座观音的庙，比白马寺还要大！没想到我还没到家里，就有人要来害我这条老命！云二寡妇那贼娘儿们在当年被我用刀砍成残废之后，竟还又生了这样一个女儿，不亏老弟你来仗义相救，这时我就早已身首分了家了！我想这许是菩萨把我推出了善门，煞神又来附我的体！我这把年纪了，胳臂腿虽都老了，可是还不好欺负。我跟他们那些个年轻小子还拼得过！"

楚江涯听了这些话，又看着苏老太爷的凶恶神态，也不由有一些胆寒，觉得虽然今天自己救了他，可是如果令他知道了自己手中有他女儿的汗巾睡鞋，那他也绝不能够饶了自己！当下便婉言向他来解劝，苏老太爷又颓然地坐在炕头叹气。店伙又把灯拿来了一只，楚江涯就问说："那些人已经走了没有？"

店伙悄声回答说："已经走了，他们绝不能再来啦！"又说："刚才那些人里边有黄老虎，黄老虎就是本地的一个魔王，大爷别再惹他们了！那个娘儿们是黄老虎的相好的，是个下三烂，你们跟她生气更是合不着！"

楚江涯遂帮助店伙把桌子椅子全都扶了起来，由地下又捡起那已经踏碎了的木鱼跟都摩擦烂了的一本经。苏老太爷接到了手中，更是不禁惋惜叹气。然后，他拱手问楚江涯："请教老弟你贵姓大名？"楚江涯要回答时，却又有一些迟疑，抱抱拳，才道出来自己的名姓，那老太爷却翻着眼睛，只是在泛想。

想了半天，似是也没有想起来，他就把头点一点，白髯飘飘地又慨叹着说："我洗了手太久了！江湖上新出来的朋友我都没见过！今天，多亏你老弟，算是救了我一条老命，我活到如今，没想到又交了一位年轻的朋友，哈哈哈……"这位老太爷竟欢喜了起来，他又细望着楚江涯的相貌，嘴里啧啧称赞，并且伸着大拇指说："好朋友！看你刚才的武艺，一定受过真传，看你的相貌，也是个忠厚老成的人。好人！好人！"

楚江涯抱着拳说："老前辈太过奖了！"说出话时，自己却觉得脸上有些发烧，刚要再说话，却见苏老太爷把他那破木鱼宝贝似的塞在炕上的行李卷内，把那本经用大手给压平展了，又端坐慢慢地念了起来，越念，两只睫毛都已成了雪色的大眼越往一块儿去闭。待了一会儿，就好像是已经睡着了，可是嗓子里还咕噜咕噜地响，好像是存着一口痰似的。

楚江涯不由暗自皱了皱眉，就手提宝剑，悄悄地走出了屋，可是他还不敢去远，就在院中徘徊着。直待到五更敲过，天色发晓，这店里的伙计已起来了，客人也有动身的了，楚江涯这才离开了这个店，又回到了自己住的那个地方。

他住的这家店房，店门也已开了半扇，客人有挑着行李的，牵着马匹的，都往外走；店伙也起来了三五个，齐把惊慌的眼光向他投视，他遂就吩咐给他备马。他到了里院，开锁进房，一看，行李倒还全都未动。有店伙给他送进了脸水，他就问："那些人走了没有？"店伙摇着头悄声儿说："还都没有走！"此外也再没有别的话，就好像昨天晚上闹的那两场事都已烟消雾散，没有人再提了。可是楚江涯猜得出来，知道那些人是等什么"金鞭岳大雄"前来，好一块儿再算账。

他发着冷笑，但是又很替那苏老太爷很担心，就疾忙洗过了脸，付清了账；问外面，马已给他备好了，他挟剑提着行李，急匆匆牵马出门向西就走。又到了毛家店的门首，见正有个店伙往外送客，他就带笑问说："在你们店中住的那位……"他的话还没有全说出，店伙就往西指着，说："那位苏老太爷是刚才走。"

楚江涯不禁吃了一惊，心说：啊！那位老太爷原来也是这样精明强干呀！他急急走去，以免得麻烦。于是，他也赶紧将行李跟宝剑都挂在鞍旁放好，跨上了马，挥鞭向西就追。少时离远了郑州城，又踏上了西去的大道。

东方的太阳又已吐露了出来，路上的行人、车马也纷纷往来，而天气又热。他放马向西走出了有三十多里地，才望见了面前一箭之远的白马上苏老太爷的背影。这位老太爷头戴着一顶大草帽，衣服很肥，皮鞭连挥，马急前进，可见他的心中是很惊慌，唯恐那些人自后追来。太阳越升越高，天气也越来越热，他在马上已显出了气喘不胜的样子，可是他还是不肯驻马，稍微歇歇。

楚江涯看着这位老人实在可怜，又怕他的身体衰老，如此紧行，出了舛错，遂加鞭往前去赶。离着数十步远，他就向前高声呼叫：

"老太爷！驻一驻吧！老太爷……苏老太爷……老前辈！"马向前紧追，口中同时紧叫，可是前面的苏老太爷始终也没有听见。楚江涯吧吧吧用力抽了两鞭子，马负着痛，飞也似的向前奔去。一霎时，他的马就越过了前面的马，他赶紧收缰转身，却见那老太爷突然勒住了马，面现愤怒之色，捋袖扬鞭，大吼一声，这声音简直如同打了个霹雳。

楚江涯赶紧拱手，叫着说："老太爷不要慌了，是我……"

苏老太爷驻了马，不住地急促喘息，面上更带出惊诧之色，他就问说："你怎么知道我是老太爷？你怎么也叫我？嘿，怪了！莫非你早就认识我？"

楚江涯被他问住了，把马拨过来才说："苏老太爷是江湖的前辈，我哪能不久仰的？我又常往洛阳去，我也见过你老人家，只是早先无缘拜会罢了。"

苏老太爷点了点头，但是突然又问说："你现在是还要往洛阳去吗？"

楚江涯又迟疑了一下，才回答说："我倒是在洛阳住着一位朋友，我本来是个江湖流浪的人，现在——实在是要去看看朋友去。"

苏老太爷露出一些喜欢的样子了，说："咱们结个伴儿一同走好不好？"

楚江涯点头笑着说："我正是此意！"又说："老太爷你放心吧！那些人绝不会立刻追来。"

苏老太爷一听，却刚强地说："我并不怕他们！"

于是，两匹马就相并着缓缓而行。苏老太爷也不再惊慌了，仿佛他觉着有这么一位江湖上的后起之秀随行保护着他，绝不能再有怎样的惊险了。

晚间投店歇宿他是永远念经，念得困倦了趴在桌上就睡，可是楚江涯为保护他倒是终夜也不敢安眠。吃饭跟店钱，都由楚江涯付，老太爷也不谦让，并且他连楚江涯的姓名全都忘了，只叫着："张老弟"。楚江涯又不好意思自己再通一番姓名，就只得由他这样叫着。二人虽然同行同宿，可是苏老太爷跟他说的话极少，沿途楚江涯对这位老人诸般照料，真像是奉自己的父亲那样侍奉着。

连行多日，这天竟来到了洛阳地面，望见了那青青的洛河了。苏老太爷这才高兴地笑了，向楚江涯说："张老弟，你真是个好朋友！现在的江湖上，像你这样的小伙儿，真是少有！现在你把我送到家了，你看……"用鞭子一指，说："河那边有节烈牌坊的就是我家的坟地，再往西边一点，就是我们隐凤村。哈哈哈！我女儿，那孩子，此时一定正在家里盼着我了！我可回来了，菩萨到底是有灵，派了你来保护我。阿弥陀佛！阿弥陀佛！善哉！善哉！"楚江涯听了，不禁有些心冷。

老太爷又正色说："本来按交情说，我应当请你到我家里，吃一顿酒，谢谢你。"

楚江涯拱手连说："不敢当，不敢当！"

老太爷又说："只因我家中有女儿，你去了，一定也觉着拘束。"楚江涯发着怔没有言语。老太爷便说："你把我送到家了，你或是找朋友，或是就走吧！"说着下了马，伸手向他马上的行李包裹去掏，掏了半天，才掏出半个元宝来，约有二十五两重，他就拿着，带笑说："沿途的店饭账都是你给的，大概也花了你有五六两银子啦。现在这个银子，就是一半还你钱，一半酬谢你的，你千万收下。虽说你们走江湖的得钱容易，可是，这是我的一点意思，你收下吧！"

楚江涯此时不独灰心，且发生了恼怒，就摆手正色说："我不能要！这样，老太爷你可看错人了！"

苏老太爷却又从包袱里掏出来一块银子，说："你嫌少吗？那么，再给你添上点。"

楚江涯不禁变了色，要不是这个老太爷，真能够打他一拳，他忍着气就又称呼着老太爷说："我真不能收！我不是保镖的，我也不是做买卖的！"

老太爷点头说："我知道老弟是个怎样的人物了！"

楚江涯说："你不知道！唉！多余的话我现在也不必说了，反正这银子我不能收。你老人家早先也走江湖，你可知道江湖人都凭的是义气，要的是名声，不要银钱！"

老太爷笑着说："好了！好了！既然这样，我也不强你收下了，我知道你能有法子去弄钱，看不上这点。"

楚江涯说："我可也不是强盗！"

老太爷说："唉！那言之太重了！江湖人向来是行侠仗义，偷富济穷的，我岂能不知道？"

楚江涯愤愤地说："我这里有两件东西，也预备送给你。"

老太爷忽然沉下脸来说："这如何使得？你不收我的酬谢，我反倒收你的东西？那成了什么话！"笑了笑，又合掌打问讯说："再见！再见！"

楚江涯的脸色更发紫，手已探到包袱里，挨着了那汗巾与睡鞋，却又将手缩回。只见那苏老太爷迟缓地把银两又收回去，含着笑，又向他点点首，就上了马，缓缓地挥鞭，往西去了，头也不回了。少时，他的马已上了那边的一座石桥，只见他的白髯被河风吹得不住飘洒，过了桥就连马影子也望不见了。

这里的楚江涯也愤愤地牵马向西走去，来到了河边，他真想掏出那汗巾与睡鞋来尽皆投之于河中，一任水波给冲走，卷去，但却又拦住了他自己，同时复自责自笑，说："这是我的不对！本来，我救了那老人，送他至家，不过是出于我的一片侠义之心。如今既尽了心，也就算了，我要叫人家对我怎么样才成呢？非得人家将我延请至家，见人家的姑娘去吗？可笑！"于是渐渐地心平气和，呆立了一会儿，可又不由得发出了一声感叹，觉得那两件东西，还是得设法送还给苏小琴，不然这场"单相思"总是完不了。

他怅望着洛水的清波，只见那一缕缕的鳞浪，都似对他发笑，而岸柳扶疏，翠丝摇曳，有燕子在他的眼前飞翔。他上了马，挥鞭，就向桥西走去。

这时，苏老太爷已款款地策着马回往隐凤村去了，还没进村口，道旁就有乡人向他作揖，说："啊呀！老太爷回来了！"他含着笑颔首，进了村就下了马，有许多邻人的老头儿、老婆儿、媳妇、姑娘、小孩们都围上他，有的叫着："老太爷！"有的叫着："老大爷！"有的叫着："老爷爷！"

苏老太爷又是拱手，又是点头，哈哈笑个不止。有人还问说："老太爷朝了南海，看着那里好不好呀？"老太爷就连连打着问讯说："好！好！那真是佛门善地，观音大士常显圣。"更有个人过来问说："老太爷你更发福了，不像是才走远路回来的。老太爷你在路上倒平安吧？"苏老太爷一听这话，却不由得神色突然一变。

此时，早有许多仆人、壮丁都跑过来行礼，接马，接鞭子，老太爷却向众邻人拱手，笑着说："我先到家里歇歇，待会儿再跟你们说话。"众邻居都说："老太爷快回去养养神吧！"有个老婆儿还特意赶上前来笑着说："您的小姐……"话没说出来，就被后边的一个人暗中拉了一下，她就止住了话。老太爷没大听见，仍拱手说："多承照应了！"他因为惦记着女儿，就急急地向门里走去。

此时苏禄向里院跑着去报告，但老太爷已随后进来了。才走进了正院，他的白髯就笑得要掀了起来，刚要叫说："小琴！我回来了，你猜我给你带来了什么好东西吧？"可是他还没有说出，忽见西屋的门开开了，小琴就从那屋中走出来，穿着一身粉红的绸衣、新绣的小鞋，笑颠颠地跑了过来，娇声叫着说："爸爸您回来啦？"老太爷却觉着女儿的这身打扮太漂亮了，好像是预知道他回来，才这样打扮，便一面笑着点头，一面又打量着女儿的身上脚下，并向西屋投了一眼，见那窗上密密地垂着绛色的窗帷，好像有人在那屋里住。

此时小琴却芳颊绯红，使力拉着她爸爸的手，说："爸爸快到北屋歇歇去吧！您快来吧！"何妈妈也从北屋里出来，先向老太爷行礼问好，遂就高高打起了竹帘。

老太爷进了屋，才在椅子上坐定，就向女儿说："我走了之后，这些日家中没有什么事吗？"

苏小琴听了爸爸的话，不由得脸又红了一下，就说："您走后，家里倒也没有什么事，不过我的李国良李伯父来了，在咱们家里住了些日子，就又走了，直到现在还没回来。"

苏老太爷一听，就不由惊讶地说："啊？他来过了？"

这时门外脚步声音匆急，苏振杰就进屋来了，趴在地下，给他的爸爸叩了一个头，就站起来笑着说："我昨晚做梦，梦见一位老和尚向着我笑，我就猜着一定是爸爸快回来了！"老太爷却沉下脸来问说："你在家里没做什么坏事吗？没给我闯下什么麻烦吧？"苏振杰摇头说："没有，不过……"小琴在那边拿眼睛一瞪他，他立刻就把话噎住了，笑了笑就又说："不过爸爸的老朋友李国良……"苏老太爷不容他把话说完，就点点头说："刚才你的妹妹已跟我提了。"

苏振杰又说："他大概是往铜山找我那秦叔父去了。"苏老太爷摇头说："秦铁棍前年得了痰气病，此时怕已去世了！"苏振杰又说："李国良不久也就回来了。"苏老太爷又摇头，说："他不能够再来了，他是江湖人，到老还是恶性不改，我却已经是佛门弟子，他跟我也说不到一块了。"

苏振杰说："他的女儿还在这儿，他难道不回来接他的女儿吗？"

苏老太爷又惊讶着说："什么？他的女儿？他还有个女儿呢？"转脸向小琴又问："刚才你为什么不告诉我？"小琴的双颊更红了，且露出很害怕的样子，把头向下低了一会儿，才躲避着她父亲那严厉的目光，假装笑一笑，就说："刚才还没容我说，三哥就进屋来啦！"

苏振杰接着说："他那位姑娘的两条腿有病，一来到就住在咱们西屋，永远没下过炕，人可是很安稳，又很可怜的，一点也不讨人嫌……"忽然他的媳妇跟他的嫂子都进来拜见翁公，苏振杰就又把话噎住，笑了笑又说："爸爸走后，我妹妹她真闷得慌，幸亏来了个李大姐，给她成天到晚地做伴儿……"小琴又拿眼瞪他，他媳妇也瞪他，弄得他倒有点莫名其妙。

这时苏老太爷突然站起了身，说："我看看那李大姑娘去！"

小琴却惊慌着把他拦住，顿着脚说："咳！爸爸您才由那么远回来，为什么不歇一会儿呢？"

卢氏也劝翁公应当先休息休息，并且皱着眉说："她又不能够下炕，也不能来见您，您一个长辈倒先去见她，她更能骄傲得不知怎么样啦。再说，非得到晚间才扶着墙儿能够……"

小琴更着急地说："人家本来是腿有病，三嫂子老是瞧不上人家！"

卢氏说："我是说她整天在屋里，那屋子太脏，别叫老爷子去。"

小琴沉着脸说："我看人家的屋里，可比你那屋里干净得多啦！"

卢氏说："我是因为有孩子呀！"

小琴说："你有孩子，就算有了功劳了吗？"

大嫂吴氏赶紧把弟媳妇推开，赶紧又笑着去劝小姑子，小琴却瞪起眼来说着："爸爸回来得真好，您再晚一些回来，我也气死累死了！家里来了人，无论是爸爸老朋友的女儿还是什么亲友，总算是一位客；可是咱们家里竟没有一个人应酬人家，都得仗着我。我一时顾不到，人家一个病人，连点茶水都得不着。咱们家里好像是深宫内苑，人都是贵妃，外人来了，咱们这里就没个人理！"

吴氏赶紧摆手笑着说："得啦得啦！"卢氏的脸上雀斑是一颗一颗的更发紫。

苏老太爷却又坐下，长叹了一声说："你们看，我出外时是那么逍遥，一回到家里就听见这些难办的事！除非是我落发出家才许能得到点清静！"拂拂手令两个儿媳跟仆妇们全都退出去。

这时小琴却又近前来，含悲地说："爸爸您也别生气。"

老太爷摇头说："我倒是不生气！不过我这次出门，使我很灰心！"

小琴问说："为什么呀？"

老太爷叹息着说："一来是我觉得我真衰老了！在家中不觉得，这次出外，其实有马有银子，可是我觉得在路上十分劳累！"

小琴就说："那您以后就别再出远门了！"

老太爷说："以后我连近门也不出了。我心中并有一件极难过的事，就是我想出家，可是又舍不得红尘。譬如说我这次一出去，脚虽然直往普陀山那边走，可是心总像是留在家里了；尤其是不放心你，老觉着家里会出什么事情似的！"小琴的脸色突又变了，半天也没说出一句话来。

老太爷却又一顿脚，长叹着说："还有一些江湖阴人现又跟我作对，我的心中老想……唉！我又有些犯了旧脾气了，时时有些胸头的烈火难忍！"

小琴这才愤愤地说："爸爸，莫非您这次到外边去，路上有什么人见您年老欺负了您吗？"

苏老太爷却又摇头说："谁敢欺负我？没有，没有，谁也不敢，何况又有菩萨保护我！不过……我是想，俗语说，'放下屠刀，立地成佛'，刀、剑，我早已放下了，如今大概是我的手还没洗干净，又有人逼着我要重拿起。"

小琴说："爸爸别发愁！假若有人来欺负您一点儿，或是找咱们家门前来无理，有我啦！我……"愤愤然握着拳头。

苏老太爷却又沉下脸来说："你一个女孩子家千万要改这性情！什么事也用不着你管，我也只是……"勉强地笑了笑说："只是瞎说说罢了！其实是一点事也没有。不过我觉得李国良突然来找我，一定是有点事。"

小琴默默了一会儿，忽然又笑着说："哎呀！人家找您来才一点事儿没有呢！人家是为送女儿往平阳府去，去出嫁，由这儿路过才来看看您，顺便寄居些日，好叫李大姐养养病。"

苏老太爷突又望着女儿问说："这位李大姑娘有多大年纪？"

小琴的脸儿如同玫瑰一般的颜色，微笑着说："比我才大四岁。"

苏老太爷又问："她也会武艺？"

小琴又迟疑了一下，摇头说："大概不会，可是，也许学过几天。"

苏老太爷笑着说："回头我去看一看她。"

小琴又赶紧拦阻说："您忙什么的呀？您还是先歇着吧。人家李大姐就是会点武艺，也绝不敢在您的眼前施展。再说人家的腿又有病呀！会武艺也跟不会一样啦！"

苏老太爷说："我不是要看她的武艺，我是看看她的病到底重不重。她许配的是平阳府家，再过些日，如果她的爸爸还不回来，我就要托人捎信给平阳府，叫她的夫家来人把她接走，因为咱们家中不能常留外人居住。"

小琴神色惨变，皱了皱眉说："人家也是一位姑娘，住在咱们家里，又有什么妨碍呀？"

苏老太爷摇头说："究竟不好，你不知道，李国良与我虽是八拜之交，但他性情凶恶，他绝不能养下什么好女儿！他把女儿放在咱们家，他不定又去做什么事去了。况且他这个女儿也不定是在外惹下什么事，才来到咱家躲藏！"

小琴愤然地一甩手，随着就回身，说："哼，爸爸您真爱疑心！"

当下小琴就皱起了眉，表现出不高兴的神态，不再跟她的爸爸说话，自己去坐在床头扎袜底儿。苏老太爷歇了一会儿，何妈妈给他连斟了两碗茶，他也喝了，就打开仆妇才送进来的包袱，取出特意给女儿带来的礼物：苏州的脂粉、杭州的剪刀，另外还有一串"星月菩提"的念珠，说："我都给你放在桌上了，你洗过手再拿这挂念珠，这是我在普陀山遇着的一位老和尚送给我的，说是只他就用了八十多年了，挂在屋里能辟邪。可是千万挂在外屋，里屋靠着床的地方不可挂。"小琴却没有言语。

老太爷又往包袱里掏，掏出几个细碎的东西来，一个一个摆在桌上，笑着叫说："你快过来看！我也是越老倒越小了！到了南海，那里的海边净是沙子、石头子、蚌壳，多极了，五光十色的都有，可见那地方真是佛门宝地，我在海边蹲了多半天，费力地挑选才给你拾来这么几个顶好顶难得的石头子儿，你拿着它玩吧！"

小琴这才转愁为笑，急忙放下了针黹走了过来，细细地看。这几颗石子儿，果真是又圆又细，颜色也不同，虽然没有光泽，可是比什么玉哩翡翠哩还可爱！然而她的欣喜不过只是一时，笑一笑之后，她的脸上就又现出来愁容，她的心是没有早先那样的快乐了！不过她可也一个一个地把这些美丽的小石子收起，心里想着：待会儿给西屋的——李大姐看看玩玩！

苏老太爷又从包袱里拿了一大垒子善书、一小包一小包的香灰，打开帘子喊叫苏禄。苏禄没有来，倒是他的三儿子苏振杰跑进来了，连问："爸爸，什么事？什么事，爸爸？"

苏老太爷却呵斥着说："先去洗手，然后把这些东西分送给邻居亲友们！"

苏振杰连声答应，又笑着说："爸爸，刚才我看见李大姑娘掀开窗帘往外直看，大概是想要见见您。"

老太爷更大声地呵斥说："你一个男子家不应该管人家姑娘的事！"

苏振杰说："我没管她，连看也……也没多看。"老太爷又呵一声："去！"苏振杰跑出去洗手去啦，老太爷便也出屋，直往西房走去。

小琴急忙忙地追出来，但是这时苏禄也进来了，恭谨地问说："老太爷呼唤我有事吗？"

老太爷也站住发了发怔，就说："把佛堂的门给我开开。"

苏禄说："已经开开了，也都给老太爷预备好啦！老太爷走了这些日子，我天天依照老太爷嘱咐的时候烧香！"

苏老太爷问说："每天都洗手？"

苏禄弯腰回答说："是！每天每次都是先洗手后烧香，现在我也把洗脸水给您在佛堂里预备好了。"

此时小琴就跟过来，拉着她爸爸的胳臂笑着说："爸爸，您这就烧香去吧！"

苏老太爷点头，向西屋的绛色窗帷盯了一眼，便往前院的佛堂去烧香。苏禄也赶忙跟了去打磬，这里的小琴却赶紧跑进了西屋去找李大姐。此时，天色已傍晚，满空中飘布着彩霞，西屋中密语如丝，不知小琴跟李大姐说的是什么话。

前院，厅房的对面就是佛堂，那里磬声嗡嗡地不住响。屋里的香烟弥漫，刺得人的眼睛睁不开，神龛跟佛像都似埋在雾里；两只素烛、一股高香，熊熊地燃烧着。苏老太爷手拿着念珠跪倒在蒲团上，一边咕噜咕噜地念着经，一边向下叩头。如此半天，他方才将佛礼毕，雄伟的身体站着休息了一会儿，就吩咐苏禄等着香灭了再锁屋子。他走出了佛堂，身上的汗都已出透了，便解开了长衫跟里边小褂的纽扣，胸脯都露了出来。

这位老太爷年纪虽是这么老，丛生的汗毛都已雪白，但胸脯仍跟石头做的一般，这表现着他依然是一位英雄好汉。他站在院中却不走，仰面环视着房屋的形势。佛堂里的苏禄忽然一探头，向外看见了老太爷并没有走，他就吓了一跳，急忙要缩回去，老太爷却叫着说："苏禄！"

苏禄赶紧跑出来，两眼被烟熏得不住流泪，老太爷就问他说："李七爷来的时候是住在客厅吗？"

苏禄说："对啦！那位老爷来这儿住了那些日，灯油跟蜡可真费了不少，因为他天天晚间不睡觉。"

老太爷听了，忽然一怔，就大踏步走到客厅前，开门进屋，他就瞪大了眼睛，把里外间的一切东西，甚至每一个砖缝全都详细查到了，自言自语地说："怪！怪！"

苏老太爷的脑里似是错乱了，他觉得李国良此次的前来，一定是有事，一定是不利于自己。他细细地回想着：三十年前，二人在一块闯过绿林保过镖，银钱不分彼此。虽然后来同时洗手，自己是归家来置田产，修祖茔，让儿子也做了官，箱子里至今还有不少是当初得来的财物；而李国良却一贫如洗，白闯了半世江湖，一文钱也没剩着，所以他还不断地与江湖人往来。莫非李国良此次来是要跟我分产？要账？其实这倒容易办，只怕……

他的脑里立时又回忆起一幕来，是在黄风山，自己被仇人之妻云二寡妇用计拴住，那时可真可怕。寡妇寨中强人无数，而云二寡妇为首，她是个胖胖脸儿很风流的少妇，她就拿着尖刀要剜自己的心，以祭她先夫之灵。那时真是千钧一发，单剑小霸王苏黑虎的性命眼看就要完了，幸仗李国良闯上了山来，手持宝剑将寨中的群贼杀散；云二寡妇也跑了，这才救了自己……

苏老太爷想到这里，身上发了许多寒栗子，接着又想起了后来的一幕：李国良那时是真有名声，江湖间除了万里飞侠高炯就是他。许多日之后，还记得那时是在陈州石桥驿的地方，夏天落着雨，忽然在此就会着李国良跟云二寡妇了，他们俩又像姘头，又像伙伴，云二寡妇也说，不再记前仇了，反陪着自己在店里喝了一杯酒。自己那时心中却真惧怕这个妇人，便在一天同往某处去干一件买卖——不是保镖，马踏着泞泥，走在半路，时正薄暮，冷雨簌簌，自己便从背后砍了那妇人一剑；而李国良认为那举动非英雄所当为，几乎与自己翻了脸。

由此，他又想起最近在郑州毛家店中所遇的那一次惊险，自己就益为胆寒。

他叹了口气，出了屋，慢慢地就往里院踱去，又看见了西屋那绛色窗帷，他心中就又一动，倒背着手儿来到屋门前，先咳嗽了一声。此时小琴就由北屋里赶紧跑了出来，赶到前面笑声说："爸爸，您是要看看我的李大姐吗？"她故意地高声说。屋里也发出来微声，叫着："苏老叔父！"

苏老太爷随女儿进了屋，看见这个李大姑娘梳着辫子，腿盖着毯子坐在炕上，金妈在旁边站着。屋里昏暗得很，李大姑娘的模样，他的老眼实在不能看清，他就又呵斥着说："拿灯来！屋里这么黑，还不赶紧把灯点上，你们平常伺候人家，不定怎样懒怠了！"金妈赶忙答应了一声，拿着灯，跑到外面去添油。这里李大姑娘才又哼出声儿来，但苏老太爷没有听明白，他说："什么？你大声一些说，我的耳朵有点沉。"

旁边小琴拉着他的胳臂，身上跟手都直发颤，可发着笑声说："人家说，应当拜见您，可是腿实在不能下炕，求苏叔父恕罪！"

苏老太爷哈哈哈地一阵大笑，说："照说，我比你爸爸还年长两岁呢！可是我们都拜过神侠刘英为师，他先叩的头，我后叩的头，又因他的武艺比我好，我才尊他为长；其实我们两人本分不出谁兄谁弟，你叫我叔父也罢。我们两人当年都是在外厮混为朋友，全都娶妻很晚，娶了妻也就分道扬镳很少见面了。只是十年之前，他到我这里来，他说他已有了一儿一女，儿子叫李剑豪，就是你的哥哥；你，听说你小的时候就有病，不然，这时你早做了我家儿媳妇了！哈哈哈！"

灯来了，李大姐仍然深深低着头，所以她的模样，苏老太爷还是看不清，小琴笑着推她的爸爸，说："您快回屋里去吧！您把人家说得害了差啦！哪有这么说的？您见见就得，咱们快走吧！"

　　老太爷却不肯走，睁大了眼睛瞪着那条羊毛毯，很发疑地问："你不怕热吗？"

　　金妈在旁边笑着说："李大姑娘有寒腿病，怕热也得盖毯子。"

　　老太爷斥说："你少说话！"转着头，环顾着屋内，见四壁收拾得很是清洁，桌上且摆着女儿平日所最喜爱的一只玉水盂，里边浸着几朵茉莉花。老太爷就一句话也不说，只是拿眼睛四下搜查，弄得小琴的脸色一阵一阵地变。半天之后，老太爷才又问："你的那个哥哥李剑豪，现在干什么了？大声告诉我！"

　　李大姐却细细地说了一声："死了。"

　　苏老太爷一听，却更惹起了惊疑。他觉着李大姐的嗓子怪别扭的，发出这种声音似是故意做作的，他怔了一怔，又低下头去详细察看李大姐的容貌，看了半天。

　　小琴直拉他，着急地说："爸爸！你这样看人家干什么呀？"

　　老太爷却又掀着白胡子哈哈大笑，说："我看她长得像她的爸爸不像。"又问说："你哥哥是什么时候死的？"

　　李大姐回答说："是前年死的。"

　　老太爷叹了口气说："唉！我那个老朋友真是可怜！你哥哥死的时候，大概他已二十多岁了吧？他是怎么死的？不是与江湖人争斗死的吧？"

　　李大姐摇摇头说："他不会武艺，他是病死的！"

　　老太爷大声问说："什么？十年前你爸爸找我来时，他明明说是顺便往平阳府看他的儿子，因为他儿子在镇三峡的家里习学武艺，你怎么说你哥哥不会武？"

　　李大姐抬起头来回答说："因为我的哥哥也是身体弱，他在平阳府跟镇三峡学艺没学成，就因病回家去了，后来就索性没有学！"

　　苏老太爷又问："你嫁给平阳府也是镇三峡做的媒吗？他现在

还活着?"李大姐点了点头。

小琴又在旁边拉他,说:"您干什么这样问人家呀?人家害羞!"

苏老太爷摇头说:"江湖人的女儿不害羞。"

小琴说:"那我可也是江湖人的女儿!"言下显出生气的样子。

老太爷却教训似的说:"你不是江湖人的女儿,咱家有贞节牌坊,是世代书香,你哥哥是知县,我是老太爷!"

小琴说:"外面人在背地里可叫你是'单剑小霸王苏黑虎'。"

老太爷发了怒,且惊疑,大声问:"谁说的?你在外边听谁说的?我不在家,你到什么地方去过?"

小琴低下了头,要笑,嗫嗫地说:"是我三哥说的。"

老太爷更怒说:"你三哥说的?振杰说的?"

屋外忽有人答道:"我没有说!"原来苏振杰在门外待了半天了。他进来说:"我没说……我可也说啦,是……我听银钩孟广说的,我又跟我妹妹说的,我可也没敢细说。"

老太爷大声斥着:"出去!谁叫你进屋来?"苏振杰色迷迷地又向李大姐溜了一眼,就赶紧跑出去了。这里老太爷的巨影呆呆站着,紫脸下沉,忽然又长叹一声,就走出了屋。

苏老太爷出了屋就喊叫:"小琴!把我的青蛟剑拿到客厅去,今晚我要在客厅去睡!"小琴却在屋里悄悄跟李大姐说了两句话,方才答应着走出来。苏老太爷仰面一看,新月已出,星光亦露,天边可还飘着几片惨淡的余霞。旁边苏振杰也仰着脸看,他笑着说:"爸爸,月亮真好看!凉风儿也来了!"老太爷没理他,就又长叹一声,嘴里叨念着:"孟广、李国良、寡妇生下的丫头……"倒背着手儿走到外院。

忽然看见了一个贼似的影子,他大吃了一惊,向后退步,怒声问道:"是谁?"

这个黑影儿答道:"是我,老太爷!我是耿四。"

老太爷这才放了心,就嘱咐说:"庄门要关严,晚上巡更要勤,听见了没有?"

耿四说："听见啦！老太爷，我听见了！这些日子就是天天早关门，勤巡更，老太爷放心，您一在家，贼更不敢来啦！"老太爷诧异着问说："更——不敢来啦？"

耿四说："是，老太爷！老太爷，贼早先就不敢来，老太爷一回来，贼更不敢来啦！"

苏老太爷说："你把话说清楚些！"

耿四说："是，老太爷！"

苏老太爷就在前院、后院、偏院、跨院全都巡查了一番，才回到客厅内，独自用饭。饭后又敲着木鱼念经，然后却时时惊疑地视着门外，心里觉得乱得很，苦恼得很。第一是怀疑那李大姐，怕她是个品行不端的女人，将自己的女儿引诱坏了；又觉得李国良来找自己必是有事，更断定那云二寡妇的女儿和那些强盗必不甘心，必能追来杀害自己。他念着自己的名字："苏黑虎！单剑小霸王苏黑虎！"锵然抽出了青蛟剑，却又觉得有些手颤；赶紧释剑，合十默念着"阿弥陀佛"。外面梆梆梆！铛铛铛！更声一下两下地敲着，敲得他心惊，他极力默念经咒，压下了心，这才闭紧了门去睡。

次日，早晨礼佛，他就出了门，骑着马直进东关，到了孟广的镖店门首一看，却十分惊异，只见镖店是新刷的粉墙，写着"安寓客商"。啊呀！改变了？……忽然从街旁赶过来一个人，向他请安，叫着老太爷，并说："孟广自从出了事，就走了。"

苏老太爷一看，这人本是孟广手下的一个伙计，自己虽认得他，但连他的姓名都不知道，当下惊疑地问说："孟广走了？他出了什么事？"

这伙计说："原来老太爷您不知道？只因孟广得罪了鲁家五虎，闹起了纷争，多亏有你家粉金刚相助……"

老太爷更惊问道："粉金刚是谁？"

这伙计说："就是您府上的三少爷，他在这条街上杀伤了吞山虎……"

老太爷又惊讶又喜欢说："啊呀！这个孩子。"伙计又说："还有您家美剑侠……"

老太爷纳闷说："美——剑——侠？"

伙计说："就是您家的小琴小姐，她真厉害，好威风！第一次伤了踏岭虎、穿林虎、出洞虎，第二次又在伏牛岗伤了腾云虎，打败了陈文悌跟楚江涯……"

老太爷又惊讶地说："楚江涯？好耳熟。"他此时是又惊喜，却又有点皱眉。

伙计又说："孟广虽因得您家少爷小姐之助，占下了便宜，可是他也几乎惹了大祸。他这里来了一个姓于的朋友，是什么于铁雕的本家兄弟，他从江南来，因为他提说了在江南杀死万里飞侠的凶手已来到了洛阳，他就——在这店里，不知被谁割去了首级。又因孟广畏惧楚江涯与陈文悌再来寻事，所以他赶忙把店倒了出去，就带着家眷走京都去了。"

苏老太爷听了这些话，已呆得如同一个木头人，因为句句话、件件事全是他意想不到的。他既喜欢，又烦恼，可又起疑心，只连连点头，本想进城再去看一个熟人，如今也不去了。他上了马，吧地一挥鞭子，马就如飞似的，又顺着来时的道路，向家驰去，一面想着：我有个粉金刚的儿子、美剑侠的女儿，我可还怕谁？可又想：女儿终究是不可再令她出头露面，不然就玷污了我家的贞节牌坊了！又惊疑：万里飞侠会死了？凶手来到了洛阳？……李国良又到了我家中？好！我这才明白，老朋友，你要给我家招事吗？

他随走随想，蹄声嘚嘚，眼看就要回到了隐凤村，忽然见道边有个人向他拱手叫着："苏老前辈！"他愕然收住了马，一看，嘿！这正是那个姓张的，不，现在想起来了，他是名叫楚江涯。

第七回　家门阵阵起惊涛

　　苏老太爷先怔了一怔，随后就下了马，带笑拱手说："楚老弟！我正想要找你去呢。"他打量着楚江涯，只见这位少年江湖人已换上了一件宝蓝色的绸衫，打扮得跟公子哥儿似的，就又笑着说："原来你早就到洛阳来过呀！你还跟小女比过武艺，怪不得呢！"

　　楚江涯却不由得脸有些红，拱拱手说："那天确实是我太冒昧了！但我与令爱交手之时，并未分出高低来。我也不是有什么意思，只是……为朋友的事，不得不帮忙，才致得罪了令爱，我很觉得对不起；后来你家三公子也来了，他的武艺，我实在钦佩，所以我甘拜了下风！"

　　老太爷一听这话，便觉得很骄傲，便不大客气了，点点头说："那没有什么的，年轻的人都是好胜；既无深仇，比一比武，也不算是伤了和气，何况你又帮过我的忙！我的心中绝不计较那些事了，我还想见见你老弟，替小儿们赔补一下呢！"

　　楚江涯拱手说："这可不敢当！我今天来，是因为有两件东西，必须交给你老……"

　　老太爷一听了这话，可突然就沉下了脸，摆手说："不行，不行！我可不能够收你的礼物！"

　　楚江涯说："不是礼物。"

苏老太爷又瞪眼说："不是礼物也不收！"勉强改为了笑容，走过来拍着楚江涯的肩膀说："老兄弟！你们年轻人的心我都知道，我说破了吧！你是看上了我的女儿啦？"

楚江涯说："岂有此理！老太爷你不要胡说！"

苏老太爷赶紧摆手把他拦住，笑着说："不要紧！我年轻走江湖时也是这样。凭你的人才武艺，三十年前我若有女儿，我真能够给你；可是现在不行了，我是个老太爷，她的哥哥是知县，她不能聘给江湖人。现在倒是有个姑娘，跟你正门当户对，可是人家的腿有病，又已有人家了，我也不能够给你为媒。"

楚江涯此时急得脸都红了，大声说："老前辈！你怎么说这样的话？我家中也是诗书门第，何况我也有妻子，谁是来跟你家求亲？"

老太爷问说："那么你为什么要给我送礼呢？"

楚江涯摇头说："我也不是送礼，我是……唉！"他愤愤地一顿脚，竟回身就走去，老太爷在这里却哈哈大笑，说："年轻人呀！你还能瞒得了我这个老江湖？"

苏老太爷就又上了马，挥了两鞭子，进了他的隐凤村。三儿子粉金刚苏振杰正在门前跟耿四合腕子练劲，一看见爸爸回来了，就由"上马石"上捡起了他的铁球，往门里去跑。

老太爷却微笑着下了马，将马交给了耿四，就往门里追去，并大声叫着："振杰！"吓得苏振杰把铁球也扔在地下了。

老太爷却说："你跟我到客厅来！我有话要跟你说。如今我才知道，只有你，才是真正苏黑虎的儿子！"苏振杰站住了身，倒不住地发怔。

老太爷就先往客厅里去了，随后苏振杰也怯怯吞吞的，怀里藏着两只铁球，走一步叮当响一声，就也慢慢走到了客厅里。只见他爸爸坐在椅子上，说："我不在家的这些日子，你们干的那些事，我已都听说了！"

苏振杰就赶紧辩解说："那些事可都是我妹妹闹的！"

苏老太爷说："不要管她，我只说你。你不知道我听说你在东关杀伤了吞山虎，显英雄，我是多么高兴呢！"

苏振杰不由地也笑了，掏出铁球来乱揉着，傲然地说："因为他们欺负咱们，看不起咱们洛阳人，我才打那个不平。我只将爸爸教给我的剑法使出了一半，那吞山虎当时就趴下啦！"

苏老太爷点头说："我知道你很有功夫，武艺已经不错了，尤其你将楚江涯也打败了……"苏振杰发着怔，倒有点莫名其妙了。

老太爷又赞叹着说："我自从洗手之后，原不想再叫儿子们像我，所以我叫你大哥经商，为的是发财；叫你二哥读书，为的是做官。你因为年纪尚幼，又没出息，我才不管你，闲来教给你跟小琴几手武艺，原不过是为解解闷；后来给你们请老师教武艺，也实在是叫他给护院，并非想叫你们成英雄，闯江湖。可是，不料你们肯背着我下功夫，竟将武艺学成了，这也是件可喜的事。唉！如今我这次回来，你还没有看出来吗？我的心里实在是有件为难的事。因为我在三十年前，曾伤过一个人，如今那人的后代要找来报仇；此人狠毒已极，我又老了，怕斗不了她，只有你大概还能敌得过。"苏振杰一听，吓得要吐舌头，摇了摇头。老太爷又说："此人名叫云媚儿，是一个淫荡无耻的女子，她竟要与我拼命！"

苏振杰一听，却又犯了毛病，就笑着说："好！我替您去挡！"

苏老太爷点了点头，叹口气，又把自己在三十年前与云二寡妇结仇的经过，及最近在郑州遇着云媚儿率众复仇，幸为楚江涯所救，及刚才在村外遇见了楚江涯，楚江涯如何说钦佩苏振杰的话，他就全都对儿子说了，并说："本来我这次走，也是听孟广在外边闻听了将有仇人前来找我，本来我早年行走江湖结了不少仇家，我去朝普陀，也是为躲一躲；并且听孟广说，江南出来了一位少年侠士，连万里飞侠全都不是他的对手，我又想去找那人帮助，抵挡我的仇人，可也没有访到。但如今……"他发了会儿怔，又说："我想那个少年侠士也离此不远，不过求人不如求己，还是自己的儿子！"

老太爷说了这一些话，弄得苏振杰的心里是又担忧又痴迷，而且糊里糊涂，不明白那夜在伏牛岗到底是怎么回事。记得那时自己正闹肚子，那天夜里连茅房都没敢去，可见帮助小琴杀败了楚江涯的那个人绝不是我，可是，又是谁呢？真是怪事！他爸爸这样夸赞他，委托他，他又不敢泄气，并且心里直想：云媚儿，云媚儿，嘿！冲这个名字就够漂亮的，一定长得比李大姐还好。她要是一来，看见了我粉金刚，不动手就对着我一媚，那才好呢！也许真是能办得到，她既来到这里，就不能不先访问一下；若是访问出来楚江涯都钦佩我，她自然就不敢真跟我交手啦！那才好！那才好！可是李大姐最近才像是要理我，要可怜我，我若是一招呼上云媚儿，她可就恼了，我可就算是前功尽弃了。他还真有点为难！

忽听老太爷又问说："你发什么呆？"他吓得一个冷战，赶紧振起精神说："我是想如何对付父亲的仇人！"老太爷说："你也不用想，到时他们来了，你就与他们交手好了，可千万不要叫你妹妹帮助，因为她将来还要找个官宦之家出嫁，去做夫人，我不能叫人把她的名声传到外面去，被人看作江湖女子。你，将来倒可以南走走，北闯闯，凭你的本事我也放心。"

苏振杰自己倒真不放心，退出屋来，他就赶忙走往里院，向北房叫了声："妹妹！"他妹妹却在西房里答应。他就怔走进屋，只见金妈也没在，只是他妹妹跟李大姐两个人。李大姐坐在炕上，面貌仍是那么面如桃李，凛若冰霜，他妹妹却是才离开李大姐的身旁，脸上不知为什么挂了眼泪。

他就笑着说："怎么啦？你跟大姐闹脾气啦？得啦！你也别哭，大姐也别生气啦，都冲着我吧！我来告诉你们一件事吧！刚才爸爸可派了我啦，他因为那次在伏牛岗，我帮助你杀败了楚江涯，就称我为英雄！"说话时望着李大姐。

他把老太爷夸赞他的话跟楚江涯佩服他的话都说了，李大姐是只在那里深深地低着头，而小琴几乎要笑出来，可是心中太悲痛了，她笑不出。待到苏振杰又说出了云媚儿之名，小琴却愤然地说："你告诉爸爸，叫他老人家不要怕就是了！什么云媚儿，要是来了，由我一个人抵挡！"

苏振杰却皱眉说："爸爸偏不要你，说你是个姑娘，不愿叫你出头露面。"

小琴说："来的又是一个女贼，我跟她斗一斗，又算什么？"

苏振杰说："我也觉得不算什么，你跟那些个大汉子都已打过了，来个女贼，就是你把她拖住抱住，两个人滚在一块儿，也不要紧呀！可是爸爸不容我劝，他说是不能叫人把你看成江湖女子，将来你还得嫁官宦之家，去做一品夫人呢。"小琴听了，脸上一阵红，同时簌簌地落下了眼泪。苏振杰还以为她是被这话气的呢，但没有料到她真伤了心，竟呜咽地哭了起来，他不禁发呆了。他转脸看看，李大姐的头也低得更向下，娇脸儿上也笼罩着一层忧郁，这层忧郁可更显得妩媚堪怜。

苏振杰就直着眼睛看了半天，随后就问："到底你帮不帮助我呀？我可是不怕云媚儿，不过一个江湖女子，一定是泼泼辣辣的，叫我怎么跟她缠呢？"

小琴却拭着泪叹气说："到时候再说吧！反正若有人要来伤害爸爸，我绝不能够看着不管。我也很愿意来的是个凶贼，我杀死她，同时她也杀死我！"

苏振杰说："哪能够呢？云媚儿连楚江涯那小子都抵不过，自然也抵不过我，更抵不过你。只是……"又笑眯嘻地说："李大妹妹到时候别受了惊就是了。"

此时忽听窗外一声咳嗽，他吓了一大跳，小琴颜色也变了，赶紧擦干了脸上的泪迹。这时候苏老太爷又咳嗽了一声，就拉开门，走进屋来。苏振杰嗫嗫地叫了一声："爸爸。"赶紧就走了出去，小琴却脸通红，笑着说："爸爸你别瞒我，我都知道了。可是您放心，既然有我哥哥啦，到时我就得不管且不管，可是我得保护着您，不能叫贼人伤了您的一根胡子！"

老太爷却沉着脸，只是盯着李大姐，忽然问："你爸爸怎么还不回来？刚才的事你也听见了，有人要来杀我，你在这里，万一受了误伤，我对不起你的父亲。我想，明后天就派个妥当的人，把你送往婆家去!"

小琴听了这话,神情就变为奇惨,急急地说:"这怎么可以呢?人家,我大姐的腿又有病。"

苏老太爷鼓励地说:"腿有病也得走!不是我不顾念旧友之女,是咱们家里眼看就要出事……"

小琴愤然说:"有我保护着她!"

老太爷用目瞪着女儿说:"连我都不用你保护!你得知道,你是个姑娘家,年纪不小了,我家是书香之家,你二哥是父母官、县太爷,你就是个千金小姐。"

小琴说:"我不愿意当什么千金小姐!"

老太爷怒斥说:"不识抬举!我不在家里,你抛头露面,卖弄武艺,伤了鲁家五虎,又与楚江涯那些个江湖人深夜在野外拼斗,也够丢尽了我家的颜面!我不说你,你还不知足?还要……"

小琴哭着,拉着父亲的胳臂说:"爸爸!……你说我打我都行,只是李大姐……人家、人家不愿到婆家去!"

苏老太爷说:"什么话?女孩子家要明白三从四德,嫁鸡随鸡,嫁狗随狗,既然定了婆家,为什么不去?这都是江湖人没家教。"

小琴说:"爸爸有家教?爸爸你就不是江湖人?当年若不是李伯父救了您的命……无论如何我不能……"她呜呜地哭,并且跺脚说:"我离不开我李大姐!我不能就看着您把人家赶出去!"

老太爷大怒,骂着:"混蛋!不要脸的丫头!你敢拦住我?我白疼了你,去!"他用力把女儿一抡,可是小琴揪住了他,不能抡开,他扬起手来又要打。

这时李大姐突然跳下炕来,一手将他的胳膊托住了,使他的胳膊落不下来。他愤怒,吼叫了起来,说:"你也敢……"但他忽然觉得右胳膊一阵麻木,他大吃了一惊,紫脸立时变成了苍白,胡子都直颤动,赶紧夺开了胳膊向后退了两步,咣当一声,撞翻了一把椅子,震倒了桌上的花瓶。

他丢了魂儿一般地惊讶,瞪大了双目盯着李大姐的两只脚,李大姐是浅红色的拖地长裤，露着尖尖的鞋头儿。老太爷简直说不出一句话来了，口中只叫着："啊！啊！"只是点头，小琴却一步上前就跪下了，并抱住了她父亲的双腿。

李大姐本来也是愤怒了一阵儿，她那眼睛瞪出了一些简直无论多么强悍的女子也绝不会有的光芒，不是泼辣，而是一种威严。她此时却又上了炕，做出来腿很酸痛的样子，用细声向老太爷哀恳着，说："叔父，你要不打我的妹妹，我也绝不敢这样，我到你家来，实在……"

老太爷忽然仰天哈哈大笑，并且急急地喘气，说："实在是……实在是……你厉害！李国良厉害！我交的好朋友，生的好女儿……"

李大姐把话大声地说："我实在是为来这里避难！"

老太爷忽然打了个冷战，脑中迸出来刚才在东关听那伙计所说的事了，他越发瞪大了眼，瞪直了眼，看着李大姐，他紧紧地握拳，要伸脚踹死女儿。然而这时院中吵吵嚷嚷的，乱哄哄的，他的大儿媳、三儿媳、仆妇、何妈妈等十多个人，有的挤进屋来，有的站在门外，都问着，劝着，哀求着。老太爷定了定神，反倒笑着说："没有什么事！"一手把女儿拉起来，他也晃晃摇摇地往外走。

出了屋，他回首又向屋里的媳妇们说："你们都出来吧！本来没有什么事，只是……只是我要叫李大姑娘换换屋子住，小琴却拿话顶撞了我，我才发了脾气，不算什么，女孩子本来是和女孩子好的……"他说着，屋里那几个人还都在劝说，并打听，他就不禁又暴怒了起来，大喊着："都出来——都走开！回去！没事了。就是有事也不许你们进这屋，出来！"吓得屋里的媳妇仆妇们赶紧往外来跑。

老太爷也往外院走，不料没有留心到门槛，绊得他几乎摔了一大跤，苏振杰惊得哎哟一声，赶紧上前去搀扶，却被老太爷怒抬一脚，踢得他滚在地下，又哎哟了一声。

老太爷却如怒狮一般，踏着急匆匆的大步，就回到客厅里，锵的一声拔出了青蛟剑，但他忽然又一下手颤，宝剑当啷落地，他吭哧一声坐在椅上，又仰面长吁，口中自言自语地说："好狠！李国良！好狠！你们……唉！万里飞侠已经丧在你们手内了，你们还来害我，害我的女儿，败坏了我家的门风！好厉害的李国良，真厉害的少年侠士！"

苏老太爷的脑子里又加添了这件事，刺激得他更跟疯了一样。他由地下拾起了宝剑，就拿袖子擦着，越擦越发亮。他想起来五十年前得这口剑的时候，是曾三上太行山，打败了金牛张。

"那时自己真是一条猛虎般的好汉，如今竟能容许人骑在脖子上拉屎？李大姐？什么他娘的李大姐！分明是男扮女装，分明他就是李剑豪，分明他就是什么江南的少年侠士，分明是杀死万里飞侠又杀死姓于的那个凶贼，分明他是有意来……哎呀……"他想女儿小琴跟这女装的男子在一起，混了这些日，不定已做出了多少多少无耻之事，"唉！苏家的门风呀！贞节牌坊呀！菩萨呀……"这苏老太爷突然擎剑跳了起来，就要出屋，但却又自己将自己拦住，心里就劝慰着自己说：不可！家丑不可外扬，这件事连仆妇们、媳妇们都别叫知道！倘若传了出去，我得羞死，我二儿子的官也做不成了，我只好，只好……

他咬着牙发狠地想了半天，便才决心定了主意，遂放下了剑，又急匆匆走出屋去，直往里院。莽然又撞进了西屋内，一件事又把他气得发晕，原来他那个无耻的女儿小琴正趴在那李剑豪的肩上哭泣，见了他来方才离开，并且惊慌求怜地对着他。

他定了一定神，装作没有看见，先拂拂手，令女儿走出来，然后他就压下了声音，跟李剑豪——李大姐来说话。

小琴斯时是站在窗外，窗里挂着绛色的窗帷，她也无法看见爸爸在屋里是做什么，她不敢进去，又不放心。可是待了半天，却听屋里并没有争吵，不过她父亲的声音已显着大了，是正说："李大姑娘！我的话已说得差不多都明白了……"小琴听了却又惊疑，并有些喜欢，心说：莫非我爸爸还没有看出他的真来历吗？此时，屋里的老太爷又说："顶好你听我的话，快走！"小琴心中又一阵酸，她实在与李剑豪已离不开了，泪不住又往下流。但是突然一眼望见那东院里还有许多人正在向这里望着，最可恨就是三嫂，这时倒像是很称愿。于是小琴一阵羞愤，就回往北屋去了。

她回到屋里，泪仍不住流，何妈妈关心地惊疑地来问她，说："到底是怎么回事呀？莫非老太爷在南海把菩萨冲撞了？回家来就疯了？"小琴却不答，一头就躺在床上，脸贴着枕头啜泣。她忘不了自那夜伏牛岗与楚江涯等人交手之后，她就已看出来"李大姐"是一个男子。她本是愤怒着回来要杀"李大姐"的，但却被他说活了自己的心；原来他就是自己时时想念中的那位江南少年侠士，他名叫李剑豪，他为仗义，打不平，才杀死了万里飞侠高炯而闯下了大祸。高炯有个师弟"金鞭岳大雄"，武艺比任何人都高，依着他原是不怕的，但他的父亲李国良膝下，除了已嫁在远处的一个女儿，只有此一子，因知寡不敌众，怕儿子有了舛错，才强迫着他逃避到此处。

他原是一条英雄好汉、倔强的少年，但因为迫于父命，他才不得不扮成女装，脚尖上套着小鞋，忍辱行了这数千里路，来到此地。他是可怜的，但他尤为可爱，自从他跟小琴秘密地说开了，他们俩就绛窗下絮语，银灯畔谈情，明月下犯愁……这种种的事情她都忘不了。"如今竟被爸爸识破了吗？"她盼望也许还没被识破，但离别怕是难免的了，俩人既已好成了这样，可又怎能分别呢？别了又何时才能再见面呢？所以她心摧肝裂，不住地哭泣。乳娘何妈妈坐在她的身畔，摇晃着她的身子，苦苦向她相劝，她却也不听，只是哭，愿意就这样哭死。她哭得似乎是断了气，似乎已不知人事了，原来她已经体倦沉睡了去。

不知过了多时，她才迷迷糊糊地又醒来，就觉得头跟胸部都作痛，身子倦怠无力；好容易才坐起了身，被灯光刺得两眼生疼，原来外面已经天黑了。不知是什么时候了，敲过了二鼓还是将近三更了，屋门也关严了，何妈妈已在那边床上睡了。小琴细细想着白昼的事，又不住簌簌落泪，刚要站起来，却忽听见前院中有人隐隐地在惊慌喊叫。

小琴吃了一惊，急忙一手掠着蓬松的鬈发，一边跑过去，站在门旁向外侧耳静听，越听越觉得外院的声音有异，却是许多的仆人都在纷纷嚷着，更听得咚咚咚的脚步之声，是从东院有人向外急跑，好像是自己的三哥。她就匆匆地开了门，走出去问说："哥哥，哥哥！是怎么回事呀？"苏振杰没听见，早跟着苏禄跑出去了。

天边月色很明，可是前院的灯光闪闪，她向西屋投了一眼，见那里面却很暗，她也顾不得去看李剑豪，就急忙往前院跑去。耳边的嚷声是越来越清楚，眼前的人影、灯笼更是更乱，原来是仆人壮丁们都惊慌着往大门外跑去。她高声叫着问说："到底是什么事呀？"可是没有一个人顾得跟她答言。她的心突突地跳，紧紧地跑出了大门，问耿四说："什么事呀？什么事呀？唉！到底是什么事呀？"耿四却皱眉摇头说："我也，我也不大知道，多半是……"

这时村口的东边许多人都黑压压地往近处来，小琴跑过去，借着月光跟灯笼的光一看，原来是五六个仆人架着一个身受重伤的人。这人手脚都已不能够动了，只凭人抬着他走。这人身躯高大，胸前流着血，胸前并且飘荡着染了可怕的鲜血的白须子。她不由得哎哟一声惊叫，许多仆人都说："快抬进去吧！把老太爷抬进去吧！可慢慢的！慢慢！"

她不由得如刀割心，跺脚痛哭，说："爸爸呀！谁伤的您呀？快告诉我，我就去杀他！爸爸呀……"老太爷连头都已抬不起来，哪里还能够跟女儿说话！苏振杰是傻子似的大哭。

众仆人都劝说："小姐别慌！别慌！老太爷还有救，伤大概不重，我们没想到老太爷半夜里又到村外跟人打起来，就受了伤，凶手也跑啦！"

抬进了大门来，小琴追着哭着直问："凶手是谁呀？是谁呀？爸爸！"老太爷似乎听见了，蓦然把一张血淋淋大脸扬起来，就望着女儿发笑，说："你要问吗？那伤我的人就是……"小琴的全身精神此时都灌注在耳边，要听她父亲说出来那凶手是谁。

老太爷虽然受的伤很重，但神智却极为清楚，他睁大眼睛，看着面前除了他一儿一女之外，尽是家仆跟壮丁，他就咬紧了牙，忍了半天痛，才又大吼一声说："伤我的人，除了云媚儿还有谁呀？"

小琴气得一跺脚，说："我这就搜着她，杀了她，替爸爸出气！"她连到里院取剑也顾不得，见有个仆人手中提着一口刀，她要到了手中，向外就跑。

仆人们有的劝阻说："小姐不必去了！那凶手这时还不赶紧跑远了？还能让小姐追得着吗？"有的都盼望着小姐出去把那凶手杀了，好出气，就不多拦。

她愤然提刀出了大门，向村东外走出，怒声呼叫着："云媚儿！"并大骂，她也不会骂人，只是怒声说："贼妇！你露面呀？你来跟我斗一斗呀！无耻的贼妇！……"她的纤躯气得乱颤，往来搜寻查找。她的娇音在晚风里飘荡着，一声比一声发急，刀光在夜色中闪烁。但是此时月色笼罩着旷野，四顾凄清，哪里有那女贼云媚儿的影子呢！她不禁又哭了起来，哀惨的哭声，夹着激愤的诟骂，半天，她也没有找着凶手。

村里此时又来了二十多名壮丁，打着灯笼持着刀棍，都来帮助她搜找凶手，但是也没有找着，因见小琴哭得太厉害了，所以大家就劝她。劝了多时，方才将她劝了回去。她一路走，还一路哭啼，这深夜之间，她的家中不仅是嚣杂纷乱，且充满了一种恐怖凄惨的景象。

老太爷是已被人抬到客厅的里间去了，小琴进来时，见大嫂、三嫂和仆妇们都在这里，哭声满室，灯光都显得昏暗。小琴却放下了刀，拿手绢掩着脸，更哭得厉害。

而这时的老太爷躺在床上，虽然血迹未干，疼痛得不住急喘，但他却绝不呻吟一声，只是咯吱咯吱咬得牙乱响，匆匆地说："好凶贼！好凶贼种，今生不能说，来生再算账吧！好个……恶妇云媚儿……"说到此处，他忽然放声大哭起来。

小琴自有生以来，这是第一次看见她父亲痛哭，——她母亲死的时候，她父亲都没掉过眼泪。——如今吓得她反倒止住了悲泣，全室中立时显出来一种肃静凄凉的情景。苏老太爷哭了几声之后，就改变为呻吟，他身体的痛楚增加了，而精神上的愤怒却平息了，他哀声叫着："小琴！振杰！你们来！你们来！"

小琴跟她的三哥一齐拭着泪，往床边走了走。老太爷先叹了口气，然后就宛转地说："我这次受了伤，我明白了，是菩萨惩罚我，因为我的心太不虔诚了，这次在路上遇着了云媚儿行凶，我又动了杀机，所以该当遭此报应。又因我年轻时粗鲁无知，走江湖时颇做过几件恶事，调戏妇女，败人名节，如今也合该报应临头了！看来神佛真不可不信哪！"说到这里，他又沉痛地呻吟了几声。

小琴流着泪刚要分辩，却又听她父亲说："你们都是我的好儿女，我过去做的恶事太多，此时就是死了也怕抵不过，将来还是叫你们跟着遭报。所以由明天起，你们千万天天要净手焚香，在神前替我忏悔，替你们赎罪，菩萨一定能够可怜你们。"小琴与振杰全都垂着泪答应。

老太爷又说："趁着我还没死，还有力气说话，我要多嘱咐你们几句话！明天千万派人把你们的大哥、二哥叫回来，告诉你大哥，为商不可贪图厚利，赚了钱就应当济贫，应当做善事；告诉你二哥，做官须爱民如子，不可得罪人。那位楚江涯侠士，你们如能找着他，须请他跟你二哥交为朋友，以备有江湖匪人，或我的那些仇人去害你二哥之时，他好帮助。振杰！你以后练武可以，但千万别走江湖，也别得罪人！小琴，你是我的好孩子，你将来得出嫁，得由你二哥做主，你得学三从，知四德，给我家的贞节牌坊争个脸！"小琴又深深地垂下了头去啜泣。

老太爷却又叹了口气，说："云媚儿今天虽伤了我，但是也算了罢！不必再追究，俗语说：'冤家宜解不宜结。'还有那李大姐，那位姑娘！……明天，不，就是现在，请她来吧！我得跟她说说。"当时三少奶奶卢氏就亲身去叫李大姐。老太爷瞪着眼睛等待着她来，并且向一些人说："都出去！都出去！"连小琴也不敢不出去。但他们并不走远，就都站在外屋，皱着眉头连一句低声的话也不敢说，静悄悄地只听老太爷在屋里"哼哼""哎哟"，并且念佛，喊叫菩萨，可见他那样老迈的人受的这伤实在是太重，疼痛得叫他忍耐不住了。

小琴是靠着门站着，她想等到李大姐——剑豪进屋来时，就拉住他，先跟他叮咛两句话："无论我父亲跟你说什么，你可千万不要急！"她想老太爷也许不会对李大姐说什么，不过是逼着他快离开这儿就是了，但一种悲痛惭愧的心理此时是使小琴很难受，她想：虽然父亲是被云媚儿伤的，与李剑豪无关，但今天父亲是为谁才生的气呢？云媚儿不过伤了他老人家的身，但谁又伤了老人家的心呢？……她一边想，一边拿衣袖擦泪。

这时候她的三嫂从外面叨唠着就走进来了，说："无论谁的家里，也请不到咱家里这样的贵客！李大姑娘人家早铺上被窝睡了。我说，我们老爷都快死了，要跟您说一两句话，特意叫我来请您，搀着您去！但是您猜怎么着？人家就躺在炕上摇头，我把嘴都快说破了，人家也不肯挪动挪动屁股。真行！简直是咱们家里的姑祖宗！老祖宗！"气愤愤地又问小琴说："妹妹！您去说说劝劝也许行！我真没有那么大的面子！"

小琴又羞得红了脸，心里更难受，知道此时剑豪是绝不敢来见老太爷的，就想：剑豪他可怜！我父亲也可怜！总之是我一个人不好！她一面拭着泪，发怯地又走进里屋，见她父亲的呻吟声更惨，使她更害怕，话说不出。

老太爷倒是转着眼珠向女儿望了望，问说："他是……不肯来见我不是？"

小琴低着头说："他大概……腿走不动！"

老太爷长叹一声说："算了吧！可是，女儿，记住了我的话，无论如何你要赶紧逼着他走！"他把声音压小了一些，又说："永远不许你跟他再见面！你不可忘了咱们家的贞节牌坊！"

少时，外面的仆人请来了东关住的世传外科的陈大夫，这位大夫带来了刀创药，就给老太爷治伤，老太爷就问说："我的这伤还能够好不能？"

大夫连连说："能够好！能够好！伤是一点也不重，老太爷的身体又硬朗，也好得快。老太爷就放心吧！不必忧虑！"可是这位大夫偷眼望着苏振杰，却不住地紧皱眉头。

在敷药的时候，老太爷大声呼号，真如猪被杀时那样惨厉，但是敷过药之后，老太爷的伤痛似乎渐渐减轻，他又睁大眼睛望着陈大夫，并嘱咐说："今天的事，你千万不要去跟外人提！明天你再来给我看病的时候，还是晚间好，千万记住了！不许叫外人知道我已受伤！你如果给我治好，我必有重谢；不然，你可知道你们东关镖店里的那姓于的，是怎么死的？只因他多说了几句话，别人能做出这事，我可也不是不能呀！"吓得大夫连脸都白了。

仆人又进屋来说："前院已给大夫预备下酒啦，请大夫去喝几盅，歇一歇，索性等到天明了再走吧？"大夫连连点头答应，脑门子上出了很多的汗珠，就往前院喝酒去了。

这里老太爷仍在一声声地呻吟着。女眷们是在大夫来的时候就都回避了。时已敲过了四鼓，月明星稀，前后各院中都悄无人声，灯光也都熄了，只有"李大姐"的窗户上还浮着淡淡的灯光，这许多日来，金妈只白天在这屋里伺候，一到天黑就往别的屋中去睡觉，窗子上虽然很少映出来人影，可是屋中常常是有着两个人。

这时，小琴又在屋里了。李剑豪已起来了，他虽仍穿着女装，但坐在炕上，脚尖也没再套着那双绣鞋，腿上也没盖着毯子。他沉着脸，皱着眉，紧闭着嘴，不发一句话。小琴坐在他的近处，拿一柄小团扇，给自己并给他也扇着。李剑豪是不住擦汗，小琴是不住擦泪，两人发愁地默坐着。半天，小琴就着急说："到底你打定主意了没有？咱们一块儿去见我爸爸跪着哭求，以后你就换了衣装，咱们就……"

李剑豪却摆手叹气说："这个，是绝办不到！"

小琴说："那么，怎么办呢？他老人家是逼着叫你当时就走，叫我们永远也不再见面，可是我与你……"她哭得已说不出话来了。

李剑豪却说："你先别哭！听我说！我真想不到我来这里忽遇见了你，我也真不该到这里来……"他狠狠地捶了一下子腿，又说：

"我本是个堂堂男子汉大丈夫，我杀万里飞侠高炯，是因为他作恶多端，他该死！他的那些师弟、徒弟，我也全不畏惧，可是我竟遇见了那么一个胆小的爸爸，他逼着我，我忍着辱屈从，才扮成了女装，来到你家里。原想也不多住，只要我的爸爸到平阳府见着我师父，我的师父镇三峡若肯出头，调解了两家的冤仇，我们也就离开这儿了，我永远也不能再来，永远也……得罪不了苏老叔父，可是没想到！在此看见了你，你武艺是那样好，容貌又这样出众，又多情，使得我……唉！我做了错事！"他急愤地捶胸捣腿，并跳下了炕，坐都坐不住，懊恼得要死。

小琴擦着泪，借灯光斜眼掠着他，脸上带着羞愧怨恨说："可是，我们已经成了这样了，懊恼还来得及吗？我，无论如何也离不开你了。不是我脸大，没羞耻，是……刚才我爸爸也把话跟我说得明白，他叫我别忘了我们家的贞节牌坊。其实他不嘱咐我也不能忘，好马不吃回头草，烈女不嫁二夫郎，我跟你，我就是已经嫁了你，我宁可死了也不能与你分离，我觉得……我能始终从一！虽说你是一个江湖人，但我们本来也不是什么书香门第，我嫁你并不算辱了我们祖先。我若是由着你走，将来再依着父兄之命，做什么一品夫人，那才是真真对不起我们家的贞节牌了！我不是那样的人……"说到这儿，又抽搐了一阵儿，她就也站起来，拉住了李剑豪说："依着我，咱们现在就走，见了我爸爸，咱们就说实话，叫他知道了你是男扮女装！"

李剑豪跺着脚说："唉！你怎么还糊涂着？他早就知道了！"

小琴说："那更好，就说我们至死也要做夫妇，永远不分离！"

李剑豪却又捶胸浩叹，说："你还是糊涂！难道你不知他是被谁给……唉！"

李剑豪突由他的粉红的罗衣以内抽出一口短刀来，他这口利刃，刃薄如纸，但被血色所污，黯然无光，他曾以此割下万里飞侠高炯的首级，并使得那由江南直追随他到这里来，最知晓他的底细的那个姓于的人，在东关的镖店里丧了命，他还……如今刀上的血色还未干呢！他扬起刀来，狠狠地就要向自己的咽喉去刺。

小琴急忙将他抱住，擎住他的胳膊，急急地悄声哭泣说："你要寻死？我可也立时就寻死！咱们死就一块儿死，生就一块生！"李剑豪的手不由发颤了，刀就被小琴夺了过去。

小琴就向他又哭说："你才真糊涂呢！咱们不过今天招他老人家生了一场气罢了！除了这，咱们已没有什么对不起他老人家之处，倘或咱们俩跪在他的面前苦苦哀求，并应得将来杀了云媚儿，替他消今日之恨，他老人家也许还能喜欢咱们！"

李剑豪又顿脚叹气说："云媚儿，云媚儿，你，你又何必杀人家云媚儿呢？人家……"

小琴一听，就现出诧异的神色，收住了悲声，止住了泪，反沉下脸儿来，问说："怎么？难道你倒护着云媚儿？你认识那云媚儿？"

李剑豪摇头说："我不认识她！她……我觉得她真冤……"

小琴忽然暴躁起来，说："怎么？她刚才伤了我爸爸，她伤了那么大年岁、三十年来好佛行善、才从普陀山回来的老人，伤得那么重，浑身是血，伤完了她就跑了，那万恶无耻的狗贼妇！我为什么不恨她？怎么倒冤？我不杀了她，我永远……跟你在一块，我也不能心里痛快！……"

李剑豪本来是要说话，但一听此话，他又忽然闭住了嘴，仿佛把他心里许多的话全都噎回去了。他的心里益为懊悔，神情更发惨黯，就颓然地坐在炕上，接着又倒下了身去。

小琴又赶紧过去，问说："你想想，我出的主意好不好？咱们去求求我爸爸吧？"

李剑豪摇头说："求去，也怕不行了！"说到此处，声音凄惨，小琴细看，他也滚下来了眼泪，他此时倒真像是一个心肠脆弱的女子了。

当夜小琴回到自己的屋里，也没有睡得着。不多时，天光就亮了，她起来匆匆地梳洗毕，就又赶忙跑到客厅里去，只见她的父亲苏老太爷伤势昏沉，不住地哼哼，哎哟！那位大夫原来就没有走，此时又正在给伤处敷药，苏振杰是在旁边连打哈欠，显出又愁又困的样子。小琴忧思憔悴地在这里来了一会儿，便到门外，听门外鸦雀无声；仆人们虽都面带愁容，邻里们虽也暗含惊恐，但昨夜的事，苏老太爷之被伤，简直就没有一个人敢谈说。小琴只得又回往里院，生了半天气，流了一些泪，又要去找李剑豪；而西屋的门可还没有开，屋里的人大概还在烦睡未醒哩。她也只得叹息回来，自己也倒头睡觉。

睡了一整天，傍晚时方才起来，苏振杰就来了，说是："爸爸的伤现在更重了！看着大概要不好，快预备着点棺材跟寿衣吧！"小琴却悲愤地说："我不信咱们的爸爸能够死！"她又一直跑往客厅，却见苏老太爷紧闭着双目仰卧着，似是睡着了，旁边有仆人用扇轻轻赶着苍蝇，他脸上，胡子上染的血倒是已洗干净。小琴真看不出父亲的伤势到底是如何？出来跟苏振杰和大嫂吴氏一同商量，原来今天已派了人去催小琴的大哥和二哥从速归家了。如今寿衣倒是有现成的，棺材还没做好，但是马圈里存着一根很好的楠木料，足够做一口好棺材的。于是又商定派人到城里去找棺材匠，到家里来悄悄地做。总之，现在因为没有老太爷自己的话，苏振杰跟苏振忠都还没有回来，家中的人谁也不敢做主，把老太爷伤危垂死之事传出。白日，大庄门的半扇也掩着，仆人们都无精打采的，晚间，更声也不像前天那样敲得紧了。月愁星黯，长夜漫漫，凉凉的风和墙下低鸣的蟋蟀已表现出了一些秋意。而此时，忽然又有夜行人来到了这里。

这时才刚过二更，本来小琴正在生着气，今天晚间她的父亲伤势倒是没有什么变化，可是李剑豪又病了，说他真是觉得头痛心躁。也是目前的事情太难办了，他既不好意思再改装为男，又不愿与小琴一同去跪求苏老太爷，而因为苏老太爷逼着他走，他就是勉强在此再充"李大姐"也太无味了。小琴的长兄次兄又快回来了，老太爷的伤还吉凶莫卜，所以弄得他如同热锅上的蚂蚁似的，跟小琴悄声说话时，他都发急，甚至都说出来："我想明日就走！我就悄然地失了踪，别人至多说我是女贼，也对你无多大的损害。"但是小琴不愿意他这样做，所以也不敢再跟他多说话了，就一任他连晚饭也不吃，很早就关上了门，懊恼地睡去了。

而小琴却含悲忍气，夜半手提宝剑，独步庭中，见月光下的牡丹跟小树儿似的了，什么花香、花色，都一点也没有了。她觉着爸爸并非真疼爱自己，而李剑豪也不会温慰自己的心，自己只盼着今夜云媚儿能再来，那就杀了她；然后，如果爸爸死了，李剑豪再真忍心而去，那自己就也宁可自刎，也不愿这样活着。

当下，小琴在院中泛想、凝思，阵阵的咬牙，滴滴的落泪。突然她就发现了北房之上有人，这一下，把她心中的思绪全停住了。她还暂时装作未觉，悄悄地向房上去看，就见那屋瓦上是分明趴伏着一个人，她就暗自冷笑，低声说："好贼妇！云媚儿！你的胆真大，今夜你还敢来？"说到了这里，她身随剑影，剑映月光，嗖的一声就蹿上了房，不管这人是谁，抢剑就砍。而这个人却不躲闪，只将腰驱直起，双臂高抬，以一口剑挡住了小琴的剑，此人就发话说："小琴姑娘！你先不要生气！我因为不能见令尊，才私自前来见你。我见你也没有别的事，只是我要还给你绸子汗巾跟睡鞋……"

小琴觉出来了，来的这个贼原是腾云虎的朋友楚江涯。月光下，楚江涯也脚蹬着屋瓦立起了身，他并无畏惧之色，只像有些惭愧似的，说："姑娘！这次我跟老太爷是一块回来的，但老太爷他把我错看作江湖人了，我跟他解说，也解说不清，我心里真不痛快！所以我今天才来见见姑娘。那两件东西，当初我是无意之中拾得的，既是姑娘的随身之物，留在我的手里也没有用，而且不相宜！我奉还给你吧。我就是为这事才来到……"他说到这里，就借着朦胧的月色，观察小琴的神色。

小琴这时早已把剑垂了下来，她对于楚江涯，心中倒并不恨，只是有一点讨厌；而什么汗巾、睡鞋，楚江涯看得很要紧的那两件东西，小琴就根本没有听明白，没有放在心上。她便沉着她的小脸儿说："我们家里正有着事！你干吗又来打搅？谁问你是江湖人不是？你快些走吧！去！滚开！"

楚江涯怔了，身子仍然不动，又问着说："你怎么也这么不懂情理呢？"

小琴愤怒地又扬起来宝剑，瞪着眼说："你半夜里上房进来找我，还拿着剑，你就算是懂理的吗？"楚江涯现出无话回答的样子，小琴用脚剁了一下瓦，就拿剑又驱逐着说："你快些走吧！你帮着腾云虎跟我们作过对，可是听说这次我父亲回来，沿途你也很照应他，我们就算是无恩也无仇了，你快走吧！不过，你要是见着了那贼妇云媚儿，可以告诉她，她有胆子叫她再来找我！她若是不敢来，反正，将来我是一定去寻她！"

楚江涯说："云媚儿并不足畏，所怕的是有一个金鞭岳大雄，那人多半就要来到了！"

小琴抢着剑厉声说："无论他是谁，叫他先来斗我，不要去欺负我的父亲！"

楚江涯："姑娘既然说到这里了，那么我又要冒昧了，现在能否请老太爷跟你三兄出来，听我说几句话？"

小琴可真急了，拧剑向着楚江涯就刺，说："你快滚走！不要来跟我们不熟假充熟！"

楚江涯闪开了剑，由房上就跳了下来，小琴也展剑回身一跃而下。楚江涯是又气又笑，往前院就走，小琴提剑从后追来，并厉声问说："你要往哪里去？半夜在我们家里乱走？"

楚江涯回首说："我这就走出去了，你放心，我绝不再来了！如今我已晓得了你们苏家人的性情了。可是我告诉你们，目前你们就要有大难，我听说金鞭岳大雄不是好惹的！"

小琴挺剑随后刺来，恨恨地说："呸！"楚江涯向后晃了一剑，又往房上蹿了去。小琴紧接着追了上去，抢剑又砍，并驱逐着说："去！滚！走开吧！不然我可要用剑杀了你！"

楚江涯说："我楚某向来行侠仗义，如今既来此处，知道有许多人将要来找寻你们，我就必得等着，到时候帮你们的忙！"小琴的剑又唰的一声削来了，若不亏楚江涯又闪得快，这时候他的身体就躺在房上了，但是他仍冷笑着，不急着走，还要说话。

此时小琴又怒骂着："用不着你帮助！你也不是好人！"房下的巡更的也惊醒了，铛铛铛敲起锣来，立时庄里又闹了起来，而那客厅中，灯光凄惨，苏老太爷于昏沉之下，又发出了惨厉的吼叫。

楚江涯就免不得惊慌起来，话既不容再说，汗巾跟睡鞋也都拿不出来了，他就步履着屋瓦连跑带蹿，急忙地走去。小琴也没再去追，就下了房，乱晃动着剑，令人声梆锣声全都停止，她皱着眉说："没有什么贼！你们大家不用瞎惊乱搅了！"

巡更的和众仆人也都纳闷着说："刚才并没看见房上有什么人，只听见小姐嚷嚷来的。"

这时，客厅中的喊声却很急，小琴赶紧跑了去，就见苏老太爷瞪起两眼，问说："有什么事？莫非又出了事情？"

小琴赶紧说："没有事，也没有贼来，是我看错了，其实是虚惊！"

老太爷突又问说："李大姑娘他还没有走吗？他仍在咱们家里吗？"

小琴却说："他……他已……已走了。"苏老太爷一听了这话，才仿佛松了口气，但是接着又紧闭上了眼，不住地微微呻吟。

小琴芳容黯然，心肠愧痛，就于凄惨的灯光之下悄悄退出，在院中众仆私相谈论之下，踏着淡淡的月色，又回到里院。到自己的屋内放下剑，关上了屋门，她又躺在床上去抽泣，想：这半天，这场乱子，那楚江涯并不可恨，可恨的是除了自己之外就没有别人出头，三哥仿佛是死了，剑豪也居然就甘心坐视，也不出来帮一帮我！"想到这里，恨不得就去打西屋的门，问问李剑豪，但是又细细一想，对于李剑豪又生出无限的原谅之心：他本来不能出头吗！害就害在他男扮女装上了，他什么也不能帮我，他永远连炕也不能下，爸爸那里是已经晓得他走了，大哥二哥一半天又要回家，唉！这可怎么好？怎么办？此时真把小琴快要忧烦死了。

到了次日，庄子里还是这般寂静，外面也一点事没有发生，连一个生疏客人也没有来，夜内更是安静无事。如是又过了一天，至第三日，小琴的两个胞兄还未归家。下午，在快要吃晚饭的时候，忽然苏振杰来慌张地告诉小琴，说："李国良回来了!"

小琴一惊，赶紧跑到前院去看，只见这一位李老英雄的须发、衣裳满满都沾着尘土，一只鞋已经丢失了，另一只脚虽鞋袜尚全，但从腿到足踝尽是血迹，瘸瘸点点，狼狈不堪，两眼瞪着，很红，见了小琴就问说："听说你爸爸已经回来了?"

小琴说："对啦! 可是他老人家也……"

李国良点头说："我已听门上的人说了他也受了伤! 姑娘你看我……"拍着他的身上说："这次我从平阳府真是九死一生地回来!"

小琴忽然问说："什么人跟您作的对?"

李国良说："人多得很! 不仅要杀我们父女，还要来杀你的爸爸! 我现在就先看你的爸爸去!"

说着，他就往客厅走去，还没走到那门前，就听屋中的苏老太爷破口大骂着说："李国良! 你做的事情好狠毒!"

第八回　莽莽郊原侦疑迹

　　原来这时候已经有人报告了他，说是："李老太爷回来了！"苏老太爷连日伤势沉重，痛得呻吟，力气虽已差得多了，可是他此时一睁眼，就把双目瞪得很大，像病狮一般怒喊说："来吧！我就等着你来了！咱们五十多年的交情，李国良！你办的这件事可真够朋友！"李国良隔窗听了，就面显诧异。苏振杰在后跟着，小琴尤其带着惊慌。李国良虽只穿着一只鞋，但此时脚步很急，三步两步来到客厅前，就拉开门进了屋。

　　此时苏老太爷在里间屋仍然骂着，李国良就也昂然叫着说："老二！你是糊涂了吧？你骂我做什么？咱们弟兄都是一世英雄，如今落到这般地步，只因为年纪都老了，可是也不用着急。岳大雄、云媚儿那伙人虽然凶狠……"

　　此时李国良的眼睛盯住了苏老太爷胸前露着的那一处药血模糊的刀伤，显出愤恨之意，更问说："老二！到底是哪个伤的你？快告诉我，你老了我可还没太老，黄河岸、寡妇寨那些身手我还有，我还能够给你出这口气！"

　　苏老太爷此时也不再骂了，他把头向枕畔歪了一歪，反倒惊讶地看着他的老朋友这般狼狈的模样，遂又驱逐着跟进来的小琴、振杰和屋中原有的两个男仆，说："都走！都走！"

众人全退到外屋之后，他们两个老朋友才在屋里密谈。起初是声音很小，接着只听苏老太爷厉声说："你干的这事，对得起我吗？我家里现在摆着贞节牌坊……"李国良先是无语，后来就一怒走了出来，脚也仿佛不瘸了，气态上显得一种急愤。

小琴吓了一大跳，刚要向外跟了出去，却听苏老太爷又在那里大声喊道："李国良！你回来！你要怎么样？事情已到如今，我叫你明白就是，难道你还要这就去杀了你的孩子，把事情闹大，叫我苏家丢脸吗？"接着又是呻吟，外面李国良就停住了脚步。

小琴此时是满面通红，心惊肠断，因为她已知道，李国良跟自己的爸爸两位老朋友之间把剑豪与自己的事都弄穿了，都说明了。她倚着门向外去望，只见李国良站在院中发呆，那张脸色阴沉得极为可怕，他忽然狠狠地一跺脚，又用力地捶胸，说了声："唉！"就又回到屋内，从小琴的身边经过时，竟连正眼也不看，又到了里间。

小琴也赶紧回来，站在外屋，偷眼向里屋去观望，就见李国良竟对着苏老太爷流下泪来，他因为过度地愤慨悲伤，就连声音也压抑不住。他说："我恨我生下来这个不肖的儿子，他替我惹下祸，并……唉！也是我一时糊涂把事情办错了。我忘记了你家还有一个姑娘，不然，我绝不能带他前来！如今，我们就这样说吧！你我是五十多年的交情了，不能因儿女的糊涂，就伤了你我的和气。你现在好好地养伤，不要发急。我在你这里再住些日子，等到对付完了金鞭岳大雄之后，我再走；临走之时，我必定给你留下一件东西，给你弥补家门之羞，替你再出这一口气！"

苏老太爷因为刚才兴奋了一阵儿，此时已经没有力气了，所以连眼睛都不能睁，而只是哼哼。小琴听得这话，却十分惊讶，神色不由得惨郁。苏振杰仍然直眉瞪眼的，仿佛莫名其妙，拉着他妹妹，悄声直问："到底是怎么一回事呀？"小琴却一句话也没说，就匆匆走了出来，一直跑进了里院的西屋。

此时李剑豪还是穿着女装，在炕上躺着，他这两天连脸都没有洗，已显得非常黄瘦了。小琴一来到就推他起来，先把李老英雄自平阳府受伤归来的事情，急急地说了。李剑豪听了，立时现出怒容，小琴又提到了金鞭岳大雄的名字，李剑豪就点头说："我晓得！此人是万里飞侠高炯的师弟，如今若讲武艺，能抵得过我的敢轻视我的，还只有此人。但我并不怕他，我在此等着他来吧！"

小琴又流泪痛哭着说："我也不怕！只是刚才李伯父已与我爸爸把我们俩的事都说明了！"

李剑豪听到这里，便露出一些惭愧之色，说："他们说出来咱们的事，又当如何？本来你我二人虽是男女有别，但在一起这些日子，除了脾气相投，并没做出什么欺心之事！"

小琴脸也红着，说："我倒愿意他们二位老人明白我们的事，叫我们永远在一块，不离开！可是刚才我听李伯父说的话似乎不大好，他说咱们做事都糊涂，说你给李家惹了祸，我给苏家贻羞；又说等将来对付完了岳大雄之后，他就要走了，并为给我爸爸出什么气起见，他临走时要留下一件东西。他说这话的时候，样子可很凶狠，我看着真可怕，我也猜不透他们的意思。我才……跟你来商量商量，你看到底怎么办才好呀？"她拭着眼泪，顿着脚。

李剑豪的神色忽然一阵惨白，怔了半天之后，才点点头说："我明白了！你父亲之意是必要置我于死地啊！"

小琴摇头说："不能！他知道你已经走了！"

李剑豪冷笑说："我就是真走了，他也不能甘心！如今的事，我已明白了，我的爸爸是很觉把我带到这里来，与你有了私情，又得罪了你的父亲。"

小琴说："你也不能算是得罪了我的爸爸呀？你又没和他老人家打架。"

李剑豪惨笑着说："你哪里知道呢？如今，他们老兄弟二人是已把话说开了，对付完了岳大雄之后，我爸爸一定就要舍了他的儿子！"

小琴诧异着问说："这话是什么意思？我不明白，他的儿子可怎能舍呢？"

李剑豪叹了口气，说："他们那些江湖老辈，是以义气为重，为朋友之义，杀妻、戮子、舍身，他们都能做出来！"小琴吓得变了神色，李剑豪又说："我预料金鞭岳大雄来过之后，若未能得手，或是你爸爸的伤势不愈，那时我的爸爸就能够把刀给我，命我自裁！"

小琴惊问说："这是为什么呀？"

李剑豪说："因为我若死了，你就能够断了念头，你们家中的门风也就能保住了，无人能知道咱们俩混了这些日子的事了。"小琴听了，身上不住地发抖。

李剑豪更愤然说："我的爸爸在江湖上向来是杀人不眨眼，你的父亲虽烧香好佛，但他凶狠更甚！"

小琴摇头说："我倒不信！绝不能这样，再说，即使李伯父真令你去自裁，你不会不吗？他还能够杀了你？"

李剑豪说："我的爸爸老了，武艺也不如我，他绝不能杀了我。但，万一是……"说到这里，他忽又捶了一下胸，说："我只怕你父亲因伤而死，我爸爸再对我以大义相责，那时，我李剑豪可也不是贪生怕死、不知江湖义气之人，我为成全他们二人数十年来的交情、道义，也许真能抽刀自刎，不能显出是我懦弱无能！"小琴一听这话，就紧紧拉住了他的手，不住地摇头流泪，话可是一句也说不出来。

李剑豪也摇头说："我虽把事做差，但我绝不自裁自尽，我已经想好办法了，只愁的是我现在身着女装，虽然有一两身我原来的衣裳，但除了夜行衣，就都在我爸爸那里。我想你可以从你哥哥那里借两身衣裤鞋袜来给我穿。"

小琴低声说："你是就要走吗？"

李剑豪迟疑了一下，才说："暂时我不能不走，将来我可必定回来！"

小琴想了一想，就泪更涌流，说："你能暂时躲一躲也好！可是你几时才能回来呢？"

李剑豪又摇头说："不一定！"小琴说："我想，以一月为限吧，那时金鞭岳大雄来不来，我爸爸的伤能好不能好，便可都知道了。总之，我以我爸爸的死生为定，我爸爸若伤愈，我敢保你回来也必无妨；如若……他老人家因伤而死了，那时我也不能再在家中住了，我就要外出去找你。我们再一同去杀云媚儿，以给我的爸爸报仇！"说到这里，她哽咽不胜，又悲又愤。

李剑豪忽然急躁了起来，用力把小琴一推，推得她倒在炕上，小琴仍然哭泣。李剑豪却跳了起来，疯了似的大声说："什么云媚儿？唉！唉！你怎么总是不明白呀？你真糊涂！"忽然由席下抽出短刀，他就要向自己的胸前去扎。小琴翻身而起，惊慌着去夺他的刀。而这时，忽然屋门开了，李国良走入。

当时，李剑豪跟小琴却都十分惊慌。李国良却已把脸洗过了，鞋也换了，他虽然沉着脸，可是并没有发怒。一进屋来，就向小琴说："姑娘你先到外面去吧！我要跟我的女儿说几句私话。"小琴只得赧颜地站起身来，低着头走了。

她站在院中心惊肉跳，真怕立刻在那屋中就吵起来，李剑豪就自裁了。待了半天，也听不见屋中有人大声说话，她倒不禁疑惑。又少时，才见李国良从西屋走出。小琴赶紧回到了北屋之内，又扒着玻璃向外偷看，就见李国良形容颓唐，仰着脸向天长叹一口气，就瘸着腿又往前院去了，也不知道他们父子刚才谈了什么话。

小琴想再到西屋去看看，而身旁的何妈妈却又不住向她问话。她的这个乳娘，虽然不大弄得明白家里的事，可是这两日她也觉出有异了，尤其看着小琴愁眉不展，面容黄瘦，她实在忧心，就劝说："姑娘你可要仔细身体呀！不用净发愁呀！你爸爸他一定是从外面带回邪来了，他发发脾气，你千万不要理他！"小琴垂着泪，一句话也不说。

天色又将晚了，西屋里也不点灯。现在，大家仿佛连饭都无心吃了，都没有一点高兴。小琴尤其是愁烦，就又向床上去躺，屋中黑得都看不见人了，灯也不点，饭也没有送来。忽然听得外面又是乱哄哄的，许多的人说话跟脚步之声，并听大嫂吴氏、三嫂卢氏也惊惊慌慌地说着话。

小琴赶紧又起来到院中去看，只见仆妇也齐往外院去跑，听说是："老太爷要不好！"小琴惊得心都要碎了，急忙也跟着跑去。又到了客厅中，看见兄嫂和男女仆们将屋子都已塞满，都喘吁吁的，惊恐、严肃，可没有人敢说一句话。里间灯光凄暗，仍只是老太爷跟李国良两位老朋友，面对着面，眼瞪着眼，在做最后之诀别。过了一些时，苏老太爷的呻吟之声，渐渐微弱。

　　小琴、苏振杰、吴氏、卢氏等都急忙赶到近前去看，见苏老太爷的两只眼睛都已经闭上。小琴心痛如割，上前去摸他爸爸的腕子，就觉他脉搏已停，人已经咽了气，不禁哭叫了一声："爸爸哟！"一顿莲足，咕咚一声就晕倒在地。旁的人也都大哭了起来，哭声冲出了屋去。

　　渐渐的，前院的人跟门外的邻人们也都赶来一齐痛哭，悲哀的气愤弥漫了天地，其中最伤痛的就是小琴跟李国良。

　　天色越来越晚，明月越升越高，苏振杰跟男仆们全都忙乱着抬棺材，布置灵堂，李国良却掩泪躲到一边去了。小琴被吴氏、卢氏劝得稍微缓过来气，但仍然是不住地呜咽。过了些时，给苏老太爷换上来寿衣——穿的是一件杏黄缎子的僧袍、僧鞋——抬着，放在新做成的棺材里，身旁还给放下了念珠、木鱼、佛经。因为天气渐热，老太爷又是因伤而死的，那伤处早已腐烂了，所以不能再等待大少爷二少爷回来，当晚即敛好钉好，忙乱到半夜，才渐渐消停。客厅变成了灵堂，素烛两只，流着泪似的照着那口可怕的大棺木，有几个男仆在此守灵，别的人全都睡觉去了。

　　小琴又手拍着棺材，痛哭了半天，才被她的大嫂、金妈、赵妈等人给劝回到屋去，但是她躺在床上仍是痛哭，连声叫着爸爸，说是："爸爸你死得真惨！"又连声痛恨着云媚儿，她切齿出血，要立时就将云媚儿捉着杀死，以替她的爸爸报仇。她的大嫂吴氏跟仆妇又都苦苦宽解她，却也不稍见宽解。

　　这时天色又到了三更时分了，忽然苏振杰慌慌张张跑进来说："你们都不用乱哭乱劝了！爸爸已经死了，还能够一翻身又活了吗？

现在快各自查查各自的东西吧！我的屋里刚才因为没人，可是进去了小偷，把箱子都打开了，我丢了几身衣服，还丢了两双鞋！"于是众人就又纷纷去查自己的东西。

别人的屋中倒是没有丢失什么，西屋里可是丢失了一位李大姐，羊毛毯子、红衣裳、绿裤子连绣花鞋等物全都放掷在炕上，李大姐可是没有了踪影。金妈跟赵妈到茅屋里去找，也是没有。去报告小琴，小琴惊讶了一下，咬了半天嘴唇，流下几滴眼泪，也没有表示什么。

苏振杰知晓了此事，是又纳闷，又着急，连忙去找了李国良来，说："这是怎么回事呢？我爸爸死了，我屋里丢失了衣服和鞋，李大妹妹又怎么也没有了影儿啦？莫非是有强盗趁空儿进来了，偷走了东西，又背走了人？"

李国良对此事也似乎出于意外，他摇着头，显出来急愤，瞪了半天大眼睛，才说："不要管她了！这个女儿，我也不要她了！只是，振杰贤侄！你可是要帮助我想一个法子，如若有热心的朋友，就赶快请几个来帮忙，因为你爸爸虽已死了，仇人可还是要来的，仇人是金鞭岳大雄、豹子李承、黑牛姜勇、于铁雕、云媚儿……"他说了一大串江湖人的名字，并说："这次我实在不是到铜山去了，我是到了平阳府，原是去见镇三峡，想求他救我这步灾难。镇三峡是架子又太大，我到他的家中去了好几次，他也不肯见我。后来没想到，岳大雄那些人也去了，我闻风急逃，结果，到底在半路上与他们相遇。你看把我伤成了这样！我回来，不料你的爸爸他又因伤而死，那些仇人还是绝不容情，早晚他们就要来到！"

苏振杰听了这话，脸都吓得黄了，哆哆嗦嗦地说："李伯父！你说这可怎么办呀？我可真不认识什么有本领的人，早先我倒认识一个银钩孟广，现在他又走北京去了！我的那点本事，不瞒伯父说，简直我的爸爸这一死，我觉得我更不成了！更没有劲啦！"

李国良叹了口气，说："如今只有请令妹小琴姑娘，到时帮助我们抵挡仇家，只要能够将这隐凤村保住，我就算对得起你爸爸了！那时我也遂往九泉之下，见我的老友！"

当下苏振杰便去跟小琴说，并把老太爷遗留下的那口青蛟剑也让给小琴使用。小琴自然是兴奋万分，恨不得什么岳大雄、云媚儿等人一齐来到，她是一齐杀斗，绝不容情。但她此时也悲伤得过度，两只眼睛都哭肿了。

仆妇们是忙着裁布缝孝衣，到第二日，家中上上下下全都穿上了白素；苏振杰是披麻，拄着丧棒，也没工夫再揉那铁球了。大庄门前挑起了白纸。当日洛阳城就全都传遍了，都知道修得已跟菩萨一样才从南海普陀山回来的苏老太爷意外死了！没有听了不惋惜而嗟叹的，一般远亲近友，以及受过苏家的好处，或羡慕苏家财势的人，齐都来此吊祭。

下午，大少爷苏振雄带着五六个大伙计跟写账的先生也从外县赶回来，他一进门就嚎啕大哭，哭毕就去穿孝跪灵。家中帮忙的人因此更多了，城中、关里，有一些商人也都来送香烛，吊祭。

苏振杰此时倒像是卸了担子，什么事他也不管了，并知道一半天他的二哥若是回来，那么带回来的人必更多，更用不着他去劳神了。他盼着他二哥速归，因为好热闹，好显得阔气，那时连知府都得坐着轿子来奠祭。他又见家里女眷都穿着孝。"若要俏，三分孝"，他看他的妻子卢氏，可是无论穿多重的孝，一点也俏不来，不由得又想起了李大姐了，觉得怪有点不放心的，心想：她到底上哪儿去了呢？

又过了一日，便是第三天，门前预备了鼓手，院中也支起了经台，来此吊祭的人比昨日更多。有许多人，连苏振杰全都不认识，但是亲友们彼此招待着，聚在一起饮茶、谈话，倒都颇不寂寞。

忽然，从外面又来了一个行人情的，这人是一个翩翩少年，气度英俊，一进灵堂，他就到棺材前面洒了几点泪，随后便拈香，祭酒，行礼。旁边看见的人全都诧异着，有的就悄悄谈论说："这个人就是凌霄剑客楚天涯。"

楚江涯还带了一个小厮样子的人，携来的是素烛、冥纸等等很多的礼物。他穿的是青绸长衫、青缎马褂、官靴便袜，十分的整齐不俗。他对着灵柩行礼，也极为恭敬，且显示着真挚的悲痛之情。

此时在素幔后边的女眷们也看见他了，尤其是小琴，她先是很惊异，后来才觉得这楚江涯，原来也不是个坏人，就想：他是跟我爸爸一同回到洛阳来的，如今我爸爸死了，他来吊祭，这也是应当的。遂就悄悄去推她的三哥，说："楚江涯来了，你去应酬应酬人家吧！顺便跟他问问云媚儿那些人的消息！"

苏振杰遂就赶紧爬了起来，刚要赶过去道谢，就见李国良早已上前向楚江涯拱手，他们谈了几句话，就一同往前院的屋里谈话去了。苏振杰也赶忙追了去，就见楚江涯这个人非常和蔼知礼。他与李国良素日没见过面，但如今他就呼李国良为老前辈，对于振杰他也很客气，就呼为苏三兄。

苏振杰倒是有点羞答答的，说："楚大哥！早先咱们闹的那笑话，现在就全不用提啦！我的父亲这次回家来，就说在郑州多承你帮过忙，你还送他老人家直到家门口。可是，想不到！我父亲他老人家到底是没逃开这步难，被云媚儿——那夜在庄外给杀伤，请来大夫给治，可是没治好，他老人家就……"说到这里，他又放声大哭起来，李国良在旁是愁坐不语。

楚江涯却突然站起了身，说："苏三兄你也不要过度地悲伤了！以早先伏牛岗的事情来说，我实在无颜来到府上，并且府上老太爷还把我看成了一个江湖人。昨天是我闻知老太爷仙逝，当时我还很诧异，想老太爷身体硬朗，不像能得重病的人。至今天才听说了什么云媚儿来庄行凶之事，我却不信！因此才一来致祭，二来打听打听，究竟云媚儿在庄外刀伤老太爷之时，可曾有人亲眼看见了。"

此时那边的李国良就有点神色改变，苏振杰却没看出来，他摇头说："当时我也没看见云媚儿的影子，她伤了我爸爸，以后也就没有再来！"

楚江涯就问："那么，怎会知道是她伤的呢？"

苏振杰说："是我爸爸亲口嚷出来的。"

楚江涯发着怔，自言自语地说："这可真是奇怪了！云媚儿那人我是认识的，她是跟着于铁雕等人在一块，将来她倒许到洛阳来，可是前几日她绝不会独自来到此处。何况我知道她与老太爷的仇恨很深，她既然来杀，就不能只将老太爷杀伤而不当场致死！"

李国良突然摆手说："楚兄！你就不必费心思想这些事了！如今人已经死了，我是一定要替他报仇。楚兄你如果愿意打这不平，那么我要求你到时助个拳，事后我们必有重谢。"

楚江涯微笑着摇头说："我倒用不着谢，本来我在家乡住得很是安逸，只因为遇见云媚儿那些人，我才赌气出来；又因为在郑州遇着苏老太爷，我才来到洛阳；更因为听人说云媚儿、于铁雕等人是先往平阳去杀李剑豪，后再来此地杀苏黑虎。冒昧得很！我并听说他们之中有一个金鞭岳大雄，具有万夫不当之勇，我才故意不走，在此等候！"

苏振杰纳闷着说："李剑豪是个干什么的呀？"

楚江涯用眼看着李国良，问说："李老前辈，你可相信前几日云媚儿真是来过此地吗？"李国良摇头，面现青紫色，一声也不语。楚江涯又说："那么，我可觉得这里老太爷的死因很怪了，我敢说，苏老太爷除了云媚儿那些人之外，必定还有仇家！"

李国良听了，叹息说："他走了半辈子江湖，得罪的人，他自己哪里还能记得清？"

楚江涯正色说："我想杀伤老太爷的人现在还在洛阳。今天上午，我就在白马寺旁遇见一个人，此人年轻，腰藏利刃，我料定他就是……"

李国良听到这里，忽然身躯乱颤，双目圆睁，大喊着说："姓楚的！你怎么竟敢胡言乱语！"

楚江涯见李国良突然这样急躁了起来，就说："李老前辈，你何必如此着急？我说这样话，不过是觉得此事可疑。我们全是苏老太爷的朋友，我们既要替他报仇，就得把事情弄得水落石出，就得替他寻着真凶才是。"

李国良说："楚兄！你若是个好朋友，等到岳大雄、云媚儿来的时候，你给帮帮忙就是了，就不枉我苏老哥生前与你相交一场！"

楚江涯说："我与苏老太爷原无深交，这次我要帮助你们为他报仇，说实话，还是因为我好管闲事。不过今天我在白马寺闲游之时，遇见的那个人，他虽不认识我，我可还大概能认识他；我跟他是曾见过面的，交过手的。"

李国良忽然问说："这个人现在还在白马寺吗？"

楚江涯说："他早已走了。我现在是住在城里友人之处，因为闲散无事，每天我要出城来走走。今天我就遇见了那个人，他若不是神情那样凄惨、严肃，我也不能生疑的。"李国良听了这话，面上也露出很难过的样子，楚江涯又说："后来他见我留心看他，他就急忙转过庙墙走了，我从他的背影，看出他腰间藏着短刀，我没有再去追他。但我想这个人若不是岳大雄、云媚儿派来的先锋，便是早先藏在这庄里，与这里老太爷的惨死必定大有关系！"

这时苏振杰在旁都听得糊涂了，李国良又叹了口气说："那且不要管他。楚兄既然愿帮助我们，那么就请在城内留心着，如若岳大雄等人前来，就请急速给我们细信息。有楚兄，有我，有我这位三贤侄，还有这里的小琴姑娘，我们还不至于惧怕他们！"

楚江涯就拱手说："李老前辈放心吧！我既管闲事就要管到底，而且无论有什么危险，我也在所不辞！"

此时苏振杰就走过来说："楚大哥，你就把行李搬到我们这里来，好不好？我爸爸临死之前，他还很佩服你，他嘱咐说，将来得叫我的二哥跟你交交朋友，因为他做着县官，免不得我爸爸的那些对头再去寻找他；若是有你做保镖呢，恐怕谁也不敢了。"

楚江涯又不由得笑了，说："那位故去的老太爷，始终以为我是江湖人，我真不解！"

少时又仆人进来，说是外面摆席了。苏振杰要陪着楚江涯去用餐，楚江涯摇头谢绝，并拱手告辞。那吊祭的人仍在纷纷出入，院里已有僧人敲起法器，诵起经来。

楚江涯带着他那小厮出了庄门，李国良送了出来，问说："楚兄现在住在城内什么地方?"

楚江涯却微微一笑,没有言语,回过头来望了李国良一下,才说:"老前辈你现在有闲暇吗?可否随我往西去走几步?"李国良迟疑了一下,才点点头。于是那小厮给牵着马,二人出了隐凤村。

往西走了约半里,就离开了大道,踏上了田间的小径,楚江涯这才向李国良拱手,说:"闻说老前辈是苏老太爷生前至好的朋友?"

李国良叹息说:"我们是五十多年的交情,恩同手足,他如今死了,我也绝不偷生!"

楚江涯又问:"李老前辈的府上是何处?"

李国良说:"江南池州府,但我多年都在北方。"

楚江涯说:"听说老前辈是才从别处回来?"

李国良咬牙切齿地点了点头,说:"我正是刚从平阳府来,我才从岳大雄的金鞭之下逃得活命,我一点也不瞒你!"

楚江涯说:"请老前辈还不要瞒我一件事,李剑豪是你的什么人?"李国良神色骤变,不发一语,脸色却显出愤怒来,

楚江涯却冷笑说:"老前辈你放心!我绝不是万里飞侠高炯的一伙;并且我也放心,你们不至于像对付孟广镖店里那个人似的,因为揭穿了你们的底细,你们就割去我的首级。"李国良仍是不说一句话。

楚江涯又笑着说:"老前辈你也太不信任我了!实同你说吧,我为你们的事已下了不少的功夫,多少我也猜出一点来了。我猜你便是那位李剑豪的令尊,李剑豪是否即是今天我所遇见的那个人,我不敢说,不过我非常钦佩他;金鞭岳大雄若来到,我须舍身帮助他去抵挡,也是因为我佩服他之故!"李国良长叹了口气,凄然欲泣。

楚江涯又问说:"莫非因为你们来投到苏家,苏老太爷不肯收留,你们多年的朋友,才翻了脸,才将苏老太爷误伤致死吗?"

李国良忽然大怒说:"胡说!"

楚江涯赶紧又拱手说:"我说的话太冒昧了!其实我不过是瞎猜。因为我晓得苏老太爷那人,虽然闯了一世江湖,但他颇不知江

湖道义；假使他若招恼了我，我也许能杀了他，但事后我又会后悔。——此事自然不能令小琴姑娘知道。"

此时李国良的脸色已变成惨白，他走近了两步说："楚老弟！这样的话，你猜是自管猜，想也自管想，可是不能向外人去提呀！"

楚江涯说："与我无干，我提他做甚？"

李国良的眼中又迸露出一种煞气，说："我李国良虽老，但旧时的性情可还没改，当年在黄河岸边在寡妇寨里，我也是一条英雄，杀人如切瓜。"

楚江涯也沉下脸来说："我愿意岳大雄那些人来的时候，你还有当年之勇，可是无论什么事，我绝不能告诉苏家的人就是了。至于你这些个话，我却不听！"说毕，他愤然地一拱手，就到道旁上了马，带着他那个小厮走去，连头也不回。

走到东关，他就进了一家店房，这店里的人都认识他了，见他进来，就赶紧张罗着给他找房间。他却打发那个小厮进城告诉他的那个朋友，说是："我今天在店里住了，不回去了。"他一个人在屋中喝了杯茶，觉得又可气又可笑，自己是图什么呢？跟着他们中间乱搅，还落不着一点好处。但是已经离开家这些日子，不把这件事管完了，回到家里心里也是不痛快。

他在店中住了一夜，次日一清早，他又出门到郊外去了。他倒背着手儿，作为散步的样子，过了天津桥，绕过了白马寺，走上了伏牛岗。朝阳已经升了起来，他又到洛水岸边徘徊了一番，然后往回走来，远远望着隐凤村里，只见里面来了几辆车、十多匹马，他就心里说：大概是那个做知县的苏二少爷回来了，我又该换一身官样点的衣裳，去拜会拜会他了。于是往西走去，心中有些惆怅不止：第一是因为没再遇见昨日的那可疑的少年；第二是，简直说不出来，那美剑侠苏小琴的芳容是真真系在他的心上。

他不住叹息，尤其弄不明白李剑豪与苏小琴之间是有着什么事。那夜在伏牛岗的景象，他记得清清楚楚，小琴的武艺堪堪与自己相比，但后来去的那个身穿黑衣、手持短刀的人本领实在比自己高！

起初以为那人就是苏振杰呢，最近细细打量苏振杰，才知道不是他；而昨日在白马寺旁遇见的那少年，身材的高低肥瘦却真与那黑衣人相似。他，无疑就是那岳大雄、于铁雕等人正追寻的李剑豪了。但他莫非早就住在苏家？早就与小琴相好吗？——可又不像，因为他如今为什么又离开了苏家，而苏老太爷可又惨死了呢？

楚江涯一路费着脑筋寻思着，就回到了东关。到了店房里，就见那店掌柜带着笑招呼他说道："楚大爷！你不要进城里去住了，就在我们这里住着玩吧！今天，东边的五福店里可来了一帮耍把戏的！"

楚江涯听了，就吓了一大跳，赶紧拉着店掌柜到了屋内，带着笑问道："来了什么耍把戏的？你快跟我细说一说！"

这店掌柜倒是很感觉趣味，说是："现在我们洛阳城可热闹了！隐凤村的苏老太爷死了，是大办丧事，他的二少爷，那位做县太爷的儿子也回来了，至少得念经七七四十九天。到出殡的那天，一定是全份的仪仗，僧道俱全。美剑侠苏小姐也得穿着孝，哭哭啼啼，叫咱们看看。现在又来了玩意，十几个大汉子都带着刀枪剑戟，听说是江湖上有名的卖艺的，他们刚从山西来，明后天就要在咱们东关开练了。"

楚江涯故作从容地问说："只都是一些男人吗？没有娘儿们练吗？"

店掌柜摇头说："可没看见，大概没有一个女的。其实练武艺，本讲的是真功夫，看玩意儿也看的是本领、门路。娘儿们耍马戏，走软绳，我们这儿早先也来过，那可实在没有什么意思。"

楚江涯一听，云媚儿跟那些人分开了，这次没有到洛阳来，心里不免觉着奇怪，但又笑着说："没有娘儿们的把戏，我可不喜欢看。"

店掌柜笑着说："大爷你真会寻开心！要看娘儿们练把戏，你还是找美剑侠去吧！"

楚江涯哈哈一笑，但在店掌柜走出屋去之后，他却又坐着呆呆地发怔，心中说：如今他们两家仇人都聚在一起了，委实是有一番热闹可看。那岳大雄的本事如何，我虽没领教过，可是于铁雕等人是不足畏。现在，我跟于铁雕等人已经结下仇了，又曾应得帮助苏家李家，说出来的话不能不算。我若在此隐藏着，早晚也得叫那些人发觉，不如我索性光明正大地去斗斗他们，去搅一搅他们！

当时他的精神就十分兴奋，恰巧他朋友用的那个小厮又从城里来了，不但没有劝他回去，反给他送来了宝剑跟一个包袱——包袱里就是他有时必须用的一身青色的衣裤和薄底的便利的鞋，于是他就叫这小厮去牵马到门口外去遛。他连午饭还没有吃呢，就又衣冠齐整，出了店门，大摇大摆地往东去走，却没看见于铁雕那伙人之中的一个。

他来到了五福店，向门里望了一眼，看见里边的棚下虽然是拴着不少匹马，可是显得十分清静，只有两个店伙在院内扫着马粪。楚江涯走向里边，就问说："喂！你们这里不是来了一帮耍把戏的吗？"

店伙说："都出去了，屋里还有两个人。"

楚江涯又问说："他们都往哪里去了？"

店伙说："他们刚到这里，听说隐凤村的苏老太爷故去了，他们就全都大惊！因为苏老太爷早年也在江湖上闯过，是他们的前辈，他们就都连歇也不歇，一齐吊祭去了。现在屋里还留着两个人，一个是有病的。有什么事你去进屋问他们吧！"说时指着那间东屋。

楚江涯却摇头说："我找他们本也没有事。"转身就走，他急急又回到自己店中。

拿了宝剑又出来，挂在马胯骨旁边；他有些手忙脚乱，因为他没想到于铁雕那些人这么快就来到洛阳，而且立时就已经往隐凤村去了。他想：小琴若是吃了亏可怎么好呢？于是他急急地就上了马，连鞭子都顾不得接，就一手提着马缰，一手捶着马胯，蹄声嘚嘚，一直向东。不一会儿就到了隐凤村，却听见村里一片铙钹、钟磬和经咒之声，并见火光熊熊，原来苏家庄内外正在烧冥纸。

楚江涯牵着马进了村子，就见村中的男男女女都出来观看，当中焚烧着许多冥纸、锡箔。对着这一片火光，跪着一行穿孝的人：第一个身体很胖，自然是那位做买卖的苏大少爷振雄了；第二个是文弱书生似的，无疑这就是在晋省做县官的二少爷振忠；第三个是所谓"粉金刚"。女眷是都跪在门里，衣裙全是雪色，哭声哀痛，也分辨不出哪个是苏小琴。

楚江涯在此站立了半天，等到那些僧人道士敲过了法器，念完了一番经之后，门里的女眷都已经立起来回去了，僧道也都进内，三位少爷又都被人搀起，低着头鱼贯地也往门里去了。一般看热闹的，尤其是女人跟老头儿们，全都嗟叹而抹着眼泪，由此也可见苏家老太爷生前慈善，待人厚道，所以死后才使人这样惋惜。

人都进去了之后，门前只有几个仆人和两个官人坐在长板凳上谈天。火光也已灭了，地下留了一大堆纸灰，又没有点风，也吹不起来。槐树上的秋蝉还在唊唊地噪着，似模仿着刚才的那些哭声。总之，一切都很平静，不像是于铁雕、岳大雄、李承、姜勇跟什么"没顶儿塔""吹倒了山"那一群强暴的人已来过了的样子，楚江涯倒不由得好生诧异。

忽然听得有人叫着："楚大爷!"赶过来的是个穿着孝衣、薄嘴唇、小脑袋的仆人，他倒觉得很眼熟。这仆人就说："楚大爷，您不请进去坐一会儿吗？我们二少爷回来了，说是要见您，可是又不知您住在城里什么地方？"

楚江涯点点头说："少时我就去拜访他，可是我问你……"他先问说："你叫什么名字？"

这仆人说："我叫耿四呀！我们三少爷跟小姐的事情，向来都由我办理。"

楚江涯又问："你可知道东关来了一大帮人，口称是卖艺的，——因为他们都携带着刀剑，不愿人对他们生疑。其实他们却是……刚才没有到这里来吗？"

耿四摇头说："没有人来，今天虽说是念经烧纸，可是并没有远方的人到此祭奠!"楚江涯听了，又觉得很奇怪。

耿四现在对于楚江涯很是套近，他执意要给请进庄内，见他们的二少爷。楚江涯却又问："李国良现在庄内没有？"

耿四就撇着嘴，表示着看不起的样子，并且哼了一声说："他哪能够走呢？他要走了可好啦！苏家若不是交了他这么好朋友，能够成了现在这样吗？"

楚江涯又不由着发怔，遂问说："你这是什么话？"

耿四先回头看了一看，见门里没有人出来，也没有人注意他跟楚江涯在这里闲谈，他就放了心地说："因为我们老太爷从普陀山回来后，一看见他那个瘸了腿的女儿，就生了大气。不生气后来也许不能拼出命去捉贼，受了伤惨死。他的那个女儿可更怪了！老太爷死后，家里就又闹了一回贼，偷了我们三少爷的几身衣服鞋袜，同时也把个瘸腿的李大姑娘给背走了，不然，为什么连炕都不能下的一个人，会忽然没有了踪影呢？这位李太爷也不去找他的女儿，可只管在这儿腻着；大概他是想等着办完了丧事，他还要分点产业呢！"

楚江涯却说："你不要混说那位老英雄。你去告诉他，并去告诉苏三爷跟小琴姑娘……"

耿四直着眼睛问说："有什么事呀？"

楚江涯就说："因为有一些人来了，你只要一说，他们就能晓得是谁。你就说，我现在就去追寻那些人的踪迹，但那些人少时也许就一齐来到，劝李老英雄跟小琴姑娘都不用惊慌，也不要急躁！那些人若不先动手，咱们也不便先动手！"

耿四一听，就吓白了脸。那边大板凳上坐的几个人也齐赶过来问着："什么事？有什么事呀？"

楚江涯却上了马，急急地挥手说："叫他们快些防备吧！"说着，他又以手击马，冲出了隐凤村，一直往东，他心中想着：听刚才耿四所说的话，可见这些日，苏家家里大有疑案。这事现在无暇去访问了，只是岳大雄等人既来洛阳，可又未到隐凤村，他们究竟是往哪里去了呢？

当下他一面思索，一面催着马，就在郊原之上骋驰，用目向四下去望，欲寻出些可疑的人影。眼前又来到伏牛岗了，由此向东，就望见了那清清的洛河。

那河边有很多的杨柳树，这时秋风虽已吹起，但傍午的天气仍热得叫人出汗，那里倒确实是个纳凉的好所在。当下楚江涯便想到那里去歇息歇息，于是他就缓缓骑着马，往那河边走去，同时回想着：上次与苏小琴在月下交手之后，又遇见了那手持短刀的青衣人，那人的刀法是如何精熟，逼自己到了河边，自己跟他绕着柳树，借着柳荫潜身，才算逃去。如果金鞭岳大雄的武艺比那个人还要高强，自己可就真得特别仔细了！"

马往前行，距离那河边已经不远了，他就忽然将马勒住，顺势就下了马。——因为他望见了那边柳树下有很多的人，这时候纳凉并不足疑，只是那河边并不靠近大道，而且附近村舍都很少，似乎不该有那些过往的人还特地在那里歇息。他见身后无人，遂将马匹推得挨近了旁边的田地，他就顺着这股高低不平，半边是田禾，半边又是石岗土坡的地方，纵目往那边去看。他就看见那边柳下，坐着的站着的人共有十几个，正在指手画脚地在一起商量什么事。楚江涯心中又惊又喜，暗想：果真被我将他们找到了！

他遂撩起来衣裳，弯着腰，几乎是蹲伏着了，又往前走了走，同时略略抬起脖子向那河边去望。就见那长长的乱拂乱动的柳丝之下，有一个站立的大汉，正在对一些人说话。此人，不是于铁雕，也不是那黑牛姜勇，身体可比那两个人还魁梧，是一张紫色的脸。他吩咐之时，就有两个人站起身来了，这两人之内，有一个头上是光溜溜的，穿着一身黑色的裤褂，仿佛拿着一块手巾，直擦他的秃脑壳，这正是那"没顶儿塔冯七"。另一个却又很眼生，只见这二人听了那人的话，就离开柳荫往西边去了。楚江涯赶快又蹲下了身，他心中想着：那个紫脸大汉多半就是岳大雄，他们是在店里觉得不便，才跑到河边来商量什么办法。看这样子，只怕苏家庄内，今天不到天黑就有危机发生，我是怎样才能去救呢？

他作难了一会儿，因为若是这就奔过去，跟他们慷慷慨慨谈说一番，劝他们不要和苏家作对了，也不要向苏家去找李剑豪，因为苏老太爷已死，李剑豪又不在苏家住了。——他以为这样做才显得英雄，可是又知道必然无用，那些人绝不听劝，还得与自己交起手来。自己在这荒旷的地方，即使打胜了也没有人知道；若是败于这些人之手，或伤了，又实在不值得……当下他想了半天，斟酌了好几次，才决定赶快到隐凤村，今夜就在那里不走了，等候着帮助李国良、苏小琴抵挡这些人。他主要的是叫小琴知道，他出的力气都须叫小琴看见，即使受了伤死了，也得叫小琴知道是为她才成！

于是楚江涯就回身跑过去取马，没想到又吓了他一跳，原来那匹马已经没有踪影了，心说：这可奇怪！他的脸色已煞煞的白了，想着：马绝不会钻进田地里去的！遂就愤愤地跑上了高岗，向四下去望。他潜伏了这半天，如今忽然前功尽弃，因为他站在高处，已被那河边的人看见。当时那边的七八个人都离开了柳荫，用手在额前遮着耀目的阳光来看他。他赶紧转身，忽然望见西南首有一团烟尘，尘土滚滚之中分明是一条马影。

他几乎高叫出来，一面往坡下去跑，一面目光追着马影去看，隐隐地看出那马背上有人；并不是马自己惊跑了的，却是被人偷走了的。他想：这人可以当得起是神偷惯窃了，我竟会不觉得，马就丢了，啊！这人也太看不起我楚江涯了！当时他脸色也变得发紫，不管追得上追不上，他就愤愤地向那条马影所去的方向追赶，步下加速，紧紧地跑。同时，那河边柳下也拴着马了的，当时岳大雄就派了两个人骑着马来追他。楚江涯回头看了看，脚下仍不停止，他连气也不喘，心里想：我若不将我的马追回来，捉住那个蔑视我的贼人，以后我就无颜再见人了！他不顾身后的追骑，只去赶眼前的贼盗，急走，两脚真超过马蹄。

但是，他跑不过一里来路，眼前那疾驰的马影早已没有了，而身后的嘚嘚蹄声已经逼到。楚江涯回首一看，这二人他全认识，原来都是万里飞侠高炯的弟子，一个是白面瘟神洪锦，一个是病太岁吕信，鞍旁全都携带着刀剑。

楚江涯至此时，突然心中另生了一个主意，他就不再跑了，转身站住，挽袖子，掖衣襟；等到那两匹马赶到了临近，他就向道旁一闪，说声："请你二位站住吧！"

那二人一齐收住了马，尘土挟着马尿的气味向四下落。病太岁吕信的一张淡黄脸膛满布出怒容，用皮鞭向下指着，厉声说："楚江涯！你也来到洛阳做什么？"

楚江涯却从容带笑说："我不是已跟你们表白过了吗？你们走到哪里，我要追到哪里，非得看你们诸位练把戏不可。"

吕信抢鞭子就要向马下打来，又怒问说："刚才你站在土岗看什么？"

楚江涯说："我也是听说你们来了，忽然又都走了，我就觉得你们的行踪太可疑，怕你们背着我去耍把戏，故意使我不能看见。所以我才寻找到这里，果然见你们几位都在这里了……"

才说到这里，病太岁吕信就自鞍旁掣出了钢刀来，怒骂着说："你敢小看我们？"刀从马上唰的一声砍了下来，楚江涯只往旁一闪，并不逃跑。

洪锦可将他的师兄拦住，跳下马来，推着他师兄的马头往后去，连使眼色带劝说："师哥暂且息怒，楚江涯不是不讲交情的人。"吕信还瞪着眼大骂，楚江涯却只管微微冷笑。

洪锦走了过来，抱拳说："楚兄，我们有何得罪于你的地方，你这样居中乱搅？苏黑虎、李剑豪他们又不是你的什么至交好友！"

楚江涯也拱拱手说："正因为他们都非我的至交好友，我才要打这不平。苏黑虎已经死了，你们何必还要欺负他家。"

洪锦说："我们并不欺负他家，我们找的是李剑豪，是为给我们的恩师报仇。"

楚江涯摇头说："那你们就弄错了，李剑豪不在他的家中居住。"

洪锦就问说："楚兄可晓得他在哪里？"

第九回　素帐低垂窥贼影

　　楚江涯刚要说出李剑豪的行踪，心里忽然又很生气，就想：我的马被谁盗了去啦？不是那个人，谁能有那么大的胆？遂就将话忍住，又发出了一阵冷笑，他眼睛望着吕信骑着的马，嘴却对洪锦说着："你们也一定知道，我与李剑豪是毫无交情，我虽打不平，管闲事，可是我绝不能够将他隐匿起来。我只晓得他没在苏家，苏家的老太爷是才病故，家人正在悲伤不幸，你们不该又去向人搅闹！"

　　吕信也下了马，提着刀瞪着恶眼，先推开了他的师弟，便扑过来抢刀向楚江涯就砍，说："与你有什么相干呢？你若要找死，可休怪我们对你不客气了！"刀落了下来，楚江涯却向旁急跳，吕信将刀又横抢，楚江涯却翻臂反扑了过来，一下就抄住了他的手腕。吕信咬着牙发怒，夺臂，踢脚，同时洪锦也抽刀来杀楚江涯。

　　楚江涯此时已将吕信的刀抢在手中，他舞了起来，寒光闪烁，吕信缩着头早跑到了一旁，洪锦也抵不过他，而直向后退。楚江涯就向洪锦说："我看你们那一群人之中，只有你还不错，所以我连你的马你的刀都不肯要。你们快告诉于铁雕、岳大雄去吧！"说时，他已抓住了吕信的那匹马，而且骑上去了。洪锦抡刀又来拦，吕信由地下抓起了石块也向他打。楚江涯却在马上闪身，躲开了飞石，又舞刀将洪锦杀得不能近前。

但是此时他略略地一回首，就见那边步行来了六七个人，手中全都提着刀棍，其中为首的就是那岳大雄。楚江涯微微地笑着说："你们的人都来了！我可还有事，没工夫跟你们捣乱，暂借你们的马匹用一回。晚间你们到东关找我去，我再将马奉还，好在咱们现在东关住得又近邻，不愁不能见面。"说时，他催马向西驰去。

　　吕信张着手大喊，洪锦已上了马提着刀追来，那边岳大雄等人也步下加快，并齐声喊说："楚江涯！你若真是个英雄，何必又要逃跑？"

　　楚江涯听了这话，就一怒收住了马，再回首去望，见那岳大雄正在向吕信询问，忽又望着楚江涯说："啊！原来你就是河南省鼎鼎有名的凌霄剑客！我还以为你是多么个了不起的人物，原来你只会在暗地里窥探人的行踪，耍无赖，抢掠别人的刀马！你来吧！"他从身后一个的人手中要过来兵器，哗啦啦乱响，抖动了起来。——原来他金鞭岳大雄所用的"鞭"，并非什么竹节钢鞭，乃是这种东西，一共七截，每截长约一尺，完全铁制，用铁链子联在一起，抖起来就如同是一根铁棍，又如一条长蛇，而若折叠起来又可以挟在胁下。

　　当下他向着楚江涯抖了起来，虽然相离尚远，但确已表现出寻衅的意思，其余的人又在喊嚷大骂。洪锦并且拨马横刀，挡住了去路。楚江涯如今就算是已经被困在垓心了，他不愿立即拼斗，可又不能下马服输，他很是着急，但却冷笑着，说："金鞭岳大雄，我知道你是万里飞侠高炯的师弟，我也久仰你的名声。可是如今看你们来到洛阳，不敢直头去寻李剑豪，仍然假装卖艺；不敢在店房中商量事情，却到河边来……哈哈！我也就看出你这些人的胆量来了！"

　　此时岳大雄已抢着鞭扑奔了过来，楚江涯一面哈哈笑着，一面催马就走，那洪锦迎面抡刀就来杀他，他也舞刀相迎，三四合，趁着洪锦抵挡不住，人马旁一闪之际，他就催着马冲了过去。但后面的岳大雄已经赶来了，哗啦啦地一鞭，几乎就打在这匹马的屁股上，楚江涯却连头也不回，纵马飞奔。后面的岳大雄也已骑上了洪锦的那匹马，自后紧紧追来。相离不远，又在马上抖了一鞭，可是仍然没打着。

楚江涯催马急奔，由西转北，眼前又望见隐凤村了，他就越发将马加快，少时就闯进了隐凤村，只见村里这时已然得到了信，很是杂乱，刀枪耀眼，有人扑上来喊着："捉贼！……"又有人急忙来阻挡，说："不要莽撞了！这便是楚大爷！"楚江涯连人带马此时已被许多人围上了，若不亏有个人来解劝，村里的这些庄丁跟苏家的男仆就许刀棍齐上，把他杀死。原来村里的人闻听苏老太爷的仇家来了，全都气极了。李国良是提长枪抢着，胡子跟枪的缨子同时飘荡。

楚江涯已下了马。那走过来称呼他为"楚大爷"的人正是耿四，此时也是短打利落，手持着一柄猎叉，他说："楚大爷怎么样了？看见那些贼人了没有？我们这里可都已预备好啦！"

楚江涯提着刀，倚在马旁不住地喘气，话不能立时答复出来，许多人团团围住了他。这时大家都知道他就是已经跟苏家有了交情的楚江涯了，大家的眼光就齐注视着他，要听他说话。

李国良也走了过来，大声问说："楚兄！你可看见了那群人？"

楚江涯倒问说："没有人到这里来吗？"众人都摇头说："没有！"

楚江涯冷笑了笑说："这样说，他们也是胆虚，对于这个村子有所顾忌，所以不敢当时就找来拼命，他们才聚到洛河畔去想主意。"

耿四一听这话，当时摇动了猎叉，愤愤地说："他们都在河边了？好！不用等他们来到咱们这村，咱们就先去，把他们收拾了再说，你们哪个跟着我去？捉住云媚儿那娘儿们，好给老太爷报仇！"立时很多的人都举着家伙，愤愤地要向村外走去。

楚江涯却高声地呼喊，将他们都叫了回来。楚江涯就说："他们没找到村里来，你们就暂且不要去！再说云媚儿也没同他们在一起，不知道她是没到洛阳来，或许有别的缘故？可是刚才我已经会着岳大雄了，这匹马、这口刀，都是由他们手中夺过来的，我想他们少时必定要到村里来找我要刀要马……"

他说到这里，那耿四却有些发呆，问他说："可是，楚大爷！你的那一匹马跟宝剑又送给谁啦？怎么没有啦？"

楚江涯脸上不禁发红，却装作没听见，就没回答，他仍然往下说："他们既在河边商量事情，就可知是要来搅闹，他们全是久走江湖、惯会飞檐走壁的人，无论什么毒手，他们都能施得出来，由今天起，我想咱们这里就得加紧防范！"

他说出了这话，有的仍然不服气，要迎出村去斗那些人，有的却转过脸去撇嘴，说："他抢了人家的刀马，往咱们的村里来跑，这不是有意给咱们招惹麻烦吗？不如咱们先把他打出去吧！"可是有的人又觉着楚江涯说的话很对，而不住点头赞许，说："咱们只要保护住了咱们的村子就是，那些人若是不来，咱们也不必去寻他们打架。"

李国良此时是最为急愤，他嚷着说："那些人会怎能够不来？除了我独自去会他们，跟他们讲开了，我这条老命由着他们杀死！我的儿子并没藏在这里，叫他们休来扰这个村子！"他说的这话声音虽很大，但因为旁边人语纷纷，也没有人听明白了他的什么儿子的事。

苏振杰跟他的大哥振雄也都拖着长大的白布孝衣，从门里出来了。这苏振雄在外经商，闻知父亲的凶耗，昨天才自潼关赶到。他也听说了这位楚江涯便是救过他父亲性命，而且护送过他父亲归家，父亲临终又曾嘱咐与他结交为友的那个人，就很恭敬地往门里让他。

苏振杰却满面惊慌之色，问着说："是金鞭岳大雄来了吗？那些人都来了吗？云媚儿也来了吗？现在什么地方啦？……"

楚江涯也顾不得答复他的话，却拉了李国良的胳膊一下，说："李老英雄，现在你可千万沉着点气！"李老英雄是面容惨黯，双手紧紧握着他的那杆长枪，仿佛如今他只等待着仇人前来拼命，——只有这件事他还明白，别的事他就跟傻子一样了。

苏振雄过来挽住了手往大门里请楚江涯，楚江涯将刀跟马都交给了别人，就迈步上了石阶。忽然看见苏小琴也出来了，她是粗布的白裤子白短衣，头发用白绳儿系着，脸上也没擦着脂粉，可是因为气得很，也显出有些娇红之色，手中提着一口有白丝穗子的剑，剑光闪闪夺目。楚江涯本应当从她的身旁走过去，但此时他不禁赧然了。苏振雄就给引见说："这位就是楚江涯义士，这是舍妹。"楚江涯先拱手，又赶紧改为打躬。

小琴倒像是没看见似的，就让了让路，等楚江涯走过去，她却发急地向下面问说："到底岳大雄跟云媚儿来了没有呀？"下面的人有的呼"姑娘"，有的叫"小姐"，都说那些人现在村外了，在河边了，有人更高声呼喊着说："小姐！你率领着我们去吧！去把那些忘八蛋都宰了！不用等他们找到咱们门口儿来。"小琴愤愤地举起来宝剑，跳下了台阶，就要带领着这些人走去。

楚江涯却回身就说："姑娘不必去了！等他们找到庄里来再说！"他又不便将小琴拉住。那边的耿四摇晃着钢叉，激着小琴，恨不得立时就走。幸亏有苏振杰拦住了他的妹妹，苏振雄也大声呵斥住了众人，不许胡谈乱讲，不许轻举妄动。这样一来，小琴才没有率众出村，而众人的嘈杂声也渐渐平静了下去。楚江涯就见苏振雄不愧是苏家的长子，很能够镇服得住这些人，而一转脸，又恭谨带着笑地让他进内谈话，态度和蔼，真是一位善于贸易的大掌柜的模样。

楚江涯进内，又被请到外院专为接待来宾的临时客厅里，此时里院正诵着经。苏振雄与楚江涯谈述了几句闲话，便叫仆人请来了他的二弟振忠。这位丁忧归家的县太爷，是携眷自山西任上坐着马拉着的轿车今晨来到的，面上不仅风霜之色未褪，而且显出悲痛过度、形容俱毁的样子。尤其他知道楚江涯就是他父亲临死嘱他务须结交的那位侠客，他本来没见过这样的人，他也不知道楚江涯有多大的本领，所以他感觉非常不安，连说了些客气的话，也都文绉绉的，楚江涯倒听得懂，他的大哥却听不懂。

少时苏振杰也进来了，说："刚才有人骑着马跑到河边去看了看，那里却连个人毛儿也没有，大概都吓跑了，不敢来啦！"

楚江涯怔了怔，就说："那岳大雄等人虽然是江湖上的强霸，可是这里的老太爷既已亡故，大概他们也不能相逼过甚，只是今晚请府上派几个人为夜，要小心一些就是了！"

苏振杰听了这话，倒还不大慌忙，他的大哥二哥却都害怕了起来，于是就恳请着楚江涯搬到这里来住，并问了他现在的寓所，就要给他取来行李。楚江涯说："我本没有什么行李，今晚我也不必在这里住。不过我是一定尽力帮忙的，何况我也跟岳大雄、云媚儿等人结下了仇恨；即使我不惹他们，他们也必不肯饶我了。"

苏振雄苏振忠二人听了楚江涯的话，齐都现出感激之色，口中更是称谢不止。苏振杰的眉头也展开了，心悬了半天，如今又放下了，心里说：只要有楚江涯，再加上我的妹妹，那就全都不怕了，那就用不着我再着急了。这时里院又敲奏起各种法器，仆人进来请三位少爷去跪灵烧纸。三位少爷就一齐请楚江涯在此坐候，他们往里院去了。

这时屋中没有别人，楚江涯可真是懊烦，而且惭愧，因想着自己生平也没做过似今天这样的拙笨事情，马跟宝剑在光天化日之下、咫尺之间一声不响地竟被人盗了去，而自己竟没有追得上。自己虽又抢了一匹马，也夺了人家一口刀，可是岳大雄追赶上来之时，自己竟不敢敌他的"金鞭"，而且简直是逃到这村里来了。今天的事诚然是灭尽了自己平生的锐气，若是被苏小琴晓得了，若是自己不再显露显露才能，不争回来这口气，那纵使无人知晓此事，自己也真无颜见人了！

他想来想去，就觉得连坐也坐不安，忽然看见门开了，李国良又从外面走进来，他的那大扎枪也不知放在哪里了，但面色比刚才更为惨黯。楚江涯就过去悄声对他说："李老英雄，如今愁也无益了。咱们可要精神些！把胆子振起来，刀法剑法预备熟了，以便到时——我想就在今晚，咱们要跟那些人拼拼。因为人家苏家除了与云媚儿有隙之外，跟岳大雄等全都无仇，这里的老太爷一死，他们更不愿到这里来；如果来了，那不是因为我给招来的，便是为要寻找你家父子。"

李老英雄听到这里，不知是气的还是吓的，他的身躯、须发全都乱颤，他说："我……非要……离开这里不可！我本是往平阳去找镇三峡，却不料镇三峡已隐居不问江湖事，不肯来救他的徒弟，也不肯帮我，才致我被岳大雄那些人赶到这里。可是我回来，苏家的大公子、二公子也都回来了，人家一家好好的人，岂可为我所累？我一定得离开这地方！"

楚江涯摇头说："那也不必。"

李老英雄又说："我不离开，他们那些人也绝不能来！他们不怕别的人，必是怕苏小琴美剑侠，一定……但是，我不能依赖此地，叫，叫个女孩子来保护着我！我要走，要舍了我这条老命！"

楚江涯一听，就细细地想，也相信那些人都是被小琴的名气镇住了。他因此就更觉得惭愧，叹了口气，也点头说："好！你真不愧是一位老英雄，你很有骨气。那么，现在我就回一趟东关，到五福店里看看他们回去了没有。然后，我或是与他们在那里见个高低，或是我就回来在此防夜，你再去寻觅他们。"

李老英雄就点头说："好！好！你立时就去吧！我等候你到天黑的时候，如若星星出来了，你再不来，那我就不管你了，我就要走了！"

楚江涯心说：这个老头子好怪的脾气。遂又说："一切的事，老英雄你也用不着瞒我了。据我想，岳大雄的金鞭虽未必比我们高，可是我怕你我也断难取胜。老英雄你一世的英名，也不可就轻身与他们去拼；令郎李剑豪，他必定没有走远，人家此次来找的就是他，你应当叫他来出头。"

李国良却急躁着说："我不认他了！我早就没有他那样的儿子了！他如果来到，我是先杀了他，再与岳大雄拼命！"楚江涯便不再说什么话了。

这时，那铙钹经咒之声渐渐又清亮了起来，又在耳边吵了起来，原来是僧人、道士往门外去了，一片哭声盈耳，孝子、孝女、贤媳都到门前跪哭焚烧冥纸去了。此时这屋子的门并未关严，李国良与楚江涯齐都止住了谈话，而转脸向外去望。只见振雄、振忠、振杰一个一个低着头流着泪走了过去，随后就是那把宝剑已放下了，上面又穿了一件雪白的孝衣的苏小琴。楚江涯发呆地想：凭这么一个柔弱的小姑娘，她竟能使得岳大雄那一干人，不但不敢在店中议事，而且不敢贸然来进隐凤村，可真令我愧死了！转脸又见李国良，他望着小琴却现出愤恨之意，口中叨念着说道："这个妖媚的丫头！徒有一身好武艺，也给她爸爸丢尽了脸！她，迷惑了一个少年英雄，毁了两个老朋友！"他真恨得切齿，楚江涯见了更觉得十分诧异，便趁着外面的纸尚未焚完，人还没有进来之时，就走了。

当他出门的时候，那苏小琴姑娘跪在门洞里，哭叫着她的爸爸，尚未起来，楚江涯看了，更觉得这位美剑侠是可怜而又可爱。他自己惆怅无颜地从小琴的身旁走了过去，只见门外的火光正猛，哭声正哀，法器敲得正在紧响，他也无处找人去要他抢来的那匹马跟那口刀了，而且觉得马骑不回东关去。刀呢？自己本来就没学过使刀，耍起来也不便利，所以他一狠心全都不要，大踏步走出了隐凤村，就顺着大道直往西去。同时两眼不住向两旁去看，竟没看见一个行踪可疑的人，他的心里又觉得烦闷。

回到了东关，只见五福店的门首，站着两个人，都很熟识。一个是那圆眼睛的小伙子豹子李承，一个是刚才会见过面的白面瘟神洪锦。走到了这里，楚江涯就突然止住了步，六只眼睛都瞪在一起了。那豹子李承面现怒色，洪锦却又拦住了他，拉着李承就回到店里去了。楚江涯不禁哈哈大笑，走到门前又向里看了一眼，便昂然走了过去。他面上虽无惧色，心里可确实也有点紧张，本想趁着天色尚早先进城去，找个合适的家伙，所以路经自己住的那家店房，也没有进去。

正自走着，忽听背后的脚步声急，迎面来的几个行路的人也全突现惊异之色，楚江涯便知有异，急忙将身向旁一闪，就见后面是那病太岁吕信又追来了。此时他的手中倒无刃物，上前要扑楚江涯，没有扑着，反被楚江涯顺势一带他的腕子，又一抬脚，就将他踢得退后两三步，坐在地下。吕信往起来爬，大怒着说："还我的马！

还我的刀！"猛虎饿鹰似的又扑来抓打，楚江涯又巧妙地还击。

忽见由东边又赶来了一个人，大声嚷嚷着说："吕信住手！"吕信听了这话，就回头看了看，立时向后退去。

来的这人正是于铁雕，楚江涯迎上去拱手说："想不到我们来到洛阳又会着了！"

于铁雕却沉着脸说："楚江涯！你也不可逼人太甚呀！"

楚江涯仍然装作不明白的样子，说："我并没有逼迫你呀！我只是追来要看把戏，因为在中牟县内我已经发下了大话，许下了心愿。"

于铁雕叹了口气，仿佛是极力忍抑着胸中的愤怒，先拂拂手，令吕信回去，然后便拉着楚江涯，躲开了人群。他悄声地说："今天洛河边的事情，咱们也不便提了。吕信的那匹马跟刀，你若是讲交情，你便送还我们，不然我们也不要了！连我的岳师弟他都晓得，你是与苏黑虎有旧，所以你才保护着他们。但，这事你不要发愁，苏黑虎既已死了，云媚儿在平阳府就已与我们分了伙，我敢答应你，我们绝不到隐凤村去搅闹！"

楚江涯微笑着说："你这话，我倒不承你的情！因为我想，不用说你，就是金鞭岳大雄，他若想进隐凤村，他也得先打打听美剑侠苏小姐的武艺怎样！"

于铁雕听了这话，脸上虽然发了一阵紫，可是仍然耐着气，又说："苏小琴不过是个女子，她的武艺若低，我们胜之不武。"

楚江涯接着话说："对了！她的武艺若是高呢？你们就败了足羞！"

于铁雕冷笑着说："若真个拼斗起来，慢说一个苏小琴，就是他隐凤村的人一齐上手……"楚江涯冷笑着，忽然于铁雕喊起来说："可是我们何必要那样办呢？我们的仇家只是一个李剑豪！连他的爹爹李国良，我们也不忍伤他的性命，不然岂能又放他从平阳府回来？"

楚江涯说："李剑豪确实未到洛阳来。"

于铁雕摆手说："你不要替他隐瞒了！我的一位族弟，便因追他来此，被他杀死在这条街上的镖店里。他男扮女装，住在苏家，已有多日……"楚江涯听了忽然吃惊，暗想：他们探听得倒真详细。

当下于铁雕又说："如今假说失踪，其实仍然混在苏家的仆妇群里，他不敢出头。"

楚江涯发笑着说："这你们可又猜错了！你们若找李剑豪，还是得先来问我！"说到这里，却又自悔失言，觉得李剑豪刻下正在难中，自己不该泄出他的底细，说出他的踪迹，遂笑了笑，转身就走。

于铁雕本来就不信他这话，认为他仍是故意居中扰搅，便追上前来，又说："楚江涯兄！讲交情，你就去叫李国良出来见我们，交出他的那男扮女装的儿子来；不然，我们可连他的老命都许不饶。再托你去告诉苏家的人，若在三天之内交出李剑豪，我们便不进他的村中去扰，否则，也怕难免要稍稍惊动他们了！"

楚江涯说："这些话你们自己向他去说去呗，与我无干。"

于铁雕说："你一定不搅了吗?"

楚江涯笑着说："我并不是搅，是你们若见李国良见苏家的人客客气气，谈论曲直，我也绝不过问；你们若是大批的人马，持刀动杖，去搅人的丧棚，那我可就难以袖手旁观了！"

才说到这里，忽然身后有一人趁他不备，猛向他的头上重重击了一拳。楚江涯觉得一阵头晕，当时立足不住，身子就向旁边倒去。那击他的人原来正是黑牛姜勇，就趁势将他的双臂揪住，先嚷嚷着："他偷了我们的马，我们要捉他送衙门！"连推连拉，那意思是想将楚江涯推回他们的店房，捆起来，然后或者先打一顿，再去派个人同他打官司，或者就将他载走，淹死或是杀死，他们这些人也都暂时匿去。——这是姜勇在那边同他们的伙伴洪二、冯七等人已拟好了的主意，连于铁雕也没有料得到。此时他本要拦阻，那边的吕信、洪锦等人都赶过来了，就一齐推着架着楚江涯。街上乱哄哄的，有人说是："捉住盗马的贼了！"有人却又纳闷，说："这个不是那位楚大爷吗? 他很有钱的呀，不至于当贼呀?"姜勇等这些人个个凶悍，也没有人敢向他们来问。转眼之间，楚江涯就已被推进了五福店，他先是挣扎，挣扎不动他便狂笑。当时这些人——万里飞侠的徒弟们，就棍棒频挥，手脚齐下，楚江涯又昏晕了过去。

楚江涯的身上虽未受刀伤，但是经这一阵拳击、脚踢、棍打，他也已经鳞伤遍体了。不过，他自始至终可没有呻吟一声，更不用说喊叫求饶。于铁雕于是喝令众人住了手，他不禁说："好汉子！"

吕信说："什么好汉子，分明是一个泼皮！咱们再来一顿棍子，叫他索性缓不过气来也就完了。然后咱们就走开此地！"

于铁雕说："洛阳城是个大所在，咱们岂能那样办事？他因为偷去咱们的马，咱们才打他，如今把他抬出去就是了！"他又喊了一声，就叫冯七、洪二把楚江涯搀架了起来。楚江涯这时又苏醒了过来，他微微地冷笑，被人推出店门，洪二又向他踢了一脚，他就又在地下滚了一滚。

这时门外有许多的人都在看着不平，其中就有楚江涯所熟识的那个店掌柜，这人先赶过来扶得楚江涯坐起，愤愤地说："楚大爷，你天天骑着马出门，今天你的马都没啦，你哪能够偷他们那些卖艺人的马？他们是讹赖你，是欺负你大爷！大爷，我搀着你到衙门告他们去吧！你看他们把你打得这个样子！"

楚江涯向地下啐了口血，因为他的牙已被打掉了，他的一身好衣服也都被打碎，而且滚沾了许多泥土，脸上手上也尽是伤，但他矍然立起了身，拱手带笑地向着四围的人说："诸位不用关心了，他们的手下没有力气，他们胆子又不如狗，没敢动刀枪，我姓楚的既没成残废，就不算什么！而且他们是冷不防打的我，又是大伙一齐上手，不算得好汉。什么话也不必说了，状我也不告，两三天之内叫诸位再看吧！"说着，他就忍痛迈步，依旧回到了他住的那家店中。可是他一进店门就要倒下，幸亏旁边有店伙扶住了他，搀着他进屋。他也不躺下歇息，就先托付个店伙，进城去找他那朋友，说是无论如何今天也得给送来一口宝剑。

斯时，屋外拥挤着许多的人，都说："对！楚大爷你把伤养一养，得跟他们去拼拼，出出这口气，不然就请美剑侠来帮助你。"

楚江涯仍是微笑，说："这点棍棒微伤能算得什么？劳你们哪位的驾，给我拿一些老酒来吧！"

　　店掌柜就叫人给他买来了一些老酒，楚江涯自己用一块布蘸了酒向着棍伤之处搓擦，渐渐地身上的血液灵活了，他又忍着痛躺下歇息了一会儿。

　　这时一些看他的人也走了，他朋友家中的那个小厮就送来了一口宝剑。这口剑外表看来好像是个古董，将剑抽出了匣，也不怎样寒光耀眼。可是确实是纯钢，确实是个名器，至少此剑在人间有一二百年了，剑锋喝过必不止一两个人的鲜血。因为楚江涯的那位朋友本是洛阳的世家，所以才能有这等的宝剑。当下楚江涯便将剑放在身旁，又叫店家给他快做饭。他虽然周身都受着伤，但吃的还不算少，精神也颇为充足，关于五福店里的那些人，他一字也不提了。

　　等到薄暮的时候，他派了那个小厮悄悄出去打听了一次，小厮回来报告说："五福店现在只留下三四个人，那十多个人在店里吃过了饭，又都走了。他们是分成了三四批，都是往东去了，还都带着兵刃。"楚江涯一听了这话，立时就奋然坐起了身。

　　小厮又说："刚才就有府衙门里的官人也到那店里盘问去了，他们若不是拿出了点钱给打点了，说是卖艺的，说是因为楚大爷拐去了他们的马跟刀，他们才动手打的，可也怕……哼！也怕得把他们揪到衙门里去！"楚江涯又冷笑了笑。

　　又待了一些时，天色渐黑了，他就叫这小厮在此给他看守着屋子，他就忍着伤痛，剥下来身上的破衣服，换上了包袱里的青色衣裤和软底的鞋。他下了炕，连站都像是站不住，因为腿酸，身子、脸上、头上都像是有些个毒虫正在咬他。但他挣扎着，走出了店门，便一直往东去。他这时手提着宝剑，心中已不似白昼之时那样的平和，他已不是为打不平为管闲事了，而是要搅到底；若不让那岳大雄于铁雕等人伤一半死一半，他是绝不甘心，绝不能出今天挨了打的这口气。

　　斯时，夜色茫茫，银星满空，下弦的月影在天边悬着，散下来微微的光，他又走到了隐凤村前。此时隐凤村中，灯笼点得很多，更声也响亮地敲着，庄丁们都预备着木棍、长枪、单刀，还有预备下弩弓、袖箭，跟一堆碎石头的。村中庄丁原有四五十人，大家轮流着巡查，轮流着吃饭跟出恭。因为今天楚江涯在东关被打的事情已传到这里来了，并且晚半天又连发生了两件怪事，一件是在将要用晚饭的时候，就来了一个讨饭的娘儿们，年纪不大，穿的衣裳虽旧可也不脏，拿着个小瓦盆，来到苏家门前要饭吃，并说是由别处赶来的，因为知道了苏老太爷才朝南海回来就死了，必是成佛去了，家里的少爷小姐们必定要大行善事，周济穷人，所以她才赶来讨饭，还想要留在这儿帮些日子的忙，将来求些赏钱或带些剩饭，好回家去供养她那瞎眼的婆母，说得是极为哀婉。三少爷振杰一听，就把她留下了，并给了她一身白净的孝衣穿上，叫她帮助宅里的女仆去做锡箔——即是把锡纸做成假的金银锞子，好预备着焚烧。

这本是一件小事，可是李国良忽然觉着那妇人面熟，好像是在哪里见过面，又看出那妇人可疑，因为他听那妇人的说话并非豫西的口音，他就严厉地究问了半天。虽然苏大少爷振雄说："一个贫妇，既从远处赶来帮忙，为图一些便宜，咱们留她在这里做些杂事，丧事办完了之后，就打发她走，也无多大的妨碍。"

三少爷振杰又几乎为了这个妇人跟李国良吵起来，他说："你老人家就不用多管了！我们怎么也能容下个闲人，又是个年轻的很安稳的媳妇。你不必多担心，你快去想法找岳大雄，找云媚儿，找您的……去吧！"但李国良却嘱咐众庄丁们，对那来历不明的妇人须要小心防范，不可忽视。

另一件事就是刚才，天色已快要黑了，忽有个人骑着马闯进了村，口中连喊："将李剑豪交出来便没事！否则三天以内，就叫苏家出事！"连喊了两遍。庄丁要围住他把他捉住，可是此人双手都持着刀，十分凶猛，发完了话，从容出村而去。有此两件事，所以村中的人个个紧张了，知道今晚必定不能安眠，不但要保护苏家，还要互相护卫邻舍。

这时李国良李老英雄对那贫少妇大起疑惑，心说：莫非她就是云媚儿？但那日在平阳府自己被岳大雄等人所追之时，虽隐隐见其中有一妇人，模样儿却没看清，所以也不敢断定，只是阵阵掠起来惊疑。庄内，此时谁也没有苏小琴的心里急躁了，她白昼跪灵、哭泣已经弄得她很是疲乏，两眼早就红肿了，可是因为周围的这些事，她到了晚间更是兴奋。她将长大的孝衣脱去，身上只穿着一件瘦短的孝衣，晚饭也用得不多，她的那三位嫂子都劝她去休息，她却也不理。

她手提那口青蛟剑，一会儿来到门外，一会儿又走回门里。灵堂之内，素帐被晚风吹得不住飘拂，棺材前的残烛照着那一桌祭席，地上还留着没扫干净的纸灰。靠着墙放着两个箱笼，内中是僧人、道士留在这里的法器。在东屋中，却是灯光闪烁，有许多女人的谈话声传出，并杂着她三哥苏振杰的声音。

她就走了过去，一手提剑，一手悄悄掀起竹帘，走了进去，竟无人觉出。因为屋中的人太多了，都是仆妇，现在都忙碌着折叠金银锞子。这些人不只是本宅的仆妇，还有村中邻家的妇女跟那个外乡来的贫妇。

苏振杰虽还穿着白袍子，可是他此时的神气一点也不像是个"孝子"，他高兴地笑着，叮啷当啷地揉着铁球，大声说："由这时到三更天，你们若是有人能叠出一千个锡箔来，我就命厨房煮一只鸡给她吃！"

那个外乡来的贫妇就说："哎哟！要了我的命，到三更时，连五百我也叠不出来呀！"

苏振杰笑眯眯地说："那，你可就吃不着煮鸡了！"

这时小琴站在人的身后，而且躲避着灯光，隐藏起来宝剑。她细细观察着这个妇人，就见这人很年轻，虽然也穿的是白布孝衣，可是有一双绣花的鞋；头上没有什么簪环首饰，但梳得极为光整。尤其是两只手折叠那锡箔，故意显出她的敏捷超过别人。苏振杰说的那些话，别人都不言语，她却不住抿着嘴儿笑，眼珠儿也乱转乱溜。但是，不防她一瞧就瞧到了小琴的身上。

她的眼光跟小琴的眼光对在一处，立时就感出小琴有一种威严，逼得她的目光不得不转向旁边。她悄悄地问旁边的一个女仆说："这就是宅里的小姐吗？"当下众人齐都抬头看见了小琴，有的就招呼着，称呼着"小姐"，有的愈加勤敏地工作。

苏振杰这时也觉着有点不好意思了，回过身来就问说："妹妹，你怎么还不去歇着呢？明天还得忙这么一天呢。无论是谁，这时候若是累病了，可是自己受罪，别人没有工夫去服侍他。"说着，手里的铁球又连转了两下，叮当叮当地一阵响。

小琴不由得就生气，说："三哥！现在村里的人都忙着巡更、守夜、防贼，白天又接连着出了那些事，你却一点也不着急？你也不到前后院去查查，可在这屋里做什么？"她狠狠地瞪着那帮忙来的少妇，心说：这个女人一定不是个好人！她绝不是仅为来这里做几天事，混几天的饭，而是……她必是图钱，她必是要迷惑着三哥，想骗去很多的钱！

这时苏振杰被妹妹说得却也不禁脸红，但他连连摇头，并且撇嘴说："我敢保，今天夜里绝没有一点事，连个大屁的声音也听不见。"

小琴生气说："三哥！你说的这是什么话！"

苏振杰赶紧又说："哎哟！我说错啦！"此时旁边的众仆妇齐都照旧工作，不敢言语，独有那个少妇笑得掩住了口，并且又偷眼看了小琴一下。

苏振杰也向他的妹妹说："你就歇着去吧！一定没有事！云媚儿既然没有来，岳大雄那些人一定也没来。晚间进咱们村里嚷嚷的那个人，不是个疯汉，就是想诈财。你想，咱们这里哪有什么李剑豪？那个人不是胡说八道吗？大概不是楚江涯招来的，就是李国良给惹来的，我想是没有咱们的事。"

小琴气得脸都白了，说："怎会没有咱们的事呀？难道爸爸就白叫人杀死了？我们也不给他报仇？今天来扰闹我们村子的，便是那些仇人！"

说时，她亮出来藏在背后的宝剑，高高地举起来，剑光与屋中的烛光和那一大堆金银箔相映之下，显得越为光芒闪烁。仆人们都吓得变了颜色，那少妇哎哟了一声要往旁去躲。

苏振杰却着急地说："你这是为什么呀？拿着宝剑吓唬咱们自己家里的人？唉！等到贼人来时你再发威好不好呀？我说，咱们也得沉着点气了，不要疑鬼疑神的。今天，白日那些人就没进咱们村来，——那一个骑着马来嚷嚷的，不能算事。可见他们是有点不敢！再说，楚江涯在东关都叫他们打了，他们可不敢打到咱们的大门。这件事，不怪二哥说，其中必定还有事，李国良的嫌疑最大，她的女儿在咱们家里住着，忽然没有影儿了，就是爸爸死的那一晚，她就飞啦，那就是件可疑的事。总而言之，咱们只要安心办丧事，办完丧事看李国良如何，他若是仍然不走，咱们就让他滚开！至于爸爸的仇人，唉！你不记得他老人家临死时喊的那些话：'云媚儿伤的我！'可见除了云媚儿那娘儿们，谁也不是咱们的仇人。今天那些人是找李剑豪来的，咱们这儿只要没有李剑豪，咱们就心里无愧。他们随便来，有理可讲！"

小琴说："那些个贼人还能跟你讲理吗？"

苏振杰说："他们若敢跟我不讲理，我就……"他扬起手来，当啷啷又揉着铁球，说："这就是我的暗器，打了出去，也得叫他们头破血流……妹妹！你快睡觉去吧！白操神，瞎提着心！我现在是得看着她们，快些做锡箔，免得明天没得烧！"他向炕头坐下了，身边不远，就是那个少妇。

小琴见自己哥哥是这样的情形，她就十分生气，想到仇人云媚儿她又恨，而忆起了李剑豪她却又伤心。她就转身出屋，提着宝剑，又向院中，房上走，各处查看了一遍。到灵堂里，只见灯火昏暗，连个守灵的人也不见了，她心里就骂着："这些人都是懒鬼！无用的东西！"

她也不去惊动人，就在各院里悄悄地走着。时间都过了三更了，里外都没有什么事情发生，更锣也敲得迟了，各屋中的灯多半灭了，大都睡熟。连门外的那些紧张防夜的人，这时也都不紧张了。天上的星更多，月光愈暗。小琴又来到停灵的这个院里，看见灵桌前站着一个人，直挺挺地站着，动也不动。她就十分生疑，细一看才知是李国良，就赶紧躲在墙角，再向那边偷眼瞧。见李国良对着棺材立了半天才转身，叹气的声音很是沉重，并且那边的残烛照着他的眼毛上跟胡子上沾的许多泪珠，他的手中也提着口刀，在各处寻查了一番，小琴就看出了他的那条腿还是有点瘸，而他的神情是凄惨极了。——他可没有看见藏在暗处的小琴。小琴对这位老英雄倒是很怜恤，觉得他老了，力气、眼睛都不济了。他又遇到丧掉了老友、失去了儿子、目前仇人环伺之事，实在不幸。

当下李老英雄又离开了这个院子，小琴见东屋的窗上还浮着淡淡的灯光，就压着脚步儿，轻轻地走了过去。她站在窗外，向屋里偷听，就觉出屋里大概只剩了一两个人，苏振杰也走了，仆妇们多半都睡去了，只有那个为帮忙才来的贫寒少妇同着一个仆妇正谈着话；话声虽低，可都隔窗吹进小琴的耳里。小琴越听，越觉得惊疑，因为这女人向这里的仆妇所问的全是关于"李大姐"的事。她是变换着方法打听，详细无遗地去询问，那个傻仆妇把"李大姐"在这里过去闹的事都说了。而这女人，这个心怀叵测、假意来帮忙的少妇，她只是笑，一阵格格地笑，又一阵哼哼地笑。小琴便已完全看出了此人，觉得她来此不但是图钱，还许另有所图，图的大概就是"李大姐"。此人必是已经知道李大姐男扮女装，说不定她也是个男扮女装的人？于是小琴就精神兴奋，越发屏息静气地向窗里去听。

她现在对于男女声音的分别已经有了一点经验了，她听出屋中说话的那个人语音宛转而柔润，的确是个妇人，与李剑豪假充李大姐的时候，用那假嗓音说话可不同。因此她的心中略略消了一点气，可又突然想起来，心说：莫非这就是云媚儿吗？但立即又想：绝不能！云媚儿是不会有这么大的胆子的，她才害死了我的父亲，怎敢又来？而且看这人是很留心李剑豪的，说她是那岳大雄派来的人倒可能，但绝不能是云媚儿。

她想完了，屋中的话也说完了。她本欲挺剑进屋，拉住了那女人逼问，可又觉得没多大的用处；那女人绝不是什么了不起的人物，万一她若矢口不认，哭哭啼啼，那时自己也没有办法，也不能就将她杀了。于是便悄悄地向后退步，一点声音也不做出来，又走到了灵桌前。她掀开那垂下来的白布幔帐，往里面走去，里面就是棺材，地下放着一叠棉布的厚垫子，还卷着两领席，这全是白天妇女跪灵用的。

此时前后都空寂没有一人，祭桌上的两支蜡烛，一支已经灭了，另一支也快要烧尽了；光焰突突地跳，越跳越缩小。小琴时时撩起来幔帐向外面去望，望见院中没有什么动静，没有什么人影，她也就放下了幔帐，坐在褥垫上歇息一会儿。她一连向外望了三次，就见东屋的灯光已灭。

这里桌上的烛焰越发昏暗，前院跟墙外的更锣已敲四下，很是响亮，独这个院中却没有人来。小琴又要掀开帐子向外去瞧，就忽然听见了一点声音，她立时精神倍增，由幔帐的缝儿一瞧，原来是有人从东屋里出来了，正是那个特来帮忙的少妇！就见她的脚下虽走路无声，可是故意地小声咳嗽了一下，也许是恐怕这里有守灵的人，因望见了她而生疑。

这女人是忸忸怩怩地往灵前来了，小琴急忙向后退去，将身伏在棺材底下。只见女人来到近前，也揭了揭幔帐，先问了一声："没有人吗？"又自言自语地说："怎么一个人也没有呀？连个……"她走进幔帐，来了个细细查看，里外屋都看遍了。她手扶着棺材走，小脚一步步向前迈着，忽然她就站住了身，惊讶地说："哎呀！真是没有人呀！连个鬼也没有啊！都到大门口防贼去啦，村子外巡更去啦，其实他妈的要是有个人在这儿放一把火……"

此时伏在棺材下的小琴已知这女人确实是个贼妇了，不由得更气，其实这时只要将手中的剑横斩一下，这个女人立时就得死；可是她不愿这样急做，她想再看看这女人进了灵堂是有什么用意。于是她更连大气儿也不出。只见这女人靠着棺材，半天也不动弹，渐渐，忽听她发出悲哽之声，哭得很是厉害，小琴越发吃惊，心说

"莫非她是背着人到这儿吊祭来了？她痛惜我父亲的惨死，她曾受过我父亲的恩惠吗？因此，小琴的心肠也渐渐变软，变为悲痛了，竟想要由棺材下面钻出身来，拉住这女人问一问，问她为什么对着灵柩这样痛哭。

可是忽然又令她惊疑，只听得咚咚咚咚，这女人用拳头不住向着棺材击去，并且咬牙切齿，还啐了一声。小琴又变为大怒，用力握剑就要横削，却忽听这女人啊的一声惊叫，接着又问说："你是谁？"此时连小琴都惊了，就见那幔帐又微微地飘动，走进来了穿着黑鞋的两只男子的脚。

烛光虽已垂灭，但这男女两个人彼此似乎还能看得出模样来，他们一见面就都不惊讶了，女人反用脚踢了男的脚一下，问说："你为什么也到这儿来啦？"

男的先悄声问说："这屋里没有别的人吗？"

女的说："连鬼都没有，只这一口破棺材！"

男的笑了一笑，就说："我有话要来问你。"

女的说："你问我什么？"

男的说："我问你还在这里混着，是想做什么？难道你以为美剑侠苏小琴是个好惹的吗？"

女的说："我不怕她，刚才我就几乎跟她斗起来！"

男的往近来凑凑，女的却闪开了，男的又带着笑说："若不是岳师叔特别谨慎，我们白天就把宅子扰得人鬼不安了。好在白天也有一件痛快的事，就是把楚江涯那小子打得不轻；我是先从他的脑后，趁他不备，一拳将他打倒……"

女的就拦阻他，说："你暂且不要提楚江涯了，本来我就没把那人放在眼里！"

男的笑吟吟地说："你连我黑牛姜勇全没看在你眼睛里，他，你就自然更看不上啦！哈哈！不过这次我们可真佩服你，你做的那事漂亮！"

女的说："少说屁话！"

那黑牛姜勇又正经地说："并不是屁话，你办得真漂亮！连岳大雄都不如你。他派我们这时候来，这时外面是一群人赌钱，里院是各屋的人正睡觉，我们哪能找得着李剑豪呢？哪能杀了他报仇呢？你，不是我故意讨你喜欢，捧你的场，是你自从平阳府战毕了李国良之后，你就不辞而别，我们还以为你是看见了什么俏皮郎君，你就扑了去，把我们抛了。谁想到你竟能赶到这里，先杀死了这个……"他一拍棺材，接着又说："办完了你的事，你还能不被人识出破绽，还在这里混，你可真有本事！所以我刚才在房上看见你从东屋出来，我就赶了来。喂！到底你知不知道李剑豪那个小子是住在哪间屋里……"

　　他才问到这里，突然见棺材底下伸出一条白亮亮的东西，吓得他哎哟一声叫了出来，可就立时被宝剑斩倒。小琴挺剑又去奔那女的，怒骂了声："云媚儿！"云媚儿却也身躯伶便，急闯出了幔帐，先哗啦一声推翻了桌子，就嗖地上房逃去，但小琴也从身后立即追到。

第十回　佛前溅血警顽儿

此时苏小琴就像一只凶猛的狸猫似的，她知道了这个女人就是云媚儿，就恨不得伸手抓住而撕碎扯烂，哪里肯轻饶这个女仇人？云媚儿可又像是一只狡猾的老鼠，嗖地就跑了，并且她的小衣里早就藏着一把短刀，这刀子若想抵挡青蛟剑自然是不成，可是她拔了出来，就扬手飞去。小琴以为是有镖打来了，就踏稳了屋瓦，将身向旁边稍微一闪，同时以剑反削了去，就听咕咚……当啷！云媚儿的身子就顺着后檐摔到房后去了，她飞出来的刀子却落在了前院。

云媚儿到底不愧是云二寡妇传授出的武艺，她真泼辣，摔倒了立时就爬起来逃走了，小琴就追。云媚儿又越过了一堵墙，墙的那边就有灯光晃晃，原来是有几个巡更的人正从这里经过；巡更的人见有人由墙上跳过来了，当时就大声惊喊着："有了贼啦！"云媚儿也惊喊着："救命呀！"小琴抢剑随后跳过来，却听铛铛铛铛，更夫乱敲起锣来了，云媚儿又越上西房走了。小琴怒骂了声："贼妇，你今天休想跑！我一定得给我的爸爸报仇！"她耸身又追上了房去，云媚儿却又跳下去逃跑了，小琴抢剑再追。

这时小琴与云媚儿所差的不过是三四步的距离，但她的剑够不着，也就不能把杀父的仇人抓住。下面是梆锣之声齐鸣，喊嚷之声大起，灯笼、火把也照得院中如铺着一层雪，屋瓦都发着亮，可是云媚儿已逃出了村去。

小琴也在后面紧紧地追，她扬着宝剑，举着手，向庄丁们招呼了一声说："往村外去追吧！"她的喊声虽为锣声所掩，众人听不见，可是她的白布短孝衣、白布的裤子、翩然俏影紧随着剑光，大家也就看出来是小姐小琴，于是也一齐呐喊着，无数火把、刀光就都往村外涌去。

出了村口，云媚儿就奔向了荒郊。小琴借着后面灯笼、火把照耀出来的光亮，依然寸步不舍，依然紧追。云媚儿向高坡上去跑，她也去跑；云媚儿又向干了的小溪跳下去，她也跳下去。但这时就有人赶了过来，跟云媚儿用江湖的黑话招呼了一两句，他们便放云媚儿过去而将小琴截住。小琴以剑杀拼，旁边又有人来到，也用刀来斗她。云媚儿也不知跟谁分了一口刀，反过来帮助那二人来抵小琴，她骂着："苏小琴！狗丫头，你来吧！看看咱们两人到底是谁斗得过谁！"她的钢刀舞动如飞，可是抵不住小琴的闪烁剑光，两三个回合，她就几乎丢掉了性命，赶紧回身逃走了。

那两个男贼仍是逗笑儿似的与小琴交手，双刀对着单剑。他们还毫不在意，一个说："美剑侠你算了吧！快点回去吧！过两天等冯七爷办完了事，就雇花轿子娶你去。"

另一个说："老七你跟她说什么呀？想法夺过来她的剑，捉住她，我替你背走；到时人还算是你的，我还绝不向于师叔岳师叔去说。"

这两人一个是秃脑袋的"没顶儿塔"冯七，他正梦想着用巧计捉住美剑侠，不料就觉得脑袋轰的一声，他喊都没有喊出来，就扔刀倒地身死。另一个是"吹倒了山"洪二，他手中本拿着一双刀，如今已将一口刀让给了云媚儿。他这一口刀原想是足能制胜，不料冯七一死，他的刀势更慌，转身要跑没跑成。苏小琴又进一步，剑戳着了他的后腰，他张口大呼："哎哟！"接着又几声惨叫，便也倒在地下不动了。

小琴又往下去追，怒声骂叫着："云媚儿！你休想逃！"云媚儿却已无踪影。后面的灯光人影又很乱地往西去搜找贼人，可是连小琴在哪里他们都不知道。

小琴此时连伤了二人，并不气喘，也未能稍解胸中的愤恨。她仍然手持宝剑，冲着沉沉的夜色，去寻觅那她认为是杀父的女贼。她往下紧追，远远之处云媚儿却仍在叫她，骂出许多的难听的言语，并有钢镖跟碎石土块如雨一般地飞来。她倒都闪身避开了，却望不见云媚儿，因为人家是在暗处，而她的这一身白衣白裤在夜色中最为显眼。

她只能寻着声音去追，出了一条窄路，上了一片高原，再回首望那灯火人影和隐凤村，都已离得她很远了，都如同在她的脚下了。可是眼前还有一层土岗，那就是伏牛岗了。上面传来云媚儿狠毒的笑声，骂着："狗丫头！小媚妇！苏小琴！李剑豪的姘头！你敢来吗？你不觉得羞吗？快把你们家里的贞节牌劈了去烧火吧！"小琴气得肺都要炸了，自己可又不像云媚儿那样会骂人。

她手举着宝剑向高岗上去走，岗上就有飞镖嗖嗖地打来，不但全都没打中，反倒被她接着了一只；她在手中将镖尖向外反手打去，岗上就有人叫了一声，滚了下来。此时云媚儿也不再骂了，上面脚步乱响，似乎有些人全都逃跑了。

小琴到了上面，才缓了一口气，便向四下去望。这时就听耳畔有人说："喂！仔细一点吧！"小琴一惊，急忙闪身，就见在这高岗的南端站立着一条很高大肥胖的身影，模样看不大清楚，但此人的手中却提着一件很奇怪的兵器。小琴舞起宝剑，腾身进前，就问说："你叫什么名字？你也是云媚儿一伙儿的贼人吗？"

这个人说："我是金鞭岳大雄，你是苏家的姑娘吗？"

小琴说："你既知道苏家有个姑娘，何必又问？快叫云媚儿出头！我跟你还斗不着呢！"岳大雄却将金鞭哗啦啦地抖起，威吓着说："苏小琴，你可要仔细！如近前来，被我伤了，你可休要埋怨。我们这次来到洛阳，并非找的是你苏家，乃是因为李剑豪。小琴姑娘，你也不必隐瞒了，我们知道他曾男扮女装，在你的庄里住了三个月……"

小琴跳起来说："你们是听谁说的？"她毒狠狠地拧剑向对方的前胸便刺，而岳大雄略略躲闪，就以鞭来迎，当时鞭声剑影，在月黯星稀之下，就相斗在一处。

岳大雄不仅鞭长，他的力量也十分浑厚，果真不愧是万里飞侠的师兄弟。但小琴虽然身短力弱，可是剑法又极巧妙，也颇令岳大雄不敢轻敌。岳大雄几次想以鞭先击伤她的手，再抽落她的剑，但不唯做不到，反要时时提防着。她的剑如毒蛇一般，趁空儿就向前胸猛蹚。相战十余回合之后，岳大雄不由得就气急了，骂道："苏小琴！你这样地撒刁，我可要不客气了，我也不管你是怎样年幼的一个女流，我要不留情了！我要打死你了！"说时，他的金鞭急抖，紧紧作响，鞭飞手转，凶狠地打来，这是他生平的绝技。

小琴果真有些抵挡不过了，自己的剑近不了人家的身，而人家的鞭不是从自己的头上忽地掠了过去，就是由身旁吧地落下，再有就是横击她的纤腰，猛磕她的皓腕。她尽力地辗转闪避，又七八回合之后，她的身体虽未受些微的损伤，可是已力尽腕酸，她不得不虚晃一剑，往岗下逃走了。

她是由北边上来的这高岗，如今是仍往北边逃去，她眼下远远之处还有灯光的微明、火把的余烬。她想家中隐凤村这时仍在紊乱着，更不禁心慌，一面抵挡着身后击来的金鞭，一面还想回家去看看，并想率领来众庄丁再搜拿云媚儿。

她的双足如飞跃一般，下了这座土岗，不料岗下就有一个人正在等待着哩。见她来到，就将手中的兵刃一举，也是一口寒光宝剑，实令她躲避不及。她就举剑去挡，并且哎哟叫了一声，这个人就说了声："你快闪开！"斯时岳大雄也自岗上飞跃下来，这个人却挺剑过去迎杀。

小琴赶紧向旁边跑开了二十多步，不住娇喘，并因右腕已经酸痛，就将剑换了一只手拿着，歇息着，又向那边去望。只见那边的二人恶斗甚急，杀得十分紧，并且鞭剑相击，尘飞土滚。岳大雄猛喊着："小辈！你是谁？"

这个人说："你就不必问了，你来到洛阳，我就叫你死在洛阳！"原来这正是李剑豪的语声，小琴又惊又喜，勇气也重振了起来，遂也舞剑上前相助。

小琴与李剑豪两口宝剑抵住了一杆"金鞭"，但岳大雄仍然毫不畏惧，相战三十余合，他反倒步步逼近，小琴跟李剑豪反倒分退于左右。岳大雄又专斗李剑豪，并不重视小琴，有时小琴擎剑自身后袭来，他才急忙抖鞭向身后去抽。他的两只手握着鞭的两节，抖动了起来，以两端东击西取，宛如一条恶蟒，那铁链子发出来的哗啦哗啦的响声，又像这条蟒发出来的怪叫之声。

岳大雄越战越凶猛，并且这里的鞭磕剑响之声传至远处，就从远处又跑来了几个人。这几个分头去战李剑豪与小琴，同时又都吹着口哨，接着又跑来了几个，全都晃动着刀、剑、枪、棍，一边打，一边骂，并且还问着说："你是谁？你是谁？你这小子把姓名通上来……那个就是小琴丫头，快捉住她！咱们把她美剑侠带回江南去。"

那岳大雄却怒喊着说："你们不要乱动手！只围住苏小琴就是了，让我单鞭来斗这个小辈，我看他就是李剑豪！"

李剑豪却哈哈笑了起来，剑更紧刺，又嚷嚷着说："小琴！你快闪开吧！这些人全是找我一人来的，都与你不相干！你值不得受他们这伙狗贼的欺侮……"

岳大雄又暴躁地喊说："啊！敢则你真是李剑豪呀！"鞭更无情地击下，李剑豪也勇敢地挺剑去斗。

这时那边可是惨叫之声频起，原来又有人被小琴所伤。小琴力虽已微，心却不弱，还挣扎着奋战，可是她已被六七个人的刀剑森森地给围困住了，她前后左右都已渐渐顾不过来。那边的李剑豪还大声喊说："小琴快走吧！"原来李剑豪也是抵不住对方的人众，且抵不住岳大雄的鞭沉，已经曳剑逃走了。小琴虽也想杀出重围，却是手酸气喘，剑难举起，逃走不开。

她正在这危急之间，忽然觉得又来了一个人，这人的剑法也是十分精熟，辨出来她身上的白衣裳，却躲避开了她。对方的贼人们此时战得也很吃力，一见这人来到，他们就打着招呼，说："是谁？是老三还是老十？可要小心点，不要伤着了咱们自己的人！"又有个大嗓子的人，发着狠声狂喊道："他妈的！别跟她客气啦！咱们这几个人会打不过她？多泄气！下手吧，乱刀剁死了她也就完了！你们还真打算将她背走去做老婆吗？杀了吧！"当下，六七个人一齐猛进。然而这个使剑的人却砍倒了他们三个，就遮护着小琴往北逃去。

小琴在前面走，这个人在后面紧相随，那更后面的几个人虽然还乱嚷着，可是已显出惊惧的样子，追了不到几步，就不敢再追了。

小琴向北走了约半里地，就站住了身。她从来没像今天这样疲乏，她与那些人拼斗的时间太久了，竟疑惑自己的身体已受了重伤。她的腿一软，就身不由己地坐在地下，剑也当啷一声扔下了。等到那个援救了她的人手提着剑，迟缓地往近走来，——来人也显出是相持过久、刚杀出重围，十分倦怠的样子。——她抬头望着，天还没有亮，月坠星稀，对面还是辨不清楚的模样，她就亲切的，又含着悲意，发着颤声儿问道："你没有受伤吗？"不等这个人回答，她就抬起手来揪住了这个人的手，更亲切地叫着"剑——豪呀！"

不料这个人突然就把手一缩，身子也离开她了。她心里有点不高兴，更悲痛地问说："这些日，哎呀！你一共走了多少日啦？我也忘了，你净在什么地方住着啦？告诉你，咱们别怕！不怕岳大雄，剑豪呀……"她连问了半天，可是三尺之外的这条男子的黑影并不作声。她急了，她也看出情形有异，就蓦然站起身来，用目盯住了这黑影的脸，同时，剑也举起来了，厉声问说："你到底是谁？快说！"这个人却向后退了两步，先叹息了一声，才说："小琴小姐，你暂且不要急躁。"

不用这个人通名报姓，小琴就已经听出来他那中牟县一带的口音了，就知道他是楚江涯，不由得拿鼻子哼了一声，表示出一种轻视。同时也未免感念这次幸亏他出力援救，而且觉得刚才错认了他为李剑豪，真有点害羞；好在夜色沉沉，颊上即使发烧作红，对方也看不见。小琴也往后退了几步，又在地下坐下了，但忽然又想起来一件事，她就又立起，问说："楚江涯，我听人说，今天白昼，你由我们的村子回到东关，就被他们打啦？把你打得头破血流，昏死过去了两三回，可是真的吗？"

她并不是关心地问着，楚江涯听来却觉得心里很得安慰，仿佛连那两条本来都破了肿了，又跑了半天的腿，以及斗了多时、刺痛得十分难过的手，这时却又都止住了痛。他摇摇头，又微笑了笑，说："那并不要紧！我是故意叫他们打几下，试试他们的胆气，看看我的硬骨头，我并没哼一声，更不用说向他们求饶。我反倒可怜他们，到了后来竟都不敢下手了，他们怕出人命，也许怕跟我把仇结深，以后我更得故意与他们作对；但我挺起身来，拿起了我的兵刃就来了。姑娘你刚才与他们交手的时候，我本在旁处看着，我见你应付有余，便不敢贸然上前去帮助你；因为凡武艺好的人，必都骄傲，何况又有李剑豪兄在那边，所以用不着我帮。到后来，因为我见你已有些寡不敌众，我才上前去救你。"

小琴让他说了半天，自己却不回答一句话，等到自己歇够了，这才又愤愤地说："今天的这口气我不能服！云媚儿逃跑了，我不去追着她，杀死她，我发誓也不回村里去！"

楚江涯却摆手拦住了她，又说："姑娘你不可太急躁！如今天色已经快亮了，你最好是暂且回到村里去，等到天明，再想办法。此时，我且去追寻岳大雄他们的去处，并看看剑豪兄现在哪里。"说毕，楚江涯转身又要往东南走去。

小琴却愤愤地说："我也去！我不能就放那云媚儿逃走！她杀死了我的父亲，我就跟她不共戴天，除了我死，就得叫她死……"说到了这里，却又不禁流泪。她以剑砍了一下地，又说："她并且混进了我们家里，轻视我家里没人，拍着我父亲的棺材还大骂……"

楚江涯却一边叹息着，一边又劝慰小琴说："姑娘！你暂时忍耐，不要前去，因为此时天尚未明，在黑暗中你这身白衣裳最为显明；他们的人多，并且都会使暗器，你若是受了伤，未免不大合算！"

小琴还往起来跳，抢着剑说："我不怕！"

楚江涯说："姑娘你自然不怕，但何必要如此呢？你的家中现在除了你，谁还能够抵挡贼人？你的大兄是一位商人，只会打算盘；你的二兄是一位县官，他只会坐堂；你的三兄，那更不用说了，早先我还以为他有些本事，如今看来，他乃是个无用的人。姑娘你万一有个好歹，不但老太爷的大仇以后无人再给报了，就是你那三位哥哥以及嫂嫂、侄儿们，恐怕也都要为岳大雄等人所害。再说，今晚你已伤了他们几个人了，你的村里还躺着飞侠高炯的几个徒弟的死尸，以后你就是不去找他们，他们也要来找你，以后的事很够姑娘你办的。此刻我就去寻找李剑豪，无论如何我也要叫他到你家里，然后共同再商议对付贼人之法！"

他这样宛转地说着，天色已将近黎明了，四下的夜色渐淡，楚江涯又恐怕被小琴看出他那副鼻青脸肿的样子而遭耻笑，就更催着说："姑娘，你快些回村里去吧！我一定寻着李剑豪，叫他去找你。"

小琴这才渐渐意思转变，答应了一声，对楚江涯也客气了，就说："楚大哥！你叫李剑豪到我家里去吧！务必叫他去！你就告诉他……是我说的，无论什么事，现在都易办了，叫他放心见我来。"

小琴这几句话说得声音十分委婉，蕴含着她对李剑豪的深情。楚江涯也明白，就连连地答应，心里是既感觉好受，可又感觉难受。他发呆地望着，见小琴的那条纤秀的素影转过去了，姗姗地往北边回隐凤村去了，越走影子越模糊；那村中也灯光早灭，人声都无，是乱了一阵之后又不乱了。

小琴如今回去了，歇息去了，但楚江涯这里却觉得很难办。他的身上本来是处处发痛，刚才心里有一股勇气催着，又有小琴能够安慰着他，令他不大觉得。现在呢？却连迈步儿都很难了。半天，他才又走到那座高高的土岗，本来这跟东边伏牛岗全都接连着，豫西千里之内到处可看见这样的丘陵，乃是地势的关系。当下楚江涯到了岗上，东方已现出鱼肚白色，他坐在地下略略歇了一会儿，天色就亮了。于是他站起身来，向四下里去望，只见茫茫大地、禾黍稀稀，曲曲小径彼此相通，唯行人尚少，有的就是荷锄出来的农人和大道旁赶早行路的驴车。可是往近处一看，却把他吓了一跳，原来这座岗子的下面就有一具死尸，他识得是那圆眼睛的小伙子——豹子李承，死状甚惨。

楚江涯看了看自己剑刃上，可也沾着鲜血了，这个人是在昨夜被自己所伤而致死，可也说不定。尤其是现在自己的模样，如若被人见到，一定要被认作凶手，那可就真得到衙门里去打官司了。于是他就疾忙下了土岗，因为没见着李剑豪，又怕小琴笑话自己的模样，就也不能到隐凤村里去；他将宝剑藏在一处墓地的碑下面，就抖了抖身上的泥土，直奔上大道。遇见了一辆要往城里去的骡车，有棚子，还挂着青纱的帘子，他便用大价钱雇妥了，遂钻到车中，连头也不出，就令车夫把他载到了洛阳城里，一直到了城内的朋友家中。

他这家朋友原是个富户，主人也并非会武艺的人，不过在三四年前，曾于南阳道上遇过强盗；那时楚江涯才从武当山出师返里，路见此事，拔刀相助，救了这个人，便结为好友。上次他同着腾云虎、陈文悌来的时候，因为他也不愿将腾云虎那样强梁霸道之人介绍给他这朋友，所以未在此多住。这一回他来到洛阳，却完全仗着这位朋友帮忙。

当下他来到这里，就到人家的书房里一躺，人家给他预备了很好的菜饭请他吃了，他就派了这里的小厮和一个住闲的，与这里主人是同族的人，名叫朱老六，这人也很好事，就也出去替他打听。楚江涯在此休养着伤势，兼等候消息。他一阵一阵想起昨晚的事，虽然昨晚没看清楚小琴的模样，但相隔咫尺，小琴的娇声柔语，自从灌进了他的耳里，至今仍在里面飘荡着，没有消散。

他也明知道这很不对，这要叫自己的太太柏秀卿知道了，不定又得怎样闹了。自己原向太太应得是只出门这一次，以后便绝迹江湖，可是只怕这一次就已难得回去了！如今倒不是被仇人围困——人家并没大工夫围困自己，而是为情丝所系；可惜真没有慧剑，连一口最平常的剑都给弄丢了……他时时难忘苏小琴，可也知道人家苏小琴正在难忘李剑豪。他并不嫉妒，他也没有什么过分的贪图，只是愿意把这件闲事管完了，就完了。

到下午，派去了的那个小厮就回来了，说："昨天打你的那几个人，现在还住在东关，可是人显得少了几个……隐凤村里是照旧办丧事，烧纸念经。"那朱老六回来也是如此地说，仿佛并没有人知道昨晚闹的那事、伤的那些人似的。楚江涯一听，倒不胜惊讶，细一想，就佩服苏家的人办事得法，小琴也一定颇有理事的才干，真可爱！只怕的是今晚岳大雄等人更得前去复仇，怎么办呢？只好……于是楚江涯又决定，今晚仍然负着伤痛，前去管"闲事"。

到了傍晚时候，楚江涯方才离了他朋友的家。因为不到天黑，他绝不愿意跟岳大雄那些人拼斗，所以他就故意躲避着，不走东关，反倒出了南门，想着：绕一点远路也不要紧，无论如何我现在这个模样，是绝不能让苏小琴看见的。

此时南关外的旷野上，禾黍摇曳，在夕阳下如镀了一层金。他先去找着了宝剑，然后寻着了一条可以通到隐凤村的田径，就往那边走去。今天的手脚已不像昨晚那样痛了，白天又睡了一觉，饭也吃得很饱，所以精神十分奋发，脚步也很快。正走着，忽然看见对面来了一个人，他就站住了脚步，将身向路旁稍侧，等候着。只见对面的这个人影行走得也很急促，手里提着一口白亮亮的东西，正是一口刀。楚江涯就觉得十分诧异，更注意着看。

少时，这人来到近前了，他虽然没有看见楚江涯，楚江涯却认出了他，便把道路挡住，问了声："李老英雄！此刻你是要往哪里去？"那边的李国良诧异地停住了脚步，瞪大了眼，望着楚江涯，似乎已经不认识他的样子了。

楚江涯就上前说："老英雄你来看我？为管岳大雄和你们苏李两家的事，我竟吃了他们一顿打，如今面孔已经成了这样，十天八天之内恐怕也消不了肿。"又笑笑说："哈哈！可是不要紧！有此一事，我更得帮助苏家，帮助你们抵挡岳大雄了！"

李国良突然近前来，并且用左手紧紧握住了他的腕子，严肃问说："你没有看见岳大雄那些人吗？"

楚江涯摇头说："我没有看见他们。老英雄你现在是往哪里去？"

李国良却愤愤地呆立了一会儿，声音都变了，他说："我现在就找岳大雄、于铁雕去！因为今天午前岳大雄亲到村里去邀的我，他定的是初更时在白马寺的墙后与他们见面。不然，到三更时，他们就要放火烧隐凤村了！"

楚江涯也愤然问说："他们要做这强盗的行为，苏家不会去报官吗？请衙门保护吗？"

李国良却把头连摇了摇，说："苏黑虎跟我全都闯了一辈子的江湖，如今他死了，我又老了，可是岂能够做那事？惊官动府，仗势欺人，那还算是什么英雄？我宁可掉头，也不能丢掉一世英名啊！"

楚江涯说："我真佩服你，可是你现在就要去吗？"看见李国良点了点头，他就说："我跟着看看热闹去如何？我看那伙人到底怎样对你！他们若讲道理，知义气，无论死拼活斗都公平，那我就袖手旁观，绝不多事；假如他们欺你年老，小看你的人单势孤，那我可就要上手了！"

李国良说："岳大雄也是堂堂汉子，想他不至于不讲理。你要是跟着我去也好，你日后离开了洛阳，也可以跟外人说去，李国良虽然老，可是直到死，我也重义气，有骨头！"

楚江涯听李老英雄说到"死"字，心里就有点疑惑，转身提着宝剑，就跟随着走。两人一前一后，楚江涯还打听着昨夜的事情结果是怎样了的，李国良却一句话也不答；他迈的步比楚江涯还大，刀在手里擎着，映着星光而闪闪发亮，他的气势也十分凶猛。

走了半天，就来到了白马寺的后面——其实这里离着庙墙还有百余步，地面平旷，附近无人，恰是一个决斗的好所在。时已落暮，四下俱黑，蝙蝠的黑影子忽高忽低，来往飞翔，令人能疑惑这是鬼魂的出现。李国良来到这里先站住身，似又缓了缓气，然后又把袖头挽挽，钢刀由左手换到了右手中，又往前走了几步，他口中就大声喊道："来呀！"接着又呜呜地用嘴唇吹出了口哨。少顷，对面果然就飞似的跑来了几条高矮不齐的黑影，手中都有闪闪的刀光。

这时楚江涯反倒躲避在旁边的一棵槐树下，不作声，只专心注目听着他们的讲话，看着他们的举动。头一句，就听李国良大声说："你是于铁雕？……哦！你就是岳大雄，在平阳府我们会过，——是！久仰！久仰！你们都是万里飞侠的徒弟，我就是李剑豪的爸爸。好！咱们今天可算是冤家又碰到了债主！"

岳大雄是发着暴躁的声音说："李国良！你要听明白了，我们跟你原无深仇，不然，在平阳府就不能放你逃跑，我们要的是你的儿子！他没去远，昨夜他还帮助美剑侠杀伤了我们的人。"

李国良听到此处，就哈哈大笑，说："你们找他去呀！"

岳大雄跟于铁雕一齐说："我们找他不着，他胆小怯弱，不敢与我们见面，除了我们与美剑侠拼斗，或是抓住了你的时候，他才或许出来！"

李国良指着空中说："我的儿子绝不像这燕蝙蝠，他是堂堂男儿。"

于铁雕带着冷笑之声，说："他到底是男是女，恐怕只有美剑侠晓得。"

李国良勃然大怒说："你不要恶语污蔑别人家的闺女，该怎样，要什么，你就跟我说吧！"

岳大雄说："美剑侠一个女流，我们不高兴去找她，现在只想借你用一用。"

李国良干脆地问："怎么用吧？"

岳大雄说："我们这里有绳子，有杠子，我们要绑起来你，叫两个人挑担着你走；一边走，一边用鞭子抽打你，让你叫唤，去绕三遍隐凤村，把你的儿子激出来，才了事。"

李国良的声音都变了，冷笑问说："我要是被你们无论如何打，也不叫唤呢？"

岳大雄说："那就把你打死，明天把你的尸首暴在伏牛岗，看你的儿子那时出头不出头？"

李国良却哈哈大笑，说："真好！真好！你金鞭岳大雄的计策真高！我儿子或许是个懦夫，但我李国良可不是软骨头，今天我把我五十多年闯江湖的这把老筋骨卖给你们了！叫你们拿大秤来称一称吧！看看连我这一辈子的名头，一共有多少重！"当啷一声抛开了手中刀，就自己背着手让他们上绑。

楚江涯这时气愤已极，便忍不住喊了一声："岳大雄！你们这些人且休动手！"

那边李国良还从容地笑着说："楚兄弟，没你的事，你不用来管！"但楚江涯已提剑直奔了过去。

庙墙的西边，这时又赶过来了五六个人，除了拿着刀棍之外，还真有个人扛着一根粗长的大杠子，这就是为像挑猪似的挑起来李老英雄，好鞭打着去游隐凤村，好激恼那李剑豪出头来受死。他们还有人点起来一只纸灯笼，晃晃摇摇的灯光就照着这里。岳大雄手握金鞭，瞪着大眼，已令人将那并不还手的李老英雄手脚都跟猪的四蹄似的，用粗绳绑了起来，就要往那杠子上去穿。

此时楚江涯一奔了过来，那病太岁吕信、白面瘟神洪锦就一齐抢刀过来抵住了他。楚江涯骂说："你们还算是好汉吗？这是你们的行为？"他太气了，舞起了宝剑，想要很快就杀死这两个人，然后驱开众贼，再救出李老英雄。

不料就听哗啦拉的一声响，岳大雄从他的身后一鞭打来，正中他的大腿，他就咕咚的一声跌倒了。吕信就抢刀猛刺，洪锦却把他拦住，岳大雄也大声喊道："不要伤他！也把他捆起来，扔在一边，等咱们办完了事回来，再跟他算账！"

楚江涯泼口大骂，用力挣扎，但三四个人都上来了，一齐按住他，用绳索捆住了他的手脚，吕信又趁势向他的背上砍了一刀。楚江涯仍然咬定了牙不哼哼，只是大骂复大笑，说："好一群贼！你们就留心苏小琴跟李剑豪吧！"

病太岁吕信却得意地说："今夜，先结果了李国良，再杀了李剑豪，烧了隐凤村，占了美剑侠，然后再来跟你算账，你先在这儿歇会儿吧！"

忽然于铁雕过来了，向着吕信就吧吧打了几个嘴巴，用脚踹得他滚在一边。于铁雕就说："李国良跟楚江涯，你们都要听着，暂时令你们受点屈，很对不起。我们只要抓住了李剑豪，就准能饶你们的命！大家都是走江湖的，虽说结下了仇，可也还留着义气啦！"说话之间，已有人将楚江涯扔在一边，将李老英雄用杠子抬了起来。

岳大雄指挥着众人，就吵吵嚷嚷地走了，那只纸灯笼是摇摇闪闪在前领路，李国良却没有发出一句乞求之声。楚江涯背上吃的这一刀很痛，然而他觉得捆得倒不是十分紧，心想：原来这些小子连捆人都不会。又见地下有一口兵刃，正映着星光发亮，他就滚了过去，挣出了半只手摸了摸，知道是自己刚才扔下的那口宝剑。于是他就将被捆绑的身子，像个虫子似的往旁边蠢蠢然地动着，去用臂间缠绕的绳子磨那剑锋；只轻轻磨了三两下，绳就断了。他就抖开了这绳子，坐了起来。

这时，那只灯笼真是往北去了，隐隐还能听得那些人在高声喊骂："李剑豪！还不滚出来！我们要打死你的老子啦！"并听鞭子棍子的声音吧吧地响，可是听不见李国良哼一句。楚江涯也就抄起了宝剑立起了身，忍着伤痛往那边愤愤地跑去。

可是在这时，忽听蹄声紧急，自南驰来了一匹马，马上一人穿着黑衣，面目看不大清楚，手中却持有一物，闪烁如电。那匹马也就如闪电一般地快，瞬时间就从楚江涯不远之处跑过去了。楚江涯举起剑来大声问说："是谁？"马上的人也将剑举了一举，却似无暇回答，蹄声嗒嗒，飞扑那边去了。

楚江涯更奋然往那边去跑，可是背痛得又实在难以迈开脚步，他就瞪大了眼睛往那边去望。只见马已赶过去了，第一就是那只灯笼先掉在地下呼呼地燃烧起来，于火光中就看见了那马上的人抡剑正与群贼交手拼斗，斗得真凶，少时火光熄灭。楚江涯忍伤再往前走，就听见那边的岳大雄金鞭紧响，但是越响越微，又有人惨呼厉叫之声，使得楚江涯又愕然地站住了。他就等候着，又少时，就觉得那边的人仿佛已经不打了，就笑了笑，说："好！这可是断定了谁死谁生了！"于是他又向前去走，他走得很慢，半天，才到了近前。

此时，那边的人也往这里走来，也看见了楚江涯，就问着说："是谁？"楚江涯答了一声："是我！"那边却发出来李国良的苍老的声音，带着喘说："这是中牟县的楚君。"

楚江涯提剑抱拳说："剑豪兄吗？那岳大雄怎么样了？"那边虽然没有回答，可是情形已看得出了，岳大雄、于铁雕大概是都吃了亏，他们都逃跑了，而且有他们的人还趴在那里，呻吟不绝。李国良已经被他的儿子给解救了，而他的儿子李剑豪提的是楚江涯丢失的那口剑，牵的也是那匹马。他们父子全都默然不语，直要再往南去走。

楚江涯的背伤虽痛，但精神还振得起来，就赶过去又问说："李老英雄跟剑豪兄！你们爷俩要做什么去呀？岳大雄抵不过你们，他们跑了，难道就能够甘心吗？"

李国良止住了脚步，又喘息着说："那么，就烦楚兄你到那边村里去一趟，帮一帮苏家去吧！"

楚江涯说："隐凤村那边倒用不着我去帮助，不过……苏老太爷还没有埋呢，你们得暂时回去。苏小姐虽然武艺高强，岳大雄等人今夜虽然失败，但还得防他们日后复仇。再说，昨天我就应得把剑豪兄请回去，我说句老实话，苏小姐实在是想念他得很，他是一位侠义男儿，不应该就把一个女人的痴心辜负了！"

他的话未说完，李国良却大吡了一声说："什么话？我的儿子几时曾认识苏家小姐？你不应当如此胡说呀！苏家小姐虽然会武艺，却是真正的规矩的女子，我的儿子是什么？他不过跟你我一样，全是江湖上的人，哈哈！他怎能认识苏家的小姐呢？由我这里，就不能够叫他们见着面……"说至此，又不禁地喘息，说："楚兄……你请便吧！现在我要同我的儿子走了！"

楚江涯觉得这父子的情形有异，想必是有原因。他发呆地看着，在微星淡月之下，李国良手提着一口刀，他那才经松了绑的胳膊跟腿还有些不大灵便，走路是很费力的。他的儿子似是低着头，提剑牵马，在后跟着，就一同往南方去了。楚江涯是在二十余步之外尾随着，只听李国良大声叱他的儿子，说："你带着我去！到你住的那座庙里，我要叫你当着神佛发誓！"楚江涯一听"发誓"这两个字，却更觉得疑惑了。就见李剑豪改在前面走了，他并没进白马寺里，却仍然往南，走的是一条不大宽的土路，白天大约常有骡马行在这里，所以地下的土是很松。此时夜深，两旁只有高粱叶子哗啦哗啦地响，却无一人，前面的父子二人也不再说话。

如此走下二里余，楚江涯因为伤，都有些走不动了，但忽见李剑豪就将马系在道旁的一棵小树上，他就用手搀扶着他的父亲上了旁边的土坡去了。原来坡上就有一座小庙，庙墙也瘫倒了一半，里面的泥像，不知是什么佛爷，两三尊，就都坐在露天之下。星月的光辉照着一片乱草、短树、碎砖，十分荒凉。到此处，就听李国良高喝了一声："跪下！你发誓吧！"并见他闪闪地举起了钢刀。

此时楚江涯是站在断墙之外，以为李国良是要杀他的儿子呢，便要过去劝；又见李剑豪果然扔下了宝剑跪下了，低着头，却不发声。李国良又厉声逼着说："你快点！当着天地神佛来说！你发誓，如若你再跟苏小琴相见交谈，你便怎么样？你若再不丢开苏小琴，你便遭哪种报应？你快发誓呀！"李剑豪却仍跪着，嚅嚅不语。

李国良把刀又一晃，逼着他，并狠狠地说："你想，你已经将人家的爸爸……难道你还能娶人家的女儿吗？你若是个有良心的男子，你就快发誓吧！"

此时楚江涯倒止住了脚步，他想要看个究竟。只见李剑豪先是仍然不语，后来他的父亲又呵了一声："你发誓不发？"刀竟要向儿子的脖颈间去落，李剑豪这时才说："我发誓吧！我如再与苏小琴交谈一句话，我就……"他父亲问："你就怎么样呀？"李剑豪哭一般地说："我就死……"他父亲却摇头说："发得不重，再往重发！"李剑豪又说："叫我死无葬身之地，叫我尸骨不得保全！"李国良这才长出了一口气，说："行了！"又慈爱地拉了他的儿子一下，说："你起来吧！"

这时候楚江涯已经迈步进了短墙，刚又要上前去劝，忽然背上的伤撞到旁边的一棵树上，痛得他几乎叫了出来。他就赶紧把那棵树扶住，倒吸着气，忍着伤痛，可是这树又是一棵枣树，枝子上又有针刺，把他的衣裳也挂住了。而这时那边的李老英雄李国良又长叹了一声，说："非是我逼你！因为你已把事做错，苏黑虎与我是五十年来患难之交，没想到，我们反成了仇人！"李剑豪却只是默默地听着。李国良又说："在苏黑虎临死之前，我已经答应他了，我绝对要保住他家的门风，叫他的女儿将来能嫁富贵之家。我曾说，无论如何，我也要把我的儿子伤成残废，令他以后永远见不得你的姑娘，他听了我这话，他才瞑目死去。但……"凄然地又说："你究竟是我的儿子呀！我怎忍得让你受伤，叫你受苦，不然我何至于逼着你男扮女装，躲避岳大雄那些人，来到此地又惹出这些想不到的事！"说到此处，他的声音哀婉，直如个老婆子一般了，又说："今天你虽然用剑将岳大雄、于铁雕等人杀退，但这只是一时的侥幸，将来他们仍然不能饶你，我劝你急速离开此地，走得越远越好，切记住了！勿要败坏了我李国良一生的江湖名气，小人之事不可为，立定了身子，做个堂堂的好汉，将来你纵然死在江湖，也要受人的尊敬，至于我……我现在的事情已经办完了，我就要到九泉之下，找我的那苏老兄弟去了！"

言至此，这位老英雄手中的白刃就向颈间一横，李剑豪惊叫了一声："爸爸！……"跳起来要去拦，而没有拦住，楚江涯同时也说了声："不要这样！……"他不顾背痛，急跑了过去，但此时李老英雄已横剑卧倒在地，李剑豪也跪下，趴在他父亲的尸身上，嚎啕痛哭，哭得这破庙里乱树间的宿鸟惊飞，哭得断墙下的秋虫无语，哭得仿佛星也昏了，月也暗了，茫茫的大地飘荡着悲惨的秋风。

楚江涯在旁劝慰了几句，李剑豪也全似没有听见。楚江涯便慢慢地转身，走出了这座破庙而下了土坡，只见那匹马向他昂首长嘶。其实这是他的马，他可也不想再要了，他就提着剑踉跄地走去。今夜的事，皆是他平生所未见过的，他没想到江湖间竟有如此的惨事，人间竟有这样难解的怨冤。看了这，就实在使他灰心了，觉得自己这次管的这些闲事，实在是愚傻，实在是不值。并想：还是家中的妻子说得对，走江湖实在不是一件好事。我这次将伤养好，切不要跟江湖人再往来了。

他失魂落魄地奔上了大道，时天色尚未明，他先坐在道旁歇息了一些时，东方才渐渐发出曙光。同昨天一样，有带棚子的骡车从乡间赶来往城中兜主顾去；楚江涯就出了很大价钱，雇妥了一辆，于是拿着宝剑藏在车里，就这样又回到了城中。到了他朋友的家中，进门就躺在人家书房里，这次他可再也挣扎不起来了。他的这个朋友看着他这样的情形，也就很是忧急，于是请来了城中的外科名医，买了价值很高的刀创良药，拿回到家中，给楚江涯诊治。楚江涯却仍然不放心外面的事，又派那个小厮，托那个朱老六去到东关，到隐凤村，到那座破庙里去给他打探访查。

一连就过了半个多月，楚江涯的背伤虽未痊愈，脸上的青紫却已消失。照着镜子看了看，模样可以出去见人了，他就心中大喜。又听说："那座破庙里近来连讨饭的花子都不在那里栖住，更没有什么事。""东关五福店中住的那些人，人是越来越少，他们的艺也没卖成，把式没练就走了，但不知是往哪里去了。""隐凤村中的老太爷已经下了葬，经不常念了，纸也不天天焚烧了，庄门成天虚掩，大掌柜、二知县、三粉金刚、四小姐美剑侠苏小琴，都在家中守孝。村里现在是十分宁静，白天的乌鸦都不常叫，夜晚的庄犬也不常嚷。"

楚江涯倒是很纳闷，心说：那些日斗得很凶，人死伤了不少，怎么就会烟消云灭，如今一点事也不提了呢？李国良就那样自刎了吗？岳大雄那些人也就甘心了吗？云媚儿是往什么地方去了呢？李剑豪果然就明了誓，掩埋了父尸之后，他就伤心而去，与苏小琴永诀？可是苏小琴的一颗芳心能够受得了吗？因此，楚江涯不大相信，想要亲自出去看看，把背伤之处贴上了膏药，换上了一身宝蓝色的宁绸袄衣、青缎坎肩、蓝绸袄裤、雪白的绫袜、黑缎的双脸鞋，并叫来了剃头匠，给他剃得青青的头皮，打得紧紧的又长又黑的辫发，还刮得干干净净的脸跟下巴。他又照镜子看了看，觉得这样很可以见人了，把腰挺直了，也不觉得背痛了，他以为这样子大可以重进隐凤村。于是他就叫人给他去雇车。

这里的朋友就来拦他，劝他不要再出去惹事，他却摇头笑着说："不要紧！不要紧！我绝不再与人打了，我只再往隐凤村去一次，见见那里的人，说完了几句话，然后我也就该走了，该回家了。并且我回家之后，就绝不再走江湖，绝不再跟人赌气——我也敢对着天地神佛发这个誓！"遂就叫人雇来了一辆漂亮的骡车，他要去看望那伤心憔悴的美剑侠。

王度庐·著／王芹·点校

洛阳豪客

舞剑飞花录

王度庐作品大系　武侠卷　拾

山西出版传媒集团

北岳文艺出版社

王度庐著

下

第十一回　携剑含悲辞乡里

楚江涯坐着车出了东门，故意叫车夫卷起来车帘，他听见街上有店房里的人来招呼他说："楚大爷！你老人家好了吗？"他微微地笑着颔首，心中非常高兴，暗想：我并没有死，脸上的伤也都已痊愈了，可是那五福店中殴过我的那些人，什么金鞭岳大雄和冯七、洪二、病太岁吕信等人，固皆一时之雄也，而今安在哉？

车出东关，见秋色弥漫在大地，走了会儿，就望见了隐凤村，村中的树叶也都有些发黄了，美剑侠的小脸儿恐怕也忧愁成了这个样子了吧！他心中如此想着，但又自觉着不对，此番自己来到洛阳，本来是只为送还汗巾和睡鞋，并无别意；即与苏老太爷一路同行，也相处如朋友一般。他的三位少爷又都对自己很是客气，自己哪能够对人家姑娘发这些非分之心呢？并且连一句轻佻的话也不应当说。这次若能够见着她，便见一见，也不便说旁的话；如不能够见，那自己只算是辞了行，也就走了，后会有期。

不觉车就到了村前了，按规矩是要进人家的村子，就得先在村前下车，这样才显得客气。于是他就命车停住，下了车，抖了抖衣裳，迈着方步走进去。有两条狗迎着他乱吠，他就一面躲避着，走到了苏家的大门，看见大门前高悬着贞节牌，旁边的朱红对联上都蒙着白纸，门只开了一条缝，门外没有人，门里也没有一点声音，真是居丧之家，凄凉已至于此。

"咳！"楚江涯暗暗叹着气，将门扣了几下，扣时不敢使力，且不敢过急，唯恐惊着了人家，又过虑地仿佛怕震着了苏小姐的悲苦的芳心似的。半天之后，里面才有仆人出来，这仆人认识他，也称呼他为"楚大爷"，并且不住打量他的头跟脸，好像是要寻找出来什么伤疤似的。

楚江涯却板着架子说："我特来拜访你们家里的爷，不知在这孝服期间，他们哪位还能出来见客？"

这个仆人正是苏德，他恭恭敬敬地说："我们这里的三位爷虽说穿着孝，可是只要亲友们都不忌讳，来了，他们也就都出来见，跟往常一样。不过我们二少爷可是直打听您，前几天还派了耿四，到东关去打听您的住处呢，结果没有打听得出来。现在楚大爷就先见见他吧，好不好？"

楚江涯点头说："我也并没有什么要紧的事，不过是来看一看他，同时……"他本想要说"同时是来辞行"的话，但是不知为了什么，他竟没有说出来。

当下他就跟随着苏德进内，被让了外院的客厅，苏德给他斟上了一杯茶，就至里院回禀去了。室内清净，窗外的檐下悬着两个鸟笼，里面豢养着的百灵鸟不住吱喳吱喳乱叫。院中种着的花草也都蒙上了一层秋色。偌大的庭院，竟没有一个人往来。苏德去了半天，也不见将他们的二少爷请出来，不知是院子太深之故，还是那位二少爷的"官习"太深。

楚江涯觉得心中发闷，就自己推开了屋门，站在檐下，不禁就往里院去看。他一眼就看见苏小琴了，大约是才从偏院出来，要往里院去，楚江涯所见的不过是个背影，但那身洁白的合体的半长不短的孝衣、那黑亮又粗又长的辫发、那亭亭的苗条的身躯，楚江涯就知道绝不会是别人。远处的纤纤素影也不过只是一闪，便被那院当中的一个木头做的照壁隔断了他这里的视线。他也不想看人家的正脸，更不管人家是否也看见了他，不过他的心中已觉得十分欣慰了，认为今天又算是不虚此行，那么就趁此时告辞吧，也算是落了个圆满的结果。

这时，那位二少爷苏振忠从里院出来了，见了楚江涯，就是一躬到地。楚江涯也还礼，抱拳说："我今天特来到府上辞行！"

苏振忠一听楚江涯的这句话，很快地就直起了腰，眼神带着惊恐的样子，连连摆手说："江涯兄！暂且不要急着去走，请屋里坐！我还有点事情要恳求玉允！"楚江涯反倒诧异了起来，只得跟着苏振忠互相虚让了一下，就直进了客厅之内。

苏振忠对待他真是百般地恭敬，请他坐在上首，先谈了些官样的客气的话，楚江涯自然对于这里老太爷下葬时的大略情形也问了一问，表示关心，并显出点慰问的意思。末了，就由苏振忠拂手，令旁边服侍的人苏德退出了，他把头探了一探，先说了苏老太爷临死时嘱咐他与楚江涯切实结交，以求庇护之事，并说："寒家迭遭不幸，先父见背，屡有江湖匪人来此搅闹。先父的老友李国良竟也不辞而别，至今不明生死。他有一个女儿，也是在舍下失踪，不知哪里去了。所以弄得舍下的人个个惊恐，直至最近几天的夜间……"楚江涯听到这里，就加倍地注意。

那苏振忠却面显惨白之色，说："连夜全有怪异之事发生，第一是西院先父停灵之处，现在供着灵位，晚间无人，可是常出响动。第二是房上时常有人走，同时……"说到这里，他双泪落下，悲痛地说："三舍弟于昨夜还在院中看见了先父，可见先父死得很屈，而仍然不放心家中的事，所以灵魂才夜夜归来！"

楚江涯就正色说："苏二兄，你是一位读过书，做过官的人，怎么也这样不明白起来？天下哪有冤魂不散还夜夜回家的道理？而况老太爷生前好佛，如今仙逝，理应魂往西方极乐世界，岂有做鬼现形，回家来吓唬儿女的道理？"

苏振忠却拭泪长叹，说："起初我也是不信，可是舍妹小琴也是终宵整夜地哭啼，茶饭都懒得进。我们阖家的人去劝，她却说夜间她每一合眼便能看见了先父！"楚江涯听到此处，就立时变色。

苏振忠说到这里，益发地悲痛，又说："舍妹并且说，她每次梦见了先父，就仿佛是先父催着叫她给报仇！"

楚江涯却连连摇头，说："这话可不大靠得住，我想苏老太爷也是一世英雄，生前行走江湖，死在他剑下的人就不知凡几了，如今他被人所伤，他又是一位老善士，难道他就不明白因果报应之理吗？我想他若灵魂有知，也绝不能如此！"

苏振忠说："不过，在先父受伤的那夜里，确实是连声呼喊云媚儿，令人给他报仇！"

楚江涯一怔，想了一想，便叹口气说："江湖争斗，仇冤相杀，总没有个了时！"

苏振忠也叹气说："是！我也是时常劝舍弟跟舍妹，我常说，虽云父仇不共戴天，可是仇人原是江湖女子，我们又何必要捉住她，置她于死地呢？上有天理，中有国法，她早晚是难得逃脱的！"

楚江涯点头说："也是！俗语云：'冤家宜解不宜结'，正是此意，何况苏二兄你已经是名场仕途中的人了！"

苏振忠连连欠身说："惭愧！惭愧！"

楚江涯又说："这里的苏大兄又是经商在外，小姐将来还要与世家结亲。"

苏振忠就更点头说："这是最要紧的，先父垂殁之时，还谆谆以舍妹将来的婚事为虑，因为先父生前虽也在风尘之中遨游过几年，但舍下实在也是代代的书香！"

楚江涯说："这不必苏兄来说了！府上的贞节牌和茔地里的节烈坊，还不就都摆在眼前吗？这是令尊虽死也不能忘的，也是令妹应当时时以之为意的。"这句话，他自觉得也说得太含混了，但苏振忠更是连连点头，觉得楚江涯这人所说的话真是明达，而且深知他家中的情况，遂就越发敬佩。末了，就说到要楚江涯在他家里长住，以便震慑那些匪人，不致再来寻仇，并使家中的男女也都因为这里住有一位武艺高强的人保护着而不至于天天过虑地防备，夜夜担心地虚惊了。那么到了将来，必然有点酬谢！

楚江涯却暗暗地笑，觉得苏振忠跟他的爸爸是一个样，真是昏愚，而且势利眼，却把自己看成江湖人。我救了他爸爸的性命，那老头子就要以钱酬我；如今他也要花钱雇我在他家中，不但护院保镖，还得捉贼驱鬼。这样想着，心中不禁气愤，但是什么话也不说，只连连点头。又谈了一会儿，楚江涯就叫这里的仆人出去，将他的那辆车打发走了，并托那赶车的带回去话，告诉他的那个朋友，就说他已应了苏二少爷之聘，在这里当了护院的了。于是他精神振奋，苏振忠又派了苏德带着他去看看那下榻之处。原来他们给楚江涯预备的房子，就是西院里的那东屋。北房里早先是客厅，苏老太爷就死于此处，后来改做灵堂，现在还供着牌位。西屋堆的是些乱东西，破桌子、门板、破泥炉等。南屋却是佛堂，这些日来连一丝烟云也不从那门缝散出来了。磬也早没人敲，经也没有人再念。当中是院落，却相当地宽大，如今这些房屋和这个院子，好像就全都属于了楚江涯。

　　苏德把他领了来，就要走开，楚江涯却上前一步，伸手将他抓住，就问说：“喂！你们这个院里平日就没有人来吗？”苏德的脸上变色说：“有时也有人来，可是晚上没有什么人敢到这里，因为闹鬼！”又悄声指着那北屋说：“那里死过一个人，云媚儿还混到这屋里来过。云媚儿原来才二十来岁，长得还好，苗苗条条的，手也能干，锡箔打得很快……”楚江涯笑着说：“你这小子也入迷了，去吧！去告诉你的三少爷跟小姐，就说我现在在这里，准保贼、鬼、云媚儿全不敢来。请他们晚间放心睡觉吧！”苏德答应着走后，楚江涯却又发呆了半天，就想着：怎样才能见着苏小琴呢？怎样才能还了她的绣鞋与罗巾，而劝她……唉！恐怕苏小琴与她的父亲生前感情过深，而报仇之心又最急切，她未必听了我的话，就能心回意转吧！

　　近午的时候，苏振忠派人请他到饭厅中用饭，因又见苏振忠跟苏振杰，这位粉金刚又直打听云媚儿有下落没有。楚江涯却摇摇头说：“不知道，不过你们放心好了，她绝不能够再来了！她也不敢再来！”苏振杰却把筷子向桌子一摔，说：“我倒盼着她来，她来了，我绝饶不了她！"不知是正生着气呢，还是又有点犯单思病，楚江涯也不搭理他。

只听苏振雄、苏振忠二人谈到了他们的妹妹，一个是问："妹妹也不知今天吃了饭没有？"一个是答："赵妈已把饭送往北屋去了，她二嫂跟何妈妈正在向她劝解，她大概是不能再不吃饭了！"大哥苏振雄就长叹说："愁得至于不吃饭，饿病了、饿死了那更不合账！更没法子报仇了！"楚江涯对这些事倒都很注意去听。

饭毕，他又回到那西院里，苏振杰也跟了来，向他打听李国良的生死下落，楚江涯却说："我哪里知道呢？"苏振杰又说："我二哥请你来保镖，这件事情我也愿意，可是我告诉你，晚间你照旧可以睡觉，不必整夜不合眼。这里夜夜都是瞎惊慌，连半个贼影也没有，不过就是我爸爸的阴魂，他老人家总是舍不得家呀！坟地又离着近，难免夜间要回家来看一看！"

楚江涯看着苏振杰的神气，就觉有些可疑，因为他说话虽也声音凄楚，但脸上全无真正的悲痛之态，只好像故意拿他爸爸的阴魂来吓人，叫楚江涯不要在这儿住才好。楚江涯却淡淡地笑着说："如果他老人家的阴魂回来，我倒想要跟他谈谈，我劝他不必叫人去杀云媚儿报仇了，就把云媚儿带到家里来好了！"苏振杰笑了，说："这是为什么呀？"楚江涯却正色说："为是将来你就是这里的一家之主，大院外，没有一个如意夫人能行吗？"苏振杰故意着急说："唉！你怎么说这话？我怎能娶一个杀过我父亲的贼娘儿们？不过，我也想，冤仇不可结，再说云媚儿当初伤了我的父亲，也未必是故意……"楚江涯不禁微笑，说："云媚儿当初不但不是故意，而且简直……"正说着，外面有人给他送来了行李、包裹跟宝剑，他就趁此把不必跟苏振杰说明的话又忍住了。

楚江涯实在没有想到，自己的伤才愈，就跑到这儿做护院的来了，到晚间还得小心点鬼，他想那个鬼大概就与这苏振杰有关。天色还不晚，就又吃了晚饭。太阳的金色的光还照着东屋的屋顶，空际还留着片片的火烧似的云霞，苏德就把灯给送来了；放在桌上，问了问没有别的吩咐了，他匆匆地回身就走。楚江涯又追了出去，问说："喂！没有打火的东西，我可拿什么来点灯？"苏德这才说："我忘了！"他掏出来了火镰，却连向北屋溜一眼也不敢，就走了。

这院里，就再也没有一个人来，秋风吹来了几片枯落了的花叶，在地上乱滚，乌鸦乱叫过了一阵之后，天就渐渐地黑了。楚江涯在各处巡视了一遍，就回到屋里点上了灯。宝剑虽抽出了匣，置于灯畔，但楚江涯却懒懒的，不相信能有什么贼哩、鬼哩的前来。所未决的只是，到底应当不应当再见小琴一面呢？见了面，把自己所知道的那些事，李国良、李剑豪等等的事，是对她实说不实说呢？他心中犹豫、辗转，颇为苦恼。这时窗外更黑了，更声梆梆，原来都敲到二更了。声音似发自前院，又走向后院，然后就没有了；可见更夫不敢到这院里来打更，而知道请来了保镖护院的人，他们敷衍着敲过两下更之后也就回屋睡觉去了。

西风阵阵，吹着这里的窗棂，窗下的蟋蟀也在唧唧乱叫，有如悲切的私语，落叶也在院中发出轻微的簌簌声响。有个灰色的大蛾子不知是怎样飞进屋里来了，围着灯乱飞，灯是只有豆子般大小的光焰。楚江涯书空咄咄地冷笑了两三声，自言自语地说："什么鬼吧！不是苏振杰在家里胡闹，就是李剑豪来此吓人，其实若是李剑豪真来见我，也正好……"才说到这儿，忽听窗户上噗的一声，灯光也一摇，可真把他吓了一大跳。

他本已抄起来了宝剑，但又回过头去一看，见窗户纸被撕了一个不算大的窟窿，他就当时不惊了，因为他想着：若是鬼，绝不会撕窗户纸；若是贼，也绝没有这么大的胆！于是他放下了宝剑，起身就向窗户走了两步，问说："是谁？"又冷笑着说："苏三兄！粉金刚！你用不着弄这些鬼。你若想把你两个哥哥吓走，要这所庄院，那也容易，你可得跟我来说！我再给你设法，你这个办法可不行，我是专会捉贼，拿鬼，制小人！哈哈……"

忽然他不禁一怔，原来窗纸的窟窿外是露着一点很娇嫩的脸儿，而且还有点头发，是那么美丽的鬓边的头发，发出的也是娇声，颤颤巍巍、忸忸怩怩、悲悲惨惨地说："楚……江涯！你怎么没有把李剑豪找回来呀？"

楚江涯更发怔了，心紧张起来，精神振作了起来，但是眉头却不禁也皱了起来，就说："啊！原来是小姐。"想起来刚才错认了窗外是苏振杰说的那话，又不禁脸烧起来了。他喏喏地又说："苏小姐……"心想：答复人家什么呢？只得带笑说："请进屋吧！"

窗外却说："不！"声音如敲了一下金铃儿，脆得很。她也并没有客气，更不温婉，只问说："你没有见他——剑豪吗？"楚江涯说："前些日子是见着了。"窗外紧接着就问："是在哪儿见着的？他没有走吗？他还在洛阳吗？"楚江涯说："可是，大概不在洛阳了。"小琴又问："他是随他的父亲一起走的吗？你只见着他一人，并没有见着他的父亲吗？"

楚江涯说："我倒是都见了，可是……我都没见着！"外面说："什么话？"转身走到门前，露出来一身青、手持剑、面带气、婷婷娇躯的美剑侠。楚江涯赶紧摆手说："姑娘你不要急！听我告诉你！"小琴说："你快说！"楚江涯又说："不要忙，容我想一想我见着他们父子时的情景！"

苏小琴一步进到屋里，伶伶的秀目直瞪楚江涯，楚江涯勉强笑了笑，就说："没有什么，姑娘你不要忧心！剑豪兄跟着他的父亲李老英雄已经走了，当然是为躲避岳大雄那些人了！"

苏小琴眼皮儿往下低了低，就又问说："他没有说，他几时才能回来吗？"

楚江涯说："他对我说……"他只好编个谎来说："他如今是避仇远去，哪有回来的一定日期？不过他说的大概是……"

他下了下狠心，又说："他说至少也得过十年才能回来。他叫我转告诉姑娘，对他放心吧！对他……"苏小琴已经低下了头去，她不生气，也不对李剑豪发恨，却呜咽地哭了起来。只见她的肩膀儿一下一下地颤动，宝剑也几乎撒手扔在地下，样子是十分的可怜。

楚江涯心里也十分不好受，就觉得自己编的那个谎太厉害了，叫人家听了太伤心了，他遂就赶紧改口说："也许我是把话听错了，李剑豪大约是说，一年半载他就能回来。"

小琴哭着又说："不知道他现在是往哪里去了？"

楚江涯说："他是江南的人，自然是回江南去了。"

小琴听了这话，突然就拿袖子拭了拭眼泪，而转身就出屋去了，轻微的脚步声响了几下，大概就离开了这座院落而去了，楚江涯却仍然地发呆。

一夜没有什么事情发生，次日白天，楚江涯方才睡了个好觉，因想起昨晚苏小琴的悲痛情形，他实在是不放心。到晚间他的精神很好，点上了灯，就盼着小琴再来，自己好对她再劝慰劝慰。同时那罗巾和睡鞋总是应该还给她的，以了自己的心愿。可是，直到深夜，也不见小琴再来，更没有什么动静。他就将灯吹灭，暗自提剑出屋去巡查，他蹿上了房，就轻轻地踏着屋瓦，把这苏家的各处院落跟房屋全都巡视遍了，只看出了有一两件可疑的事情。

原来这些日苏家的庄院本是极为平静的，只有苏振杰跟不知是哪个女仆勾搭上了，所以到黑夜里他们做些鬼事，次日反倒扬言说看见了鬼，以使家里的人到夜里全都不敢出屋，好给他们方便。小琴的屋子彻夜也有灯光，然而那灯光非常之愁惨，大概就如同她的抑郁的心情跟飘摇的梦境似的。楚江涯晓得小琴是武艺高强，耳眼全都十分地机警，所以楚江涯虽由房上经过，却不敢下去隔窗看上一看。因此，他不知道小琴究竟在屋里是做什么了，他的心里很是闷闷不过。

楚江涯自从来到这里，他跟那仆人耿四倒是越来越熟了。耿四这小子颇有一些胆子，独他晚间敢来到楚江涯的屋里来闲谈天。他细细地说了苏老太爷受伤时及临死时的一切情形；又说正在办丧事的时候，云媚儿曾混到这里来，如何被小琴识破了给赶走；又有一个男贼，如何被小琴识破给杀死在灵前。村外也死了几个，这些都是跟乡约地保以及府衙里的小官员打点好了，尸也都没有验，就都半官半私地掩葬了。

这里的大爷、二爷可出了不少的钱，原因是：一来可以免得这里的爷们出头打官司；二来是为不致招远处的江湖人家愤恨；第三件是最要紧的，就是因为美剑侠的名气太大了，恐怕因此事将名气传得更大更远，使没见过小琴的人想着——小琴不定是怎样的一个锯齿獠牙、母夜叉似的人了！那样将来对于小姐的"说人家"上有碍，就难以找到有品爵的好女婿了……

末了，耿四又悄悄地谈到了李国良及那李大姐，原来李国良的死事虽尚无人知，"李大姐"究竟真是李大姑娘，抑或就是那岳大雄等人特来搜寻的那个李剑豪男扮女装，或是本是女的，但早先曾扮过男装，曾得罪过江湖人……这些事，由耿四起，已经是很有人加以疑惑了。楚江涯并知苏小琴跟她的二嫂、三嫂全都不和，更不禁为她悯惜而难过。

这时候，苏小琴的心是如同被两面沉重的车轮狠狠地碾压着。第一就是杀父的大仇，她始终相信她那慈祥年老的父亲是惨死在那贼妇云媚儿之手，尤其因为云媚儿曾到这宅里来过；她更恨云媚儿居心叵测，而太轻视了她家中的人，她就立誓非要用剑剐碎了那贼妇不可。第二，就是李剑豪这一去无踪，使得她的心是一刻也不能割舍。她时时地发急，也不全是因为云媚儿；她每天都要痛哭几次，那更非是专为伤悼父亲之死。最压榨着她的心的，使她的心流血而几乎成为粉碎，最牵系着她的梦，使她终夜睡眠不安的，就是李剑豪。但这件心事，她除了对陌生的人楚江涯还可以略说一两句之外，家中的人，无论是嫂嫂或哥哥，她全都不能说。

不过，她的三嫂卢氏已经对她有些闲言闲语了，有一次来劝她，就说："妹妹你也不必每天难过了！哭坏了眼睛也不好，哭病了身子更不好！若说老太爷故去了，家中连遭了几次的变故，使你的心舒展不开，可是你也得想一想，世上的人还有许多不如咱们的呢！比如丢了的那位李大姐吧，这时候不定怎样了；她要是个男子汉，还好办些，可惜她是跟咱们一样的女流！谁知道她这时候已落到什么地步了呢？比咱们可怜不可怜呀？"

她又说："我昨天做了一个梦，梦见了李大姐原来没有丢，并且腿也好了，在院子里还直跳呢，穿着是你三哥的衣裳和鞋。我还说她，女扮男装，成了什么样子啦？妹妹你说可笑不可笑？得啦，妹妹你就不用愁啦！我说点笑话给你开开心吧！女儿的孝，只穿一年，明年牡丹开的时候，你的孝服也就满了，那时准保紧跟着脱孝，就得来个喜信。真的！我真不说假话，二哥二嫂跟我提过，他们说开封府陈老爷的大公子，是去年中的举，还没有娶亲，跟咱们也算是门当户对……"

　　小琴对三嫂的这些带有针锋的话语，她只得忍着气听着、受着，不能还一言。三嫂有时又说："练武艺这件事实在不好！就拿李国良来说，他一辈子发了财做了官了吗？如今弄得跟他的儿子……不，我是说错了——跟他的女儿一样，全都是不知死活了！"

　　更有一次，苏振杰在院中又耍他那几手剑法，表示粉金刚虽说穿着孝，但在家里就把"功夫"扔下了还行吗？若叫前院闲住的那小子楚江涯知道了，他还能够看得起我苏三爷？再说她——二哥二嫂由任上带来的一个俏皮老妈——为她也得练练啊！好显显英雄呀！

　　不料他正在练着，他的妻子卢氏就沉着那张雀斑很多的脸，出来骂他，说："你就练吧！你就练吧！练好了武艺去惹麻烦，男扮女装去引诱人家的闺女，偷人家的鞋跟衣裳……"

　　苏振杰倒觉她是在说疯话，本想要骂：妈的你说什么啦？少来管我！可是这话他也不敢说，他怕他的媳妇，只好收起来宝剑，心中却发着诅咒说：快死吧！快叫云媚儿来把你杀死吧！还得她来了就不要走了……回头又望望西院，见那绛色的窗帘早已摘下去了，房门固锁，内中已多日没有人住，他又发了相思病一般长叹了口气。此时他的妻子卢氏又瞪他，他只当作是李大姐在瞪他，他就跟着这个假李大姐回东院去了。

　　大嫂是仍然操持着家务，二嫂却有点官太太的脾气，成天严厉地教训仆妇跟婢女。天边结着团团的愁云，酿着秋意，阶下是整夜叫着寒蛩，牡丹的叶子都枯黄了。小琴深深觉得，这个家，这个地方，她已经不能够再住了。这一日的夜间，她就又去悄悄地找着了楚江涯，向他询问李剑豪的准确下落；她几乎哭了，她就说她要出外去寻找李剑豪，这样却弄得楚江涯很是着急。

楚江涯要将小琴让到屋里谈话，小琴却摇头，她只半身在门里，半身在门外地俏立着。屋门大开着，吹进来的风使桌上的灯烛不住地摇动。楚江涯也是站立着，正色说："姑娘！你放心吧！我说的都是真话，剑豪兄确实是走了，并未遭岳大雄的毒手，并且他走得也不远。"

小琴就又问："他到底是往哪里去了？"楚江涯说："江南，不过……"下面的话，他还没有想起应当如何往下去说，小琴就急急地说："明天我就要起身找他去！但是，你可不要走，我走后家中的人还得仗你保护。"

楚江涯摇头说："我可不管保护！姑娘，你是你们家中的一个最明白的人，你绝不能像你父亲跟你哥哥一样，将我看成了江湖人。我这次重来洛阳，吃打受伤管闲事，以及来到你们家护院，我不为别人，只是为你，为姑娘你！"

小琴立刻脸就一阵红，眼睛也瞪起来说："你！你为我什么？"

楚江涯微笑着摇头说："不为别的事，只因为在咱们第一次交手时，你曾遗下了……"

小琴不待他说完，便发急地说："你还提那次的事做什么？我现在也不恨腾云虎他们了，我只恨的是云媚儿，我要去找李剑豪，也为的是叫他助我报仇！"

楚江涯却摆手说："据我看，你的那件仇，不必报了！"

小琴越发地暴怒，问说："莫非你跟云媚儿是朋友吗？所以你才护着她？"

楚江涯却说："这真是笑话了！假若是你说的这样，那么我告诉你吧！令尊的那场丧事就等不得到家中才办。"

小琴气得迈进来一步，此时，她手中是没有拿着剑，不然她真要举了起来，向着楚江涯来砍。楚江涯倒是仍然带笑，并且有些感慨地说："姑娘！你得要知道，你现在是还穿着重孝，不应当随便出门，同时，——我说话你可莫恼，你须以贞节牌为重呀！"小琴一听这话，立即就又黯然生悲。

楚江涯便也近前一步来，说："姑娘你听我说，我所以来这里住，只为的是得便见你说一说。你不要急躁，不错！你虽未离开洛阳一步，可是江湖上都已晓得你美剑侠的大名了。但你究竟是一位大小姐，你父亲临终时尚且嘱咐你，要以家中的贞节牌坊为意！"

小琴痛哭着说："为什么我要去找李剑豪呢？就为的是这……"

楚江涯一听，便不由得怔了半天，心中如同被人浇了一桶冷水，真是完全冰凉而且灰冷了。他虽然知道李剑豪与小琴有情，可是还没有想到他们竟如胶似漆地成了这样，原来小琴早已委身于李剑豪了，除非找到他，绝不嫁第二个男子。虽然楚江涯本就没打算做这"第二个男子"，但一听了这话，心中却极为难受，就不言语了。

小琴也仿佛忸怩了一会儿，拭净了眼泪，就赧然地说："不把李剑豪找回来，就不行！因为你知道我的事，我才告诉你，你可不要告诉我的哥哥们，反正，明日或后日，我就要走了！"

楚江涯赶紧摆手说："姑娘你不要走！你若走后，我绝不再护这个院，因为我不是以此为生的；我的家里现在还雇着人护院呢，我能在此受你们驱使？不过如今话既说明，我就再为姑娘效效劳，无论山南海北，我总能够把李剑豪找着就是了，至多半年！"

小琴就皱着眉，发愁地说："半年？"

楚江涯说："唉！半年你还嫌时间过久吗？我不愁找不到他，我是愁找到了他，而他不肯回来！"

小琴说："我就不信！"

楚江涯说："那么，便这样办吧！明日我就动身。由此到江南，往返也得一个月，至晚……"想了想，又拿手指算了算，就说："两个月之内，我一定能够回来！"

小琴说："把剑豪找回来？"

楚江涯说："这，这可……"

他知道若把李剑豪找回来，实在是不易，但见了苏小琴这样的可怜态度，有许多话，他又真不忍得对小琴去说，只好完全慨然答应，说："姑娘你就在家中等候着吧！两个月以内，我必能够将李剑豪寻回来！"

小琴拭着眼泪，露出一些感激之状，她嚅嚅地娇羞地说："只要楚大哥你能够把剑豪找回来，我必定对你重谢！"

这句话说得楚江涯不仅是灰心，而且十分地难受，他就连连点头说："好了！好了！明天早晨我就走！"小琴这才慢慢地退出去。

楚江涯只是发着怔，也懒得关上那屋门。门外的秋风是一阵比一阵紧，忽然把灯烛吹灭了，楚江涯这才赶紧摸着了火，重点上了灯。他走过去吧吧咕咚地用力将屋门关严了，并且顶好，就又吹了灯，倒在床上就睡；心里极为懊恼，什么闹贼闹鬼，他全都不管了。

睡到次日，晨起就去见苏振忠，说是自己在此已住数日，并未见发生什么事情，同时自己也要回家去看看，所以就要告辞。苏振忠原要拦他，可又不会说话，也不会强留；苏大爷振雄是见楚江涯根本不像个保镖的，留他在此也没有什么用处，所以也就没有挽留他；那"粉金刚"苏振杰，是更愿意叫楚江涯快走。当下苏二爷振忠就取出了些银两，作为给他的报酬。楚江涯的心里也明白，即使自己不收这点银两，他们也不会就看得起自己，还照旧地以为他是一个走江湖吃饭的。于是，他也不管银两多少，就都收下了，却连谢也不谢。他遂就拿上来自己的东西跟宝剑走了，临离隐凤村的时候，他向苏振杰说了一句："请你去告诉令妹，我已经走了！后会有期吧！"说毕，他即走去。

楚江涯是先回到城里，他不急不慌地又在朋友的家里住了一天，把苏家所赠给他的银子都分散给这里的仆人们。次日找了来一匹好马，穿着新衣裳，这才走去。他本来无意去访李剑豪，明知访李剑豪容易，甚至把李剑豪请了回来也不算难，但回来又怎么样？他还真能跟小琴结为夫妇吗？那，不用说他已对着神佛发了誓，就按着良心来说，凭着情理来讲，也是说不过去的。不过昨晚当着小琴的面，是不得不那样支吾、敷衍，今天又不能不走；这也不是有意骗小琴，而是实在不忍见小琴那样伤心流泪。所以得赶紧走，只要离开洛阳就好办了，自己可以在秋风里慢慢地策马游玩着走，一路散心、遣愁带养伤。

他打算再到登封县，看看鲁家五虎那兄弟几个人的伤都好了没有，劝劝他们将来不要再去找苏家报复，因为苏家，尤其是小琴，此时的遭遇已经很可怜的了。那么以自己与鲁家的交情，再加上自己以事实辩解，必可以使他们尽释前嫌，而为苏家免去将来的一个大对头。那就好了，自己就可以回家里去了，见太太，收起宝剑。那绣鞋、汗巾，虽然未得机会还给小琴，但也可以不还她了，索性将来交给太太使用——一想到这儿，却又觉得不对，那可太侮辱了小琴；还是在过洛水时，把这两物投之于洛水的清波，一任流去，飘逝，这才对！

他这样想着，不觉马已出了东关，他想要避着隐凤村的那条路而往北边的大道去走，不料这时便听对面有人叫道："楚大爷！楚大爷！"他收住了马一看，见来的人骑着一头小驴，正是苏家的仆人耿四，他忽然想起再说几句话，遂就赶过去了。耿四的第一句话就问说："原来楚大爷您今天才走呀？"

楚江涯说："我本来没有什么急事嘛！"便又吩咐说："这话你可不要回庄里去提，我走了！请你家里的小姐要多多珍重！"

耿四笑着说："你关心我家的小姐，我家的小姐可也关心你。昨天你一走，她就向人急急地问，说是走了吗？是真走了吗？我说人家本来也是一位公子哥儿，焉能为一点钱就给咱们永远护院？人家不是真走，难道还是假走不成？"

楚江涯听到这里，就赶紧又问："她听了你这话，她又说了什么没有？"

耿四摇头说："她倒是没有说什么，不过她心慌得很，整天还是出来进去的，夜里又常上房；原来每夜的房上瓦响，不是别人，就是她在防贼了！"

楚江涯就说："对了！你得告诉她，云媚儿那班人还能找到家里去捣乱，非得她震慑着不可，你们那三少爷粉金刚是不行的！"

耿四摇头说："他哪儿行？他是个大屎缸。"

楚江涯又说："这话你也可以去告诉你们的大少爷跟二少爷，千万不要叫他们的妹妹离家。可是如果有门当户对的人来提亲，我想不用等到穿孝三年，就是现在，也可以把她聘出去！"

耿四皱着眉说："这可就不大容易了！他们是非得做官的人家提亲，才能聘姑娘。可是做官的人，谁敢娶美剑侠当夫人呀？再说早先在她家住的那位李大姑娘，我想着可有点不像是姑娘！"

楚江涯说："你休要胡说！……这样吧！将来苏家如无事便罢，如无大事发生也就不提了；万一再有什么难办，或是别人不管给办的事，你就到中牟县去找我，一打听楚少当家的，那里便无人不知！"

耿四连连答应说："好啦！好啦！以后如苏家再有难，或者我耿四没有了饭，我就一准到中牟县，拜求楚少当家的……少当家的再见！我要到城里买东西去了！"他向着楚江涯打躬，楚江涯这才含着笑，放心地策马走去。到洛水边，桥头驻马往下一望，不但水浅且浊，还有一个人在那里摸鱼，因此，睡鞋与罗巾又无处打发了，他只好带着轻愁，直往东去。

不料耿四在城里买完东西，办完了事，骑着小驴回到了隐凤村中，他就把见了楚江涯的事情对人说了。小琴本来是整日不能在屋内安居，时时要到各院里去走。第一是恐怕再像上次一般混进来云媚儿那样的歹人；第二是要随时由仆人彼此的闲谈之间，知道些外面的事。当下，她听说了耿四曾遇见了楚江涯，就赶过去询问。耿四说他是昨天跟楚江涯遇见的，并不是刚才遇见的。说是楚江涯确实是走了，回中牟县他的家里去了，人家在那里本来也是一位"少当家的"，咱们这里的人把人家当奴仆一样来看待，人家不走，还等待什么？

小琴听了，就不禁有点诧异，再问说："他是真回家里去了吗？"

耿四说："人家不回家里去干吗？难道还能老在咱们这里保镖？人家可不稀罕挣这几个钱。可是，人家并不是就不帮忙啦，临走时对我说，无论什么时候，咱们这里若再遇见难办的事情，就去找他，在中牟县一打听楚少当家的，便无人不知。"

小琴一听，就不禁发恨说："哎呀！原来他是回家去啦！"

耿四说："可不是回家去了吗！"

小琴愤怒地就回到里院的屋内，呆了半天，就知道楚江涯应得替自己去找李剑豪，那不过是一种欺骗。他不定是弄着什么私弊，也许他就跟岳大雄那些人串通，而把李剑豪……大概李剑豪就是没死，也是让他们给逼迫走了。自己求楚江涯去找他，岂不是徒然，若想见李剑豪，还是得自己亲身去找。于是，她的心中就萌发了出走的意念，但是她还不能就决定，因为手中的钱财既缺，路费不够，而且有重孝在身，再说又怕自己走后云媚儿等人又来复仇，因此她就迟疑不决，而家中的纠纷痛苦却又一件一件挤了上来，直逼着她走。

二嫂跟三嫂渐渐不合了，因为三嫂看不上二嫂的那种官太太的架子，二嫂也嫌三嫂泼辣、小家子气，时常就要拌嘴，争吵。小琴的乳娘何妈妈因为目睹主人的家中几遭凶变，急得得了中风之疾，被她家里人接了回去，不几天就死了，这又给小琴了一个很大的悲痛。同时苏振杰在家中为所欲为，闹得简直不像话了，两个哥哥也都管不了他，这也使小琴很生气，气得常常连饭都吃不下去，而忧急得更是连宵不睡。且因云媚儿、岳大雄等人也不再来了，真使她烦恼，觉得手痒，这才决定了走。

但是才一跟大嫂去说，大嫂就用许多婆婆妈妈的话来劝她。一跟二嫂去说，二嫂立时就转告了她的二哥，苏振忠便赶紧来劝他的胞妹，说了些三纲五常，说了些闺门的礼教，说了家中的节烈坊、贞节牌，以及父亲临死的遗言怎样的重要。小琴听了就觉得语塞，觉得二哥引经据典说了这些大道理，自己是只有遵从，打消行意，而没有法子批驳。

可是，苏振忠说来说去，又竟自说到妹妹的婚事上了，他说："爸爸临死的时候，不放心的就是你将来的婚事，他要把聘到一个书香之家，做官的门第里去。慢慢地就有人来提亲了，你想，妹妹！那是你的终身大事呀！你怎可违背父亲之意呢？你若是一个人到外面去找云媚儿，不用多，只在外面走半个月，以后可就没有人敢来提亲了，都得把你看成了江湖的女子了！"

苏振忠说了这些话，见小琴脸上微红，默默无语，显出是已被说服了的样子，他就不再言语了。其实小琴却因此更是决定了出走之意，就想着：自己的父亲苏黑虎本是一个江湖人，那自己就去嫁李剑豪，也不算给家中贻羞；并且还可称得是从一而终，对家中的贞节牌也对得住。

于是她就预备走了，她只有小时候逢年过节，父亲给她的"压岁钱"和"买花儿戴"的钱，统共凑了不到三十两，连同她的几身素净的衣裤鞋袜和为缝纫什么用的针盒、线团等等，打了一个紧紧的小包袱。她又预备了一条粗布里面，却装着丝绵的被褥，因为携带便利，能够御寒。她将青蛟宝剑也擦得很亮，马匹也看中了，她就要走了。然而她的心中却袭上了悲哀之情，她难舍这里的一切，甚至院中的一些牡丹，她都舍不得，唯恐一年之后自己再回来，这些花连根都叫人给刨了。

但事逼到此，不走又实在不成。于是在一天的清晨，四更才过，天尚未明，她就悄悄到厩中，自己备好了一匹黑马，自己开的旁门，牵出了马去，携带着包袱，谁也不敢惊动，就如鬼魂一般，飘出了隐凤村。

她先至坟茔之中，到了父亲的新坟之前，暗自抽泣了几声，这才将行李包袱以及宝剑全都在鞍旁放好系坚固了，她便骑上了马，挥鞭走去。回首里门，仍不禁清泪涟涟，但翘首东方，朝阳在云中发出紫色，放出光明，就似李剑豪在眼前等着她了。

少时过了洛水，天色就已大亮，她怕自己的家中有人追来，便紧紧地挥鞭去走，然而她却不明路径，只知道应当顺着大道一直往东，才许能够走到江南。这条路很宽，来来往往的车又极多，无疑是条康庄大道，但又很讨厌，路上的人无论是行商、客旅，没有一个不注意她的。其实她生得虽然美丽，布衣青鞋，却也与一般村女无异，只是她骑着一匹健马，携着三尺钢锋，因此路上的人就有不少咋舌的说："哪儿来的这位女镖头呀？"有认识的人就更加惊异，说："了不得！这是隐凤村里的美剑侠呀！如今她必是去闯江湖，要斗天下的英雄好汉！"

第十二回　秉烛达旦对佳人

　　小琴离了洛阳往东去走，当日虽不见有人来追她，叫她回去，但是路上的用饭和投宿都使她感觉非常不方便，例如午间用饭，哪里还像在家里，有干净的厨房给烹调出各种菜蔬。父亲在世时，每到初一、十五，全家都要吃素，如今就是随着一些推车子的、挑担子的在小镇上进那又脏又狭隘的小铺，吃那手擀面，热腾腾的一大碗，也不管你吃得了吃不了；调上一些盐粒子、醋浆跟大块的秦椒，更不管你喜欢吃不喜欢吃；里面还时常有死苍蝇。身旁又都是些汗臭味和村俗难听的话语，并且有许多双惊异的眼睛永远包围着她，她真觉得厌恶。到晚间投宿时，又只能投那小店房，因为自己的路费带得不多，还不能跟一些行路的男客人在一间大房子里去挤，自己必须要找单间，然而这可就难了。第一，凡是这种小店的单间，不是堆着半屋子的柴草，就是一大堆也是做燃料用的晒干的马粪，柴草还好点，马粪的气味可实在难闻。隔壁常有人唱梆子，院中又常有人打架——其实这些开店的跟行路的粗人也不是永远打架，不过他们就是说着好话时也总是骂着，表示有交情时也总是踢着、打着，使得小琴都看不惯，她心里想：这些也许才是真正的江湖人吧！由这些人看来，可见江湖人也实在是可厌，而楚江涯的为人虽略带些傲气，但是颇为文雅，大概那种人在江湖上就很是难得了。至于李剑豪，也无怪他能够女扮男装，他实在是脾气婉顺，态度温柔，跟个大姑娘一般……"这样想着，她就益为神驰，相信李剑豪必不忍舍开自己而远去，他绝不能那样无情，大约他是暂时藏匿起来了。等到一月半月之后，他也许又到隐凤村去看她，若知她已经离开了那里，他也必定着急，要再找我来。不久我们必能在江湖之间巧遇。……因此，她走着路倒不怎么心急，并且幻想着："如果在路上我与李剑豪走到对面，我应当如何呢？顶好是我装作没看见他，叫他先来理我，然后我再问问他为什么就那样子胆小？不敢再在洛阳住？同时还得问他为什么离开我这许多日？这样无情？那时看他说什么？……"小琴如此芳心辗转萦回，渴念与薄情的人会面，在旅夜孤灯之下，常常落泪。

小琴在路上还有一件最感到不便之事，就是自己是一个姑娘家，不能像别的客人似的，能够见着谁就跟谁谈天和打听事，所以她一投店，就在屋中一待。店伙是非等她叫，人家才进来，进来倒是要茶来茶，要水来水，可是随即就走，多一句话也不跟她说，多一眼也不向她看，就像是人家都不愿理她这么一个"堂客"似的。她只能时常侧着耳，隔着门缝、板缝偷听院中或邻室的谈话，可多半就是些骂人的话、难听的话，都十分不堪入耳，都与李剑豪的下落无关。

她行走了三日，才过了偃师县，转往南去，眼前就看见了嵩山的苍苍郁郁的山峰。时才过午，她又在一个小村镇里用饭，不想就由北边来了两个人，都是骑着马，下了马就探头向面铺里来问说："掌柜的！借借光，我要打听吴家庄在哪儿？"

那正在灶旁下面的一个三十来岁、秃头顶、三角眼的掌柜，转身看了这问话的人，就努了努嘴，说："在西边！你要找那儿的什么人吧？"

门外这两个手里都还牵着马的人都很年轻，一个看那样子才不过十七八岁，穿着黑布的裤褂，神气十分强悍，听了这话，道声谢，就牵回了马，一扳鞍，吧地就骑上了马。他并不回答铺子里的掌柜，却向他那个瘦的同伴大声说："走吧！吴家庄就在西边，咱们看看吴大叔，再叫李剑豪那小子请咱们喝几碗酒……"两个人随说随笑，蹄声嘚嘚，扬尘而去。

这时，小面铺里的掌柜照样下面，旁边的人也依然彼此谈着闲话，并没有注意这件事的。小琴可立时就坐不住了，她嚯然站起身来。正有个小伙计把她要的一碗热气腾腾的面给端了过来，小琴却说："先放在这儿吧！等我回来再吃，我先出去办点事儿！"这小伙计拿着烫手的热碗，不住地发怔，那下面的掌柜、谈话的众客人也齐都扭头来看她。

小琴却提了包袱，拿了马鞭跟宝剑出门，解下来缰绳，挂上了宝剑，她就上马飞奔向西。一瞬时就追上了那两个年轻的人，她就尖声地呼叫，说："前面的人，你们站住！"

那两个人听了她这样喊声，回头来看了看，才将马收住。那瘦子笑了笑，那强悍的小伙子却问说："喂！姑娘！你干什么追我们来呀？"

小琴就也勒住马，喘喘气，脸上微红了红，就问说："刚才我听你们谈说李剑豪，你们是他的朋友吗？"

那强悍的小伙子点头说："不但是朋友，还是好朋友，姑娘你问他干吗？……喂！姑娘！多半你是洛阳的美剑侠吧！……"

小琴点了点头，脸越发红了，但这强悍的小伙子又把她打量了一番，就说："姑娘你也是来找李剑豪的吗？"

小琴又点点头，问说："他现住在什么地方？你们能够带着我去吗？"

这强悍的小伙子就点头说："能够！姑娘你就跟着我们走吧！我姓雄，我的名字叫雄铁头，家住在偃师县，我的爸爸就跟李国良是好朋友……"

小琴问说："你的爸爸是谁？他既然和李国良是朋友，自然也认识我的父亲了？"

这小伙子摇头说："我倒不知道，不过前些日，李剑豪到了我们的家里，在我家里住了一夜，他就又到这里来，现在我是奉了我爸爸之命，来……"向左右望了望，又慎重地说："我爸爸叫他快些回江南，因为在这里住着也是不妥，说不定几时，岳大雄那些人就又找了来，这里的吴大员外也是庇护不住他。"

小琴却愤愤地说："不要紧！有我来到就行了，我不怕岳大雄，我如今来，就为的是帮助他。"

强悍的小伙子"雄铁头"就挥鞭说："好！咱们就去找他去吧！"于是他们的两匹马在前，小琴的马在后，一直往西转南，迎着那巍然的中岳嵩山走去。

路上没有什么人，三匹马都行得非常之快，小琴的心中可就渐渐泛起疑惑。因为刚才这两个人还到面铺里打听吴家庄是在何处，现在这两个人的马走得却这样快，对于路径这样的熟，而且那雄铁头只是催着快走，那个瘦子却有些贼眉鼠眼的，时时扭转了头向小琴来望。小琴就心里说：我需小心一些了！这两个人不定是揣着什么心？但他们可千万不要骗我呀！我盼着李剑豪能够真在这里，我们若能够见了面，即使这两人将我们害了，前面是一个陷阱，我也要去！当下她既悲痛而且心急。

往下又走了数里，已快走到了嵩山的山根下了，道旁便有一大村落，人家很密，有几只大狗迎着他们的马乱吠。那雄铁头勒住了马，望了望，就说："大概这儿就是吴家庄吧？"于是他们就都下了马走进村里。小琴却见那几只狗并不大咬那二人，只是围住了她的马乱吠，她简直不敢下马了，又气得要抽出宝剑，将几只狗全都杀了。

这时，村中就出来了几个人，都是年轻力壮、短衣的汉子，内中还有一个十七八岁、很胖的姑娘。这姑娘梳着两条短小辫，抡着拳赶狗，说："去！去！咬什么？"这个胖姑娘赶开了狗，就带着笑过来迎接小琴，说："你下马来吧！狗不能咬你，你就不用怕了！"小琴听了，就不由生了点气，说："谁怕呢？"跳下马来，就摘下来宝剑。

那几个壮年的汉子一看，都有一些变色，似乎是吓的，这胖姑娘却说:"你幸亏是带着剑来,我们才知道你是苏小琴;你要是带着刀来,我们就得疑惑你是云媚儿啦!"

小琴听了,不禁一怔,就问说:"怎么?云媚儿她也到这儿来过吗?"

这胖姑娘摇头说:"没有来过,这都是李剑豪跟我们说的,我们才知道她是使刀,你是使剑。"

小琴一听,李剑豪竟曾将自己跟云媚儿相提并比过,心中就不禁有些不高兴。但是,由此可知,剑豪确实是在这里了,她的心中又不停怦怦地直跳,就向旁边的一个人说:"把马交给你们,给我看着吧!"又向胖姑娘说:"你带着我见剑豪去吧!"

胖姑娘点手说:"你跟着我来吧!"

此时,就见那雄铁头跟那瘦子全都站在一家大门前,向小琴嚷说:"美剑侠姑娘,你请进来吧!李剑豪在这里等着你啦!"可是没见李剑豪也迎出来,这又使她更加生疑。

她见她的马才被一个大汉接了过去牵到一旁,她又赶紧追过去,将马上的行李包袱解下来,就挂在胳膊上,背在背后,一手拿着连鞘的青蛟剑,另一手紧握着皮鞭。她的两只眼睛也瞪了起来,烁烁地生着光,芳容向下沉着,一点也没有笑色。旁边的人可都显出来有点变色了。

那胖姑娘却又来拉她,勉强地笑着说:"你干吗还要这个样子呢?难道你还疑惑我们吗?"

小琴停住了脚步说:"我实在有点疑惑,我本不认识你们这些人,我也不能进那大门里去,你们还是把李剑豪叫出来,让我们在这儿见面吧!"

胖姑娘也忽然沉下脸来,摆着手说:"这就算了吧!我们也不是非叫你去见他不可,你要是疑惑,给你马,你走吧!"

小琴愤然地几乎要抽出来宝剑,那雄铁头却又飞跑过来劝她,小琴仍然发怒着说:"我这次来,本就是为寻找剑豪,你们既说他在这里了,你们打算不叫他来见我,也不行!"

胖姑娘说："哈哈，你既不肯进去，可又不走，非得叫他出来不可，可惜那李剑豪呀！……"

小琴立时吃惊，又发疑地问说："剑豪现在怎么啦？莫非他有什么舛错？"

胖姑娘说："我告诉你吧！现在他已受了伤啦，说是岳大雄给伤的，爬不动也走不动。他要见一见你，死了才能够甘心，所以你要见他，非得进大门里不可。难道你还疑惑吗？你还怕吗？"

小琴听了，心中不禁滋出了悲痛，虽仍疑惑，却不由得不往前闯，于是就顿脚说："我往里边去看看，我不疑惑你们，可是我也不怕你们！"

当下她依然背着包袱，手提宝剑与皮鞭，就往前走，进了大门，身后的众人也随着她拥进来。她一看，大门以内是场院，有两座石磨，磨上也都坐着壮丁，一见她进来，也都立起了身，直着眼睛向她来看。过了场院又是砖墙大门，看这人家，大约是本村的首富。

当下那胖姑娘赶上来，又让她进去，她又往里去走，进了一重院落，却听身后咣当一声，好像是把门关住了。她不由吃了一惊，急忙回首，却见那许多的人都随着她进院里来了，她也没看见那第二道门究竟是已经关上了没有；但是她的心中更疑，就顿住了脚步。那胖姑娘已走到北屋前，来开了门，说："请进来吧！李剑豪就在这屋里啦！"小琴抬起头来向屋内望了望，就看见里边也摆着桌椅，墙上也挂着字画，像是客厅。又回首看了看，见那些人倒是都散了，那大门是否关着，却从这里看不见。

胖姑娘已进到了屋中，仍点手叫她，她就想：进屋内看看也不要紧，反正她说是李剑豪就在这屋里了，无论如何，我只要一进屋去，就能够看得见，就能看个水落石出了。那么，我可怕什么？想到这里，随就奋勇地闯进了屋中。

胖姑娘还带笑着说："苏大姐你请坐吧！李剑豪就在这屋里，我去撺他出来。"说时，她一掀那靠着右边的软帘，就进那里间内去了。

苏小琴在这里才解了包袱，放在桌上，心想着：这个胖姑娘又是这里的什么人呢？她怎么能够进里边去搀剑豪呢？听了听，里屋除了窗户微作响声，却没有人言语，更听不见有什么受伤的人呻吟。小琴就不由得纳闷，而且心急，遂走过去，一掀软帘，往里一看，原来屋子里什么也没有，只有一扇后窗，已经打开，刚才的那个胖姑娘大约就是从这窗子爬出去了。

小琴才向这窗户一看，忽然就见由窗外有一只暗器飞来，小琴急忙伏身，暗器就从她的头上飞过去，吧的一声打在那边的壁上了，原来是一支钢镖。小琴就愤愤地说："你们果然是要暗算我，我可就要手下不留情了！"于是她赶紧去抽出来青蛟剑。

不料这时屋门忽然又开了，院中站着很多的人，个个手中都有刀、棍，那"雄铁头"手持一对双刀，跳起来大笑着，说："苏小琴，狗丫头！你今天还打算活吗？这是你自投罗网，可不能怪我们呀！"并有穿林虎、出洞虎以及伤了手指的腾云虎，全都在院里威风赫赫。

小琴一看，心里才明白：原来这里就是鲁家五虎的巢穴，李剑豪哪能够到这里来呀？是怪自己太粗心了，既知道这里是嵩山脚下，难道就忘了这里登封县的鲁家五虎全是自己的仇人吗？为什么不先防备着一点呢？

当下她手持青蛟剑，愤愤地就要出屋去斗，却不料外面的腾云虎喝喊了一声："放箭！"当时就有两个人全都手持着弩弓，装上了箭，嘣嘣地往屋里来射。

小琴赶紧又向旁去躲，可是一支箭就紧贴着她的脸边飞了过去，几乎射中她的眼睛；又一支箭是由她的肩上过去的，险些就射透了她的咽喉。小琴不敢再往屋外去走了，只好退身，而外面的人却又笑着，并且骂着，那两个使弩弓的人又都站在门首，拿着箭向屋中来射。

小琴急忙蹿到一张桌子的底下，并推倒了桌子，哗啦一声，桌子上摆着的果盘跟瓷壶瓷碗等等全都掉在地下碎了。小琴就借着这张桌子像藤牌似的，用来抵挡弓矢，可是仍听得叮叮叮红木的桌面上发着连气儿的响声，是那放箭的人仍不肯将她饶过。

腾云虎、出洞虎、穿林虎，这些都曾在小琴的剑下吃过亏的人，如今就一齐大声骂着，用刀剁着墙，用棍子敲着门框，都拥到屋里来，说："苏小琴！你趁早儿放下宝剑，蹿出桌子来！如若不然，当时我们就能够把你乱箭钻身，乱刀剁死！"说时吧的一声，一根檀木棍子正拍在桌腿上。

小琴便于此时嚯然立起，她急急舞动了青蛟剑，扑上来，一下就杀伤了两三个人。那穿林虎又喊了声："用箭射她……"尚未喊得清楚，就被小琴一剑戳倒，他的身子向后一仰，旁边的人又一阵乱。小琴就趁势掠剑、飞身，奔向了里屋，待得后面有一支箭嗖地飞来之时，她就早已一纵身蹿出窗去。

不料窗外也站着几个人，又有几支钢镖向着她打来，一支被她躲了过去，另一支却被她接到了手中。前面是房，她挥剑挡开了两件兵器，就飞身蹿上房去。后面是那胖姑娘喊了声："苏小琴你不用想跑了！"从后面提刀追了上来，小琴扬手一镖打去，那胖姑娘哎哟一声，就摔下房去了。

小琴连头也不回，就脚踏着屋瓦，急急向后院去走。鲁家的庄院也实在不小，可是这时的人因为都聚集在前面，都在那里乱嚷嚷，所以后边的院子反倒没有什么人。一些女眷也大概都在屋里，没有什么人在院中。小琴站在房上喘了喘气，自己本想跳下房去，却不知下面的屋里都有什么人。自己最怕的就是镖跟弩箭，因为一人虽然势孤，可也能够抵得过众手，但是若同时防备许多件暗器，确实是一件难事。

此时，身后又有众人的嚷嚷之声，越来越近，小琴想着自己确实应当赶快逃走了，但包袱跟马匹全都丢在这里，又不知道李剑豪的下落如何，自己实在是不甘心。她就跳下了房去，院中东西南北各屋都像是有人，可又都把屋门关得紧紧的，没有一个人敢出来看的。

小琴提着剑匆匆往后去走，又过了两重院落，就来到一个小院里。这里只有两间南房，还上着锁，院中也颇不干净，可见是久无人住。小琴一进到这里，就随手把门关上。因为她想着这里还很妥当，在此歇一口气，等到腾云虎那些人找到这里，就再与他们拼杀，无论如何也得把包袱跟马匹要过来，自己才能够走，否则，说不定就要多伤人了。

她正在这里倚着门思索，却忽听耳边响着："姑娘！姑娘！小琴姑娘！"她吃了一惊，四下去看，什么人也没有，可是又听有人带着喘息地说："小琴！小琴！你快把屋门打开，救我出去吧！"小琴这才听出来，是那两间南屋里发出来的声音。

小琴赶紧走过去，原来隔着那窗纸的破处，就可以看见了，那屋里十分黑暗，房梁上用绳索吊着一个人。这个人噓噓地喘气求救，说："小琴姑娘！快把我解下来！不然我就要吊死了！"小琴十分情急，抢剑嗤的一声向门上的铁锁削去，可是没有削落，她还以为屋中吊着的是李剑豪呢。她一面砍锁头，一面隔窗向屋里去看，才看出原来是楚江涯。她就有点灰心了，暗自说：我救他可干什么呀？

这时前院里的人都向后院这里走来，脚步杂沓之声就够人惊心的了。屋里吊着的楚江涯忽然急急地说："小琴你若不肯救我，你还是快些走吧！他们可厉害！吞山虎的儿子鲁雄，年纪虽小，武艺可是自少林学来的，不好惹！你快些走吧！"小琴却忽又改变了主意，不但不走，反倒咔咔又向那锁头连剁了两剑，就给剁开了。

她踢开门，这时外面的人已咚咚地砸门了，并有人从墙上跳过来，小琴却急忙进屋，就用剑将吊着楚江涯的绳子割断，楚江涯就咕咚一声，身子整个地摔下来。这时那雄铁头已持双刀扑进了屋里，小琴挺剑去迎杀，刀剑相交，两三个回合。墙上又跳过来人将门开了，外面的人也都涌了进来。

楚江涯也解开了缠绕着的绳子，跳出屋来。他先向一个人的手中硬夺了一口刀，就抢舞了起来，一面向那雄铁头说："鲁雄！你不要以为苏小琴是好欺负的！你还得想一想，将来我把陈叔父请来，看你那时有什么话说！"那雄铁头鲁雄瞪着眼睛，看看楚江涯，就不禁向后撤步，小琴持着剑愤愤地还要过去杀，也被楚江涯连摆着手劝住了。

这时双方倒是都不动手了，腾云虎也来到这院里，楚江涯就叫着他的名字，责备着他，说："咱们过去的交情也不算薄，上次在洛阳你受了伤，也是我把你送回来的。至于这次我救苏黑虎，帮助苏家与岳大雄争斗之事，那与你们两家的仇恨并不相干。前天我也是诚意来看你们，我还拿你们当作往日的好友一样，以为咱们的交情并没有改，可是不料你们竟趁我酒醉，将我吊了起来……"

鲁雄就跳起来，愤愤地说："因为你护着苏家，你就算是我们的仇人！"小琴忽然一剑戳了过来，鲁雄急忙用双刀遮住。

那边的腾云虎拦着了鲁雄，楚江涯又劝住了小琴。小琴愤愤地说了刚才鲁雄跟那个胖姑娘用计引她进庄来，意图陷害的事，楚江涯就向着腾云虎说："这也是你们干的事！不要说美剑侠的武艺绝非你们所能敌，就算是你们把美剑侠杀死在这里，将我楚江涯也吊死在这里，你们能够得到好结果吗？你需知道，你们登封县鲁家也是大户，同不得岳大雄那些江湖人。你们比武、斗气都可以，但用暗计害人，不讲交情义气，却真使你们鲁家兄弟的名声丧尽……"说得腾云虎满面通红，不禁惭愧。

本来这些事都是鲁雄做的。楚江涯是日前由洛阳来到此地，特为看望他们兄弟，那吞山虎、踏岭虎、腾云虎弟兄三个虽然都有些不满意于楚江涯，但还看在往日交情之上，不愿意翻脸。可是楚江涯又言语不检，露出来苏小琴与李剑豪私情之事，他非常感慨，说："苏小琴真是红颜薄命，她尚不知道李剑豪说永远不能再到洛阳去了，他们这对鸳侣，恐永远没有结合之望了！"穿林虎跟出洞虎那兄弟二人听了，却顿起了念头。

他们见楚江涯对苏家的事知道得这样详细，断定楚江涯是与苏家勾结。上次，至少若不是楚江涯袖手旁观，腾云虎也不至于失掉了一只手指，他们的仇也就早报了，气也早出了。在这时恰巧又有人来报告，说："美剑侠苏小琴往东来了，她是单身匹马，大概明

天或后天，就能够到登封县来。"所以穿林虎、出洞虎二人又疑惑美
剑侠是被楚江涯给招引来到，要使他们鲁家五虎"跟头栽到底"，人
亡家破。所以他们兄弟非常愤恨，尤其是吞山虎的儿子鲁雄，他自
称为雄铁头，在嵩山少林寺学得一身好武艺，正要寻人试试；踏岭
虎又有个女儿，名叫鲁玉子，就是那位胖姑娘，平日她也最嫉妒苏
小琴。所以他们就于前晚，先将他家里住的好朋友楚江涯用酒灌醉，
用绳绑起来，吊在那空屋里，一方面又于今日把苏小琴骗来。原想
捉住苏小琴，将她连楚江涯一并就秘密加以杀害，却不料苏小琴竟
这样难敌，结果她倒将楚江涯救了。

如今这二人都站在前面，一个是瞪着两只银星一般的眼睛，芳
容浮现着怒气，抢剑就要来拼杀；腾云虎是知道的，真要是拼斗起
来，凭他们谁也抵挡不了。同时，楚江涯也横着刀，向他严加质问。

腾云虎也真觉得无话可说了，更怕此事扬将出去，惹得外面的人
耻笑，但他的脸虽通红，表面上可不能服气，就先向楚江涯说："你
二次到洛阳去，我们并不知道，你反倒去保护苏黑虎，帮助苏小琴，
那就是故意与我们作对，咱们已没有什么交情了。但我们若想杀你，
也等不到今天苏小琴来救。"又向小琴冷笑着说："苏姑娘！你的武
艺我们是佩服非常，可是我又真真为你家的贞节牌觉着可惜！"

小琴脸也通红，更加气愤，用剑指着说："我家的贞节牌用不
着你来管！我只问，到底你们知道李剑豪的下落不知?"

腾云虎说："李剑豪为躲避仇家，跑到洛阳，还不安分，引诱
了人家的姑娘，那样的人，我们绝不认识，因为他绝非英雄。大概
只有他……"就指着楚江涯说："凌霄剑客，他是人既风流又懂义
气的好汉，他一定晓得李剑豪的下落，他还许能给你们做大媒呢!"

这时他的侄子鲁雄趁隙就要杀楚江涯，却被腾云虎怒喝一声止
住，他不独向楚江涯，且向苏小琴厉声地说："今天的事，斗不斗
由你们！如若斗，咱们就再拼一场……"小琴一听这话，立时就抢
剑向上来跃，鲁雄赶紧以双刀去敌。

交手两三回合，还是由楚江涯抢刀向前，将他们拦住，他就向

苏小琴急急地劝说："我知道剑豪实在没有在这里，姑娘你出来原是为寻找剑豪兄，何必与他们这些人拼生死呢？"小琴听了这话，才把脚步跟剑都撤了回来，但仍向这些人怒目而视。

楚江涯就又对着腾云虎说："你放心吧！我就是到了开封，也不能向陈文悌兄提说你们把我吊起来之事，也非是我故意隐恶扬善，是这件事太令交朋友的人寒心了！如今我并且替苏小琴小姐说一句话，以后她绝不能再找你们来。你们可也得出言有信，不准去搅乱洛阳隐凤村！"

腾云虎说："这事我可以答应你，但苏小琴，以后我们还得找你去斗一斗！"

小琴也更愤怒，楚江涯又居中劝解说："好好！以后再说，后会有期吧！那么现在你们可否将马匹物件交还我们，叫我们走？"

腾云虎点头说："这办得到，我们又非强盗，要你们的东西做什么？"

此时，那曾受镖伤的胖姑娘鲁玉子已将伤处贴上了膏药，又持刀跑来要跟苏小琴拼斗，那鲁雄也不愿意就这样善罢甘休，可是腾云虎压制着他的侄子跟侄女。他命仆人将楚江涯跟苏小琴的马跟行李都送出村去，叫他们由大门走出，不准阻碍。小琴向外走着，仍时时以剑护身，楚江涯却迈着大步走了出去，因为他准知道没有事。

少时，二人出了村子，都接过来马，苏小琴的青蛟剑仍未入鞘，她骑上了马就先走了；楚江涯又回首向村中看看，见那些人向他不是讪笑，就是怒骂，他心中觉着懊恼，骑马追上来小琴，想要说话，可又感觉着有点不好意思。

小琴只管向东走，马蹄轻缓地发出嘚嘚之声，走出有半里地，她才渐渐将剑插入鞘中，脸儿仍不向后边去看。

楚江涯追赶了上来，说："小姐！我劝你还是回往洛阳去吧！不必去找剑豪了！"

小琴发怒说："你管得着我？你说假话，你骗了我家的银子，到这里来被人吊起，幸亏有我救了你，你应该走就是了。你还来在我的耳边瞎啰唆？我去找剑豪，与你有什么相干？剑豪他也未必看得起你！你去吧！你如不去，我就……"

楚江涯实在忍受不了这种侮辱，也实在愤怒了起来，但见小琴纤手又要抽剑，秀目直瞪着他，他又不由得心软了，就拨马向旁边躲了躲，笑着说："小姐！我告诉你的是好话呀！你想……"小琴说："我想什么？"楚江涯说："路途是这样的远，尚不知剑豪兄现在在何处？"小琴说："不管他在何处，只要他在人间，我就得去寻着他。"说着，用力挥鞭子，又往东去走，楚江涯仍然在后面跟着她。

又往下走了有半里地，有一股宽宽的岔道，楚江涯还是不忍与小琴分手；小琴可真气了，在马上回身，怒抡起来鞭子，说："你只管跟着我干吗呀？"

楚江涯说："苏小姐！小琴姑娘！你听我说。现在我也是要往东去，好回家，并非是故意跟着你。可是，令尊是我的好友，剑豪兄离开洛阳时，骑走的又是我的马，带去的也是我的剑。"

小琴就赶紧问说："怎么？"楚江涯大略地说了说，只是没说什么李剑豪对神明发誓、李国良自刎，及苏老太爷的真正的死因。可是只见小琴听了这话，就芳容凄然，掏出手绢来不住地擦眼睛。

楚江涯最后又说："我在鲁家吊了几乎一日，不是小姐你来救，我是吊死无疑，因此你对我又有这点救命之恩，我不是说非得立时就要报答你，却是我见你对于路径太不熟了。我呢？可是闭着眼睛也不至于走差了路。所以我想带着你往东再走一程，离了这一带靠近山岭的地方，我们就可以各自走各自的路了。"

小琴听楚江涯如此宛转地说着，才息了一点气，转过了身，再策着马走，楚江涯再在身后跟着她，她也就不生气了，并且她还一问一答地跟楚江涯说着话儿。

小琴还说："刚才我在那边的一个小镇上吃饭，雄铁头鲁雄同那个瘦子就去骗我，那里的一个三角眼的掌柜也帮助他们骗我，那一定不是个好人，我要去找他……"

楚江涯说："唉！何必呀？到外边来也不能够处处全都睚眦必

报呀!"

小琴说:"那个面铺的掌柜一定不是好人,他们既敢骗我,就一定能够再骗别的人!"

楚江涯说:"这我倒可以担保,本地并没有强盗,除非你美剑侠前来,因你跟鲁家五虎有隙,他们才骗你。小姐你走到江湖上来,须要学得豪爽些,尤其在家门口附近,不可以太显露锋芒得罪人!"这句话说得小琴也知道有些顾忌了,便也不想找那与鲁雄伙通的面铺去报仇了,并且恨不得立时就离开这登封县境。

她叫楚江涯在前面带着路,她在后面跟随着,但是她非常地心急,因为楚江涯走得太慢了。楚江涯是因为周身被绳子勒破,痛得实在难受,而且在洛阳时所受的刀伤本就没有完全好,现在能够骑着马走路,这就很勉强了,哪能够还快呢?再说他又渴又饿,小琴也没有用午饭,好容易走出了登封县,他们就找了一处大市镇,投店歇下。

这家店房很宽敞,二人分居两室。小琴是一夜仍防着贼人仇家的暗算,在梦里思念着李剑豪。楚江涯却是吃饱喝足,又叫店家给买来了几坛老酒,把他身上的缠绑的痕印之处全都擦遍了,擦得两只手都发酸发胀,他的周身的血液这才灵活了;又睡了一夜的很香甜的觉,到次日,周身就觉得很舒适,精神很畅旺,这才又带着小琴往下去走。不过他随走随偷眼去看小琴,不由替这个慧心丽质、身负绝技的女子感到难过,心说:她这样去找李剑豪,找到何处才能够见着呢?即使见着了,李剑豪除了是个无信义、无骨气的小人,他是绝不能与她重相和好的呀!自己本想实说,却又真正不忍,就和几次要把那一双绣鞋跟白罗的汗巾还给她,总怕把她惹恼了一样。

又走了一日,便来到了新郑县的地面,这时天空落着潇潇的秋雨,天色又晚了,来到个大市镇上,却找不到店房。这个地方叫娘娘镇,因为附近有一座娘娘庙。这地名就叫楚江涯觉得很别扭,心想:娘娘若真有灵,为什么不叫小琴把痴情减消了一点呢?这样去找李剑豪不是枉然吗?

这地方道通南北,很是繁华,旅店有六七家,可是因为下雨,人都住满了。他们好容易才在一家"梅家店"里找着房，然而这里只剩下一个单屋子了，别处已连坐一夜的地方也没有。楚江涯本来觉得不合适，小琴更是皱眉，但是在眼前的薮薮落着的如线一般的雨下，一个打着破伞、斜着眼睛的伙计又说："大哥大嫂！你们两口子就在这儿住下吧！这间房子还干净，旁处，你再花十两银子也找不到一间店了。这里不住就没地方住啦！往东，大哥大嫂你俩得知道，再走六十多里才能够到尉氏县，这雨又是越下越大，路上这两天又常有强盗劫人，不好走呀！"

楚江涯扭着头向小琴看了一眼，只见小琴已经连脸都气紫了，而那伙计也斜着眼睛看他们。楚江涯不敢表示可否，结果倒是小琴先点了头，答应了，于是另有店伙将他二人那淋得已湿的两匹马接了过去，牵到棚下去喂。楚江涯跟小琴就都提着各自的行李、包袱跟宝剑进屋去。

屋内只有一铺炕、一张桌子、一条板凳，外面虽落着秋雨，刮着秋风，屋里却是又黑又热得闷人。楚江涯就把门开了，一任风雨从外面吹入。但是又见小琴的衣服跟鞋都已湿了，她打开了包袱，是要取衣更换鞋子，楚江涯觉着坐在旁边不方便，就赶紧又出了屋，且将门顺手带上关严。他站在房檐下，房檐又短，哗哗的雨水都淋到了他身上，湿透了他的衣裳，且浸痛了他身上的未愈的创痕。店伙又给他送来了一壶茶，他说："不要往屋里去！你把茶交给我吧！快给我做饭去！"店伙把茶壶茶碗都交给了他，又问："你两口子不要两样菜吃吃吗？"楚江涯心里说：什么两口子？这可又不容易辩解，因为若不承认是两口子，可同住在一间屋里，那就更使人生疑。当下他点头说："好！好！你随便给做两样菜就行了！"他回身把一个茶碗放在窗台上，赶紧又转脸向外。窗台又窄，只放得下茶碗，却放不下茶壶，而茶壶又没有提梁，壶把儿也掉了，也不能放在于地下；他只好用双手捧着，真烫手！跟捧着个火罐子一样。

身后的屋里半天也没有动静，楚江涯手中捧着的茶壶都快凉了，他故意咳嗽了一声，这才慢慢地拉开门进了屋，怕小琴不愿意，他就不敢再关上门，先把茶碗放在桌子上说："小姐你喝茶吧！"小琴此刻已经换上了一身干燥的衣服了，小鞋也换了一双，鞋底还没有沾一点泥，是新的。她盘着膝坐在炕上，就没有言语，连头也没有点点。楚江涯就又说："这场雨真不小啊！"偷偷看了看，小琴连看他也没有，他只得无聊地往板凳上一坐。风雨都从屋门进来，淋到他的身上。

他此时很渴，又想：小琴不渴，我怎可以先喝呢？我给她倒一碗吧！那又显得太殷勤了，不大合适。要就着壶嘴自己咕咚咕咚喝一气，却又怕人家嫌脏。正为着难，这时伙计又进屋来，楚江涯就拍着桌子大发脾气，说："伙计你为什么只拿一只碗来？可气！"伙计斜着眼睛说："柜上的碗太少，今儿店里住的人又太多了，人家屋里六七个人才使一个碗。还有只有碗没有壶，只有壶没有碗的呢！你两口子……"楚江涯吧吧拍着桌子说："什么？胡说！"伙计的眼睛更斜，把个食盒打开，放在桌上筷子、馒首、炒鸡子儿、煮冬瓜。楚江涯见饭既然来了，再说人家美剑侠这半天连一口气也没哼，自己又何必如此发脾气呢？反正也再争不来一只碗了，他只得不言语了。伙计又斜眼睛就出屋去了，随手又关上了屋门。楚江涯就气得又过去把屋门摔开，但一回身，向桌上一看，一双筷子、一个馒首跟那盘炒鸡子儿，都被小琴拿去到炕上吃去了，只给楚江涯留了一碗煮冬瓜，连只调羹也没有。好在还有馒首，于是楚江涯就把馒首全都掐碎扔在碗里，连馒首冬瓜带汤，一起去吃去喝，结果倒是小琴先吃完了。楚江涯不禁笑了笑，刚要说话，伙计却又走进来收拾碗盘，楚江涯只得又把话止住，等到伙计提着食盒再走出屋子之后，楚江涯却又忘了刚才自己是要说什么了。

这时门外的冷雨飕飕，秋风加紧，只有风声雨声，连隔壁房中的客人唱戏，这里都听不清楚。夜色又渐渐垂下来了，屋中虽然开着门，对面也看不见人的模样。直到伙计拿来了烛台，点上蜡烛，这才将屋门关上，伙计斜着眼睛笑问说："大哥大嫂你们还要什么呀？"楚江涯摇头说："什么也不要了！你去吧！"伙计走出了屋去之后，楚江涯又骂着说："胡说！"偷眼看了小琴一下，见小琴又把那铺盖卷儿打开了，楚江涯就叹息着说："行路实在是不易！"小琴仍是不语。

桌上的烛光倒是很亮，小琴取出来丝绵被，大概上面说有脱落针线的地方，她就取出针线来缝补，楚江涯急忙闪了闪身，把灯光让给她。自己无事可做，十分无聊，话又不能够跟她多说，连少说她还不理呢！尤其是一条窄板凳，坐着十分不舒服，靠着墙，墙上又直往下落土。待了半天，外面的雨声渐微，蜡烛已烧去了一段，忽然小琴下炕换了鞋，慢慢地开门走出去了，楚江涯趁着这个时候才连喝了两碗凉茶。少时小琴进屋，就又换了鞋，又上炕去了。

楚江涯也出屋去，只见风虽已停，雨仍是不小。他找到厕所去了一次，又到掌柜跟伙计的屋里，见人也都挤满了，没有插脚的地方，又听说什么"今天东边又打劫了人，狄家坡那里，连镖车都被劫去了"等等的言语，楚江涯不禁吃了一惊，想要打听打听在那边横行的到底是什么样子的强盗，但是柜房里人语纷纷，又没有自己插嘴的机会，只好仍回到屋里。见小琴已在炕里，盖着棉被，枕着包袱，睡去了，脸儿向着里，背后的乌云脱散之处就放着宝剑。这宝剑一来是为防盗，二来大概就是为在当中画出一条鸿沟，使楚江涯在炕的外首睡。不过人家给他留下的地方倒是相当得宽。

可是楚江涯虽然身子又倦又痛，也不愿在小琴的身旁就寝，他就仍在那条窄板凳上坐着。听一阵外面的风雨之声，又打几下盹。如此，他连向炕上看一下也不看，就"秉烛达旦"，直到次日。天虽明了，楚江涯又到院中去看了看，见雨仍落得甚紧，店中的人还都没有走，自己跟小琴自然也不能走了，他倒是很发愁。他随着送洗脸水的伙计进到屋里，见小琴已经坐起来了，于是门仍然关着，先容小琴净面梳妆之后，另换了水，楚江涯这才洗脸，他连气儿打着哈欠，并且觉着腰酸。

这时那店伙还在屋里没走，他说："雨这么大，东边狄家坡又常出强人，你们两口子今天还能走吗？"楚江涯就问："狄家坡离此有多远？"店伙说："不过四十多里地，那地方是中间一段小路，两边都是黄土岗子，还是往来必经之路。"楚江涯又问说："是怎样的贼人？难道官人就不去剿除他们吗？"店伙说："只有一个贼，还是个女贼，也不值得大队的人来除灭她呀，可是她也就够厉害的了！"

楚江涯听了这话，不禁觉得十分奇异。小琴也忽然急问说："这女贼名叫什么？"店伙摇头说："她不是本地人，也没有人认识她，更不晓得她在什么地方住。可是她武艺高，使着一把刀，连三四名久走江湖的镖头都被她打败了，把镖银都夺过去了。"小琴更注意地问说："这女贼年纪有多么大？长什么模样？"店伙斜着眼睛看着她，就说："年纪？大概也就跟大嫂你差不多，长得，听那几个镖头都说她长得还不差的。"小琴向楚江涯看了一下，楚江涯却没做什么表示，小琴就紧急地对店伙说："你快去给我预备早饭，少时，我就要走！"店伙发着怔，眼珠儿更斜了。楚江涯却说："你就快些做饭去吧！茶也泡来，可不要忘了带两个茶碗来！"伙计连声答应着就出屋去了。

屋外的雨依然哗哗地落着，小琴却已换上鞋，下了地，并且袖子也挽起，宝剑也拿起来。楚江涯就说："怎么？小姐你这时就要走吗？"小琴就点头说："我这就要去，我想那女贼必定是云媚儿！"楚江涯打了个哈欠又叹气，小琴当时就又恼怒说："我也知道，云媚儿跟你非亲即故，所以你才屡次护着她。"楚江涯说："岂有此理！"小琴又说："你跟着我一路同行，处处表现你恭维，也无非是要在我跟前替云媚儿说说情，叫我饶了她！"楚江涯说："更不对了，我若是存着这个心，我敢赌咒！"小琴哼了一声说："你这种人赌咒也是瞎咒！要叫我饶了云媚儿是不能，我立时就要去替我的爸爸报仇！"楚江涯却长叹说："唉！小姐，你就不怕下雨了吗？"小琴更愤然地说："我怕什么下雨？连死我都不怕！"说时取出了一块罗帕把头发罩住。楚江涯说："我并不是说小姐你怕雨淋，我是说——你想，这样的大雨，云媚儿还能够出来劫人吗？"小琴恨恨地说："她既然在这里连次劫人，附近必有她的窝藏之所。我此次去，就得找到她的窝，把她杀死在那儿！"拿着宝剑怒冲冲地出了屋去了。

楚江涯就追出屋去，发着急，但又悄声地说："小姐小姐！姑娘姑娘！小琴小琴！你回屋来！我们再商量商量！"可是小琴连听也似没听见，就冒着雨跑到马棚下，她就自己备上了鞍蹬。楚江涯脚下溅着稀泥也跑了过来，依然劝着，又悄声地说："姑娘你何必如此急呀？云媚儿也是很泼悍的，你与她相拼，万一小姐你有了舛错，可怎么好？"小琴说："用不着你来担心！"楚江涯又叹气说："我实在告诉你吧！云媚儿真与你家没有多大的仇恨！"

小琴愤恨着说："你干吗这么庇护着她呢？"锵然地抽出了青蛟剑向着楚江涯的腿上就砍，幸亏楚江涯跳得快，没有伤着，然而已惊出了一身的汗，且把一只鞋也掉了。

他又愤愤，并怕叫店伙或别屋里住的人看见了，太不像话，他就连鞋也不拾，一怒回到屋中，并用力将屋门带上，自己骂了一句："我为什么要出这些力，受这些气？我是个傻瓜吗？"索性连那一只鞋也脱下扔到了一边，并连湿袜子也脱下了扔了，就往炕上一躺，拉起人家未叠起的丝棉被盖上，却又觉得不合适，赶紧掀开。

这时就听得外面有马蹄溅水之声，大约就是苏小琴拉着马出店门去了。楚江涯又赶紧爬起来，十分不放心，他恨不得当时也备上马跟了去，但是此时头疼得又实在难受，哈欠是不住地打，就心说：趁着她出去，我就在炕上睡一个觉吧！大概她到什么狄家坡，也不能就找到云媚儿，等我睡醒之后再说，反正她还得回来呢！当下他就躺在炕上，因为心神不定，所以闭了半天眼睛，才渐渐入了梦境。

可是正在迷迷糊糊之际，斜眼睛的店伙又进屋来，先嚷嚷着说："饭来了，茶也来了！大哥你不起来吃喝吗？"又喊着说："那位大嫂可是一个人骑着马走了！"这么一来，吵得楚江涯又不能睡觉了。

此时雨仍淅淅沥沥地落着，大地上处处是水是泥浆，马蹄深陷约三四寸，待拔出来重踏第二步时，就溅起一丈多高的泥点，溅得小琴的浑身也都是泥了，可是随即被上面的丝丝的雨给冲落洗清。

那雨又被寒冷的秋风搅着，打在她的脸上发痛，但她为父报仇的心急，连连鞭马往东去走，早就出了市镇，且已行下五六里了，路也折向正南去了，地下的泥浆也越深，头上的雨也越大，她竟没有看见一个人。她的两眼给迷得模糊了，向两旁去望，又见雨气弥漫，连一栋房屋也看不见，更不晓得哪里才是狄家坡。

她再往南去走，大约都是过了正午的时候了，她又累又饥饿，此时面前突然出现了一条小溪，溪水涨得很满，有一条板桥，而桥的东边就是几户人家，她下了马，用手牵着缰绳，谨谨慎慎地就走了过去，听着雨声中有犬吠，还有鸭子乱叫，沿溪的这人家是短墙茅屋，风景就跟山水画一般，她心想着：这人家许不至于像嵩山下鲁家那么凶吧？我去打听打听！于是她就下了马。

此时她身上之衣服已尽被水贴在身上，罗帕跟头发更都粘在了一起，两只鞋就跟两个小蛤蟆似的，一走就一响，冒出许多泥水来。她上前打门，半天，门里才有人应声，声音是很老气，并且仿佛十分不放心似的，问来问去："你是谁呀？你找什么人呀？有什么事呀？唉！这样的雨天！跑到这儿来敲门干吗？"

小琴隔着门缝，就看见走出的是一位打着伞的白胡子的老人，她心倒是很高兴，想这家里大概没有壮年的男子，不然何至于叫一个老头儿出来呢？那么自己倒可以进去多歇一歇了。

门里的老头儿又带着气说："你是小三子吧？你爸爸又把吃饭的钱输了叫你来借吧？谁有闲钱借你们，又这年头！强盗都有了……"

小琴始终没有说什么话，两扇门分开了时，小琴才带着笑说："老伯伯……"不想这个老人一眼看见了小琴是个女人，穿着短衣，牵着马，带着宝剑，就吓得仿佛魂魄都飞了，大喊了一声："哎哟！不好了！女强盗来了！"回身就跑，不料啪嚓就摔在泥地之中，伞也撒了手，被风吹得直滚。

随着这老人的呼叫声，里面也有人嚷嚷、怒骂，在雨中跑出来四个壮年的汉子，有的拿铁锹、锄、镐，还有个在木棍上绑着一把磨得很亮的镰刀，似都是早已预备好了的，都一齐来向小琴拼，骂道："贼娘儿们！我们不惹你，你真欺负到我们的头上来了！"

小琴却赶紧抽出宝剑遮挡着，并急急地说："你们听我说呀！我不是强盗……"

一个人就说："你不是强盗？你是贼老婆！"镰刀已向她的脖颈钩来，被小琴用剑一磕，铛的一声，镰刀落地了，那个人的手中仍持着一根光棍儿。

小琴又退了两步，厉声说："我不是女贼！我不是云媚儿！你们倒把人看清楚点呀！"

这时那举着铁锹的人才瞪大眼睛把小琴看清楚了，就说："哎呀！咱们真弄错了，这真不是那个女贼。老二、老三、老四，你们都停住手吧！"

于是这人先由地下搀起他的爸爸来，但那老头儿浑身带脸都是泥水，就像疯了似的，直着两眼嚷嚷说："女大王！你要杀就杀我这个老头子吧！可不要伤了我的儿子，我的儿子都是老实人，他们都有媳妇、孩子。我倒是活够了！家里有鸭子，你要抱，就抱走几只吃去吧！钱可没有，两三年来都收成不好呀！女大王爷！你在狄家坡想劫谁不行？何必还单得劫我们家呀？……"被他的儿子搀着劝着回里边去了。

这里小琴愤愤地说："什么事呀？凭哪一点你们要把我当作强盗呀？"

那个拾起来镰刀又往棍子上绑的老三，依然愤愤地说："凭！——就凭你的宝剑，你就绝不是好东西！"

那老四也说："你一个婆娘家怎么会骑马？怎么会使宝剑？怎么会大雨里来？"

小琴说："我是洛阳隐凤村中苏家的小姐苏小琴，因为我住在北边娘娘镇的店中，听那里说，狄家坡近日出现了女强盗，我想那就必是我的仇人云媚儿，我才冒着雨，骑马带剑前来，我要替你们剪除去那个女贼！"

老大一听这话，当时就面容起敬，说："原来你是替我们除害来的呀？好好！女英雄！将来我们全村都得谢你，现在那贼娘儿们就住在南边土地庙里，下着雨，她多半不能出门，我们帮助你，咱们这就去吧！"

小琴一听这话，兴奋得她连剑也不再往鞘中去收，就高声说："好！咱们这就走吧！"她想不到竟这样容易就晓得了云媚儿的窝藏之所，便急急地催着说："快！快！"

这时那老二搀回去他们的爸爸，又出来了，于是老大、老二分头去召集村里的人。这村中的人家虽不多，可是一瞬时就又找来了十多名大汉，都是拿着锹、镐等物，都惊讶地来望这位打抱不平的女英雄，又愤愤地齐嚷着说："找那强盗娘儿们去！女英雄你领着我们杀那女贼去！"听他们一说，小琴愈相信那女贼就是云媚儿了。

云媚儿近日在此处横行得也太厉害了，不仅打劫了客商，打劫了镖车，她还逼着这村里的人凑出银子来给她，她要把村中妇女所仅有的头上的包金簪子、耳朵上的银坠儿都摘了去，不知那么一个单身的女贼，为什么急需那些钱。假若今天小琴不来，云媚儿也就快来了，她再来时，若没有东西，她就得伤人。

当下小琴骑上了马，跟着村中十多个男人就往南去走，雨更大，四下里更是烟雾弥漫。往南也不知走了有多远，小琴就见这十几个大汉都已成了水鸡，她自己当然也不会好看了。可是两旁的地势渐高，当中的一段路愈窄，听那老三说："这儿就是狄家坡，前天女贼在此劫的镖车，好几个有名的大镖头全不是她一人的对手。那贼婆凶得很！咱们可都要小心她！"更有几个人来向小琴仰着面说："女英雄！你打量打量，你去了真能抵得过她吗？咱们可不要吃上大亏呀！"这十几个男人也许是被雨给淋的，刚才的那股勇劲儿都渐渐没有了。

小琴虽然紧闭着嘴，不说一句话，可是依然驱马向前急急地去走。地下的泥水都已经没了马腿，简直跟在河里行走一样了。她抢鞭催着众人再往前去，顺着她的青蛟剑尖也直往下流水。又走了多时，便到了一片高原之上，这里树木很多，隐隐见有一座小庙就在眼前。当时那十几个人全都怯懦地不再向前去了，也全都不敢嚷了。
小琴也怕打草惊蛇，就命众人在此等候，她下了马独自手挺宝剑，
去往眼前的庙中。

第十三回　寒风热泪情难诉

　　这座庙是在树林之中，小琴谨谨慎慎地向前走着，又回头去看，见那边十几个男子也都比出来手势，意思是要她格外小心；她也点手招那些人慢慢走来，进到树林里来，以便等待机会，助她捉贼。她轻踏着地下雨水洗过的石路跟被雨击落的松枝，就进到了林中。

　　林并不密，庙也很小，不过倒似是新经修整过的，庙门是紧闭着，她一纵身就上了墙头，由墙又越到了殿脊上，真比狸猫的身段还敏捷得多。外面的老大、老二等人都几乎喊出好儿来，一齐目瞪口呆地仰面去看，只见这位女英雄已转过了房脊，连人带剑，瞬时他们全都看不见了，原来小琴已从正殿的屋宇之上，一跃就下到了平地。

　　这座庙连大殿才不过五间房，她知道这里绝不会窝藏着太多的强人，她便不怕。脚落了平地之后，她就向正殿去看，见这里的土地神像还塑着是金色的脸，四壁跟柱子上全挂满了"有求必应"的黄色布匹。有个僧人在里面正在收拾佛桌，一看见她，当时就面露惊色地问说："有什么事呀？"

　　小琴走到殿门前向里面说："我听说你们这里住着一个人？"

　　僧人就点头说："不错！"

　　小琴说："那女贼住在哪间屋里，你快指告我！你放心吧，我今天打算把她生擒，绝不污了你们这佛门净地！"

这个僧人走出来，他的神色并不显得慌张，只似有点纳闷的样子，他反问说："女菩萨！你刚才说的什么女贼？我们这西边的客堂里，倒是住着一位客，那人可是个男的，他姓李……"

小琴也惊讶了，赶紧问说："什么？是姓李的？"

僧人就点头说："他是南方人，我们可不晓得他从什么地方来，年不过二十岁，牵着马，带着剑，是一位镖头的样子。可是不晓得他在别处遇着了什么不顺心的事，有一天黄昏时候来到这庙里，就对着神大哭……"小琴听说了这个人，虽然还未十分断定他是否即是李剑豪，但已不禁觉得鼻酸了。

僧人又说："他便住在我们这里，想要学禅听道。可是这是一座小庙，只我一人在此住持，况且每逢初一、十五，来这里求神问卜的人太杂。我就告诉他，这里不是一个修行的地方。没想到他所遇见的事大概是太让他伤心了，他矢志出家，一来到这里，他就不愿再走！"

小琴又问说："他姓李，可是名叫什么呢？"

僧人摇头说："我没有问他，不过他倒是有一位太太，就住在附近的人家里。"

小琴一听，便觉得是错了，如果是李剑豪住在这庙里，哪里又有太太呢？遂不再问，又说："我找的是云媚儿，那女贼在狄家坡伤了人，劫了镖车的女贼！"

僧人更摇头说："我不知道。平日我们出家的人就不打听外边的事，何况现在又下雨。"

这时庙外面的那些人，老二托着老三的两只脚，老三就爬过墙来了，如此一连爬过来了五个人，镐头也隔着墙头扔过来了，这几个人就一齐围住了僧人喊说："我们在昨天没下雨的时候，眼看见了那贼婆娘穿着一身红衣裳到了你这庙里来了，现在你敢不认账？"

僧人似乎蓦然醒悟了过来，就说："那就是在我们这里住的那李施主的太太呀！把她的丈夫给找去啦，他们走后就下起雨来，直到现在还没住，那李施主也没回来。"说着，他也显出惊惧之色，就又说："我可不准知道，那个太太是什么人；跟李施主是夫妇不是，我也不准知道；更不知那太太住在什么地方。我想着大概离此不能太远，因为有时候她一天能够来两三次。"

小琴听到这里，真觉着可疑了。那老大、老二等人又把屋子都搜了，却真没有什么女贼跟李施主。他们开了庙门，小琴也随着走出，但四下是烟雨茫茫，可再往哪里去呢？那老大就说："往南去吧！南边青牛镇是个大地方，那地方有个人，外号叫蓝脸鬼，他是那镇上的霸王。他早先开过镖店，也在外面混过，平日交的朋友很杂，更喜欢与娘儿们来往。自从那女贼在狄家坡劫了镖车，就有人疑惑说与他有关了，可是因为他又太厉害，没有人敢去找他。"

小琴也想着：在附近既然还住着这样的一个人，这人就必定晓得云媚儿的下落，他们江湖人哪能够彼此没有往来呢？遂就说："我敢去！可是你们敢带着我去吗？"

老大、老二等人听了她这话，本来就犹豫着，并有人摇头说："我可不去！惹不起那位蓝大掌柜！"

小琴说："我不是叫你们去得罪那蓝脸儿，我只找的是云媚儿。你们若不敢去，我可要一人走了！"说时她就骑上了马，忽然提剑向南去走。

这时雨已经微了些了，十几个大汉一看人家女英雄说走就走，一点也没把蓝脸鬼放在眼里，他们有的虽然还怕事，可是老三、老四跟一个悍壮的村人就都扛着镐头，一齐追上了小琴，说："女英雄！你不用忙！等一等我们，咱们一块去吧！"

小琴勒马回头来看，见跟来的这三个人都是拼出去了的样子，黑紫的脸上都挂着雨水跟汗水，喘吁吁地跟上来。其余的那些人都望着他们发了半天怔，看他们走远了，才都一齐扫兴地回去。

小琴此时也不愿跟着她的人多。她叫这三个人指着路径，一路上心里猜测着那个人是不是李剑豪，还没有猜出来，就已经到了青牛镇。这个镇比娘娘镇略小，可是因为雨已住了，在泥涂中往来的披蓑衣的、提篮子买卖菜蔬的反倒多，显着很热闹。那个老四在这地方最熟，先叫老三同那个村人牵着马到酒铺里去等着，他带着小琴就进了一条小巷。

这里路北有一座三层台阶的黑漆门儿，老四就悄声说："那个门儿就是蓝家，你去了，可不能说是找蓝脸鬼，只说是找蓝大掌柜，他就肯见你了。他虽是个恶霸，可是讲交情，懂面子，他要知道你是一位女英雄，他对你更得款待了！"说毕话，这个老四也赶紧转身走了，他连去大门也不敢。

小琴此时已把湿头发拧了一拧，用手理了一理，罗帕也解下来拧下水来，迎着风抖一抖，并擦了擦宝剑，重新又系在头上。她想这个蓝脸鬼既然是江湖人，就得知道我的名字，虽然这个人不好，但他能奈我何。于是她就直上了台阶，叭叭叭去打门环。里面有人把门开了，出来的是个妇人，年纪也不大，一张黑圆脸上擦着很多粉跟胭脂，就问说："你找谁呀？"把两只小眼睛从上到下地打量着小琴。

小琴就先问："你们这里住着一个姓云的，名叫云媚儿的堂客没有？还有一个姓李的没有？"

这个妇人就更打量着她，又问："你找他们干吗？"

小琴一听这话音，分明是承认那两个人全在这里了，她就立时神经紧张，把剑柄更握得紧，又故意地笑了笑，说："我特地来看看他们，我是他们的朋友！"说时，就怔往门里去走。

妇人赶紧拦着她说："喂！嫂子！你不能硬进来呀！他们都走了，还没回来！"

小琴说："没回来我也要进去看看！"

她就走到院中，一看是东西北三合房，院落很齐整，她就高声叫说："媚儿！云媚儿！你看看是谁找你来啦？"

她手持着宝剑这样叫着，东屋中就走出来一个人，小琴一看，就知道这个人必是蓝脸鬼，因为这个人的面孔真是说不出来的难看，真是黑中透着蓝，可是身材很高，气度也很豪爽。他把小琴望了一望，并没露出一点惊讶的样子。

这时那妇人又从后面愤愤地急走来，拉住了小琴的胳膊，说："你不该硬往门里来走呀！大嫂，你连这么一点规矩也不知道吗？"

蓝脸鬼呵斥着那妇人说："你就不用多说话了！你看明白了，人家不是什么大嫂，这是一位姑娘！"遂就客气地说："姑娘是从哪里来？要找云媚儿说什么事？"

小琴就说："有一点事！等我见了她对面再说！"

蓝脸鬼说："她是跟李剑豪一同到东边去访一位朋友，再待些时候才能回来，姑娘你请进屋来等一等好不好？"

小琴一听了这话，倒不由真真地怔住了，因为她想不到那个姓李的人果真，——这绝不能是假的了，他确实是李剑豪。可是李剑豪为什么能够跟那可恨的云媚儿在一块儿呢？这真奇怪啦！

当下她的手跟身子都不住地发抖，就赶紧问说："他们是找谁去了？做什么事情去了？"

蓝脸鬼说："这个……对不起姑娘！我可不能够告诉你！"

小琴又急急地问说："他们——李剑豪跟云媚儿，是怎么会在一块儿的呢？"

蓝脸鬼微微地一笑，说："姑娘！你得先说明了你的来历，我才能够跟你细说！"

小琴不暇隐瞒地就说："我是从洛阳隐凤村来，我姓苏！"

蓝脸鬼一听，当时就大发惊异，只是没有叫出来，说："啊！原来是美剑侠苏小琴小姐？你是……"

小琴就点点头说："我不但要找云媚儿，我还要见见李剑豪！"

蓝脸鬼："媚儿一来时就跟我提你，她把你钦佩得了不得！她说可惜两家有仇，不然她愿意和你深交，结为姐妹！"

小琴愤然说："她胡说！谁能跟她结姐妹？"

蓝脸鬼笑着说："媚儿那个人，本来是不大好，不瞒姑娘说，我在三年前闯江湖时就与她相好，我帮过她不少的忙，可是她始终不嫁我，她倒看上了李剑豪。此次她随于铁雕等人北来，到了山西平阳府，她又把那些个人都抛了，一人去洛阳你府上，她的心眼我知道，她只为的是找李剑豪那漂亮小伙呀！如今……"小琴此时站都站不住，觉得头晕。

只听蓝脸鬼说："云媚儿一来时就住在我家中，她在外闹什么事我也不管，因为我，小琴姑娘你大概也知道，我现在的田产、房屋也够我半世花用的了；虽说我现在不再与朋友们往来，可是外人晓得我的名声，也不敢来找我。云媚儿住在我家里的意思我也知道，她是叫我保护着她。可是她又常出去，昨天她并且把李剑豪带了来，我可并不是怕李剑豪呀！我也一点不吃醋，因我现已有妻有子，云媚儿那个坏妇人，再想跟我，我也不要她！"

小琴摇头说："我不管你们这些事。蓝大掌柜，我看你也是一条好汉，你的为人很豪爽，你何妨把他们现在的去处告诉我呢？你告诉了我，我就走了！"

蓝脸鬼听小琴这样一称赞他，他简直受宠若惊了，就连连地笑着说："岂敢岂敢！黑虎苏老太爷乃是我的前辈，小姐你又威名远震，你问我这么一点点事，我哪能够不告诉你呢？可是我真不能说，因为他们现在所去找的那个人乃是我的好友，我不能叫你去了在他的门前闹出乱子来！"

小琴说："我也不能就去闹出什么乱子来！"

蓝脸鬼说："冒雨提剑而来，苏姑娘你找云媚儿是为什么，我还看不出来吗？我也知道，从你家黑虎苏老太爷之时而起，就与云二寡妇有仇，这次云媚儿往洛阳虽是想嫁李剑豪，可也是为找你家报报仇恨。你们二人若是见了面，自然就得宝剑对钢刀！"

小琴说："难道你就不怕她回来时，我跟她在你这里打起来吗？"

蓝脸鬼说："美剑侠是江湖第一的女豪杰，今天你来到我的门前，给我的台阶都踏了几个金脚印，总算是看得起我姓蓝的。你跟云媚儿就是搅翻了青牛镇，也绝不能在我的小院里打，这里也施展不开你的惊人剑法！"

小琴发着怔，蓝脸鬼向外指着又说："我告诉你！你到街上去，往南去看。再待一会儿，云媚儿跟李剑豪一定就都回来。他们可都骑着马了，你可留神他们跑了。"

小琴说："我也是骑着马来的。"

蓝脸鬼说："那更好！你就骑着马迎上去就打，镇外的地方十分宽敞，你的剑法足够展得开，云媚儿绝不是你的对手。李剑豪虽然杀死过万里飞侠，可是我看他的本领也没有什么大不了的，你就必占上风！"小琴听了这话，心里却万分地难过。

小琴就依着蓝脸鬼的指点，离开了这里，到那酒铺里找着了那老三、老四等人，要过来她的马，她就出了镇市的南口。她也不许别人跟随着她，她来到一棵大槐树的下面，就在此找了一块青石坐下。

这时雨虽已停，可是风一吹，那树枝上又簌簌落下来雨水，她的眼泪也簌簌往下落。她不明白，她想：为什么李剑豪竟跟云媚儿在一起呢？他跟女贼在一起，不怕侮辱了他吗？他跟杀我父亲的仇人在一起，就不怕对不起我吗？他到底是存着什么心呢？莫非他要将我抛弃而与云媚儿结为夫妇？她想来想去，觉得不能够，她不相信李剑豪是那样糊涂而没有良心。

她心中悲痛，而且十分急愤，恨不得立时骑上马往南往东去迎上他们，可又知这股大道还通着许多条别的路，万一走差了呢？自己去迎他们，他们却从别处回来，见了蓝脸鬼，那个人跟他们一说，李剑豪也许又找我来，可是必把云媚儿惊走，那样一来，我父亲的仇既不能报了，我这口气也不能出了。所以她只得在这里耐着心等候着，眼睛时时往南边望着，然而满路的泥泞，过往的人全都很少。

那老三、老四等人又来看了她一次，要来帮助她等候那女贼，可是又都被她强命着叫那几个人回镇里去了。因为她能够预料得到，只要云媚儿来，她准得以剑把那女贼杀死，而她若见了李剑豪又必定痛哭。她不愿意人命的案件连累别人，她更不愿叫人看见她对着情人流眼泪，她的芳心如绞。

又待了少时，忽然看见远远地真有两匹马来了，她赶紧就骑在马上向那边去望。只见冷清清的雨后阴云之下，衔着那未散的雨烟，果然一前一后的两匹马都来了，马上的人还能隐约着看得出，正是一男一女。她反倒勒住了缰，她就如苍鹰在未抓兔子、狸猫在未捕老鼠之前的那片刻的沉着、镇定。两匹马渐渐来近了，渐能听见那马蹄溅着泥水之声，她却将缰绳勒得更紧。直待云媚儿的红衣妖姿、李剑豪的青衫俊骨显示在她的眼前，她这才一纵马，哗啦哗啦地飞也似的迎奔了过去，高声叫着："你们……站住吧！"

她的精神十分紧张，奔上去唰地就向云媚儿砍下一剑，云媚儿哎哟了一声，就摔下马去。她的一身很干净的红缎衣裤虽满滚上了泥浆，可是她并没有受伤，反趁势由鞍旁抽刀，锵锵锵跳起来与马上的小琴拼斗，但她哪里抵得过小琴呢？她的马惊得折回去，又向着南跑了，她也蹚着泥水拽刀向南狂奔。李剑豪是惊慌地把马退到了道旁。小琴飞马又赶上了云媚儿，抢起剑来，狠狠地向着云媚儿就砍。

云媚儿又用刀抵着她的剑，却忽然跪在马下的泥中，面无人色地乱抖着哭求着："苏小姐！你先不要杀我！容我说！我错了！我不该在你家的老太爷死后还去搅闹，招你生气，从今以后我再也不敢了……"

小琴狠狠地说："不敢了就算完了吗？我就不给我的爸爸报仇了吗？……"铛的一声磕开了云媚儿的刀，拧剑向着云媚儿胸膛突然扎去，云媚儿咕咚一声，整个的身子躺在泥中。

但是小琴的剑并没有扎到这女贼的身上，因为李剑豪已疾奔过来，把小琴的右胳膊拉住了，说："不要这样！小琴！"小琴惊讶地回过头来，看见了李剑豪，她倒不禁怔了，她这时才真切地详细地看到了李剑豪。只见李剑豪的辫发梳得很整齐，似没着过雨的样子，而且完全是男子的英俊模样，与"李大姐"的时期又不同，他穿的是青绸的夹衣、青绸的夹裤，连鞋都不再是拿她三哥的那双了，尤其是他的脸，一阵红一阵白的。小琴虽没就落泪，可是带着颤的声音来问说："剑豪！你为什么躲避着我？你为什么跟云媚儿这女贼在一起？"

云媚儿此时已由泥中急爬起来，抢回她的那匹马，骑上就往北跑去了。小琴急忙要去追，可是右臂仍然被情人李剑豪拉着，她就用力一夺胳膊，带着气问说："你为什么阻拦我？难道你……"李剑豪露出惭愧的样子，没发一句话，他就挥鞭策马，飞似的也向北跑去了。

　　小琴赶紧去追，叫着："剑豪……"又急叫着："李剑豪！"更愤然说："难道你没有良心了吗？"

　　李剑豪却连头也不回，云媚儿先逃进了镇，他就随后也逃进了那青牛镇。小琴在后面紧追，然而她的泪流了，心痛了，她没有追得上。

　　她追到了镇街之内，本想进蓝脸鬼住的那条巷内去搜找，可是那老三、老四等人齐都站在酒铺门前，拿着镐头一齐大喝着说："往北跑去了！我们没有截住，那女贼跟个泥老鼠一样了！"街上不少的人有的惊异地望着小琴，有的跟着大声嚷嚷，也往北指着，小琴就马不停蹄地又往北去追出了镇。

　　她的马这时驰得更快，一瞬时又望见了前面远远的那两匹马，她又大声地喊叫："云媚儿你跑什么？你站住受死吧！"又喊叫说："剑豪！剑豪！你……"她恨不得插翅追了下去，但是追了不到三四里，云媚儿跟李剑豪皆已没有了踪影。她已不能再往下追了，就勒住了马，不住地喘气，然后拭了拭泪，咬咬牙，照旧又往前去走。

　　她又找到了那座土地庙，进去向僧人问了问，并且搜了搜，原来李剑豪并没有到这里来，当然云媚儿也没有逃到这里。小琴既惆怅又凄悲，出了庙，就懒懒地上了马。这时黑暗的暮色已自四面渐渐拢了上来，她就想：往哪里去追他们两个人呢？云媚儿逃走了还不要紧，可是李剑豪就这样走了吗？她竟疑惑这不是实在的情景，这许是梦。

　　泪浸了她的双目，她愈不能辨识路径，她就茫然地走，走得大概已过了狄家坡。忽然她看见前面一箭之远站着一个人跟一匹马，只是不能够看得清楚，然而她又吃了一惊。往前走着，看见确实是一个男子，正在那里等候着她的样子，她的垂碎的芳心实已再忍不住，她就哭叫说："剑豪！……你可真……"她扑奔了过去，一时慌张，几乎由马上栽了下来。

那边的骑马的人就惊得哎哟了一声，赶紧走了过来问说："是小琴小姐吗？"

小琴幸是没有跌下马来，但是倒止住了悲痛，因为她听出这声音来了，这个人正是楚江涯。她就反倒不得不装出没事人儿的样子，问说："你到这地方来做什么？"

楚江涯说："我因为你走后半天不回去，我睡了一个觉醒来，很是不放心，我就到这一带寻找了多时，遍寻也无着，天色又快黑了。不瞒姑娘说，刚才我见你从对面来了，我没看清楚，我都不敢叫你。"

小琴又说："你没看见有什么人从这里过去吗？"

楚江涯摇头说："旷野荒郊，遍地是泥，谁还出来呀？我连一个人也没遇见。姑娘！你大概也没有找到云媚儿吧？"小琴却叹了口气。

小琴对于刚才的事，她是一句也不说，楚江涯更都茫然不知，反倒劝她，说："小琴小姐，你也不要再着急！云媚儿虽然可恨，但究竟是一个女人，她又是个坏人，不像你这样有本领，她虽然暂时逃得了活命，可是早晚也要遭报应的。姑娘！你还是息一息气，留心身体要紧！因为老太爷病故才不久，姑娘你不应当再伤心了，不然若是病倒在异乡，那实在怕——没有人照看你！"小琴就恍若没有听见似的，并不言语。

楚江涯又问说："咱们现在还是回往娘娘镇梅家店里去吧？"小琴对这句话倒是点头应了一声。当下楚江涯在前领着路，小琴在后面跟随着，二人都走得很慢。楚江涯虽然还时常跟小琴谈话，但只是他一个人说，得不到回答的话，他也就觉得没有多大的意味，也就不说了。

直走到二更时候，他们方才回到了梅家店，进去，就见各屋里的人都睡着了，他们的屋里却没有点灯。楚江涯叫了半天，那个斜眼睛的店伙才把灯拿来，一见这位大嫂，他的眼睛越发地斜了，他可也没敢问这位大嫂去了这一天，是上哪儿去啦。

楚江涯因为得给小琴换衣服的机会，就又走到院中来，并且随手把门闭严，叫店伙也快去烧茶做饭。他自己到棚下卸那两匹马的鞍毡，并给饮水喂料。这时才找着白天他丢在这里的那只鞋，他只有两双鞋，刚才还是三只，如今倒凑足了四只了，可是都已沾了泥。他就想：这样，恐怕明天还是不能往下走，只是不要再出事吧，小琴能够宽心一些就好了。

他回到了屋门前，先咳嗽了两声，才将屋门开开，只见小琴坐在炕上，虽已经换了一身干衣服，而且将头发也梳理得平顺了，可是芳容黯然，正在拭泪，见楚江涯走进屋来，她才把手绢扔在一边。又待了些时，店伙把茶水跟两碗面汤都送来了。茶，小琴是一口也没有喝；面，小琴只挑了两三根儿吃了，便走过来，要把面碗放在桌上。可是她的手抖得厉害，把面汤都洒在楚江涯的脚上了，烫得他的脚很疼。面放在桌上，她就又回到炕里去默默地坐着，好像连头也抬不起来。不可一世的美剑侠如今竟成了这样的可怜，真叫楚江涯不禁忧心，更摸不透到底是为了什么事。

又半天，楚江涯等着伙计把空碗连剩面全都拿走，他这才说："姑娘你也知道，我是中牟县的人，由这里再往北，可就回到我的家了！"小琴说："你就回去吧！"楚江涯好像觉得一口面堵在嗓子里，叹了口气又说："姑娘！我是不该说，可是我还是得说一说，我劝姑娘还是回洛阳去吧！"

小琴说："你不用管我！"楚江涯说："我不是管！"勉强笑了一笑又说："我与故去的老太爷是朋友。"小琴一听这话就要瞪眼，问说："我怎么早先没听我爸爸提说过你？"

楚江涯说："也是自从在郑州，才……才结交的。唉！这话要是一说呢，显见是我有意套近，我太不自量，所以也不必提了！不过姑娘又在登封鲁家救过我。"

小琴说："这件事你倒不必放在心上，在郑州你救过我父亲的性命，我在登封又救过你的性命，两件事就算相抵了，此次以后我不再感念你了，你也不必再谢我了！"

楚江涯就觉得像户外的秋风都灌在自己的心中——那么冷，点点头说："江湖之上，彼此援助，本来算不得一件事情。不过姑娘，我还有两件东西没有给你。"

小琴突然面如冰霜，凛然不可侵犯地摇着头说："我不要！"楚江涯就立刻什么话也不能再说了。

停了一会儿，忽然小琴又说："楚——大哥！"她叫"大哥"两个字总是那么生硬而且勉强，接着说："我知道你也不是什么坏人，你对我处处照应，倒也——"低着头说："叫我心里很觉着不安的！"楚江涯赶紧站起来说："姑娘你这话说得太远了！"小琴又说："明天你请走吧！回你的家里去吧！咱们后会有期。"

楚江涯发呆地点头说："是！是！可是姑娘你还要往哪里去呢？"小琴说："我还要在这里住上几天，寻一寻云媚儿……"楚江涯姑且又点了点头。小琴说："将来我再寻着剑豪，我才能回洛阳，路过中牟县时，我们再到你的家里去道谢！"楚江涯说："这倒不敢当，不过剑豪兄……"

小琴说："我想他所在的地方也必离此不远，一两天内我定能再——能把他找着，因为我找他有要紧的事，他……"她忽然凄楚地流下了眼泪说："他是很可怜的人，被岳大雄那些人逼得走投无路，他也未尝不想回洛阳去……"楚江涯听了这话，就皱上了眉。

当时楚江涯灰心已极，可是又想这次离家出来，不过是想把那双绣花的鞋跟罗巾还给人家，并没有别的意愿，如何今何又枉然伤心呢？那真叫可笑了。现在，两个东西既不能还了，留着它一辈子也没有什么不可以，因为小琴总算是救过我一场，我也为她家的事弄得鳞伤遍体，几乎丧了命，留着那个，将来到老了的时候拿出来看看，也可以思念思念我的这位女恩人。到那时候，我这女恩人已经跟那位剑豪侠士生了几个大孩子也未可知，至少我是可以忘不了我当年做过一件荒唐事的。如此，他反倒觉得心平气和，坐在凳子上又瞌睡了起来，不觉又是一夜。

天明之时，小琴醒来，匆匆吃用了早饭，牵着马就走了。路上的泥水太多，行走不便，所以楚江涯又在此歇了一日。晚间小琴才回来，好像是十分失望、伤心而且着急的样子，不知她是出去找什么人没找着，办什么事没办成。楚江涯虽然很关心，可是绝不敢问一句，因为怕碰钉子。

小琴倒是跟他说了："楚大哥你怎么还不回家去呢？"态度倒还很和婉。

楚江涯就赶紧笑着，说："回到家了也真没有什么事。"

小琴说："在这儿不也没有什么事吗？"

楚江涯说："家里外头本来是差不多，可是明天如果路上好走了，我是一定就走的。可是姑娘打算还……"

小琴说："我在这里还有两个人没找到，并且青牛镇上有个蓝脸鬼……"

楚江涯发着怔说："蓝脸鬼？"

小琴点头说："是个人的外号，那个人对我很是敬畏，我想他必定知道那两个人的去处。可是今天我去找了他三次，他都没在家，我想明天再去找他问问，问出来，我就能决定了我的行程了。"

楚江涯说："我不该打听！可是姑娘你要找的那两个人，除了云媚儿，还有一个，那是谁呢？"

小琴的娇容突然变成了急愤、悲戚，说："也是她的一伙，你就不用管了！"

楚江涯点头说："我不管！那么明天我就要与苏小姐分别了，你我后会有期，我的住处是……"他详细地说了一遍，小琴似乎也没有留心听。他却又说："将来如遇顺便之时，可请小姐到我家中去坐。我盼着小姐快些回洛阳，并且我如见着剑豪兄，也一定催着他到洛阳去。你我总算是萍水相逢，虽是男女有别，但竟同肝胆好友，此番聚合，明日分离，愿我们都彼此不忘！"他是白费话，空感叹，人家苏小琴连神色也没有动，一句惜别的话也没有。完了！这还替人家瞎费什么心呢？所以他当日晚间简直就没在屋里睡觉，挤到柜房去，沽了半斤酒，大喝特喝。旁边有人押宝，他也下了大注，居然赌运倒甚佳，赢了一大堆的钱。

这里的掌柜就跟他说："喂！老主顾，明天路上也不能走，你索性在我们这儿再住上几天吧！你晚上赢的钱，就够你跟那嫂子在我们这吃住半月的了！"

楚江涯摆手说："你不要混说！你没看见我屋里的那位堂客，梳着大辫子！人家是姑娘，是我的表妹！"

就有人说："你把你的表妹拐出来了，你的老婆能答应吗？"

楚江涯怒斥着说："更混说了！我们都清清白白、堂堂正正，因为既是上路，就没法子避嫌疑。"

那斜眼睛的伙计这时也在旁边，说："怪不得我看你们不像两口子呢！她避着你，你避着她的，我见你连夜都是坐在板凳上睡，跟猴子一样。"

楚江涯说："就是猴子！然而现在有了见证人了。并且我是明天就先走，她大约还需在此再待两日才能走。今天连我怀里的钱带所赢的钱都交给柜房，作为我们的店饭之资，你们可先不要跟她说，待她要走的那一天，你们再将账单开好，给她去看。"

此时旁边忽然有个人问："你是干镖行的吧？你那表妹也是个女镖客吧？"

楚江涯点头说："差不多，不过都会点武艺，但并不指着走江湖吃饭。"

于是旁边的人便都更惊讶了起来，猜着他们许是衙门里办案的班头，那个他的"表妹"就一定是他的帮手，因此大家都有点怕他，都不敢再跟他多说话了。

当晚，楚江涯就醉倒于这柜房里，次日才醒。饭后，小琴又要出去，他又有一些不放心，想她今天若再去找那蓝脸鬼，就许要出事了。但是小琴的武艺，他很放心，绝不能够吃亏。又看了看小琴的态度，见对他仍是冷冷淡淡的，他就只得真决定走了，遂就收束了行李，备好马匹，又去见小琴，拱手说："再会吧！这些日多多打搅了小姐，实在对不起！看来……唉！到府上去见了三位令兄时再道歉吧！"

小琴微笑说："客气什么？"楚江涯一听这句话，就像在耳边灌进了四颗珍珠，又抬头打量了小琴的芳容，只见细条的纤躯，长睫毛、双眼皮、两颗酒窝、不擦脂粉而自然红润的脸，身上穿的是经她自己洗涤过、才被雨后的阳光晒干的青色的绸子小裤袄，楚江涯恭谨地退身，惆怅地牵了马出店门而去。

才被车轮、马蹄轧踏得半干的路径，秋风凄凉，四下都是寒霜败叶，连一朵凋谢的野菊花都找不到，薄命的蝴蝶、痴情的蟋蟀更皆都僵死了。天空飘荡着梦一般的云，小河里凝滞着泪一样的积留的雨水。楚江涯一路上忍着伤痛，就回到了中牟县他的家乡。

村里的人都迎着他叫说："少当家的！你就要大喜了！"

楚江涯倒一怔，心说：太太生得怎么这样快？细一听才知道说"快要"。他就下了马，带笑拱手，说："将来一定要请诸位吃酒。"

有人说："盼望你生一个大少爷，将来做知县。"

楚江涯说："好！好！好！托福托福！"

又有人说："生个小姐也不错，会生的人是先开花，后结果儿，小姐长大了结高亲。"

楚江涯说："那与我们家里不称！只是我又走了这许多天，家里多承诸位照顾了！"

大家就说："家里是什么事也没有，只是……"

有个年轻的村人过来拉他的胳膊，说："大叔！你追那帮子练把戏，一直追到了什么地方？到底看见了没有？耍得好不好？"

楚江涯假意笑着说："还好，什么刀枪哩！马上拿大顶哩……"

这年轻的人就直着眼睛问："那小娘儿们也会在马上耍把戏吗？"

楚江涯说："就是她耍得最好！"大家都呆了。

又有个人笑着说："少当家的你没有帮帮场吗？"楚江涯说：

"我?"有人指着他的脸说："一定是帮了，你们看。脸上的一道子青，还没有退净呢！"楚江涯说："对了！我到底是个外行，他们叫我帮场，我就帮了一回，才一站在马上，就跌了下来，不但跌伤了脸，都跌伤了身上呢！"就有人皱着眉说："哎呀！亏得有福，捡了一条命！"楚江涯说："不要紧！现在已经快养好了！少时再谈！"拱拱手牵着马向门里就走。

那年轻的人又追过来说："少当家的，你这马怎么又不是那一匹了？"

楚江涯说："这也是跟他们卖马的换的。"

这年轻人说："这可真合不着！少当家的，你太傻了。"

楚江涯点点头说："不错不错！你说得对！实在是合不着，我真太傻！"

他进到院里，男仆接马，女仆接行李，丫鬟往里院跑着报信。他又到屋内，见妻子柏秀卿果然腹部较前更为隆起，显得身体很胖，脸却极瘦，指着他流泪埋怨说："你还知道有个家呀？你还回来呀？"楚江涯却惭愧得不能够抬头。

当晚，楚江涯指着蜡烛台向他的太太柏秀卿发誓，说："今天我回来了，就从此绝迹于江湖，绝不再出远门儿。倘若违誓，那，蜡烛灭就也叫我灭！"被太太用手掩住了他的口。他叹息。倒是柏秀卿叫他仍在外面的书房里去睡，派个小丫鬟去伺候他。他的行李，连原包儿都没打，也给送到书房，他扔在书柜里就锁上。二更后，叫服侍他的丫鬟走开，他独自关上了屋门看书，但书上又都是"相思因甚到纤腰，定知我今，无魂可销。佳期晚，逴几度，泪痕相照。人情，天眇眇，花外语香……"这一类的香艳词句。他丢开了书，索性不看了。

坐着发了会儿怔，小琴的芳丽容貌可又如在眼前，他一赌气吹灭了灯，躺在床上，可又觉得耳朵里有四颗珍珠相碰着，滴沥沥地响，是"客气什么？"他恨不得把自己的耳朵揪下来。然而身子一滚动，那未愈的伤处就立时痛，想起在洛阳的东关所遭遇的那一顿毒打，在白马寺后挨的那一刀，他却又自言自语地说："真合不着！我太傻了！"

次日，他就假说自己是想喝老酒，叫人从城里买来了半坛子，和上他从武当山艺成辞师时带来的刀创药，一个人在书房里，闭上门遮上窗户，脱光了浑身去搓。有人知道他回来了，拿来礼物看他，他也假说是在外边感受了风寒，避而不见。

果然，风是一天比一天刮得凄凉了，天气一天比一天寒冷了，都穿上了棉衣了。孕妇柏秀卿的屋中且添上炭盆了，更快要临盆了。楚江涯的伤处已经痊愈，精神也还好，苏小琴的事情也不再像早先那么厉害地缠着他的心了。他想想，也得进城去看看朋友，不然叫人家以为我这次在外真是栽了什么跟头，回家来就不敢见人了。并想以后既不再走江湖，那就得还在城里照料照料买卖，人若一忙，闲愁、旧相思也就都没有了。

于是，这天他就先跟太太说好了，预备了礼物多份，叫仆人担到城中，在钱庄去等候他。他特意叫丫鬟给他编好了辫子，穿上古铜色的摹本锻的丝棉袍，又是绸夹裤，一走路就嚓嚓直响。上罩元青缎子有团龙的马褂，小毛的皮里子。白绫袜，官样的两只缎鞋。头戴青缎的、漆着金边儿、后垂红丝线穗子的瓜皮小帽。又为了表示闲散，还拿了一根翡翠嘴儿、乌木杆的烟袋。金线绣的荷包里满满装着"兰花烟"。如此，他就安步当车，出了村子，走往城里。

到城里，见了面的人全向他拱手，问说："楚少当家的好了？"他说："一点风寒小病，有什么难好的？我喝了几天老酒，就痊愈了。"到钱庄，很多人都赶来，要听他说说在外面怎么看的那帮把戏。他说："诸位先候一候，我且送几份礼物，看几家人去，等我回来时再说，话多得很！事情也热闹得很！"于是他就命仆人担着礼物，先去送礼，看望了在这城中住的几家至亲好友。

人家都对他很欢迎尊敬，听他说将来不再出远门了，就都说："对！对！对！少当家的你不久就得了肥头大耳的儿子了，在家里抱抱，有多么好呀！你可真有福气！"他却时常发怔，人家也不知他是在想什么。不过，已经有些人怀疑他是在外有什么风流事儿，还有人说："十天以前，在开封眼见他跟那里的名妓小金凤坐着一辆车在街上逛。"这当然是瞎说了，即现在的几个人也都把他的心思猜错了。他实在是正想着怎么编说自己看的那帮把戏，回到钱庄好对那些等着他的人去说。

辞别了亲友，走到街上，他脑子里拟造着故事，可是故事真难想得尽情尽理。及至回到了钱庄的柜房里一看，好，已经预备好了酒席啦！围桌坐的全是素日熟识的，本城的富商、世家子弟、有名的镖头，给他留下一个首席。好几只膀子来拉他坐下，几个人争着给他敬酒，斟的还是为他才预备的"老酒"，大家都笑着说："快说！快说！我们都没得看见那女子练把戏，你是追了去看过的，你得从头到尾跟我们讲讲！"

他就说："那女子确实把戏练得好，一口宝剑上下翻飞，蹿房越脊无一不会，五条老虎也斗她不过。她练得最好之时，我就对她大加夸奖，我说比我的武艺高强万倍，她却露笑窝，开小口，微笑着说：这话可别叫你太太听见呀？"楚江涯又说："但是他们之中那个噘嘴的人最可气！依着他，有我跟着，他们就还是不练，并且恶语伤人。我夸奖那女子，他也对我说闲话，说我夸奖得不对。"

旁边的人说："哼！这人多管闲事！少当家的，你为什么不打他呀？"

楚江涯说："我打了，我就把他揪至店里，棍棒交加，一顿饱打，打得那人鼻青脸肿……"旁边的人就一齐拍手，说："打得对！那忘八蛋真该打！"

楚江涯未尝没觉出来他所编的这个谎，简直就是他所遇见的真事。但是这些事如鲠在喉，时常压得他的心非常不痛快，如今招得大家一笑，他自己也笑；招得大家一说那个人该打，他觉得自己也实在应该挨那顿打，岳大雄他们打得对，鲁家五虎把自己吊得也对。如今自己是江湖之上已没有了朋友，对妻子又发了誓。武艺是白学了，以后就等着抱孩子开买卖吧。他大杯饮酒，高声喝拳，十分地畅快。

忽然看见了由外面进来了一个身穿短衣、可披着一件大裕袄的人，在座的这些人对于来的这个人仿佛都有点皱眉，可是又不得不拉了个凳子让他坐下，这个人摇了摇头说："不坐下！"一张铁青色的脸，望着楚江涯。

楚江涯对此人却一点也不加礼待，只问说："你的店里忙吗？"这人说："没有什么事，从初五我自开封府回来就闲着，直到如今也没有买卖。"楚江涯一边饮酒，一边问说："在那边没见着陈二爷吗？"这人说："见着了！陈二爷问少当家的好。我说少当家的出门了，陈二爷向我问了详细，他十分不放心，他说那伙人都是万里飞侠师弟跟徒弟们，女的是云媚儿，他们是假装卖艺寻觅仇人，其实全都很不好惹！"

此时，举座的人全都停止了饮酒，专来听他们的谈话了。听到这里，大家都益发得惊讶，楚江涯却傲笑说："但我可也把于铁雕、云媚儿连岳大雄全都惹了，他们也莫能奈何得我，如今你是干什么来了？"

这个人说："我听说少当家的进城了，我特来看看，因为我千里腿陈润，以后还要求少当家的赏饭吃。还有一件事，就是——少当家的！我告诉你吧，那云媚儿由昨晚就已来到了这城里，她必是找你来了！"

楚江涯一阵发怔，但想了想，便摇头笑道："没有的话！我绝不信，她来找我做什么？"

席间的众人此时有的惊讶，有的交头接耳谈话，有的却拍巴掌大笑，说："云媚儿不就是那个卖艺的女子吗？哈！她不找你可找谁呀？冲你这顶帽子，她也得找你呀！"

那千里腿陈润点头说："真的！一点也不假，现今还住在南门布巷子高安店内。她长得是有点……年纪也是刚长叶儿没开花，脚儿更……嘿嘿！我连瞧也没敢细瞧，穿着青衣裳、黑裤子，大辫子，牵来的是黑马，带着一口宝剑……"楚江涯大惊地问："什么？"当时就站起来要往外去走，可是忽然又自己把自己拦住。

楚江涯已经猜出，住在那高安店内的女子绝不是云媚儿，而必定是苏小琴！他就想：按理说，苏小琴既来到我的家门前，我应当去见见她，请请她，或是把她让到我家里，那才算是尽了地主之谊，那才够交情，可是哪能叫她去见自己的太太呢？那么大的肚子，又凶。再说好容易我才把那好像是相思的一种东西由心里拔出，还没拔干净呢，再一见面，她要是再说一声"客气什么？"那我岂不又要为她颠倒十年吗？而且丝毫没有益处。于是他站住身不动，也不重去入座。

旁边的几个人又都笑着说："快去见见吧！邀来也叫我们看看吧！"楚江涯正色说："你们不要混说！这不是那卖艺的！"有人又笑着说："哦！少当家的还另外有相知的呀？那可更应当给请来啦！我们在这儿换酒添菜等着你们。"楚江涯听了，却连笑也不笑，只是发呆。他的心里十分紊乱，结果他决定去看看，到底是不是苏小琴。假如不是她，那就算了；若是她，先得问问她来此处是要做何事。再——至少也得叫她知道我在此实在是一个少当家的，不是那种江湖人，将来她回到洛阳也跟她的哥哥们去说说，别把我看错了。于是就说："我去看看！"说着往外就走。后面的人喊着说："戴上帽子呀！"有人就追上来，将那顶帽子扣在他头上，他就走了。倒是没有人跟着他，可是他出了钱庄，又有不少认识他的人向他招手，他却只匆匆地向人拱手、点头，并不说一句话，并不停止一步。

少时就来到了南门里布巷子的高安店，这里本是一家很小的店房。楚江涯还没有进门，就听见后面有人叫他，他赶紧回头，却见是那千里腿陈润，一手提着刀，一手拿着剑，跑来了，说："少当家的，我给你预备下家伙了！那云媚儿可是江湖女盗，她找你来绝没有好意。她若敢动手，我就帮助少当家的，咱们就跟她斗一斗！"

楚江涯皱着眉说："你又来混搅什么？你怎么知道她是云媚儿？"

陈润说："除了云媚儿，谁家的姑娘媳妇能够骑着马，拿着宝剑？一定是她！"

楚江涯摆手说："你小些声音说话！不要叫店里的人听见！我先进去看一看是谁，也许跟咱们并不认得。"

陈润说："一定认得！"

楚江涯怒了，斥说："你或是回去，或是在这里站着不准鲁莽，不然我先要跟你翻脸了！"

陈润这才显出惧意，往后退了几步。楚江涯把帽子戴正了，拍了拍衣裳，这才进店门。

这家店房还是楚江涯拿钱帮助才开起来的，所以他一走进，掌柜的、伙计们隔着柜房的窗户看见了，就齐都迎出来，带着笑，恭敬地说："少当家的病大好了？今天进城来了？"楚江涯含笑点了点头，就把掌柜的拉到了一旁，悄声问说："你们这里昨天是来了一个女客人，说骑着马来的？"这掌柜的点头说："不错！今天早晨还到街上去过一回呢，现在是在屋里啦。"

楚江涯就说："你没问她姓什么吗？"掌柜的摇头说："这可没有问，人家一位堂客，我怎好意思细问人家呢？"楚江涯说："你现在去问问！她姓什么？如果是姓苏，你就说我来了，要拜访她，问她见不见？"掌柜的连声答应，就往那马棚旁边的小屋去了，站在那极小的一个纸窗前，向里间问了几句话，便扭着身向楚江涯来点手。楚江涯的心里此时倒紧张了，迈着方步走了过去，店掌柜就说："屋里住的正是苏姑娘，请你进屋去呢！"

楚江涯挺直了腰，先咳嗽了一声，就问说："苏小姐！"里面答应了一声，声音娇细，不是别人。楚江涯就赶紧现出一种端重的笑容，轻轻拉开了门，向里一看，只见小琴才由炕边立起身来，拿手摸着云鬓。

楚江涯进屋就拱手，说："我听人说这店里住着一位女客，牵着马，携着剑，我想大概就没有别人。既然是小姐路过此地，我要是不来见见，那太——太显得失礼了！因此我就来了。小姐！自从娘娘镇分别之后，现在已有一个多月了……啊！天更冷了！今天我也是初次进城来，啊……"

他见苏小琴身上穿的，仍是上月分手时所穿的那件衣服，并且因为风吹雨打，黑色的绸面子都已褪了色，变成灰色的了，显出来单寒的样子。楚江涯也不敢多打量人家，只又拱了拱手说："小姐请坐，不必客气！小姐到这里来，不知是有什么事情？尽可以告诉我，我因为是本地人，地方熟，一切都可以效劳！"

小琴悄着声儿说："我到中牟县来，就为的是来见楚大哥。"楚江涯一听，倒不由得怔了，听小琴又说："我是在青牛镇向那蓝脸鬼追问云媚儿跟……岳大雄那些个人的去处，不想他满处胡支我。我在这一个月之间走了许多地方，问了十几个江湖有名的人，原来那些人都跟蓝脸鬼有仇，蓝脸鬼想借着我给他去出气！经人家一说，我才明白，我又生着气回到青牛镇，去找蓝脸鬼，我要要他的性命。他害怕了，他才告诉我，说是有个人叫童如虎，住在郑州，云媚儿必是投奔他去了。"

苏小琴的意思就是，特来此跟楚江涯打听打听，认得那童如虎不认得，知道那童如虎跟云媚儿的交情不知道。并且如若确实，那么她就去郑州，连云媚儿带童如虎全都杀了；只是她不愿又受那蓝脸鬼的欺骗。

楚江涯一听，当时倒不言语了，心里却暗地说：你真会找人打听，我不但知道童如虎，还知道他的外号叫黄老虎呢。然而，童如虎是那巩家庄的护院人，纵然跟云媚儿有一腿，可也用不着您去收拾人家。再说郑州也是大县城，那里有王法，不像狄家坡、青牛镇，那是小地方，也不像在隐凤村，那是您的家门口。您在郑州要是跟童如虎拼起来，那是得上衙门的，何况人家云媚儿用得着您这样逼人家吗？这些话他没说出来，可是叹了一声。

苏小琴又说："因为我想楚大哥是久走江湖，跟江湖人全认识，所以我才来向你打听！"

楚江涯连忙把他的红穗子的帽子摇了一摇，说："我可不认识他！"心里不大高兴，因为"你也把我看成了妈的江湖人"！

苏小琴就点点头说："既然大哥并不认识这个人，那就——我到了郑州再去打听吧！"说着，不但真坐到了炕头儿上，并且脸向着墙，叠着两条腿儿，两只手也叠着放在膝上，好像在想什么，那云鬓，那虽经风尘却不失娇艳的脸儿，至此时更为秀丽。

楚江涯本来是应该这时就走的，然而他却又迟疑，又装作也想了一想，便说："这样办吧！小姐！这个地方离着郑州近，我家又在这里，我的熟人很多，或许就有人知道那童如虎是个何等的人物。请小姐在这里多住一两日吧，我去打听得详细了，再来告诉小姐！"

小琴忽又露出酒窝来笑一笑，说："好吧！我来到中牟县，也是顺便要去看看你家的嫂子！"

楚江涯赶紧摆手说："别见她！别见她！她见不得人！再说再说，寒舍又太为狭窄，离着城里很远呢！"

小琴反问说："我还怕远？你不让我见你家嫂子，我也要去见！因为你实在帮助我家办的事太多了！我应该到你家里去道谢！"

楚江涯说："客气什么呀？"

小琴正色说："不是客气！是人须知礼，尤其到江湖上来，更得分得出好坏人。你是个好人，又帮助过我，因此我必须前去致谢！"

小琴说着，就站起身来要走的样子，楚江涯心说：也好，叫她到我家去看看，不是显阔，是证实证实我非江湖人。太太虽然厉害，但也是很讲理的，叫她们二人谈谈，更能证实这些日我在外边到底是什么样子。于是就又拱手，说："真是不敢当！不过小姐既然路径敝处，我也应当接待接待，请小姐到舍下去住上一二日，略息风尘，然后我也就能把童如虎的来历跟云媚儿的去处，打听出来了。那么，我就叫他们给你备马吧！"当下他先走出屋去，叫店伙给备马。

少时马备好了，小琴也提着包袱跟宝剑自屋中走出来，楚江涯谦让了半天，结果是他先走出了店门。门前站着的千里腿陈润就直着眼睛问说："少当家的！到底怎么样？是那个贼丫头不是？"楚江涯拿手驱逐着说："快滚！快滚！"身后苏小琴已经牵着马跟出来了，楚江涯就笑着说："我们这个地方，城小得多，比洛阳可真是比不了!"小琴也微笑了笑。那边一手提刀一手拿剑的千里腿更发怔了,更不明白是怎么回事。

出了这条布巷子走到大街上,楚江涯简直迈不开方步了,心里仿佛有点发窘似的。刚才在钱庄吃酒的人之中,有三四个人都来到这里等着看他,向着他笑,还有个人过来说:"喂!少当家的,我给你送烟袋来了!大概你是不能再回去吃酒去啦,贵相知也不能让了去给我们引见了!"楚江涯怕被小琴听见,赶紧就把烟袋接过来,向着这几个人拱了拱手,就躲开了。

小琴随在他后面牵着马,倒是很从容大方地走,只看了看东西商铺的门前悬挂的市招,并没有理会那几个与楚江涯打趣的人。出了南门,离开南关,在寒风旷野之上,苏小琴就跨上了她的马。

这时楚江涯才看见,原来小姐的小青鞋,鞋头儿都已经磨破了,自己呢?倒是衣冠齐整,这简直是向人家来炫耀了。又想:小琴也许因为路费不够了,才到我家去借钱?那不要等到她开口,我就得先送给她几十两。可要劝劝她,叫自己的太太也劝劝她,叫她还是一直回洛阳去吧!当小姐去吧!将来当官太太去吧!何必这样莽莽风尘,枉寻找那本无仇恨的云媚儿与永难成为鸳侣的李剑豪呢?唉!他一路不大跟小琴说话,只是叹气,不觉眼前便望见了他的村里。

第十四回　柔肠侠骨梦亦随

　　来到村前，苏小琴方下了马，倒没有什么人看见她，只是当楚江涯吩咐他家的一个男仆将马接过去之时，那男仆却有点看着可疑。小琴自己拿着东西，被楚江涯让进了大门，往里走去。早有仆妇看见了，赶忙到里院去向奶奶禀报。

　　此时，楚江涯却十分从容大方，叫小丫鬟开了书房的门，就请小琴进内去坐。他笑着说："小姐可别笑话我们这里太狭窄！"心中却有点自负地想：你看看，江某人能有这么雅静的书房呀！但小琴并没有言语，只在椅子上坐了。江楚涯又客气地请小琴在这里稍坐，他说："我先到院里跟内人说一声去，叫她出来见您。"小琴微笑着点了点头，江楚涯遂就走了。

　　他到里院见了他的太太，柏秀卿就向他撇着嘴笑。他可一点也不笑，正色着说："洛阳隐凤村的苏小姐可来了！我是在城里遇见她的，她是还要到别处去有事，知道咱们在这里住，她就一定要来见见你，我拦她也拦不住。"

　　柏秀卿沉着脸说："你拦她干什么呀？我除了大肚子，别的，既不缺眉毛，又不短眼睛，难道就见不起人了吗？"说着，站起来就对着镜子去整妆。

　　楚江涯说："不是这样说！她来了，你要愿意见就见见她，她也是一位小姐，你可千万别跟她说什么不好听的话！"

柏秀卿瞪眼说："她是小姐，难道我就是丫头出身吗？"

楚江涯不由得着急了，就说："要不然，你就不用去见她了，我也不再到书房去，就叫张妈告诉她，叫她走！"

柏秀卿冷笑着说："什么话呀？那不就把你的相好的得罪了吗？"

江楚涯变了色，却无一语，眼看着他的太太往头发上抹了许多桂花油，又叫张妈开箱子，换了一件簇新的、缎子的、镶着宽花边的缎袄，连鞋也换了，手上又戴了翡翠戒指，胳膊上套着两对金镯。她虽然是分娩在即，但也不用仆妇扶着她，行走得倒是很快。江楚涯倒不敢再到外院去了，心中实在为难，想着他的太太又发了妒性，这一去，必得把小琴得罪了，不禁叹了一声："唉！"但是又想：得罪了也好，省得再叫这条情丝缠绕着我！

于是他感慨叹息，就坐在椅子上发呆，同时侧耳又向外院去听，可是半天也没听见外面吵起来，他倒觉得有点纳闷了。他要出屋到屏门去听一听，这时可就有一阵笑语相应之声传来，一个叫着："大嫂！"一个叫着："妹妹！"原来柏秀卿把小琴给让进来了。两人还互相搀着，笑着，让了半天，小琴才进了屋来。楚江涯倒不明白是怎么回事，只是见自己太太的那种笑、那种客气，很是可疑。

柏秀卿就先叫张妈去吩咐厨房多做几样菜，她请小琴落了座，说："苏大妹妹你别客气呀！到了我们的家就像在你们的家里一样，那才成呢！"小琴只是微笑着，然而显出来倦怠之意。并且她的这身衣裳，一比柏秀卿的那身华丽的衣裳，她可又太不像是"小姐"了，楚江涯心说：这样也好，小琴也许是为了借盘费，她跟柏秀卿总还容易开口些！

此时柏秀卿就向丈夫说："我跟苏大妹妹一见面就投缘，可得留她在咱们家这儿多住些日子，你还是到外院去吧！你若在这儿，人家可拘泥。"

楚江涯又怔了一怔，遂就向小琴深深点了点头，出屋往前院去了。到书房中，他就向那小丫鬟悄声问："刚才你奶奶跟人家都说了什么话呀?"小丫鬟回答说:"倒是客客气气的——那姑娘怎么长得那么好看呀?"楚江涯说:"你快去! 到里院听她们又说什么了!"小丫鬟却摇着头,她不敢去。楚江涯就向床上一躺,心中觉得苏小琴的事情真是难办! 其实只要把自己所知晓的事向她一说,她明白了,当时就不恨云媚儿了,也不再思恋李剑豪了,然而又怎样忍得跟她去实说呢?

待了些时,晚饭是由厨役给他送到书房里来,他一个人独酌,自己吃着,很觉寂寞。到天黑时,屋中点上了灯,把丫鬟也打发走了,他更是觉得冷冷清清。屋中都已点上了灯,忽见一个男仆从外面进来,说是:"外面有人来找少当家的!"楚江涯就坐起来,问说:"是谁来找我?"仆人说:"是城里镖店的千里腿陈润。"楚江涯说:"叫他进来吧!"心中却说:这个人虽说对我很是忠心,但是他太鲁莽了,他不想一想,如果真是云媚儿,我能够把她往家里来让吗?

少时,那千里腿就走进来了,披着大裕袄,里面的衣带子上别着短刀。楚江涯就问说:"你来此有什么事?"千里腿说:"刚才由朱仙镇来了个朋友,他说那里前几天出了一件事。"楚江涯说:"朱仙镇的事,你来匆匆忙忙告诉我做什么? 我不管!"千里腿说:"这件事与少当家的有关,因为陈二爷的兄弟小陈三在朱仙镇与人争斗受了伤,伤他的是一男一女,女的就是现在你家中的云媚儿,男的叫李剑豪。"

楚江涯一听这话,倒不由得很是纳闷。自己的好友陈文悌有个胞弟,名叫陈文谨,外号叫小陈三,武艺精通,年才二十来岁,常替他的哥哥来往朱仙镇等处去保镖,这是实情。小陈三为人好色又好斗,此次也是合该吃亏,他的武艺虽好,可也绝不是李剑豪的对手,这都不足为异,可是李剑豪怎么会跟云媚儿在一起呢?

当时,他还未细问,千里腿就又说了,原来是李剑豪与云媚儿同行,俨如夫妇,走至朱仙镇,被小陈三看见了。小陈三并不认识他们,可是一见了云媚儿,他就着了迷,于是上前调戏;不料云媚儿当时翻了脸，拔刀与他就相斗起来，那时李剑豪倒没有帮助。云媚儿的武艺略差些，可是小陈三也没伤着她。

小陈三以为云媚儿不过是个江湖卖艺的女子，李剑豪是个无能的人，他就追到他们所住的店里，还去满嘴胡说。李剑豪就出来拦他，他却欺负李剑豪年轻、脸白，扬起来巴掌就打，说："兔子货！忘八蛋！"不料一拳没打着，反被李剑豪给踹了一脚，打了三拳。小陈三不服这口气，回去取了单刀，勾了伙计，一同又去找李剑豪拼命。那李剑豪原来真厉害，不愧是江南的好汉，连万里飞侠都丧于他手；他就以一口宝剑抵住了十余个人，并且将小陈三的大腿杀伤……

楚江涯听了，就兴奋地问说："那二人现在还在朱仙镇吗？"

千里腿悄声说："李剑豪我可不知道，那云媚儿，现在不是叫少当家的给让到家里来了吗？"

楚江涯说："胡说！这不是！"

千里腿笑着说："怎能不是呢？现在城里的人都知道了。你少当家的弄上这么个人不要紧，家里的当家奶奶吃醋也是小事，可是一两天，这件事就得传到开封府去，叫陈二爷听说了，怎能够乐意呢？你跟陈二爷是很好的交情，若为这事伤了和气，太不值得。再说这江湖女子是个下贱货，她一定是抛了李剑豪来找的你，因为她知道你有钱，可是一半天李剑豪必定要找来。你是武当山上学来的武艺，自然是好，可是李剑豪那个小子也不是个易斗的呀！依我说，你赶紧给这娘儿们点钱，把她打发走了吧！"

楚江涯摆手说："你弄错了！今天来到我家里的这位女客，我可告诉你，她不是别人，正是洛阳的苏小琴！"

千里腿一听这话，就如同头上响了一个雷，他的神色都变了。可是怔了一会儿，他又现出怀疑的样子说："洛阳隐凤村的美剑侠单身斗五虎，近些日名声可真不小，可是人家也是个大财主，哥哥是县太爷，人家不穿绸着缎带丫鬟？能够那样穷？穿的衣裳比我还单？再说家里能放她出来走江湖？"

楚江涯说："她是专为来找我帮助她办一件事。我只同你说，你可千万不要到城内去乱讲，因为城内天天有不少江湖人过往。倘若有人晓得她住在我这里，那可就麻烦了。她在这里也就住上三五天便走，不过李剑豪跟云媚儿的去向，我倒想知道知道，你如若听人说了，就赶快来告诉我。"

千里腿本来是一股勇气向前，来向楚江涯说明这事，好显他自己能干。假若楚江涯赶不走云媚儿，那他带来刀子啦，他可以帮助楚江涯跟那女贼斗一斗。可是他没有想到，原来那不是女贼，却是美剑侠！这个名头可把他给镇住了，他一句话也不能说了。听了楚江涯的话，他就连连点头，楚江涯叫他走，他就赶忙又走了。

他走后，楚江涯倒很后悔，倒并不怕什么与苏小琴有仇的人找到这里来，却是觉得苏小琴来到自己的家里住着这事，若传出去，别人必疑惑我跟她有什么不清楚，以后苏小琴若想嫁给官宦之家，那可就难了。他想叫苏小姐快些离开这里，可是服侍他的小丫鬟，进屋又笑着说："咱们奶奶跟新来的那位苏小姐真是投缘，说上了话儿，索性没有完啦！现在说叫张妈给铺床了，今天晚上，两人要在一张床上睡。还说苏小姐已经答应了，在这儿等候奶奶添下小孩，她才能走呢！"楚江涯又是喜欢，又是忧愁，当晚他仍然独自在书房睡觉。

次日晨起，他也不好意思到里院去，倒是在将吃午饭的时候，张妈来说："奶奶请少当家的去，有话说！"楚江涯这才到了里院，见柏秀卿跟小琴果然相好得如同姐妹一般。柏秀卿就叫她的丈夫快托人去打听李剑豪的下落。

楚江涯就说："昨天我就已托人打听去了，并连云媚儿的去处，我们也要打听打听。"

柏秀卿说："越快越好，人家苏大妹妹等得着急呢！"

楚江涯偷眼去看苏小琴，就见她听人提到李剑豪，脸儿上面微微地红，而一听到云媚儿之名，她又愤然，燃起了仇恨之意。楚江涯只是暗自感慨。

小琴在这里住了三日，这里一点事情也没有。城中，那钱庄的人都好说，可把楚江涯认识了江湖女子云媚儿并让到家里去住的事，早给传遍了。

千里腿陈润就十分恼怒，赶紧给辩正，说："你们都不要混说！楚少当家的哪能跟女贼云媚儿勾上呀？在他家里住的那是美剑侠，人家说等着给她办事，人家可也没跟她勾上！"

由是，一个是云媚儿，一个是美剑侠，这两个名字就在中牟县城里传说开了，因为都是女子的名字，又是一个女贼、一个女侠，大家也不管住在楚家的到底是哪一个，只是纷纷谈论。又因为楚江涯自从那天就没有再进城，大家更笑了，说："楚少当家的好艳福呀！等他再进城来的时候，咱们非要吃他的喜酒不可！"因此，千里腿陈润曾跟两三个人打了架，他在大街上就嚷嚷，说："那是真的美剑侠，妈的，你们谁再敢说人家是云媚儿？"

中牟县本是过往的大道，这些话很快地由旅客的口中传往了东西南北。因此，在第四日，便有几个人来了，大家都没有注意，他们投店住下，也都不出门，只向店家打听清楚了楚江涯的住址，他们便商量着。这些人为首的是一条大汉，他的屋里放着一根钢鞭，就扔在炕上，也不怕被店家看见，原来此人就是金鞭岳大鹏；同他一起来的是于铁雕、病太尉吕信、白面瘟神洪锦和小飞侠高彪。他们如今仅仅剩下了五六个人了，个个风尘满面，因为在洛阳又折了他们几个师兄弟，并且领略了李剑豪的武艺，知道了苏小琴的身手，还知道了有个从中多管闲事的楚江涯，武艺也不差，人更可恨，他们几个人的性情此时都变得更为暴戾。盘缠也快花完了，真要偷盗吧，那岳大雄与于铁雕却又都不肯。他们如今是因为遍寻李剑豪也无着，好容易才听说了美剑侠现在是住在楚江涯的家中，他们这才急忙来此。依着于铁雕，还是认为"好男不跟女斗"，应当找李剑豪去，值不得找苏小琴。岳大雄可不然，他知道李剑豪曾在苏家住过很多日，与苏小琴有暧昧之情，他想李剑豪就是苏小琴，找到他们一个，就必能找着两个，尤其是楚江涯那个忘八蛋！

岳大雄等人在此计议，他们现在住的又不是上次住的那家店房，所以也没人认识他们，除了岳大雄腰上绕着钢鞭，外面披着大袷袄，到了城外楚江涯的家宅附近看了一番，便都不出门。他们晓得苏小琴厉害，所以处处得精密谨慎。他们在此连住了三四天，仍然没有人知道。

　　城中，这几天楚家的仆人来预办东西，什么鸡蛋糕、红糖等等，据说是他家的奶奶将要生小孩了，于是又有人等着吃楚家的红蛋，并预备给楚江涯去贺喜。此时，楚江涯在家中也十分忙碌，里外院得时常出入，因为姥娘婆就在他家永远守候着他的太太，不知什么时候就要临盆了。

　　苏小琴也永远在柏秀卿的屋里，一切轻便的零碎事她全替做，竟好像是多年的亲友那么热心地帮忙，只是她并未忘了她自己的事情，每天她必要向楚江涯问一次："大哥！他们还没有信息吗？"

　　柏秀卿也是说："你倒是快一些托人，多托几个人，给人家去打听呀！人家现在帮咱们的忙，咱们就不能够帮一帮人家的忙吗？"

　　楚江涯只说："我又托人啦！"心里却实在对此感到为难。他不出村口，也不知外面有什么事。到晚间，他太太的屋中有通宵的灯，他在书房里也是整夜难以安睡，门也不关，灯也不灭。

　　这一天，他的太太一连腹痛了数次，他更是精神不安。到深夜十点多钟了，他还没有入睡，躺在床上，虽然是闭着两眼，可是辗转反侧，耳边总仿佛有小孩的呱呱的啼声似的。正在这时候，忽听得房门微微地响，进来的人脚步也很轻微，他还以为是伺候他的那个丫鬟呢，就说："厨房里还有开水没有？给我的壶里另沏一壶茶！沏那香片！"

　　这时候就觉得脸上一凉，有人说："妈的你还喝香片？你尝一尝刀片吧！"

　　他吓得一个冷战，睁开眼借着灯光一看，只见一口钢刀已经晃在头上了，持刀的人正是那先于路上害病、现在已经好了的小飞侠高彪！旁边还立着于铁雕跟白面瘟神洪锦。楚江涯也不起来，就带着笑说："啊呀！原来是诸位来到，久违！久违！"

小飞侠高彪瞪圆了眼睛，但他的右臂却被于铁雕揪住，不容他的刀往下去落。这于铁雕就说："楚江涯！我们今天来到你家，很是对不起。但你放心，只要你告诉我们——苏小琴在哪屋里住，你别再多管闲事就行！若毁了你一根窗棂，那就算我们不是江湖好汉！"

楚江涯刚要回答，忽然那小丫鬟慌慌张张地从外面走进来说："奶奶快啦！……"但一把就被于铁雕抓住，小丫鬟吓得"哎哟！"大叫了一声，于铁雕却说："不许喊嚷！也不要害怕！你只在墙角站好了！"

此时楚江涯蓦然抬脚将高彪的胳臂踢得扬起，他乘势闪开了刀，滚身站了起来。高彪还要抢刀去砍，楚江涯却由桌上抄起了一只细口儿的掸瓶，要抵挡。

于铁雕却摆手说："不要打！姓楚的！我们都已打听明白了，你在本地颇有些名声，你这个家也很殷富，你的武艺是从武当山学来的，更是正派，咱们不必闹破了脸儿。我们今天来找的，只是在你家里住的苏小琴！"

楚江涯说："你看！今天我的老婆正要生小孩，你们倒是催生来了。苏小姐，不错，是住在我这里，但她现在也正在我老婆的屋里帮忙接生，难道你们现在就要闯进我老婆屋里，去把她揪出来吗？——你们各位虽未必都有老婆，可是你们也都是老婆生的！"

于铁雕说："既是这样，我们更不能够扰你了。那么你去把苏小琴叫出来吧！"

楚江涯摇头说："我也不能去，那屋子里现在净是女人。再说你们也一定不放心我，倘若我进到那屋里，抄着一口剑，我可又要在我的家里管一管闲事了！现在叫我这个小丫鬟，到里面去把苏小琴请来，你们放心不？"

洪锦就说："她知道咱们来了，一定逃跑。"

吕信又说："叫她一抄起她的家伙来，那咱们可就费事了！"

楚江涯却冷笑着说："你们这话说得可不像个好汉了！苏小琴

你们也都见过的，就逃跑吗？再说你们既然敢来，就是不怕她，还管她的手里有宝剑没有？"

这时忽听门外有金鞭岳大雄的声音，愤愤地说："跟他废什么话？咱们往里院去就是了！"高彪还要结果楚江涯的性命，于铁雕却叫众人都去上里院，他一个人持刀逼着楚江涯。

楚江涯更是冷笑说："这可是真像好汉了！不过我女人正要生孩子，你们若怔闯进屋去，我可不能依！"

于铁雕说："你可以跟着去！"

楚江涯答应一声："好！"遂就大踏步走出了屋去了。

于铁雕持刀随着他的身后，还没进里院，楚江涯就大声说："苏小姐你出屋来吧！金鞭岳大雄他们找你拼命来了！"

此时里院就站着那几个人，刀光闪闪，钢鞭锵锵，屋中的柏秀卿是正在呻吟，那美剑侠提了剑已经一跃而出了。岳大雄抖鞭上前就打，苏小琴拧剑就刺，吕信、洪锦、高彪一齐抢刀上前。

这里于铁雕一面看守住了楚江涯，一面大声喝说："都住手！咱们是干什么来的？咱们是要先跟她个女流之辈拼命吗？咱们要找的还是李剑豪呀！"

岳大雄等人这才齐向后去撤步，逼问苏小琴说："你如说出李剑豪现在什么地方，我们便能饶你！"

不料苏小琴一听提到了李剑豪，更刺痛了她的芳心，发出她的怒恨，她想：若没有你们这几个人，哪能够将剑豪逼走呢！他万也不能离开我呀！因此，小琴连一句话也不回答，只挺剑进前，前批后戳。岳大雄的钢鞭、洪锦等人的刀一齐来应付她。当时屋中的女人们吓得是乱叫，院里的铁器交鸣，苏小琴亚如神龙猛虎，剑疾身快，辗转腾挪，二十余合之后，竟叫岳大雄不能得手，那吕信、洪锦也皆都不敢近前。小飞侠高彪且叫了一声，受伤倒地。于铁雕赶紧过去救他回来。

但这时楚江涯趁空儿，不单跑开了，而且夺了高彪手中的刀。他舞刀奔前，先遮住了苏小琴，就向岳大雄等人说："你们先住手！

听我告诉你们！李剑豪并没在这里，连苏小琴她也不知道！"

岳大雄哗啦哗啦抖着鞭说："那么你知道？你说出来，我们就走！"

楚江涯说："他现在大概是在郑州巩家庄的护院人童如虎家中住着了。"

岳大雄摇头说："我不信！童如虎是我们的朋友。"

楚江涯说："他是你们的朋友，可也是云媚儿的朋友，这次多半是云媚儿把李剑豪带去的。"

此时苏小琴一听了这话，不由心中刺痛，她的剑也放下来了，身子仿佛都站立不住。

那岳大雄、于铁雕等人便都信了楚江涯的话。他们先去看了高彪的伤势，见只是右臂略受了剑伤，并不太重，他们也就都忍下了这口气。于铁雕吩咐着吕信搀着高彪向外去走，他就反过来向楚江涯拱手说："对不起！打搅你了。现在我们就走了，改日再来赔谢吧！"岳大雄手中仍响着钢鞭，指着苏小琴说："你一个女流之辈，我们再饶你这回！"

一瞬时，刚才在这里大闹了一场的那些人，就全都走了。楚江涯回过身来，向着苏小琴反倒不禁脸红，说："让他们往郑州去吧！他们必得白跑一趟，剑豪兄不会在那里的，他也没跟云媚儿在一起。"他虽然如此说着，小琴却一言不发提着剑就转身进屋里去了。屋中除了柏秀卿还在呻吟着，别人都不作一语。

楚江涯就也走进屋内。三个仆妇齐都惊慌着问说："是怎么回事呀？那些人是干什么的呀？"

楚江涯就说："你们不要害怕了，那些人已经走了！"

他叫仆妇都到里屋去，他一面专心等待着小儿落生时的啼声，一面看着苏小琴的举动。只见苏小琴面如冰霜，先系紧了她腰间系着的一条绸带，然后又出屋去了。楚江涯追到屋外去问说："苏小姐，你是要做什么？就由着他们去吧！"小琴仍不言语，就往前院去了。楚江涯见她没有拿着宝剑，也知道她不是去追那些人，但却不由得站在院里发怔后悔。

少时，屋里还没有听见小儿的哭，一个男仆却从外院进来，楚江涯就问说："什么事？"这男仆回答道："我来告诉少当家的！那些个强盗都走了，也没拿去什么东西，可是苏小姐现在西院里自己备马呢！"楚江涯一听，不由暗叹了一声，点点头，索性回到屋里，心里乱七八糟，非常难过。

又待了一会儿，小琴回到屋里来，芳容依然那么森严，楚江涯就赧然说："刚才的事，实在是我错了！我不该告诉他们那话！"

小琴摇了摇头，轻声说："没有什么！"

楚江涯又说："我因为小姐说剑豪兄是在郑州，不，我听小姐说云媚儿在郑州了，我才那样告诉他们。至于剑豪兄跟云媚儿在一起的话，那是我瞎编乱造的，绝不能！绝不能！"小琴仍然不说话，可是眼角垂下泪来。

楚江涯说："我不是因家中的这点小事就收留小姐的大驾，我是想，追岳大雄那些人也是无用，他们也绝找不着剑豪兄。一半日，还是我托人再去给打听打听吧！"

小琴却说："我一定要去追那些贼，追不上，我也得到郑州去帮助剑豪跟他们斗。今夜我就走，可是我也不能立刻就走，我得等候大姐分娩完毕了，我还要看看我的小外甥呢！"她虽然如此微笑地说着，可是眼角仍然挂着莹莹的残泪。[1]

深夜之下，一个侠女在前，一个多情仗义而落不着好的男子在后，两个人两匹马走的本是一条路径，可是楚江涯就追赶不上小琴。因为小琴是心急马快，越走越远；楚江涯虽也紧紧追着，可是同时也惦记着抛在家里的妻子和那才落生、还未容仔细看的小男孩，所以他的心不能够专一，马行得也就较慢。直到天明，连苏小琴的影儿也没有追着，并且也不晓得金鞭岳大雄那一伙人哪儿去了。中牟县离着郑州城本来用不着走一天便可以到，如今这段路上是鞭影蹄声，尘烟高起。

---

[1]此处缺失两节，连载日期民国三十二年十月二十日至二十一日。

斯时，郑州西关外巩家庄里果然去了那云媚儿与李剑豪，他们到了已经有四天了。云媚儿虽然是个风流荡妇，然而她却也有一颗多情的心。她是自从跟于铁雕等人混在一块之时，就爱上了李剑豪。这也不因为别的，只因为万里飞侠高炯的大名是南北皆知，武艺是江湖无二，但他都丧命于李剑豪之手，这李剑豪应当有多大的本领呀？尤其是听于铁雕说过李剑豪是李国良之子，年才不过二十岁，但家中甚穷，云媚儿因此更萌生了怜爱之心。所以这个女贼，她跟于铁雕等人在一块的时候，虽是以报她的母仇为名，帮助那些人去斗李剑豪，以表明她的义气、热心，但实在她还为的是要见见李剑豪，并且到了时候要救李剑豪。如果李剑豪真像她理想的那样，再加上丰姿英俊，她就愿以终身事之。本来她也不愿再在江湖上漂泊了，江湖上也没有她的路了。像童如虎等人，她也一点不爱，她愿意都给推开抛开。

事情真是如她的心，她在山西平阳探知了李剑豪是在洛阳的苏家住着，就等不及同着岳大雄等人一齐去了，先向那些人不辞而别，飞马到了洛阳。可是因为她走的路不近便，她来到的时候，岳大雄跟于铁雕等人就都已经到了，并且苏老太爷也死了。她才在洛阳东面的一个小村找了人家，寄存下了她的马匹和衣物。她另换了贫妇人所穿的衣裳，到隐凤村中声请着要给帮忙，用她的妖媚迷住了那个粉金刚苏三少爷，就让她进去了。折叠那金银锞子时，她就顺便跟苏家的女仆谈话，她才知道了李剑豪曾扮为"李大姐"，在苏家内宅与美剑侠耳鬓厮磨了不少的日子，可是已经走了，她就有点灰心。

半夜，她去掀动了灵前的白帐幕，看见了苏老太爷的棺材，不禁又触动了仇恨。那时黑牛姜勇也去了，两个人就秘密地谈话，都是想要杀害苏家的人而寻找李剑豪的下落，却不料美剑侠早在暗中潜伏着，闻声而出。她由那次才领略了苏小琴的身手，她狼狈而逃，逃至白马寺迤南的旷野之中，却没有想到，他竟然跟李剑豪见了面了。……这都是以往的事。

云媚儿看见了李剑豪年轻英俊，超过了她的想象还多，并且李剑豪的宝剑雄威，尤其在一切人之上，她简直就"雌伏"了。她不但爱着李剑豪，她还崇拜他，她曾于一个断墙破屋之内，热烈地向李剑豪表示过，并且直述自己是云二寡妇之女，自幼沦落在江湖，遇见过些个坏人，很做过些不才之事，但又表示全都悔改了；只要李剑豪能够爱她，她就一切都听指使，她流着泪地求着。李剑豪的确是斟酌过了多时，但结果是点了头了，于是二人才一路同行。

云媚儿就如获得了至宝，又如同是一个处女新婚，她时时看着李剑豪的脸色，逢迎着李剑豪的意思，并且竭力修饰打扮，做出彬彬文雅、大家闺秀之态。但是，他们虽然同行同宿，可并没有半点夫妇之情，并且她没见过李剑豪的脸上有过一丝的笑容。对她，莫说是温馨的密语，就连半句的和气话也没有。

李剑豪的脸是清癯而蒙着一层风尘之色，含有深深的忧郁之形，两只可爱又可怕的大眼睛永远发呆，拳头常常握着，有时还发恨，说："命！命！命为什么指使我做了那事？"有时又长叹、流泪，并且还大哭。

云媚儿又很发愁地劝他，说："到底你还有什么为难的事情呀？你若是怕岳大雄他们再找你来，我可以去找他们，拼了我的命与他们去斗。你要是发愁没钱花呀？我有！"

一提到钱的事，李剑豪就要握着拳头向她问："你的钱是从哪儿来的？偷来的？抢来的？"

她可不敢说，她只能胡说是早先给人保镖，帮人卖艺，挣来的，攒下的。李剑豪倒是肯花她的钱，不过花得又太凶，一天的酒钱就得花去不少。

她也曾悲哀过，问过说："我哪一点不如苏小琴呢？除了武艺，但你又不是非得娶武艺赛过你去的女人当老婆！你为什么总是想着她，可不理我呀？"

李剑豪却摇头说："我已发了誓，绝不再与苏小琴相识！"

云媚儿就跳着脚说："那可——人家天天哄着你，陪着你——总也得不到你的一点好脸儿！"

李剑豪当时就发躁，说："什么叫好脸儿？我一辈子也不会向人作好脸儿！"啪地就打了云媚儿一个大嘴巴，打得云媚儿的脸比擦了胭脂还红，然而她手捂着脸，还得媚笑着。

到晚间，在店房的小炕上，李剑豪只要一躺下，就不准别人动他。云媚儿在炕沿睡着，他还嫌碍事，有时半夜里就蓦然一脚，咕咚一声，将云媚儿端下炕来。云媚儿也不是没生过气，竟想要趁着李剑豪睡熟之时将他杀死，但不单是下不了手，反倒恐怕李剑豪烦急了之时会寻自尽，所以倒得睡卧不安地看着他的那口宝剑，恐怕他忧烦生悲。总之，云媚儿在李剑豪面前是一个极端温顺贴服的女人。

有一次，李剑豪喝得酩酊大醉，两眼迷离，他可变得对云媚儿非常之好，还带着敬爱之意，说："妹妹！你也别发愁，你家的坟上虽然有贞节牌坊，但我们的相识，也不算是辱了你的贞节！"云媚儿听了，起初是有点发怔，心说：我们家里哪会有过坟呀！李剑豪又安慰着她说："说实话！我是有点怕岳大雄、于铁雕那些人，因为他们的人太多，我怕有一时我防备不到，就要遭他们的毒手，那时我就要与你分离了！"

云媚儿听了，就不禁流下泪来了，实在她也是忧虑着这一点，怕岳大雄、于铁雕的魔手突然来到，夺取了她好容易才得到的爱人。

李剑豪又摆手说："你心里也不要难受！我有个法子，咱们可以躲开他们。只要有钱，最好有很多的钱，那咱们就找一座高山老峪，建一所住屋，在那里结为夫妇，永远居住。白天看浮云流水，夜晚观明月，沿着房子都种上牡丹花。妹妹！你不是最爱牡丹吗？"

云媚儿笑着说："我倒是什么花全爱！"

李剑豪说："不过我知道你是年年种牡丹，看牡丹的。"

云媚儿说："早先我在别人的家里得到过一件衣裳，上头绣着大朵的红花儿，有人说那就是牡丹。"

李剑豪高兴地说："没有事的时候，咱们就在花间练剑。"

云媚儿笑得要跳起来，说："对了！以后我真得跟你学学剑法啦！"

李剑豪忽又捶胸说："只是老人家的事，一想起来我就痛心！"

云媚儿摇头说："那倒没有什么，我可没往心里放，本来我就不是她亲生的，她——云二寡妇也早就该遭报应。"看了看，李剑豪已经躺下睡去了，她也不敢惊动。

到了次日，她还津津有味地提着昨天的事，但李剑豪猛揪住她的头发，就把她扔出了房门，骂声："滚！"

她还得挽挽头发再进来，进来还笑着说："我看，咱们将来的房子，就是都种上牡丹花，也得一不高兴，就都叫你给糟践了。你的这脾气，真是没准儿！还不如小孩儿呢！"

此次云媚儿相信李剑豪说爱着她，不过为岳大雄等人所扰，他时时忧虑着生命，才时时急躁，要救他的，只有设法找来很多钱，然后才能一同去住那高山老峪。因此，云媚儿就想着法子要弄钱，李剑豪住在土地庙的时候，她就背着李剑豪在狄家坡劫镖车，然而所得的钱也很有限。他们去找蓝脸鬼，蓝脸鬼指告了她，青牛镇的东南有一个罗百万，不但本人武艺高强，在塞北当过响马，好交江湖豪俊，能帮助人，并且挥金如土。云媚儿就同着李剑豪去拜访那个人，见了面一看，原来不是那么回事，是受了蓝脸鬼的骗。他们那天回去之时，便于道旁与小琴相遇。

那一天，可真把云媚儿吓坏了，美剑侠差点就把她杀死，幸亏她逃走了，连李剑豪也不顾得啦。她想着：不用说，李剑豪一定得被小琴抢回去，他们二人又重温旧好，把我就给扔了。但她却不敢回去再与苏小琴斗一斗，她知道武艺悬殊。可是，真像是做梦一般，她跑了没有多远，那李剑豪就赶上来了，并且催着她说："快走！快走！"虽然后面的小琴骑着马紧追、急叫，李剑豪也不反顾。

直跑出了四十多里，于凉风旷野雨后的荒村之中，就找了个人家投宿。这人家把他们当作了真正的夫妇，向李剑豪叫着"大哥"，向她称呼着"大嫂"。这户人家有两个很和蔼的年轻媳妇，并且问她："嫁了有几年啦？为什么还没有小孩呀？"倒弄得她有点脸红。本来云媚儿这个女人，生长于江湖之间，从来不知道什么叫羞耻，但现在她居然也懂得害羞，羞涩也解开了她这一天遭遇的惊恐。她尤其感谢李剑豪对她的深情，"原来剑豪并不是喜欢苏小琴，他还是爱我呀！"云媚儿自觉得到了今日，才算证明了李剑豪的心，于是她对于李剑豪就益发地殷勤献媚。但李剑豪又向她的肚腹蓦地踹了一脚，骂声："快滚！"

李剑豪这一次的烦恼，比哪一日全都厉害，躺在炕上简直如同得了大病一般。云媚儿真是焦急，虽然被踹得不轻，但她也顾不得了，半夜里央求这家里的人向邻居讨来了约有四两酒，疾忙燃着干柴给热了，装在砂酒壶中。她一只手按着肚子，一只手拿着酒壶，到了李剑豪的近前说："你快喝下两口酒，也许就好了！你一定是受了惊吓。本来苏小琴那个丫头真泼辣，别看她在家还算是小姐呢？其实比我还难缠！"又自笑着说："我这个人才真正老实呢！在别人的跟前，叫我杀人都行；在你的跟前，我却……"说到这里，她忽然流下眼泪来了。但李剑豪蓦地把酒壶夺了过去，吧的一声在地下摔得粉碎，酒也都溅污了她新换的粉裤红鞋之上。这一晚，她就拿扫帚扫了扫地，并铺上一领破席，就在地下睡的觉。

次日醒来，她本想这个村子很僻静，人家又和善，不如在此躲避几天，免得一出门又遇着苏小琴。可是李剑豪决定要走，简直就备上马啦，不管她啦，她赶紧又得跟着。在路上，幸亏没有再遇上小琴，可是每逢走到一个岔路口，李剑豪就得驻马怔半天。看那样子，他是真没有准去处。云媚儿就给出了个主意，说："咱们到郑州去好不好？那里住着一个坏小子，外号叫黄老虎。他现在有百万之富，多一半都是我存在他手里的，咱们去找他要些个钱，然后就去找一座高山老峪，盖房子，种牡丹花，好不好呀？"李剑豪听了，这才叹着气，点了一下头。

二人同行往北，表面上虽似夫妇，其实背地里还不如路人，但是云媚儿不但不灰心，还原谅体贴着李剑豪。为了求李剑豪喜欢她，她更得免除那些江湖习气，并且不自觉地连眼皮都不常抬了，路上遇见男人她都不看，她居然又懂得贞节了。在朱仙镇遇见了那好色之徒——名镖头陈文悌的弟弟小陈三向她调戏，若在往日，她必定要越发卖弄风流，不料这天她也非有意做作，她忍不住就动起了气，与小陈三打了一场。李剑豪不但不管，简直连看也不看，她可真有点伤心了。到了店中，未容她诉苦，小陈三又赶来侮辱，却被李剑豪两三下子就给杀伤了，这可又叫她喜慰，李剑豪的英勇杀敌更令她倾心爱慕。如今她倒愿意李剑豪用拳头打她，拿脚踹她。

李剑豪要往见黄老虎的心比她还急。她可先说下了一个条件，就是到了郑州的时候，叫李剑豪在旁边先等着，她一个人去见黄老虎。她并且说："我告诉你实话吧！黄老虎童八是我的表哥，他是我妈云二寡妇的亲侄子，我妈留下的钱，别管是怎么来的吧——全都在他的手里了，他才能这么阔。我去了，他绝不敢不给；可是你要是一同着我去，他就一定要赖账，就是杀了他，也要不出一个钱来了！"李剑豪在这时候是实在需要钱，好去远走他乡，不令苏小琴寻着，所以就完全答应了。

于是二人就到了郑州，云媚儿先在南关的一条僻巷里找了一家小店，叫李剑豪住下，并吩咐说："你可千万别出店门！我是——大概不等五点多的时候就回来！"李剑豪又点点头，叹了口气就又躺在炕上。云媚儿修饰得十分干净漂亮，而且妖媚，她的脸有点红，向李剑豪笑着说声："待会儿见呀？"她是依恋地倚着门又向里站了半天才走的。她如今决定背着李剑豪得去舍一回脸，可是这是最末的一回了。她并不是真打算跟黄老虎要钱，黄老虎给人家护院，他能有几个钱呢？但云媚儿另有希图，这是跟谁也不能说。她骑着马，卖弄着风流就到了巩家庄。

巩家庄是本城最富的人家，家有良田千顷，外号叫"财神巩家"，近两代来，因为家中有人中了会元、进士，在京中做了大官，不许人只说他们有钱了，因此改为"福神巩家"，其实是福、禄、财、喜无不俱全。为了免得有江湖人企图他们，所以才请了黄老虎童如虎护院，以礼相待，与雇用的仆人不同，并把一个穷本家的姑娘嫁给童如虎为妻，赠以厚奁，分以一所住屋和几十亩田产——为的是给他家效力。

童如虎手下有十几个徒弟、二十多名打手,其实本事都平常得很。然而鱼肉乡里,谋夺良家的妇女,可是富足有余。童如虎好交,所以岳大雄、于铁雕,甚至于小陈三,都跟他有交情。他更好交往娘儿们,云媚儿便是他的第一个知己。上次,云媚儿在这里跟他混过两天,只因为有于铁雕等人和云媚儿搭伙,楚江涯又在中间搅,他未能尽兴,怅怅然望着云媚儿走去,就再也没有消息。近些日来,听往来的人都传说美剑侠之名,说是长得如何标致,武艺如何过人,他就有点心动;若不是这里有几个妇人拉坠着他,巩家的事又使他分不得身,他真想往洛阳走走。

这天是才用过了中饭,他穿着袷袄绸袷裤,手托着白银的水烟袋,走至了门前,扬着他的黄脸看了看天,觉得又要下雨,心说:再要下一场雨,以后就得下雪了。天气越冷越好,咱的那件新吊的绛紫色团龙缎子面儿的狐皮袍儿,就可以逞出来啦!妈的,真得往洛阳隐凤村里去逞一逞,叫什么美剑侠瞧上我,惹得她茶也懒吃,饭也懒咽。苏黑虎那老家伙一高兴,得啦!看你怪不错的,你做我的女婿吧!一半是亲戚,一半给我家护院,那时候⋯⋯童如虎笑眯眯的,真想不出他那时候是多么乐了。

这时有几个徒弟跟打手就在门前的场子上打拳拧腿,笨得简直叫他心里冒火,他就骂着说:“妈的,你们胳膊跟腿是怎么回事?怎么越练越不灵?拿到外面去,连人家十七八岁的小姑娘都一个能打你们十个,你们——怪不得都二十多岁了还娶不上一个媳妇!原来你们真不行!以后趁早儿不用出村子了,出去就一定给我姓童的泄气!”有个徒弟说:“师傅!鸳鸯腿怎么练呀?”说着就比了一个架势,又问说:“是这个样子吗?”童如虎说:“这叫鸳鸯腿呀?成了火腿啦!”说着,将水烟袋放在上马石上,他就过来,一抬腿,吧的一声,没想到他的一只青缎子鞋飞了。

他怕脏了袜底,就来了一个金鸡独立,叫徒弟去给他拾鞋,拾来了鞋给他套在脚上。不想他的鞋飞得太远了,这个徒弟的性情又慢,他站了半天,一只脚都站麻了。又半天,徒弟拿着鞋回来往他的脚上去套，用力一托他的脚，不想又碰上了他腿上的杨梅疮，他就咕咚一声，屁股摔在地下，裤子也脏了。他爬起来，大怒，骂着向那徒弟又打又踢，徒弟也不敢躲，可是他把鞋又踢飞了。他这气不打一处来，另一个徒弟又去给他拾鞋，他又大骂着，依然金鸡独立地站着，这时可就听见一阵犬吠声，有一女子骑着马走进村来。

童如虎蓦然一看见远远的人马影子，他就不禁发怔，心说：那莫非是美剑侠苏小琴来了吗？我可得赶紧穿上鞋。于是他穿上了鞋，又用力拍屁股上的土。这时他的徒弟跟打手却都已看出了来者是谁，就都暗暗笑着，躲到一旁。

马来到了近前，童如虎才看出来是云媚儿，又不禁笑了说："他妈的！我还以为是谁，原来是他妈的你！"云媚儿下了马，就将鞭梢儿一抖，正抖在童如虎的黄脸上，就哎哟了一声。

云媚儿笑着说："凭什么我一来，你就骂？满嘴的他妈的？你还以为是别人？不是我看不起你，除了你姑祖宗我，谁能够骑着马找你这黄老虎来？怪不错的呢，江湖上倒是有一个苏小琴，可是你给人家吃屎，人家也不要你！"

童如虎捂着脸笑说："好！你骂得我真苦！喂！老云！"

云媚儿瞪眼说："什么老云？"童如虎说："那——你叫我称呼你什么？难道我还叫你云姑奶奶？咱们说真的吧！我想着你一定来，我才换上新衣裳，在门口等你！"

云媚儿说："得啦！你瞧你这一屁股的土！叫我瞧着你就皱眉，我怎么会认得你这么块料？"

童如虎悄声说："小声点儿！别叫我的徒弟们听见，给我泄气！"

云媚儿大声嚷嚷着说："我偏得给你泄气！来！你们都快来看你们这个师傅呀！"吧地又打了童如虎一个耳光，童如虎一缩脖子，要急，可结果又发笑了。

云媚儿把马放开，提着鞭子向大门里就走，童如虎追着她，摆手说："喂！喂！你别往里去！你看你这红裤子、绿袄儿、贴花鞋、大圆髻、一脸粉，画着眉毛，还贴着头痛膏，是什么样子？人家巩家现在有客!"云媚儿说:"你觉着我这个模样难看吗?"童如虎说:"我倒不觉着难看,可是人家这儿的人看不惯你这个样子。"云媚儿说:"他们看不惯,还能够把我赶出去吗?"说着就硬往里去走。进了门,她就站立着不动,由外院只看到里院。童如虎就拉着她说:"得啦!你就别站在院子里看了!你快到我的屋里来吧!"他遂就把云媚儿领到跨院里的一间南房内。

这屋子虽不宽,却陈设得也很讲究,这原来是他来了江湖朋友之时,便给让到这里;也有仆人听他的支使,他就好像是这小院里的主子。如今云媚儿来了,他就益发殷勤招待。云媚儿也跟他说笑一如往昔,不过洛阳隐凤村的那些事,以及她与李剑豪在一起的话,她全都不说,只是直问这巩家庄里的事情。童如虎也就说巩家多么阔,多么拿至亲好友待他,他在这里可以说是一生衣食不愁,钱也尽够用,只是还少一个中意的女人。

童如虎是早就想跟云媚儿姘上过日子,因为不独可以帮助他护院,还能够给他助威,江湖上的人更不敢惹他啦。并且他想着云媚儿的模样儿虽未必如美剑侠,可是也够美了,在郑州找不着。当日他就留下云媚儿吃晚饭饮酒,他就提出了这个意思,云媚儿气得真要往他的脸上啐吐沫,可是如今正求着他,不能够得罪,所以就只是噗嗤一笑。童如虎以为她是乐意了,就要留她今天起就在这里住。云媚儿未尝不愿今夜在这里,可是她又怕李剑豪在店里等急了她,而且什么刀哩、钥匙哩、取火的东西和软底儿鞋,全都没带来,所以她要回去。她摇头说:"你要是急可不行!我也是个黄花女儿。"童如虎说:"算了!你的这个黄花女儿,大概跟我这个黄老虎也差不多。告诉你,你要是嫁了我,准比你在江湖上瞎混强,我现在虽不是个大财东,可也是个小财主啦!"

云媚儿说:"你别以为我就爱财,要是爱财,我找不到你的门上。别处有的是比你阔,比你有本事,比你的脸膛儿好看的。"

童如虎说:"那可没有我的心好呀!"

云媚儿点头说:"对啦!我图的就是这个。可是你不用忙,今儿我还得回去，因为……"

童如虎当时就瞪眼，问说："怎么？莫非你还是同着人来的吗？目的是什么？跟你有多大的交情？是个老的还是个少的？"

云媚儿笑着说："你看你，我还没做你的老婆啦，你就先这个样子。"

童如虎说："以后你做了我的老婆，可真得规矩一些，见了你早先认识的那些人，全都不能再理。"

云媚儿说："那还用你说吗？我告诉你实话吧！现在我真是同着一个人来的。"

童如虎赶紧又问："这人姓什么？"

云媚儿摇头说："我不能告诉你，你也不认识他，不过这个人比你年轻，而且他没有老婆。"

童如虎说："这么说，你是早就跟那小子啦？"一拍桌子又说："那小子叫什么？现在在哪儿？"

云媚儿微笑着说："我要是早就跟了他，可就不能又找你来啦。说实话，我现在是脚踏两只船，心下两为难，又想上湖北，又想下江南。我现在就是来看看，到底是你好，还是他好。"

童如虎摸了摸下巴，后悔没刮胡子，就说："你是成心气我，干脆你现在说一句话，倒是跟我还是跟那个人，如若跟我便罢，如若跟了那个人……"

云媚儿竖起来蛾眉说："你能够怎样？"

童如虎倒笑了，说："我也不能够怎么样，不过，我的姑祖宗，你还是跟我吧！"

结果云媚儿是假意应允了嫁给童如虎，不过今天可得回去，把那个人给打发走了，因为那个人也很是不好斗。童如虎就问："是那姓楚的小子不是？楚江涯？如果是那小子，你可别说因为要嫁我，才抛弃了他。"

云媚儿冷笑着说："你看！连楚江涯你都怕！"

童如虎说："我是不怕，是那家伙在河南太有名，家里也有钱，而且好多管闲事。咱们早先不认识他，才吃他的亏，以后就对他少惹！"

云媚儿说："这个人可比他还厉害！"

童如虎摆手说："那么咱们商量吧！"

云媚儿说："可是我嫁定了你啦！明天晚上我就搬来！"

童如虎又笑了，问说："一准吗？"

云媚儿沉着脸儿说："我还能够骗你？不过明天我来，住在这儿，咱们可不能立刻就成亲！得过两天，找一个好日子，虽然不用花轿娶，可也得摆几桌酒席，请一请你的那些朋友。"

童如虎沉思了大半天，然后也点头说："对！我先得跟巩家的人言明，我娶个二房，是因为要得子嗣，还得说你是我的远亲——对啦！早先就定下的。我还得说你的武艺精通，能帮我护院，不然若来几个本事高的大贼，我们家里的金银就得丢光，那他们可就不能拦着我了。然后真得选个好日子，大请一回客。明天你不如早点来，我带着你到这内院里给他们见见，因为以后就穿屋入户，跟一家人是一样了。"

云媚儿喜欢地笑了，说："那可更好了！"

当下二人就俨如夫妇，又畅谈了多时。天快黑了，云媚儿方才骑着马离开了巩家庄，她将马驰得极快，怕有人尾随上她，知道了她的住处。少时她回到了南关的店里，笑着，宛转地告诉了李剑豪，说："我表哥应得给我钱，可是钱都放出去啦，急着要也得两三天才能要回来，没法子，你就在这店里住两三天吧！明天我表嫂还要留我在她家里住，可是我不愿意住，也许半夜里我就回来，你不用着急就是了！"李剑豪也不言语，只是愁眉不展，云媚儿也不知他心里想的是什么，更不敢招他犯脾气。

当夜在这店中，李剑豪是连叹息了一夜，云媚儿梦里也是巩家庄，并且有一大箱子的金元宝。到了次日，李剑豪竟像是愁病了，也不起来洗脸吃饭。云媚儿却于上午就带上了她所预备应用的东西，又骑着马到了巩家庄，那童如虎果然领她至内宅，见了人家的女眷。

巩家真是富贵，女贼出身的云媚儿一进来，眼睛就花了。她看见了雕梁画栋、游廊大厦，就想：这要是本领差点，来偷点东西都很难。她又看见了院中摆着一盆一盆各色各种的花，她虽然知道这是菊花，可没见过这么大朵的，竟疑惑是牡丹花。她被让进了人家的屋子，哎呀！桌子的心儿都是镶着大片的玉，挂屏都是金的，摆的鼎、香炉，连洗脸盆都以为是金的。还有自鸣钟，铛铛地会响。她见了这里的女眷们个个穿绸着缎，鞋上都镶着珍珠，满头满臂都是金玉的首饰，她分不来谁是大奶奶，谁是二奶奶，谁是三奶奶，谁是小奶奶，谁又是丫鬟。

　　被让进了里间，她又看见了人家的红木大柜跟一对一对的金漆的大皮箱都上着锁，看着就想：里边就不定装着多少金元宝、银元宝跟翡翠的元宝等。人家让她坐，她不敢坐那大椅子，竟要在人家的脚蹬上坐。人家问她娘家姓什么，她说姓云，就是云彩的那个云，人家以为她还认识字。又问她娘家的境况，她可说不出来。又问她的娘家早先是在哪儿住，她说是在黄凤山。问她的父亲早先做什么，她说："做过老太爷。"再问她别的，她就所答非所问了，因为她只是注意人家柜上跟箱子上的铜锁。

　　坐了一会儿，她就出来了，连门插关她都留下心了。更观察这院里有狗没有，结果她倒是满意而出。这样混了一天，天色就已至三鼓，她用酒把童如虎给灌得大醉，然后推出屋去，关上了门。

　　童如虎站在门外，短着舌头还说："可就是后天呀！酒席我都叫人订下了。金镯子明天就送来，衣服是以后再做。"

　　云媚儿说："你回屋快睡去吧！做点好梦就得了！"

　　童如虎又哈哈笑着，才走。走了不几步，大概因为鞋太大，咕咚就摔了个跟头。

　　云媚儿故意开了门，出去大声嚷嚷着说："哎哟你是怎么了？哎哟你是怎么了？"等了会儿，并无人前来，更声打得也好像发懒。

　　童如虎倒是自己爬起来了，穿上鞋，说："不要紧，明儿见吧！我真支持不住了！"他摸着黑儿，一路歪斜地走了。

　　云媚儿在院中站立了半天，并且偷偷地到那内宅的门旁，向里瞧了瞧，只见灯火俱熄，原来人家有规矩的，大户人家睡得都早。她就又进到屋里去，先换了软底鞋，就将全身扎束利便，连头发也用绢帕罩好，带上了一切的东西跟短刀，她就噗地吹灭了灯，一出门就纵身上了房。

第十五回　血泪飞洒巩家庄①

　　她也不敢稍缓，背着沉重的包袱，踏着屋瓦，就找到了马圈。这时那边的正院里，可就梆梆梆梆、铛铛铛铛木梆与铜锣乱敲了起来，云媚儿赶紧跳了下去，先开了那通到外面的马圈栅栏，然后到马棚下，随便摸着了一匹马，牵到院里就骑上，用拳头一捶，当时马就跑出了栅栏。身后的梆锣之声愈紧，且有呐喊的人声，许多条大狗又追出来乱吠乱咬，云媚儿却飞马出了村，快得跟一支箭似的，向东去了。沉重的包袱也放在马脊梁上，她一面抓着包袱，一面用手捶马，并揪马的鬃毛，马不但是狂奔，而且狂嘶，云媚儿就暗地想：这回可弄着了！跟李剑豪去找一处高山老峪去住，足可以度半生了！她很是欣喜，但又觉得刚才的事做得太不漂亮，可是大概一只瓷瓶也打不死人，又只是这一回了，以后好好去跟着李剑豪度日，再也不干这些事了。

　　她的马回到了南关的街上，幸是无人看见，下了马，就悄悄地进了那条小巷。她十分精细，连马蹄都不使发出一点大声来。又悄悄跳进了那家店墙，牵马进去，收进棚里，不使这店里伙计觉得，但她可没有关闭店门。看剑豪住的那屋门缝里透出微弱的灯光，她

①此回缺失两节，连载日期民国三十二年十月三十一日至十一月一日。

慢着脚步才走进了屋门前，就听见李剑豪在屋里厉声问说："谁?"
把她吓了一跳，她赶紧就把包袱放在地下，发出微声来笑笑，又以
手整发，袅娜地开门进屋。李剑豪一看见是她，就瞪了她一眼，又
盖上棉被躺下了，并且还是脸冲着里。

她上去把灯挑起来点，喘了喘气，就坐在炕头，用手轻轻推了
剑豪一下，笑声说："别睡啦! 你听我说! 我表哥跟表嫂不是留着
我吃饭吗? 还要留着我住一夜，我起先也答应了，可是睡到半夜里
我又想你，我真是离不开你! 我就悄悄起来。……好! 我一慌，还
摔碎了人家的一个瓷瓶! 我就自己备了马赶紧跑回来了! 你听听我
的胸，现在还直喘呢! 我表哥可把我的银子跟东西全给我了，一大
包袱，弄得我简直提不动! 来! 我拿进来你看!"她遂又站起来出
屋，将包袱提进来。她还笑着，就见剑豪翻身坐起。

云媚儿又做出发愁之态，说："我的表哥表嫂一定要追下我来，
他们也舍不得叫我走，想叫我永远住在她家里，可是那怎么能行呀?
我想你也别再睡了! 咱们立时就连夜离开这里，去找高山老峪……"

她的话还没说毕，李剑豪就指着那只包袱，厉声问说："这里
都是什么?"

云媚儿脸红着，笑笑说："我没告诉你吗? 这就是我表哥给我
的，他叫我的表嫂打好了包，就给了我，我怎么好意思当时就打开
一样一样地看，一两一两地过天平呢? 反正我表哥是老实人，他不
能占我的便宜，里面都是好东西，我就摸出一点元宝的楞儿来。你
放心! 足够我们花用半世的啦!"

李剑豪伸手要夺包袱，云媚儿却赶紧躲到旁边，说："不用看
啦! 这时候哪里有工夫细看呢? 咱们就快走吧? 若等我表哥找了来，
那就——你见他拉着我，留我，我可怎么能不在这儿多住些日呢?
那可就耽误了咱们的事儿了!"

李剑豪却突然跳下了炕一把就把包袱夺到了手中，往炕上一放，
云媚儿也没有法子，只得将灯放在炕上。她也凑近来瞧，并又笑着，
说："这都是我妈妈早先留下的，你看她早先多能干呀!"她说这话

的声音都有一些发颤，因为包袱一打开，她就看见里面是几只白银的大元宝，还有个红木盒，打开看里面都是金锭子；此外还有四方的银块，又有一盒珍珠，并且有两包御赐的檀香，几包西藏的蜜果、红花，都是外间难得之物。最令她想不到的却是一个绫子盒儿，打开一看，是印着金龙金凤的红纸帖子，上面写着墨笔的字——原来是人家巩家的大少爷跟少奶奶的婚书。

李剑豪展开看了看，突然回手就将云媚儿揪住，云媚儿还笑着，说："你看！够咱们拿去花的了吧？"

李剑豪却厉声地悄声问说："这些东西，是你从哪里偷来的？"指着红帖子又逼问说："巩家在什么地方？你去做了贼？"

云媚儿摆手说："你别嚷嚷！听我告诉你真话！巩家庄就在西边，他们家里的老爷少爷都在京里做官，这里还有老少辈的几个，想来全都不做好事，我说的那表哥——那是我放屁！那却是我早先认识的一个坏忘八蛋，他的名字叫黄老虎童如虎，我找他去，因他就在巩家护院，我探明了巩家的宅院，我就……"媚笑着，又央求似的说："只这一回了！这就够咱们半世之用了！以后我一定要永远学好——"

忽然吧的一声，她的脸上就挨了一个大嘴巴。李剑豪狠狠地说："你这女贼！你叫着我来同你偷盗吗？你真是恶习难改！你可也不想一想，我是个什么人？我李剑豪本是堂堂的男子！"说时，一拳将云媚儿擂得跪在地下。

这一下把云媚儿打得还真重，她还不敢哎哟地嚷，她忍着痛，忍了半天，才双手紧紧抱住李剑豪的腿说："我原是为你呀！有了钱就可以走得远远的，叫岳大雄他们找不到你啦！"

李剑豪说："不错！我是想往远处去走，可是我真若拼了出去，岳大雄那些小辈又有什么可怕？"

云媚儿说："咱们不是还想挣下半世的银钱吗？"

李剑豪："这样污我英明的挣钱法子，我也用不着你！"

云媚儿说："我知道你是绝不肯去做，可是我替你做了！也只是这一回，我永远也不了，拿着这钱，咱们到远处的高山上去盖房，种牡丹花……"李剑豪又踹了她一脚。她含着胸，暗自哎哟了一声，依然忍着，依然恳求说："咱们不是要去过太平的日子吗？"李剑豪抡起拳头来又要打她，吓得她浑身颤抖，不禁流下泪来，说："我想不到你竟是这样！我也不愿我又做了这么一件坏事。既然是这样，你也别生气了，我把这些东西原包不动，给巩家送回去就得了！以后我再也不干这事了。只要我能够跟你做了夫妻，就是受穷吃苦，我也愿意！"

李剑豪却冷笑着说："你妄想！我不过是看着你一个孤身女子流落在江湖，有点可怜，我才与你同行，想叫你洗了手，将来你去嫁别人，我哪里想要你？我李剑豪本是有志气的男子，因为遭逢不幸，灰了一切的心，我发誓永远不娶妻，不近女子，焉能够要你呀？今天这些东西，你还不还我也不管，我在此休息半天，明天我就要一个人独自走了。我告诉你，千万断绝你的妄想，我也并不喜欢你，永远不能要你！并且我走之后，不许你再去追我找我，否则你可晓得我的厉害！我不但厉害，我还是翻了脸就不认人！"

云媚儿这才将话听明，将李剑豪的心知道了，她不禁抱住了李剑豪的腿，呜呜哭泣，跪着问说："你为什么一点也不喜欢我呀？过去的事，我都改了，现在这些东西我也能还回去，我还有什么不好的呢？"李剑豪烦恼地躺在炕上，云媚儿却仍在地下跪着，她又哭着说："你不该骗我！你不该想逼着我去死！无论如何我得跟你，你得要我——人若是没有良心，可就不能得好报！"她嘴里叨念着，不料招怒了李剑豪，突然起来，揪住她的头发就将她推出屋子，并将那一大包袱的金银财物也全扔掷出去，说声："滚吧！"

云媚儿在院中一边低声抽泣，一边拿手摸着拾起那银元宝。此时李剑豪已经带着气将屋门关上了，云媚儿更觉得他太无情了，自己原本也是忍不住气，但是不知为了什么，对于李剑豪是那么眷恋，而且惧怕，一点也不敢得罪。她将金银和东西都大概摸着了，放在包袱内，紧紧地系好了。此时旁的屋中已有人使着声儿咳嗽，倒是没有出来人。云媚儿赶紧去开店门，提着包袱又走到屋檐下，由头上抽出一支金簪悄悄地拨着屋门，少时就拨开了。她就轻轻推开，轻轻走入，只见灯台仍在炕上放着，李剑豪的两腿仍然向下垂着，他就那么躺着，呼噜呼噜地睡熟了。云媚儿倒不禁掩口笑了笑。包袱就放在地下，她又将屋门闭严，坐在凳儿上，又自己倒了半碗凉茶喝着，看着在睡梦中的李剑豪的英俊姿态。她的气、伤心、连胸口上被踹的痛、颊上被打的热仿佛全都消了。待了一会儿，她也就不知不觉地伏在桌上睡着了，灯直烧得油干火尽，自行地灭了。

次日清晨，他们还都在屋内睡着，店里就有人起来了。有一个店伙名叫"猴子"，他才出了屋子要上茅房，然后好预备着一批一批地往外送客人；不料他走在院中忽见地下扔着一个黄澄澄的东西，有棱有角。他就不由得一惊，赶紧过去拾了起来，用手掂了一掂，觉得很沉，心里就更惊，而且狂喜，说："哎呀！这是一块金子吧？"他刚要向怀里去揣，忽然见西屋的一间门开了，有一个人点着手，紧紧地笑着说："快拿进屋来看！"他的脸色都变了，尤其厌烦的是这屋中住的是个穷酸，来到这里已住了一个多月了，倒欠了半个多月的房钱。

此人姓邹，自称是秀才出身，在什么县衙门里做过书办，来到此处寻友谋事，朋友没寻着，事情更是没找到，本来他的盘费就不多，早就花光了，可是在此腻上了不走；虽然身上永远穿着破大褂，嘴上的惨白胡子永远理得那么整齐，但是他常常腹内无粮，挨着饿。如今他可跟"猴子"同时看见了地下的那一块金子，只是他出屋来晚了一步，先叫猴子给抓到手里了。他笑着，悄声又说："那是金锭，快快拿出来，让我给你看看真假！"猴子也愿意让他给看看真假，遂就揪着他的胳膊，赶紧给他拿出来。穷酸双手接着，手都发颤，然后又拿起桌上的一块砚台，——据他说是紫石琢的，他早就要卖，跟人要过十两银子，可是连一文钱的价钱也没有人肯出。当下，他就把金锭向砚台底一划，详细地一看，他就笑了，遂就揣在了他的破大褂里。

猴子立刻就急了，揪住穷酸的胳膊说："是我的！凭什么你抢过去！"

穷酸说："你就嚷嚷吧！叫丢失这锭金子的客人听见了，那不但你的拿出来给人家，人家还能说你是偷的，你们掌柜的也得把你散了工！"

猴子吓得脸都白了，说："可是！你独吞也不行！我也得去告诉人。"

穷酸悄声说："这金子是因为咱们两人感动了上天，上天觉着你太辛苦了，我是怀才不遇。这才赏给咱们这块黄金，现在要是拿到钱庄悄悄换了，可以得到一百两纹银，咱们两人平分。你得五十两去成家置地，我拿着它进京去赶考，我若是得中，做了官，还得提拔提拔你呢。这就是古语所谓'二人同心，其利断金'。春秋的时候，还有分金的管、鲍，到后来两个人都发迹了。这一锭金子，我先代你收着，因为交给你不行，你没地方放。现在你照旧去照应客人，别露出神色来。万一待会儿有人嚷嚷说是丢了金子啦，大闹，要寻死，你也千万别发善心，也别害怕，一声也不用言语，不用着急。我先关上门在屋里假充睡，缝补缝补我的这件大褂。差不多快吃午饭的时候我再出去，找个钱庄，换了，然后咱们别在这条街上办事，我到西关张家小酒铺里去等你，咱们两人见了面再分银子。你可别忘了带戥子，要不然你必说我占了你的便宜！"

猴子摇头说："我不能够！我信你，好啦！你是念过圣人书的，金子我交给你啦，待会儿咱们准在酒铺见！"

穷酸点头说："那是一定啦！可是我告诉你，猴子，你可先得沉住气，发了财不可立时就叫人看出来！"

猴子笑着说："我才不能够呢！只是你，也别立时就买新大褂穿着，店钱索性再欠几天，装些日子穷，然后慢慢地再阔！"

穷酸说："这就不用你说啦！我读过诸子百家，难道连这么点事全都不会办？"

这时就有客人高声叫着："伙计！"猴子吓了一大跳，悄悄地走了出去，到院中才答应，照常伺候着众客人动身。他时时捏着把汗，少时那穷酸迈着方步走出了店门去了，他可又有点疑惑。只要有人一叫"伙计"，就吓得他变了色，恐怕人家向他追问金子的事，可是那金子真像是从天而降似的，快到晌午了，竟没有一个失主来出头。

这家店里新来的客人，只有李剑豪和云媚儿还没有走，因为李剑豪说是等到今天夜间，他要亲到巩家庄，将包袱财物还回，以涤去这个污点。云媚儿也很是忏悔，不敢阻拦，同时也不敢出店门。但是这时关厢和城里，可有不少的人正在搜找她了。

昨夜巩家庄丢失了财宝，并且用瓷瓶打伤了少奶奶之事，外面还没有什么人知道，因为童如虎不许报官。一来是顾及他的脸面，他给人家护院，叫人家出了这件事，实在使他愧死；同时那个贼人是谁，庄里没有人不知道的，都知是他给引来的一个女贼，把他气得真够瞧。他想不到云媚儿竟跟他耍了这么一手儿。他带着刀，心里愤愤地说："只要抓住那娘儿们，我非得剐了她不可！"

他与十几个徒弟壮丁们分头探访，在城里，在南关、北关、东关、西关几乎全都找遍了！可是也没见云媚儿的踪影，更是无人看见过他所说的那"漂亮、风骚又泼辣，跟个窑姐儿似的娘儿们"的模样。他气愤填胸，直到过午，他的气可又有点软了，觉得自己怕斗不过云媚儿，因她的武艺比自己高。同时真有点不愿跟她翻脸，翻了脸，以后可就真不能成亲了！她必因要用钱才来偷盗，那么不如自己显个慷慨，只要她肯将巩家的原物交回，就绝不深究。并且她要用多少钱，自己可以借给她。对！就是这样办。还得吓唬吓唬她，她若不是立刻就嫁自己，可就把她送到衙门了。好！这才是一件妙计！可是凭他这样做梦似的想着，心里滚着油似的着急，到了下午四时许，仍是寻不着云媚儿。

他正在西关的街上徘徊，忽见迎面急慌慌地来了一个人，见了他，就点了一下头，说："童师傅吃过饭了！"他一看，这个人是城里衙门的捕役，名叫快手崔七，看他的神色就仿佛有事，就一手拦住，问说："老七！你这么忙忙叨叨，莫非有什么差事吗？"崔七说："有一点小事！我们的伙计正在西边张家小酒铺那儿看着啦！我赶紧叫人，一面到南关店里去查访，一面得叫各钱庄都问问，有人收下了金锭子没有？"

童如虎立时就惊讶着问："什么金锭子啦？"

崔七摆手说："童师傅别大声嚷嚷！咱们有交情我才告诉你，近来过往的大案贼很多，你给巩家庄护院，也得留点心了！"说着，匆匆走去了。

童如虎不经意地得着了这么一个线索，他就大喜，带着两个人往西走了不远，就是那出了名的专卖搀凉水白干的张家小酒铺，他们就走进去了。屋中很黑，客可不多，他一眼就看见了快手崔七的伙计，名叫"神抓小吕"，正在盘问一个很瘦的像个店里的小二似的人。见了他来，小吕也欠身招呼了他一声，但话可不说了。

那个店小二却哭丧着脸说："没我的事！是那穷酸，待会儿，他要是再不来，他就是把金子拐走啦！老爷！我可真不知道那锭金子是谁的呀？"

原来这店伙"猴子"在晌午就来到这里等候那穷酸，他并且真带了一只戥子，也就是这戥子给他招了事。他一阵一阵着急，又时时到门外去看，并且嘴里叨叨念念，还向人打听城里都有几家钱庄。并问一锭金子能值多少两银子。他也从没有摸过戥子，他把戥子的盒盖搬开，问人家是怎么用法，是不是跟用大秤一个样。

他就请教到了神抓小吕的头上了，小吕想着：金锭并非市上常见之物，凭他这个样子，会能有金子？可见他非偷即盗。于是就向前盘。起先猴子还不肯说，后来快手崔七也来了，猴子才知道他们是衙门里的人，不但吓得变了色，而且哭了，说："待会儿那穷酸一定来，你们别抓我，金子可真没在我这里！"

小吕与崔七商议，由崔七进城去找人向各钱庄打听，并到南关的店里去询问；他在这里看守着猴子，等候那个穷酸，以便全部抓获去交差，因为这也可以得赏。不想，那穷酸大概早已拐了金子逃跑了，本地人全都认识的黄老虎却来到了，也向着猴子来盘问。猴子又哭了，说他是南关家店里的，那里都住着什么客人——多半都是熟客人，除了有前两天来的一男一女，女的倒常出去，出门时总是牵着马；男的却永远不出门，只等着女的回来，打得那女的常哭，可是看他们也不像是有金子的样子……

童如虎听到了这里却变了颜色，他的一张黄脸成了紫的了，他心中嫉妒，说："啊呀！原来云媚儿真是同着别的男子来的呀！她骗了我，盗了金银，去供那个男子！好个混账的娘儿们！欺我太甚！"但是记得云媚儿曾说过那男子的武艺很厉害，由他们做了贼，还不急速逃走，竟放心安然住在这里，可见胆大、艺高，自己可也别去硬来！

他正在想着，神抓小吕也看出他的神色来了，就问说："童师傅！你跟你的徒弟们能够帮我们这个忙吗？因为我怕那块金子还连带着别的案子，万一有个大贼在内，他会武艺，我们办不了就要泄气！"

童如虎怔了怔，面上故意放出冷笑来，就将小吕拉到了一旁，悄悄告诉了他庄里昨夜所出的事及他今日忙了一天为的是什么。

小吕就说："那更好了！我想童师傅你就赶紧到南关，会同着崔七，你们一同下手，抓住那男女二贼。我在这里再等一会儿，如果那穷酸还不来，我就先把这个猴子锁走了！"那边的店伙猴子听见了，却吓得更是发抖。

童如虎与小吕商量定了，他去帮助捉贼。他可又十分胆虚，就派一个徒弟回庄再去多多勾人，又叫一个徒弟把现在城中的几个壮丁们都集中在一块儿。他赶到了南关，就见快手崔七同着三名捕役已将那小店所在的巷口堵住了，可是还没有下手。他就赶紧上前，先说了他的事，并说："得多多来人！那女贼倒没有什么，我认得她，她偷偷鸡摸摸狗倒许行，可是绝不能够干昨夜那件事。捉住了，女的可以交给我去办，男贼你们带到衙门。咱们虽是一同下手，可是分着办贼。"

崔七说："童师傅！贼还分什么男女吗？一块捉住，一块交衙门就行了，还能够单把娘儿们交给你老人家？"

童如虎却悄声说了一句："看面子！"

崔七想了一想，也就点头了。

此时，有人又进城去勾人，捕役者等候着童如虎的手下来到。这时街上有不少往来的人都摸不着他们是要办案呢，还是童如虎要跟人比武，人人都惊疑，可又都不敢打听。少时他们这里的人越聚越众，看热闹的也不少，派进那店里的人出来说："那男女两个都在屋子里睡觉了。"

崔七就说："他们白天大睡，夜晚不定又要偷谁家？"

童如虎说："还不趁着他们睡了去下手？"又嘱咐他手下的人说："杀了男的都行，可是不准伤那女的一根头发！"

此时童如虎是又凶又急可又胆小，他叫捕役们在前，徒弟们在后，把他夹在中间，就提刀进了小巷，闯进了店门。店里这时连一点人声都没有，各屋中的门都紧闭着，虽然天色都已薄暮，可是灯光皆无，除了店掌柜是不能够不出来，其余的人都藏躲了。快手崔七问明了那男女二人所住的屋子，他就一点也不慌张，说："人家还许是正经人呢！咱们也别莽撞了，不过诸位都预备着点就是了！"二十多个人都站在小院里，堵住了那间屋子的门。

崔七令店掌柜先去问话，店掌柜就哆哆嗦嗦地走到了那间屋前，向屋里问："起来了吗？"

屋里就有女人的声音回答着说："是谁呀？"童如虎一听，果然是云媚儿的声音，他倒打了个冷战，赶紧说："媚儿！媚儿！你快出来！没有你的事，有我保护你！现在衙门的班头来了，要捉拿你屋里那个男贼，那狗小子！你若能帮助将他拿住，就不但无罪，反而有赏……"

他的话才说到这里，忽听得屋里的女人说："你们拿谁呀？别错睁了眼，把太太当作了像你妈你祖奶奶那样的下三烂！我不怕！我出来叫你们看看！叫你们摸摸，我身上有哪一块是贼骨头！"说时，吧地把门一开。

出屋来的云媚儿，第一句话就向童如虎说："表哥！你带来的这些人是怎么回事呀？"

童如虎发了怔，心说：表哥……他瞪大了眼睛看着云媚儿，就见云媚儿挽着一个古装美人似的大发髻，红绸的裤裤，上身可穿着浅粉的短小的绸褂子，也不怕冷？

当时很多人都怔住了，童如虎就赶紧跑过了，说："表妹！这没有你的事，你就叫屋里的那个男人出来吧！要不然我们可就要揪他出来了！"未容他们去揪，原来人家早就站在云媚儿背后了，是一个相貌英俊、身体结实的少年。

童如虎就气势汹汹，抡刀说："小子你就滚出来吧！上衙门去吧！你在巩家偷来的赃物也快点交出来吧！"

此时李剑豪就愤然跳出，拧住他的胳膊夺过去了刀，顺势一脚，将童如虎踢得像个蛋似的，滚出了很远。

旁边的官人、庄丁、徒弟一齐抡刀向前，云媚儿由裤带上抽出来一对短刀，说："你们哪个敢近前，我可就要哪个的命！"李剑豪也持刀向着那些人怒目而视。云媚儿又扯起了尖嗓子，说："童如虎！你还是我的表哥哪！你勾来了官人要害我，要害我的男人，也该让你的妹夫打你！"

这时李剑豪已从屋中取出来哪个包袱，扔在地下，说："给你们拿去！"

快手崔七赶紧过去捡包袱，却早已被云媚儿用脚踏住了，她说："童如虎！你这臭忘八蛋！我妈留下的一些破衣裳，存在你们家里多年，昨儿我从你老婆的手里要来了，你却舍不得，变着法儿勾来官人，不但要把我的东西夺回，你还要告你的表妹夫去打官司！好！你真有良心，我舅舅生的好儿子，竟想要陷害亲戚！我也知道你的心，不用说了！干脆你就不愿我嫁人，你把你的表妹夫害死了，你好把我……"

童如虎忽然跑过来直作揖，说："得啦！得啦！给我留点脸吧！表妹你可真厉害，怎么好当着这些朋友叫我丢人？"又向李剑豪作大揖说："表妹夫也不要生气了！这件事我真办错了！"

李剑豪此时也发了半天呆，同时更是生气，心说：怎么？这人是个疯子吗？

童如虎转了身，先拿出了威风把他的徒弟跟壮丁都给赶走，然后拍着快手崔七的肩膀，笑说："老七！我是故意耍你一场，因为我上次办女人，你没给我贺喜。可是别的人都白辛苦了一趟，改日我必要请客。你们就快回西关酒铺，去审那猴子吧！那件事真许是图财害命，跟我这表妹、妹夫——他们小两口儿是一点关系也没有，哈哈！你们都请回吧！"

快手崔七早看出这里有毛病来了，必定是童如虎畏云媚儿，更因为被那年轻的人打怕了，所以人家称他是臭忘八蛋表哥，他也就趁势呼人家为表妹、表妹夫，把白跑来了的这些人给支走。崔七就笑了笑，可是究竟童如虎在本地有一些小小的恶名与恶习，又相当有钱，而且常请客，不断借给他们使用，他也就不好意思立时瞪眼了，遂就向童如虎说："那么，我们就走了？"

童如虎说："好！好！好！你们几位请吧，对不起！"

他转过身去看这捕役们全都走了，店掌柜也回柜房去了，才又转过身来，向着李剑豪拱手，悄声说："早知朋友你有这样好的武艺，我不能就冒昧前来。江湖朋友，怄了小小的气，咱们一笑了之，请进里屋再详细说！"他又暴声喊叫着说："店家把灯拿来！"店掌柜自己又来啦，连声应着："是！是！童八爷！"

此时李剑豪的心里非常难过，觉得若不是自己不愿打官司，真不能就凭他们"妹夫"哩"男人"哩信口地乱呼，这真屈辱了自己。但见云媚儿人虽不可爱，办事却颇有急智；童如虎虽然糟糕，可是低声下气，直扳交情，又令他不好意思过于冷酷了，便也抱拳。此时店掌柜又给另拿来了一盏灯，童如虎就先走进了屋内。

这时云媚儿一手提着包袱，一面企着脚儿，悄声嘱咐着李剑豪，说："你千万不要向他说出真名实姓！"

李剑豪冷笑着说："难道我还怕他吗？"

云媚儿着急说："不是说你怕他，因为你没有看见他刚才那泄气的样子吗？他还哪里算个人呀？咱们的真名实姓犯不上向着他说出来！"李剑豪又压下了一口气，就随着云媚儿进了屋子。

那童如虎用眼睛一瞪，就把店掌柜给瞪出屋子外去了。他转脸又向李剑豪抱拳，献着谄媚的笑，果然第一句话就问说："朋友你贵姓高名？"

李剑豪就说："我姓李。"名字却未说出来。

童如虎就笑着说："哦！……李兄弟！云姑娘跟我的交情，莫说是比表兄妹，就比真兄妹也近！我称呼你妹夫是一点也不假！"

李剑豪正色说："你不要胡说！我姓李的是个堂堂的男子，不像你们那些人。你可以问问云媚儿，我与她同行了数百里，但是我跟她毫无暧昧之事。我跟她也说过，我没有半点想娶她的心！"

云媚儿脸红了，低着头，且有一些悲戚之意。童如虎却大笑着说："江湖上有见色不亲的铁罗汉，我倒相信！可是我的这位表妹呀……"云媚儿抢上来吧地就打了他一个嘴巴，他赶紧又笑着点头，说："我也——我也信，信！"

如今，巩家所失的财物总算是找回来了，虽然少了一大锭金子，可是童如虎不但不再追究。他反倒自己揣起了三锭，给云媚儿一锭，又给李剑豪一锭。李剑豪却坚决着不肯收，用手一推，就给推掉在地。童如虎弯着腰拾了起来，依然咧着嘴大笑，悄声说："咱们都是干什么的？你们两口子不说——不！你们两个人是以何为生，我也不能细问。可是我童如虎，又要交朋友，又要养老婆，凭巩家给我的那点工钱，屁也不够。这几锭金子咱们三个人分，回去我告诉他们，就说是只找回来了这些，金锭子大概是没有影儿啦！谅他们财神巩家也不在乎这一点点。"

此时云媚儿见剑豪不肯收金子，她就也将才收下的金子向童如虎一扔，说："你以为我也要吗？当着面把东西都还给你了，叫你回到你们老爷那儿报功，我为什么不落个整人情，还沾你这点小便宜？别以为太太没有过金子！"

童如虎也从地下拾起来，又揣在他怀里，就勉强地笑着，点了点头说：“既然你们二位都瞧不起这点金子，只为的是捧我的场，那我就不敢再逼着你们非收下不可了！但是，朋友的面子我懂，表哥表妹的话那都是瞎扯，现在我就是一秉虔心，要请你们二位到我的庄上去吃杯酒，不知你们肯赏我这个脸不？”

云媚儿笑了笑说：“你的那酒儿我早就吃过了！”

童如虎也笑着说：“这次的酒我并不是为请你，是请请这位李兄弟。李兄弟的武艺我已领教过了，我敢替他吹一下，他是现在江湖上一位高人，真少有！如今既然相识，我就要显摆一下子。再说刚才出了那件事，衙门中的人，冲我的面子是不能再来了。可是街坊邻居的，知道了，就许有人来挑眼，看你们，那有多么麻烦！你们要是到我那儿去呢，住个十天半月，包管也没有人去搅你们。咱们深交交，以后我免不掉要有事请求你们帮忙！”云媚儿转过脸儿去看李剑豪，李剑豪心中又斟酌了一下，就点了点头，倒出乎云媚儿的意料之外。

当下童如虎就十分高兴，他自己跑到柜房里，向掌柜的去说，剑豪他们这两日的店饭钱全由他代付，叫店伙赶紧给人家去备马，又叫给他叫一辆车去。他虽然刚才在这院里泄了气，可是人还都怕他，听了他的话少时都给办齐。于是童如虎坐骡车，带着那只包袱，李剑豪与云媚儿都骑着马，就在渐渐昏黑的夜色之下，去往巩家庄。

到了巩家，童如虎很殷勤地请李剑豪跟云媚儿到小院的客厅中去坐，并叫来伺候他太太的仆妇到这里伺候，又命厨房杀鸡、做菜、备酒。他先向剑豪告便，提着包袱走往内宅里去，见了内宅的一位主事的男子，是巩家的一个近支的同族，庄中齐呼为“四爷”，童如虎就把找回来的东西都叫这位四爷查点了，说是幸仗有人帮助，才寻了回来。盗贼是南关小店里的伙计，小名叫猴子，现在已经押在衙门里了。还有一个人犯姓邹，人都叫他“穷酸”，大概也跑不了。至于那六锭金子，可未必能全数找回来，至多也就能找回来一锭。

巩四爷摇头说：“那倒不要紧，大少爷跟少奶奶的龙凤婚书没有丢在外边，就算是行啦！”

童如虎又说："幸亏我的那表妹帮助我才找回来的。我表妹夫姓李，武艺在我之上，现在我把他们都请来了。以后我打算留他们在这里长住，至少也得留我表妹在这里，好叫她帮助我，不然可了不得！现在江湖上的大贼很多，咱们这儿又是出了名的有钱，我一个人虽说各路的拳脚都熟，十八般武艺也都拿得起来，可是究竟只凭一个人不行！我那些徒弟又都没出息！"

巩四爷也说："应当留下那两个人帮助护院，尤其是那位堂客，以后这院里出入更是方便。至于他们打算要多少钱，是按月给还是按季给？"

童如虎说："那倒都是小事，他们也不是穷的没饭吃，不过我是愿意他们在这儿长住，以后就不至于再有像昨晚上那样的事了。"他说的这话也一半是为昨天的那事遮羞，表明并非他无能，乃是因他一个人顾不到，徒弟们又都不中用。他出了内宅，嘴边还不住要笑，以为把姓李的留在这儿，一来可以帮助自己护院，二来自己在背地仍然可以跟云媚儿重叙旧情，一举两得，最妙不过。

他兴兴头头地回到了小院中，对于李剑豪更加殷勤，更表示他为人慷慨，心里的话倒还没有贸然说出。李剑豪近日的身体是颇感不适，到现在的精神依然不大好，而况他的心中另有计划，便对于童如虎也很客气，当晚便住在了这里。现今他对于云媚儿也很和蔼了，可是依然无情。室中的灯一夜未灭，云媚儿是趴在桌上睡，他一个人占据了一张床铺。到次日，他就无精打采出了庄门，沿着庄子各处行走，并向本村中的人略问了问童如虎素日的行径，然后又去看童如虎的徒弟们在场子上练习武艺。

童如虎的这些徒弟们全都翻眼睛看着李剑豪，因为晓得这是一位高人，并且认为他是云媚儿的丈夫。此时云媚儿也头挽少妇的云髻，穿着一件青绸子的小薄棉袄，满脸擦着脂粉，扭出来了。

童如虎就先笑着向李剑豪说："李兄弟！据我看，你的武艺超过了楚江涯，压倒了陈文悌，恐怕金鞭岳大雄那样的好汉也是敌不过你。咱这里的兵器架上十八般武艺件件齐全，给我个面子，你练几手，叫我的这些徒弟开开眼，怎么样？"

李剑豪却含着笑拱了拱手，说："我不能够练，因为身体有些不大舒适，并因武艺太差，不敢献丑！"

童如虎说："嘿！你可太客气了！"又转首向云媚儿笑问说："你来施展几手吧？"

云媚儿扭捏着含笑，又用眼撩了撩剑豪，就扭头，依然笑着。

童如虎说："怎么二表妹你也不肯给我面子？"

云媚儿忍不住嘻嘻地笑，说："怎么我又成了你的二表妹了？我又没有姐姐？"

童如虎却说："有个大表妹的缺，我给洛阳的美剑侠留着啦，等她来到，我再叫她！"

云媚儿更笑，说："脸真厚！"

那边的李剑豪却面色突变，因为这又触起了他的伤心。

如今他们来到这里已经是第四天了，李剑豪就暗自想：我在这里住着，有什么意味？再住下去就连我的志气都要消磨了！

于是，在当日童如虎又置酒添菜请他们用午餐的时候，李剑豪就说："童兄！"

童如虎赶紧笑着答应，说："什么事？"

李剑豪看了看坐在自己的身旁，俨如一个妻子的云媚儿，就说："她也是风尘间一个可怜的女子，我同她来到这里，就是为此，我已看出你们二人是早就相好。"

童如虎脸都红了，连连摇头说："不对！不对！我们俩认识得倒是很早，可是没有交情，真是一点交情也没有！"

李剑豪说："你不要错会了意！我愿意看她有个归宿，因她已有改邪归正之心，我看你也是个心里没什么奸诈之人。你已娶有妻子，那不要紧，我主张你将她做妾，但你以后要好好待她，你自己也应改一改品行！"

云媚儿一听，就蓦然脸色都变紫了，着急地说："这是为什么呀？"

童如虎咧着嘴笑着说："我想，我想倒……哈哈！倒不忙！"

李剑豪愤然说："我今天就要走！"

云媚儿伏在桌上哭说："我跟了你去，我嫁你！"

李剑豪说："我不要你，你应当嫁童如虎！"

云媚儿抄起个碟子就要打童如虎，哭着说："谁嫁他这个忘八蛋？"

李剑豪说："无论如何，我是不能带你走！"

云媚儿将头向李剑豪的怀中去扎，哭得像断了气，说："你抛下我，我可就死！"

李剑豪用力推开她说："你就死去吧！"接着又长叹了一口气。云媚儿伏在桌上依然痛哭，她的双袖全都沾上了油了。

童如虎却摆手说："好妹夫！你也别就跟我二表妹发急！现在什么话都不必说，先吃酒！"

李剑豪依然愁眉不展，心中又发恨地想：我错了！不该跟云媚儿在一起了许多日，如今落得推不开踢不开，真不如把她杀死了倒好！但是她对我又有什么过错呢？"

酒饮得很慢，不觉都到了午后两点多钟了，那云媚儿也不哭了，只把两眼揉得又红又肿，童如虎说："你这样一来，不像是我的表妹啦，倒成了母猴子啦！"

云媚儿也忍不住笑了，一口唾沫没啐在童如虎的脸上，竟啐在李剑豪用的碟子上。她当时就惊慌失措，说："哎哟！哎哟！这可怎么好？"也不顾得白绢的手帕可惜不可惜，她就去给擦那满是油汤的碟子。

李剑豪摆手说："不用！我也不吃了，咱们再商量刚才那件事吧！我把话说明了，说绝了吧！我这一生，无论遇着什么美貌贤明的女子，我也是绝不娶妻！"

童如虎就问说："这是为什么呢？莫非你小的时候许过愿，长大了就当和尚吗？"

李剑豪摇头说："也不是！我非仅对云媚儿无情！"

云媚儿本想提出苏小琴来戳一戳他的心，可是青牛镇的事情就是个证明，他对于苏小琴也实在是一点情义没有啊！这样一来，云媚儿的心中可反恨了起来，就冷笑了笑说："你也别以为你是宋玉重生，潘安再世，天下漂亮的男子也有的是，论武艺也不能就说没有比得过你的；我云媚儿既不寒碜，又还年轻，你以为我非得……非得吗？"又紧接着说："可是我生来对谁也没掏过真心，没流过眼泪。为了你，竟弄得我神魂颠倒的，我真成了傻子了！我是被你给害啦！你要走也行！可就是不能叫你白走！"

李剑豪就问说："你要叫我怎么样？"

云媚儿说："我要叫你拿上你的剑，我拿上我的刀，咱们就借这地方拼上几合！"

童如虎赶紧摆着双手说："哎呀！我可不借地方！依我说李兄要走，我也拦不住，媚儿你也不必为难他，你就在我这儿住着，住着吧！"

李剑豪站起身来，向童如虎拱手说："请你叫人给我备上马吧！"

童如虎说："你们千万别打架！"当下，他亲自赶赶忙忙地走出去了。

这里李剑豪神色十分平静，云媚儿却又萌发了那女魔的故态，双眸瞪大，狠狠地说："你看吧！我若能叫你好好走了，我就不是云二寡妇的女儿！"说着，用她的拳头擂胸，表示要拼命。

童如虎出去了不多时就回来，一进屋他就又摆动着两只手，喜欢得大笑，说："你们两人不必打架了！李兄弟你也暂时不用走了。现在有徒弟告诉我说，城中来了些位朋友，待一会儿，就要齐来拜访我，我另备好酒，咱们先来个群英大会！"

云媚儿就问说："是谁来了？"

童如虎说："这才真正是你的老相好的，于铁雕、洪锦、吕信、高彪跟金鞭岳大雄！"

李剑豪一听就点点头说："好！我在此静候他们！"

云媚儿忽然又变色着了急，连连说："你可千万别见他们！刚才是我的错，因为你叫我太伤心了，我才说那些话故意气你。现在我求你，你千万忍一忍气，不要去见他们的面！"说着话，就用双手紧紧地揪住了李剑豪的胳膊，又哗啦哗啦踹得桌子都要翻倒。她暴躁地向童如虎说："你若敢叫他们来！我就先割下来你的头！"

童如虎又是惊慌又发怔，问说："到底是为什么呀？听说他们这次是从洛阳来到，在洛阳吃了李剑豪那小子的亏。他们来此，不是要借钱，便是想求助，既是素日有交，我怎好……"

李剑豪忽然愤然说："我就是李剑豪！"

云媚儿也说："对啦！他就是李剑豪，不然我为什么一定要跟他呢？"

此时童如虎惊异得两只眼睛全都直了，直直地看着剑豪。李剑豪就说："岳大雄那些人来到，我并不畏惧，只是若再争斗起来，就难免伤人。他们虽然逼我太甚，可是我还不愿伤他们，因为我经历了许多痛苦的故事，反倒手不像早先那样硬了，心也不那样狠了。但是叫我像他们央求认罪，我也不能够干！我只好此时就走，或是你不要叫他们来！"

云媚儿说："咱们也用不着立时就走，那样倒好像是真怕了他们，只要不叫他们来就是了！童如虎！你要敢叫他们进这庄门，你知道万里飞侠高炯是怎么死的，你可就得摸摸你的脑袋！"

童如虎就摸着脑袋不住着急，脸色更黄，并且说不出一句话。待了半天，忽然有徒弟进到院中说："外面有人找师傅！都快要进来了！"童如虎的脑门子登时就流下来许多的汗水。

云媚儿敏捷地预备好了她的刀跟李剑豪的剑，瞪着眼，悄声向童如虎说："你快些出去，把他们挡回去！如若叫他们溜进一条腿来，我就先割你的脑袋！"童如虎急得气都发喘了。

童如虎还不敢略微迟疑，就赶紧跑出了大门，只见于铁雕、岳大雄等人都已在门首下了马，不过都是一身的土，满脸的风尘之色。每个人的两只眼睛全是红的，大概不仅是急的，赶了一夜的路，到此时连眼皮都许没有合闭。并且上次来的是八九个，现在只来了四个，于、岳二人之外，只有病太岁吕信跟白面瘟神洪锦。可是每个人一下马，都抽出来家伙，都很是急躁、凶恶。先由岳大雄抖动着钢鞭，说："童老八！我们对不住你，我们刚才已经在南关打听明白啦！云媚儿跟李剑豪都在你这里啦！没旁的说的，云媚儿我们不计较，给你留着，可是李剑豪，现在在哪间房子？你告诉我们吧！"

于铁雕说："叫他出来，跟我们到庄外去也好，省得搅了你！"

童如虎神色慌张，但还强作笑颜："你们可迟来了一步，昨晚我确实由南关的店里让到家中一个姓李的，我只知他是云媚儿的姘头，却不知他的名字。今早，他可就跟着云媚儿一同走了。"

岳大雄上前就抓住了他的脖领，瞪着眼睛说："姓童的！你敢跟我们说瞎话？你要叫我们对你不讲交情吗？楚江涯都没骗我们，你倒敢来骗我们？你是不要你的命了？"

吕信上前来就要打童如虎。洪锦说："不用打他，咱们进里边搜人去就是了！"

此时童如虎手下的徒弟和庄丁已个个都抄起了刀棍来了，都拦住了庄门，里边那位当家的巩四爷也出来问是什么事。于铁雕就上前把他们的人全都劝住，然后就拱拱手，很客气地向巩四爷说："我们来打搅宝庄，实在是不对！我们跟童老八也很有交情。如今只是要来找一个人，那是我们的仇人，听说他就藏在宝庄上；如果叫他出来，我们与他算账，绝不打搅你府上！"

巩四爷就拿眼睛瞧着童如虎。童如虎的面色更变，连连摇头说："没有没有！云媚儿倒是在我这儿啦，李剑豪可真没在我这儿！"

岳大雄冷笑着说："你这话可跟刚才说的又两样了，那么你就先叫云媚儿出来吧！"

童如虎跺脚说："好！好！那我就不管啦！你放开我吧！我好去叫云媚儿呀！"

岳大雄却仍揪住他的脖领不肯放手。这时忽然对面有一片瓦飞来，原想打的是岳大雄，没想到正打在童如虎的脑袋上；当时瓦碎头破，血水流出，疼得童如虎哎哟哎哟直叫。于铁雕等人齐仰面去看，就见云媚儿已经站在房上。

云媚儿此时又只穿着一件单小褂，长裤子挽起来很高，两只刚哭肿了的眼睛瞪得很大，一手持着刀，一手又掀了一片瓦。下面的于铁雕就大声喊着说："云媚儿！你可别不认识朋友，别多管闲事！"

吕信跳起来大骂，说："狗娘儿们！你姘上了李剑豪，就要帮助他？"

岳大雄也把童如虎撒了手，抖起来钢鞭说："下来吧！我们先打死你！"

云媚儿又一瓦打下，下面的这四个人都闪身躲开，当时就乱了起来。童如虎是被徒弟们搀进门去，那巩四爷是早就跑进去了，在里面还大声嚷嚷，叫童如虎的徒弟跟庄丁、打手全都进到里面，咣当一声关上了大门，差点没夹坏了洪锦的手。洪锦抡刀砍门，岳大雄也抡鞭向门上去打。

吕信跟于铁雕是都怒声叫云媚儿下来，云媚儿却是绝对不下，并且就见她向里边一招手，就有一个人跳上了墙头；头挽着长辫子，手提着宝剑，原来正是李剑豪。

于铁雕仰面一看，就说："啊！李剑豪！你出来的好，你是好汉子，你下来吧！何必搅完了洛阳的隐凤村，又来搅人家这巩家庄呢？"他的话才说完，只见李剑豪如鹰隼一般飞扑了下来。

吕信跟于铁雕一齐挺刃向前，岳大雄、洪锦也返身来斗，不料李剑豪的身手依旧是急速，剑法更较前狠毒，左劈右戳，两三下，先将病太岁吕信砍倒，然后飞腿向村外逃去。于铁雕、岳大雄、洪锦三人就在后紧追，云媚儿也跳到外边，自后赶来。

出了村子不远，在大道旁，李剑豪就站住了，他面色无惧，回身又斗，一人敌住六只手、钢鞭、单刀跟于铁雕的金背刀，三口兵刃将他围困在垓心，然后李剑豪连气都不喘，照旧地招架。

此时云媚儿已经赶上，她比别人都凶，一边跑着，一边尖声叫骂，就加入来拼斗。于铁雕令洪锦去敌她，白面瘟神洪锦就横刀把她拦住，问说："云媚儿如今你是要帮助我们，给万里飞侠高师傅报仇？还是愿意跟他一同找死呢？"

云媚儿不细答话，只说："你们要害我的男人，我就叫你们死！"

洪锦骂了声："不要脸！"遂就双刀对敌，杀斗在一块儿。

洪锦的武艺足可以敌住媚儿，使她不能过去救李剑豪。但那边，李剑豪的剑法虽是精熟，可是他抵得住于铁雕的金背刀，却又顾不了岳大雄的钢鞭。才躲开了鞭，又得同时去提防刀。并且于、岳二人的武艺是早已经预备好了的，分据两旁，互相呼应，一下也不肯放松。所以少年侠士李剑豪就渐入于危殆之境了。

但是李剑豪毕竟凶勇，杀斗了三十多回合之后，他的身上竟没负一点伤，不过满头淌汗，气也喘吁了，腕力也发软了。并因岳大雄、于铁雕二人彼此运用着早就商好了的办法，一个打完了，觉得累了，另一个再上手加紧，彼此更番地休息，所以将李剑豪困得更为疲惫，逃也逃走不开。那边的云媚儿是被洪锦挡着，不能够过来帮助，李剑豪真招架不住了。而岳大雄与于铁雕又互相使了个暗号，一齐加紧逼来，刀从左边向上砍，鞭向腿下横扫；李剑豪迎得了刀，却没提防得鞭，咕咚一声就跌倒在地，于铁雕的刀就自他顶上劈下。他急忙举剑去迎，岳大雄的鞭抖起来又向下打，却被他又揪住了钢鞭的梢子，用尽生平之力去揪，使岳大雄怎么也揪不开。同时他忍着腿疼，挺身立起，又单手舞剑去抵于铁雕，然而危机未脱，重围难解。在间不容发之时，就见自东边飞驰来了一匹马，他此时也无暇去看那马上的人，只想着是：完了！他们又来了帮手！

那人一到临近，于铁雕赶紧过去厮杀。岳大雄拿过了钢鞭，一面继续与李剑豪杀斗，一面向那边扫了一眼，就惊讶着说："啊呀！苏小琴！苏姑娘你不要与我们来为难，我们来斗的是李剑豪跟云媚儿……"他们的语气简直像是央求了。

此时李剑豪不由得一阵心跳，几乎又被岳大雄用鞭打倒，但骏马上娇姿英发的苏小琴杀退了于铁雕，立时就催马过来，解救李剑豪。岳大雄转身抢鞭向她来打，她拨马闪开，并且飞身跃下，挺青蛟剑，奔岳大雄；两三下，这位金鞭的好汉就厉叫了一声，扔了鞭，倒地身死。

苏小琴又飞奔过去，将白面瘟神洪锦也劈得负伤倒地，又救了云媚儿。只剩下于铁雕一人了，他将刀一扔，向苏小琴说："苏姑娘你快下手吧！我们为师兄之仇，走遍了南北各地，如今不但仇未报，反倒落得师弟、师侄全都折了。我也不是你们的对手，我更无颜再往别处去了，你快下手将我也杀了吧！"但他这样说，苏小琴的手反倒真下不去了。

云媚儿此时却还跟妖妇似的，抢刀奔过来就要砍杀于铁雕，却蓦然被李剑豪揪住了她的胳膊，同时小琴的神色立时就显出悲戚、幽怨，可是李剑豪却冷面无情，反拉着云媚儿转身就向村中去走。他的右腿负了伤，云媚儿就亲亲热热地搀着他，抱着他，两个人俨然如同夫妇。

苏小琴此时看得发了呆了，手中的剑也要扔在地下了。这时候就是于铁雕拾起刀来将她杀死，她也是顾不得，然而于铁雕仍然拱手说："苏姑娘，我们与你家原无仇恨，你何必要这样帮助他呢？李剑豪能与云媚儿这样，他还是个好人吗？"

小琴的芳容惨白，向于铁雕说："我不能害你！他们两个人若不是想伤剑豪，我也不能伤他们。"

于铁雕冷笑着问说："李剑豪对你何恩？"

苏小琴说："这你不用管！"说着，她就跑过去抓住了她的马骑了上去，一直就进了巩家庄。

就见巩家庄大门前卧着那血泊之中的病太尉，大门是紧闭着，车门也紧闭。苏小琴就用鞭子去抽打大门，说："开开！我求你们开了门，我进去要见李剑豪！"

里面却有许多人都说："别开！别开！不开！不开！……无论你是谁，我们也是不能够开门！"

苏小琴悲痛得眼中热泪直流，她一咬牙，就手提着宝剑，飞身上了墙。里面的许多人就乱声惊嚷，有的舞刀抢棍，有的却要放弩箭。苏小琴却向下摆手，说："不要这样！我不是贼人，我来无恶意，我只是要见一见李剑豪！因为……"热泪模糊住了眼睛，她用左边的短袖去擦，又将右手中的青蛟剑哐当一声扔了下去，表示她来到这里非是想打架伤人。

下面的一些庄丁们惊愕住了，那位巩四爷也出来了，问道："姑娘，你有什么事？可以下来说。"

小琴却不下来，只由墙跳到房上，向四下去看，口中叫着说："剑豪！剑豪！李剑豪！你不必藏躲，你就出来见见我吧！见见我吧！我不能难为你！你不要怕！你不要太狠心！我父亲才死，孝还没有脱，我就出来，为找你，我……真是不容易！"她声音悲哽，泪流满面。

斯时，忽见房后的小院屋中出来了才穿上花衣裳的云媚儿，她就也哀恳地说："云姐姐！你叫剑豪出来吧！我只同他说上一两句话！"

云媚儿也作着难，还没说什么，忽见李剑豪也自那屋中走出，挺着胸瞪着眼，很凶横地说："青天白日，你一个女人到人家的房上来做什么？"

苏小琴悲哽着说："我为……为找你！"

李剑豪跳起来大骂说："我不认得你！你快滚走！"

云媚儿反过来劝住他拦他。李剑豪却又狠狠地冷笑，指着云媚儿，就说："我有这样的好娘儿们，我还要你干吗？你快滚吧！"

苏小琴本想要跳下去再问他，却不料心痛腿软头也晕，一口痰血自喉涌出，人就跌下房去。

第十六回　酒醉歌残丽人舍

　　小琴跌下来的正是前院，巩四爷叫仆人庄丁都不准近前，他从内宅叫出来四个仆妇，一齐上手将小琴搀起，小琴却连眼睛都不能张了，两只穿着破了的小花鞋的脚也立不住。巩四爷说："快！快送到里面去吧！快些救！"这时，李剑豪跟云媚儿也都赶到这院里来看，巩四爷也不理他们。

　　连仆人、庄丁和童如虎的那些徒弟，也都把这件事的大概看明白了，都觉着不平。有的向李剑豪撇嘴，有的瞪眼，有的骂着说："什么东西！狼心狗肺！"李剑豪却面色苍白，只是冷笑，他的两脚也站不住，又被那妖妖娆娆的云媚儿给搀回小院去了。

　　这里巩四爷也沉下了脸来，说："这样的男人女人，一刻也不能再留在我们家里了，把童师傅请出来，将他们赶走。"立时就有徒弟们到另一个院里，把童如虎请出来。

　　童如虎头上的血还没有洗干净，也是得搀着才能走，巩四爷向他把话说了，他却连连摆手，悄声儿说："别忙！别忙！慢慢地我必要叫李剑豪走！"

　　巩四爷说："连那姓云的女人也得撵走！"

　　童如虎说："那更得慢慢儿的，谁叫她是我的表妹呢！没法子！"徒弟们都觉出这个师傅太泄气啦！

此时，忽然又有个男仆从外面跑了进来，惊惊慌慌地说了一阵话。原来是那于铁雕抛下了尸首走了，随后可又来了个姓楚的——就是楚江涯。他看见那几具尸身，正在徘徊着，疑惑、发呆，不料衙门里的捕役快手崔七、神抓小吕带着许多人就来到，就把楚江涯当作了凶手抓走了，现在门前还有官人要见童师傅。

童如虎却又发横了起来，说：“正对！正对！姓楚的正是凶手！咱们就往他的身上推，也不能得罪了我的表妹夫。”他好像还不知道，由房上又坠下来的一个女人的事。他就叫人搀他出去，满嘴胡说八道地去应付捕役，去诬赖那倒霉的楚江涯。

此时仆人、庄丁、徒弟们都不敢多说话了，巩四爷更怕去见官，就赶紧回到了内宅。内宅里，那咳了血的美剑侠苏小琴是已被人搀到东屋的一张床上，她的眼泪仍然不断涌流；环绕着她的是本宅的四太太、大少奶奶、二少奶奶、跟小姐，还有许多仆妇和丫鬟，都直询问她的来历，但苏小琴却不肯说。

虽然小琴只说：“我是洛阳人，姓苏，父亲哥哥都在家里种田。我来找李剑豪是因为……”往下的话，她只是哭，却说不出来，但是这里的太太奶奶都看出来了。

她的青鞋上虽然简简单单地扎着一朵白花，那蒙过白布的针迹依稀尚在；她的衣裤，她的簪环，都可以表现出来她是穿着重孝，并且她这种温文、柔婉，说话声儿的娇润，一点也不野，更不像云媚儿那女人，令人一看就知道是个女贼，不然也得疑惑是个娼妇。这位可怜的姑娘，纵非大家闺秀，也必是小家碧玉，由她的辫发女鬓角儿来看，又完全是一位青春处女，而且绝不是什么不规矩的私奔的人。那么她跟李剑豪是一种什么关系呢？她又为什么会使宝剑，还能够杀人呢？这都成了各人心中的疑问，然而各人都不怕她，都怜悯她，都安慰她。

那带着金镯子的大丫头碧桃，先用一条新毛巾沾了铜盆里的温水，来给她擦去了唇边的血迹，她更显得俊美了。大少奶奶又赶紧自己取来了御赐的“七宝补血丸”，亲自拿着茶碗送她喝下去。心肠最软的四太太，为她流下泪来，说："姑娘！你养养神再跟我们细说，我们一定有法子办！官司绝不能叫你出头去打，那姓李的坏小子跟那个坏娘儿们，我们一定都得把他送到衙门去问罪！"

苏小琴却又抬起一只手来摆着说："不必……"

她又流下来眼泪，悲戚戚地说："云媚儿是杀我父亲的仇人，但是现在，不知为什么，我也懒得去报仇了！我只是要见一见李剑豪的面！"

四太太说："他这样的狠心人，你还要见他干什么？我劝你就在这儿休养些日子，等得衙门对这件事不究问了，你的身体再好些了，我们就派两个稳妥的老家人，送你回家！"小琴听了这话，虽然感激，可是仍旧哭泣。

倒是那位大少奶奶，她年轻的人晓得年轻人的心，就说："苏姑娘你也就不用再伤心了，我们准叫你见着那姓李的就得啦！可是，你是不是想跟着他呢？"小琴对于这话，却不回答了。

旁边的一位仆妇就说："唉！大少奶奶还要问这话干什么呀？事情不是明摆着吗？那个姓李的一定是个坏小子，这位姑娘人老实，就上了他的当啦，因此才……"

小琴又哭泣着说："也不是这样！不过我既然与他认识了，他是一个男子，我就要从一而终！因为我家中有贞节牌、节烈坊……"

四太太一听，就惊讶着说："哟！这么说来，还是个书香之家的小姐呢！"

当下小琴就在这里休养着，虽然她是恨不得立刻就起来去见李剑豪，但是那位巩四太太拦着她，说："年轻的人要是吐了血再不休养着，可真是了不得！"小琴只是啜泣着，泪都湿了那锦缎的鸳鸯枕。巩四太太去叫巩四爷，派了人去跟那李剑豪说，问他到底是怎么办？苏姑娘为他吐了血，他可一句良心话也没有。并且叫童如虎得想主意，他虽然跟这里不是亲戚，可也一半是雇用的人，不能净给这儿惹麻烦，尤其不能允许一个女贼跟个无义的男子再在此住着。

那奉了命的仆人就先去见了那脑袋都破了的童如虎，童如虎这时不但不如虎，简直狼狈得连一只病猫也不如了，叫人搀着他，到了那小院里去见李剑豪。只见李剑豪这时正在大杯地饮酒，喝得脸都发紫了；云媚儿在旁又重新打扮了，媚笑着，一杯一杯给他斟着。童如虎也后悔不该让进来这两位魔星。他就说："李兄弟！剑豪老爷！你看现在的事情怎么办呀？我的饭碗可要砸了！巩家快要不认得我啦！我请了你们来，原是一番好意，不想你们——给我得罪了于铁雕那些朋友，还拿瓦打破了我的脑袋，并且招来了个野丫头，杀了好几条人命。现在我是头也伤了，气也泄了，在郑州城的几年名声也都完了！可是为朋友受累，我绝没有半句抱怨。可是你们二位得想个法子啦！给我个面子吧，别再叫我往下丢人了！"

云媚儿一听这话，就瞪起了眼睛说："你别这么含混着说着！干脆！你是立刻要把我们两人赶走，是不是？"

童如虎说："我的妹妹！你明白，这并不是我的家，这是巩家庄！要是童家庄，无论你们给我惹下多大的事，我也是不能请你们走！"

云媚儿拉着李剑豪说："走吧！人家赶咱们啦！这么还能够在这儿赖着吗？"

李剑豪愁眉不展地问说："可是伤了人命的事，就算完了吗？我在此不走，就是为等着打官司！"

童如虎摆着手说："官司的事，李兄弟你就不用管了！早有人去打了，衙门早就把正犯捉去了！"

李剑豪却忽然吧地一拍桌子，站起身来瞪大了眼睛问说："正犯捉去了？苏小姐是被人捉了去了？"

童如虎摇头说："没有！没有！苏小姐现在好好地在这里院歇着啦！——可是那位苏小姐到底是怎么一回事呀？"

云媚儿笑着说："你是有眼不识真人，那个姑娘不是别人，就是你常常提说的那位……"

她才说到这里，李剑豪就猛挥一拳，打到她的嘴上，把童如虎和搀着他的那两个人都吓得脸白了，觉得李剑豪真是狠心。

云媚儿的牙跟嘴唇已被打破，都流出了血来，像是也吐了一口血似的。她也未尝不脸红，生着气，可是她不敢还言，更不敢还手，只拿着一条白绸手绢捂住了嘴。

李剑豪又一摔酒杯，大声说："我是立时就走！可是我走之后，不许有人向那位苏小姐去胡言乱语，即时知晓了她就是苏小琴，可也不能——不准向外人去说，否则我回来就要取你们的首级！"

童如虎吓得脸更白了，说："苏小琴？哎哟那不就是美剑侠吗？……"他自言自语地发着怔。

此时李剑豪就命人去备马，命云媚儿去收束行李。童如虎此时又有点变了主意了，说："要不，你们二位不必走了！我给你们另找地方住吧！因为你们一走，我可更难办了！"

李剑豪说："我既已决定了走，你再留也是不行了！童兄！打搅了你两三天，我也实在愧对！我们走后，你可以去跟苏小姐说，就说我跟云媚儿已成了夫妇，我已把她看不起了！"

童如虎又怔了怔，就点头说："这行！这行！我都会说！"

李剑豪又说："你们可不能疑惑我跟她是什么暧昧之情，她是闺门小姐、世家之女，我却是个江湖人、卑贱之人！"

童如虎说："这倒是李兄弟你太客气了！不过，事情我已经明白了，苏姑娘虽然跟你相识，可是人家乃是千金小姐，你也是磊落的男子；你们是明明白白、清清楚楚、堂堂正正，一点什么邪事儿也没有。你跟我表妹云媚儿糊里糊涂、马马虎虎，可是以后也是名正言顺的夫妇了，对不对？"云媚儿又不禁掩着嘴笑了。

李剑豪也点点头，又饮下一大杯酒，就催着快走。此时他似醉似醒，又疯又狂，忽然大喜，忽然暴怒，忽然仿佛又要流泪。好容易童如虎才把他送出了大门，云媚儿扶着他，他才骑上了马，又向童如虎拱手，说声："再会……"云媚儿也上了马，面有洋洋的喜色，回头来，斜眼瞪了童如虎一下，她就挥动了丝鞭，跟随着李剑豪走了。

这里的童如虎倒发怔了半天，随后回到庄里，却又振起了精神，洗脑袋，上药，想着得去细细看看那美剑侠，别得罪，多拉拢，慢慢地再套近，自然就慢慢地熟了，这可是比云媚儿又好得多了，要是能帮助我护院，贼更不敢来了！何况李剑豪叫她伤心，我又能得她欢心，这也是机缘凑巧！于是童如虎找了一顶好帽子，戴在头上，他要去拜会苏小琴了。

童如虎又进了内宅，见了巩四爷，说是李剑豪、云媚儿都已走了，他们那一对招事的男女不会再来了；只是那来找李剑豪却在这里吐了血的那位姑娘，却大有来历。她名叫苏小琴，外号人称美剑侠，是洛阳隐凤村里的人；父亲新故，原名叫苏黑虎，哥哥有好几个，其中有一个做过知县。巩四爷听了，就更是有些惊讶了。然后童如虎又说："我得去见见她，因为算起来，她的爸爸还是我的师父呢？她是我的师妹子。"

巩四爷把他拦住，说："她的兄长既是一位县官，她就是官宦之家的小姐，在这里住着，连我都不能去见她，你是个护院的，哪能够去见人呢？"

童如虎听了，不由就大不高兴，说："那么，她就在此处杀伤了人命，衙门中的捕役若是来了，莫非也见不着她吗？"

巩四爷点头说："那不但要见，还要去打官司，连你也得去打官司！你那两个才走的表妹表妹夫，也都得由你找回来，一同去打；这儿丢失的那几锭金子，也全都得追回来，因为本来就是一案。"

童如虎一听，焦黄的脸色不由又吓得有些苍白了，赶紧笑一笑说："我是说着玩！其实有那个姓楚的人在衙门里顶缸，官司早就完了。不过我还是得见见苏小琴，因为那个姓李的临走之时曾有几句话，我得去告诉她！"

巩四爷说："你可以告诉我呀！"

童如虎说："本来苏小琴是李剑豪的媳妇，可是现在李剑豪又爱上了我的表妹，他们两人走了，成亲去了。临走时叫我告诉她，说是把她抛了，永远也不要她啦，叫她莫再胡思乱想，快点打正经的主意……我倒觉得她年纪轻，遇见了这么个人，倒是怪可怜的！"

巩四爷却说："人家也用不着你来可怜，你还是回你的院里，养脑袋上的伤去吧！"童如虎也不觉得没味儿，还以为四爷说叫他把头伤养好了，再来见小琴呢——他笑着就走了。

这里四爷把大概的意思去告诉了四太太，四太太又赶紧去见小琴。小琴听了，又抽搐着痛哭了一阵，自认是隐凤村苏家的小姐，但因为家门名声的关系，不愿向人露出真实；又说李剑豪与她也没有什么暧昧之情，只不过……她就把李剑豪女扮男装在她的家中避难，因此耳鬓厮磨情意颇洽之事都略略地说了。

四太太一听，就更生气："好个没良心的坏小子！他骗了你，他又去找那坏娘儿们来气你，今天不是你救了他，他还能够活？可是他不但不报恩，反倒无义，他还骂你，气得你吐了血，他们又一块跑了做夫妻去啦！这样的人迟早得叫他遭报应！"

小琴听了这话，她的心虽然已伤透，可是仍未灰心。她不信李剑豪真能这样地无情，必是一时受了云媚儿的迷惑，才这样的。她在此歇了半日，到次日就觉着精神好了，可是因为巩家的人执意留她，楚江涯又被诬陷在监中，还不知道官司怎么样，所以她还不能够走。并且她连屋门也不出，只在屋中跟那位四太太谈谈闲话，有时也运用着她那灵巧的双手帮助巩家少奶奶做一些针线，不知不觉就消磨过去了一天。

如此，一连三日都度过去了，这时楚江涯已经冤枉得伸，而且出了监狱。——他的官司多亏是那于铁雕自己挺身去到县衙，不但说跟楚江涯毫无相干，就连苏小琴跟李剑豪之名也没有提出来。他只说："我们都是走江湖卖艺的人，因为这些日买卖不佳，同伴的心绪全不好，又因为都喝醉了酒，所以才自己跟自己打了起来；如今是死伤自己认命，绝不愿打官司。"县衙门里也是早想给巩家庄圆面子，免麻烦，既然他们都愿私了，也就不加追究了，并且把楚江涯也给放了。

楚江涯离开了县衙，想见见于铁雕，已经见不着了。他在街上听人细谈了巩家庄所出之事，才把这件事弄得明白了。他就到巩家庄去，要见苏小琴。到了那里，巩四爷因为小琴没提说过跟楚江涯是有什么认识，以为他也是李剑豪的那一流人呢，就不让他见。楚江涯无奈，只得又回到城里。

此处有一家大买卖是中牟县的人开的，掌柜的跟楚江涯很是熟识，他就住在这里。这家大买卖每天来往的人很多，由那些人的谈话中，楚江涯又知道县衙里押着个店里的伙计，名叫猴子，新近又抓着个穷酸姓邹，这两个人都偷过巩家的金锭。又听说那云媚儿跟着那个姓李的，二人并马而行，俨如夫妇，是往开封府去了。这些事楚江涯倒不大关心，他只是托了这上的伙计到巩家庄去打听苏小琴的消息。

又二日之后，这天在将要用午饭的时候，忽然那伙计回来说是那位姑娘已经骑着马走了，一位巩家的人挽留不住，童如虎又直讨人家厌烦，人家才走。

楚江涯就赶紧问说："是往哪边去了？"

伙计说："是往南去了。"楚江涯慌慌张张，叫人赶紧给他备了马，他就赶紧去追苏小琴。

往南追了约二里，便于道旁将小琴追住了，他说："苏小姐，你也不必到中牟县我家里给我想什么法子去了，我早就被释了，官司也都完了，你都放心吧！"

小琴却停马回首，说："我不是想往中牟县，我是还要去寻李剑豪！"

楚江涯听了这话，不由又是皱眉，说："李剑豪已经跟云媚儿走了，你再去找他们，太……太不方便了！"

小琴说："我找他——是因为还得问他两句话；我找云媚儿，是还得报父仇，他们二人现在一块儿，我更要去找！"

楚江涯说："依我说，你话也不必向李剑豪去说了，仇也不必跟云媚儿去报了！"

小琴说："楚大哥！你不必管我了，你快回中牟看嫂子跟小孩儿去吧！"

楚江涯说："我若不见你回到洛阳家中，我绝不放心，你走到哪里，我还得跟随你到哪里!"

小琴不耐烦地说："你太多事，跟你有什么相干呢?"

楚江涯说："并无相干，我只是爱护着姑娘，我知道——请你恕我冒昧了! 我知道李剑豪他绝不能对你有情有义，他宁可跟云媚儿在一起，也不能跟你——见面。我劝你灰了心吧! 忘了他们吧! 回家去吧!"小琴低着头，脸都红了，同时泪也落了下来。

楚江涯又说："详细情由我都晓得，我只是不能够跟你说……"

小琴忽然睁起来泪眼，问说："你快说! 告诉我——李剑豪为了什么才对我这样?"

楚江涯叹了口气说："说了出来也是无用，你必定更伤心，更要找他去了!"

小琴说："你说明白了，我也就回家去了!"

楚江涯点头说："好! 那么我就说! 只因为他在你家里住着的时候，曾经做过一件大错之事!"

小琴就诧异着问说："什么事情他做错了? 你快说!"

楚江涯却叹息着，说不出来，良久才说："他不该，他不该男扮女装!"

这句话，小琴真就信了，并且使她回忆了起来，当时牡丹花开、庭中月明，她与那女装的李剑豪缱绻之情，她的心中更是悲痛。又急忙擦擦眼泪，向楚江涯说："你还是不要管我吧! 我在江湖上能够受什么欺负吗? 你这样是对不起我的嫂嫂了，你快回去吧!"说着，她鞭马向南就走。

楚江涯又追赶上，并大声说："应当往东去! 我听说他们是往开封府去了!"

小琴说："好! 我也认得开封!"于是她顺着向东去的大道，拨马去走。

楚江涯可又跟着她向东来了，小琴不禁怫然不悦，但楚江涯却解释说："我也要往开封去，但并非专为护送着姑娘，我是为着开封的陈文悌是我的好友; 他因他兄弟小陈三之事，见了李剑豪就必定拼斗，我得去给他们劝解！"

小琴就沉着脸说："你走你的，我走我的，谁也不许管谁！"

从此小琴虽然知道楚江涯在后跟着她，她的马快，楚江涯的马也加快，她歇息一会儿，楚江涯就也歇息，真厌烦，她绝不跟楚江涯说一句话；可是她不大认识路，都得听后面的楚江涯说："往北！……再往东……"。

她虽不再像以前那样看得起楚江涯了，可是觉得路一定指示得不错，她便遵依着去走。晚间找个镇店住下，他不知道楚江涯住在哪里，次日清晨再往东去走的时候，又发现楚江涯是在后面跟随着她了。她认为楚江涯就是这种脾气，脸皮太厚，她简直连回头正眼看看也不，她的一颗抑郁的心仍然时时地思念着李剑豪。虽然在巩家庄所见着的李剑豪已经令她够伤心的了，她却仍然不信，她必得见了李剑豪痛哭一场，说上千言万语，那时候她才能够死了心。不！她想那时候李剑豪必定抛弃了云媚儿而来爱她的；她是从一而终，无论李剑豪成了什么样子，她也不后悔。

当日的晚间，她就到了开封府汴梁城内，找了一家店房，她就向店伙说明了李剑豪跟云媚儿二人的容貌，问店伙看见了那两个人没有。

店伙却摇摇头，笑着说："汴梁城一天来来往往要有多少万人，我那能够认识呢？"

小琴又问到了陈文悌，店伙立时就说："哦！陈二爷可是我们这里有名的人物，无人不知镖行陈家，他跟中牟县的凌霄剑客楚江涯楚少当家的，是最有交情！"

小琴没想到楚江涯在这里竟是这样的有名，只可惜一进了城，街上的人一多，就与楚江涯分了手，现在也不晓得他是住在哪里，遂又问说："陈文悌住在什么地方？"

店伙说："大相国寺的西边，就是陈家聚兴镖店。那本是陈家累代相传的大买卖，今年春天才让给人做，可是他的兄弟小陈三依然是那店里的大镖头；不过最近是受了伤了，在家休养。陈家的房子就跟镖店连着，陈二爷春天到洛阳去玩了一趟，回来就说那里有一位美剑侠，武艺比他还好，所以他不愿意再做保镖了，也不再抡拳练武了，天天只是请客、吃酒，问柳寻花，下棋养鸟；人家本来有钱，就是不保镖，这一辈子也不愁衣食了！"

小琴点点头想着，如今倒很盼望陈文悌兄弟替她出气，去找李剑豪，惹起纠纷。因为那样一来，自己才能够跟李剑豪见面，否则这茫茫人海，往哪里去寻他们两个人呢。

当晚小琴就宿于店中。次日上午饭后，她换上了一身青布的新袷袄袷裤，又换上了一双青布鞋，她的辫根也用青绳儿扎着，脸上不施脂粉，戴着白银的耳坠，拿着一块青绸手绢；就叫店伙把屋门锁上，她走出去了。汴梁城的大街比洛阳城里可热闹，此地的妇女穿的衣裳也多半富丽，街上走的拿着刀、钩，横眉立目的镖头样子的人也不少。小琴却如一个小家的女子，又穿着孝，在街上走，也不大惹人注意。

她就听见前面走的几个人都说："到相国寺去逛逛！"于是她也就跟随着去走。见往这里来的人很多，不远就看见了有一座大庙，门前摆着许多卖升斗簸箕的、卖种种家用器具的和把一些零碎的绸缎钉在墙上、为叫妇女们买了去做鞋。这里就像是乡镇间每月逢一、四、七，或者二、五、八所常见的"会"似的，是一个大集市。

可是小琴未到庙门前，她就止住了脚步。因为路北有一座大栅栏，粉墙上写着是"聚兴镖店"，还有两个字是"陈家"；本来经白灰涂过了，可又被雨水冲的显露出来。镖店旁边是有一座高台阶的黑漆大门，门旁边钉着两幅木牌，上刻着"孝义堂陈"的字样；大门洞里悬着大灯笼，上面也写着"陈宅"二字，小琴想着：这一定就是陈文悌的家了，可是我跟陈文悌见过面，他也认识我，但是我们那时是打架呀！如今忽然要去拜访他，跟他打听伤过他的弟弟的那个李剑豪，岂不得碰壁吗？即使见了面，也是难为情的！"

因此小琴就又走过去了，来到相国寺的门前，见里面更是热闹，许多的人——尤其是妇女都往里走，她也就走进去；见里面商家林立，百货更是齐全。又往里走，就听见了锣鼓之声，人密密地围了个圈子，里面刀光闪闪，原来是卖艺的。她就疑惑：莫非李剑豪来这里卖艺啦？他手里没有什么钱我是知道的，云媚儿本来又卖过艺……这里边真许是他们?"但是人太多，小琴不便往里去挤，就在圈子外面等着。

等了半天，里边的锣鼓才止，人多半散了。卖艺的一个大胖子，光着脊梁，手托着个铜盘，里面不知是些什么药，大骂着说："舍不得花钱买药，就妈的不用白看玩意！跑什么？你在这站着给咱助助威，也算够朋友；妈的一散，是什么东西!"又说："咱这药是专治五劳七伤，咳嗽吐血，还治女儿痨，相思……"招得一些站住还没走的人全都哈哈大笑，小琴却赶紧走开了。

又走了走，就想想自己身边还有多少零钱，应当在此买一点什么物件。

她想要去买两只木梳，并要买一把小小的剪子和鞋面子等等，因为这次来到开封，还不知道能够见得着李剑豪不；若见不着，还得要往别处去找，不定还要跋涉多少路呢！不定要受几许的风尘呢！虽然在旅途上也很难有工夫做做针线，但鞋破了总要自己做的，衣服破了总要自己补的。

于是她就到了一家专卖妇女用品的铺子里，去挑选，买了几件东西，给了钱，她就转身出来，但见眼前的人越来越多，并有五六个都像是镖头样子的年轻人，都很快地往里去走。有个人说："往里边去了！那次在朱仙镇遇见的就是他们两个，妈的！今天饶不了他们!"又有个人回着首向后面的一个大声嚷嚷，说："快去请陈二爷！……"

小琴惊愕地就站在这店铺的门首，店铺柜里的伙计也钻出来到门外看，走过来一个熟识的人，这伙计就把那人拦住，打听着说："怎么回事呀?"

这个人就说："是在朱仙镇伤了小陈三的那个人，带着老婆逛庙来了，被聚兴镖店里的人看见了，追了去要找麻烦，一定得揪打起来!"说着这个人也赶忙着往里看热闹去了。

此时人都乱了,小琴的心里更急,她猜出这必是李剑豪跟云媚儿。虽然他们夫妻一般竟自出来闲游,是很使小琴生气的,但小琴又真怕剑豪被那些人给打伤了。她就也要追赶了去,却又因人太拥挤,使她迈不开步。这时忽听身后有人喊着说:"躲开!快躲开!"有个人还猛力地推了她一下。

她回头去看,见是有几个镖头样子的人给开路,从外面却来了穿着全身绸缎的楚江涯。旁边的人果然都紧让路,有人悄悄地互相私语说:"这就是楚少当家的!中牟县来的!"

楚江涯气派十足,高步阔视,但他一眼就看见了小琴,就进步前来很和蔼地说:"苏小姐也来啦?请你放心,今天绝不能出什么事,有我在此,就不能叫他们打起来。小姐快回店房去吧!待会儿我一定亲自去给你回话儿,也许我就把剑豪也拉了去!"说着,他拱拱手,就忽忽往里而去了。旁边有很多人都注意小琴,小琴却也不走,又到那家店铺的门前站着来看。

站了半天,见里面又乱了起来,人又都往外来挤,只见楚江涯和李剑豪随谈随走,同时出来了。李剑豪穿得也很阔,旁边就跟着那红裤儿绿袄,一连浓厚的脂粉,梳着个特别的头髻,戴着金钗、金簪、绒花、绒凤一大头的云媚儿。李剑豪也时常转着首跟她笑并低声谈话,招得后面跟着的那些人都直拍巴掌。此时小琴的脸都红了,都替他们觉得难为情。但李剑豪还是谈笑自若,跟云媚儿简直可以说是"丑态百出"了。那云媚儿原来就脸厚,如今更觉着得意了,连楚江涯对他们都有点皱眉。

半天,这一大堆的人才挤了出来。相国寺里地方这才显得大了,人才能够缓过点气来,耳边也觉得清净了一点。可就听这里的人纷纷谈论,东一言西一语的,被小琴听了来不少。原来,要不是楚江涯赶到了给他们排解,那些个镖头早就把李剑豪、云媚儿打了。可是这件事情还不能完,陈二爷还没出头呢!陈文悌平日虽好说话,可是小陈三的伤现在没好,他在家里听了这件事情也不能够依呀!

……又有人谈云媚儿，都说那一定不是个好东西。

小琴这时就迈步往外去走，她这时脚步觉得沉重，胸口又觉得发堵，这可使她的心里害怕，怕是又要吐出血来，于是就赶紧宽慰着自己，可是也宽慰不了，愈想愈觉得气愤，悲伤。才出了相国寺，脚步又迈不开了，因为街上的人更多，有一些少妇长女连老太太们都争相着挤着去看。街上过来了吹喇叭的、敲锣的，咚咚打着八对大鼓，还有几支唢呐对着吹着，许多只龙凤的大旗，金灯执事，也都过去了，接着是两顶彩轿，原来是富室娶亲的。

小琴等着人都过去了，她才走，就抑郁地回到店房，等着楚江涯来告诉她回话，并期盼着李剑豪也能够来；可是直到晚间，才有一个不识面的人来找她。

这个人自称是陈文悌家中的仆人，奉了他主人跟楚少当家的之命，来告诉小琴，说是："请苏小姐今天不要走，也不用着急了，我们陈二爷、楚少当家的待会儿就与李大爷见面，再细谈细商量。"

小琴问说："他们在什么地方见面？"

这个仆人却笑着说："小姐就不用都打听了！"

小琴更生疑地问说："你快说！到底他们在什么地方见面吧？"这仆人还是笑着不说，遂就走了。

小琴又叫来一个店伙，托他出去给打听，并给了店伙几百钱，作为酬劳。这个店伙出去了半天，方才回来，说是："不错！陈二爷是在艳仙班请客，陈三爷大概也能去，是楚少当家的作陪。请的是一个姓李的，说是叫那姓李的给陈三爷赔个罪也就完了；可是怕那姓李的不肯，到时一定得打起来，艳仙班今天晚上就许闹出人命来！"

小琴赶紧就问："艳仙班在什么地方？"店伙就详细地说了，说完了，才笑着道："那个地方，太太你可不能够去呀！"

原来陈文悌、楚江涯今天请客的地方是在一个妓院里，这倒令小琴非常疑惑了，心想：他们为什么偏要在那种地方请客呀？不要是觉着那个地方我既不能去，云媚儿也不能去，李剑豪孤身一人，自然敌不过他们，他们好施计陷害吧？楚江涯跟我说的那些话，恐怕都是假的吧？他屡次不叫我去追李剑豪，并劝我不要去追云媚儿报仇；他连自己妻子都不顾，可只管跟随着我。再以在洛阳时他所做的种种事情来看，他的居心真是令人难测呀！

因此小琴就发恨，并想：艳仙班那个地方，良家妇女不能去；云媚儿虽然泼辣，可是她究竟非妓女，她也不能混在里边，这很好！我倒得去一趟。如若他们要害剑豪，我就不能不管，并且见了剑豪，就得强迫叫他随我到这店里来，这次不能再顾惜什么脸面了！只要找到了他，就得对他把话说明，不能再轻易把他放走。对！就这样办！于是苏小琴就换上了一身便利的衣服，拿上宝剑，就走出了屋，屋中才点上的灯也被她吹灭了。

但是这时那艳仙班中，却华灯初上，绮筵将开。主人是陈文悌，这个所在他本是时常来的，因为陈文悌虽然是镖行出身，可是惯喜扳附风雅，又以风流自赏；他跟楚江涯所以交称莫逆，也就是因为性情相投之故。如今依着他的弟弟小陈三跟一班朋友，都打算把李剑豪收拾在这儿，对云媚儿也不能够饶，可是他们都给拦住了。他反倒裁简相邀，在花丛置酒，恭请李剑豪前来。他实无半点恶意，只因为他觉着李剑豪这个人太风流了太多艳遇了，他要细打听打听李剑豪是用什么手段赢来的美剑侠的痴情，并且更得问问他为什么抛了美剑侠却恋上云媚儿呢？难道云媚儿还真比苏小琴好？他今天非得明白明白不可。

楚江涯心里倒没有这些好奇之心，因为他都知道，他只是不愿向任何人去说。今天只是要向李剑豪说说苏小琴的痴情，叫他想个法子，打断了小琴的痴念才行。

他们宴客的地方是在一座楼上，四壁陈设都极为华丽，有一块匾，写着"丽人舍"。这是名妓翠云的香巢，翠云环佩叮当，艳影伴着明灯，心中却也发着急躁，说："请的客人怎么还不来呀，难道是瞧不起我这个地方吗？"

楼下此时也很热闹，那小陈三背着他的哥哥派了许多人拿着刀棒，也来到这里等候李剑豪。

陈文悌在这里等了一会儿，楼梯就响了，有本院的毛伙儿大声地嚷嚷说："翠云姑娘的屋子！有人来找陈二爷了！"

楚江涯就向陈文悌说："来啦！来啦！"于是楚江涯先迎出来屋。只见毛伙儿已经领着李剑豪到了楼上，楚江涯过去拉住他的手，笑着说："我们候你多时了！来！来！请！请！"有伺候翠云的老妈子已经掀起了门帘。李剑豪就进了屋，抬起脸来先看了看那"丽人舍"三个字。

这时丽人翠云撩起来冷冷的眼睛看看这位"李大爷"，就见他长得比那位楚少当家的还英俊还漂亮。也可以说是个唱小旦的，并且若把他扮成女装，放在这院里，哼！那老板可就乐了，因为一定能成个红姑娘儿。

此时陈文悌已离座抱拳，说："久仰大名！今天竟肯赏光前来，实在荣幸之至！"楚江涯遂就拉着他坐在首席。李剑豪也不客气，就坐下了，并且他除了也拱拱手之外，就不说话，也不笑，更不用眼看那翠云。可是有一只玉琢的似的纤手，已经从他的身后探过来，拿着酒壶给他斟了满满的一杯酒，并且似乎轻轻地推他一下，说："请喝吧！"接着就给他往小碟子里去夹松花鸭蛋、鱼松。

陈文悌是坐在右边，说："不要客气！咱们是一见如故。兄弟我这个人就跟我楚三弟一样，生平最好交友，尤其喜欢在这种地方请客。李老弟你是大江南北邀游惯了的人，比我们的阅历广。这种地方，大概你也常走吧？"

李剑豪饮下了半杯酒，就摇头，说："这种地方，我生平是第二次来。第一次就是我为万里飞侠高炯决斗，我到过安庆府的一家妓院里；第二次，就是今天了。我因为不晓得陈兄你找我有什么事，我才来，我特来领教领教！"说着又将半杯饮下，并且挽起来袖子。

陈文悌倒不由得发怔了。楚江涯在对面就赶紧说："一点事也没有，不过说请李剑豪兄弟来此聚谈一番，彼此认识认识。我这位陈二哥已经不保镖了，连武艺他也撂下了，就是专交朋友，专玩玩乐乐。因为李剑豪兄你是一位风流侠士……"

李剑豪忽然冷笑道："什么风流吧？"

楚江涯接着说："所以才请你到这丽人舍，美酒、丽人、良宵，——只可惜今天没有明月，咱们除此以外是什么话也不谈！"

陈文悌却哈哈大笑着说："可是，我得打听打听李老弟的那些风流事呀？"

楚江涯赶紧向陈文悌使了个眼色，又说："不过我们还想知道知道，剑豪兄跟现在的这位嫂夫人是几时成的亲，我们都好补一份礼物，给你们贤伉俪贺喜！"

李剑豪一听了这些话，他的神色就变了，似怒又不是怒，似凄惨又不是凄惨。他一连冷笑了好几声，把翠云给他斟的第二杯酒也喝了，看看楚江涯，又看看陈文悌，就说："你们说的是云媚儿吗？"

楚江涯说："不敢那样说，我们问的是云姑娘，因为久闻那是江湖有名的一位女侠！"

李剑豪突然沉下脸来说："你要是开口骂我，我可是当时离席就走！云媚儿，她也配称侠女？哼哼！我想她的行为，你们比我还都知道得详细。她是江湖上一个出名的荡妇，她的娘就是荡妇，她卖鞋，当贼，到处与人姘度，比妓女还不如！我也知道了，你们二位必是想，凭我李剑豪，也是一个轰轰烈烈的男子，怎能与她结为夫妻呢？你们若称我们为夫妻，那就是骂我。你们叫她云媚儿，我不恼，我同她在一起，实在连姘头都不能说。她是她，我是我，虽然同行同住，却毫无男女的私情。我并不是看不起她，我也晓得她坏，但她能够改。我只盼着将来，有人能够娶她……"

这时连翠云都纳闷，而且笑了。陈文悌说："李老弟，你风流得可也真特别！我常夸我自己是'目中有妓，心中无妓'；如今我一看你，你简直是'目中有妻，心中却无妻'呀，哈哈哈！"

李剑豪此时的面色显得更为愤怒，幸是热菜已经摆上来了，翠云跟陈文悌又给剑豪布菜。

李剑豪吃了些菜，随着又饮酒，脸色才渐渐红了起来，他也笑了，但是竟像是发了狂似的，揪住那个丽人翠云，竟要施以调戏。人家翠云是名妓，况又是陈文悌的相知，当时就要恼怒。陈文悌赶紧给拉开，他说："翠云姑娘唱的京剧最好，现在叫她唱几句，给李老弟听一听吧！"于是，老妈子出去叫来了琴师，琴师就找了个凳儿坐下，调好了弦，就拉起了胡琴。翠云就面向着一幅美人儿的长条画儿唱了起来："芍药开，牡丹放，花红一片……"李剑豪突然一摔酒杯，瞪直了眼，半天，他忽然大笑，也唱着说："牡丹放呀……"

楚江涯把自己的座位挪了一挪，趁着翠云正在那儿唱，陈文悌正在拍着手发着笑听着。楚江涯就附耳李剑豪说："有几句冒昧的话，我还要向你说！洛阳的苏小琴已经为你离家，她是非见你的面不行，不与你成为夫妻，她就恐怕要因情而死，你却弄了个云媚儿。自然，我是知道你情非得已，你想借此把苏小琴推开，可是推不开呀……"

李剑豪听了这话，就突然用拳一擂桌子，把桌子擂得咚的一声，声音大极了，盘碗乱动，酒杯酒壶也倒了，把那边的翠云吓得也不唱了。陈文悌也不拍手了，反倒来问："是怎么啦？"楚江涯扶起来酒杯，就说："不要紧！我不过是跟剑豪兄谈些闲话，你们还唱你们的吧！"陈文悌说："我们是唱文戏，你们这儿竟演起武戏来了，弄得我们的文戏也唱不成啦。"

楚江涯笑笑，就拉着李剑豪的胳膊说："走！咱们到屋外去再谈！"李剑豪也站起身来。那翠云笑着说："怎么？二位还有什么背着我们的话吗？倒不如我们上别的屋去。"楚江涯向翠云摆手，又向陈文悌使眼色，他就带着李剑豪出屋，站在屋外的走廊上。

那走廊的栏杆下面就是院落，这时院中出入的人少了，灯光也不大明。李剑豪就在这里站住，他摆着手说："楚兄！你不要再问我苏小琴的事，我不认识她！"楚江涯说："唉！一个人得说实话。尤其说咱们江湖朋友，说话更应当豪爽。旁的事情我不晓得，可是你跟苏小琴的事情，从头到尾，我尽皆知道。"

李剑豪听了这话，当时就瞪眼，怒声问说："你还知道些什么？"楚江涯说："我都知道！连你的心带苏小琴的心我都知道。你们都是好人，你爱她，她爱你，你们实在是天生成的美满姻缘。"李剑豪听到这里就不由叹了口气，顿了下脚。

楚江涯也叹口气，说："可惜因为她的老太爷跟你家的老太爷那两位老人家，就把你们害得不美满了！这里详细的情由我也知道。"李剑豪突又着急地问说："什么？你也知道？"楚江涯点头的："还都知道！但你放心，我绝不能对别人去讲，更不能告诉苏小琴。我想，苏小琴对你实在是情心难死，何况当你在她家里男扮女装的时候，那实在是你的不对。如今，你或是抛开老人家的事情不提，你去与苏小琴结为夫妻；或是苏小琴做你的妻，云媚儿做你的妾。"

李剑豪冷笑着说："你们真把我李剑豪当作风流人物了？我原是一个刚烈的汉子！"楚江涯说："你在苏家当李大姐的时候，也未见得刚烈！如今——不然你就将云媚儿抛开！"李剑豪摇头说："办不到。我也觉得小琴较云媚儿好过百倍，可惜……"楚江涯说："可惜什么？你虽对不起苏老太爷，但你可以对他的女儿好些，以你的良心去赎过去的罪孽！"李剑豪难过得似乎要哭了，以手按着他的胸说："良心？只因为良心，才不能叫我做那个欺人骗人之人！"楚江涯说："你也太死心眼啦！"正说到这里，忽见有一个人走上楼来。

走上楼来的这个人，正是苏小琴；她从外边进来的时候，竟会没被人看见，可是被楚江涯一眼就看见了。他简直有点不能相信他的眼睛，想：无论怎么说，小琴也是一位小姐，她竟能够到这地方来吗？

可是小琴已看见了李剑豪，她就急快地走近，急急地说："剑豪！你现在还跑吗？你不要跑，我只有几句话要同你说！"

楚江涯此时倒惊惊慌慌地说："对了，你们好好地说几句话吧！我躲开你们。"他的脚步才一躲开的时候，不料李剑豪突然就一跃上了楼栏杆，从那里就向下一跳。

苏小琴与楚江涯同时惊叫，可是此时李剑豪已跳下了楼，到了院中。他刚要往外跑，不料就被五六个大汉子将他拦住，并扭住了他的胳膊。他一惊，怒声问说："什么事？"这几个人就说："我们是小陈三派来的，现在你已见过陈二爷啦？你妈的再跟我们见见陈三爷去吧！"李剑豪大怒，抢拳就打，抬脚就踢。他刚得脱身，却不料楚江涯已自楼梯往下跑来，陈文悌在楼栏杆里嚷，苏小琴却也自楼上飞跃了下来；她手中的剑光一抖，吓得小陈三的那些人全都慌忙躲开。

李剑豪就趁此时跑出了妓院，跑了不几步又看见一个妇人，却是云媚儿。云媚儿的手里拿着一口刀，他突然就给夺了过来，拉着云媚儿就说："快走！快走！"云媚儿就跟着他紧跑。

身后的苏小琴已经赶了来，李剑豪跑得更急，苏小琴也追得更快，但已经出了巷口跑到大街上了，李剑豪与云媚儿就跑入大街之中，小琴也不便再追了。她站住了身，呆呆地发怔，心却紧跳不止。楚江涯跟陈文悌全都赶来了，劝了半天，楚江涯才把小琴劝回到店中；但是一进屋，小琴又吐了一口鲜血。

楚江涯叹息着，但自己又不能服侍小琴，等到眼看见苏小琴已经躺倒在炕上了，他这才说："苏小姐！你在此放心安歇，我去走一回，把陈家用的仆妇叫一个来，好来伺候你。"

小琴就答应了一声，此时她只是闭着眼躺卧着，眼角也没有眼泪。楚江涯又偷偷地把小琴的那口剑拿走，暂存在柜房里，他这才走。回到陈家一看，陈文悌也回来了。

楚江涯一说，陈文悌就非常生气，说："原来李剑豪竟是这样的一个人！他自恃武艺好，就可以这样忘恩负义，没有人能够惩戒他吗？叫他跑！反正他们今晚也出不了城，明早我派人把他跟云媚儿一齐抓住！"

楚江涯连连摆手，说："他们的事是一言难尽，李剑豪也非坏人。如今我也灰了心啦，不能再给他们撮合了，只有设法得劝劝苏小琴归家。"

当晚陈家派了仆妇到店里来伺候小琴。可是到次日清晨，小琴起来了，就找她的宝剑，店家不得不把宝剑给她，她就提着出门，满处去找李剑豪跟云媚儿。楚江涯是住在陈家的客厅里，还正睡着呢，就被陈家的仆人给叫醒了。他赶紧就起来，穿上了长衣，跑到街上就劝小琴。

小琴只是摆手说："你不用管！我非得找着他们不可！我也不找李剑豪了，但我一定要找着云媚儿，给我的父亲报仇！"

楚江涯更是着急，就说："他们还能够不趁早儿离开这里吗？他们不定是往哪里去了？"小琴一听，就急忙忙往店中去走，楚江涯也跟着她回来，还要劝。可是小琴就自己备马去了。

楚江涯赶紧追到了马棚，说："苏小姐！你可一连吐了两次血了，你总应当以身体为重！"

小琴说："我的身体为重不为重，与你不相干！"

楚江涯被噎得半天没有说出话来，就一顿脚说："好！我不管了！"

小琴一边匆匆地备马，一边说："你早就应当不管，你在家中有妻子呀！"

楚江涯说："苏小琴！你以为我这样跟随着你，是有什么歹心、坏意？那可就错了！我楚江涯做事为人，要说比李剑豪还要光明！"

小琴突然回过了身，瞪大了眼睛问说："你是要找着叫我跟你翻脸吗？"

楚江涯却向后连连地退步，说："何必！何必！我不管不问也就是了，不必打架。只是将来你就晓得了！我完全是一片好心！"

小琴说："你那一片好心，应当拿回去跟你的太太去用！"

楚江涯点头说："诚然！"说毕就转身出了店房，但是站在店门他却不肯走。

过了不大的工夫，就见苏小琴已经牵马出门走了，对楚江涯连看一眼也不看。楚江涯也实在生气，就走回了陈家。

陈文悌就问说："苏小琴怎么样了？"

楚江涯说："已经走了！唉……"

陈文悌却笑着说："怎么？你对美剑侠入了迷了吗？"

楚江涯却正色地说："不要胡说。"

陈文悌说："李剑豪固然可恨，云媚儿也是无耻，可是苏小琴一个未出嫁的女儿，哥哥又做知县，她竟能走往妓院里去，也未免有点不顾羞耻了！"

楚江涯说："这就是所谓的痴情了！"

陈文悌又笑着说："我看你比她可还要痴情。"

楚江涯说："我不是痴情，我简直就是一个痴子！"

陈文悌说："我劝你就赶紧回中牟县去吧！"

楚江涯点头说："明天我就回去！"他的心里实在发闷，也时时不安。当日又快到黄昏的时候，外面忽然有人找陈文悌，据传话的仆人说："就是那李剑豪。"楚江涯一听，倒不禁愕然。

这时陈文悌也在旁边了，听了这话，他更觉得奇怪，就说："怎么？李剑豪竟还没有走吗？"

楚江涯说："其实这倒很好，苏小琴已经走了，他们还留在这里，趁此时咱们再跟他谈一谈，以后他们的事，咱们就全都不用管了。"

陈文悌说："依着我说，由现在起，就不用管他们的事了，只问他来此何意。他那个朋友，我已经看出来了，不可交。第一是骄傲异常，不通世故。第二是他的眼睛里辨不出美丑来，放着苏小琴那样的侠女他不要，他可跟个下贱货云媚儿在一块，还口口声声自称君子，欺骗人。其实他纵使真是铁罗汉，也经不住那小魔女。"

楚江涯说："那些事咱们更不必管了。现在我去见他，你不必去见。"于是楚江涯就叫仆人把李剑豪让到客厅，他就出去接见。

只见李剑豪今天是带着宝剑来到。楚江涯看见就更觉诧异，遂拱手让座，问说："剑豪兄！你知道苏小琴已于今日早晨离了开封走了吗？"

李剑豪点点头说："我已听人说了。她走与我不相干。我现在已拿定了主意，我跟云媚儿结为夫妻，请楚兄将来若见着小琴，可以向她说明此事，叫她死了心吧！不要再在江湖上满处找我，还要说什么话。她必须要知道，我们两人现在已经无一句话可以说了，因为她本来是一个宦门的小姐，我却是个江湖上漂流的人，我只有跟云媚儿才配称为夫妇！"

楚江涯怔了一怔，就点头说："这话倒对！"又笑笑说："只是以后怕我也无缘再和苏小琴见面了！"

李剑豪说："你见了她，娶她，我都不问！"

楚江涯笑道："我倒真有此心，可惜的是家里有老婆，又可惜的是苏小琴不理我，最可惜的是我楚江涯也略有微名，而且论人物我并不比你低，论行为我比你还正大！"

李剑豪手按着宝剑，面现怒色，呆了良久，才说："我今天来此，不是为别事，就因为我各处漂流已有几个月了，不但我生平不做偷窃之事，连我的妻子云媚儿，我也不许她偷窃。现在要走，却没有盘缠，久闻陈文悌仗义疏财，我想跟他暂借银子几十两，将来必定加倍奉还！"

楚江涯说："我知道文悌他倒是不放账，对于江湖朋友，他却尽力帮忙。银子好办，可是如今你带剑前来，莫非是若不借你银子，你就要抽剑动手吗？"

李剑豪说："这倒不是。是因为小陈三的那些人与我作对，我不得不带剑防备，我并怕因此得罪了陈文悌，所以我们更得赶紧走开！"

楚江涯一听，这话还很够交情，遂就拱拱手说："那我就请李兄在此少待，我去跟文悌说一说，四五十两银子，他必能够奉送！"

楚江涯又进到里院，先笑着把李剑豪要娶云媚儿的事情跟陈文悌说了，然后又提到李剑豪要借钱的事。

陈文悌却摆着手说："我不借！我不借！我帮助江湖的朋友可以，多少钱我也不在乎。若是把我的钱借给他，他去给云媚儿那下贱货买胭脂粉擦，我不干！我不能像你似的，花冤钱，干傻事。"

楚江涯说："随便拿出几十两银子打发他走了就是，以后就不再同他交往了。"

陈文悌说："我并不怕他李剑豪。在朱仙镇他伤了我的兄弟，我都不计较了。昨晚还在丽人舍请他吃酒，他把人家那地方搅了个乱七八糟，连我都丢人，我也没去找他问他。如今他说要借钱，我就得借？难道我是怕他吗？"

楚江涯却皱眉说："何必如此呢？"陈文悌是决定不借给李剑豪钱，楚江涯如今手边又只剩了十余辆银子，拿不出去。因此他就想出去，到大街上找一个熟识的商号，去支用几十两银子，回来就作为是陈文悌借给李剑豪的。他遂就也不同陈文悌商量，就戴上了帽子出去了。他由前边那院子经过之时，却正被客厅中的李剑豪看见。

李剑豪就非常生疑，心说：楚江涯偷着溜了出去，莫非是要找人对付我吗？遂就心中燃起来怒愤。此时，有个仆人进来点灯，李剑豪就问他说："在你们这里住的那个楚少当家的，他出去干什么去了？"

仆人摇头说："不知道！"

李剑豪就更加疑惑，又问说："小陈三——你家主人的兄弟是住在哪里？"

仆人说："他是住在旁边镖店里，也常常到这儿来。这后院里本来有个门儿，跟那边通着。"

李剑豪更是吃惊了，就赶紧又问说："你家主人在哪间屋里住？"

仆人说："一进里院的西屋就是。我们陈二爷虽说是常常瞎逛，可是在家里人最规矩，只有一位太太，没有姜也没有丫鬟，儿女也都没有。他只是跟着三爷亲兄弟俩，再没有那么好的啦。我们三爷在朱仙镇上受了伤，二爷请医买药，花的钱简直不计其数了！"

李剑豪又问："听说你们二爷时常帮助朋友？"

仆人说："那可是出了名啦！向来，无论是认识不认识的人，只要说来告帮，三十两、四十两拿出去不算什么……"

听到这里，李剑豪就蓦然跺脚，愤愤地说："怎么单单看不起我！"说着就拔出剑来，出了客厅向里院走去。

仆人连刚点上的一支蜡都扔了，跟着跑了出去，惊慌慌地问说："怎么啦？怎么啦？……"

李剑豪已经到了里院，望着那有灯的西屋，就说："呔！陈文悌你出来吧！我要再见见你这徒有虚名的小辈！"

这时候陈文悌在灯旁，拿着一本象棋百谱，正在潜心研究，突听见了院中的叫骂之声，且有仆人喊嚷，就把他吓了一跳。他立起来，隔窗大声问道："是谁？"外面说："我是李剑豪，你就出来吧！"

陈文悌哈哈大笑，说："原来李剑豪你还没有走？我刚才已听楚江涯说了，你已与云媚儿做了真正的夫妻；这很好，你真算是个风流的人士，才能娶了那风流的老婆。我本应当给你们贺喜，可是我的钱帮的是江湖义气朋友，却不帮那男扮女装，诱人闺女，始乱终弃，另觅新欢，跟江湖荡妇同宿同行的不知廉耻的人……"才说到这里，李剑豪已闯进了屋来，陈文悌看见了他的宝剑，就惊讶说："哎呀！你要怎样？"抄起凳子来向李剑豪砸去。李剑豪闪开，跳跃着又挺剑逼来。

陈文悌已经窜到床上，由壁间也抽出了宝剑。向着李剑豪就劈，剑豪用剑挡住，怒目看着陈文悌，就说："你是看不起我！昨晚你假作请客，招我到了妓院，你却在楼下设了埋伏。如今我觉得你是个朋友，才向你来借路费，你却……又叫楚江涯出去勾人？"

陈文悌说："岂有此理！不过我扔下武艺半年多，我的手也痒痒了，今天倒要跟你李剑豪决一个高低；杀了你，也省得再累苏小琴到处去找你！"说话时两剑相磕，锵然作响。

李剑豪向后去退，陈文悌乘势跳下床来，不料这时李剑豪又猛刺一剑，陈文悌没有料及，他就当啷将剑撒了手，胸前出血，卧倒在地。

此时外边已经很乱了，镖店里的人几乎全都过来了。楚江涯也在院中嚷嚷说："银子我都给你预备好了！你拿去吧！怎么好伤人？"李剑豪却奔出了屋，宝剑飞舞，吓得一些人全都旁躲后退。他就趁势飞身上房，踏过了许多家的屋瓦，寻着方向回到他的店里；叫云媚儿急急收拾东西，他去急急备马。这时城门幸是有半扇还没有关，他们的两匹马就闯出了城去。

出了关厢，却就是茫茫的旷野。李剑豪这时简直就像是疯了似的，连连挥鞭，马不停蹄，把后边的云媚儿急得直叫："等等我！等等我！"李剑豪又走了一段路，方才勒住了马。但云媚儿还是没有赶上来。

　　他这时候望着沉沉的黑天、闪闪的银星、茫茫的大地，飒飒的寒风，他觉得自己已经无路可走了。多情的小琴是永难重聚，江湖的朋友又俱因自己的性暴而结下了深仇。钱呢？实在是没有了，连云媚儿的簪环都卖了也不够半月之用，何况云媚儿又是个什么东西？此时，性情已经反常的李剑豪，他虽已决定娶云媚儿了，可是又恨不得把云媚儿抛开或是打死……他勒马生悲，不住地流泪。

第十七回　落魄风尘怜女侠

　　由是李剑豪与云媚儿就走了，他们是往什么地方去了，是不是真已成了正式的夫妇，便无人知晓；不过开封府的小陈三伤势还未愈，他的哥哥陈文悌就又被李剑豪的宝剑所伤，不出一个月就死了，这真是大家所想不到的事。在他家办丧事的那天，各地的镖头，四方的豪杰，连登封县的鲁家五虎都来到了，大家纷纷谈论着李剑豪、苏小琴、云媚儿的事，——当然就得把楚江涯也拉在里面，因为要没有他，陈文悌还死不了呢！——陈家的这些朋友个个都擦拳磨掌，说是非得把李剑豪捉住，摘下他的心祭奠陈二哥。对云媚儿那荡妇，他们是不屑于理，听了苏小琴的事，除了鲁家五虎，全都对她不胜同情。当时就有几个人，就是小陈三、腾云虎、铁掌高、大刀刘、飞叉孟、金镖赵以及路过开封的汉阳名镖头江中龙，都在灵前焚纸烧香，立下誓愿，决定要去找李剑豪，为死者复仇；这些人里可没有楚江涯，他是死者生前最好的朋友，而且是最有名的人物，但今天简直没有一个人理他。

　　他并不惭愧，他只是伤心。好容易等到把陈文悌下了葬，他到亡友的坟上洒了几点眼泪，默默地祝念道："二哥！你不要瞑目，你等着我见了李剑豪，那时，你就知道你的朋友了！"随后他就匹马单人，落魄似的回到了中牟县。

到了家中，一看，孩子已经出了弥满月了，倒还很健壮，妻子也平安，柏秀卿立时就把他推开，说："你是孩子的什么人呀？你快走吧！到外边胡闯去吧！坐牢狱去吧！跟什么李剑豪云媚儿交朋友去吧！反正你为的是苏小琴，可惜人家不理你！"楚江涯的脸通红，他更觉得奇怪，怎么这些事全都叫太太知道了？

他无精打采地仍旧到书房里去住，歇了两天，他又到城里去了一趟，城里的亲友朋友和买卖家的掌柜的伙计，凡是认识他的没有一个不向他打听的，原来他的那些事，以及陈文悌之死，已经没有人不知道了。嘴直的人就责备他，说他不该把李剑豪带到开封去见陈文悌借钱，不然陈文悌也不至于死！楚江涯独自也无法子辩解，只好叹气，表示着惭愧，恨自己做错了事。从此他简直也无颜再进城里去了，可是不进城又不行，因为他得向南来北往的人打听李剑豪的下落，早先说劝苏小琴不要寻李剑豪，如今他的心更急，非再是见见李剑豪不可。

他常常进城，两只耳朵专打听李剑豪跟苏小琴的那些事情，可是连过了两个多月，也是没有他们的消息跟踪影。新年也过了，他的身上早先受的伤已经完全好了，小孩也越长越肥大，真可爱，柏秀卿也不再拿往日的事情讥笑他，只是他可忘不了往事。第一是每年到这个时候，陈文悌总要来给他拜年，如今陈文悌的坟墓已拱，外边的人还都说是因他盟弟勾来了歹人，他才致死的。第二就是苏小琴，虽然人家对他早就已无情无义了，可是他对人家还是忘不了。

每当晨风乍起，天色微明，这时候他就要在院中练剑，预备将武艺学深，将来好替陈文悌报仇。但若到了夜阑人静、残灯发昏之时呢，他可又在书房里，——并把门关严，再往窗外看看，然后才开了书柜的锁，取出了那幅白罗巾和一双红睡鞋，他这时就仿佛是做梦一般了，也许喜欢，可也许就连声叹息，但结果是后悔的、自责的。锁起来这两件东西而冷观着壁间悬挂的宝剑，他发着冷笑，说："苏小琴不过是个痴情任性的女子罢了，她与我何干？倒是她所爱慕的那李剑豪，是我的仇人，我若不将他杀死，对不起我的陈二哥，也难以与江湖朋友们再见面。"

　　一半是进城去看新年的热闹景象，一半是在上元节他要出个风头，他就住在钱庄里。上元节一共是五天，从正月十三那天起，就在钱庄的门前搭起来很高的一个架子，挂上了一个头号儿的大花盒。城里的人全都轰传动了，都知道楚少当家的今晚要放花盒了，因此连城外的人也都知道了，只要在城里有地方可以借住的，全都进城来看花盒。天还没有黑，钱庄的门前就挤得都出不了人啦，街两旁的人也齐都站满。好容易才盼到了天黑，先放鞭炮，随着又放"炮打灯"和什么"飞天十响""五鬼闹判"，真是火树银花，一齐开展，最后才点放花盒，那纸做的盒子，先后落下来两层，都是以烟花做的什么葡萄架、花障子、"刘海戏金蟾"、"张果老骑驴"、"富贵有余"等等，真是灿烂绮丽，变化迷离，招得那些看的人全都叫好，欢呼；即使不嚷嚷的人，也全看得发了呆啦。

　　这时候，钱庄的柜房里却摆着一桌酒席，楚江涯同着几个都是本城的富商，在一起饮宴谈笑，他虽不亲自出门去看花盒，但是听见了外面那如潮水一般滚涌的欢声，他的心里也十分高兴。

　　明天也是如此，后天是十五日，城中灯光灿烂如锦，天空明月圆润如璧，但是没有什么人去看，都来看花盒，因为今天不但是花盒加多，烟火也特别的新奇。人更挤了，简直到了子时之后，人还都没有散，花盒还没有放完，这时候楚江涯在柜房里与人推起牌九来了，他更是兴高采烈。

　　可是忽然有一个人进到了屋中，进了门就把尖刀掏了出来，向着楚江涯就扎。楚江涯幸亏手快，他一摆手就将这个人的腕子拧住了，喝一声："小陈三！你要怎么样？"来的人正是才将伤养好了的小陈三。他狠狠地咬着牙，一边夺他的腕子，一边说："楚江涯！你引去了李剑豪将我的哥哥害死，如今，你还要在这里作乐，你不是成心要气我们吗？"

　　楚江涯却说："老三你不要这么说！李剑豪害死了文悌，我也想不到，告诉你实话吧！我是因为决意为他报仇，并且我自知只要我再遇见了李剑豪，那就是他也不得生，我也不可活！早晚我们是死拼不可，我也活不了几时了，所以我才这样作乐。老三！你放下刀，坐下，咱们谈一谈，假若你们现在要知道李剑豪所住的地方，那就当时让我独自去找他，拼命！"

他虽如此解释着，可是小陈三向他夺刀夺得更厉害。这时，那些陪着楚江涯赌博的人全都惊慌逃奔，打开了一扇窗户，都跳出去嚷嚷着；外面的人也都乱了，都不知道是怎么回事，人都乱喊乱挤乱跑。有不少人丢失了孩子的，有不少人爬在地下被人给踏伤了的，放花盒的架子也被人挤倒了，简直如同大海腾翻，风雨暴降。那柜房里的东西全都被踢倒，拆坏。

楚江涯、小陈三相扭着一直出了柜房，可是此时从外面又进来了四个人，是腾云虎、铁掌高、大刀刘、飞叉孟，这些人原都是楚江涯的朋友，但如今都抢刀舞剑，跟他拼起来了，并且骂他说忘恩负义的小人。楚江涯真也怒了，先是抄起来一根顶门杠子与众人厮打，而后又夺过来大刀刘的那口"大刀"，他虽没学过刀法，可是居然以剑法使用，竟敌住了这几个人，全都近不得他的身。

这时衙门中的官人捕役们都已赶到，他们才住了手，结果捕役们把小陈三等五个人全都捕去，带往衙门押入监狱里去了，虽然没有伤什么人，钱庄里砸毁的东西也不过是些桌椅板凳，不值什么钱，但是使楚江涯的高兴全无，并且非常懊丧。

自从这件事情一出来，把上元节的后两日搅了，不但花盒不能再放了，连别的商家把花灯全都收起来了，街上冷冷清清，只有月亮来照着，连月亮也越来越不亮了。楚江涯这几日愁眉不展，他更忙，第一是他得先到县衙去为小陈三等人打点人情，他说是既然没有伤了什么人，小陈三等人又都不是强盗，就把他们放了得啦。虽然知县也看在他的面上，应允得不深究重办，可是既在街上群殴，持刀抢剑地随意伤人，也得押他们几天才能像话；小陈三等人又都因在过堂时说话不逊，都挨了板子，把屁股都打烂了。这使楚江涯更是负痛于心，他就几乎天天带着仆人往监里去送饭，送药，他还隔着铁窗屡次地跟小陈三等人解释；提到了陈文悌之死，他就怨恨而且落泪。一方面他把那天受了惊的人也都请到酒楼里，压惊赔罪，人家对他倒没有什么话说，并且替他也去向知县给小陈三那几个人托人情。果然，前后押了不到十天，就都放出来了，可是屁股的伤还都没有好，楚江涯又借了一处独院的房子，把那五个人搬了去养伤，由他的家中派了仆人，从大饭馆包菜饭，天天伺候着那五个人。

小陈三等人如今倒对于楚江涯十分地感谢，并且向他说："老楚！我们错了！我们还以为你大放花盒，是成心气我们呢？"

楚江涯说："实在我也有这么一点意思，我倒不是有意气你们，是因为从文悌死后，我的名声尽都丧失，别的人都说我勾去了李剑豪害死了文悌，其实我跟文悌原都是好交朋友，他也没料到死，我万也没有料到李剑豪能杀他呀！"

小陈三说："算了！你不用再提了！我们的伤养好了就走，以后，我们见了人还得说你是个好人，你不是个坏蛋，可是你也不用找李剑豪去拼，因为你有老婆，有还没到两岁的儿子！"

楚江涯点了点头，然而他发出一点阴惨的笑容，说道："但是，你们如果得知了李剑豪的去处，还是千万派个人来告诉我！"从此在家里练习击剑，更勤更用功。

有一日，他正从城里看完了小陈三等人回家，骑着马迎着晚霞的光彩去走，路人稀稀，春风尚冷，他还没有到村中，就见道旁一人，衣衫褴褛，拱手叫道："楚兄！请你驻马！"

楚江涯几乎不认得这个人了，因为这人几乎说一个乞丐，细看才看出，这人原是于铁雕。他就赶紧下了马，拉着他的手问说："于兄！你怎么今天来到这里了？"于铁雕面孔惨凄，用沙哑的声音说道："我们师兄弟、叔侄为找李剑豪报仇，现在已落得非伤即死，我都走到大名府了，听说李剑豪在开封府杀死了陈文悌，我又赶紧折回来，在开封府住了一天，我又来到这里；听说楚兄也要去寻李剑豪，为陈文悌复仇，我才赶紧前来拜会。咱们过去的事也都不必说了，如今，我愿意与楚兄一同去找李剑豪。"楚江涯一听这话，反倒觉得不大高兴，还没有说话，就听于铁雕又说："现在我也略知李剑豪的去处……"楚江涯听了，就不禁一惊，于铁雕接着又说："只是我现在已落得一贫如洗，所带的钱财都已用尽了，我又自知一人也难以敌斗李剑豪，非得请楚兄仗义相助，与我同去不可。"

楚江涯就问说："李剑豪现在哪里？"于铁雕摇头说："我却不能当时就说，虽你与陈文悌的交情我是知道的，可是你跟李剑豪也有交情，我还不能太相信你；你若真想替陈文悌报仇，你可以同我去走。到了那里，你帮助他来打我也可以，但是我若说出了他所住的地方，你去给他送信，叫他逃跑了，那我可就枉费了一番心机！"

楚江涯冷笑着说："我还以为你这个人很慷慨直爽，原来你竟看不起我，我岂是那类的小人？"

于铁雕将要说话，楚江涯就把他拦住，说："不必多说了！我先把你送回城中，找家店房将你安顿下，今天天色已经晚了，我们不得多谈。我家里的事务繁多，你大概也知道，我若都安顿得就绪，至少也得三五天，到那时我再随着你一同走。"

于铁雕说："耽搁几天，倒是不要紧，因为我听说李剑豪在那个地方已经成了家，立了业，半载之后，我们去找他，他也不至于逃跑。"

楚江涯就惊异着问说："他已经在那个地方安家立业了？我也不问他住在什么地方，只是他的妻子是哪一个？是云媚儿，还是旁的人？"

于铁雕却摇头说："我也没细打听，谁管他的妻子是云媚儿还是苏小琴！无论有多大的仇，咱也不和妇人争论什么高低，咱只找的是李剑豪，因为若没有他，我们万里飞侠的师弟、徒儿不致落得这般地步！"他又紧紧握起拳头来。

楚江涯也不再多问，遂就牵马，带着于铁雕又回到城里，把于铁雕安置在城中一家很大的店房，一间很宽敞的房子里，并把钱庄的伙计叫来一个来，指着于铁雕说："待会儿先给这位于大爷送三十两银子来，以后于大爷有什么用项都开我的账。"伙计答应了，楚江涯才与于铁雕拱手暂别。

他骑着马出城时，天色都快黑了，城门也将要关闭了，他就挥鞭策马，急急地回到村中，到了家，先抱了抱孩子，夫妻说笑了一会儿。楚江涯然后就叹息，说："恐怕一半日我还得出去走一趟，大约十天半月必能够回来，这次我若再回来，可就……"他的话还未说完，他的太太柏秀卿就笑着说："可就又得起誓了，永远也不出门了，是不是？"楚江涯听了太太的话，又不禁满面通红，觉得真对不起太太。

当下柏秀卿又很郑重地说："你要出去，我也拦不着你，不过我盼着你见着苏小琴，千万劝她回家去，或者叫她到咱们这儿来，因为我看那姑娘为人很是不错，常在外面漂流着，未免可惜！"

楚江涯听了，益发地感愧了，并且心里还十分难受，就说："我这次出去，并不是去找她，还是为文悌二哥的事情；我们当日那么好的交情，他死得是那样的惨，我不能坐视不管！"

柏秀卿忽然惊讶着说："莫非你是要找人拼命，给他报仇吗？"

楚江涯此时更是变色，但又故意做出笑容，说："我可不干那傻事！谁不知道我是中牟县有名的楚少当家的？我若与人拼命，闹得叫人满处捉凶手，我不要紧，你也不要紧，只是我们的孩子将来还能够有出身吗？"叹了口气又说："只盼望我们的孩子将来做个书呆子都好，可是千万不要学我，会一点武艺，交了几个朋友，便被人看作了江湖人，惹出来许多的江湖是非，其实我并未在江湖上得过一点便宜！"

柏秀卿却瞪了他一眼，半笑半怒地说："你可在江湖上认识了一个苏小琴呀！那个便宜还能算是小吗？"楚江涯也不辩论，只笑一笑，便抛开了这个话题。当日，闺房和乐，夫妻的恩爱与父子的真情，都使楚江涯感觉弥深，然而又恐怕这种欢乐自己不能久享了，他非常痛心难过。然而柏秀卿并没有看出来，只还以为他是要去找苏小琴呢，这件事，自从有孩子以后，越来越学得贤德的她，倒是并不嫉妒。

第十七回　落魄风尘怜女侠

三四九

次日，清晨起来，楚江涯照旧练剑，练过了剑之后，他就备上了马进城，先去看了于铁雕，但是于铁雕却没在屋中；他又到了小陈三等人之处，却见于铁雕已来在这里，与他们正在计议往寻李剑豪之事。

一看见楚江涯来，小陈三就说："我们可要随着于铁雕找李剑豪报仇去了，你还是在家里看守着你的老婆跟孩子吧！你不要去！"

楚江涯不由得怔了一怔，就点首说："也行！那么你们路费需要多少？我全奉送！"

于铁雕却站起身来说："楚当家的！你可不能不去，无论如何，你也得去，那个地方，除非你去，便怕不行，否则我也不来找你！"

楚江涯诧异着说："到底是什么地方呀？为什么必须要用我？"大刀刘也说："姓于的，你若不说出来准地方，连我们也不能跟着你去！"于铁雕说："并不是不说，说因为你们几位虽都很靠得住，但你们的朋友全都很多，万一走漏了风声，李剑豪必定逃跑，那可就咱们都枉辛苦了一场。咱们此次虽是同行，但又不能大伙成群去走，必须分道而行。"铁掌高说："妈的莫非你往西，他往东，我往北，又一个往南……李剑豪会分身法？咱们是瞎摸海，谁要是摸着他，那就跟他打？"

于铁雕说："有个一定的地方，就是武胜关，半月之内，咱们大家到那里见面！"楚江涯说："那个地方，我倒是来往过几次，我在那里认识一家店房，字号是靠山店，我们去了，可以都住在他那里。"当下大家都商量好了，小陈三等人虽都不能骑着马走远路，可是坐车还不至于磨破了屁股，于是他们就说要雇上车，明天就走，楚江涯约的是后日与于铁雕同行。

当日，楚江涯更是繁忙，回到家中将一切事物都办理清楚。又到次日，他去看小陈三，那五个人原来都已走了，于铁雕独自在店房中也是坐立不宁。楚江涯给他预备下了马匹，并叫他买了新衣换上。这一天又度过去了，第三日就正是行期，当楚江涯离别妻子之时，他是十分恋恋不舍；虽然没有露出什么神色来，可是一出了村口，他就不禁坠泪。自知此去找李剑豪，不能再如过去那样说好话了，必然是以性命相拼，同归于尽。自己的死不足惜，只因李剑豪是苏小琴的情人，自己为报陈文悌之仇，而使苏小琴的痴情益为虚掷，以后的生活必更凄苦，这实在是有些不忍。然而决定行了，他到城中会着了于铁雕，就两匹马，各携刀剑，直奔武胜关。

豫南道上，天气温暖，春风拂拂，道旁的麦浪，一望无边；尤其有时过了小村大镇，看见人家的桃花都已开放，如美貌的女子向人作笑。往来的，乘车的，骑驴的妇女，也都换上了艳丽的春衣。楚江涯只是有这个毛病，他最爱看人家的妇女，其实他也没有什么坏心，不过他遇见了时，便不由得多看两眼，从人家头上的钗环，直看到脚下人家的绣鞋。绣鞋可有不少绣得极好的，可见虽是村妇，别管她长得多么蠢，但她的手儿之巧，真有不亚于苏小琴的；不过论模样，可纵使她千娇百媚，是镇上的西施，是村里的嫦娥，也没有一个配比得上苏小琴一半的，苏小琴真不愧说美剑侠啊！因此，蹄尘鞭影，一路的相思，无尽的惆怅，简直他觉得不是跟于铁雕同行了，说跟苏小琴一块儿走了。

然而他扭头看看这个于铁雕，依然是蓬首垢面，胡子还是顶长，衣裳是新买的，黑色土布的，身子短，袖子长而且肥，好像是大和尚穿上了小和尚的衣服；那张脸阴沉沉的，春风儿都吹它不暖，他冷酷的，永远也无笑容，浓眉更是永远皱着，可是他也很爱看路上过往的妇人，他并对楚江涯嘱告着，说："可要小心一点！如若咱们遇见苏小琴或是云媚儿，李剑豪必定跟他们在一起，就不必往武胜关去了。"又骂道："李剑豪凶狠恶毒，有什么难得之处？偏还有两个娘儿们争他，可见娘儿们也都是不值钱的！"楚江涯说："我们何必骂他们妇道人家？"于铁雕说："苏小琴跟云媚儿一样，都是贼妇坏女，只怕是——唉！遇着云媚儿倒还不要紧，若遇着苏小琴可就难办了！因为她的武艺实在是高强！"楚江涯没有说话，可是心里虽然想着苏小琴，但也怕再遇见苏小琴，万一再遇到她，她又晓得我这次去找李剑豪的意思又是不善，那可如何是好呢？……在马上想了半天，便决定了主意：到不得已之时，也要取出罗巾跟绣鞋来扔在地下，与她翻脸，抽出剑来不敢说跟她拼命，可是也得不能叫她拦阻我去给陈文悌报仇。一路如此想着，已经过了汝宁府的地面，这日来到了一处热闹的市镇里，不意遇着了最怕遇着的那个苏小琴。

这个市镇上今天正是有会，就跟开封府大相国寺那日的情景一样，但风光比那日还热闹，游人车辆拥挤不断，楚江涯与于铁雕只好下马来了；并看着天色近午，这地方又有酒饭馆，真不如在此用一顿午饭，于是他们就找了一家门前挂着纸剪的面幌子，还挂着酒葫芦的地方。可是屋里已没有地方坐了，掌柜的命人临时在外面支了一张桌子，摆了两条板凳，问他们是吃酒还是喝茶。楚江涯就向于铁雕，于铁雕却愁眉不展地说："酒也好！"楚江涯就叫掌柜的热了酒来，他可两只眼睛不住东瞧西望，还是专注意穿得漂亮的妇女，待了一会儿，酒热了来，于铁雕就喝，他是永远烦愁，喝了酒，不但不能消愁，反倒更添烦了。楚江涯见旁边无人时，就悄声嘱告他说："老于！你这个样子，可要招人，留下心了！已经快到了，事情还愁难办吗？还愁什么？"于铁雕却叹了口气。然而楚江涯的眼睛又往妇女群里去扫，他觉得妇女真是一群一群的，因为除了买种耀米，那些是男人们事，其余什么卖木梳拢子的，卖扫帚簸箕的，唯有妇女才是他们的好主顾。

可是楚江涯忽又看见眼前不远之处，有一群妇女都是打扮得很华丽的，都是很年轻的，都在那里低着头，也不知是在看什么的，还都很出神。楚江涯就说："奇怪了！那边到底是卖什么的呀？"于铁雕说："管他卖什么的？咱们快些吃了饭就走吧！如今你还有闲心来逛这个会？"楚江涯的眼睛仍是不住地向那边去扫，他们要了面食，楚江涯的饭量小，吃了一碗就饱了；于铁雕吃得急快，吃过了一碗，现在拿着碗正吃着，桌旁还放着一大碗面，正等着他吃。在这时候楚江涯可就要站起身来散散步，他太觉得纳闷，那边穿红的来了，穿绿的又走了，簪子环子被阳光照得闪烁，柔肩一个挤着一个，还有的互相谈笑，仿佛是对货物加以批评似的："那到底说买什么货呀？非得去看看不可！"于是他就走了过去。

这群人都是少妇长女，他不便挤挤人家，可是他身材高，再一企脚，他就看见了，当时他就大为惊异。原来在人群里做买卖的这个商贩是一位姑娘，还正是苏小琴，她身边没有宝剑，也没有马，只放着一条破板凳；上面平摆着红缎的、绿缎的、各色各样的绣成了花儿的鞋面，可真鲜艳，样子也别致，绣的花篮，还绣的吉庆、鲤鱼、花鸟，还有暗八仙，更有龙凤，针线自然全都是精巧极了，摆着一共是六份，大概也就卖出一两份。苏小琴还穿着那身青衣裤，因为里边衬得棉衣大概除去了，愈显单寒，而愈显得苗条柔弱，那件衣服上面且钉了两块补丁，她简直说一个穷寒的女子了！

楚江涯不敢多看，赶紧又回到了饭馆，转着身坐着，连脸也不敢对着那边，但心中却颇为难过，就想：美剑侠竟然一贫至此吗？原来她还没有回洛阳去呀？她的痴心还是未冷呀？她遍处寻找李剑豪，虽然找不着，可是她也不肯回家，她就漂流着，如今都许是把旅费都用尽了。她又不偷盗，不求人，她必是还卖了马，当了剑，凑成的资本，买些丝绸、针线，凭她的纤纤的十指，一针一线，千辛万苦地做去，还无奈地舍去了她小姐的尊娇、剑侠的傲气，而趁着集市，拿来鞋面来卖钱，以付饭钱店资，太可怜了！"

当时楚江涯就从他的行李卷中取出来银两，叫过来两只手都是油的伙计，说："拿着这十两银子到那边，把那穷姑娘所卖的鞋面全都买来，不，十两银子买她一双鞋面我也要，你可别说是我买的！"伙计发着怔，说："我还得洗手去！"楚江涯说："你去洗手有什么要紧？不让你去白买，我还多给你钱。"他说的话很急，于铁雕说："我们要去办事，你又买些绣花的鞋面做什么？"楚江涯却说："你不晓得，我是要先买来，将来办完了事回家去送给亲戚家的姑娘们做鞋用。"于铁雕却不悦地用眼狠狠瞪着他，显出对他这人已看不起，已有些怀疑。但楚江涯站起来，就进饭铺里去了，他等了一会儿，伙计就用十两银子买来的五双绣花的鞋面，他接到手中，就既是爱慕，又是惋惜，问道："那姑娘只剩了一双鞋面了，她还站在那儿卖吗?"伙计点头说:"她大概是卖完了才能回去,她就住在东边鸡毛小店里。"

楚江涯听伙计说了小琴在此地的困顿情形,不由得发了半天的呆,心中着实地难过,暗叹了口气,就叫伙计给他另换了一壶新茶,他又坐在于铁雕的对面,一边喝着茶,一边还看着这几幅鞋面。伙计大概是从中赚了钱,对他招待得非常殷勤,而且给他沏来的是上等的好茶叶,茶到口中,味道倒是很香的,可是楚江涯心中真是惆怅。

于铁雕吃饱了,他连口也不漱,站起来拿袖子擦了擦胡子就要过去解他的马匹,并向楚江涯说:"楚兄!你也快把你买来的那东西收起来吧!等办完了事,将来你回家去,再给你家的大嫂去看。咱们就快走吧!趁着天色还早,再赶下百八十里路要紧。"

楚江涯却不立起身来,说:"我想在这里歇一天了,因为这个地方很热闹,我舍不得走!"于铁雕怔了一怔,脸色露出来不悦之意,说:"咱们有要紧的事情等着办,哪能在路上耽搁呢?"楚江涯摆手说:"实是对不起,我现在真懒得动身了!"于铁雕就拿眼睛瞪着他,心中是实对他轻蔑,不用说,他买了女人用的鞋面就是要在这里找个土娼,去送礼,去胡混一天,这样好色的人,真不能跟他在一起办大事。于是于铁雕就说:"我可不能在这儿耽搁着,你若不走,我可要一个人走了?"楚江涯点头说:"也好!你在前面先走,明天我就能赶上你,如若赶不上,反正咱们是在武胜关靠山老店,不见不散,"于铁雕突又现出惊慌之色,回着头向后看了一看,因为觉得在这地方楚江涯不该把这话说出来。可是楚江涯又像没事人儿似的,说:"你别看我是不慌也不忙的样子,其实我很有把握,十天之内,必叫你们看见我割下来李剑豪的首级!"于铁雕听了,就更是变色,又向四下去看,他怕楚江涯再说出什么来,就赶紧说:"那么,好!好!我就先走了,咱们在那个地方准见吧!"他就牵着马去走了。

楚江涯一边喝着茶,一边见他已走进了人丛,没有了踪影。又待了一会儿,楚江涯又忙忙地去看那卖鞋面儿的苏小琴,可是见已经收了摊子了，小琴跟那条板凳全都不见啦。他又到茶馆，就又向店伙说："鸡毛小店在这镇上什么地方？"

店伙说："鸡毛小店不是个店名，就因为那儿有几间破房，专租给南来北往的不走时运的倒霉客人居住。有的是本来住在别的店房，因为交不起店钱，被赶出来，搬到那儿去的；还有的是镇上的叫花子们，他们白天到各村里去要饭，晚上回到镇上，夏天的时候就在街上睡，冬天就到那小店里，也没有被褥，没有火炉，只拿一文钱的店钱，再拿一文钱买一把鸡毛洒在地下，这样就能够暖和点啦，大家挤着过上一夜。刚才那个卖那么好的鞋面儿的那位俊俏的姑娘太可怜！她就是住在南边牛圈巷里那么一家鸡毛小店里，镇上的庞大老爷也还直可怜她呢！"

楚江涯听了这话，早就站起来身，向伙计说："我的东西跟马，都暂存放在你这儿，我就去看那个姑娘。"伙计却一把就将他拦住，说："大爷你先别忙！听我说，那个姑娘可是不讲理，人家虽穷得住鸡毛小店，却正气，谁也不敢调戏她。前天，镇上的庞大老爷去了，跟她其实也没说什么玩笑的话，可是她当时就气了，吧地就打了庞大老爷一个嘴巴，脸都给打肿了；庞大老爷又是个爱面子的人，这么一来，几天也不能出门见人了。"楚江涯却摇头说："不要紧！我去了也不跟她说玩笑的话，她不至于也打我。"说着，他就走了。

从人丛挤出去，往南走了不远，就是牛圈巷，别看巷里又窄又脏，可是巷口儿还钉着个木头牌子呢，写着歪歪扭扭的这么三个字。他走了进去，就见一家破门户的门前挂着一把破笊篱，这一定就是店了。他到门口儿向里边一看，只见里面的土屋不过四五间，院子很小，泼着许多的脏水，可养着一群鸡——大概就是为拔毛的。有一个蓬首垢面，衣服破烂的妇人正在往地下洒麸皮，那一群鸡就疯了似的，都过去抢，连地下的泥水都啄着吃。楚江涯就一步走了进去，这里连门槛也没有。妇人抬头看见了他，就显出惊讶的神色，大概是这个地方不大有楚江涯穿得这么阔的人前来，就问说："是庞大老爷叫你来的吗？"楚江涯倒纳闷了，就想这庞大老爷怎么会这样的有名呢？多半是本地的一个恶霸吧？他就说："不是！我不认得什么庞大老爷，我是要在你们这儿找一个人。"

妇人一听他不认得庞大老爷，当时可就对他瞧不起了，大模大样地拿出内掌柜的架子，对着楚江涯说："这儿没有人，他们都去要饭去啦，晚上才能够回来，你要找人，晚上再来找他们吧。可是别太晚，我们这儿过了初更就锁门，因为镇上出了几回小偷儿，官厅里的老爷们疑惑说由我们这儿出去的，叫我们天一黑就锁门。"

楚江涯摇头说："我并不是找在你们住的那些花子，我是打听一位苏……"说到这儿，心里忽又想起不对，觉得苏小琴的名字也不可以说出来，她在此抛头露面在街上卖鞋面，一定要更名改姓，于是就赶紧噎住了话，可是这个"苏"字已经咽不下去了，他就改了点仿佛是南方的口音，说："就是那个梳——苏——着辫子的在街上卖绣花鞋面儿的那位姑娘，我要见见她。"

才说到这里，忽然一间小屋里出来个人，一见就晓得是掌柜的，穿得比内掌柜的略为齐整，先把他的老婆推到一边，急匆匆地就走过来，把那群鸡吓得都跑了。他过来拉住了楚江涯的胳膊，往外就走。楚江涯第一怕他的手脏，第二是莫名其妙，又以为这个人是要把他硬推出去，就不由得发怒了，瞪眼问道："你是要怎么样？"这掌柜的却把他直拉出了店门，才带着笑悄声地说："大爷不要生气！大爷不能跟庞大老爷不认识吧？"楚江涯说："我真不认识他。我是路过来此，因为刚才在街上买鞋面，看见那位卖鞋面的姑娘正是……我觉得眼熟，所以我才来看看她。"店掌柜说："噢！我明白啦！"更悄声地说："那个姑娘可不好惹呀！"楚江涯说："我又不想惹她？"店掌柜又说："那是一位贞节烈女，人家不是随便可以……"楚江涯说："我比你还知道！"一手将店掌柜推开，他又进了门，就高声叫着："姑娘！姑娘！我特来看你！姑娘！姑娘！我特来看你！"连叫了两次，不但不见小琴出来，还不见有人应声，他发了一下怔，才又高声说："我现在可知道李剑豪的下落了啊！"说出来等了一等，依然是无人应答。他真觉得怪，又不敢去硬闯进人家的屋子，一回头，见店掌柜正站在他的背后，他就问说："莫非那位姑娘还没有回来吗？是回来了又出去了？到底在你的屋里没有，你快说！"店掌柜却又用手来推他，说："人家既然不愿意见您，您——大爷！就快点走吧！"

楚江涯也实在觉得扫兴，心中尤其不痛快，就知道苏小琴一定是在屋里，可是不见他，他也没法子，知道小琴对他是有一种不能够解释的误会，——就是小琴太贞节了，老怕他安着什么坏心，其实——他恨不得在这院中拍胸脯发誓，可是又想：干吗呀？我尽到了心也就算了，李剑豪现在是我的仇人，我怜苏小琴的落魄，解小琴的穷困都可以，但我能够因她而饶了李剑豪吗？不能！李剑豪现在武胜关的附近，有些人都已去找他报仇了，这些话也都不能对小琴实说。他带着点气，转身就走，走出了牛圈巷时，他还想骑上马就追赶上于铁雕，可是他回到了茶馆又坐下来，细细地想了一番。那伙计又赶来问他说："大爷你见着那个姑娘了吗？"楚江涯摇头说："没见着，她还没有回去。我再问你，那个庞大老爷，是怎样的人呢？"伙计指着街上说："那边，五福发大粮行，就是庞大老爷开的，庞大老爷单名一个字，叫作庞雄。住在镇外三里庞家堡，一片大庄子，家中有万顷良田，自己地里收的粮食就够他那铺子卖的。这位老爷是武举出身，好武艺，八卦拳、太极刀，都练得好极啦，这位大老爷平日最爱行善，南边的白衣庵就是他老人家给重修的。"楚江涯又问："他也最爱女色，是不是？"伙计笑了，说："那倒是财主大老爷都有的脾气。"楚江涯就不再往下问了，自己对于此事倒很放心，苏小琴倒是不会受人欺辱的，谁要欺辱她，就准倒霉，庞大老爷挨了她一个嘴巴，那还是轻的。遂又问这地方有什么店房，伙计说："大爷你要是住，是住北边的高良店最好。"楚江涯点了点头，于是就付了茶、酒、饭的钱，他就带着行李牵着马匹，往那高良店里去了。

高良店的掌柜就是姓高名良，此人的气派很大，不像是个做生意的，一见楚江涯衣冠齐整，有马有剑，他就赶过来扳谈，并且自称庞大老爷是他的妹夫。楚江涯对他没说一句真话。店是不错的，很宽敞而且整洁。楚江涯独自在屋里又细看了看那几幅鞋面，就收在罗巾和绣鞋一处，然后他跟店伙要了个锁头，就锁上了门，又出去了。

此时街上的人已显得少了，卖东西的摊子也多一半收拾了起来，楚江涯在街上来回走了半天，忽见一个乞丐要走入那牛圈巷里。楚江涯就大声叫了一声："喂！"把那乞丐吓得把瓦罐扔了，回过头来看看，楚江涯却带着点笑点手叫他："来！来！来！"乞丐向前走了几步，楚江涯就问他说："你在哪儿住？"乞丐说："我住在鸡毛小店里。"楚江涯又问："那店里是住着一位姑娘吗？做得好活计。"乞丐说："对呀！那姑娘姓秦，真是没办法，才在那店里找了一间房，一天的店钱是三百文。可是……"楚江涯说："这个地方说话不便，你跟着我走！你若把实话都告诉我，我就给你——银子。"指着怀，把这乞丐弄得又高兴又有点疑心，就跟着楚江涯到了镇的南口外。两人就在道旁说话，这个乞丐说了半天，小琴是几时来的，怎样的穷，怎样受店家的气，后来她带来的一匹马死了，把马卖给了卖马肉的，这才得了本钱了，买了缎子做鞋面卖。又说她在这里住了些日，简直没有一个人不尊敬她的，可是唯独那庞大老爷要娶她做小老婆，被她打了一个嘴巴，现在庞大老爷可还不死心。……

他这些话，跟楚江涯所想象的是一样，不过楚江涯可还没料到小琴骑的那匹马已死了，一个侠客，在穷途逆旅之中死了她的马，还卖了马肉换来钱，做个小本经营，这是多么可悲的事！"也无怪小琴不见我，她在落魄之中，必是无颜再见故人。"如此想着，不由叹了口气，掏出约有三钱银子来给了这乞丐。乞丐的口水都流出来了，伸着脏手接着，不住地屈膝诚谢，忽然他又说："大爷你快看！"扬起他的下巴向东边去指，楚江涯转身去看，就见那道边原来有一座红墙嫣然新修的小庙，那门前停着一辆大鞍的很新的骡车，车旁站着一个赶车的，还有个腰带钢刀的健壮的男仆，有一个老尼姑，三个小尼姑正送出一位服装很阔的施主来，此时乞丐就悄声告诉说:"那就是庞大老爷!"说完,他就跑了。

楚江涯注意看这个身躯肥大、紫红脸可没有胡子、年有六旬上下颇有气派的庞雄,只见他就上了车,四个尼姑都打着问询鞠躬到地送他。那赶车的跟男仆也都跨上了车辕,骡子就拉着车走了,简直说横冲直撞,从楚江涯的身旁过去之时,那男仆还向他瞪了一眼。

车是赶到镇街里去了,不用说,他们还是要在苏小琴的身上去打主意,楚江涯不禁笑了,心说:瞎眼的东西,你们这是自找倒霉!他也步行到镇中,一看,那辆车原来停在高良店的门首了。楚江涯大模大样地走进去,只见那个男仆站在柜房的门首,瞪着眼睛还不住向他来瞧。楚江涯倒故意迈起了方步来,做出文弱书生的样子,却侧耳向柜房里去听,只听那高良的说话声音真是谄媚,连说:"不要紧,我立时就去,她不能不依,大老爷不必又费那些麻烦!"庞雄的暴怒声音却说:"叫她乖乖地上车到那庙里去,敢摇一摇头……"以下的话,楚江涯不便站住再听了。

他回到屋里,却不由得愤恨,就抽出来剑来,藏在被褥之下;窗子上有一块小玻璃,他就扒着往外去看。待了会儿,见那高良就走出去了,可是紧接着来了两个人都带着刀,牵着大马,把马交给了店伙,他们就也进那柜房里去了。楚江涯心里倒很喜欢,暗道:这可好!他们给美剑侠送坐骑来了,不过一送就送来了两匹马,可也太多礼了!

又待了半天,也不见那个高良回来,高良一定是上那鸡毛小店说亲事去了,这时候还不回来,可真令楚江涯生疑;又待了一会儿,就听见那门外有人大声嚷嚷,那男仆和那后来的两个人都赶紧跑出去看。庞雄也出了柜房,只见高良是被人用板给抬回来了,浑身是血,他的老婆也跑来大哭。那庞雄立时就暴躁起来,大喊着说:"拿我名帖赶紧到官厅去找官人,押起她来!"有人说:"官厅里那两个老官人不行!姓秦的小丫头真厉害,她有宝剑,她会武艺!"庞雄就说:"那么姜二你快骑上马到县里叫捕役来!"被呼为姜二的一个恶汉立时就要到棚下去解马。楚江涯却赶紧出屋来高声问说:

"什么事？什么事？"庞雄好像是吃了一惊，瞪着眼来看他，见他人品不俗，就没有太横，问说："你是干什么的？"楚江涯拱手说："庞大庄主！我正要在一半日去拜访你，我姓江，在道台衙门里当差，如今是要到县里去！……"走到临近才小声说："查一件案子。"庞雄也许素日就做过亏心的事，一听了这话，他就变色了。

楚江涯这时却又做出点官人的气派来，指着那受伤的高良说："你们这样自相殴斗，太不像话了，打伤了你们，你们可以写状子到县衙去告状，你们带着刀，样子比凶手还凶，这，打官司都得吃亏。"庞雄却又把他从头到脚打量了一番，问说："你带着公文了吗？拿出来让我先看看！"楚江涯却笑一笑说："庞大庄主你也太不客气了，我告诉了你我的来历，也就算够面子的了。你还要叫我拿出来公文？庞大庄主你现在有什么品职？"庞雄又打量了他一回，说："朋友！光凭说，我就不能信你是道台派来的官人。他要是个管闲事的，护着那姓秦的丫头的，我劝你可少说话，赶紧躲开。那丫头——我庞某已六十多岁了，我还能对她怀着什么邪心？况我在本地又略有些名声！前天我到那小店里给那些叫花子们放钱，因为我见她太穷，也可怜，我就也扔给了她一块银子，不想她竟错会了我的意，反对我……"楚江涯就笑着说："既是这样，想那姑娘也是个贞烈的人，你偌大的年岁了，家中也必有儿女，你对这小事应当不计较。"庞雄说："我并没计较，刚才我不过派了人去……"

楚江涯才听他把话说到了这里，却觉得身后站着的那个健壮的男仆对他有点心怀不善，就急忙回身。却见那小子已抬脚向他踹来，他一闪身就避开了，那男仆锵的一声，又抽出了刀来，然而被楚江涯飞起来一脚，又听当嘟嘟一声，刀已坠地。男仆双手抡拳扑向他来，他就冷笑着说了一声："好啊！"转身退步，反拳打来，只听："咚！"男仆的当胸就受了很重的一拳，忍痛弯腰，同时楚江涯又是一脚，正踹中这人的小腹，这男仆就哎哟叫了一声，倒地昏晕了过去。

那姜二等都抽刀要上前来，却被庞雄摆手拦住，庞雄此刻已跑到远处，他点了点头，向楚江涯说："好武艺！我看你官人是假的，绿林好汉却是真的，咱们没话说了，改日再见！"他要向外去走，却被楚江涯一把将他揪住，他愤怒着，刚要举起拳头来，当时就被楚江涯用手托住，喝一声："你不要找着倒霉！我劝你当时收住邪心，我不好惹，那位姑娘更是不好惹，你们受了伤的自己养，也不许去告状，还得给我留下一匹马，作为你这老匹夫赔罪的礼物！"说话时，并用双手掐住了庞雄的喉咙，那两个人虽然都拿着刀，可也不敢过来上手了。楚江涯又问一句："你倒是应不应？"庞雄这才说："好！就这样办！你放了我吧！"

楚江涯就看着那两个人牵着一匹马走出了门去之后，他才将庞雄撒了手，然后就急匆匆地到屋内，拿上了他的包袱挂在臂上，就一手挺剑而出。庞雄这时候还在院中站着，不敢动，楚江涯就去到棚下解下来自己的马和另一匹马，用一只手牵着向外就走；到了门外他就连人带马一齐跑，跑进了那牛圈巷，又跑进了那鸡毛小店内。那群鸡吓得乱飞了起来，那内掌柜正在院中倒脏水，被这一吓，吧喳，把瓦盆也扔在地下碎了，楚江涯就高声说："小琴！小琴！那高良抬回店已经死了，你闹出人命案，他们已经报衙门去了；你若是不走，待会儿县里的捕役若是来了，连你家中那兄长都要受累。我已经给你牵来了一匹马，你就快快走吧！"

这时一旁破屋里的一群乞丐全都探出头来争着往外来看，那店掌柜也没敢出来，可是苏小琴忽然自一间屋内挺身而出，手里仍提着宝剑。她就正颜厉色地说："楚江涯你不要管我，他们的人若是来了由我挡！"楚江涯也正色说："不是我管你，是你刻下得赶紧快离开这里，不然庞雄叫来了捕役，拿你当凶手办。你虽武艺高，但你绝不能和官人动手，捉到监里吃苦是小，连累你那几位兄长是大；何况你还要寻剑豪，寻不着他，死在官里，岂不叫那云媚儿趁心，你的父仇也休想报了。我将马留着这里，你是爱走不走。"拱手又说声："再见！"

他留下那匹马，牵着自己的马，回身就走。他又出了牛圈巷，还不放心，牵着马在街头又站了半天，心中很急。忽然，见苏小琴牵着马携剑也出了牛圈巷口，他就又向后退了退，小琴没看见他，上了马就往南去了。楚江涯见她的马走出镇去，才算是放心，可是自己也不便在此多留，便也上马往南去走。出了镇，过了那白衣庵，只见小琴距他不过半里之遥，隐隐地能够看见，他也不便向前追赶，走了约十里路，暮色已渐渐垂下来了，他才放马向前去追。

他与苏小琴的马相距只有一箭之遥，小琴的马快，他的马也就快，小琴的马若是慢，他的马就也慢。暮色渐深，幸而天边挂着椭圆形的朦胧的月，照得人马在地下留着淡淡的影子，照得麦浪之上如浮着一层烟雾，照得小桥下的流水如同水银，照得小镇荒村惨淡淡地如同鬼城，如同仙境。

小琴的马并不休歇，直走了一夜，仍往下走。天一明，路上的人多了，楚江涯就杂在行人队里往前随着小琴；又因小琴走路大概是想心事，绝不回头，所以也没有看见他。统共走了百余里路，天色都过午了，楚江涯都觉得饿了累了，才见苏小琴走入了一处小镇的一家店房。楚江涯也就下了马，向着那店门望了半天，见小琴不出来，他就知道小琴必是在里边用饭了。楚江涯可不敢也进店房，他就在对门不远之处，又找了个小饭铺，喝茶吃饭，手里托着饭碗，嘴里嚼着饭，眼睛可仍然不住地向那边去瞧；饭吃完了，他又慢慢地喝茶，茶叶都换了三回，天色都快晚了，他又接着吃晚饭。然后，断定了小琴确实是住在那店里，今夜不走了，他这才找了店房。他住的这店跟小琴住的店相邻，隔着一堵墙，连那边说话的声音全能够听见。

楚江涯太困倦了，到了屋里就去睡，可是睡了一会儿他就醒了，听了听，才交了初更，这时他的心思忽然乱了起来，他想：小琴如今虽说是有了马了，可是仍然没有钱，她所卖鞋面所得的那几两银子，能够她花得了几日？自己这次出来，所带的钱颇有富裕，似乎应当至少送她二十两。不过明送她是一定不肯要，须暗中送过去，那幅罗巾跟那双绣鞋连买的这几双没用的鞋面，都给她送过去才对，这倒容易，可是这不能就算是尽了自己的心，须把李剑豪的下落告诉她，叫她去寻，那才算是尽了心，可是自己如今身处何地？能够为了可怜她，就叫她去救李剑豪而不替陈文悌报仇吗？自己这个人虽说荒唐，可是这个大义绝不能够不分明，不能为一女子忘了好友之仇，而惹江湖人耻笑。可是又想小琴永远这样漂流着，心中未免不忍。他想了半天，才算决定了主意，就向店家借来了笔墨跟一张纸，他向纸上写道：

> 苏小琴赐鉴：仆感于义愤，追随小姐已有多日，实因见李剑豪负心之人，而抱不平也。今劝小姐勿再在事寻访，李剑豪与云女已共栖深山，成夫妇矣；小姐若去，只有增辱添愁，实不值得，不如急速回家，与诸位长兄团聚，此为正途。江湖坎坷难行，小姐漂泊不偶，仆虽有心相助，亦不敢冒昧。今奉上银二十两，以助资斧，鞋面数双，亦敬璧返，因仆留之无用。仆今亦有要事牵身，将往江南，助友复仇，恐难望生还，更恐无缘与小姐重会。罗巾睡鞋为小姐故物，小姐当初无意失之，仆无意得之，久思奉还，总未得便，今亦……

写到这里，他又有点下不去笔了，仿佛对那两件东西还是舍不得还给人家似的，一狠心，才往下去写：

> 附上，悉祈查收。江涯顿首。

写毕，就连二十两银子带鞋面、睡鞋等物，全都用一块手巾包好，他就准备着到半夜以做贼的方式，把这交还给苏小琴。少时，店伙进来取那笔砚，楚江涯就给了他一些钱，悄声托付他说："请你到隔壁的店里，问问白天来到一位带着马的女客人，是住在哪间屋里？"店伙说："这不要紧呀！那边的店里，我们都熟，打听点事不算什么，我们哪能够就要钱呢？"楚江涯笑着说："你就收下吧！这是请你喝酒的。"店伙道了谢，揣起钱来就走了。

待了一会儿回来，果然给打听得很详细，说是那位姑娘住在隔壁店里的东屋，东边的屋子只有那一间有小窗户。姑娘来了，就不怎么出屋子，现在屋里是点着灯，她正在做活计呢。楚江涯听了，就又暗暗叹气，心说：难道苏小琴就永远不回家，永在江湖上卖鞋面这样漂流着？她的心，我实在猜不透！待了一会儿，店伙走了。楚江涯就也熄了灯，躺在炕上装作睡去。迟迟的更鼓，好容易才交过了三下，他怕苏小琴这时仍在做活，就还不敢到那里去。

又待了些时，他才拿着那手巾包悄悄地出了屋，只见院中月色凄清、寂无一人，他就轻轻地越过了墙去。到了那院中一看，各屋中倒是都已熄灭了灯光，东屋果然就有一间房子有窗棂，里边没有一点声音，窗纸上可斜映着月色，那凄凉的色调，就好像说苏小琴的身世一般。

第十八回　月色凄清表真心

人若是从窗前行走，人影映在窗上，可能够被屋里看见，所以楚江涯得猫着腰走。到了屋门前，他先把耳朵贴着门缝听了一听，竟没有听见一点打呼的声音；到底是闺门小姐，不像于铁雕那样的莽汉，一睡觉就是鼾声如雷。当下他想寻个什么棍儿去拨门插关，只要拨开门，那就扔下了毛巾包便跑。没想到他的身子才把门略微一靠，门就呀的一声开了，吓得楚江涯赶紧跳到一旁。屋中可也没有人说话，这事情可怪！楚江涯索性走进屋去，轻声叫着"苏小姐"，也无人答应。他掏出来取火之物，将壁上的灯点上，细细一看，屋里哪有人呀？炕上也没铺着被褥，只散乱地扔着一幅未做成的鞋面和针线等物。楚江涯就过去看了看那鞋面，等了一会儿，也不见小琴回来，楚江涯可就疑惑了，又见小琴的宝剑也没在这里，他就猜着小琴必是出去有事，什么事呢？那还不跟女贼云媚儿干的勾当一样？这就是所谓"人贫志短"呀！楚江涯有点灰心了，觉得自己这毛巾包儿无留在此处的必要，就吹灭了灯转身出屋。

但是才一出屋，忽见有一条人影很快地往西边去了，楚江涯就赶紧蹲下了身去，他恍惚看出来那黑影是一个女子，心中猜疑，就想：小琴的行踪可真怪！她到外面做什么去了？回来又到西面做什么去了？于是楚江涯就弯着腰，蹑足潜踪地往西面去走。

　　原来西面是一个小院落，里边就是马棚，小琴跑到那棚下备马去了，楚江涯只向里看了一眼，本想追过去问问小琴要往哪里去，可又怕小琴给他个下不来，不理，或是给个钉子碰，就不敢言语，急撤步退到刚才他跳过来的那堵墙旁；却见小琴又匆匆地从那西院里出来，就回到她的屋里，大概是收拾行李去了。待了会儿，提着她那轻便的行李卷儿，就又出来，去悄悄地开了店门。

　　楚江涯看出小琴确实是要走了，自己也就急了，随即越墙又回到自己的店里，到屋里就点上灯，收拾行李，并喊叫着："店家！店家！"幸亏有个店伙正在半夜起来解手，闻声赶紧前来，楚江涯就故作惊慌地说："哎呀！我还忘了我前面有一件要紧的事办呢！伙计伙计你快算账，快备马，我趁着有月亮，还得急忙赶路！"

　　这个店伙以为他是睡糊涂了，但又见他并不糊涂，一说出店饭钱的数目来，他当时掏了出来就给，一文也不多，一文也不少，店伙就只好给他去备马吧，他就早就背着行李包出屋去要开店门。这家店的门可比那家还关得严，不但是上着插关，顶着杠子，还有锁。他只得扒着门缝向外去看，只见街心那一线朦胧的月光，不一会儿就有人马的影子走过去了，且听见轻轻的马蹄之声。楚江涯就愈发着急，赶紧去帮助备马，催着店家拿钥匙去开门，虽没有怎样嚷嚷，可是把掌柜的也给惊醒了，也出来了。门已开开，楚江涯拱了拱手说："掌柜的再见吧！"他就牵马走出，上了马挥鞭一直往南又去追小琴。

　　走了不到十里，他就把小琴追上了，小琴的马很快，他也挥鞭加快，蓦然，小琴回首往后一看，立时于月光下亮出了宝剑，楚江涯就高声喊叫着说："小琴小姐！请驻一驻马，我是楚江涯！"他喊了出来，原想小琴又一定不理，又得更往前走，但没料到小琴竟下了马，收了剑，等他到了近前，就向他问说："楚大哥你是从什么地方来？"楚江涯来到，也下了马，一边喘气一边说："我跟小姐住的店房是隔壁，我不明白，为什么你又半夜里起身赶路呢？"小琴却恨恨地说："我要去追于铁雕！"

楚江涯一听，更是惊异了，说："什么于铁雕？我知道他早已过去了。不瞒小姐说，这次我们是一路向南来的，在北边那镇上，因为——我见你在街上卖鞋面，并听说那庞雄欺侮小姐你的事情，我才留在那地方，才跟他分的手。这时，即使他也是往南行走，那至少也走出二百里地去了。"小琴摇头说："没有！今天晚晌我在那店里边看见他同着一个人去了。"楚江涯发着怔说："哎呀！我怎么不知道？"

小琴说："他们也许知道你在那店里，可是故意背着你办事，因为与我同店中住的有个人叫什么双翅虎，是南方有名的镖头，本地人又有个拳师叫赛霸王，于铁雕在赛霸王的家中住了已经一日了，他们到店中找那双翅虎谈商了半天，谈商的没有别的事，他们——他们还是去害剑豪！"说到这里，她又显出来急、怒、悲伤之态。

楚江涯一看小琴是这个样子，心中就有些不痛快了，小琴又往下说："后来双翅虎、于铁雕跟着那赛霸王全到他的家里去了。我向店家打听清楚了这些事，刚才我就到了赛霸王的家中，几乎与赛霸王拼斗起来；我若不是看他家里有妻子孩儿，我就能够把它杀死。于铁雕跟双翅虎却都走了，听说他们是连夜要赶往南方什么地方，他们晓得李剑豪住在哪里，他们就要去复仇。"

楚江涯就问说："苏小姐你的意思是还要去找李剑豪呀？"苏小琴没有言语，月光朦胧之下也看不清她这时是羞涩还是又伤感了。楚江涯就慷慨而言，说："我忠言相劝，苏小姐你还是回洛阳去吧！以前我还觉得李剑豪是个好汉，我还想交他那个朋友，如今我却看出来他量小，心狠手辣，骄傲无礼，厚颜无耻，以他在开封害死了陈文悌之事就可看出。不瞒小姐说，我此次南来，也是为找他，找着他，不管有没有小姐帮助他，我也要他的性命！"

小琴听了这话，一定很难过，所以半天之后才言语，说："你为什么也这样恨他呀？"楚江涯愤然说："因为他把陈文悌害死得太不对，我跟陈文悌是好友，不能坐视我好友的仇人携带着荡妇去享受安乐的日子。并且，——我向来不说这直话，苏小姐，你这样痴

情对他，实在是不值，因为他也是你的仇人。"小琴说："我知道我
爸爸是被云媚儿害死的！"楚江涯说："还不仅那事……"欲言复
止，叹了口气又说："早先我既没有对苏小姐说，如今也就不必再
提了。总而言之，我就是劝你快些回你的洛阳，这样漂流在江湖，
终非得计，你为李剑豪受苦更不值！"苏小琴忽然发怒，说："你不
用管！"楚江涯说："我本来是不管，但话不能不说的。"小琴说：
"我早就知道！"楚江涯又叹息，又冷笑，说："你明知道李剑豪无
情，你还对他这样留恋，可真叫我这样的局外人难说了！"小琴又要
抽剑，厉声说："你少说。"楚江涯说："只说到此处为止，因为和
你认识了一场！"小琴说："我跟你并不认识……"楚江涯又说：
"好好！那么从此就不认识，再会吧！"遂跨上马走去，小琴也挥鞭
追来。

　　月光坠向西去了，越来越淡，天色已渐近黎明，又走出有十余
里，小琴的马仍在后面跟随着。她是要去看楚江涯到底向哪里去找
李剑豪，可是楚江涯这时的心中不禁踌躇，他本来也发怒，要将预
备好的那手巾包向后扔给小琴，但是又觉得那样也许更引起苏小琴
对自己的误会。她见我把她的绣鞋和罗巾收藏了那些日，她必得更
加疑惑我早先对她是有什么不良之念了，于是就鞭马仍走，连头也
不回；可是走到天明之时，小琴的马竟赶在他的前面，将他的马拦
住了。

　　这时晨风凄凄，路上还没有行人，小琴脸上，秀丽之中显出忧
思憔悴之色，带着一种楚楚可怜之态。她说："楚江涯！楚大哥！
我劝你不要去找李剑豪了！因为你不是他的对手，你伤了他也不好
……"楚江涯说："倒没有什么不好！"小琴又说："他若伤了你，
我也对不起你家的嫂嫂！"楚江涯说："那与你又有什么相干？我为
朋友而死，死也光荣！"小琴却忽然凄黯不语，将路避开。

　　此时楚江涯本可以冲马走过去，但是他反倒踌躇不前，他心中
对小琴如此恋慕着李剑豪是意殊不忍，就又要向小琴劝解。可是这
时小琴不但是直擦眼泪，并且一定要叫楚江涯带着她去见李剑豪，

楚江涯是无论如何也是不说他在武胜关附近。阳光升得越来越高，他们两个人走在路上，十分惹人注意，大概因为两人都是满头满身的风尘，尤其是小琴，那两只眼圈儿都揉红了，跟着楚江涯，倒好像楚江涯是个拐带犯，又像是欺负了人家的姑娘，才遭受埋怨似的。

又走了不远，前面已是新安店，楚江涯遂就劝小琴到那里去休息休息，小琴也点头了，于是走到那镇街上，楚江涯便找了一家店房。找的是一间南屋一间北屋，原是想叫小琴到北屋去住，而自己在南屋睡一天。一来，为耗一天的工夫，免得叫小琴追上了于铁雕；二来，就是预备到晚上，自己还是偷偷走开，把小琴抛在这里，叫她连我也追不上，当然也就不能去帮助李剑豪了。可是没有想到，一进来，小琴就遂他也到了南屋里，而秀目紧锁，泪眼莹莹，还是不住地追问李剑豪的下落。

现在的小琴与往日不同，一点骄傲的样子也没有了，并且她对于楚江涯也不轻视了，说话也不隐瞒，就说她只要见李剑豪一面，虽死也是甘心，并且劝楚江涯不要为陈文悌的事就与李剑豪作对。她的衣服都已破旧了，都有了几块补丁，她的脸儿简直是像一张又黄又白的纸，凄惨可怜，但态度又宛转娇柔而可爱。她说她已经前后吐了四口血，身体永远觉着有病，她已尝尽了人情世味，历遍了江湖的坎坷，但是她不见着李剑豪，绝不愿回洛阳去。她跟楚江涯说了半天，此时就好像把楚江涯当作了兄长，楚江涯拿出十几两银子送给她，她没称谢就收下了。楚江涯要来了饭食，就与她同桌食用，小琴一边吃，一边低声宛转地说，说李剑豪的性情虽然有点粗暴，可并不是不明礼。如今，想着他与云媚儿能够在一起，必是别有苦衷，绝非得已。她又问到楚江涯的太太柏秀卿，她称赞那是一位贤惠的夫人。

楚江涯却只是光吃饭，听了话就点头，但自己绝不多说，因为也无话可说，到如今，什么也不能提了。只有或是带着小琴去见李剑豪，想法子成就他们一对鸳侣，不然就是仍然以朋友的义气为重，与李剑豪去相拼，这两种矛盾的心事，永远在他的心中盘算，而不能决定。他只好先劝小琴去休息，他自己在饭后也睡了一个觉。及至醒来，天色还不太晚，小琴又到屋里来催着他走，并且十分着急，仿佛若不赶紧去帮助李剑豪，于铁雕与双翅虎就能先去把他杀了。楚江涯却摇头说："不至于！你放心吧！于铁雕两个人去了，也绝不是李剑豪的对手，我们且在这里再歇一夜。"小琴听了，仍是不离开这屋，仍是哀恳似的说："楚大哥！你把李剑豪的下落告诉我好不好？还是让我自己去吧！"楚江涯就说："我实在告诉你吧！李剑豪他是到安徽安庆府去了。"小琴听了倒是有点信，但又说："我可是不认识路，楚大哥你能够带着我走一程吗？"楚江涯听了，心中更盘算起来了，如果骗着她，带她越走越远，走到两广，走到云贵，那不但她就回不了洛阳了，且说不定她也能够将李剑豪渐渐忘了，而把痴心对我，只可惜这种小人的行为，我楚江涯绝不肯做！

他推说到明天再商量，到了晚间，叫小琴回到北屋去，他躺着又等候着，时间好容易才等到了子时三更，他要自己去偷偷备上马走开，但才一推开了屋门，见小琴住的那屋窗上灯光很亮，并有人影摇晃，原来她并没有睡，也许是又赶作鞋面儿了。直到五更时分，小琴屋里的灯仍旧未灭，因此楚江涯也就走不成了。次日，小琴很早就已命店伙给备上了马，来催着楚江涯走，往安徽去，并说是："只要楚大哥把我送到安徽地面，你就不用管了，我一人会去找到安庆，你同着我去见他，反倒不大合适。"楚江涯漫然应着，说："我们也得吃完了饭再走呀？"于是小琴就又催着店家做好了午饭，他先匆匆地用毕，可是楚江涯却尽自慢慢地吃，又慢慢收拾他的行李包儿，如此耽搁了许多的时间，才走。

离了新安店往南，小琴永远还在后边跟着他，楚江涯就舍了大道，而领着小琴走上了一条偏路小径，这段路，实在连他自己也不认识，忽而往北，忽而又往南，简直是来回乱转，他告诉小琴说："这样走，就能走到安徽地面。"小琴也就答应着，真信以为真了；楚江涯谎骗着这样容易欺骗的女子，倒觉得实在不忍。他们所经过的地方不是荒村就是小镇，到处招得村犬乱吠，可不大看得见什么人，连午饭都找不着地方去食用。傍晚时，他们都走入了一处深山，山谷盘旋，峰壑高低，越走越迷，暮霭渐渐落下来了，楚江涯忽然看见了一道山坡，下面是松林隐隐。至此他才下了狠心，就抛开了小琴纵马而下，隐隐还听见小琴在山峰上喊着说："楚大哥！你往哪儿去了？哎呀！楚大哥你等等我吧！"楚江涯却连声也不回，跑下坡来时，他几乎落马。

他冲过了林壑，借着迷蒙的月光，寻着山路而走去，黎明时方才出这道山。他怕小琴追他来，他的马不敢稍停，但又忧虑小琴迷在那山里，也许会饿死，也许能遇危险，可是他顾不得了。他寻着了往南去的大道，时时走还时时看，就这样，一天多的工夫，他就到了武胜关。在靠山老店门前下了马，进去询问，原来于铁雕早到了这里，而且同着小陈三等人先走了，并给他留下了一封封得密密的信。他拆开了一看，就见信上是又把他大骂，说他是个好色无信、不以朋友之仇为重的小人。

楚江涯看见了这封信，就忍不住地在生气，但见信后边又注着是："现李某与云女确在武当山上，我们这就去了，你若也去助他，我们便连你也不饶。"楚江涯更不禁冷笑。他明白这是一种激将之法，小陈三要激他到武当山下与李剑豪去拼，因为他是在那山上学出来的武艺，在山上有他的师兄弟，山上的路径他也较熟。当下楚江涯将信收起，也不歇会儿，出了武胜关，他就转道向西，决定去往武当山上，要以单身去斗李剑豪，为陈文悌复仇。

那武当山是在湖北襄阳府均州西南一百里，又名太和山，据传说道家所供奉的"真武"便曾在此修炼，所以说是非真武不足以当之，故名"武当"。真武又名"玄武"，乃是北方之神，所以这座山又名"玄岳"，山峰清秀，观宇极多，道术之士前往修炼朝拜者终年相继不绝，也就如佛教圣地之普陀、五台及江南的九华山一样。在宋徽宗时有一个单身杀敌百余的道士张三丰也曾于此修炼，传出了内家武当派的武艺，因此这座山上颇有些武艺精通的道士。山中最高之处为天柱峰，其次还有五龙峰、紫霄峰、展旗峰等等。

　　在紫霄峰上有一座道观名"遇真宫"，附近风景极佳。在峰峦幽
僻之处，于前两个月，有人来此搭了一座草庐并砍下山竹，编了篱
笆围住，居然成了人家了。家中只是夫妇二人，都不到三十岁，都
年轻，而且长得很清秀，那个女的样子还似乎有些不规矩，男的却
简直跟个大姑娘一样。天天男的是上山砍柴，山上的树木本多，但
都给各观所管，不准外人私自砍伐，可是在那危崖悬壁或是深涧溪
谷之处去采一些野树枯藤，倒是没有人拦。这个男子的身手极好，
他爬崖跳涧，从无舛失，每天总要砍一些柴，就卖给庙里的道士了，
得了钱，就叫他的妻子下山去买米；他那妻子除了买来米之外，还
总要带回来脂粉，总打扮得那么妖艳，而且身上从不穿粗布衣裳，
永远是红绸绿缎。在山上，她是唯一的女人，有了她，仿佛点缀得
这座名岳更为美丽了，但她可也不时常下山，她的丈夫更是永远也
不下山；除了附近观中的道士，是很少有人能看得见他们的，他们
也不向人吐露姓名，更无人知晓他们的来历。

　　这男子就是李剑豪，女的就是云媚儿，两人竟然成了夫妇。最
近，云媚儿连下山都不大方便了，因为她已经身怀有孕，她这时是
死心塌地跟着李剑豪过日子。虽然有时看见有些庙里的道士太阔，
她很羡慕，想去偷点什么，好等到将来给她的小孩做新衣服打金锁
呀，但她又不敢，怕李剑豪知道了打她。至现在，李剑豪有时发了
脾气，还要无情地打她，李剑豪的脾气发时，又令人不能提防；即
使说着好好的话时，他也能抽云媚儿两个嘴巴。有时又把才捆好了
的柴都投向深涧之中，再逼着云媚儿给他一根一根地拾上来，他好
像以虐待云媚儿为乐，又像是拿云媚儿报仇撒气，但有时他也很爱
怜着云媚儿，他惋惜地说："为什么你不是苏小琴呢？唉！"云媚儿
听了这话是又妒又伤心，但还不敢说出什么来，她只得自己把自己
也当作苏小琴吧。她由回忆里设法拟模小琴的行动和状态，有时还
故意笑着向她丈夫说："你叫我吧！你叫我小琴吧！"李剑豪果然就
呼她为小琴，但同时也流出来眼泪。好在他们住的这个地方人迹罕
至，他们怎么样疯子似的痴子似的胡闹，也没有人管。

这一天因为李剑豪受了风寒，病了，在板榻上躺卧着睡着了，云媚儿悄悄地给他盖上棉被，自己却悄悄地出来要到玉真观向那里的道士讨要前日欠下的柴钱，好下山买点药，给李剑豪治病。她出来时是拿着一根枣木棍儿，拄着走路，袅娜地走着；遇了一条山经，两旁都是密树茂草，美丽的成堆的野花，蝴蝶成双在花间飞舞，小鸟清脆地在枝头鸣叫，那山泉清澈，从山沟儿流下来，如一条罗带一般。她就去洗了洗手，并揪了两朵野花戴在头上，又往上走，遇了一段桥，又一段石桥，有的石桥栏杆刻得很细，她就想：庙里的老道可真有钱，比巩家庄还有钱，我们现在可真穷了！往上走，看见了"玄岳门"，也就到了遇真宫。这座庙的红墙是新刷的，门前的石阶光洁如玉，她一层一层走上去，就听风吹松籁之声，还有仙鹤叫。她走进去，只见两个小道士，正扫那地下的松枝松果，见了她，就都停住了扫帚，向她笑，她就说："喂！去跟你们管厨房的师傅说说，我来要柴钱，我男人病了！"两个小道童仍然笑着不理她。

她就过去拿着棍儿去顶一个小道士的腰说："快去！给我要钱去！"但小道士虽然被她顶着，还是只笑而不迈步，她就喳啦喳啦喊起来，说："为什么你们烧了人家的柴不给钱？你们懒得自己不去砍柴，人家爬山越岭砍来卖给你们，你们可欠账，你们有多阔呀？大概非得让个贼来偷偷你们不可！我们守本分的人，就得受你们的欺负，快给太太我要钱去！"

她正在嚷嚷着，由里面的庭院中走出来一位道士，她可就不敢嚷嚷了。因为她听说这位道士是本山上最有本事、拳脚剑法精通的人，名字叫刘野鹤，最近才云游四方回来，所以那花白的胡须、那发黑的面孔还带着一层风尘之色，那两只炯炯有神的眼睛不同旁的道士，简直是一位江湖的豪杰。当下，云媚儿就又低声说了一句："我来要柴钱。"刘野鹤先向道童问明白了，才对她说："你且到庙门外等着，这是仙家净地，不许你这样的人随便进来！"云媚儿也有点气，就竖起眉毛来说："我又没进你们的正殿，只来到你们的外院，也不要紧呀？你可别小看了太太！"

刘野鹤与别位道士不同，别位道士遇了这事都不动气，根本就许不理，但这刘野鹤立时就面现怒容，夺过了她的那根棍子，抡起来向她就打，云媚儿也以手还打，然而禁不住刘野鹤三棍两棍，就打出了庙门。若不是看出她是个孕妇，恐怕他早已用脚将她踹得滚落于石阶之下了。刘野鹤就守住了门，回身叫小道童向里边管厨房的道士要来了柴钱，就将钱全都投于石阶之下，喝一声："你下去拾取吧！速离开这座山，这是真武的灵地，不能容你这江湖的女贼、卖解的女子来这里将山污了！快走！连李剑豪也得给我走开！"

云媚儿吃了一惊，心说：这个老道原来认得我，并连剑豪也认得！她于是只得忍痛忍气，下了台阶，由地下拾起来钱，上面的刘野鹤又把那根棍儿扔给了她，她就连哼了一声气也不敢，就离开这里。回家见了李剑豪，她就哭着说了一遍；李剑豪一听，却不由愤然立起，但又呆呆地发怔，不晓得那刘野鹤是何等人物，也不敢就去找他理论。

这刘野鹤原来就是楚江涯之师，他的武艺在本山不能算说最高，但他最爱下山云游，最喜留心江湖间的闲事，他是新从豫南回来，李剑豪、苏小琴、云媚儿，以及他的弟子楚江涯之事，他尽皆知晓，就因为有他的徒弟在内，他才不愿意管，否则这虽是江湖间的男女私情之事，他也要惩罚那负心的男子，如今云媚儿这种泼悍妖冶的样子，实在使他生气；尤气的是李剑豪忍心抛下了苏小琴，致使那坚贞的女子沦落江湖，他却与妖妇来沾污这名山净地。所以在云媚儿走后不多时间，他就也离开了玉真宫寻往悬崖下李剑豪所结的草庐。

他站立于篱笆之外，向里面静听，听了良久，他就始为惊异，继而觉得惋惜，原来李剑豪说话是显得软弱无力的样子，同时他口口声声管云媚儿叫着"小琴"，并且叫的时候，声音非常的凄惨，而云媚儿在家中对李剑豪也是百依百顺，宛如贤妇。

因此刘野鹤不禁慨然动了侠义的心肠，他觉得李剑豪与苏小琴、云媚儿，一夫二妻，本来很好，大概就因为楚江涯在中间搅乱，才致使他们不能相合。因此，刘野鹤就撒步转身，又回到了玉真宫，自己心中越想越觉得不对，越认为是那不肖的弟子楚江涯之过。当下他就一时也不能耐了，就携剑下山，到寄存他的马匹之处取了马，他当日就走了，要去寻找楚江涯教训一顿，并想找来苏小琴使他们三人团聚，还可以资助他们离山到别处去成家。这位莽道士也不多加思索，就这样走了。李剑豪跟云媚儿还不知道。

山中的日月过得也很快，不觉又是十多天，山上的气候更暖了，上山来进香的游山的日见增多，这时就来了小陈三、于铁雕、双翅虎、铁掌高飞又孟这一干人，因为他们虽然扮作游山的人，可究竟神色不大像，又有的拿着叉棍兵刃，可是说话又非本地口音，他们是每日清晨便来，分头至各山遍岭去搜索，晚间再下山找地方去住，连山上的道士都看出他们的可疑了。他们可一连数日也没有找着云媚儿跟李剑豪，就齐都抱怨于铁雕，于铁雕却指天发誓，说他真是听一个朋友说的，那人曾于两月之前来游此山，亲眼看见了李剑豪在此采樵，于是各人又都留意这山上的樵夫，但也是杳无李云、二人之下落。

又过了两天，这天又在黄昏时候，他们都扫着兴又下山去了，此时却又有一人步行携剑急急地走上山来，并且如走熟路似的直奔了玉真宫。这个人就是楚江涯，上山的时候，他早就看见了于铁雕那些人了，他却故意地避开。如今他是想不借他人之助，而独自去与李剑豪拼斗，宁可死于山中。他到了玉真宫里，见着了老方丈见了师伯师叔，连烧火的道人和几个道童，他都认识，只是不见传授他技艺的师父刘野鹤。且知道说回来在山上住了没有几天，就又走了。他更觉得可疑，他就打听李剑豪与云媚儿的行踪，一问就问出来了，厨房里的那烧火的道人尤其是把云媚儿的模样说得比他还清楚，还真切，并详细告诉了李剑豪草庐的所在，笑着说："我是他们的老主顾啊！"小道童把那天刘野鹤师父打了云媚儿的事也说了，且悄声说："他要是不打那个娘儿们，他还许不能又走了哪儿！"

楚江涯一听，又发了半天怔，真弄不明白这是怎么一回事。但看了看东方月出，照地如水，他就想：事不宜迟，趁着这月色，我就去找李剑豪吧。于是，他就提剑又出了玉真宫，他对山中的路径极熟，过桥越岭，走了不多时，他就找到了李剑豪结庐的所在了。他见这个地方上负高崖，下临深渊，幽径盘曲，松柏参横，真是个隐居的好所在，就知道李剑豪来在这个地方居住，必是别有深心。第一，此山乃内家拳剑的祖师山，胆小的江湖人绝不敢来；第二，隐居此地足可以躲避尘喧，没事也无人知晓。楚江涯觉得李剑豪这个人很可爱，但想起他无故伤害了陈文悌之事，却又认为绝不可恕。

他步着幽径，挺剑来到茅庐之前，他就想：明人不做暗事。于是便踹开了柴扉，向那有淡淡的灯光的屋内，喝一声："李剑豪你出来吧！我特来找你！"

屋中，本来这两日李剑豪的病才好，今天的晚饭才吃得多些，正在跟云媚儿谈说着那日为刘野鹤所辱之事。李剑豪本来想忍下那口气，可是觉得刘野鹤既然认识他们，恐怕以后他们就不能在此安居了，因此他十分发愁。忽然听见外面的这一声喊，李剑豪就吃了一惊，云媚儿也吓得哟了一声，说："怎么啦？是谁呀？"李剑豪嘱咐她不要出屋，自己却执了宝剑出来，借月光一看，对面的原来是熟人，他就拱手说："哦！原是江涯兄！你来到此找我有什么事呀？"

楚江涯把头摇了摇，还似乎有些叹息，就说："不为别事，只因为朋友你，把一件事情做得太错了！"李剑豪就瞪起眼睛来说："为苏小琴的事，你不能管我！"楚江涯说："若为那事，我也用不着来。你知道我跟陈文悌是八拜之交，因为我好事，他才与你相识，但只为他没把钱借给你，你就置他于死！"李剑豪突然狂笑着说："他已经死了，还能够叫我把他治活了吗？"楚江涯愤然说："不是叫你去把他治活，却是我叫你也陪着他去死。我姓楚的生平对友最厚，不计小嫌，可是遇着现今这事，我得大义分明。今天的月色很好。"李剑豪听见，逼上来两步，厉声问说："月色很好又当怎样？"楚江涯就说："月色好就可以分个高低，这武当山虽是我学艺之处，但我师父刘野鹤并没在这里。我若请个别的人来帮助我，我就不算是豪杰！"李剑豪说："原来你是刘野鹤的徒弟呀！我才知道，那么我就先杀死你吧!"说时跃过来抢剑就劈。

楚江涯却一面以剑相迎,一边撤步出了篱笆,他怕是云媚儿也来帮助,那就更不好办;所以他就仗着地理厮熟,渐渐地把李剑豪给引到了一个更幽僻的地方。这地方怪石嶙峋,蓁莽荒秽,云媚儿是绝不会找来相助,月光也不大能照射到这里来,上有松风响,下有涧水鸣,二人便在此双剑相拼。若论武艺,自然是李剑豪高,但楚江涯也今非昔比,他的剑法经过在家中时的精心揣摩,已益为精熟而且进步了。两人剑光身影,往来回旋,都是拼死来斗,谁也不肯讲一点客气。交手十几回合之后,楚江涯就觉得右臂一阵痛,原来以为为李剑豪的剑所划伤,他就赶紧将剑换了手拿着,同时转身向后去跑。李剑豪挺剑又去追,楚江涯回身又还了几剑,但因右手持剑不便,就赶紧又回身避开了。李剑豪又向前来跃,抢剑又来砍,却不料他们此时争斗之地是在悬崖边,下面正临深渊。

李剑豪的追势过急,并怒喝声:"楚江涯小辈!今天我就叫你活不了!"他脚踏到一块石头上,这块石头却是极为不稳,也不容他再缓一步,他就啊的一声惊叫,连石头跟他带他的宝剑就全都摔落于深涧之下,把楚江涯吓得也呀了一声,但眼前已看不见了李剑豪,他知道他的敌手必已惨死于涧中,他倒不禁发出了一种怜悯之情。

待了半天,云媚儿也还是没找到这里来,涧下也听不到呻吟之声,楚江涯就心说:死了吗?李剑豪死了!唉!小琴也不必再想找他了,陈文悌的仇恨算是已报了!这多少日来,他心中的抑郁至此时全都解开,可是反倒有些难过了;本想要下涧去看看,但月色已暗,山风更猛,树鸣草动,无法找着往下走的路径。

他在此就徘徊了半夜,天色才黎明,浓雾又起,他在雾中又立候了多时。这时在山下的人家都许炊早饭了,他才能够看清了下面的石头,他就把剑放下,衣襟起,忍着右臂的伤痛,揪着树干、枯藤,脚蹬着那石碛崖穴,一步一步慢慢地走到能看见涧底了,他就先提着气,预备好了,从一丈多高之处撒了手,跳下来。两只脚不但痛了半天,还连裤子都已湿了,因为涧中潺潺地流着深约数寸的涧水,水中都是大小的石块及无数的鸭蛋样的石子。楚江涯缓了缓气，涉水往前去找，就看见李剑豪斜卧于眼前，腰和背是在一块大石头上，头是仰着，下半身全浸在水里；又走到临近再看，就见他身上倒没有什么血迹，因为他摔下来的时候必是也挣扎了半天，几次跌在水里，几次扒在石头上，所以流的血都已被涧水洗净。如今他是昏晕一般地卧着，胸脯还直喘，但受伤太重，爬是爬不起来了。楚江涯伸手摸了摸他的胸口，半天他才微微将眼睁开，呻吟着说："好朋友！快给我一剑吧！反正我也活不了啦！"楚江涯却问说："你觉得怎么样？"李剑豪连头都已不能摇动，楚江涯细看他这样，就知必是跌伤了内脏，痊愈已难。但又想了一想，就说："我不杀你，我想把你送回你的家里去，你愿意吗？"连问了四次，李剑豪才回答了出来，只是问说："为什么？"楚江涯说："把你送还你的老婆。"李剑豪说："云媚儿狗妇人，她不是我的老婆！"楚江涯说："我背你到你屋里，然后叫剑豪，人都知道你已死了。"李剑豪含混地说："那可以。"楚江涯说："我还要把苏小琴找来，叫她也看看你。"李剑豪听了这话，忽然就流出眼泪来！他的眼泪比涧水还清。当下楚江涯话虽说得残忍，但心中怀着万分的悯恻，他就以那只受了剑伤的胳膊负起李剑豪垂死的身子，涉着水，寻找那比较能够往上去走的道路，就这样费了多半天的时间，他才把剑豪给运到了崖上。

爬到了上面，楚江涯已经累了，而且又饿又渴，看看这时的天色恐怕都已经过午了。他见李剑豪的气力是益微，楚江涯缓了一缓，就把他抱了起来再走，费力极了，有两次走到崖边危险之处，几乎连李剑豪带他，都又同时落于涧下。幸亏他的脚步稳，不敢踏那晃摇的石头，如此又半天，才到了李剑豪的草庐之前；他也不知李剑豪在他的背上是死了还是活着，又得预备点力气，好跟云媚儿打，他想：云媚儿见把她的丈夫半死背了回来，她还能够不急吗？

但没想到，才进了篱笆，却听那草庐中有人说话，似乎是两个女子正在争吵，一个男人居中，厉声地劝着，楚江涯很觉得诧异，但是自己却又声哑连话都喊不出来，背上的重负，恨不得即时就给卸下，他就蓦闯进了屋去，他还没有细看屋中的三个人，倒先把屋中的三个人都吓着了，其中的云媚儿吓得哎哟一声，哭着叫着，楚江涯当时就把李剑豪交给她了，自己这才直起了腰，喘了一大口气，忽然定睛一看，他就不由得大惊，原来这小小的草庐之中，不仅有他的师父刘野鹤，还有苏小琴呢，他真不知道这两个人是如何而来的。他先向刘野鹤行礼叫声"师父"，然后又看看小琴，他却自觉得愧对。这时云媚儿已将李剑豪连拖带拉，放在板床之上，她趴在剑豪的身上呜呜痛哭。李剑豪微微睁开了半只眼睛，看看小琴，他大概连细看也没有看，就悲戚、微弱、断断续续地叫道："小……琴……妹！"小琴也擦着眼泪走了过去，只听见李剑豪用很真切的声音说道："当年，杀死你父亲的那人……是我呀！我告诉你实话吧！但，我可不是故意呀！……"他痛哭了起来，自恨了起来，又似乎是暴怒了起来，但他的身子忽然一僵，最后的一缕之气当时断绝，他就死了。云媚儿哭得更是厉害。

苏小琴不但眼泪更急，并现出惊讶的神色。楚江涯却站在旁边："这事我早就知道，想当初必是苏老太爷将李剑豪的破绽看出，知道他不是女流，意欲在隐凤村将他弄死，没想到剑豪情急手错，反将老太爷杀伤。老太爷临死也不肯说出女儿的私情，恐怕传了出去，污辱了贞节牌。但李剑豪也有良心，并且他的爸爸逼得他立了誓，他这才忍痛不顾苏姑娘，并故意做出哪些无情之举，后来他与云媚儿在一块儿，也是为使苏姑娘断绝相思……"

他才说到了这里，小琴就急问说："这些话，你为什么不早告诉我呢？"楚江涯叹息说："我是不忍得告诉你呀！你想，你是那样爱慕着剑豪，同时可又说是非报父仇不可。你所爱的与你所恨的原是一人，我可怎么好意思把话说明呢！"又把昨夜自己与李剑豪相拼，李剑豪失足坠涧之事细说了一番，随后又点头赞叹，说："李剑豪确实是一刚强男子，他不因儿女私情而忘恩仇大义，但他死得也好也不好。他不死，他还是不忍得说实话，我更是不好意思说，姑娘你永远也是不能知道呀！如今好了，他死了，你也明白了，你不必徒然悲伤

了。他就是再活了，也不能够跟你成亲。如今，我就劝姑娘你，赶紧
下山回洛阳家里去吧！……"不想到他的话说到此处，小琴忽也痛哭
起来，又是一口更多的鲜血，自口中咳出，飞溅于地。她的身子晕得
也向后直退，倒于一张竹椅之上。刘野鹤在旁也直叹息。楚江涯回身
又向师父详说他管了这件闲事的经过，并表示自己并无坏心，只是为
了一点怜悯苏小琴之情，至于后来把苏小琴骗在山里，抛在山里，那
也是事出于无奈。因为自己虽然怜悯小琴，可是对于盟兄陈文悌之仇
又不能不报；不过李剑豪可并不是我给杀死的，是他自己摔死的。我
也本想以身与李剑豪相抵，未拟生还，但如今岂料我倒没有死。可是
以后，这种闲事我是绝不再管了！……

　　他的师父刘野鹤并没有责问他，也说了苏小琴所以来到此地，
是他给找了来的，不然苏小琴必定仍在豫南鄂北那一带孤零地徘徊，
绝到不了这里。可是——刘野鹤又说："我把她找来，是为使她们
三人相配，却没料到竟看见这种惨景！"说着，刘野鹤转身就出屋走
了。楚江涯却仍在这里，他劝劝苏小琴，又去劝劝云媚儿，劝得苏
小琴缓过来气，劝得云媚儿也止住了悲声。本来，刚才若不是有刘
野鹤拦住，小琴就要先杀死了云媚儿以为父报仇了。如今，才知道
云媚儿原与她无仇，不过也是个可怜的女子，使得小琴的心倒更觉
得难过了。楚江涯在旁边说："我们现在商量商量，是怎样给李剑
豪办理丧事呀？"他这话一说，两个女人又齐都哭了，同时屋外有几
个男人的声音，正在大喊："李剑豪！小辈！你快滚出来吧！"喊声
暴躁，而且十分噪杂。

　　楚江涯赶紧走出屋去，就见来的人不只是小陈三那些人，还有
于铁雕和一个手执钢叉的猛恶汉子，大概就是那双翅虎。全都气势
汹汹，呼叫李剑豪出来，就要当时一齐上手拼斗。于铁雕先抢过来
说："江涯兄！你来了很好！叫李剑豪出来吧！我们也不用闯进去
惊他的老婆，我们是听老道说的，刚才他说李剑豪是住在这里。"楚
江涯点头说："一点也不错，他现在正在屋里哩，你们就进来见他
吧！"说时，回首把那扇门开了，于铁雕与小陈三就一齐闯入。但是

小陈三一眼看见了苏小琴，他就怔住了，他身后的大刀刘赶紧就拉他出来。大刀刘、铁掌高都是在开封府见过苏小琴面的，尤其随来的人之中有腾云虎，他是更晓得小琴的厉害，更把小陈三拦住，他们的眼睛都瞅里边，都看见了板床之上直挺挺躺卧着的李剑豪。只见于铁雕先向小琴打了个躬，又向云媚儿点点头，然后走过去详细地看着李剑豪的尸身。半天，小陈三在屋外就问道："怎么样了？李剑豪若是病了。咱们就容他暂时养养，过几天他能够起来，咱们再跟他斗再报仇。因为好汉子不跟他病汉子斗！"云媚儿却哭着，着急地说："你们都进来看看他吧！"小陈三在外就说："好！进去咱们就进去！"于是呼啦一声，又进屋来三个人，大家看着苏小琴今天不厉害，也就不怕了，都互相挤着，直着脖子看李剑豪头上手上都有些摔伤之处，以及那种瞑目长眠的样子。小陈三并且上前去摸摸手，按按胸，然后他急忙退出，口中连说："丧气！丧气！"他带着大刀刘、腾云虎等人就走。云媚儿追了出去，哭着骂，跺着脚说："你们都回来呀！你们的仇还没有报完呢！这儿还有苏小琴啦！你们还应当跟她来来啦！"可是小陈三等人连头也不回，就都走了。这时屋中的于铁雕点点头，说："事情完了！人死了还能够说什么？"又向小琴拱拱手，他就也走出。云媚儿站在外边仍是哭骂，可也没有理她。

于铁雕跟上了小陈三等人就走了。他们一同下了山，仇既用不着报了，大家倒都松了心。除了于铁雕因为跟他们本不是一伙儿，就悄没声地走了。双翅虎也走了，留下小陈三等人，倒在均县城里玩乐了起来。直过了两日，楚江涯下山来找着了他们，说了李剑豪身死的原因，并用话吓唬他们，说："说不定几时苏小琴可就要下山来找对头啦！"腾云虎听了最害怕，这才催着小陈三等人走了。

楚江涯又回到了武当山上，他就住在玉真宫里。苏小琴与云媚儿都住在那草庐之内，两日之后李剑豪的尸体已殓于棺内，刘野鹤并派了三个道士去念了一次经。由山后找来了村民帮着，就将李剑豪的灵柩葬埋于山后的一片空地上，以碎石和泥土在上面垒起了一座新坟，坟上沾了云媚儿和苏小琴两个人的眼泪。两个人之间这时是一点冤仇与嫉妒也没有了，但她们的容颜都笼罩着一层惨淡之色，尤其苏小琴，最显著的是病容，云媚儿最显著的又是那身孕。楚江涯这时见了她们，倒觉得非常拘束，什么话也不能够提了。

苏小琴倒是开了口，要向楚江涯借银三十两，说她要回洛阳去，连云媚儿她也要带走。楚江涯赶紧从命，又有刘野鹤资助，凑足了八十两银交给了苏小琴。苏小琴接过去也没嫌多，并且没有道谢。云媚儿又到了李剑豪的坟前哭祭了一场，就抛下了她们的那间草庐，跟随着苏小琴走了。楚江涯追着她们下了山，直到均县的城里，才知道她们先找到了店房，歇宿了半日，然后才雇妥了走远程的骡子车。小琴的马就拴在骡子的前面，她不骑马为的是好不惹人注意，并且能够跟云媚儿同在车上谈闲话。

她们临走的时候，楚江涯赶了过去，就把他的那个手巾包儿交给了苏小琴，脸红着说道："这个包儿我早就想交给小姐，但总是无缘。今天，实在不能够不交给你了。里面还有一封信，那是我早先写的，现在已没有用处了，我也没有工夫把它再抽出来。可是里面的两件东西，姑娘！小姐！一看就必然能够明白了！"小琴点了点头，也没当时拆开去看，就放在车里，脸上连一点笑容也没有，只说了声："楚大哥再见！"这是最后的一句话，说完，车轮一动，就走了。楚江涯目送着车尘，倒有些怅然若失。

他是既然见了师父，便不能匆匆又走。他在玉真宫里又住了一个多月才下山，才骑着马进武胜关回河南。一路，心事毫无，兴趣可也都减了。回到中牟县的家中，已到了端阳节，柏秀卿看见丈夫回来，一点也没有惊讶，楚江涯可倒是真惊讶了。原来在十天之前，就有洛阳苏家派来了仆人，送来了银二百两、马一匹，此时已走了。这分明是苏小琴已平安抵家，还了马（其实哪里是楚江涯的马？），返了银，且加上了利钱，其中是暗示永绝之意。

本来，到了如今还能够不永绝吗？楚江涯也知道是应当永绝了。虽然心中还留着一点惆怅，可是什么话也没有说。把马，连他自己家里的马，都命人牵到城里去卖了，向他的太太表示永不再出门。他可也真不再出门了，并连县城也不常去了，家门都长掩而不常出。家中的仆人多已辞去，只留下了一个小丫鬟、一个男仆、两个仆妇。他成天在家，宝剑已丢失在武当山上，他不再买，也不再练，只是抱着他的孩子和在书房看书。

悠闲的岁月过得也很快，不觉着两三年，小琴在这里时，柏秀卿生的那个孩子这时都长大了，会跑了。楚江涯也变成了一位又白又胖、富家翁的样子，真应当留胡子了，然而他还没有留。这日，因为他那在洛阳住的朋友朱家，派了人请他，去到那里玩上几天，住些日子。他本来不愿意去，倒是柏秀卿觉得叫丈夫成天整年不出门，也许能够闷出病来，所以才怂恿着他，并备了些礼物，叫他去送给苏小琴，以谢当年她生产时苏小琴帮忙受累的那段情分。楚江涯这才邀上了几个往洛阳去收账、做生意的买卖人，一同坐着车走了。

这又是阳春天气，楚江涯一往西来，看见了沿途上的夭桃秾李，落絮飞蝶，尤其是当过洛河之时，看见了那青青的洛水，他的脑里就像是又飘起来了一条轻轻的罗带和两只艳艳的绣鞋。但他到了洛阳朱家，并没打听苏家的事情，所备的礼物也没即日就送了去，可是朱家的那个族人朱老六就赶来跟他说了，原来苏小琴现在还在家里，没出阁也还没定亲，也许这辈子不出嫁了。云媚儿是住在她家，成了她的女伴，她们永不出门，很少有人能够看见她们。她的二哥是新放的外任知县，携带着她的二嫂跟侄儿都走了。大哥在家中当家，城里新开的粮店，她的三哥粉金刚还是那样没什么出息。此时，银钩孟广也由北京回来了，照旧开设镖店。往日的事已经没有人提了，苏老太爷的三周年都办过去了。

楚江涯听了这些话，心里说不出是一种什么滋味，他只觉得古人有句话说得对，是人生如梦！住了半个多月，他才想起来，并决定亲自去送礼，他穿着新袍履，新刮了脸，并乘了很新的一辆骡车，带着礼物出了城。他就如游梦境似的，又往隐凤村来了，盼望着今日能够见着苏小琴，如顺便看看云媚儿，那是更好。

　　隐凤村就在眼前了，楚江涯反倒有点担心，他怕人家不但不收礼物，不见他的面，还许给他个没兴趣。云媚儿还许恨着呢，不是为我跟李剑豪拼斗，他能够跌下悬崖摔死吗？心说：好歹就这一回了，无论能见得着，或见不着她们，以后是绝不再来了！

　　当下楚江涯没等到车进村子，他就先跳下来，为的是表示点客气。进了村，就有不少村中的人注意着他，他也不问人家认识他不认识他，就连连向人家拱手带笑，命车停住。同时他看见了那悬有贞节牌的大门，门没关着，他就命赶车的把他的几盒子礼物往里去搬。他把名帖已取出来了，刚要递给从里面出来的一个男仆，这男仆就先向他行礼，说："楚大爷！您来啦？"

　　楚江涯一看，人家原来认识他，他就说："我是从家里来，带点礼物到此看看你家大爷跟小姐。"这仆人就说："请您在这儿等一等，我先进去回禀一声。"说着转身就又进去了。楚江涯一看，连客厅都不让他进去，他就有些愤怒，但身后边又有人叫着"楚大爷"。他回头去看，见是那个耿四，他就问说："怎么？你们这里改了规矩了？来了客，都不往客厅里让吗？"耿四笑着说："楚大爷您别生气，因为我们大爷为人谨慎，嘱咐我们，要是遇见有人来找，都不可怔往里让，这说的是那些面生的人。楚大爷您是熟人，您就请吧！我家小姐还时常提说您呢！"楚江涯一听，倒不由得惊异，他随着往里去走。

　　这里东房就算是客厅，耿四还没带他进屋，只见苏振杰由里边跑出来了，又作揖又笑，说："楚大哥！你来啦！快请快请！请里院去吧！我大哥现在正闹脚气，不能够出来，你快进去吧！"他拉着楚江涯往里院就走。要经过正院才能到东院苏振雄的屋里，这正院中小鸟啾啾，十分寂静，满院中都是才开放过的牡丹花。北屋和西屋全都挂着深颜色的窗帷。楚江涯正要看看小琴是住在哪屋内，可是苏振杰就硬把他往东院里去拉，见他的大哥去了。苏振雄这次见了楚江涯，只先称述过去在外边照护他的妹妹的高义，表示感谢，又问："你今天来了，何必又带来许多礼物？"楚江涯却拱手说：

"那是贱内送给这里小姐的一点东西，不值得挂齿！"苏振雄听了，当时便命仆妇去请小琴，楚江涯坐在这里更觉得不安。

待了良久，也没听见什么环佩之声，小琴可就来了，她那身材仍是那么窈窕，只是因为脱了孝，现在穿的是一件雪青色的绸袄，镶宽边的浅绿色的缎裤，鞋是什么样式，楚江涯就没敢细看。他立起身来了，拱手称道："小姐！"苏小琴也还了礼，很清楚爽快地问说："楚大哥好！嫂子跟侄子在家里都好吗？"楚江涯只恭谨地连声说："好好好好！"小琴又说："嫂子叫大哥这么远送来了礼物，我真心里不安，请回去时替我道谢吧！"楚江涯又说了两个"好"字。

小琴在这屋里略停了一停就走了，楚江涯倒觉得现在的苏小琴是与当年江湖上的美剑侠不一样了。不过，回想刚才看见的她那芳容，倒似是更为艳丽，更显得年轻，吐血的病儿大概早就好了，李剑豪对她的恩仇也不知在她的心中磨去了没有？至于那条汗巾和那双睡鞋，她是还保存着呢？是早已穿用旧了？

楚江涯脑子里泛了半天胡思乱想，觉出跟苏家兄弟俩说话已是所答非所问，他只得起身告辞了。苏振雄仍然是不能起身往外送，苏振杰拉着他送他，但是还没有走出这个东院，苏振杰就一眼看见了那正院里站着一个人——这人大概是叫他碰过很大的钉子，他不敢见人家，当时就止住步，缩了头，推着楚江涯说："你一个人走吧！恕我不送了，过两日我到城里再去看你去。"

楚江涯发呆地又走到那正院里，却看见一个青衣白裤、满头的珐琅首饰的小寡妇，抱着个穿着花缎衣服的小女孩正在院中赏花，这正是云媚儿，但现在毫无江湖的习气了，简直叫人不敢轻视。这小女孩——不用说，必是李剑豪的遗腹之女。此刻小琴也在院中，因为问了一声："楚大哥走吗？"楚江涯就带着笑，也含着愧向那边望了望，他见云媚儿虽没有理他，可是面上并无仇恨之意，苏小琴对着他还有点嫣然的笑，但他可不敢过去跟人家扳谈，只得走开。他的脚踏着的是满地红粉缤纷的牡丹落英，这都是被无情的风雨给吹落了的，摧残了的，蜂蝶往来飞着，也无力将它们救起。楚江涯就惆怅走出，上了车他就长叹了口气，当天回到城内，下午他就走了，回中牟县去了。

从此，洛河之水年年流，玄岳之云层层起，江湖上的风尘滚滚不绝，但这一段事情，就已渐渐为世人忘记。

为《王度庐武侠言情小说集》而作

张赣生

我第一次读度庐先生的作品，是四十多年前刚上中学的时候，做梦也想不到今天为《王度庐武侠言情小说集》写序。

度庐先生是民国通俗小说史上的大作家，他的小说创作以武侠为主，兼及社会、言情，一生著作等身。最为人乐道的，自然首推以《鹤惊昆仑》《宝剑金钗》《剑气珠光》《卧虎藏龙》《铁骑银瓶》构成的系列言情武侠巨著，但他的一些篇幅较小的武侠小说，如《绣带银镖》《洛阳豪客》《紫电青霜》等，也各具诱人的艺术魅力，较之"鹤-铁五部"并不逊色。

度庐先生以描写武侠的爱情悲剧见长。在他之前，武侠小说中涉及婚姻恋爱问题的并不少见，但或作为局部的点缀，或思想陈腐、格调低下，或武侠与爱情两相游离缺少内在联系，均未能做到侠与情浑然一体的境地。度庐先生的贡献正在于他创造了侠情小说的完善形态，他写的武侠不是对武术与侠义的表面描绘，而是使武侠精神化为人物的血液和灵魂；他写的爱情悲剧也不是一般的两情相悦、恶人作梗的俗套，而是从人物的性格中挖掘出深刻的根源，往往是由于长期受武德与侠道熏陶的结果。这种在复杂的背景下，由性格导致的自我毁灭式的武侠爱情悲剧，十分感人。其中包含着作者饱经忧患、洞达世情的深刻人生体验，若真若梦的刀光剑影、爱恨缠绵中，自有天道、人道在,常使人掩卷深思,品味不尽。

度庐先生是一位极富正义感的作家,这在他的社会言情小说中表现得格外鲜明。《风尘四杰》《香山侠女》中天桥艺人的血泪生活,《落絮飘香》《灵魂之锁》中纯真少女的落入陷阱,都是对黑暗社会的控诉,很能引起读者的共鸣。度庐先生自幼生活在北京,熟知当地风土民情,常常在小说中对古都风光作动情的描写,使他的作品更别具一种情趣。

度庐先生是经受过"五四"新文化运动洗礼的人,他内心深处所尊崇的实际上是新文艺小说,因而他本人或许更重视较贴近新文艺风格的言情小说和社会小说创作。但从中国文学史的全局来看,他的武侠言情小说大大超越了前人所达到的水平,而且对后起的港台武侠小说有极深远影响的,是他创造了武侠言情小说的完善形态,在这方面,他是开山立派的一代宗师。几十年来出版的中国现代文学史,无例外地排斥通俗小说,这种偏见不应再继续下去,现在是改写中国现代文学史的时候了。

已知王度庐小说目录

1926—1937

作品名称	始载时间	连载报刊/署名/备注
半瓶香水	1926.9之前	小小日报/王霄羽
黄色粉笔	1926.9之前	同上
红绫枕	1926.9	小小日报/王霄羽/同年报社出版单行本
残阳碎梦	1926.12	小小日报/王霄羽
侠义夫妻	1927.1	同上
琪花恨	1927.3	同上
媾母孤儿	1927.4	同上
飘泊花	1927.5	同上
红手腕	1927.8	同上
护花铃	1927.8	小小日报/霄羽
青衫剑客	1927.10	小小日报/王霄羽
蝶魂花骨	1928.3	同上
疑真疑假	1928.4	小小日报/葆祥
双凤随鸦录	1928.7	小小日报/王霄羽
战地情仇	1929.6	同上
自鸣钟	1930.4	同上
惊人秘柬	1930.4	同上
神獒捉鬼	1930.6	同上
空房怪事	1930.7	同上
绣帘垂	未详	同上
玉藕愁丝	1930.7	小小日报/香波馆主
烟霭纷纷	1930.7	同上
鳌汉海盗	1930.8	小小日报/霄羽
缠命丝	1931.8	小小日报/王霄羽
触目惊心	1931.8	同上
燕燕莺莺	1931.8	小小日报/香波馆主
黄河游侠传	1936.10	平报/霄羽
燕赵悲歌传	1937.4	同上
八侠夺珠记	1937.7	同上

1938—1949

作品名称	起止时间	连载报刊署名	出版时间、出版社/署名
河岳游侠传	1938.6–1938.11	青岛新民报 王度庐	
宝剑金钗记	1938.11–1939.7	青岛新民报 王度庐	1939年青岛新民报社，1948年上海励力出版社（改题《宝剑金钗》）/王度庐
落絮飘香	1939.4–1940.2	青岛新民报 霄羽	1948年上海励力出版社，分为四册：《落絮飘香》《琼楼春情》《朝露相思》《翠陌归人》/王度庐
剑气珠光录	1939.7–1940.4	青岛新民报 王度庐	1941年青岛新民报社，1947年上海励力出版社（改题《剑气珠光》）/王度庐
古城新月	1940.2–1941.4	青岛新民报 霄羽	1949–1950年上海励力出版社，分为四册：《朱门绮梦》《小巷娇梅》《碧海狂涛》《古城新月》/王度庐
舞鹤鸣鸾记	1940.4–1941.3	青岛新民报 王度庐	1941年（？）青岛新民报，1948年（？）上海励力出版社（改题《鹤惊昆仑》）/王度庐
风雨双龙剑	1940.8–1941.5	京报（南京） 王度庐	1941年南京京报社/王度庐，1948年上海育才书局/王度庐
卧虎藏龙传	1941.3–1942.3	青岛新民报 王度庐	1948年上海励力出版社（改题《卧虎藏龙》）/王度庐
海上虹霞	1941.4–1941.8	青岛新民报 霄羽	1949年上海励力出版社，分为二册：《海上虹霞》《灵魂之锁》/王度庐
彩凤银蛇传	1941.5–1942.3	京报（南京） 王度庐	
虞美人	1941.8–1943.10	青岛新民报 霄羽	1949年上海励力出版社，分为数册：《琴岛佳人》《少女飘零》《歌舞芳邻》等/王度庐
纤纤剑	1942.3–1942.10	京报（南京） 王度庐	
铁骑银瓶传	1942.3–1944.?	青岛新民报 王度庐	1948年上海励力出版社，改题《铁骑银瓶》/王度庐
舞剑飞花录	1943.1–1944.1	京报（南京） 王度庐	1949年上海励力出版社，改题《洛阳豪客》/王度庐
大漠双鸯谱	1944.1–1944.7	京报（南京） 王度庐	

（接上表）

寒梅曲	1943.10-？	青岛新民报 霄羽	1948年（？）上海励力出版社，分为数册：《暴雨惊鸳》等/王度庐
紫电青霜录	1944-1945	青岛新民报 王度庐	1948年上海励力出版社，改题《紫电青霜》/王度庐
春明小侠	1944.7-1945.4	京报（南京） 王度庐	
琼楼双剑记	1945.4-1945（？）	京报（南京） 王度庐	
锦绣豪雄传	1945.5-？	民民民 王度庐	
紫凤镖	1946.12-1947.7	青岛时报 鲁云	1949年重庆千秋书局/王度庐
太平天国情侠传	1947.5-？	民治报 鲁云	
清末侠客传	1947.4-1948.？	大中报 鲁云	1948年上海励力出版社，分为二册：《绣带银镖》《冷剑凄芳》/王度庐
晚香玉	1947.6-1948.1	青岛时报 绿芜	1948年上海励力出版社，分为二册：《绮市芳葩》《寒波玉蕊》/王度庐
雍正与年羹尧	1947.7-1948.4	青岛时报 鲁云	1948年上海励力出版社，改题《新血滴子》/王度庐
粉墨婵娟	1948.2-1948.7	青岛时报 绿芜	1948年元昌印书馆，分为二册：《粉墨婵娟》《霞梦离魂》/王度庐
风尘四杰	1948.2-？	岛声旬刊 佩侠	1949年上海励力出版社/王度庐
宝刀飞	1948.4-1948.9	青岛时报 鲁云	1948年上海励力出版社/王度庐
燕市侠伶	1948.7-1948.10	青岛时报 绿芜	1948年上海励力出版社/王度庐
金刚玉宝剑	1948.9-1949.2 1949.2-？	青岛公报 联青晚报 王度庐	1949年上海励力出版社/王度庐
香山侠女			1949年上海励力出版社/王度庐
春秋戟			1949年上海励力出版社/王度庐
龙虎铁连环	1948.9-1948.10	军民晚报 王度庐	1949年上海励力出版社/王度庐
玉佩金刀记	1949.1-1949.？	民治报 王度庐	

·

附录三

王度庐年表

徐斯年 顾迎新

说明:

    1.本表曾在《西南大学学报》刊出,此为补订本,包括增补史料及其说明、考证,并订正了个别疏误。

    2.本表包含许多新发现的资料,特别是在辽宁省实验中学档案室发现的王度庐档案,从而补正了徐斯年《王度庐评传》的一些误判和部分欠缺。

    3."度庐"实为1938年启用的笔名,为了统一,本表用为表主正名。

    4.由于史料不全,历年行状、著述依然详略不一,有待继续挖掘、补充史料。

    5.表中所记日期,阳历用阿拉伯数字,清、民国年份及旧历日期用汉字。

    6.表中所系年龄均为虚岁。

    7.由于旧报缺失严重,所以连载作品肯定不全。表中所录者,始载时间和结束时间多难确认,一般仅记月份,有线索可资考证者在按语中加以说明。

1909年(清宣统元年,己酉) 1岁

    正月,清帝爱新觉罗·溥仪改元"宣统"。清廷决定消除"旗""民"界限,旗人不再享受"俸禄"。是年七月廿九日(9月13日),王度庐生于北京

"后门里"司礼监胡同四号一户下层旗人家庭,原名葆祥(后曾改为葆翔),字霄羽。父亲"在清宫管理车马的机构里当小职员"。家庭成员除父母外还有一位姐姐、一位未嫁的姑母和一位叔祖父。一家六口,全靠父亲薪金维持生计。

按:后门即地安门,后门里位于地安门内,属镶黄旗驻地。司礼监胡同,得名于明代位于该地之司礼太监署;后改称"吉安所左巷",则得名于清代宫中嫔妃、宫女卒后停尸之"吉祥所"(后改"吉安所")。毛泽东青年时代曾租寓于本胡同8号。

关于父亲职务的记述引自王度庐手写简历,其父任职机构当系内务府下属之"上驷院"。内务府为管理皇家事务的机构,成员均为满洲上三旗(镶黄、正黄、正白)"从龙包衣"。"包衣",满语,意为"自家人",一定语境下也指"奴仆""世仆"。据此,王氏当属编入满洲镶黄旗的"汉姓人"(不同于"汉人""汉军"),这一族群不仅属于"旗族",而且也被承认为满族。

1912年(民国元年,壬子)　4岁

1月1日孙中山宣誓就任中华民国总统。2月2日,清宣统帝宣告退位。根据清室优待条件,宫内各执事人员照常留用,王度庐父亲依然可以领受部分薪金,家庭生计勉得维持。

1916年(民国五年,丙辰)　8岁

1月,王度庐父亲病故。2月,遗腹弟出生,名葆瑞,字探骊。家境日蹙,主要靠母亲为人缝补浆洗维持生计。

是年2月2日,王度庐夫人李丹荃生于陕西周至。

按:葆瑞出生时间据人民日报社1991年1月3日印发之《谭立同志生平》。葆瑞(即谭立)为遗腹子,由此可知其父当卒于1月份。周至,离西安甚近。

1918年(民国七年,戊午)　10岁

是年王度庐始入私塾读书。曾与姐、弟同染重症,母亲变卖家当为之治

疗，终得转危为安，而家庭经济更加贫困。

1919年（民国八年，己未）　11岁

五四运动爆发。王度庐仍在私塾就读，至1920年。

1921年（民国十年，辛酉）　13岁

是年王度庐入景山高等小学就读，至1924年。

1925年（民国十四年，乙丑）　17岁

是年1月，宋心灯在北京创办《小小》日报（后改《小小日报》），自任社长、主笔。王度庐从景山高等小学毕业，先在精精眼镜店当学徒，后在《平报》和电报局任见习生，可能已经开始向《小小》日报投稿。

按：宋心灯（？—1949），字信生，原籍河北大兴（析津）。新闻专科学校毕业，也是北京早期足球运动和羽毛球运动的发起者之一。《小小》日报即注重刊载体坛信息，后来发展为综合性小报。

又按：辽宁实验中学所存退休人员档案中的王度庐登记表，"文化程度"一栏填为"九年"，当系虚数。

1926年（民国十五年，丙寅）　18岁

是年《小小日报》先后刊载王度庐所撰侦探小说《半瓶香水》《黄色粉笔》和"实事小说"《红绫枕》，均署"王霄羽"。《小小日报》馆印行《红绫枕》单行本，标类改为"惨情小说"。12月，《小小日报》连载社会小说《残阳碎梦》，亦署"王霄羽"。12月24日，《小小日报》刊出宋信生所撰《本报改版宣言》，"将旧有之八小版易为四大版"。

按：由于存报缺失严重，《半瓶香水》《黄色粉笔》未见，不知确切发表时间。因《红绫枕》内文提及它们，故知连载于《红绫枕》之前。由此亦不排除其一已于上年开始见报的可能。又据李丹荃女士回忆，早期作品还有《绣帘垂》《浮白快》两种，均未见。《残阳碎梦》，现存第十次载于是年12月20日，由此推知当始载于12月1日；现存第三十三次载于次年1月21日，末注"（未完）"。

1927年（民国十六年，丁卯）　19岁

是年王度庐始在宽街夜授计民小学任职，先当会计，后任教员，直至1929年。同时继续卖稿和自学，包括到北京大学旁听，往三座门北京图书馆、鼓楼民众图书阅览室阅读。

1月，《小小日报》连载武侠小说《侠义夫妻》，署"王霄羽"。3月，《小小日报》始载社会小说《琪花恨》，署"王霄羽"。4月，《小小日报》连载社会小说《孀母孤儿》，署"王霄羽"。5月，《小小日报》连载社会小说《飘泊花》，署"王霄羽"。6月，《小小日报》连载侦探小说《红手腕》，署"王霄羽"。8月，《小小日报》连载侠情小说《护花铃》，署"霄羽"。10月，《小小日报》连载武侠小说《青衫剑客》，署"王霄羽"。

按：《侠义夫妻》，现存第八次载于1月31日，当始载于《残阳碎梦》结束后；连载结束时间当在《琪花很》始载之前。《孀母孤儿》仅存5月2日第十一次，由此推知始载时间在4月（《琪花梦》结束之后）。《飘泊花》，现存第六次载于5月30日。《红手腕》，现存第十一次载于7月9日，可知始载于6月末。《护花铃》仅存十四、十七次，载于9月2日、5日，是知始载于8月，标类"侠情小说"，写当时题材。《青衫剑客》，第四次载于10月9日，至11月9日犹未结束。

1928年（民国十七年，戊辰）　20岁

是年北京改称"北平"。3月，《小小日报》连载侦探小说《疑真疑假》，署"葆祥"。3月，《小小日报》连载社会小说《蝶魂花骨》，署"王霄羽"。5月，《小小日报》连载社会小说《揉碎桃花记》，署"王霄羽"。7月，《小小日报》连载"讽世小说"《双凤随鸦录》，署"王霄羽"。

按：《疑真疑假》，第四次载于3月12日，当始载于8日。《蝶魂花骨》，第三十四次载于4月11日，当始载于3月9日，与《疑真疑假》同时，故用两个笔名。《双凤随鸦录》，第四十二次载于8月21日。

本年存报缺失严重，当有不少连载作品至今未知。以下类似情况不再逐一说明。

1929年（民国十八年，己巳）　21岁

6月，《小小日报》连载社会小说《战地情仇》，署"王霄羽"。

按：《战地情仇》，仅存7月4日一次（序号未详）。本年几无存报。

1930年（民国十九年，庚午）　22岁

是年王度庐离开宽街夜授计民小学，改任家庭教师，不久认识李丹荃。

按：李丹荃在所遗手稿《王度庐小传》中说："我在北京读中学时，在一个同学家里认识了王度庐。那时，他正给我的同学的弟弟补习功课。记得他曾送过我两本书，一本是纳兰容若的《饮水词》，另一本是《浮生六记》。我不喜欢《浮生六记》，却很喜欢那本词，有些句子至今仍能记得，如'摇落尽，有发未全僧，风雨消磨生死别，似曾相识只孤灯；情在不能醒……''瘦狂那似肥痴好，任他肥痴好，笑他多病与长贫，不及衰衰诸公向风尘……'"（按文中所记纳兰词句与原作略有出入。）

3月，《小小日报》连载侦探小说《自鸣钟》，署"王霄羽"。

按：《自鸣钟》残存连载文本至三十一次告"全卷终"，次日接载《惊人秘束》第一次。故暂系于3月。

是年，王度庐始用笔名"柳今"在《小小日报》开辟个人专栏"谈天"，每日发表短文一篇，纵论国事、民生、世态、人情、风习、学术、艺文等。"柳今"在这些短文里经常述及"自己"的"经历"，多属杜撰；但是，这位论说者的心态、性格、气质又与当时的王度庐十分相符。

按：因存报缺失，"谈天"开栏、终结时间未详。所载杂文均署"柳今"，以下不作逐篇标注。

4月1日，《小小日报》"谈天"栏刊出杂文《世态》。4月4日，《小小日报》"谈天"栏刊出杂文《荒芜的青年》。

按：4月2日、3日报纸缺失，或漏杂文两篇。以下类似情况不再加注按语。

4月5日，《小小日报》"谈天"栏刊出杂文《中等人》。4月6日，《小小日报》"谈天"栏刊出杂文《架子》。4月7日，《小小日报》"谈天"栏刊出杂文《性的广告》。4月8日，《小小日报》"谈天"栏刊出杂文《笑》。4月9日、10日，《小小日报》"谈天"栏连续刊出杂文《永垂不朽》（一）（二）。4月11日，《小小日报》

"谈天"栏刊出杂文《女性的教育与生育》。4月12日，《小小日报》"谈天"栏刊出杂文《一位平民文学家》，赞赏满族鼓词作者韩小窗。文中说："世界本来是平民的世界，尤其是文学家，更要有一种平民化的精神，他才能够用文学的力量，来转移风化，陶冶民情；否则琢句雕章，自以为是，至多不过只能得到少数的文蠹的几遍诵读罢了。"韩小窗"这人确实是位有天才、有词藻、有思想的文学家。他能把他这种才学，不去作八股，不去批试帖，而能用来编大鼓，他的平民思想可见了，他的环境可见了，而他的清高也可见了。"

按：韩小窗（约1828—1890），辽宁开原人，满族，子弟书（即鼓词）作家。其代表作有《露泪缘》《宁武关》《长坂坡》《刺虎》《黛玉悲秋》《红梅阁》及影卷《谤可笑》《金石语》等。

4月13日，《小小日报》"谈天"栏刊出杂文《绝顶聪明》。4月14、15日，《小小日报》"谈天"栏连续刊出杂文《道德》（一）（二）。

4月17至23日，《小小日报》"谈天"栏连载杂文《伦理与中国》。全文分为五节：一、伦理的产生；二、伦理的优点；三、伦理被利用以后；四、伦理存亡与中国之存亡；五、伦理的蟊贼。

4月25日，《小小日报》"谈天"栏刊出杂文《小难》。4月26日，《小小日报》"谈天"栏刊出杂文《女招待》。4月27日，《小小日报》"谈天"栏刊出杂文《落子馆》。4月29日，《小小日报》"谈天"栏刊出杂文《麻醉剂》。4月30日，《小小日报》"谈天"栏刊出杂文《万寿寺》。

4月，《小小日报》连载侦探小说《惊人秘柬》，署"王霄羽"。

按：《自鸣钟》残存连载文本至三十一次告"全卷终"，次日接载《惊人秘柬》第一次，具体日期均难考定。

5月1日，《小小日报》"谈天"栏刊出杂文《赘泽品》。5月2日，《小小日报》"谈天"栏刊出杂文《童子军》。5月3日，《小小日报》"谈天"栏刊出杂文《女腿》。5月4日，《小小日报》"谈天"栏刊出杂文《颠倒雌雄》。5月5日，《小小日报》"谈天"栏刊出杂文《歌舞剧》。5月6日，《小小日报》"谈天"栏刊出杂文《招与待》。5月7日，《小小日报》"谈天"栏刊出杂文《恢复北京》。5月8日，《小小日报》"谈天"栏刊出杂文《野鸡》。5月9日，《小小日报》"谈天"栏刊出杂文《女招打》。5月13日，《小小日报》"谈天"栏刊出杂文《署名》。5月

14日,《小小日报》"谈天"栏刊出杂文《迷》。5月15日,《小小日报》"谈天"栏刊出杂文《恶五月》。5月16日,《小小日报》"谈天"栏刊出杂文《送春》。5月17日,《小小日报》"谈天"栏刊出杂文《哭》。5月18日,《小小日报》"谈天"栏刊出杂文《雨天》。5月19日,《小小日报》"谈天"栏刊出杂文《名士派》。5月20日,《小小日报》"谈天"栏刊出杂文《小算盘》。5月21日,《小小日报》"谈天"栏刊出杂文《自行车》。5月22日,《小小日报》"谈天"栏刊出杂文《穷北京?》。5月23日,《小小日报》"谈天"栏刊出杂文《服从》。5月24日,《小小日报》"谈天"栏刊出杂文《奴隶性》。5月28日,《小小日报》"谈天"栏刊出杂文《澡堂里》。5月29日,《小小日报》"谈天"栏刊出杂文《安慰》。5月30日,《小小日报》"谈天"栏刊出杂文《中国剧》。5月31日,《小小日报》"谈天"栏刊出杂文《游民》。5月,《小小日报》连载侦探小说《触目惊心》,署"王霄羽"。

按:《触目惊心》未见,据《空房怪事》前言列入,连载时间在《神獒捉鬼》之前,故系入5月。

6月1日,《小小日报》"谈天"栏刊出杂文《端午节》。3日,《小小日报》"谈天"栏刊出杂文《打麻雀》。4日,《小小日报》"谈天"栏刊出杂文《谋事》。5日,《小小日报》"谈天"栏刊出杂文《无聊的北平》。6日,《小小日报》"谈天"栏刊出杂文《病》。同日开始连载侦探小说《神獒捉鬼》,署"王霄羽"。

按:《神獒捉鬼》共连载二十五次,当结束于6月30日(7月1日始载《空房怪事》,参见《空房怪事》引言)。

7日,《小小日报》"谈天"栏刊出杂文《造化儿子》。8日,《小小日报》"谈天"栏刊出杂文《疯人》。9日,《小小日报》"谈天"栏刊出杂文《阔事》。10日,《小小日报》"谈天"栏刊出杂文《骗术》。11日,《小小日报》"谈天"栏刊出杂文《财神 阎王》。12日,《小小日报》"谈天"栏刊出杂文《画中人》。13日,《小小日报》"谈天"栏刊出杂文《醉酒》。14日,《小小日报》"谈天"栏刊出杂文《夫妻间》。15日,《小小日报》"谈天"栏刊出杂文《不开壳》。16日,《小小日报》"谈天"栏刊出杂文《憔悴》。17日,《小小日报》"谈天"栏刊出杂文《伤心人》。18日,《小小日报》"谈天"栏刊出杂文《情书》。19日,《小小日报》"谈天"栏刊出杂文《琴声里》。20日,《小小日报》"谈天"

栏刊出杂文《❀》。21日,《小小日报》"谈天"栏刊出杂文《什刹海》。22日,《小小日报》"谈天"栏刊出杂文《凶杀案》。23日,《小小日报》"谈天"栏刊出杂文《关于裤子》。24日,《小小日报》"谈天"栏刊出杂文《三件痛快事》。25日,《小小日报》"谈天"栏刊出杂文《诗人》。26日、27日,《小小日报》"谈天"栏连续刊出杂文《贵族学校》(一)(二)。28日,《小小日报》"谈天"栏刊出杂文《穷   住》。29日,《小小日报》"谈天"栏刊出杂文《妙影》。30日,《小小日报》"谈天"栏刊出杂文《罪恶场中之未来者》。6月,《小小日报》连载社会小说《烟霭纷纷》,署"香波馆主"。

按:现存《烟霭纷纷》第三十六次连载文本复印件上有副刊"编余"一则,云"今天这版算作'七夕特刊'"。查1930年七夕为阳历8月30日,由此推知《烟霭纷纷》当始载于6月27日。

7月1日,《小小日报》"谈天"栏刊出杂文《吃饭问题》。5日,《小小日报》"谈天"栏刊出杂文《平民化》。6日,《小小日报》"谈天"栏刊出杂文《面子》。7日,《小小日报》"谈天"栏刊出杂文《醋   忌讳》。8日,《小小日报》"谈天"栏刊出杂文《文士与蚊士》。9日,《小小日报》"谈天"栏刊出杂文《人品与装饰》。12日,《小小日报》"谈天"栏刊出杂文《消夏》。13日,《小小日报》"谈天"栏刊出杂文《财神爷》。同日,《小小日报》始载惨情小说《玉藕愁丝》,署"香波馆主"。

按:《玉藕愁丝》始载日期据预告图片背面报头推知。

14日,《小小日报》"谈天"栏刊出杂文《妓女问题》。15日,《小小日报》"谈天"栏刊出杂文《杨耐梅　朱素云》。

按:杨耐梅,生于1904年,中国早期影星,曾出演《玉梨魂》《奇女子》《上海三女子》《空谷兰》等无声片。当时北平讹传她已"香消玉殒",作者故撰此文悼念。实则杨在1960年卒于台湾。朱素云,京剧小生演员朱沄之艺名,生于1872年,卒于1930年。

16日,《小小日报》"谈天"栏刊出杂文《难民返国》。17日,《小小日报》"谈天"栏刊出杂文《灯下人》。18日,《小小日报》"谈天"栏刊出杂文《捧》。19日,《小小日报》"谈天"栏刊出杂文《快乐人多?》。20日,《小小日报》"谈天"栏刊出杂文《西游记》。21日,《小小日报》"谈天"栏刊出杂文

《火警》。22日，《小小日报》"谈天"栏刊出杂文《人体美》。23日，《小小日报》"谈天"栏刊出杂文《穷　光　蛋》。24日，《小小日报》"谈天"栏刊出杂文《抵抗力》。25日，《小小日报》"谈天"栏刊出杂文《香艳文章》。26日，《小小日报》"谈天"栏刊出杂文《雨夜柝声》。27日，《小小日报》"谈天"栏刊出杂文《爱河》。28日，《小小日报》"谈天"栏刊出杂文《调戏》。29日，《小小日报》"谈天"栏刊出杂文《"嫁"的问题》。30日，《小小日报》"谈天"栏刊出杂文《阎罗王》。31日，《小小日报》"谈天"栏刊出杂文《知音》。7月，《小小日报》连载侦探小说《空房怪事》，署"王霄羽"。

按：《空房怪事》共连载二十九次，残存文本图片均无报头，难以确认具体时间。（第一次疑载于7月3日，见图片背面；结束于第二十九次，当为8月1日。）

8月2日，《小小日报》"谈天"栏刊出杂文《战》。

3日，《小小日报》"谈天"栏刊出杂文《时髦》。4日，《小小日报》"谈天"栏刊出杂文《人逛人》。5日，《小小日报》"谈天"栏刊出杂文《跳舞场里》。6日，《小小日报》"谈天"栏刊出杂文《奸杀案》。7日，《小小日报》"谈天"栏刊出杂文《阴阳电》。8日，《小小日报》"谈天"栏刊出杂文《办白事》。9日，《小小日报》"谈天"栏刊出杂文《眼光》。10日，《小小日报》"谈天"栏刊出杂文《无与偶　莫能容》。11日，《小小日报》"谈天"栏刊出杂文《喜新厌旧》。12日，《小小日报》"谈天"栏刊出杂文《洋化的话》。13日，《小小日报》"谈天"栏刊出杂文《发财学》。14日，《小小日报》"谈天"栏刊出杂文《儿童　成人》。15日。《小小日报》"谈天"栏刊出杂文《英雄难过美人关》。16日，《小小日报》"谈天"栏刊出杂文《交际》。17日，《小小日报》"谈天"栏刊出杂文《呻吟》。18日，《小小日报》"谈天"栏刊出杂文《枇杷巷里》。19日，《小小日报》"谈天"栏刊出杂文《捕蝇》。20日，《小小日报》"谈天"栏刊出杂文《殉情》。21日，《小小日报》"谈天"栏刊出杂文《人死不值钱》。22日，《小小日报》"谈天"栏刊出杂文《癞蛤蟆　天鹅肉》。23日，《小小日报》"谈天"栏刊出杂文《作时评》。25日，《小小日报》"谈天"栏刊出杂文《马路》。26日，《小小日报》"谈天"栏刊出杂文《女朋友》。27日，《小小日报》"谈天"栏刊出杂文《跳楼者》。28日，《小小日报》"谈天"栏刊出杂文

《蟋蟀》。29日，《小小日报》"谈天"栏刊出杂文《古城返照》。30日，《小小日报》"谈天"栏刊出杂文《惹气》。31日，《小小日报》"谈天"栏刊出杂文《活得弗耐烦》。8月，《小小日报》始载武侠小说《鳌汉海盗》，署"霄羽"。

　　按：《鳌汉海盗》连载文本基本完整，但原件图片无报头，难以确认日期。共连载四十二次，当结束于9月间，时《烟霭纷纷》仍在连载。

　　9月1日，《小小日报》"谈天"栏刊出杂文《由线订书说起》。2日、3日，《小小日报》"谈天"栏连续刊出杂文《"娶"的问题》（一）（二）。4日，《小小日报》"谈天"栏刊出杂文《罂粟味》。5日，《小小日报》"谈天"栏刊出杂文《忏悔》。6日，《小小日报》"谈天"栏刊出杂文《想当然耳》。7日，《小小日报》"谈天"栏刊出杂文《标奇与仿效》。8日，《小小日报》"谈天"栏刊出杂文《复古》。9日，《小小日报》"谈天"栏刊出杂文《野草闲花》。同日同报又载影评《看了〈故都春梦〉》，署"柳今投"。10日，《小小日报》"谈天"栏刊出杂文《倡门》。12日，《小小日报》"谈天"栏刊出杂文《乞丐》。13日，《小小日报》"谈天"栏刊出杂文《心》。9月15日，《小小日报》"谈天"栏刊出杂文《短　小　经济》。9月16日，《小小日报》"谈天"栏刊出杂文《性的文章》。9月17日，《小小日报》"谈天"栏刊出杂文《逢场作戏》。9月18日，《小小日报》"谈天"栏刊出杂文《浮云变幻》。9月19日，《小小日报》"谈天"栏刊出杂文《敲钗小语》。20日，《小小日报》"谈天"栏刊出杂文《俗礼》。21日，《小小日报》"谈天"栏刊出杂文《何不当初》。22日，《小小日报》"谈天"栏刊出杂文《醋的考证》。23日，《小小日报》"谈天"栏刊出杂文《劲秋》。28日，《小小日报》"谈天"栏刊出杂文《柴　米　油　盐　酱　醋　茶》。30日，《小小日报》"谈天"栏刊出杂文《烛边思绪》，叙述阅读《朝鲜义士安重根传》的感受，抒发爱国情怀及对国内现实的愤懑。

　　10月1日，《小小日报》"谈天"栏刊出杂文《吵嘴》。29日，《小小日报》"哈哈镜"栏刊出杂文《团圞月照破碎国家》，署"柳今"。

1931年（民国二十年，辛未）　23岁

　　是年，王度庐应聘担任《小小日报》编辑员。5月，《小小日报》连载哀情小说《缠命丝》，署"王霄羽"。同时连载社会小说《燕燕莺莺》，署"香波馆

主"。9月18日,沈阳发生"九一八"事变,日本加紧侵华。

按:《缠命丝》仅存第九〇次,内文曰"全卷终",图片有"31,8,1"标注,据此倒推,当始载于5月;《燕燕莺莺》仅存第六二次,未完,图片注"31,8"。

又按:耿小的在《我与〈小小日报〉》中说,自己进入《小小日报》任编辑是在"1933年后","之前似乎赵苍海编过很短时期",却未提及王霄羽。若其记忆无误,则王之去职,当在赵前。

1934年(民国二十三年,甲戌) 26岁

是年,李丹荃随父亲离北平去西安。不久王度庐亦往西安,任陕西省教育厅编审室办事员,《民意报》编辑员。

3月10日,陕西省教育厅在西安民众教育馆举办西安中小学讲演竞赛会;28日、29日,又在西安民乐园举办西安中小学第二届唱歌比赛,均派王霄羽任记录。

3月20日,西安《民意报》"戏剧与电影周刊"第一期刊载《中国戏剧生命之革新》第一节"九一八后的中国戏剧界",署"柳今"。文中慨叹中国剧坛进步缓慢,以至"今日远东国际纠纷之病菌集于中国,而我国之戏剧仍然如沉睡,如枯死,反使他人——俄国——高呼曰:'怒吼吧中国!'"27日,"戏剧与电影周刊"第二期续载《中国戏剧生命之革新》第一节"九一八后的中国戏剧界",署"柳今"。文中续论中国戏剧的觉醒与"推翻""旧剧势力"之关系。同期又载《电影是应合大众所需要 真不容易利用它》,署"潇雨"。文中说:"艺术只要不是'自我'的而是'大众'的,那就当然要被利用成为一种工具。电影尤其要首先被人利用的,不过常常又见人们弄巧成拙,利用影片作某种宣传,结果倒被观众利用,"从而形成与国外影片亦步亦趋的种种题材热,当前已由伦理片、武侠侦探片演进为民生片。当局于"九一八"后号召影界多制作"关于唤起民族精神的片子"固然不错,但是"现在的民众,只是恐慌他们的经济穷困,生活惨淡,实在没有充分的力量去供给到民族上。或者,现在的电影也只走到了替穷人呼吁,次一步,才是民族精神"。

4月3日,西安《民意报》"戏剧与电影周刊"第三期未见,当续载

《中国戏剧生命之革新》第二节"新旧戏剧之检讨"。10日,"戏剧与电影周刊"第四期续载《中国戏剧生命之革新》第二节"新旧戏剧之检讨",署"柳今"。文中认为,"中国旧剧虽然不能追随时代,但确能利用科学,亦缘近代科学文明多供给于资产阶级之享乐,旧剧靡靡之音当愈适合于人之享乐。新剧□□□□,自难免在比较之下落后也"。(原件有四字无法辨认。)同期并载《伦敦公演〈彩楼配〉的问题》,署"潇雨"。文中认为,在伦敦由中国人与外国人用英语同演旧剧《彩楼配》,只能像《蝴蝶夫人》那样,迎合一部分外国人的扭曲了的东方观,"但是歪曲的东西在现代剧坛上实在没有它的地位,何况这《彩楼配》国际性质的公演"。

按:(1)王度庐档案中的履历表填:"1934—1935年 西安民意报 编辑员","1935-1936年 陕西省教育厅 办事员"。而从文章刊出情况判断,任《民意报》编辑员应该在后(报馆编辑不可能受厅长派遣去任竞赛记录),或者同时兼任二职。

(2)西安《民意报》"戏剧与电影周刊"仅存一、二、四期,日期据打印稿说明(周刊第四期为4月10日)向前推算而得。4月3日报缺失,内容可据前后两期推知(不排除3日还有其他文章刊出)。4月10日以后报纸缺失,当有其他未知史料。

5月,《陕西教育月刊》第五期发表《陕西省教育厅举办西安中小学讲演竞赛会经过》和《陕西省教育厅举办西安中小学第二届唱歌比赛会经过》记录,均署"王霄羽"。

10月,《陕西教育旬刊》第二卷第廿九、卅、卅一期合刊"论著"栏刊出《民间歌谣之研究》,署"王霄羽"。全文五章:第一章"歌谣之史的发展";第二章"歌谣的分类法";第三章"歌谣价值的面面观";第四章"歌谣技巧的研究";第五章"结论"。文中有这样的论述:"贵族化的文学在'五四'时就已被人打倒,现在一般人都提倡大众文学。真正的'大众文学'在哪里?我们离开了歌谣,恐怕再没有地方寻找了罢?"

1935年(民国二十四年,乙亥) 27岁

是年,王度庐与李丹荃在西安结婚。婚后李父卒于三原,王度庐前往料理丧事,曾遭歹徒劫持。

按：王度庐后来在《〈宝剑金钗〉序》中写及"频年饥驱远游，秦楚燕赵之间，跋涉殆遍"当有所夸张，实则未离陕西。

1936年（民国二十五年，丙子）　28岁

是年王度庐夫妇返回北平。10月13日，《平报》刊载《献于〈平报〉——十五周年》，署"王霄羽"。同日，《平报》开始连载武侠小说《黄河游侠传》，署"霄羽"。12月12日，发生"西安事变"。

按：李丹荃在遗稿中回忆返京前后的生活说："我有晕眩症，那时常犯，昏迷中常听到王叨念：'谢家有女偏怜小，自嫁黔娄万事乖……'后来我知道了这是元稹的悼亡诗。我就说：'你老叨念什么，我又没有死呀！'现在回想当时情景，如在目前。"

1937年（民国二十六年，丁丑）　29岁

是年春，王度庐夫妇应李丹荃二伯父伊筱农召，同赴青岛。4月17日，《平报》连载《黄河游侠传》结束。18日，《平报》开始连载武侠小说《燕赵悲歌传》，署"霄羽"。4月末，王度庐回北平料理"文债"，于端午节后返青岛。不久，弟探骊与北平进步青年同来青岛，王度庐夫妇送他们取道上海奔赴陕北参加革命。

按：李丹荃在所遗手稿中说："弟弟到了青岛，我们大家分析了当时的形势，都赞成他去内地找出路。他们兄弟一向感情很好，分手时不无留恋。最后王度庐慨然说：'你就放心走吧，我们以后会团聚的，母亲的生活，家里的一切，有我呢。'他把自己的怀表给了弟弟。"

7月7日，卢沟桥事变爆发。9日，《平报》连载《燕赵悲歌传》结束。10日，《平报》开始连载武侠小说《八侠夺珠记》，署"霄羽"。30日，北平、天津失守。

12月底，青岛守军撤离。

按：伊筱农（1870—1946？），广东法政及警察速成学校毕业。1912年来青岛，创办《青岛白话报》（后改名《中国青岛报》），在当地颇有影响。"伊"为满族所冠汉姓，可知李丹荃家族亦有满族血统。

《八侠夺珠记》殆未载完。

1938年（民国二十七年，戊寅）　30岁

1月10日，日寇全面占领青岛。伊筱农博平路宅第被日军作为"敌产"没收，王度庐夫妇与伯父同往宁波路4号租屋居住。生计陷入极度困难之时，王度庐偶遇在《青岛新民报》任副刊编辑的北平熟人关松海，应约向该报投稿。

5月30日、31日，《青岛新民报》发布《本报增刊武侠小说预告》，称"已征得名小说家王度庐先生之精心杰作长篇武侠小说《河岳游侠传》"，即将刊出。是为"度庐"笔名首次见报。

按：《青岛新民报》和后来的《青岛大新民报》在刊出王度庐作品之前都先发布预告，下不一一列载。

6月1日，《青岛新民报》开始连载武侠小说《河岳游侠传》，署"王度庐"。2日，《青岛新民报》刊载散文《海滨忆写》，署"度庐"。

11月15日，《河岳游侠传》连载结束。共20回，未见单行本。16日，《青岛新民报》开始连载武侠悲情小说《宝剑金钗记》，署"王度庐"。配图：刘镜海。

按：刘镜海，时在海泊路23号开设"镜海美术社"，除为王氏作品配插图外，在生活上与王度庐夫妇也经常互相照顾。

1939年（民国二十八年，己卯）　31岁

是年春，王度庐长子生于青岛。4月24日，《青岛新民报》开始连载社会言情小说《落絮飘香》，署"霄羽"。配图：许清（刘镜海笔名）。7月29日，《宝剑金钗记》在《青岛新民报》载毕。30日，《青岛新民报》开始连载武侠悲情小说《剑气珠光录》。

是年，青岛新民报社印行《宝剑金钗记》单行本，前有王度庐自序，谓"频年饥驱远游，秦楚燕赵之间跋涉殆遍，屡经坎坷，备尝世味，益感人间侠士之不可无。兼以情场爱迹，所见亦多，大都财色相欺，优柔自误。因是，又拟以任侠与爱情相并言之，庶使英雄肝胆亦有旖旎之思，儿女痴情不尽

娇柔之态。此《宝剑金钗》之所由作也"。

按：《宝剑金钗记》自序仅见于青岛新民报版单行本，也是至今所见王度庐为自己著作所写申述创作意图的唯一自序（其他著作连载时虽或亦加引言，均系说明性文字，出版单行本时皆被删除）。

1940年（民国二十九年，庚辰）　32岁

2月2日，《落絮飘香》在《青岛新民报》载毕。3日，《青岛新民报》开始连载社会言情小说《古城新月》，署"霄羽"，配图：许清。22日，《青岛新民报》刊载《〈落絮飘香〉读后》，作者傅珈琳系关松海之夫人。文中介绍霄羽"曩在北京主编《小小日报》时，以著侦探小说知名"，并且透露"霄羽""度庐"实为一人。

4月5日，《剑气珠光录》载毕，随后亦由报社印行单行本。7日，《青岛新民报》开始连载《舞鹤鸣鸾记》，署"王度庐"，配图：刘镜海。此日所载为该书"序言"，出单行本时被删却，全文如下："内家武当派之开山祖张三丰，本宋时武当山道士，曾以单身杀敌百余，因之威名大振。武当派讲的是强筋骨、运气功、静以制动、犯则立仆，比少林的打法为毒狠，所以有人说'学得内家一二，即足以胜少林。'此派自张三丰累传至王咸来，咸来弟子黄百家，又将秘传歌诀，加以注解，所以内家拳便渐渐学术化了。可是后因日久年深，歌诀虽在，真功夫反不得传。自清初至近代，武当派中的侠士实寥寥无几，有的，只是甘凤池、鹰爪王、江南鹤等。甘凤池系以剑术称，鹰爪王专长于点穴，惟有江南鹤，其拳剑及点穴不但高出于甘、王二人之上，且晚年行踪极为诡异，简直有如剑仙，在《宝剑金钗记》与《剑气珠光录》二书中，这位老侠只是个飘渺的人物，如神龙一般。而本书却是要以此人为主，详述他一生的事迹。又本书除江南鹤之外，尚有李慕白之父李凤杰，及其师纪广杰。所以若论起时代，则本书所述之事，当在李慕白出世之前数十年了。"

8月16日，南京《京报》开始连载《风雨双龙剑》，署"王度庐"。配图：刘镜海。

按：南京《京报》为汪伪时期出版的四开小报，原系三日刊，1940年8月16日改为日报，终刊于1945年8月16日。该报约得王度庐文稿，当亦出诸关松

海之绍介。

介绍王度庐去市立女中代课的是潘思祖,字颖舒,河北邢台人,1930年毕业于河北大学国文系,时在青岛市立女中任教。李丹荃在回忆手稿中说:"潘先生常来我家,一坐就是半天。他善谈吐,知道的事情多,打开话匣子什么都说。""潘先生是王度庐那时唯一可以谈得来的人,只有和潘先生在一起,王度庐才肯毫无顾忌地说话。在有些言情小说里,故事情节也是取自潘先生的谈话资料。"王子久则在《王度庐和他的小说》(载于1988年1月9日《青岛日报》)中说,"下课后学生常常把他包围起来",要求他别把《落絮飘香》《古城新月》里女主人公的下场写得太惨。

1941年(民国三十年,辛巳) 33岁

是年王度庐任青岛圣功女中教员。3月15日,《舞鹤鸣鸾记》在《青岛新民报》载毕,随后亦由报社印行单行本。16日,《青岛新民报》开始连载《卧虎藏龙传》,配图:刘镜海。4月10日,《古城新月》在《青岛新民报》载毕。11日,《青岛新民报》开始连载《海上虹霞》,署"霄羽"。配图:许清。5月9日,《风雨双龙剑》在南京《京报》载毕,共17回。随后即由报社印行单行本。10日,南京《京报》开始连载《彩凤银蛇传》,署"度庐"。配图:刘镜海。8月27日,《海上虹霞》在《青岛新民报》载毕。28日,《青岛新民报》开始连载社会小说《虞美人》,署"霄羽"。配图:许清。

按:《风雨双龙剑》连载本与后来的上海育才书局重印本相比,在回目、内文上都略有差别,后者当经作者修订。

1942年(民国三十一年,壬午) 34岁

是年王度庐曾任青岛市立女中代课教员一个多月。

按:青岛王铎先生之母当年为市立女中教员,他听母亲说,王度庐担任的是培训社会人员的课程,上课地点在市立女中附小(即位于朝城路5号的今朝城路小学)。

3月1日,《彩凤银蛇传》在南京《京报》载毕,共13回。2日,南京《京报》开始连载《纤纤剑》,署"王度庐"。配图:刘镜海。3日,南京《京报》刊

载读者傅佑民来信《关于〈彩凤银蛇传〉鲁彩娥之死》，对《彩凤银蛇传》女主人公因伤重死于中途而未见到自幼失散之生母的结局提出异议。该报副刊编辑在《编者谨按》中说："王先生写鲁彩娥之死，才正是脱去中国武侠小说的旧套……给读者一种'此恨绵绵无绝期'的尾巴……这才是全书的力量。""读者越是这样着急、气愤，越是著者的成功，越见王先生文笔感人之深。6日，《卧虎藏龙传》在《青岛新民报》载毕。同日，南京《京报》又载读者陈中来信，再次对《彩凤银蛇传》写鲁海娥之死提出商榷，以为固然"不必'大团圆'或带'回令'"，而"'见娘'似为必要"。信中还提及"某日路过平江府街，闻一擦皮鞋者与一少年，亦在津津然预测鲁海娥之未来"，可见读者关心之一斑。7日，《青岛新民报》开始连载《铁骑银瓶传》，署"王度庐"。配图：刘镜海。17日，南京《京报》再载读者王德孚来信，认为虽然鲁海娥之死写得好，但是还应加上一些交代后事、劝导爱人走正路的临终遗言。24日，南京《京报》刊出王度庐《关于鲁海娥之死》一文，回答读者批评，说明"在写该书的第一回之前，我就预备着末了是一幕悲剧。""向来'大团圆'的玩意儿总没有'缺陷美'令人留恋，而且人生本来是一杯苦酒，哪里来的那么些'完美'的事情？'福慧双修'的女子本来就很少，尤其是历史或小说里的'美人'。古人云：'自古美人如名将，不许人间见白头。'西施为千古美人，原因是她后来没有下落；林黛玉是读过了《红楼梦》的人一定惋惜的，原因也是她早死。近代的赛金花就不够'绝代佳人'的条件，她是不该后来又以老旦的扮相儿再登台。'好花不常开，好景不常在'，美与缺陷原是一个东西。本此种种理由，于是我更得叫我们的'粉鳞小蛟龙'死了。""因为这样的女人决不可叫她去与人'花好月圆'，度那庸俗的日子；尤其不能叫她跟十三妹一样去二妻一夫的给男子开心。"

10月31日，《纤纤剑》在南京《京报》载毕，共10回。

是年，《青岛新民报》与《大青岛报》合并，更名《青岛大新民报》。

1943年（民国三十二年，癸未）　35岁

是年王度庐曾任《治平月刊》编辑员一个多月。1月23日，南京《京报》

开始连载《舞剑飞花录》，署"王度庐"。配图：刘镜海。

10月5日，《青岛大新民报》刊出《寒梅曲》广告，其中说："名小说家王霄羽先生自为本报撰《落絮飘香》《古城新月》《海上虹霞》《虞美人》等数篇之后，篇篇脍炙人口，远近交誉，百万读者每日争先竞读，投来赞誉之函件无数。盖王君文学湛深，复精研心理学，对于社会人情，观察最深；国内足迹又广，生活经验极为丰富；并以其妙笔，参合新旧写法，清俊流畅，细腻转宛；描写之人物，皆跃跃如生，令人留下深深印象。其所选之故事，又皆可悲可喜，新颖而近情合理，章法结构，亦极严谨，无懈可击。即以现刊之《虞美人》言，连刊二年余，若换他人之著作，恐早已令人生倦，然王君之文，日日有新的描写，故事有新的发展变幻，令人如食橄榄，越嚼其味越长；如观大海，久望而其波澜无尽。是以每日每人争相阅读，并常有向本社函电相询者。此均系事实，凡读者皆能信而不疑者也。故虽饱学之士，极富人生阅历之人，对王君之著作亦莫不称誉，谓之为当代第一流之小说家。今《虞美人》即将终篇，新作已由王君开始动笔，名曰《寒梅曲》。系由民国初年北京极繁华之时写起，先述女伶之生活，但与一般的俗流写法迥异；次叙一好学上进的女子，于艰苦环境之中不泯其志气，不失其天真。渐展为一段恋爱，男主角为一音乐家，于是《寒梅曲》遂写入本题矣。其后则此女主角遭境改变，如寒梅之遇风雪，花片纷落，然不失其皓洁。中间穿插许多新奇而合理之故事，出现许多面貌不同、心情各异之人物，但人物虽多而不杂乱，每个人又都是在前几篇中未见过的，可也就许是读者眼前常见的。写至中段，则情节极为紧张，能不下泪、不感动者恐少；斯时又写一洁身自爱、有为之少年人，排万难立其身，颇富伦理知识，且有教育意味。至篇末结束之时，写得尤为高超，读者到时自然赞佩。并且此书与前几篇不同，王君之作风稍加改变，简洁流丽，不作繁冗之藻饰，不用生涩的字句，更以悲哀与滑稽相衬而写，非但令人回肠荡气，有时亦令人喷饭。总之，王君之作品早已成熟，已至炉火纯青之候，已有挥洒自如之才力，此《寒梅曲》尤最，不待多加介绍也。"6日，《虞美人》在《青岛大新民报》载毕。7日，《青岛大新民报》开始连载《寒梅曲》，署"霄羽"。配图：许清。

按：因存报缺失，《寒梅曲》连载结束时间未详。

1944年（民国三十三年，甲申）　36岁

是年《铁骑银瓶传》在《青岛大新民报》载毕（具体月、日未详）。1月18日，《舞剑飞花录》在南京《京报》载毕，共19章。19日，南京《京报》开始连载《大漠双鸳谱》，标"侠情小说"，署"王度庐"。配图：镜海。7月3日《大漠双鸳谱》载毕，共6章。4日，南京《京报》开始连载《春明小侠》，标"侠情小说"，署"王度庐"。

按：《舞剑飞花录》后由上海励力出版社印行单行本，改题《洛阳豪客》，被压缩为16章。连载本之章题与单行本完全不同，文字出入也较大。

又，本年上海《戏世界》报曾刊出武侠小说《铁剑红绡记》，署"王度庐"，现仅存4030、4031、4032、4033、4034、4035、4036、4038、4039、4040十期（即十段连载文本，分别属于第一、二章，时间为3月20日至30日）。待辨真伪。

1945年（民国三十四年，乙酉）　37岁

2月18日，王度庐之女生于青岛。25日，《春明小侠》载至第20章。5月1日，南京《京报》连载《琼楼双剑记》第二章，署"王度庐"。同日，青岛《民民民》月刊连载《锦绣豪雄传》，署"王度庐"。是年夏秋之际，《青岛大新民报》停刊。8月15日，日本正式宣布投降。10月25日，青岛举行日军受降典礼。《青岛时报》等老报复刊，《民治报》《民众日报》等新报创刊。

按：《春明小侠》于本年2月25日载至第二十章，改标"武侠小说"，以下报纸缺失，连载结束时间当在4月末。《琼楼双剑记》亦因报纸缺失而不知始载时间；至5月27日，所载内容仍为第二章，以后殆未续载。《锦绣豪雄传》亦未载完。

1946年（民国三十五年，丙戌）　38岁

是年王度庐为维持生计，曾任赛马场办事员，于周日售马票。12月2日，《青岛时报》开始连载王度庐所著武侠小说《紫凤镖》，署名"鲁云"。

1947年（民国三十六年，丁亥）　39岁

　　5月1日，青岛《民治报》开始连载王度庐所撰武侠小说《太平天国情侠传》，署"鲁云"。19日，青岛《大中报》开始连载王度庐所撰武侠小说《清末侠客传》，署"鲁云"。6月11日，《青岛时报》开始连载王度庐所撰社会言情小说《晚香玉》，署"绿芜"。7月18日，《紫凤镖》在《青岛时报》载毕。19日，《青岛时报》开始连载王度庐所撰武侠小说《雍正与年羹尧》，署"鲁云"。是年王度庐收到弟弟来信，得知中共即将获得全面胜利。

　　按：《太平天国情侠传》仅见一节，未知是否载毕。《雍正与年羹尧》《清末侠客传》当于次年载毕。

　　李丹荃在回忆文中说："1947年，我们忽然收到分离多年的弟弟的信，那信是经过几个人辗转捎来的。信中大意是：我在外买卖很好，我们不久即可团聚，望你们放心。信虽很短，但却是莫大喜讯。信中真实的含义，我们是明白的，知道多年的战争是将结束了。只是这时他们在北平的母亲已故去，没有来得及知道，是终身遗憾。"

1948年（民国三十七年，戊子）　40岁

　　是年王度庐曾任青岛摊商工会文牍。1月31日，《晚香玉》在《青岛时报》载毕。2月1日，《青岛时报》开始连载《粉墨婵娟》，署"绿芜"。4月29日，《青岛时报》开始连载武侠小说《宝刀飞》，署"鲁云"。6月，上海育才书局出版增订本《风雨双龙剑》。7月10日，《粉墨婵娟》在《青岛时报》载毕。15日，《青岛时报》开始连载侠情小说《燕市侠伶》，署"绿芜"。9月17日，《宝刀飞》在《青岛时报》载毕。9月20日，《青岛公报》开始连载武侠小说《金刚玉宝剑》，署"王度庐"。

　　按：《金刚玉宝剑》之"玉"字当系"王"字之误，参见丁福保主编之《佛学大辞典》：【金刚王宝剑】（譬喻）临济四喝之一，谓临济有时一喝，为切断一切情解葛藤之利剑也。《临济录》曰："师问僧：有时一喝如金刚王宝剑，有时一喝如踞地金毛狮子，有时一喝如探竿影草，有时一喝不作一喝用，汝作么生会？僧拟议，师便喝。"《人天眼目》曰："金刚王宝剑者，一刀挥断一切情解。"又：【金刚】（术语）梵语曰缚罗。……译言

金刚,金中之精者,世所言之金刚石是也。……又(天名)持金刚杵之力士,谓之金刚。……【金刚王】(杂语)金刚中之最胜者,犹言牛中之最胜者为牛王也。……

9月24日,青岛《军民晚报》开始连载武侠小说《龙虎铁连环》,署"王度庐"。10月,上海励力出版社将《清末侠客传》分为两册印行,分别改题《绣带银镖》《冷剑凄芳》。11月,上海励力出版社出版《宝刀飞》。同年,上海励力出版社还出版或再版了王度庐的以下作品:《鹤惊昆仑》(即《舞鹤鸣鸾记》),《宝剑金钗》(即《宝剑金钗记》),《剑气珠光》(即《剑气珠光录》),《卧虎藏龙》(即《卧虎藏龙传》),《铁骑银瓶》(即《铁骑银瓶传》),《紫电青霜》,《新血滴子》(即《雍正与年羹尧》),《燕市侠伶》,《落絮飘香》《琼楼春情》《朝露相思》《翠陌归人》(此为《落絮飘香》连载本的四个分册),《暴雨惊鸳》(此为《寒梅曲》连载本的第一分册,以下分册未见),《绮市芳菀》《寒波玉蕊》(此为《晚香玉》连载本的两个分册),《粉墨婵娟》《霞梦离魂》(此为《粉墨婵娟》连载本的两个分册)。

按:《燕市侠伶》之后集为《梅花香手帕》。后集未见连载,励力版《燕市侠伶》亦未见,该版当不包括后集。

1949年(己丑)　41岁

是年,王度庐之弟谭立(即王探骊)出任中共大连市委副书记。1月1日,青岛《民治报》开始连载《玉佩金刀记》,署"王度庐"。未完。2月,《金刚玉宝剑》改由《联青晚报》连载。4月,上海励力出版社出版《金刚玉宝剑》,共三册。6月29日,王度庐幼子生于青岛。

是年秋,王度庐夫妇携长子、女儿同由青岛迁往大连(幼子暂留青岛)。王度庐任旅大行政公署教育厅编审委员。李丹荃先在市教育局初教科任科员,后任教于英华坊小学和大同坊小学。

本年,重庆千秋书局出版《紫凤镖》。上海励力出版社还出版了王度庐的下列作品:《朱门绮梦》《小巷娇梅》《碧海狂涛》《古城新月》(此为《古城新月》连载本的三个分册),《海上虹霞》《灵魂之锁》(此为《海上虹霞》连载本的两个分册),《琴岛佳人》《少女飘零》《歌舞芳邻》(此为《虞美人》连载本的前四个分册，以下分册未见），《洛阳豪客》（即《舞剑飞花录》），《风尘四杰》，《香山侠女》，《春秋戟》，《龙虎铁连环》等。

1950年（庚寅）　42岁

王度庐在旅大行政公署教育厅任编审委员。

1951年（辛卯）　43岁

王度庐调入旅大师范专科学校任教员。

1953年（癸巳）　45岁

是年夏，王度庐调入沈阳东北实验学校（现辽宁省实验中学）任语文教员，李丹荃任该校舍务处职员。

1955年（乙未）　47岁

5月，《人民日报》公布《关于胡风反革命集团的材料》。在清查"胡风分子"时，王度庐曾经受到无端怀疑。

1956年（丙申）　48岁

1月13日，文化部发出《关于续发处理反动、淫秽、荒诞图书参考目录的通知(56)（文陈出密字第9号）》，其第二条称："有一些人专门编写反动、淫秽、荒诞的图书，如徐訏、无名氏、仇章专门编写政治上反动的、描写特务间谍的小说，张竞生、王小逸（捉刀人）、蓝白黑、笑生、待燕楼主、冷如雁、田舍郎、桑旦华专门编写含有反动政治内容或淫秽、色情成分的'言情小说'，朱贞木、郑证因、李寿民（还珠楼主）、王度庐、宫白羽、徐春羽专门编写含有反动政治内容或淫秽、色情成分的神怪、荒诞的'武侠小说'。为了肃清反动、淫秽、荒诞的图书，请各省市文化局在审读图书时，对于徐訏……徐春羽等二十一人编写的图书特别加以注意。但决定是否处理和如何处理，仍应按书籍内容而定。"（见中国出版科学研究所、中央档案馆编：《中华人民共和国出版史料》第8辑，中国书籍出版社，2002。）

同年，王度庐加入中国民主促进会，并任该会沈阳市第五届市委委员；又曾被选为皇姑区政协委员和沈阳市第六届人民代表大会代表。

按：以上政治身份据辽宁省实验中学所存退休人员登记表及李丹荃回忆文。加入民进当在本年，其他事项或在其后，因无法查实年份，姑均暂系于本年。

1957年（丁酉）　49岁

实验中学也掀起"反右"运动，王度庐没有受到大冲击。

1966年（丙午）　58岁

"文化大革命"爆发。王度庐受到冲击，被贬入"有问题的人学习班"，接受"清队"审查。

1968年（戊申）　60岁

王度庐仍处于"逍遥"状态。

1969年（己酉）　61岁

王度庐当在是年被结束"审查"，获得"解放"，即被宣布没有查出问题，恢复原来的政治身份。

按：依照"文革"程序，"有问题的人"被"解放"之前，仍需召开一次表示"结案"的批判会。李丹荃在回忆文中写道："……开了一个小型批判会。也不知从什么地方找来一本《小巷娇梅》，批判者念一段，批判一番……当批判者念到生动有趣处，听者笑了，王度庐也忍不住笑了，当然要招来申斥：'你还笑？你要端正态度！'批判者们又从我们家拿走了我们的一本相册，里面有两张全家照片。一张中有我抱着1949年初生的幼子；另一张是我穿着在旅大行政公署发的女干部服装，王度庐穿着他兄弟给他的呢子干部服装。批判者举着照片说：'你们穿得这么好，可见你们过去生活多么优越！你爱人还穿着裙子！'……对他的批判只是一种虚张声势的形式。那些老师并未认真对待。"

1970年（庚戌）　62岁

是年春，王度庐以退休人员身份，随李丹荃下放到辽宁省昌图县泉头公社大苇子大队，不久转到泉头大队。

按：王度庐幼子在一封信里这样回忆父母被"下放"的情景："……我在农村'接受再教育'，得知后立即赶回家。前往农村时，年迈的父母坐在卡车顶上，一路颠簸。爸爸当时身体就很不好，加上这一折腾，半路解手时，站了半天也解不出来。妈妈晕车，走一路吐一路。那情景我现在回忆起来都止不住要流泪。"

其女则曾在一封信里回忆到昌图看望父母的情景："听说他们下乡了，我很急，不久就请假找去了。他们一辈子住在城里，父亲更是年老体弱，手无缚鸡之力，忽然到了农村，借住在人家的半间小屋里，怎么生活？""我还没走到家，就远远地看见父亲坐在一棵繁茂的大树下（很像一幅中国山水画），我的心顿时平静下来了。他永远是那么心平气和，不知是怎么修炼的。""我女儿小时候跟我父母在农村住过。有一次闹觉（困了，不睡，哭闹），我很烦，可我父亲说：'世界多美好啊，她是舍不得去睡觉啊。'""有时，父亲用手比成一个取景框，东照一下，西照一下，对我的小孩说：'快来看，这边是一个景，那边也是一个景。'（父亲原本喜欢摄影，在小说《海上虹霞》中曾写到购买'莱卡'照相机，就颇内行。）他还常让母亲下地干活回来时带些野花野草。那时父 亲走路已不太方便了。"

1972年（壬子）　64岁

王度庐在昌图。其幼子考入迁至铁岭的沈阳农学院农学系。

1974年（甲寅）　66岁

1月14日，长子突然亡故，王度庐夫妇不胜哀痛。

同年，幼子毕业于迁至铁岭的沈阳农学院农学系，留校任教。李丹荃于下放人员"落实政策"时也被安排退休。

1975年（乙卯）　67岁

王度庐夫妇迁往铁岭与幼子同住。

1977年（丁巳）　69岁

2月12日，王度庐因病卒于铁岭。

按：李丹荃在回忆手稿中这样记述丈夫逝世的情景："儿子工作的学校已放了寒假，这天正是旧历年末。晚上儿子去办公室值夜，女儿远在几千里外工作。我们住在一间很小的宿舍里，暖气不热，电灯不亮，风吹得屋外树枝簌簌地响，偶然能听得到远处一声声犬吠。他病已重危，该说的话早已说完，他静静地合上双眼去了。我不愿惊动他，也不想叫别人，坐在床前陪伴着他，送他安静地走完了人生最后的旅程，时年六十八（周）岁……我遵从他的遗嘱，没有通知很多人，没有举行一切世俗的仪式，没有哀乐，没有纸花，悄然地由他的儿子和几位热情的青年同事用担架（把他）抬到离我家很近的火葬场。"

（承张元卿博士协助查阅南京《京报》并发现、提供有关陕西教育月刊、旬刊资料，特此致谢！）

2016年1月修订

《王度庐作品大系》书目一览表

武侠卷第一辑(2015年7月已出版)

1.鹤惊昆仑(上、下) 2.宝剑金钗(上、下) 3.剑气珠光(上、下) 4.卧虎藏龙(上、下) 5.铁骑银瓶(上、中、下)

武侠卷第二辑(待出版)

1.风雨双龙剑 2.彩凤银蛇传 3.纤纤剑 4.洛阳豪客 5.大漠双鸳谱 6.紫电青霜 7.紫凤镖 8.绣带银镖 9.雍正与年羹尧 10.宝刀飞 11.金刚玉宝剑

社会言情卷(待出版)

1.落絮飘香 2.古城新月 3.海上虹霞 4.虞美人 5.晚香玉 6.粉墨婵娟 7.风尘四杰 8.香山侠女

早期小说与杂文卷(待出版)

1.杂文 2.早期小说: 红绫枕 鳌汉海盗 黄河游侠传 3.散佚作品精选集: 燕市侠伶 虞美人 春明小侠 春秋戟 寒梅曲